LE MAUVAIS FILS

TOME 1 ET 2

Michel De Herdt dit
MIKAËL CHERN

Assisté de
OLENA CHERNOVA

LE MAUVAIS FILS

LE MAUVAIS FILS

A Sofia
Sarah
Véronique
Pascal
Mathieu

LE MAUVAIS FILS

LE MAUVAIS FILS

A ce jour, la conspiration reste la seul façon de renverser une dictature

LE MAUVAIS FILS

Table des matières

PREMIERE PARTIE 11

Haute-Autriche, Leonding, vendredi 20 avril 1900..11

Berlin, chancellerie du Reich, 30 avril 1945 11

Moscou, Archives centrales FSB, 2 Bolchaïa Loubianka, 13 mars 2006 12

Berlin, 9 Prinz Albrechtstrasse, mardi 05 janvier 1943, 08h00 13

Berlin, Berkaerstrasse 35, mardi 05 janvier 1943, 12h00 17

Berlin, Quai Tirpitz, bureau de Wilhelm Canaris, vendredi 08 janvier 1943, 10h00 18

Schlachtensee, Betazeile 17, maison de Canaris, dimanche 10 janvier 1943 11h00........20

Sofia, mardi 12 janvier 1943...25

Berlin, Berkaerstrasse 35, vendredi 15 janvier 1943, 09h00 31

Berlin, 9 Prinz Albrechtstrasse, lundi 18 janvier 1943 10h00 35

Promenade au zoo du Tiergarten, 18 janvier 1943 14h00 39

Berlin, Quai Tirpitz, bureau de Wilhelm Canaris, lundi 25 janvier 1943, 10h00........41

Berlin, Berkaerstrasse 35, mercredi 27 janvier 1943 15h30......................................43

Berlin, 9 Prinz Albrechtstrasse, samedi 30 janvier 1943, 15h00 47

Stalingrad, Distillerie de vodka derrière la gare numéro un, dimanche 31 janvier 1943, 08h15 50

Stalingrad, four Martin, Octobre rouge, Halle 4, mardi 02 février 1943 52

Berlin, Berlinerstrasse 131, Maison de Schellenberg, Mercredi 03 février 1943 53

DEUXIÈME PARTIE 56

Munich, 41 Thierschstrasse, dimanche 14 février 1943 10h00 56

Munich, 24 Baaderstrasse, dimanche 14 février 1943, 13h00 61

Aschau im Chiemgau, maison de Franz Halder, lundi 15 février 1943.....................72

Berlin, Berkaerstrasse 35, mercredi 17 février 1943 76

Berlin Schöneberg, Potsdamerstrasse, Sportpalast, jeudi 18 février 1943 19h00..........79

Starnberg, quartier Percha, samedi 20 février 1943 83

Berlin, Berkaerstrasse, mardi 23 février 1943 11h00 88

Berlin, Quai Tirpitz, bureau de Wilhelm Canaris, jeudi 25 février 1943, 16h00 90

Suisse, Biglen, Auberge Zum Bären, mercredi 03 mars 1943..................................92

Arosa, Hôtel Excelsior, mercredi 06 mars 1943, 11h30 99

Berlin, Quai Tirpitz, bureau de Wilhelm Canaris, mercredi 10 mars 1943 103

LE MAUVAIS FILS

Zurich, hôtel Baur du lac, vendredi 12 mars 1943 106

Vienne, Wieden, Wiedner Hauptstrasse 37, lundi 15 mars 1943 110

Salonique, vendredi 19 mars 1943 113

Berlin, Berlinerstrasse 131, Maison de Schellenberg, mardi 23 mars 1943 120

Berlin, Berkaerstrasse 35, mercredi 24 mars 1943 124

Berlin, Berkaerstrasse 35, lundi 29 mars 1943 130

Berlin, Berkaerstrasse 35, mercredi 07 avril 1943 09h00 136

Berlin, clinique psychiatrique de la Charité, jeudi 08 avril 1943 139

Berlin, Lac de Wannsee, Nordhav, villa Marlier, vendredi 09 avril 1942, 11h00 142

Berlin, Berkaerstrasse 35, mercredi 13 avril 1943 147

Zaporojie, quartier général du commandant en chef du groupe armée sud, vendredi 23 avril 1943 152

Salzbourg, Fuschsee, Schloss Fuschl, vendredi 07 mai 1943 160

Aschau im Chiemgau, maison de Franz Halder, samedi 08 mai 1943 164

Tirpitzufer 68-72, mardi 11 mai 1943 170

Berkaerstrasse, mercredi 12 mai 1943 184

Cracovie, château Wawel, résidence du Reichsleiter, samedi 15 mai 1943 186

TROISIÈME PARTIE 194

Sonderzug Steiermark, wagon sept, Thorn, samedi 15 mai 1943 194

Berlin, Berkaerstrasse, lundi 17 mai 1943, 09h20 218

Berlin, Berkaerstrasse, mardi 25 mai 1943, 18h30 223

Schlachtensee, Betazeile 17, maison de Canaris, dimanche 30 mai 1943 226

Berlin, 9 Prinz Albrechtstrasse, vendredi 04 juin 1943, 11h00 230

Berlin, Berlinerstrasse 131, Maison de Schellenberg, dimanche 06 juin 1943 236

Berlin, 102 Wilhelmstrasse, dimanche 20 juin 1943 11h00 241

Turquie, Ankara, aérodrome de Güvercinlik, jeudi 24 juin 1943, 14h20 243

Turquie, Ankara, Ambassade du III Reich, vendredi 25 juin 1943 13h00 246

Turquie, Ankara, gare principale, boulevard Celal Bayar, vendredi 25 juin 1943 249

Istamboul, Therapia, Köybaşy Cadessi, lundi 28 juin 1943 251

Istamboul, jetée moda, mercredi 30 juin 1943 257

Zaporojie, quartier général du commandant en chef du groupe armée sud, dimanche 04 juillet 1943 08H45 259

LE MAUVAIS FILS

QUATRIEME PARTIE **261**

Quartier général d'Himmler, sanatorium d'Hohenlychen, samedi 10 juillet 1943 261

Berlin, Berkaerstrasse, lundi 12 juillet 1943, 08h00 267

Berlin, Unter der Linden, café Bauer, 12 juillet 1943, 14h10 270

Berlin, Berkaerstrasse, lundi 12 juillet 1943, 17h40 275

Berlin, Berkaerstrasse, mercredi 14 juillet 1943 09h20 278

Gries am Brenner, Gasthof Rose, vendredi 16 juillet 1943 286

Berlin, Berkaerstrasse, lundi 19 juillet 1943, 16h20 293

Berlin, Berlinerstrasse 131, Maison de Schellenberg, lundi 19 juillet 1943, 23h20 293

Berlin, nouvelle chancellerie du Reich, Vosstrasse, mercredi 21 juillet 1943 11h50 297

Berlin, 103 Wilhelmstrasse, vendredi 23 juillet 1943, 06h45 300

Berlin, Berkaerstrasse, dimanche 25 juillet 1943 22h15 304

Berlin, 3 Wilhelmplatz, Hôtel Kaiserhof, 26 juillet 1943, 07h20 308

Berlin, Berkaerstrasse, lundi 26 juillet 1943, 23h45 311

Spandau, aérodrome de Staaken, lundi 27 juillet 1943, 04h15 314

Berlin, Berkaerstrasse, dimanche 01 août 1943 316

Schlachtensee, Betazeile 17, maison de Canaris, mercredi 04 août 1943, 15h20 319

Berlin, Berkaerstrasse, mercredi 11 août 1943 328

Berlin, Berkaerstrasse, dimanche 15 août 1943 330

Berlin, 103 Wilhelmstrasse, jeudi 19 août 1943 332

Berlin, Wilhelmstrasse, mardi 24 août 1943 336

Rome, vendredi 27 août 1943 337

Berlin, Hôtel Adlon, Parizer Platz, samedi 01 septembre 1943 340

Berlin, Tiergarten, samedi 04 septembre 1943 343

Munich, Hofbräuhaus, dimanche 05 septembre 1943 346

Berlin, Berkaerstrasse , mercredi 08 septembre 1943 21H00 349

Berlin, Matthaïkirchplatz, vendredi 10 septembre 1943 352

CINQUIÈME PARTIE **357**

Wilhelmstrasse 103, samedi 11 septembre 1943 357

Berlin, aérodrome de Rangsdorf, vendredi 17 septembre 1943 360

Munich, Maximilianstrasse, hôtel Vier Jahreszeiten, mercredi 22 septembre 1943 365

LE MAUVAIS FILS

Berlin, 103 Wilhelmstrasse, lundi 27 septembre 1943 368

Suisse, Canton Thurgau, Château Wolfsberg, vendredi 01 octobre 1943 370

Suisse, Canton Thurgau, Château Wolfsberg, samedi 02 octobre 1943 373

Suisse, Canton Thurgau, Château Wolfsberg, dimanche 03 octobre 1943 379

Suisse, Canton Thurgau, Château Wolfsberg, lundi 04 octobre 1943 382

Berlin, Berkaerstrasse, mercredi 06 octobre 1943, 09h10 388

Berlin, Berkaerstrasse, dimanche 10 octobre 1943 393

Berlin, Wilhelmstrasse, mardi 12 octobre 1943 396

Brandenbourg, château Friedenthal, mercredi 13 octobre 1943 10H20 397

Brandenbourg, château Friedenthal, mercredi 13 octobre 1943 13h30 400

Berlin, Berkaerstrasse, lundi 18 octobre 1943 11h20 405

Berlin, Berkaerstrasse, lundi 18 octobre 1943, 16h45 408

Berlin, Hôtel Adlon, jeudi 21 octobre 1943, 12H00 409

Berlin, vendredi 22 octobre 1943, 11h30 416

Berlin, lac de Wannsee, Nordhav, villa Marlier, samedi 23 octobre 1943 421

Berlin Dahlem, Kiebitzweg, samedi 23 octobre 1943 425

Berlin, Babelsberg, 131 Berlinerstrasse, dimanche 24 octobre 1943 430

Berlin, Berkaerstrasse, mercredi 27 octobre 1943, 13h00 433

Berlin, Wilhelmstrasse, mardi 02 novembre 1943 434

Berlin, Berkaerstrasse, vendredi 05 novembre 1943 436

Berlin, aérodrome de Rangsdorf, mardi 08 novembre 1943 437

Berlin, Berkaerstrasse, vendredi 12 novembre 1943 443

Berlin, 131 Berkaerstrasse, lundi 22 novembre 1943 444

Berlin, Berkaerstrasse, mercredi 24 novembre 1943 448

Berlin, Berkaerstrasse, lundi 29 novembre 1943 449

Berlin, Berkaerstrasse, lundi 06 décembre 1943, Visite de Chanel 449

Brandenbourg, château Friedenthal, lundi 13 décembre 1943 10h00 453

Berlin, Wilhelmstrasse, mardi 28 décembre 1943 458

Berlin, Berkaerstrasse, vendredi 31 décembre 1943, 13h30 459

Schlachtensee, Betazeile 17, maison de Canaris, vendredi 31 décembre 1943 15h00 460

LE MAUVAIS FILS

LE MAUVAIS FILS

PREMIERE PARTIE

Haute-Autriche, Leonding, vendredi 20 avril 1900

Le jour de ses onze ans, Adi crut que son père lui offrirait la parure de chef indien dont il rêvait depuis des mois.

Aloïs Hitler le sortit brutalement du lit pour l'invectiver : - Tu es un mauvais fils, tu vas quitter Leonding et les jupes de ta mère. Dès la rentrée, je t'inscrirai au collège de Linz, tu y apprendras à obéir et à devenir un fonctionnaire zélé…ce jour-là et le dimanche 13 octobre 1918, furent les seules fois de sa vie ou des larmes coulèrent sur ses joues.

Berlin, chancellerie du Reich, 30 avril 1945

Vers quinze heures trente, le chancelier Adolf Hitler se suicide dans son bunker berlinois en compagnie de sa fraîche épouse Eva Braun. Fidèle à ses ordres, trois SS[1] les montent dans les jardins et brûlent les corps à l'aide de trois cents litres d'essence.

Deux jours plus tard sur les lieux des hommes de Beria retrouvèrent une mandibule qu'ils s'empressent de faire garder au quartier général de Joukov. Les archives du dentiste du führer établissent qu'il s'agit bien de la mâchoire d'Hitler.

---

[1] Lieutenant-colonel Erich Kempka, Lieutenant-colonel Heinze Linge et major Otto Günsche

LE MAUVAIS FILS

Moscou, Archives centrales FSB, 2 Bolchaïa Loubianka, 13 mars 2006

Natalia Bondariova, chef adjointe de la subdivision des archives centrales, relevait de la direction du registre et des fonds d'archives. Elle avait entre autres sous ses ordres l'archiviste Piotr Krachennikov, celui-ci dépendant totalement de son autorité pour exercer sa profession et de son regard pour espérer y lire un jour des tendres sentiments. Pour son plus grand malheur, Natalia était mariée à un général du FSB qu'en apparence elle aimait profondément. Sentiment on ne peut plus normal envers un officier de l'institution la plus puissante de Russie. La réalité n'avait rien à voir là-dedans.

Piotr avait sombré depuis longtemps dans une dépression que les immenses couloirs de documentations n'aidaient pas à guérir. À tout prendre, cela valait mieux que de subir les foudres de Vassili Kristoforski, chef des archives et ami personnel du patron du FSB, qui n'auraient pas manqué de s'abattre sur sa tête s'il s'était risqué à déclarer sa flamme à sa supérieure.

Chaque matin, il prenait le métro de l'arrêt Podbelskogo jusqu'à la station Loubianka. Par bonheur, la ligne était directe. Dès que les portes de la rame s'ouvraient, Piotr s'adossait derrière une arcade de la gare pour laisser passer le flot de passagers que vomissait le train. Renouvelé jour après jour, il savourait cet instant de calme provisoire pendant lequel il s'abandonnait, emporté vers la surface par l'interminable escalier mécanique. Courtes minutes mises à profit pour se délecter en solitaire de sa rêverie, l'achat d'une datcha dans la périphérie nord de la capitale agrémentée d'une Mercedes. Le soir, il faisait exactement le même rêve, mais dans l'autre sens cette fois, jusqu'au logement hérité de son père, 6 chaussée Otkrytoye. Pendant cette lente montée vers un ciel prometteur, il se permettait d'oublier son salaire de 9.850 roubles.

Cependant, ce treize mars Piotr ne sortit pas à la station Loubianka. Pour la première fois en trois ans, il avait téléphoné à Natalia Bondariova. La voix de son inaccessible amour l'avait réconforté dans son entreprise lui fournissant au dernier moment la dose de courage manquante. Ce ne fut pas des mots de tendresse qu'il proféra dans le cornet, il n'aurait jamais osé. Il se contenta de l'informer que malade, il serait absent toute la journée. Natalia se borna à une stricte politesse en négligeant de prendre des nouvelles de sa santé. Il ne se passait jamais rien aux archives centrales et elle aurait bien été en peine d'imaginer le visage de Piotr Krachennikov. Il ne serait jamais rien d'autre qu'une ligne en rouge dans le registre des présences.

Un peu déçu du peu d'intérêt qu'il avait suscité, Piotr avait raccroché.

À présent, loin d'être consterné, il admirait l'hôtel National majestueux devant la statue à cheval du général Joukov. La vue du héros de la Grande Guerre patriotique lui sembla un excellent présage, ils devenaient presque complices dans l'entreprise qui allait suivre. Chacun d'un côté de l'histoire.

Piotr avait rendez-vous avec un Américain, pas n'importe quel Américain. Un représentant du National géographique. Georges Mansell. Georges était à Moscou pour une raison bien spéciale, obtenir du FSB l'autorisation de recevoir en prêt une mâchoire. Pas une quelconque mandibule, celle d'Adolf Hitler. Celle découverte devant le bunker berlinois du dictateur par les hommes du maréchal Joukov, celui qui le regardait du haut de son cheval.

Piot récita une prière rapide à la mémoire de son père Stepan. Celui-ci l'avait forcé à apprendre l'anglais et la langue lui avait plu ; à présent il la parlait parfaitement.

Dans sa serviette, entre une bouteille de 200 grammes de vodka et un pain au doctorskaïa kolbasa, il cachait un sachet dont le contenu, s'il ne correspondait pas à une fortune, représentait au moins une modeste datcha en bois à Sofrino ainsi qu'une Mercedes ; si pas neuve, un modèle de moins de dix ans. Elle l'aiderait à parcourir chaque semaine dans le confort les cinquante kilomètres vers le lieu de ses rêves où il s'adonnerait à son passe-temps favori, penser à Natalia Bondariova.

Ce sachet contenant une minuscule masse informe et brunâtre valait mille fois son poids en or. Ce n'était rien d'autre qu'un fragment de la mâchoire. Un petit, certes, mais suffisant pour en extraire l'ADN de ce führer qui avait tant fait trembler l'Union soviétique. C'est du moins ce que lui avait certifié Georges, l'Américain qui l'attendait dans le salon de l'hôtel National boulevard Mokhovaïa.

Le jour précédent, à l'aide d'une pince, il avait subtilisé ce modeste morceau qu'il s'apprêtait à remettre contre 20.000 dollars américains. À ce prix-là, il se demandait ce que vaudrait la mâchoire entière.

Berlin, 9 Prinz Albrechtstrasse, mardi 05 janvier 1943, 08h00

Heinrich Himmler n'avait jamais été reconnu comme un amateur de plats raffinés, sa préférence se situait du côté des menus rustiques, si possible servis aux anciens chevaliers d'Artam[2] sur la table ronde trônant dans la salle de son château de Wewelsburg ; à la condition expresse qu'ils ne mettent pas en péril sa santé ni ses performances. L'hygiène sous diverses formes, de raciale à alimentaire, étant la principale de ses préoccupations lorsque la distance l'éloignait de son führer de plus d'une rue. Plus près, il arrêtait tout simplement de penser.

Et pourtant, ce matin, Walter pouvait observer de l'autre côté de son immense bureau un homme qui jubilait comme un fin gourmet se retrouvant face à un énorme buffet sans savoir quel met choisir, habité du désir de goûter à tout. Ses joues seules semblaient animées, elles se gonflaient avec régularité d'un sourire jouisseur. Le chef SS paraissait à la fois disposer de tout son temps et de l'autre semblait pressé de passer au plaisir qu'il convoitait : - Mon cher colonel Schellenberg, je suis ravi de vous voir. De toute évidence, nous avons devant nous un nouveau cahier dans lequel nous écrirons ensemble, si possible, l'histoire de cette récente année mille neuf cent quarante-trois.

Walter restait aux aguets, non qu'il craignait quoi que ce soit dans un avenir proche, juste un simple besoin de trouver sur le champ la bonne explication à cette attitude un peu inhabituelle. Il avait été pris par surprise dans son sommeil, le secrétaire d'Himmler, l'adjudant Werner Grothmann l'avait réveillé de bonne heure pour lui annoncer qu'Himmler le recevrait dans son bureau à huit heures précises. Éludant le petit déjeuner en famille, il était arrivé Prinz Albrechtstrasse avec quelques minutes d'avance et alors qu'il se préparait comme d'habitude à patienter sagement sur le banc du couloir, un Werner visiblement amusé du mauvais tour l'avait immédiatement introduit auprès de son chef.

Les deux éléments, convoqué par surprise et exonéré de l'attente habituelle, avaient mis ses sens en alerte maximale. Prudent, il décida de formuler une réponse neutre, un rien joviale en empruntant le même ton : - Merci de cette invitation Reichsführer, pour ma part, j'ai la ferme intention d'user de ma plus belle écriture.

C'était visible, le chef du RSHA comptait prendre tout son temps et encore plus pour ménager son plaisir. C'est d'une vois enjoué qu'il poursuivit : - Pour cela, vous aurez aussi besoin d'un beau stylo et d'une encre de qualité. De la Pélican 4001 par exemple, à laquelle vous ajouteriez, pourquoi pas, quelques gouttes de votre loyauté.

---

[2] Ligue d'Artam (Bund Artam), mouvement de jeunesse d'extrême droite, communauté chevaleresque de combattants allemands sur la terre allemande dont Heinrich Himmler était Gaüführer pour la Bavière en 1923.

Avec son petit seau, fidèle à ses vilaines manières, Himmler venait parsemer la pente de petites taches de savon qui iraient en grandissant : - Le doute n'est même pas permis, Reichsführer. Tous les chefs d'AMT un peu sensés auraient répondu par cette phrase très prisée Prinz Albrechtstrasse.

- Pour moi, c'est une certitude, c'est pourquoi je vous ai préparé ce petit cadeau. Himmler sortit de son tiroir un porte-plume réservoir noir et vert qu'il lui tendit sans cérémonie.

Walter eut le bon ton de considérer l'objet comme un joyau dérobé à la couronne d'Angleterre : - Un Souverän, il est merveilleux !

- Vous saviez qu'on a failli l'appeler « Stresemann[3] ». Gustav l'aurait bien mérité, ce fidèle de l'empereur a toujours rejeté l'ignoble traité de Versailles. En dix-huit, il était convaincu que Ludendorff pouvait encore remporter la victoire. Je le crois aussi si nous n'avions pas reçu ce coup de couteau dans le dos. Voyez-vous Schellenberg, qui a-t-il de pire qu'un coup de couteau dans le dos ?

Walter connaissait son chef, comme pour la majorité de ses entretiens, celui-ci l'avait mis en scène et peut-être même plusieurs fois répété : - Rien, je ne vois rien, sauf peut-être le bolchévisme qui est un coup porté de bas en haut allié au capitalisme qui lui est un coup porté de droite vers la gauche quand ils se réunissent pour donner l'estocade. Malgré sa prudence, il n'avait pas pu s'empêcher de signifier que son opinion demeurait immuable.

Himmler sembla méditer la phrase, plus pour tenter de l'intégrer dans son scénario que par intérêt, puis décida de faire l'impasse : - Ce « Souverän » est précieux, on raconte que le führer a écrit avec quelques pages de Mein Kampf[4] dans sa cellule de Lansberg.

Le coup du porte-plume d'Hitler. Un grand nombre de dignitaires du troisième Reich en avait reçu « un » en témoignage de leur fidélité. La cellule numéro sept avait dû entreposer des dizaines de stylos «Souverän». Himmler oubliait que le « Souverän » datait de 1929, Walter s'en était acheté un dès sa mise en vente. Ou au contraire, retors, son chef lui faisait savoir de manière détournée que la valeur de son présent était insignifiante.

- Alors, je me dis que si elle se voit écrite avec cette précieuse plume, l'année 1943 ne peut nous réserver que d'agréables surprises.

---

[3] Gustav Stresemann : Chancelier de la République de Weimar en 1923.
[4] Mein Kampf écrit à la prison de Lansberg en 1924.

Le Reichsführer s'était enfin décidé à inaugurer le buffet, à présent, il montrait les crocs : - Vous ferez de sorte qu'il en soit ainsi Schellenberg. Toutefois, il reste un détail à régler. Je ne sais pas si vous l'avez remarqué, le cahier de 1942 n'est pas encore refermé. Peu s'en faut.

Au point où il en était, autant tout oser : - Quelqu'un n'en aurait pas écrit les dernières lignes ?

Des crocs dissimulés surmontés d'un regard brûlant lui répondirent : - Ces lignes se nomment Stalingrad, trois cent mille de nos hommes y sont toujours enfermés dans des conditions épouvantables.

Enfin, Himmler avait choisi son plat de résistance, précédé d'un beau hors-d'œuvre, il n'y avait plus qu'à attendre le dessert. Aucun doute là-dessus, il le tenait pour coupable dans une certaine mesure dont les proportions risquaient d'augmenter. Hélas, il ignorait la taille de la corde dont son chef se servait pour mesurer sa responsabilité. Conscient de ne pas risquer grand-chose à la faveur de la protection de « la chambre au trésor d'Heydrich », Walter pouvait se permettre de répondre avec une certaine dose impertinence : - Plusieurs personnes peuvent se considérer comme co-auteurs, ce serait une bonne idée de les convoquer pour terminer le travail. En ce qui concerne ces hommes perdus sur les bords de la Volga, je crois hélas qu'il ne reste trop rien à tenter pour eux. Nous devrons à jamais les remercier, leur sacrifice sauvera l'armée du Caucase qui aux dernières nouvelles tient sa position sur le Terek et la maintiendra en place en attendant l'offensive d'été. Grâce à la VIème armée, nous conserverons les puits de Maïkop.

Le regard de son chef redevenait doucement les deux petites billes glacées surmontant une tête figée dans une joie perverse qu'elles avaient cessé un moment d'être ; Himmler ne prêta aucune attention à la piètre tentative de Walter en vue de l'amadouer : - vous souvenez-vous de notre conversation du 11 décembre à la villa Marlier. Vous n'aviez pas voulu assister à ma conférence, vous aviez préféré vous balader dans la tranquillité du lac de Wannsee.

Décidément, cet homme n'oubliait jamais rien. Oui, il s'en souvenait et à présent il savait pourquoi Himmler semblait si heureux. La vengeance restait un de ses plats favoris et il le gardait souvent pour lui servir de dessert.

- Le führer a estimé que ma tâche était trop conséquente pour ce lourd intérim, il désire que le RSHA soit ôté de ma direction immédiate. Bien entendu, j'en demeure le chef, mais le responsable qui prendra la relève du général Heydrich est Ernst Kaltenbrunner.

LE MAUVAIS FILS

Berlin, Berkaerstrasse 35, mardi 05 janvier 1943, 12h00

Le Reich, celui d'avant trente-huit, n'était en somme devenu qu'une succursale de l'Autriche. François Joseph devait se tordre de rire dans son tombeau de la crypte des Capucins à Vienne, enfin, sa plus grande partie, celle dont le cœur manquait. Qu'avaient-ils tous de si particulier hors le fait d'être né du même côté de la frontière que le führer. Bientôt, il faudrait mettre une annonce pour trouver un Allemand de souche.

En vérité, malgré que son amour propre en prenne un sérieux coup, Walter s'en retrouvait modérément ébranlé. Il savait qu'il avait été en lice, mais ses chances étaient maigres, car en définitive, c'était Hitler qui tranchait lorsque le Reichsführer n'ajoutait pas son poids dans la balance. Il ne se berçait pas d'illusions, Himmler avait dû le supporter devant le führer dans une mollesse prudente. Lui-même aurait parié gros sur la nomination de Karl Wolf[5] malgré la maladie somme toute bénigne dont il souffrait. C'était compter sans la tenace rancune du « bon Heinrich » qui lui interdisait formellement de divorcer. Wolf avait cru judicieux de sauter par-dessus son chef en allant pleurer sur l'épaule du führer dont il était l'officier de liaison. Ce dernier, fidèle à sa marotte de la division pour mieux régner, avec une complaisance intéressée, avait promis de le lui autoriser; pour l'heure, Wolf devait préparer activement des plans en vue de son remariage. De meilleurs « amis », ils étaient devenus « frères ennemis » sans perdre de vue qu'Himmler endossait le rôle du « grand frère », celui qui avait tout ou presque à dire. Malgré son importance dans le régime et sa maîtrise de l'économie SS, le Reichsführer avait démontré à tous, Wolf inclus, qu'il restait l'homme incontournable en dépit de la protection du Führer.

Pour Walter c'était sinon une bonne nouvelle, pas pour autant une mauvaise. Wolf était un homme extrêmement intelligent, ce qui en principe s'avérait une qualité ; sauf que le général Karl Wolf détestait sans retenue Walter Schellenberg. Entre un général de division doté d'une matière grise redoutable et un Autrichien alcoolique, le choix imposait une certaine interprétation. Avec un peu de bonne volonté, il pouvait s'en montrer satisfait. Ernst Kaltenbrunner était une brute épaisse, un deuxième Gestapo Müller en plus mal dégrossi. Au moins, le chef de la Gestapo s'enivrait qu'en de très rares occasions et toujours avec une certaine modération tel un policier, ce qu'il n'avait au fond jamais cessé d'être.

---

[5] Karl Friedrich Otto Wolff, ex-banquier, général, chef de l'état-major personnel d'Himmler chargé de liaison avec Hitler.

Un policier brutal et inculte, mais un policier qui fuyait le scandale comme la peste.

Walter s'en était rendu compte lors de mémorables sorties que le trio avait effectuées dans les bars de Berlin en compagnie d'Heydrich. Plus souvent qu'à son tour, il versait une partie de son verre dans les plantes. Pour son plus grand malheur, Müller qui avait souvent tenté de le mettre en disgrâce devant Heydrich, allant jusqu'à lui prêter une aventure avec l'épouse de ce dernier, possédait un « cher ami ». Celui-ci n'était autre que le général Ernst Kaltenbrunner. L'Autrichien n'éprouvait rien de particulier contre le responsable des renseignements extérieurs, mais son « ami » le détestait au point de chercher sans cesse sa perte ; alors, entre « amis » on devait se rendre de petits services.

Il ne subsistait aucun doute sur le fait que le nouveau dirigeant du RSHA tenterait de l'éjecter au plus pressé de l'AMT VI ; Walter n'aurait pas parié sa solde de janvier sur le fait qu'Himmler s'y opposerait avec la dernière énergie. Il trouverait une solution pour le faire nommer à un poste prestigieux, mais en forme de cage dorée sans réelles possibilités d'influencer la guerre. Quitte à le promouvoir général pour étouffer ses velléités. Un autre qui devait bien s'amuser là où il reposait c'était Reinhardt Heydrich, Walter l'entendait presque rire derrière lui. Le général lui avait joué un dernier mauvais tour, aucun dossier sur Ernst Kaltenbrunner ne figurait dans « la chambre au trésor ».

Loin de trouver l'auteur de cette blague déplaisant, il considérait son ancien chef comme un atout principal s'il demeurait une source d'inspiration. Kaltenbrunner n'était pas encore intronisé, il avait même le temps d'agir. Walter était allé à bonne école.

Un détail lui inspirait confiance dans l'affaire Wolf, Himmler s'était vengé malgré une décision de son maître, ce qu'il n'aurait jamais envisagé possible auparavant.

Berlin, Quai Tirpitz, bureau de Wilhelm Canaris, vendredi 08 janvier 1943, 10h00

Si la situation n'était pas devenue aussi tendue, Walter se serait volontiers déplacé jusqu'à Zossen pour mettre le bout de son nez dans les préparatifs de la division du général Dietl[6] promis par Himmler. Le führer avait accepté avec une

---

[6] Eduard Wohlrath Christian Dietl Général commandant de la 20e Armée de montagne,

étonnante facilité la planification d'un nouveau plan d'invasion de la Suisse. L'ordre était arrivé depuis quinze jours au quartier général d'un OKW ayant bien d'autres chats à fouetter du côté de Stalingrad.

Du côté de la confédération, rien de nouveau ne se passait sur le terrain. Aucun de ses agents ne signalait le plus infime mouvement de troupes. Soit ils possédaient des nerfs d'acier, soit le ou les « traîtres » n'avaient pas encore eu accès à l'information.

Pour éviter d'être mal reçu, ce qui provoquerait un blocage dont la Wehrmacht avait le secret quand il s'agissait des services touchant au Reichsführer, il préféra prendre indirectement la température du côté de l'Abwehr ; de chef d'un service de renseignement au chef d'un autre service de renseignement.

Schellenberg n'éprouvait pas non plus une envie folle à l'idée de franchir les portes du Tirpitz Ufer pour ensuite gravir les interminables marches qui menaient au bureau du troisième. Après réflexion, il se décida d'employer le téléphone. Après une longue attente, Marliese lui fit savoir par l'interphone que Canaris était en ligne. Il y retrouva un amiral des plus bourru, lui souhaitant à peine bonjour. Il choisit d'opter pour un ton intermédiaire quitte à le faire basculer d'un côté ou de l'autre à tout moment. Walter préféra l'aborder à l'aide d'un sujet secondaire : - Mes respects, amiral. Avec votre accord, nous devrions penser à clôturer cette affaire d'orchestre rouge. Vous avez pu terminer l'enquête sur Herbert Gollnow[7], votre officier des troupes aéroportées ? Les paroles étaient à peine sorties de sa bouche qu'il s'en voulut sur-le-champ, se rendant compte après coup qu'en abordant le sujet de cette manière, il mettait l'implication de l'Abwher largement en lumière.

Difficile de gommer des paroles sans risquer de s'enliser jusqu'aux genoux. À sa grande surprise, Canaris ne le prit pas pour une injure personnelle, seule sa réponse s'avéra un rien impersonnelle : - Cette pomme pourrie est responsable de la perte d'une vingtaine de groupes de sabotages. Si ce n'est pas rien, ce n'est pas beaucoup. Les individus de cet orchestre rouge étaient des réels amateurs. Müller sera peut-être d'un avis différent, en tous les cas ceci est le mien et celui du colonel von Bentivegni[8] que cela concerne directement. À l'occasion, je lui demanderai que son adjoint le colonel Joachim Rohleder[9] vous fournisse un

---

[7]Lieutenant Herbert Gollnow : officier de la Luftwaffe spécialiste des parachutages à la division II de l'Abwehr.
[8] Colonel Franz von Bentivegni : responsable du département Abwher III lutte contre-espionnage et trahison.
[9] Colonel Joachim Rohleder : responsable du département IIIF contre-espionnage.

rapport de situation. Autre chose pour rendre radieuse votre journée, colonel Schellenberg ?

- Avec votre sens de la neutralité, vous me faites penser à quelque chose. Avez-vous remarqué une agitation anormale du côté de la Suisse ?

Un long silence s'établit sur la ligne, Walter entendait sa respiration : - À ce jour rien de particulier ne m'a été signalé. Vous devriez plutôt regarder cela avec le colonel Hansen[10]. Je suis fort occupé, les lignes sont encombrées au point que parfois nous nous retrouvons à plusieurs sur la même.

Les mauvaises manières de la Gestapo étant sans limites, mettre le chef de l'Abwehr sous surveillance leur poserait moins de scrupules que d'écraser une mouche sur la tête d'un suspect. Walter Schellenberg comprit sur-le-champ que Canaris se méfiait, une écoute téléphonique était somme toute assez facile à mettre en œuvre et la situation de l'amiral n'était pas des meilleures en ce début d'année. Par chance le café l'avait bien réveillé ce qui lui permit de réagir au quart de tour : - Je comptais venir vous rencontrer par obligation entre services, je patienterai donc, comme à confesse.

- Vous devriez commencer par aller à la messe, le dimanche reste un jour idéal. À onze heures, il y a toujours un sermon intéressant en l'église de Zehlendorf, je vous le recommande. Si votre chef ne voit aucun d'inconvénient à ce que vous y mettiez les pieds ! Sur ce conseil, il raccrocha.

Schlachtensee, Betazeile 17, maison de Canaris, dimanche 10 janvier 1943 11h00

La grande demeure blanche du couple Canaris lui devenait dorénavant presque aussi familière que sa maison natale en Sarre.

C'est l'épouse de l'amiral qui lui ouvrit et cette fois, il avait pris soin de se munir d'un bouquet de fleurs, des chrysanthèmes. C'étaient les seules disponibles, les roses elles avaient disparu depuis longtemps à Berlin. D'habitude peu démonstrative, Erika eut les yeux qui brillèrent de bonheur. Quelque part, elle considérait Walter non comme son fils, mais tel un neveu qui avait un rien mal tourné :– si

---

[10] Lieutenant-colonel Goerg Alexander Hansen : responsable du département I H renseignement sur les forces étrangères.

au moins Wilhelm pourrait prendre bonne note de votre courtoisie. Walter fut étonné de cette confidence de la part d'une femme d'habitude si réservée.

Pour cacher son émoi, elle changea vite de sujet : - Je vous ai préparé un « dreikönigkuchen », c'est Wilhelm qui a insisté pour que je vous confectionne cette pâtisserie suisse, personnellement, je voulais cuisiner le modèle français de la galette des Rois. Cette tête de mule rumine au salon, vous connaissez le chemin.

L'amiral était assis pensivement devant la brioche, il s'adressa à lui sans quitter la viennoiserie des yeux : - D'habitude le Nouvel An reste le jour ou de nouvelles résolutions sont prises. Vous n'avez pas décidé de changer beaucoup cette année, vos visites dominicales sonnent comme une messe. On n'y va pas tous les dimanches, mais au final une douzaine de fois par an. Irène ne vous accompagne pas ? C'est à elle que je pensais quand je parlais de votre chef.

- Meilleurs vœux à vous aussi amiral. De bonnes résolutions à nul doute. Que pensez-vous de ceci, plus aucune cachotterie entre nous. Évidemment, cela va vous procurer beaucoup de travail, mais en contrepartie aussi beaucoup de joies.

Sans se préoccuper de sa remarque, Canaris désigna avec son index la pâtisserie posée sur un plateau : - Regardez cette superbe brioche à huit boules. Elle a ceci de particulier qu'elle contient quatre fèves à la place d'une. Erika a bien voulu accéder à ma demande, mais cela n'a pas été chose facile. Laissez-moi vous proposer un petit défi, chacun à son tour en mangera une part, celui qui mord le « faiseur de rois » sera obligé de dire une vérité à l'autre. J'ai appelé cela « la roulette suisse », le nom vous plaît ?

Walter ne releva pas l'ironie : - User de la vérité. Ce n'est pas déjà le cas entre nous, j'ai dû rater un épisode. Sans lui répondre, Canaris lui coupa une des boules qu'il dégusta sans attendre. Évidemment, il tomba sur la fève.

Le patron de l'Abwehr n'avait rien d'un modeste et il tenait à le faire savoir par son air victorieux : - La malchance vous poursuit, d'ici à ce que vous tombiez sur les quatre. À vous donc de commencer mon cher Schellenberg.

- Hitler a nommé Ernst Kaltenbrunner à la tête du RSHA.

- Vous voulez dire Heinrich Himmler à fait désigner Ernst Kaltenbrunner par le führer. Rien d'inattendu et vous ne devriez pas être plus surpris que cela. En ce qui me concerne, je ne vais pas jouer l'homme étonné, c'était parvenu à mes oreilles. Ils ont décidé cela le dix décembre. Je l'ai seulement appris vendredi après notre conversation téléphonique. C'est une déception ?

- Vous m'aviez prévenu qu'ils opteraient pour un général. Non pas déçu, interloqué. Pourquoi cet Autrichien insignifiant.

- Parce que l'insignifiance correspond exactement à ce que recherchait le Reichsführer.

Walter était loin d'en être convaincu : - Vous vous souvenez, le jour de l'offensive d'encerclement de Paulus le dix-neuf novembre, vous m'aviez emmené dans votre voiture pour une promenade qui avait abouti ici, presque devant l'ancienne maison d'Heydrich.

- Vous voulez la louer, elle reste toujours libre, vous passeriez par le jardin le dimanche pour venir prendre le thé.

- Non, mais si vous n'avez pas perdu la mémoire, nous avions abordé un sujet sensible. Des informations sur Himmler que vous partagiez avec le général Heydrich.

- La mémoire c'est entre autres ce que j'ai en commun avec les éléphants de mer. Je n'ai toujours pas l'intention de les partager avec vous.

- Ce n'est pas ce que je vous demande, amiral.

- S'il ne s'agit pas de cela, à quoi voulez-vous en venir ?

- Ernst Kaltenbrunner. Croyez-vous possible qu'il dispose des mêmes informations.

Canaris parut déstabilisé, paraissant tout à coup tracassé par quelque chose à laquelle il n'avait pas trop pris la peine de penser : - C'est exact, ils ont été cul et chemise tout un temps ? Ce fait ne peut pas être écarté. Posséder un levier pour se prémunir du Reichsführer c'est en définitive un rêve très commun à Berlin. Ceci dit, Ernst n'en a pas réellement besoin, pas dans l'immédiat en tout cas, il peut sans problème s'adresser directement au patron, Heinrich le sait et ça le gratte. Toutefois, gardez en tête que Kaltenbrunner n'est fidèle qu'à Hitler et ce dernier le sait. D'ailleurs, s'il avait été capable de parler en public comme le führer, on dirait « Heil Kaltenbrunner » pour l'heure. Dommage pour lui ; bien qu'il fut avocat, n'a pas l'éloquence du führer qui veut. C'était à présent au tour de Schellenberg d'être surpris : - Expliquez-moi cela.

Adoptant son ton professoral, l'amiral démontrait tout le plaisir qu'il allait prendre à étaler ses connaissances : - Il monte sur le manège un an avant notre führer bien aimé. Ce maudit autrichien a quinze ans quand la guerre se termine, et avec elle ses rêves de gloire sur les champs de bataille.

À cette époque, il devient aussi anticlérical qu'antisémite. Le petit Ernst les accuse d'être responsables du Diktat interdisant l'Anschluss. Si vous aviez bien suivi vos cours politiques à Bad Tölz, vous vous souviendriez de la situation de l'Autriche allemande le nom que s'était donnée l'Autriche indépendante en octobre 1918. Cette année-là, notre Ernst est déjà presque devenu un fanatique accompli qui baigne encore dans la conception de la double monarchie des Habsbourg. À cette époque il fréquente le même lycée qu'Hitler ; celui ou l'ont tête comme du petit lait le « programme de Linz » de von Schönerer[11]. Kaltenbrunner subit la matrice de ce milieu estudiantin radical, toutefois il n'a pas fallu le pousser beaucoup, il avait de grandes prédispositions.

À l'heure où notre futur cher führer est soigné à Pasewalk en occupant ses journées à ruminer la défaite dans le noir, Ernst s'érige déjà en chef de bande pour empêcher les étudiants et les professeurs juifs d'accéder aux cours. À sa plus grande déception, la sauce qui composera le NSDAP ne prend pas à Linz pareillement qu'à Munich ; après six cents ans de Habsbourg, c'est plus le modèle italien qui est suivi pour former un État austrofasciste. Il y a bien sûr quelques affrontements armés, mais rien de comparable à ce qui se passe chez nous. Seule Vienne résiste socialiste.

Walter rit : - J'ai dû m'absenter lors de ce cours. C'est tout ?

L'amiral sortit un papier de sa poche qu'il déplia : - Vous voyez, je m'étais préparé à affronter votre ignorance. Licence en sciences chimiques à l'école Technique de Graz en vingt et un, là il adhère à l'association étudiante ultranationaliste Arminia[12]. En 1923, des études de droit. Au cours des années suivantes, il développe une intense activité politique en tant que porte-parole des nationalistes universitaires. Licencié en droit en 1926. Travaille à Linz et Salzbourg. Activisme politique du bout des doigts dans les rangs du Heimwehr, leur Stahlhelm[13]. Le 18 octobre 1930, il rejoint la section autrichienne du Parti national-socialiste des travailleurs, le bien connu NSDAP. Là, un gros trou, puis prison. Forteresse, même passage en camp de concentration. Putsch de juillet trente-quatre, ensuite leur mauvaise période Dollfuss[14] suivie de celle de Kurt Schuschnigg[15]. Himmler au bout de la route.

- Mieux vaut voir la mer !

- Ce n'est pas à moi qu'il faut le dire. Si vous voulez mon avis, Himmler n'envisage pas un nouveau rival après la mort d'un Heydrich qui lui portait de l'ombre auprès d'Hitler son soleil. Il sait que malgré sa fidélité absolue à Hitler,

---

[11] Pangermaniste autrichien, un des modèles de Hitler
[12] Arminia : Association étudiante extrémiste à l'université de Vienne.
[13] Stahlhelm : organisation paramilitaire, issue des Freikorps fondée par Franz Seldte.
[14] Engelbert Dollfuss : chancelier autrichien du 20 mai 1932 au 25 juillet 1934, assassiné le 25 juillet 1934.
[15] Kurt Schuschnigg : chancelier autrichien du 29 juillet 1934 au 11 mars 1938 démissionne le 12 mars 1938.

Kaltenbrunner lui a toujours été parfaitement soumis. Votre chef devrait pourtant se méfier des nuits sans lune.

Walter était déçu : - donc rien, aucune information sur l'éventuelle étendue de ses connaissances, pas le moindre soupçon. Décidément, l'Abwehr n'est plus ce qu'elle était. Si vous voulez mon avis, Il est grand temps qu'elle passe la main.

Canaris leva les yeux, agacé : - Je n'ai pas dit cela non plus. Je précise juste qu'il va falloir sérieusement creuser. Ce n'est qu'une impression, quelque part, je sens un peu de Goering là derrière. À l'époque, ces trois larrons étaient très proches et Hermann a toujours pris Himmler de haut, lui jouer un tour de cochon est tout à fait dans ses cordes. S'il accepte, je vais demander de l'aide à mon ami l'amiral Patzig[16], il déterrera les cadavres, s'il y a. Après tout, il était le responsable de l'Abwehr à cette époque. Il prendra sa retraite dans un mois, cela l'occupera. Conrad est un rusé, ce serait surprenant qu'il n'ait pas conservé des notes. D'ailleurs, c'est votre portrait en plus vieux tant il vous ressemble. De la famille du côté des chevaliers teutoniques créée lors d'un de leurs passages en Sarre ?

Content de son bon mot Canaris se servit une boule du « dreikönigkuchen ». Il fit une drôle de tête en mordant sur un « bohne ».

Walter rit : - N'essayez pas de l'avaler, je sais que vous êtes aussi tombé dessus. Parlez-moi de vos projets madrilènes ?

L'amiral l'observa un instant comme pour juger de la situation puis se lança : - Le peloton d'exécution risque de me donner rendez-vous.

- J'ai ressenti la même impression une bonne moitié de 1942. Vous verrez, on s'y habitue à force.

- Vous avez raison, mon jeune ami, ce n'est qu'un mauvais moment à passer. Votre Suisse m'a beaucoup influencée sauf que la mienne se place en Espagne. Autant vous mettre dans le secret, de toute manière tôt ou tard vous en auriez eu vent ; étant donné que nous nous tenons l'un l'autre, je ne risque pas plus que vous-même, pas vrai. Ce voyage chez Franco a un but bien précis, celui d'y rencontrer un général, Stewart Menzies[17], mon homologue anglais. À l'occasion de son séjour à Alger et de l'enquête que je mène sur l'assassinat de l'amiral Darlan, c'était l'occasion rêvée pour prendre un discret contact. Notre désir commun de

---

[16] Amiral Conrad Patzig : prédécesseur de Canaris, responsable des services de renseignements allemands d'octobre 1929 à janvier 1935.
[17] Général Stewart Menzies : responsable du SIS Britannique de 1939 à 1952.

paix devrait rendre cela possible. À la grande différence dont lui peut recevoir l'autorisation de Churchill, je me vois mal demander la même latitude à Hitler.

- Les Anglais ne peuvent pas se rendre aux toilettes sans l'accord écrit de Washington.

- Non, mais ils peuvent quand même se rendre au lavabo pour se laver les mains.

- Sans l'ombre d'un doute du sang d'un amiral[18] ?

- Tiens, tiens, l'AMT VI en connaît plus que son chef souhaite bien le dire à son vieil ami. Notre ancien camarade Giraud quant à lui est allé immédiatement s'agenouiller devant le cercueil de Darlan. Vous saviez que Roosevelt voulait reconduire l'autorité de Vichy en Afrique du Nord. Votre ami Dulles a dû en avaler sa pipe. Sacrés Américains. À propos d'officiers supérieurs, Paulus a reçu une demande de reddition vendredi.

- Canaris poussa le plateau vers lui : - Choisissez encore une boule de ce délicieux « dreikönigkuchen ». Après tout, non, Erika va vous l'emballer, vous porterez le reste à votre charmante épouse. « Bohne » ou pas bohne posez moi la question qui vous tracasse tant.

- La Suisse. Hitler a autorisé l'OKW à déployer la division du général Dietl à leur frontière.

- Une demande que vous lui avez soumise via votre chef, je présume. Quel naïf faites-vous. Hitler donne parfois les mêmes réponses à Himmler qu'à sa chienne Blondie quand elle gémit. Lassé de l'entendre, il lui jette alors une balle, la bête la rapporte, heureuse, puis le führer met la balle dans sa poche et s'en va à ses affaires.

Sofia, mardi 12 janvier 1943

Le capitaine Hans Eggen lui avait fait parvenir un communiqué de Suisse. Son homme de confiance lui précisait avoir reçu par l'intermédiaire de son associé

---

[18] Le SIS Britannique est soupçonné de l'assassinat de l'Amiral Darlan trop favorable aux intérêts américains auquel le général américain Dwight D. Eisenhower permit de rester gouverneur . Son assassin Fernand Bonnier de La Chapelle suspecté d'appartenir au SOE britannique a été exécuté en moins de 48 heures sur instructions du général Giraud.

suisse Meyer un court message provenant d'Allen Dulles. Walter se dit qu'il trouvait normal de bien commencer l'année en envoyant ses vœux.

Astucieux ou prudent, le brigadier Masson se cachait à présent derrière son capitaine. Walter n'en doutait pas un instant, toutefois, il reniflait aussi un possible début d'une prise de distance. Sans trop s'y connaître en pêche au moins il savait que parfois donner du mou dans la ligne s'avérait nécessaire pour mieux ferrer ensuite. La teneur du message tenait en trois lignes. L'américain lui conseillait en quelques mots simples de rencontrer au plus vite son agent en Turquie, le major Ludwig Carl Moyzisch[19]. C'était assez astucieux de sa part, suffisant pour parvenir à capter toute son attention et de bonne guerre. La couverture de son homme d'Ankara s'effritait peu à peu, depuis décembre les Turcs se montraient fort complaisants avec leurs « amis » américains et loi des vases communicants oblige, proportionnellement un rien moins flexible avec le Reich. Habile autant que retors, Dulles enfonçait un coin supplémentaire dans les relations qu'il entretenait avec les services turcs. Walter savait depuis longtemps que dans le renseignement les fissures ne se rebouchaient jamais, quoi qu'on fasse.

Moyzisch, son homme à Ankara, malgré son intégration dans les bureaux de von Papen, donc de von Ribbentrop, communiquait régulièrement avec la Berkaerstrasse et Schellenberg. S'il en était ainsi, l'affaire était importante et secrète ou l'inverse. Quoi qu'il en soit, la discrétion devait être totale, son homme se voyait étroitement surveillé, le chemin qu'il empruntait pouvait sembler étrange sauf si c'était le seul qui s'offrait à lui. Mais où se voir ? Quelques courts messages codés plus tard, ce fut son représentant à Ankara qui décida du lieu.

Schellenberg, souvent spectateur impassible et parfois soumis en personne au lassant rituel de la danse du serpent, savait avec une certitude presque absolue reconnaître la moindre trace de flagornerie. Sans surprise, l'homme assis en face de lui dans le salon miteux de l'hôtel Slavyanska Beseda ne ressentait nul besoin d'attirer ses bonnes grâces, d'ailleurs, il les lui avait accordés depuis longtemps :
- Heureux de vous voir major, malgré les lieux, c'est sincère.

Machinalement, le major regarda la salle : - Moi de même colonel, désolé pour l'ambiance, tout est sinistre ici. Les Bulgares vont jusqu'à croire qu'ils sont en guerre, du coup ils adaptent le décor. Je n'avais pas d'autre solution, en Turquie entre l'Abwehr et von Ribbentrop je ne peux pas tousser sans qu'ils rédigent un rapport en cinq exemplaires. Le royaume de Carol est remarquable par le

---

[19] Major Ludwig Carl Moyzisch : attaché diplomatique de l'ambassade d'Allemagne, responsable du renseignement SD Ausland en Turquie.

désintérêt qu'on lui porte. À l'aéroport, ils n'ont même pas pris la peine de contrôler mon passeport.

- Entre deux mots, je comprends qu'ils n'ignoreront rien de votre escapade !

Les yeux du major pétillèrent de malice : - Par précaution, si par hasard l'on s'aventure à me le demander, j'ai pris soin de venir avec une copine mariée ; je raconte que je vais passer quelques jours à Varna aux sables d'or[20] l'explication tient la route. À propos, vous penserez à me rembourser le séjour. Avec la tête que j'ai, je suis obligé de lubrifier l'engrenage sinon le mécanisme grippe. La chérie s'est fait payer d'avance et en francs suisses. Vers quel précipice se dirige le monde si à présent les reichsmarks sont méprisés comme de la vulgaire monnaie de singe.

Sacré Moyzisch et son humour juif : - Moi, c'est le Reichsführer qui risque de sursauter s'il apprend, et il l'apprendra n'en doutez pas un instant, que je suis venu ici.

Moyzisch lui tend un rapport : - Comme vous me l'avez appris, vos efforts n'ont pas été dispensés en pure perte avec un élève comme moi, vous pouvez en être fier, j'ai donc pensé à tout. Vous y trouverez toutes les notes nécessaires pour couvrir votre voyage. Explications : le professeur Ardasher Abeghian vient de créer officiellement mi-décembre le Conseil national arménien avec la bénédiction de l'Abwehr. Au bataillon 812, ils rajoutent le 808 et le 809 qui sont déjà en formation, commandée par le général Drastamat Kanayan,[21] un fanatique de plus des idées du NSDAP. Ils ne s'en cachent pas dans leur journal « Mitteilungsblatt der Deutsch-Armenischen Gesselschaf ».

Comme son chef le regardait sans trop comprendre, il estima utile de préciser : - Les Turcs le prennent très mal, particulièrement notre ami Memeth[22]. Ce conseil a été créé une semaine après votre dernier séjour à Istanbul, ce qui lui a donné à réfléchir. Nous dirons qu'il a préféré que je traite le sujet avec vous ailleurs que sur leur sol national. La Bulgarie représente leur base arrière à ces Arméniens. À l'occasion, soufflez à votre patron qu'ils constitueraient une belle division SS de vingt mille hommes. Les Turcs risquent d'entrer en guerre au côté de Staline rien que pour les exterminer.

---

[20] Célèbre plage de Bulgarie.
[21] Général Arménien exilé en Allemagne créateur de la Légion arménienne, appuyant le Troisième Reich dans le Caucase et ailleurs.
[22] Mehmet Naci Perkel : directeur du Service de sécurité nationale Riyâseti. Milli Emniyet Hizmeti MEH.

- Ayez pitié de moi, Ludwig, ce n'est pas le moment le mieux choisi pour évoquer ce sujet embarrassant. Dimanche, je dois accueillir à Berlin une délégation turque ; le chef de leur police Pepyli et l'adjoint de Memeth, Kortkut. C'est un problème qui ne doit en aucun cas se voir soulevé.

- Vous ne vous imaginez quand même pas qu'ils l'ignorent ?

- Ne vous inquiétez pas pour cela, la question qui se pose pour l'instant est la suivante : toute cette mise en scène pour se rencontrer en vaut-elle la peine ? Vous pouviez m'envoyer un émissaire !

- Parce que vous en connaissez un fiable pour vous transmettre une information provenant d'un Américain un peu spécial ? C'est la raison pour laquelle vous deviez me contacter et non le contraire. Ça ne s'arrange pas, les affaires étrangères surveillent toutes mes transmissions à l'ambassade.

En provenance de Turquie, ça représentait une réelle gageure, un défi perdu d'avance, il devait l'admettre : - vous avez raison, Ludwig. C'est à ce point important ?

- Dans quelques minutes vous en conviendrez, pour tout vous dire, un Américain m'a abordé en rue à Istamboul. Je me trouvais là pour rencontrer un de mes agents surveillant le trafic dans le détroit. Je ne l'avais jamais vu et je crois que je ne le reverrai jamais. Il m'a dit qu'il préférait le climat de la Suisse à celui du Bosphore avant de me dépeindre une drôle de situation. Une affaire à ce point incroyable que j'ai laissé tomber tout le reste pour creuser.

- Je devrais avoir peur ?

- Cela vous en jugerez dans une heure colonel. Patientez que je vous explique. Bien entendu, vous connaissez le capitaine Paul Leverkuehn le chef du KO Nebenstelle de l'Abwehr I à Istamboul. Il est d'ailleurs en passe d'être replacé par Herbert Rittlinger, l'explorateur.

Walter réfléchit un instant : - Celui qui a opéré la sortie d'Irak du Premier ministre Rashid Ali déguisé en journaliste allemand. L'ami du Mufti. Sauf erreur de ma part, il a passé quelques années aux États-Unis, huit, je crois, de 22 à 30. Il a aussi créé le journal Signal.

- Il n'y a pas à dire, difficile de vous prendre en défaut.

- Je suis allé à bonne école, je ne fais que suivre l'exemple. Pour ne rien vous cacher, j'ai un pu lu avant de venir.

- C'est cette période américaine qui va occuper notre après-midi colonel. Alors qu'il était avocat envoyé dans une commission,[23] il est devenu ami, si le mot peut être employé, de l'avocat William Donovan[24].

- Vous commencez à m'intéresser Ludwig. William Donovan n'est pas ce que l'on peut appeler le premier venu.

Moyzisch eut une moue éloquente : - Ce n'est rien en comparaison de la suite. Ne me demandez pas comment et sur ordre de qui, mais avant que Herbert Rittlinger ne le remplace définitivement, le capitaine Leverkuehn a pris « l'initiative » de contacter les Américains.

- Rien que ça, les projets ne manquent pas à l'Abwehr ! Ou bien c'est le contraire qui s'est produit ! Personnellement, je penche pour l'OWI[25], c'est tout à fait dans leurs cordes ce genre de provocation.

Le major examina quelques secondes la réponse de Schellenberg : - Possible, mais vous verrez, le résultat reste le même. En ce qui me concerne, je reste persuadé que c'est parti du côté allemand. Rassurez-vous, pas directement. Pour créer un coupe-feu, il a employé un vieux diplomate.

- Il y en a tellement dans le Reich.

- Kurt von Lernsner[26], celui-là même qui a dirigé la délégation allemande à Versailles. Né à Sarrebourg à quelque vingt kilomètres de chez vous, presque un « pays».

- Le baron ne nous a pas porté chance, c'est le moins que l'on puisse dire.

Son homme reprit ses explications : - Tout comme le capitaine Leverkuehn, le baron a coulé quelques années heureuses à Washington.

- Je les jalouse, pas vous, Ludwig ?

- J'envie surtout ses relations. Pas moins que Roosevelt qui à cette époque était sous-secrétaire à la marine.

- Vous m'intéressez plus que cent discours de notre ministre du Peuple, celui qui a besoin d'une petite cale.

---

[23] Mixed Claims Comission
[24] William Joseph Donovan : créateur de l'OSS (Office of Strategic Services) précurseur de la CIA en juin 1942, coordonne les actions des services spéciaux alliés
[25] United States Office of War Information
[26] Baron Kurt von Lernsner

La remarque entraîna un léger fou rire de Moyzisch : - C'est pourtant la marine qui devient passionnante. Roosevelt a un autre ami. Georges Earle[27]. Un millionnaire de Philadelphie, héros de guerre décoré de la Navy Cross, gouverneur de Pennsylvanie, ambassadeur en Autriche et en Bulgarie. Comme je le soulignais, également un ami de Franklin Roosevelt.

C'était au tour de Walter de rire : - Un personnage connu. Celui qui a dit en face à notre führer bien-aimé «Je n'ai rien contre les Allemands, je ne vous aime tout simplement pas ». Pas étonnant qu'il leur a déclaré la guerre.

- Celui-là même. En décembre 1941, ce brave Earle doit faire ses valises et il arrive à Istamboul pour respirer l'air du détroit en tant qu'attaché naval en Turquie.

- C'est pour cela que vous parlez de marine ?

- Ne me gâchez pas mon plaisir colonel. Earle veut sauver l'Europe de la domination communiste. C'est du sérieux comme l'est une mission divine.

- Il n'est pas le seul à mon avis. Je connais un autre Américain qui poursuit le même but contrairement à Roosevelt.

- Celui qui vous a conseillé de venir me voir. Vous comprenez à présent pourquoi je ne pouvais pas me rendre à Berlin et attirer l'attention sur moi.

- Il me reste encore une case blanche, vous comptez la remplir, Ludwig.

Le major Moyzisch acquiesça d'un signe de tête : - Von Papen et Kurt von Lernsner qui travaille sous sa direction ont soufflé une idée aux Américains qui y ont immédiatement accédé et l'ont fait savoir au capitaine Paul Leverkuehn.

- Qui l'a transmise à son patron, l'amiral Canaris en personne.

- On ne peut rien vous cacher colonel !

- Si vous me dites de quoi il s'agit, il se peut que je vous donne raison.

Sans chercher à ménager ses effets, il lâcha : - L'amiral Canaris de la Kriegsmarine va rencontrer à la fin du mois l'attaché naval américain Georges Earle.

Le chef du SD Ausland ne put dissimuler sa surprise :- Dans quel but, vous le connaissez ?

---

[27] George Howard Earle

- Colonel Schellenberg, si vous m'avez nommé à la tête de votre département en Turquie, il doit bien exister une explication, non colonel ? Mes informateurs les infiltrent plus que je veux bien me laisser infiltrer.
- Venez-en au fait, je reprends l'avion dans trois heures.

Le major Moyzisch regarda machinalement sa montre, respira profondément avant de lâcher certain de l'immanquable effet qu'il produirait : - L'ambassadeur allemand et le chef des services de renseignements militaires allemands vont se rencontrer à la fin du mois dans le plus grand secret à Istamboul en compagnie de l'attaché naval américain George Howard Earle pour organiser un coup d'État contre le führer qui se terminerait par a remise d'Adolf Hitler aux États-Unis en tant que criminel de guerre.

Walter en oublia son avion : - Ludwig, vous connaissez un aussi bon restaurant que celui d'Istamboul, celui du quartier de Kadiköy, qui sert d'énormes verres de cognac.

Berlin, Berkaerstrasse 35, vendredi 15 janvier 1943, 09h00

Walter pensait aux six boules de « dreikönigkuchen » restantes et aux deux «bohnes» auxquelles Canaris et lui avaient in extremis échappé. Irène s'était montrée ravie des délicieuses pâtisseries. Par contre, elles avaient cédé la place au mensonge. Ce matin, il n'avait pas vraiment laissé le choix au chef de l'Abwehr, il lui avait fermement conseillé de se rendre Berkaerstrasse au plus vite puis avait sèchement raccroché au milieu de ses phrases où il regimbait ferme.

Depuis deux jours, Walter remuait l'affaire dans tous les sens. Sacré Canaris, maudit amiral, le naturel revenait vite au galop. Sauf qu'il n'appréciait pas du tout la façon dont il lui avait caché ce projet fou. Malgré l'infinie probabilité que ce plan puisse être mis sur rail, un début d'exécution - et une rencontre à Istamboul en constituerait un - de cette folie, si elle parvenait dans de mauvaises oreilles, aurait eu l'effet d'un tremblement de terre apte à faire écrouler les édifices de sécurité du Reich. Un Müller en grand péril y trouverait l'occasion rêvée de faire disparaître tous les autres services de sécurité, y compris son propre AMT VI au bénéfice de sa Gestapo, simple question de survie. Sans compter le nombre épouvantable de liquidations au moindre soupçon que cela provoquerait au plus désastreux moment de la guerre. Une nuit des longs couteaux à la mode de quarante-trois, les chiffres se trouvaient justement inversés. Hitler ne se contenterait pas d'une tête, Himmler en demanderait des dizaines, Gestapo Müller en proposerait des centaines. Bien évidemment, c'était tellement gros que Walter montrait une certaine compréhension pour le silence du chef de l'Abwehr. À tout réfléchir, il aurait préféré ne rien connaître et laisser le destin décider. Mais voilà, à présent, le savoir représentait pour lui le plus énorme des dangers et tuer le projet dans l'œuf devenait la priorité absolue.

Le réel problème demeurait von Papen. En tant qu'ambassadeur, il dépendait de von Ribbentrop. Sauf qu'Hitler l'avait presque fait assassiner en juillet trente-quatre. L'ancien espion de l'ambassade allemande à Washington était parvenu à force d'intrigues à se hisser au rang de chancelier ; l'aristocrate aspirait probablement à le redevenir. Il disposait d'une entrée au Vatican à faire rentrer un carrosse dans la basilique pour aller prendre le thé avec Pie XII. L'inventif et non moins talentueux von Papen lorsqu'il s'agissait de trahison sentait le vent tourner et préparait son avenir en renvoyant von Ribbentrop à ses caisses de champagne. Le führer lui-même ne prêtait depuis longtemps plus aucune importance à son ministre des Affaires étrangères, alors pourquoi ne pas l'imiter ?

Le deuxième se nommait Allen Dulles. Son patron, le général William Donovan, paraissait s'impliquer dans un complot abracadabrant, et l'homme de Berne le lui faisait savoir. Walter avait trouvé un semblant d'explication. Dulles ne croyait pas un instant aux capacités de Canaris à réussir un coup d'État. Mais dans son cas, pourquoi ne pas jouer une carte qui ne coûtait rien ? Réponse, il lui faisait toujours confiance pour la solution Himmler. C'était évident, l'armée ne pourrait rien entreprendre de sérieux avec l'ordre noir tenant entre ses mains de fer les leviers les plus importants du Reich. Lui, Schellenberg, restait une carte plus jouable. Dans moins d'une heure, il connaîtrait si l'amiral deviendrait le remède à ses problèmes.

Lorsque Marliese le fit entrer, Walter ne lui témoigna pas de son aménité habituelle. De son côté, l'attitude de l'amiral était à la limite de la politesse. Le responsable de l'Abwehr prit le loisir de s'asseoir, refuser un café, avant de demander bourru : - Je suis issu d'une génération d'officiers, celle ou les amiraux convoquaient les colonels, pas le contraire.

- À votre époque, les amiraux ne cherchaient pas à jouer les gangsters américains !

Canaris fit mine de ne pas comprendre. Toutefois, un bref éclat dans ses yeux n'avait pas échappé à Walter : - Vous pouvez me croire sur parole, il n'y a pas un micro dans cette pièce, du moins ils sont débranchés. D'ailleurs, il y a des chances que cette conversation me mènerait en votre compagnie devant le peloton d'exécution. Si vous le désirez, nous nous assiérons dans le fauteuil et je demande à Marliese de mettre en route un gramophone avec un disque de Beethoven.

- Je préfère devenir sourd !

Au moins, l'amiral conservait un certain humour : - Dommage, la musique nous permet de voyager à moindres frais . Vous privilégiez éventuellement Mozart et la marche turque ? Cela nous rapprocherait de von Papen et de la Turquie, hélas, aussi des affaires étrangères et de Ribbentrop. La dernière station pourrait être les caves du 8 Prinz Albrechtstrasse.

- Laissez cet idiot de von Papen en dehors de cela.

- À votre convenance. Qu'est-ce qui peut pousser un homme possédant votre intelligence à de pareils échafaudages ?

- Vous croyez peut-être savoir ce qui se passe actuellement au Maroc français ?

- Vous parlez du Maroc américain. De la conférence de la « Maison blanche » qui a lieu en ce moment même ?

- Tout le monde peut se tromper. Ce sont les services de renseignements espagnols qui nous ont prévenus et un idiot du premier département a cru bon de traduire Casablanca par maison blanche[28].

Malgré la tension Schellenberg ne se priva pas de rire, autant en profiter, cela pourrait bien devenir la dernière occasion de l'année : - Bien lui en a pris, vous vous souvenez, mon chef voulait perpétrer un coup de faux contre les trois alliés. Je lui ai expliqué qu'agir sur le territoire américain, en plus à Washington, était une totale impossibilité. S'il avait su que ce serait dans une ville côtière d'Afrique du Nord, il ne se serait pas montré aussi facile à convaincre.

- Vous voyez, l'erreur a du bon.

- Quand elle ne mène pas à Plötzensee pour se faire raccourcir de quarante centimètres. Et c'est là que vous finirez avec vos conspirateurs en herbe, avec un rien de malchance je vous tiendrai compagnie dans la file pour la deuxième place. De toute façon, je ne veux rien savoir et si vous dites un seul mot là-dessus, je vous descends sur le champ, et vos chiens avec par la même occasion. Au fait, merci de les avoir laissés au garde.

---

[28] Les services de l'Abwehr prévenu par l'intelligence militaire espagnole avaient déduit que la conférence se déroulerait à la maison blanche.

Canaris prit un ait têtu : - Tout comme vous, j'irai à Istamboul. J'écouterai…

Walter ouvrit son tiroir et en sorti son pistolet PPK : - il est chargé, Himmler insistera auprès du führer pour me faire chevalier de la croix de fer et me nommer général séance tenante.

- Que voulez-vous, Walter.
- De la collaboration. Vous avez besoin de moi.
- Autant que vous de moi ?

Schellenberg soupira, agacé : - Ce n'est pas un concours, c'est une course contre la montre. À la fin du mois, Ernst Kaltenbrunner sera le grand patron du RSHA et moi je me trouverai dans un bureau sans fenêtre. Vous n'avez strictement rien à y gagner. Ce n'était pas vrai, mais autant noircir le tableau tant qu'il y était.

Canaris joua l'indigné : - Vous me croyez ignorant ? Je le sais mieux que vous. Rassurez-vous, je vous accueillerai avec plaisir, vous pourriez remplacer le colonel Goerg Hansen.

- Ne soyez pas stupide, vous allez vous retrouver en face de vous avec un parfait idiot dans ce bureau. Avec beaucoup de chance qu'il soit lui aussi autrichien, c'est devenu la mode.
- Vous me faites répéter. Que voulez-vous, Walter ?
- C'est donc indispensable pour nous deux d'empêcher à tout prix que cela se produise. Pour cela le seul qui puisse me protéger se nomme Himmler.
- Et le rusé Walter Schellenberg se dit qu'avec mon dossier sur le Reichsführer il y parviendra sans peine.
- Il se dit cela le rusé Schellenberg, exact, un point pour vous. Comme Canaris ne paraissait pas se décider, il tenta de se rendre plus explicite : - Alors c'est non. Vous vous imaginez le risque que vous prenez si vos manigances arrivent aux oreilles de mon remplaçant.
- Je n'ai pas prononcé non. J'ai dit que je réfléchirais. Je peux vous promettre qu'à la moindre tentative de Kaltenbrunner pour vous éjecter, je vous le donne. Vous avez ma parole. Cela vous suffit.
- Bien entendu, amiral.

Canaris appréciait d'avoir le dernier mot : - Si par hasard Irène et les enfants n'ont pas tout mangé et s'il vous reste une boule de « dreikönigkuchen », lorsque vous croquerez le «bohne» téléphonez-moi pour avouer qu'Heydrich a fait voler dans notre coffre au Tirpitz Ufer les documents du général Nikolaï Skobline[29] concernant le maréchal Toukhatchevski.

- Cela a encore de l'importance, à part celle de nous traiter de voleurs ? Une idée me vient à l'esprit. À la réflexion, vous pourriez vous rendre à Istamboul comme prévu, mais prenez vos précautions pour qu'on sache qu'il s'agit d'une mission d'infiltration pour déjouer des plans américains.

- Si vous le proposez, c'est que vous avez une autre idée derrière la tête.

- J'ai toujours une idée derrière la tête. Vous fabriquez des mystères, je vous prends en exemple. Un partout. Walter voulait profiter de la situation, si possible surgir au moment propice et tenter de contrer William Donovan pour complaire à Allen Dulles.

Berlin, 9 Prinz Albrechtstrasse, lundi 18 janvier 1943 10h00

À présent Walter était persuadé qu'Irène le détestait autant que lui honnissait les Turcs.

Il avait passé son dimanche à balader leur délégation dans tout Berlin évitant les lieux sensibles, ceux que la Royal Air Force outrageusement endommagés. Suivant un rituel bien rodé, la soirée s'était terminée au bar de l'Hôtel Adlon après un copieux repas chez Horcher. Mardi, il viendrait ici pour leur présenter le détestable Müller et Arthur Nebe[30]. Ensuite, dîner de protocole à la villa Marlier ; après, il les confierait aux bons soins de Höttl pour visiter l'Allemagne et son miracle industriel. Hitler en avait chargé le « bon Heinrich », il voulait leur en mettre plein la vue en caressant l'espoir de les influencer à rentrer dans la guerre à leur côté.

Le Reichsführer lui avait à nouveau demandé de se rendre Prinz Albrechtstrasse. Pas moyen de s'y soustraire sans un motif valable. Himmler l'accueillit cette fois encore presque immédiatement. Décidément, Henri l'oiseleur semblait avoir adopté de bonnes manières, cela le rendit d'autant plus méfiant : Heureux que vous soyez la première personne que je reçois cette semaine, cela me portera chance, j'espère. Bientôt, je regagnerai la Wilhelmstrasse, nous nous verrons

---

[29] Général Nikolaï Skobline : général de l'armée blanche contre - révolutionnaire, membre de l'armée des volontaires et de l'Union des expatriés de Russie ROVS.
[30] Général Arthur Nebe : directeur de l'AMT V Kriminalpolizei (Kripo)

peut-être moins. Sous-entendu Ernst Kaltenbrunner sera ici à ma place : - Comment vont les Perses ?

Son chef se trouvait à nouveau en compagnie des chevaliers teutoniques, vu sa bonne humeur mieux valait le laisser errer à l'époque de son choix : - Ils apprécient notre hospitalité, ils sont éblouis. J'ai pris le temps pour leur expliquer le projet du führer pour la nouvelle capitale Germania. Ils en restent sans voix. Je compte bien que le ministre Speer leur enseigne la maquette qu'il a réalisée.

- J'insisterai personnellement.

Sur les quarante minutes du trajet le menant de la Berlinerstrasse vers la Prinz Albrechtstrasse, Walter avait eu le temps de songer à la promesse de Canaris. Convaincu qu'une parole engageait uniquement celui qui l'écoutait, un plan légèrement plus machiavélique était né dans son esprit, en conséquence de quoi, il était presque arrivé à la conclusion que si Canaris y donnait accès, utiliser le mystérieux dossier constitué contre Himmler ne serait pas la démarche la plus judicieuse. Il se demandait si la meilleure manière de parvenir à ses fins ne consistait pas à laisser filtrer par étapes les informations à Hitler pour forcer de cette façon le Reichsführer à agir en retour contre son maître. Il se promit d'y songer dans le calme de son bureau de la Berkaerstrasse dès son retour.

Walter se rendit compte qu'il n'avait pas été attentif à la dernière phrase d'Himmler.

- Vous ne dites rien, Schellenberg.

- Je réfléchissais Reichsfürher, après tout nous risquons de les humilier en procédant ainsi.

- Mais de qui parlez-vous ?

- Des Turcs.

Himmler se montra agacé : - Vous n'avez pas assez dormi, Schellenberg. Cela finira par vous jouer des tours. Laissez-moi en paix avec ces gens. Puisqu'il faut bien vous le répéter, voici ce que je vous disais. Le führer a de tout temps été protégé par la Providence. Il a survécu à la noyade alors qu'il avait quatre ans, à sa longue guerre dans les tranchées, à de nombreux attentats. Mais cela suffit-il. ? Il est de notre devoir sacré de le rendre inatteignable pour le temps qu'il restera avec nous. Quand je dis hors de portée, je ne parle pas seulement physiquement. Il y a l'aspect moral à prendre en compte.

Penaud de s'être vu pris en flagrant délit tout en ne voyant pas ou son chef voulait en venir, Walter employa la seule phrase qui lui semblait adéquate pour la circonstance : - Le führer demeure au-dessus de tout jugement Reichsführer, tout le monde en est conscient. C'était la réponse convenue pour ensuite passer à un autre sujet, il se rendit compte qu'en plus de l'avoir interrompu, elle tombait à plat.

Heinrich Himmler agacé s'était levé pour poursuivre, Walter ne se souvenait pas que cela s'était déjà produit. L'affaire devait le tracasser au plus haut point. Son chef se mit à arpenter nerveusement son bureau : - Pas tout le monde colonel Schellenberg. Des bruits s'entendent, une rumeur enfle. Elle n'est pas encore audible, cependant elle approche.

- Je ne suis au courant de rien Reichsführer.

Himmler haussa les épaules, fort de son importance : - Personne n'est au courant, sauf moi, Schellenberg, sauf moi. Une médisance si terrible ; elle viendrait aux oreilles de la presse étrangère que le führer ne s'en remettrait jamais. Face à ce péril mortel, je vais vous charger d'enquêter dans la discrétion la plus totale. Vous n'en parlerez qu'avec moi, vous entendez colonel. Avec moi, à l'exclusion de tout autre.

Malgré l'effet théâtral soigneusement mis en scène, sa curiosité fut piquée au vif et Himmler aimait se prier, autant lui accorder le premier rôle pour l'acte deux : - De quoi s'agit-il Reichsführer.

- Des gens plus bas que terre ont l'intention de faire courir le bruit sur des origines douteuses qui entacheraient à jamais le führer, vous imaginez la perte pour l'Allemagne.

- Douteuses comment Reichsführer ?

- Du pire qui est, de la plus mauvaise ascendance qui soit possible.

Walter pensa sur le champ à la rumeur sournoise qui avait empoisonné la vie d'Heydrich : - Vous voulez dire…

Himmler s'immobilisa pour le dévisager : - Exactement, de là-bas, vers les fils de David. Je vous charge de mener sans perdre un seul instant l'investigation la plus profonde et de la forme la plus impitoyable si nécessaire, vous avez une carte blanche totale. N'en parlez à personne, en contrepartie, j'exige des résultats. Je veux dire des conclusions inébranlables, à toute épreuve, qui cloueraient la bouche de ses détracteurs à tout jamais. Des conclusions qui doivent m'être remises en main propre. Pas un dossier, juste une feuille blanche avec quelques caractères noirs. Un seul exemplaire doit exister. Je ne vous l'ai pas encore dit ? Vous feriez un général exemplaire !

Tout au début de sa carrière, en trente-trois, il avait pu contempler en première page de tous les journaux d'Allemagne la photo prise par la police berlinoise d'un Marinus van der Lubbe[31] debout, penaud sous sa casquette tenant à la main une boîte d'allumettes. Quand Himmler se rassit pour lire un dossier sans plus lui prêter attention ; habitué à ses détestables manières, Walter se leva et resta un moment interdit en pensant qu'il devait furieusement ressembler au hollandais immortalisé ce jour-là. Planté quelques instants sous l'effet de la surprise, il se reprit rapidement et sortit après avoir salué et claqué des talons, puis emprunta le passage par la cour intérieure pour rejoindre le garage.

À force, il connaissait Himmler mieux que Himmler se connaissait lui-même. Il avait eu vent que l'année passée en août le Reichsführer avait, à l'aide d'hommes de la Gestapo triés sur le volet, enquêté sur les origines d'Hitler. Walter en ignorait les résultats, cependant, ils n'avaient pas dû clôturer cette affaire qui ressemblait plus à un caprice issu de sa recherche de la pureté raciale qu'à une volonté réelle. Une curiosité qui si elle était parvenue aux oreilles du chancelier aurait entraîné des conséquences inimaginables. Pour ceux qui s'y étaient impliqués. À présent, il était temps de réviser rapidement son jugement, le ciel de l'oiseleur semblait s'assombrir.

Cette fois Walter comprenait qu'il s'agissait de quelque chose de bien différent. Canaris n'avait plus besoin de lui faire connaître le dossier qu'il possédait contre Himmler. Heydrich avait emporté le secret dans la tombe, sauf qu'une autre personne savait et cette nouvelle personne se nommait Hitler. Savoir comment c'était parvenu jusqu'à lui demeurait pour l'instant une énigme qu'il se faisait fort de devoir résoudre. Il soupçonnait Martin Bormann sans éliminer aucune autre piste ; plus probablement Canaris en personne, c'était le roi du double jeu, mais chaque chose en son temps.

Himmler devait à tout prix trouver une parade contre ce danger mortel, Walter constituait à présent son seul bouclier.

Ernst Kaltenbrunner ne devenait rien de plus qu'un détail, Walter était devenu inatteignable du moins au niveau de ce dernier, ce qui n'était pas négligeable comme victoire. Lorsque le Reichsführer aurait obtenu ce qu'il cherchait, le bouclier d'acier deviendrait de bois pour finir un jour de papier mâché. Par les temps qui couraient ou tant de gens disparaissaient du jour au lendemain sans laisser la moindre trace, inutile de cracher dans la soupe, obtenir quelques mois d'impunité d'être un gain négligeable. Dans le Reich c'était courant d'aller de gain en

---

[31] Marinus van der Lubbe, membre d'un groupe d'ultra gauche Hollandais auteur de l'incendie du Reichstag dans la nuit du 27 au 28 février 1933, condamné à mort et décapité le dix janvier 1934. (Carnet de route de l'incendiaire du Reichstag, éditions verticales/le Seuil, mars 2003).

gain comme on saute une rivière à fort courant sur des pierres recouvertes de mousse.

Promenade au zoo du Tiergarten, 18 janvier 1943 14h00

À la réflexion, ce n'était ni une rivière non plus, plutôt un nid redoutable, une large fosse à serpents, qu'il se devait de traverser sans réveiller aucun des reptiles, bien peu étaient inoffensifs, beaucoup se montreraient dangereux, quelques-uns fatals. Autant dire un exploit digne d'un équilibriste hors du commun. Depuis une heure, Walter contemplait assis immobile le glissement silencieux des animaux venimeux derrière les vitres du vivarium. Ceux qui ne portaient pas la mort dans leurs crocs étouffaient leur victime dans leurs anneaux. Tout un programme.

Charmant et instructif.

Après la conversation qu'il avait tenue avec Himmler, il avait ressenti soudain un immense besoin de solitude. Aucune envie d'aller s'enfermer dans son bureau, pas plus que celui de rentrer chez lui. Dans ce cas, le Tiergarten représentait toujours un choix judicieux à Berlin pour celui qui tentait de s'éloigner de l'air malsain des quartiers gouvernementaux. Comme l'ambiance des humains lui pesait un rien plus qu'à l'habitude ce matin, il avait voulu chercher la compagnie des animaux tout en rajoutant une note de dépaysement. Leur attitude était souvent riche d'enseignements envers le mammifère qui se considérait comme plus évolué, l'homme.

Ainsi Hitler maintenait le maître de l'ordre noir par un nœud serré passé autour de son cou, il pouvait l'étouffer quand bon lui semblait sans que la SS, organisation irremplaçable à la préservation de son pouvoir absolu, ne trouve rien à redire à l'exécution de son chef. Si l'air passait encore jusqu'à ses poumons, cela tenait uniquement à ce qu'il soit plus utile au poste qu'il occupait que renvoyé à ses volailles. Le « bon Heinrich » n'était certes pas facile à remplace et encore moins de lui dénicher un successeur, sauf si cela s'avérait à tout prix indispensable. Heydrich avait bien trouvé le sien.

Le chef du département Ausland avait beau se creuser les méninges, pas le moindre fil pour le conduire au cadavre enfui dans le placard du Reichsführer. Canaris, peu enclin à prêter les siens, détenait pourtant les clés du mystère. Cela éclaircissait l'énigme de l'énorme indulgence dont il bénéficiait. Apparemment, il avait jugé utile de les partager avec le führer ou avec quelqu'un qui l'avait fait à sa place avec ou sans son consentement. La raison demeurait incompréhensible et il ne se voyait pas emmener l'amiral dans les caves de la Prinz Albrechtstrasse pour les lui expliquer. Il restait persuadé que Canaris finirait bien par l'inviter à participer à son secret au risque que le jour où il s'y décide, il soit devenu trop tard.

De son côté, Himmler savait qu'Hitler savait. Son unique parade consistait à détenir un secret encore plus grand, plus ignominieux. Un bouclier suffisamment énorme pour lui donner l'opportunité de rejeter par-dessus l'Inn un führer trop menaçant. L'autoriser à le mettre dans un terrain entouré de barbelés avec une étoile jaune cousue sur la poitrine sans que le parti, les gauleiters ou le maréchal du Reich ne puissent émettre la moindre objection. Connaissant son chef, ce dernier terrifié hésiterait jusqu'à l'ultime extrémité à jouer sa carte ; son attitude dans « redistribution » était éloquente. À la différence que dans leur effroyable jeu, ils risquaient de s'anéantir l'un l'autre. Ce n'était pas la meilleure période pour rencontrer du vide à la fois à la chancellerie et Prinz Albrechtstrasse-Wilhelmstrasse, elle risquait de se voir prise par les gens du Bendlerblock et là, ça correspondrait à la fin des haricots pour sa personne, du moins en Allemagne. Bien entendu, la guerre devait se terminer le plus vite serait le mieux, delà à le transformer en émigré, il y avait une marche à ne pas franchir.

Ce qui somme toute ne serait à la rigueur pas la plus mauvaise des options. Désormais, Walter se trouvait malgré lui à la plus mauvaise place, celle au milieu de l'affrontement. Si le führer apprenait que le patron de son service de renseignements extérieur enquêtait sur son passé, sa peau aurait moins de valeur que le tissu de son uniforme. Si Himmler flairait que son chef de département avait connaissance d'un terrible secret le concernant, il disparaîtrait dans le brouillard le plus total. S'il refusait la mission, Stalingrad sur le point de tomber deviendrait un lieu plus fréquentable que Berlin.

Tout cela était d'autant plus préoccupant, car comme toujours la file de ses soucis s'allongeait et diminuait à un rythme régulier. En ce mois de janvier, le mouvement avait plutôt tendance à s'emballer en vue de s'étendre en direction de l'infini. Il ne devait cependant pas négliger la surprise concoctée pour les Suisses. Le général Dietl chargé de masser sa division à leur frontière figurait parmi les vieux amis d'Hitler ; un fidèle de bien avant l'époque du « putsch de la brasserie » qui n'hésiterait pas un instant à marcher sur Berne à la seconde où il en recevrait l'ordre. Si le führer montrait de l'importance à l'affaire, les troupes helvètes de Guisan apercevraient déjà les casques allemands dans leurs jumelles. Ce qui apparemment n'était pas le cas vu leur manque de réaction. À moins d'avoir des nerfs d'acier.

C'est vrai qu'ils en portaient de similaires, de casques, de là à confondre ! L'amiral devait avoir une fois de plus raison, Hitler avait ramassé sa balle pour la lancer vers le Caucase, quant à Himmler il avait bien d'autres préoccupations. Démuni de ce moyen de pression, il allait devoir une fois de plus se montrer inventif.

Le gardien venait de faire pénétrer une souris dans le vivarium. La rapidité avec laquelle le reptile l'avala lui donna une idée précise de sa situation.

Berlin, Quai Tirpitz, bureau de Wilhelm Canaris, lundi 25 janvier 1943, 10h00

Canaris se retrouvait à ce point seul ; pour peu il se serait comparé à un comédien de tragédie grecque. Où étaient passés les amis ?

Depuis la douloureuse visite qu'il avait reçue de son vieux complice le major SS Hartmut Plaas[32] accompagné de l'écrivain Furtwängler[33] la solitude s'était encore accentuée, car n'ayant pas pu accéder à leur demande d'embaucher dans le réseau de l'Abwehr un juif sur le point d'être déporté, il s'était rendu brutalement compte de la diminution de son pouvoir. Son service de renseignement se nécrosait peu à peu ; s'il n'y prenait pas garde, dans un avenir proche Schellenberg mettrait la main sur la meilleure partie de son organisation, Gehlen sur l'autre.

Ses agents étaient soit vieillissants et encroûtés dans la bureaucratie ou corrompus. Souvent les deux à la fois. Non content de tourner le dos au succès, l'amiral se rendait compte que la généralité des informations à l'Ouest était maintenant due à la pure imagination de ses officiers. Quant à l'est, elle avait filé entre ses mains sans qu'il puisse la retenir.

Le responsable de l'Abwher était conscient qu'il devait absolument se ressaisir en démontant qu'il n'avait pas encore dit son dernier mot en la matière. Il entrevoyait deux solutions. L'Américaine avec l'aide de Georges Earle à Istamboul et pourquoi pas de William Donovan le chef de l'OSS[34] par l'intermédiaire des services secrets espagnols. Ensuite l'Allemande qui demandait d'enfiler deux manches, celle du chef de l'AMT VI. L'autre, celle du FHO de Reinhard Gehlen.

---

[32] Hartmut Plaas, participe au putsch en mars 1920 de Kapp. Major SS, membre de la résistance à Hitler.
[33] Franz Josef Furtwängler, orientaliste au ministère des affaires étrangères, écrivain et homme politique, membre de la résistance à Hitler.
[34] OSS, Office of Strategic Services des USA

Du moment qu'il conserverait le reste de la veste, cela ne deviendrait pas un problème majeur. Aujourd'hui, l'important se bornait à conserver suffisamment d'eau sous la quille pour lui éviter de s'échouer.

Sa bonne étoile lui viendrait 'elle encore une fois en aide ? Sans grand risque de se tromper, le patron de l'Abwher avait la ferme conviction qu'Himmler recherchait le contact avec des gens de Washington ; il ne voyait au premier abord aucun inconvénient à ce que les deux solutions s'amalgament lentement pour n'en faire qu'une, pourquoi faire simple.

Par contre, dans l'immédiat, le danger surgissait caché derrière la vague qui s'approchait dangereusement de lui. Aucune autre solution, excepté celle de la prendre de face ; l'onde devait venir se briser sur son étrave, à défaut, elle le ferait chavirer et l'enverrait rejoindre les abîmes.

Cette véritable lame de fond, preuve de la corruption régnante dans ses divers départements, avait pour nom Wilhelm Schmidhuber. Une banale histoire de trafic de devises remarqué par un contrôleur des douanes[35] de Prague trop méticuleux. Hélas, comme souvent, le fonctionnaire se distinguait par un entêtement particulier, c'était une attitude très tchèque. De son côté, le major Schmidhuber n'y avait pas vraiment mis du sien en fournissant des explications vaseuses au sujet de son homme de main arrêté dans la gare de Prague. Outre que l'officier avait changé à plusieurs reprises sa version, une de celles-ci s'était avérée une voie particulièrement dangereuse. En dernier recours, il n'avait rien trouvé de mieux qu'accuser son sous-fifre d'être un agent anglais. Automatiquement, de banale affaire de trafic, l'histoire s'était convertie le jour même de sa déclaration en affaire concernant la sécurité de l'État. Malheureusement pour le chef de l'Abwher, Schmidhuber en savait beaucoup sur Hans Oster et ses complots. Un peu moins sur sa propre implication, mais de toute façon trop pour ne pas risquer de mettre sa propre tête en jeu.

L'opiniâtre Johannes Wapenhensch à force de persévérance était parvenu à forcer les portes du Tirpitzufer au plus mauvais endroit possible, au sein de la division des affaires juridiques du département Z, là où travaillaient les pires ennemis du fraîchement nommé général Hans Oster. Sans se faire prier, ils s'étaient empressés de fournir sur le champ au fonctionnaire tchèque tous les conseils pour coincer le major Schmidhuber et par la même occasion leur chef de département.

C'est à ce point nommé brûlant que Canaris avait commis une lourde erreur de jugement en ne voulant pas certifier que les agissements de Schmidhuber

---

[35] Johannes Wapenhensch, chef des enquêtes douanières de Prague.

faisaient partie de sa mission pour le service de renseignements et que par conséquent, avait agi sous ses instructions. L'idée l'effleura un instant de le faire éliminer ; à la réflexion, il adopta une demi-mesure, l'exiler en Italie. Toujours aussi têtu l'obstiné contrôleur des douanes, loin de s'avouer vaincu, parvint à le faire extrader. Bénéficiant de l'aide empressée d'Oster, Canaris tenta en vain de le faire fusiller en tant qu'espion. Sur le point d'arriver à leurs fins, tout bascula vers les abîmes et c'est à ce moment précis que le pire pointa le bout de son nez. L'affaire se convertit du jour au lendemain en trahison et le RSHA à l'affût de la moindre occasion de s'introduire dans les affaires de l'Abwher s'en mêla sans perdre la moindre minute. La division 6^E de la Gestapo prit le major dans ses griffes pour l'emmener rapidement à l'abri de toute influence extérieure dans une cellule de la Prinz Albrechtstrasse. Comble de malheur, un des enquêteurs parmi les plus perspicaces[36] du numéro huit comprit l'exceptionnelle affaire que représentait cette capture inespérée. Sans tarder, le prisonnier Schmidhuber s'était empressé de jouer sur les deux tableaux. Il en dit assez à l'homme de la Gestapo pour tenter de commence à négocier sa liberté, cependant trop peu pour encore permettre au patron de l'Abwher de se porter à son secours. Aucun nom n'était jusque-là sorti de sa bouche. La Prinz Albrechtstrasse n'était pas connue pour être un endroit où l'on gardait longtemps le silence. Canaris mieux que tout Allemand le savait.

L'amiral était fréquemment tenu au courant de l'avancée de l'enquête par le général de police Arthur Nebe[37].

Dans un premier temps, Canaris avait imaginé que toute l'affaire était un stratagème machiavélique mis au point par Schellenberg pour mieux mettre la main sur son Abwher. À présent, peut-être à tort, il commençait à en douter.

Néanmoins, il était grand temps de demander à son « protecteur » le Reichsführer Heinrich Himmler d'intervenir.

Berlin, Berkaerstrasse 35, mercredi 27 janvier 1943 15h30

La nouvelle lui était parvenue tôt le matin et il venait d'en recevoir la confirmation. Ainsi, ils l'avaient fait ?!? Jusqu'au dernier moment, Walter avait été persuadé

---

[36] Franz Xaver Sonderegger, KriminalInspektor à l'AMT IV Gestapo
[37] Gruppenführer Arthur Nebe, premier chef de l'Einsatzgruppe B et chef de l'AMT V Kripo, conjuré du complot du 20 juillet 1944 contre Hitler.

que le bon sens l'emporterait ; Sidi Mohammed, le sultan du Maroc, venait sans peine de convaincre son agent à Rabat du contraire. Depuis Casablanca, le président américain Roosevelt avait terminé sa conférence de presse par une annonce inattendue par laquelle il demandait l'élimination de la capacité de guerre de l'Allemagne et d'anéantir dans l'œuf sa doctrine basée sur la conquête. Cela se traduisait par la capitulation sans condition du Reich, aucune paix séparée, aucun armistice envisageable. Quel imbécile, cet Américain ne se rendait pas compte du cadeau qu'il offrait à Staline. Pour le Reich, cela équivalait à la perspective d'un second traité de Versailles. Pour lui la tâche allait sérieusement se compliquer, Himmler saurait en tirer des conclusions difficiles à réfuter, lui faire changer d'opinion allait nécessiter des mois, s'il n'y parvenait jamais.

- Votre bureau est d'une rare élégance. Cette phrase vous dispose-t-elle plus à écouter mes considérations ? Visiblement, le ministre sans portefeuille Schacht était visiblement vexé.

Walter absent, perdu dans ses analyses, le regarda embarrassé. En suivant les arguments que lui exposait le génie allemand de la finance, il s'était échappé pour revenir au point de départ de ses plus sombres pensées : - pardonnez-moi, je resterai jusqu'au dernier jour un malappris indécrottable malgré mes efforts ; l'énormité de cette annonce inattendue et les conséquences que vous décrivez qui correspondent à mes pires craintes m'ont égaré dans un tourbillon d'obscures réflexions. Au sujet de mon bureau, inutile de vous moquer en le comparant à votre cabinet ministériel.

- Ex-cabinet.

Ce matin, Hjalmar Schacht, magnanime, avait décidé cette fois encore de se montrer extrêmement indulgent ; à sa façon bien entendu : - Vous seriez intéressé à les entendre à présent, si toutefois je prenais la peine de vous répéter, mes paroles ? Indiquez-moi au moins à quel point de mon exposé vous avez déconnecté ? Le ton n'était pas pour autant dénué de reproches.

Walter se rendit compte qu'il avait intérêt à lui passer une épaisse couche de pommade de qualité pour tenter de l'amadouer : - Soyez persuadé que mon pauvre cerveau a du enregistrer le moindre de vos mots, seule ma tête s'est absentée. D'ailleurs, ils étaient si prenants qu'ils m'ont envoyé voyager dans l'univers que vous décriviez. Vous avez dû être hypnotiseur à un moment ou un autre, je me trompe.

Hjalmar Schacht imperturbable ne répondit pas aux cajoleries, cependant, il se radoucit imperceptiblement : - À ce propos, le président Roosevelt à la particularité d'en posséder deux de cerveaux. Le sien propre et celui de son épouse

Eleanor. Cette dernière qui a tendance à pencher vers le socialisme a dû être prise elle aussi par surprise, sinon je suis persuadé qu'elle l'aurait persuadé de renoncer à une telle stupidité.

Walter surpris lança un regard lourd de sous-entendus à son invité : - En effet, plus stupide reste difficile à concocter. Cet idiot va par la même occasion ôter toute velléité à nos comploteurs de trente-huit. À quoi bon faire disparaître le sommet du parti si aucun gouvernement ne trouve de légitimité à leurs yeux. Walter gardait un peu de mal à désigner nommément Hitler.

C'était la première fois que le ministre se rendait au siège du service de renseignement extérieur de la Berkaerstrasse. Si sa venue ne revêtait pas un caractère indispensable, Walter appréciait simplement son avis. En ce qui concernait le financier, la moindre occasion de quitter sa retraite de Gühlen était bonne en particulier si elle le menait à Berlin. Ils n'avaient plus beaucoup de raison pour cacher leurs échanges ; si d'aventure on le lui demandait, il invoquerait un volet économique quelconque sur lequel il voulait se faire conseiller : - Cela vous a-t-il surpris autant que moi ?

Schacht le regarda avec un air indulgent, l'habituelle lumière intérieure annonçait sa proche apparition : - Pas du tout, le contraire m'eut étonné. Roosevelt veut éviter que de son côté Staline soit tenté de signer une paix séparée. Pour le président américain, la situation à Stalingrad semble favorable à une telle voie. Il se dit que le maître du Kremlin va tirer profit de sa supériorité dans cette partie du pays pour tenter de stopper les dégâts. Le géorgien a dû se rendre compte que l'offensive ratée de l'armée rouge dans le centre pourrait encore nous conduire à Moscou cette année et en a déduit que Staline pense comme lui. Cela dit, sa déclaration a dû en surprendre plus d'un. Peut-être Churchill lui-même, cet homme malgré ses nombreux défauts n'ignore pas que l'Europe moderne existe depuis trois cents ans grâce à un savant équilibre politique. Une Allemagne anéantie créerait un vide immédiatement rempli. Le résultat déboucherait inévitablement sur un nouveau conflit.

Un peu léger comme raisonnement.

La lumière intérieure apparut et s'intensifia illico : - bien sûr. Là derrière se cachent des conseillers tels Anthony Hopkins ou Cordell Hull que j'ai bien connus. Comme j'avais pu m'en rendre compte, ces personnes n'ont aucune connaissance de notre continent. Nonobstant cela, ils le poussent à faire de l'Amérique la première puissance économique mondiale, position difficile, voire impossible à atteindre sans l'anéantissement de l'une des deux parties qui s'affrontent à l'est, voire les deux.

- Et c'est imaginable ?

- Sans l'ombre d'un doute, ils détiennent déjà la moitié des stocks d'or de la planète. Outre qu'ils aspirent à ce que le dollar devient la monnaie de référence pour tous les échanges commerciaux. L'occasion est trop belle à saisir. Celui qui n'a pas dû apprécier c'est Winston Churchill. L'Angleterre se retrouvera accrochée à l'Amérique de la même manière qu'une voiture-restaurant à un train Pullman.

- La situation peut-elle encore être inversée ?

- Rassurez-vous, beaucoup ne verront pas cette « improvisation » d'un très bon œil. En premier lieu, les militaires américains. Leurs généraux savent pertinemment qu'avec l'Union soviétique cela ne débouchera sur rien de solide. Considérez cette conférence comme un premier pas franchi vers une ligne de crête dont Staline était à cette occasion absent. Le cadeau est trop beau, à présent, il y a à parier que l'homme fort du Kremlin doit se retrouver dévoré par la méfiance envers ses alliés. Il leur reste trop de choses à définir qui justifieront sa présence à une ou plusieurs futures réunions. La prochaine fois qu'ils se rencontreront, il nous faudra anticiper et agir si nous voulons rompre cette entente. Infléchir reste toujours possible. Comment je ne le sais pas, mais nous allons être contraints de trouver. À présent, vous me pardonnerez, mon train m'attend. Vous remercierez votre secrétaire pour cet excellent café.

Malicieusement, Walter lui rétorqua : - Pourquoi ne le feriez-vous pas vous-même ? Ensuite, mon chauffeur pourra vous reconduire en sa compagnie, cela lui changera les idées. Marliese a la meilleure opinion de vous. Elle sera flattée de se balader en votre compagnie. Vous lui expliqueriez le mystérieux mécanisme des bons MEFO tandis qu'elle vous donnerait sa recette secrète pour le café. Cela a à voir avec la température de l'eau, mais nous n'avons pas encore réussi à percer son secret.

Le ministre rougit jusqu'aux oreilles : - Une autre fois sans doute. La situation que vit notre armée à Stalingrad ne fait pas de moi le meilleur des compagnons.

Après son départ, Walter retourna les dernières paroles d'Hjalmar Schacht dans sa tête. À force, il se convainquit que l'idée exprimée un mois plus tôt par Himmler n'était pas aussi stupide qu'il l'avait de prime abord pensé.

À lui de suffisamment intriguer pour encourager Himmler à éliminer les trois grands, tout en en faisant assez pour que l'entreprise capote. Il avait besoin d'obtenir de bons points des deux côtés.

Berlin, 9 Prinz Albrechtstrasse, samedi 30 janvier 1943, 15h00

La nouvelle de la situation désespérée et inextirpable du Generalfeldmarschall Paulus nommé, tel un cadeau empoisonné le matin même, car combiné à l'attente de son suicide. Ce préliminaire prussien à la reddition imminente de la sixième armée, avait obtenu un résultat inespéré en plombant la cérémonie d'investiture restreinte qui réunissant tous les chefs d'AMT et leurs principaux chefs de section ainsi que les responsables des plus importants BdS[38]. Tous s'attendaient à entendre la nouvelle de sa mort d'un moment à l'autre.

Malgré l'élégance de la salle de protocole, la nomination officielle de Kaltenbrunner, nouvelle de petite envergure en comparaison, était devenue une cérémonie d'arrière-salle étriquée et sinistre. Peu parmi les chefs présents ignoraient encore de quoi les lendemains seraient faits.

Le seul qui semblait y prendre un plaisir évident était Heinrich Himmler. Walter ne pouvait se décider si c'était à cause du mauvais tour qui lui était joué ou la situation délicate devant laquelle « le Viennois » se trouvait à présent placé. Il opta pour la deuxième explication. Succéder au général Heydrich l'amènerait sans cesse à se voir comparé à lui sans aucun espoir d'atteindre à un moment sa stature. Ensuite, Kaltenbrunner n'était apparemment fidèle qu'à Hitler et se posait malgré lui en concurrent d'un indéboulonnable Reichsführer ce qui insupportait énormément à ce dernier. Le général autrichien pouvait s'attendre à se trouver devant une barre placée très haute par Himmler pour mieux le faire chuter en cas de besoin. Une fois les premières lumières éteintes, Ernst allait sans tarder regretter la douceur de la capitale autrichienne.

Le géant balafré de près de deux mètres n'avait pas eu l'occasion de le regarder de haut. Dès qu'il s'était approché de lui dans l'intention évidente de l'humilier à son tour après un discours qui lui avait escamoté son entrée, Walter feignant de l'ignorer s'était dirigé vers le Reichsführer en grande conversation avec Arthur Nebe. Autant montrer la couleur de son mépris sans attendre pendant que les autres rivalisaient en ronds de jambe. Se diriger vers le « bon Heinrich » démontrait clairement leur proximité.

Supposant que Schellenberg tenait visiblement à s'entretenir avec Himmler seul à seul, le chef de la Kripo leur demanda de l'excuser quelques instants. Dès qu'il eut tourné les talons, Walter s'adressa à son chef : - Je tiens à vous remercier de l'éloge que vous avez fait de mon département à l'occasion de votre discours.

---

[38] BdS : Befehlshaber der Sicherpolizeil und des Sicherheitsdienst.

Pour faire bonne mesure, il faillit ajouter : vous n'étiez pas obligé ! Il se retint aussi de compléter malicieusement : parler de votre rencontre avec le général était émouvant et votre nostalgie de Munich aurait arraché des larmes. Mais c'eût été un peu trop. Walter avait noté que le souvenir d'Heydrich avait été invoqué une centaine de fois lors de l'allocution, le nom de Kaltenbrunner même pas prononcé en dix occasions.

Himmler affichait toujours un identique plaisir à contrarier son subordonné par une réponse ambiguë : - Vous ne le méritez pas ?

- C'est à vous d'en décider Reichsführer. Si vous me demandez mon avis, je ne serais pas loin de penser comme vous.

Le « bon Heinrich » se fit caustique : - Qui vous a dit que je pensais ce que je disais. Devant l'air surpris de Walter, il ajouta rapidement : - n'ayez aucune crainte, je plaisantais. À propos de l'enquête dont je vous ai chargé, il serait fâcheux d'attirer son attention et celles des autres chefs d'AMT, vous voyez de qui je parle. Pendant un mois ou deux, nos contacts vont devoir se tarir. Kaltenbrunner n'apprécie pas beaucoup mon autorité, il aspire à dépendre directement du führer. Pour cela, il devra revenir le tenter dans une autre vie, j'en ai bien peur. Quant à vous Schellenberg, faites le dos rond, vous connaissant, vous ne devrez pas prodiguer de grands efforts pour y parvenir. En ce qui concerne les affaires courantes, ne vous adressez pas à moi, faites tout passer par lui et soumettez-vous à sa signature. C'est un être fruste, en procédant ainsi il s'imaginera vous avoir dompté. Cela lui évitera de fouiner, il passera vite à autre chose, de mon côté j'entends bien ne pas lui laisser le moindre temps libre pour penser. À propos de temps libre, vous avancez ?

Walter s'était préparé depuis quelques jours à cette question, pour la forme, il fit mine de réfléchir à la réponse : - Avancer veut surtout dire pour l'instant prendre une direction. Celle que je suis pourrait s'avérer prometteuse. Je regrette de ne pas disposer de plus de « temps libre » pour m'y consacrer en priorité. Il me faut entre autres le partager avec le problème suisse sans oublier les affaires en cours.

Himmler lui lança un regard étrange : - Le führer a changé d'avis, il n'envisage plus vraiment de maintenir un rapport de force ; bientôt, il va ordonner à l'OKH de rappeler Dietl et sa division de montagne sous brève, disons un mois en étant optimiste. Vous devrez vous débrouiller sans ou faire très vite. Il s'adressa à Nebe qui revenait vers eux : - Arthur, je vous abandonne en compagnie de notre jeune prodige, j'ai quelques remontrances à formuler envers certains des invités. Je les vois déjà transpirer, inutile de les laisser mouiller plus longtemps ce magnifique parquet.

Walter appréciait modérément le général Nebe. Heydrich l'avait longtemps soupçonné d'être proche des comploteurs. Après l'avoir envoyé faire son tour à la tête d'un commando spécial en Biélorussie, il avait en apparence modifié son opinion. En ce qui le concernait, son ancien chef s'était lourdement trompé et tant mieux, en cas de besoin, il ne manquerait pas de l'acculer dans un coin pas trop confortable. Chaque chose en son temps.

Le directeur de la police criminelle du Reich l'examina comme s'il avait à décider sur le champ de le classer parmi les délinquants ou les victimes. Paraissant connaître la réponse, il désigna Kaltenbrunner du menton : - Si dans le passé, nous éprouvions le sentiment d'avoir souffert, attendons-nous à changer d'avis. C'est un soudard de la pire espèce, un alcoolique doublé d'une brute et croyez-moi, je m'y connais pour avoir côtoyé des gens comme lui tout au long de ma carrière. En général, après s'être entretenus avec moi, ils finissaient derrière les barreaux. Imprégnez-vous bien des paroles du Reichsführer à l'occasion de son discours : « vous prenez le contrôle d'un corps de commandement éprouvé, parfaitement formé, impeccable et pur dans son esprit et son caractère », autrement dit, il reçoit en cadeau un joyau qu'il ne peut que dégrader. Si vous avez été attentif, il a également tenu à souligner que sa nomination était due à Hitler, autrement dit : « si cela dépendait de moi, vous ne seriez pas là… »

- C'est là une interprétation intéressante général. Vous me donnez presque envie de penser comme vous.
- Il va infester votre service de ses amis autrichien, c'est sa méthode, il agit toujours ainsi. Qu'il soit également avocat ne fait que conforter ma pensée. Il sont sournois. Sauf vous, bien entendu, mais vous n'avez fait qu'étudier le droit.

Subitement, le responsable de l'AMT V lui paraissait un cran plus sympathique, il décida d'abonder dans son sens, après tout il ne pouvait pas se permettre le luxe de gaspiller un possible soutien au sein du RSHA : - Qu'avons-nous fait pour mériter ces autrichiens ?

- Mon cher Schellenberg, attendez-vous à une immigration massive dans les prochaines semaines. Il va se dépêcher de vous entourer de ses compatriotes comme les Indiens cernaient les colons américains. Vous allez en retrouver partout au point que vous entendrez yodler dans vos couloirs.

- Les Indiens ont perdu, non ?
- Exact, en attendant, évitez de vous faire scalper.
- À propos de cette histoire d'Indiens, général, ne se passait-elle pas en 1938 ?
- Vous aviez déjà visité la Suisse à cette époque colonel Schellenberg ?

49

LE MAUVAIS FILS

Stalingrad, Distillerie de vodka derrière la gare numéro un, dimanche 31 janvier 1943, 08h15

C'est probablement la dernière fois qu'il verrait cet endroit, il le regarda longuement en ayant l'impression d'y avoir vécu mille ans. Il l'avait aimé puis détesté, maintenant il aurait voulu y rester mille autres années. Dehors, les haut-parleurs lançaient leurs messages en allemand, un bel allemand avec l'accent du Rhin, peut-être celui d'Heidelberg, très élégant. Paulus avait capitulé, ils pouvaient sortir sans armes, mains sur la tête, ils seraient bien traités. À la table, assis, un feldwebel pleurait. Depuis plus d'un mois qu'il le côtoyait, il ignorait son nom, juste feldwebel… ils avaient souvent discuté, il savait tout de lui, sauf comment "feldwebel" s'appelait. Il était marié avec deux enfants là-bas à Solingen, il disait qu'il ne les reverrait jamais. Il avait probablement raison !

Bien traités ? Ils avaient tous en tête les récits d'horreur qui circulaient sur la Sibérie qui engloutissait les hommes. Chaque jour comme tout le monde à Stalingrad, ils avaient concocté des plans pour passer l'encerclement et rejoindre les lignes allemandes ; comme tout le monde, ils avaient toujours remis l'évasion au lendemain.

Certains officiers voulant imiter le général von Hartmann commandant de la 71ème division étaient sortis armes à la main pour affronter debout les soldats de l'armée rouge. Quelques autres avaient décidé de se faire sauter la cervelle, mais aucun dans leur « quartier ». La distillerie détenait une bonne réputation, celui d'un des endroits les plus « chic » de Stalingrad. Ils y avaient vécu bien mieux que ceux perdus dans la plaine hors la ville. Ils n'avaient manqué de presque rien. Silencieusement, ils engloutirent un maximum de nourriture et chacun eut droit à une demi-bouteille d'alcool de prune.

Avant de s'embrumer le cerveau, il se retira solitaire dans le coin le plus reculé de la pièce. Dans le désœuvrement régnant, il avait passé son temps l'avant-veille à révéler un peu de pellicule. Malheureusement, ne disposant de papier et de produit que pour cinq clichés il avait choisi ceux qui l'avaient le plus marqué.

Au temps où il était encore possible de circuler un peu, vers le cinq, il s'était aventuré à photographier un avant-poste de la 29ème division motorisée le long du chemin de fer près de Nowo Rogatchik. Les regards des hommes restaient cependant fiers, la plupart s'accrochaient dur comme fer à l'espoir d'un désencerclement proche. Barbus, quelques-uns riaient comme victime d'une bonne farce. Huit jours plus tard, cette division subissait le gros de l'attaque ; après la destruction d'une cinquantaine de chars ennemis, ils durent abandonner une grosse partie du matériel lourd pour se replier dans une tempête de neige vers la vallée de la Rossoska. Qu'étaient maintenant devenus les hommes qu'il avait figés sur le papier.

Le neuf janvier, il avait évidemment « raté » la demande de reddition soviétique. Quelle merveilleuse photo manquée que celle de trois officiers soviétiques, drapeau blanc à la main, venant devant leurs lignes du secteur nord remettre une lettre scellée à l'attention de Paulus. Il ne put résister au plaisir de s'imaginer qu'il réussissait à l'immortaliser, ensuite l'envoyer par un avion de ravitaillement à l'attention du ministre de la Propagande et du Peuple. Le jour suivant, ce secteur subissait une pluie d'obus lancée par des milliers de bouches à feu. Pour ne pas rester sur sa faim, il avait photographié le camarade de la 60ème division qui lui avait raconté l'histoire. Un cliché comme si !

Le quatorze janvier à Pitomnik, il avait accompagné des hommes de son groupe dans le chemin de croix vers l'aérodrome ou ils espéraient recevoir une dotation de médicaments. La route était parsemée de véhicules et d'étranges cadavres blancs que la mort avait surpris dans des positions surprenantes. Ils n'étaient revenus avec rien hormis cette scène d'apocalypse introduite dans son Leica. L'image apparaissait un peu floue, mais c'était sans importance, personne ne la verrait jamais. Deux jours après, l'aérodrome de Pitomnik se réveillait dans un autre monde.

Le vingt janvier, partis à la recherche de parachutages, ils aboutirent à l'ancienne prison de la Guépéou transformée en hôpital, toujours à la recherche de médicaments, à quatre ils avaient pénétré l'enfer de Dante. Trois mille hommes y mourraient dans des conditions abominables en maudissant le führer et sa cour. La puanteur des lieux l'avait fait vomir. S'il n'avait eu ses camarades, il serait resté là dans le froid à attendre la fin en s'incrustant à tout jamais dans le tableau. Les trois camarades l'avaient surveillé jusqu'au retour à la distillerie.

Enfin le dernier, pris de loin le vingt-cinq, ou le vingt-six janvier, il ne se rappelait plus bien. Le général Paulus et le général von Soydlitz sortant de leur quartier général. Ils figuraient à ce point minuscules sur la photo, lui seul savait de qui il retournait. Il avait tenté de les prendre dans son objectif curieux de connaître s'ils enduraient les mêmes souffrances que leur armée. La feldgendarmerie n'avait pas voulu porter attention à son statut de propaganda commando et l'avait refoulé. Il s'était perché plus loin pour pousser sur le déclencheur. Malheureusement, il n'avait qu'un objectif.

Comme pour trinquer avec eux, il arrosa les photos d'un peu d'alcool de prune avant d'y mettre le feu.

Wiegand se décida à enterrer son Leica et les quelques rouleaux de pellicule qui lui restait. À quoi bon, il n'y avait imprimé dessus que de la détresse volée sans conviction. De toute façon, il serait confisqué. Par respect pour l'appareil, il l'enveloppa dans un morceau de toile cirée qu'il entoura de fil de fer. Quand ce fut fait, il regarda le sous-officier, lui tapa sur l'épaule comme pour lui signifier qu'il lui laissait l'honneur de sortir en premier.

Le soleil n'avait pas voulu participer à leur malheur, la blancheur de la neige les empêcha de distinguer les silhouettes, après un moment la vue se fit plus nette, pas un Russe, rien que des Allemands qui se parcouraient des yeux sans se voir, un peu perdus, plus étonnés qu'effrayés de ce qui se passait. C'était fini, ils avaient survécu, mais ils ne pouvaient pas rentrer chez eux c'était principalement cela qu'ils ne parvenaient pas encore à comprendre.

Ils se mirent naturellement en file et marchèrent lentement vers la gare comme s'ils allaient prendre le train. Après tout, c'était dimanche…

Stalingrad, four Martin, Octobre rouge, Halle 4, mardi 02 février 1943

Ils se demanderaient à jamais pourquoi ils avaient lutté deux jours de plus que leurs frères de misère au sud de la ville au-delà de leurs forces.

Au matin, le général Karl Strecker commandant le XI corps, ordonna à son chef d'état-major Helmuth Groscurth[39] d'envoyer à l'OKW sa décision de cesser le combat. Le colonel transmit le dernier message allemand de Stalingrad sans faire aucune référence à Hitler.

L'amiral Canaris perdait ainsi un de ses meilleurs amis ; la résistance allemande un de ses principaux coordinateurs. Toutefois, l'officier partait en captivité réconforté d'avoir pu expédier un émissaire[40] à Ludwig Beck.

---

[39] Colonel Helmuth Groscurth, Initiateur avec Hans Oster de la résistance à Hitler au sein de l'Abwher.
[40] Major Alred von Waldersee.

LE MAUVAIS FILS

Berlin, Berlinerstrasse 131, Maison de Schellenberg, mercredi 03 février 1943

Depuis la réception, il n'avait pas daigné bouger de la maison. Tant pis, si on le cherchait, on saurait où le dénicher.

Le patron de la police criminelle lui avait donné matière à penser sans pour autant le perturber outre mesure ; en y réfléchissant, cela ne faisait qu'une personne de plus qui se trouvait au courant de ses escapades. Rien de bien dangereux, Nebe ne s'en servirait pas, le général avait plus à perdre de se faire un ennemi du chef des renseignements étranger que lui du dirigeant de la Kripo. À la réflexion, Walter pourrait aussi en tirer avantage, Arthur était jusqu'à aujourd'hui le seul responsable d'AMT qui ne lui soit pas hostile.

Pour conjurer le sort, il avait convaincu sans trop de peine Irène de confectionner un bon dîner avec le canard qu'il s'était procuré au marché noir en échange de vingt-cinq reichsmarks. Elle voulait le garder au frais dehors pour le repas du dimanche. Walter avait fait valoir le risque d'un chien errant, contrairement à son habitude qu'il affectionnait sans oser le lui avouer, devant la menace, son épouse avait fini par céder sans trop batailler. La bête née sur le lac de Wannsee s'était révélée succulente accompagnée de pommes en conserve. Pour bien marquer l'évènement, il se décida même à ouvrir une deuxième bouteille de vin de Moselle qu'ils burent en silence en oubliant le dessert. Irène semblait heureuse de l'avoir quelques jours pour elle seule, lui appréciait cette vie de famille. À son ravissement, elle avait pu le voir jouer toute la journée avec Ingo.

Dans une sorte de recueillement, il avait tenu à vivre les derniers évènements, entouré du cocon familial. Paulus avait préféré se rendre, devenant ainsi le premier maréchal allemand partant en captivité, il fallait bien un début à tout et au moins son attitude donnerait à penser qu'un certain état d'esprit pointait son nez. Il espérait que von Seydlitz ait lui aussi survécu. Pour Walter, c'était presque une année d'acharnement qui s'en allait à jamais se perdre dans les profondeurs de la Russie. Son épouse avait offert une présence apaisante que sa mélancolie lui avait bien mal renduc jusqu'à la dégustation de la volaille, les quelques verres de vin blanc aidant à lui arracher un maigre sourire.

- Pourquoi ne profites-tu pas de ta maladie pour démissionner et aller un ou deux mois en cure, ensuite tu pourrais demander un poste administratif orné d'un peu de prestige ?

Tout au long du repas, Walter avait redouté qu'Irène aborde le sujet, elle n'en était pas à sa première tentative, c'est pourquoi il avait à l'avance préparé une piètre réponse sans être parvenu jusque-là à en élaborer une définitive : - Dans une année ou deux, je pourrai me faire soigner si je parviens à changer la situation, sinon me faire remettre sur pied n'aura pas plus d'importance que rafistoler un cheval de bois avant de l'envoyer brûler dans la cuisinière. C'est l'Allemagne qu'il faut avant tout réparer, elle n'est pas prête à affronter ce qui l'attend à l'est. Toi et les enfants faites partie de ce territoire.

Irène se montra sceptique : - À toi tout seul !

- Je ne suis pas aussi seul que tu le penses.
- Il me semble que pour l'instant tu te retrouves plutôt mal accompagné.

Il clôtura la discussion en la prenant dans ses bras. Irène n'était pas du genre à insister même quand elle avait raison. À quoi bon lui dire que même s'il le voulait cela se révélerait impossible et d'ailleurs pour autant qu'il se posait encore la question, il ne désirait pas qu'il en soit autrement.

Le matin, Höttl avait téléphoné à quelques reprises pour traiter des affaires courantes et auquel il avait répondu sèchement. À l'avenir, il rendrait autant que possible la croix autrichienne plus lourde à porter. Walter avait pris très au sérieux les avertissements d'Arthur Nebe. Nonobstant que d'habitude le RSHA ne versait pas dans la titularisation par l'antériorité ; la génération « d'Alte Kämpfer[41] », en dehors d'exceptions notables, se voyait en général récompensée par des rôles politiques dans le parti ou le gouvernement. Sauf quelques rares entorses, les cadres du SD n'avaient plus rien à voir avec la première génération. Ils étaient à présent choisis pour leur « fraîcheur » politique, une nécessaire nouvelle élite n'ayant pas connu la guerre précédente, dépourvue des péchés originels du parti, et par la même occasion de leurs mauvaises habitudes. C'est un sang neuf qui alimentait sans tarir un moule presque identique sur la forme, nourrissant d'idéologie ceux qui en surgissaient. Tous animés d'un arrivisme forcené ; tous aussi dénués de scrupules que leurs aînés, la culture et parfois les bonnes manières en plus.

Sans penser à lui-même, malgré son heurt avec le Reichsführer à cause de sa demande de divorce, c'est à Karl Wolf qu'aurait dû échoir le poste. Que sa condition eut été pire avec ce dernier n'intervenait pas face à ce manque de cohérence, l'important c'était la raison pour laquelle Himmler avait laissé nommer à la tête du RSHA un alcoolique au cerveau diminué à peine sorti de cure de désintoxication. Bien évidemment, c'est Hitler qui avait décidé, mais en tant que chef de l'ordre noir « le bon Heinrich » aurait pu s'y opposer en faisant preuve d'un

---

[41] Alte Kämpfer, en général premiers membres du NSDAP de la période 1919-1923.

peu de diplomatie, avec le führer il en était tout à fait capable, et à force de persuasion obtenir gain de cause. S'il ne l'avait pas fait, une sérieuse raison existait qu'il lui restait à découvrir. Soit Kaltenbruner grâce à son passé de policier détenait un dossier, toujours lui, compromettant sur Himmler, soit le führer tenait à se distancier du maître de l'ordre noir en lui effritant son puissant service de sécurité à l'aide d'un homme dévoué entièrement à la cause depuis le début des années vingt. Hitler régnait non seulement en divisant adroitement ses lieutenants, mais aussi tout en leur permettant de chevaucher leurs prérogatives, ce qui entraînait bien des luttes intestines. De son côté, le Reichsführer dominait le panier par sa froideur de calcul doublé d'une attitude implacable. Sauf en cette occasion.

Avant d'aller s'allonger pour tenter de dormir, suivant son habitude, Walter regarda par la fenêtre, la rue n'était toujours pas déneigée, les bras manquaient. Une dizaine de mètres plus loin sur le même trottoir stationnait une Opel Kadett 38 vert foncé avec toit en toile qui attira son attention. Après l'avoir observée, il comprit pourquoi. L'échappement avait créé un rond noir là où le manteau blanc avait fondu ; donc le moteur tournait. Il déduit qu'il devait y avoir quelqu'un à l'intérieur depuis pas mal de temps, car la couche poudreuse devant la portière n'était pas marquée par des empreintes de pas.

DEUXIÈME PARTIE

Munich, 41 Thierschstrasse, dimanche 14 février 1943 10h00

Les deux adresses étaient distantes de cinq cents mètres, Walter décida de commencer par le 41 Thierschtrasse. Il s'agissait d'un bel immeuble de quatre étages à la façade blanche percée d'une niche au niveau du premier dans laquelle, comme c'était souvent le cas dans la catholique citée munichoise, trônait une vierge sur pied. Le rez-de-chaussée était occupé par un magasin de chaussures d'occasion à la devanture minable.

Après avoir poussé la porte, malgré l'absence d'éclairage, il constata que le sol qui n'avait de toute évidence plus vu une serpillière depuis le dernier des Wittelsbach[42] s'encombrait d'un fatras de cartons et de caisses vomissant des godasses de toutes sortes dont le point commun était l'état d'usure avancé. Sinon, personne ne se montrait pour les garder comme si leur peu de valeur motivait un total désintérêt.

Une fois qu'il eut slalomé entre le bazar accumulé, Walter remarqua qu'une sonnette mécanique telle qu'on en rencontre dans les réceptions d'hôtel était posée sur un semblant de comptoir constitué de trois grandes planches tout aussi surchargées appuyées sur des cantines métalliques. Lassé d'avoir actionné le timbre à plusieurs reprises en vain, il décida de signaler sa présence par quelques appels énergiques. Au bout du compte, une tenture qu'il n'avait jusque-là pas remarquée s'écarta pour laisse passer un individu entre deux âges, accoutré d'un cache-poussière informe d'un gris sale, visiblement handicapé par une claudication prononcée. Pour comble, il paraissait légèrement bossu et le nez supportant ses lorgnons laissait ruisseler deux traces humides se dirigeant vers ses lèvres. Profitant d'une jeunesse écoulée à deux kilomètres de la frontière française, Walter avait eu l'occasion de dévorer les œuvres complètes de Victor Hugo ; dans son esprit, il avait sur-le-champ surnommé l'homme au tablier Quasimodo.

Le Quasimodo munichois parut aussi surpris que l'original de Notre-Dame de Paris lorsqu'il aperçut pour la première fois Esmeralda. Par souci de discrétion, l'officier du SD s'était vêtu en civil à la différence que le costume noir qu'il portait

---

[42] Wittelsbach, dynastie régnante en Bavière jusqu'en novembre 1918 et l'abdication du dernier roi Louis III.

était fait d'un tissu de haute qualité et d'une coupe irréprochable contrastant violemment par son luxe avec tout ce qui l'entourait. Ajouté à cela un chapeau de la même couleur posé sur la tête d'un homme d'à peine trente ans ; n'importe quel Allemand, sauf s'il était demeuré, comprenait à qui il avait affaire. De façon inattendue ce fut Quasimodo qui prit les devants : - Je présume que vous ne venez pas m'acheter des chaussures ?

Walter opta pour la déstabilisation : - non, bien deviné de votre part, ceci étant dit l'objet de ma visite n'est pas autant éloigné des pieds que vous pouvez le penser. J'arrive chez vous avec la ferme intention de vous vendre des pantoufles.

Le boutiquier essuya enfin son nez avec un mouchoir aussi gris et sale que son tablier élimé, à croire qu'il l'avait découpé dedans et que s'il se retournait on remarquerait la pièce manquante dans son dos : - des pantoufles, je ne comprends pas bien !

Le chef des renseignements Ausland n'affichait pas une tête particulièrement menaçante, au contraire, ses traits demeuraient avenants ; il remédia à cela en exhibant sa carte de fonction, celle qui terrorisait ceux qui détenaient quelque chose à cacher et terrifiait tous les autres : - Des jolies pantoufles, de celles qui vous permettront de passer l'hiver au chaud dans votre magnifique magasin à la place de sabots de bois pour courir dans la boue d'un camp situé à vingt kilomètres d'ici. J'ajoute toutefois que ces sabots de bois sont aussi rares dans ce camp que l'humour des gardiens. En règle générale, ils vont aux plus forts, parfois aux plus malins. Si vous pensez détenir ces deux caractéristiques, vous pouvez vous autoriser à ne pas répondre à mes questions. Sinon, à votre place, j'y regarderais à deux fois. Je précise que la patience ne représente pas ma plus grande des qualités.

Quasimodo prenait à présent progressivement la couleur de son cache-poussière, il devenait à point ou peu s'en fallait, l'effrayer plus deviendrait vite inefficace sinon contre-productif ce qui était à éviter pour le moment : - Monsieur l'officier, mon commerce est tout ce qu'il y a de plus légal, mes registres très bien tenus et à jour, rien n'est vendu sans ticket, je m'y refuse avec la dernière énergie malgré les nombreuses invitations de la clientèle pour me pousser à faire du marché noir. Je note leurs noms, on ne sait jamais. Si vous voulez, je vous les montre bien entendu. En dehors de mon magasin, je ne fréquente personne. Sans mon handicap, je me serais déjà engagé volontaire afin de combattre pour le führer.

- Eh bien, nous y voilà, c'est bien de notre chancelier dont il s'agit. Vous savez que vous vous trouvez dans un lieu illustre !

Le corps habitant le tablier gris se mit à balancer d'avant en arrière et de gauche à droite à la recherche de la réponse à donner qui conviendrait le mieux ou celle qui se trouverait la moins mal interprétée. Prudent, il regarda une vielle paire de bottes informe, passant à ensuite à des souliers de femme de la même fraîcheur pour tenter d'obtenir leur aide avant de laisser passer dans un murmure : - Cela va de soi, j'ai conscience de cet immense honneur.

- Parfait, vous savez donc que notre führer a vécu dans un appartement de cette maison en 1921.

- Oui, bien sûr, tout le monde dans la rue le sait.

- Vous l'avez connu ? Avant de venir, Walter avait discrètement enquêté sur les actuels locataires de l'immeuble et il connaissait déjà la réponse. Sa manière de procéder lui permettait de percer à jour les éventuelles dissimulations que serait tenté de lui faire Quasimodo.

Le marchand de chaussures voyait les ennuis arriver à grands pas, à présent, il se forçait à creuser ses méninges pour découvrir ce qu'il avait pu bien mal faire pendant cette période et qui lui valait cette désagréable visite matinale. C'est d'une voix encore plus faible qu'il répondit : - Je n'ai pas eu cette chance, j'avais seulement douze ans en 1921, je suis de neuf, autant dire un enfant. À cette époque, je demeurais avec maman, mes préoccupations tournaient autour de la nourriture à trouver chaque jour. Grâce au führer, tout cela a bien changé.

Ce fut au tour de Walter d'être surpris, il avait estimé que l'homme s'approchait doucement de la soixantaine : - mais vous avez peut-être des souvenirs à l'esprit. Vous habitiez dans cette maison à l'époque ?

- Non, pas du tout, je vivais avec maman dans l'immeuble au coin de la Mariannestrasse à cent mètres d'ici. Tout ce que je me rappelle, c'est d'un va-et-vient incessant qui…il hésita un instant… indisposait quelque peu les autres habitants. De toute évidence, ils ne se rendaient pas compte des grands évènements qui se préparaient dans cet immeuble.

Walter estima que le moment était venu de le rassurer : - n'ayez aucune crainte, ce que je veux, c'est que vous parliez franchement. Le mode de la confidence fonctionnait souvent et donnait de bien supérieurs résultats que la force une fois que celle-ci avait été établie : - C'est encore un secret, le parti a décidé de rédiger une biographie complète et inédite de la vie du futur chancelier Hitler à Munich ; une surprise qu'il remettra au führer à l'occasion de son anniversaire. C'était le motif qu'il avait mis au point avec le Reichsführer, il valait ce qu'il valait, il tiendrait ce qu'il tiendrait, ils ne disposaient pas d'une meilleure idée. Je ne recherche que des anecdotes, des petites histoires simples pour mieux illustrer son combat au plus près du peuple bavarois.

À demi rassuré, Quasimodo lui lança le regard d'un chien battu avant de poursuivre hésitant comme un homme sortant sans parapluie en chemise et culotte courtes sous un gros orage : - Par contre, j'ai bien connu le propriétaire, il m'envoyait effectuer ses courses et me récompensait toujours de quelques pfennigs. Maman s'occupait de son linge et à l'occasion procédait au ménage. Je rendais aussi de menus services, nettoyer les égouts de la cave, descendre ses poubelles, enfin, vous voyez de quoi je parle !

- Voilà qui m'intéresse, et où on peut le trouver le brave homme ?

Le tablier se mit à reprendre son balancement d'avant en arrière et de gauche à droite, cette fois de manière plus rapide. Sa réponse fut hésitante : - Il habite à l'étage, mais il n'a pas vécu cette époque, il vient de l'autre côté de l'Isar, vers Bodenhausen, il est arrivé un an après que monsieur Hitler est devenu chancelier, c'est maintenant un responsable de district du gauleiter de Bavière supérieure. À son air craintif, Walter comprit que les rapports dans l'immeuble devaient être tyranniques :

- Vous faites l'idiot ou quoi ? Je ne traite pas de trente-quatre. C'est de vingt et un dont il est question.

- Quand je dis l'avoir connu, je parlais de l'ancien. Le nouveau ne nous cause pas ; d'ailleurs, nous ne le voyons presque jamais, il se contente d'envoyer son épouse encaisser les loyers toutes les semaines. Il a racheté l'immeuble en trente-quatre à la ville de Munich qui l'avait saisi. Si vous ne pouvez pas payer, il vous fait jeter à la rue par ses hommes. C'est ce qui est arrivé à la vieille dame du quatrième le mois passé. Il ne lui a même pas permis de prendre ses affaires.

Walter sentit le fil se détendre, comprenant qu'il parlait d'une « violette de mars »[43], il devinait lentement poindre une sale affaire, c'était chose courante depuis ces années-là. Le Reich en était infesté, c'était plus difficile de les éviter que des puces dans un hôtel borgne. Une affaire d'expulsion comme des milliers d'autres : Vous avez peut-être une adresse où je peux trouver l'ancien propriétaire. Walter n'avait aucune envie de recourir à la section locale du SD pour suivre la piste, c'eût été lâcher la Gestapo sur ses traces. La chose dont il avait le moins besoin au monde

---

[43] Surnom donné aux membres ayant adhéré au NSDAP après janvier 1933.

Cette fois, le marchand de chaussures dut s'asseoir sur une caisse, comme prit d'un soudain malaise, avant de reprendre le fil : - Il a été obligé de céder la maison très vite, en deux semaines l'affaire était conclue. En novembre trente-huit, il a été un mois ou deux détenu au camp de concentration dont vous parliez. Il a eu de la chance, avec sa femme catholique et son statut d'ancien combattant, il a été libéré assez vite. Ensuite, il a disparu avec sa famille, ils n'ont même pas emporté les meubles, juste quelques valises. Le bruit a couru qu'ils avaient obtenu un visa pour l'Italie.

- Walter ne chercha pas à cacher sa surprise : - c'était un ….

- Oui, oui, Monsieur Hugo Erlanger qu'on appelait derrière son dos Salomon était juif. Son épouse était catholique. À l'époque, ici c'était leur commerce, un magasin de vêtements pour hommes. Le seul jour où il refusait de nous faire travailler c'était le samedi.

Walter ne pouvait éviter la question : - Le führer le savait ?

Le Quasimodo au tablier gris ressortit son mouchoir de sa poche, malgré son nez qui s'était remis à couler, il s'épongea le front en espérant qu'un grand trou l'engloutisse et le fasse disparaître. Walter dut tendre l'oreille pour l'entendre murmurer : - Je suppose !

- Vous supposez ou vous le savez !

- Un peu des deux !

- Commencez par me dire comment vous le savez. Ce dont vous présumez attendra plus tard.

- Un matin, j'ai oublié le mois, en triant les pommes de terre dans la cuisine, car monsieur Salomon me permettait parfois d'en emporter quelques-unes qui avaient noirci, j'ai surpris par hasard leur conversation. Pas vraiment ce qu'ils racontaient, mais des rires. Intrigué, j'ai entrebâillé un peu la porte sans penser à mal, juste par curiosité d'enfant. Monsieur Hitler faisait une blague en tenant devant lui un chandelier, vous savez, de ceux que les juifs avaient toujours chez eux, et monsieur Salomon rigolait.

- Si vous mentionnez une seule fois cette histoire à une autre personne que moi, ce ne sont pas des chaussures en bois que vous porterez à vos pieds, mais un pyjama en sapin sur tout le corps à un mètre sous terre.

LE MAUVAIS FILS

Munich, 24 Baaderstrasse, dimanche 14 février 1943, 13h00

Le tour en Bavière s'annonçait à première vue prometteur, de toute façon, il se devait de commencer ses investigations quelque part, et le sud du pays paraissait bien plus approprié que Berlin pour découvrir ce qu'il cherchait, de toute façon, c'était là que tout avait commencé. Mentalement, Walter s'était décidé à ouvrir mentalement un carnet divisé en deux colonnes. Dans celle de droite, il mettait une croix pour oui, dans la gauche, une croix pour non. La colonne de droite tenait dorénavant sa première marque.

Pensif, un peu surpris de sa découverte et tenaillé par la faim, il avait opté pour un revitalisant copieux déjeuner dans une brasserie, ce qui abondait à Munich. Après avoir hésité, il se permit de choisir la plus typique, avec serveuses en costume traditionnel ; le spectacle idéal pour se mettre dans l'ambiance. Une fois attablé, il commanda, Bavière oblige, de la bière et des saucisses. De quoi lui donner des forces autant nécessaires pour lui permettre de réfléchir que celles de résister plus tard au froid piquant. Et tout cela sans qu'on lui demande de tickets. Dix reichsmarks quand même. Les Bavarois ne se montraient pas de trop fervents catholiques dès que cela concernait les choses de l'estomac et du portefeuille.

Pas question de traîner non plus, Walter s'était octroyé une première escapade de quatre jours, voyage compris. Le trajet en voiture s'avérait plus fatigant, mais l'avion ou le train laisseraient pas mal de traces tout en lui enlevant la mobilité, combien indispensable à sa mission.

Au détriment de l'affaire suisse, deux autres précieuses journées s'étaient volatilisées, reclus dans son bureau Berkaerstrasse, en les consacrant à étudier toute la documentation qu'il avait su discrètement collecter sur les années précédant le putsch de novembre[44]. Par chance dans les vieux dossiers d'Heydrich figuraient, soigneusement rassemblée, beaucoup de matière à réflexion. Mentalement, il remercia le général de sa méticuleuse clairvoyance dont il récoltait chaque jour le bénéfice.

Treize heures un dimanche, le moment idéal. La femme qu'il se proposait d'interroger avait toutes les chances de se trouver chez elle, sinon, il l'attendrait dans sa voiture malgré le froid humide qui descendait insidieusement des Alpes. Avec celle-là, pas question d'employer la méthode « Quasimodo », il allait être obligé

---

[44] Putsch de la brasserie du 09 novembre 1923 fomenté principalement par le général Ludendorff et Adolf Hitler

d'avancer sur des œufs pondus au milieu d'un terrain miné. Eugénie Haugg n'était pas n'importe qui. Plus précisément n'avait pas été n'importe qui. Ce qui n'empêchait qu'elle eût sans l'ombre d'un doute conservé quelques relations aussi utiles que dangereuses.

En ce qui concernait sa présence, il avait deviné juste ; à peine, il avait actionné le carillon que la porte s'entrebâillait déjà.

Quand elle lui ouvrit, la femme le dévisagea pendant un court laps de temps, il comprit sur le champ qu'elle avait déjà deviné à quel type de visiteur elle avait à faire. Pas lui personnellement, juste l'institution qu'il représentait. Peut-être même avec une précision excessive ; elle avait fréquenté pendant de trop nombreuses années les diverses mécaniques de l'horlogerie du Reich pour le confondre avec l'heure que donnait la Gestapo. Ceux-là venaient toujours par paire, aucun Allemand lucide ne l'ignorait. À son air provocant, il aurait juré qu'elle l'attendait. Mis en évidence, elle arborait sur sa robe l'insigne d'or du parti. En remontant l'allée, il avait dû se faire repérer. Encore que certains le portaient en permanence tel un bouclier de protection destiné à garantir l'élite du Reich des microbes du petit peuple.

Walter, fidèle à son habitude, affichait un visage angélique, masque sous lequel il parvint à dissimuler adroitement son étonnement tant la différence était flagrante comparé aux portraits qu'il avait étudiés dans son dossier. L'agréable femme du début des années vingt avait laissé la place à une bourgeoise empâtée se décolorant les cheveux au point de les rendre d'un blond platine. Seuls les grands yeux correspondaient encore aux photographies qu'il avait étudiées de la jeune et pétillante munichoise : - Madame Eugénie Haugg ?

S'il était provocant, son air n'était pas hautain pour autant. Pourtant il établissait quelque chose qui se rapprochait de celui de gens qu'il connaissait que trop bien. L'insupportable suffisance qu'affichaient les personnes croisant loin au-dessus du peuple, libérés de leurs lois, puisque c'est eux en principe qui les interprétaient quand ils ne les dictaient pas. Une espèce identifiable par le mépris teinté de civilité qu'ils exhibaient avec une fierté non dissimulée : - Mademoiselle, si cela ne vous fait rien.

- Non bien entendu, je suis désolé.

- Ne le soyez pas, c'est fréquent, pour finir on s'habitue à devoir constamment rectifier.

Une erreur de sa part pourtant facile à éviter, son dossier le mentionnait, jamais mariée. Elle semblait y tenir et interprétait sans doute comme une insulte cette méprise envers une personne qui parlait d'elle à la troisième personne. La conversation débutait mal avec une entrée en matière difficile à corriger sans s'emmêler les pinceaux. Pas pour autant impossible, car il ne comptait pas se transformer en perdant de la rencontre. Pour apaiser la suite de l'échange, il allait devoir fournir de sérieux efforts, cela devenait courant sinon habituel ces dernières semaines: - Walter Schellenberg, je suis colonel à la sécurité de l'état. Vous désirez voir mes papiers.

- Vous paraissez bien jeune pour ce grade élevé, j'oubliais que c'est la règle actuellement en vigueur. Non, pas besoin de les voir, à part ce rang, ce que vous êtes est écrit sur votre figure.

Pas moyen de trouver la manivelle d'aiguillage lui permettant à l'instant de faire emprunter une voie secondaire plus calme à cet express. En veillant à ne rien laisser transparaître de sa surprise, il se dépêcha de brandir un drapeau dissimulant un mensonge occulté derrière son innocente couleur blanche : - Vous m'apprenez quelque chose que j'ignorais, en général tout le monde s'ingénie à me répéter que je n'ai pas la tête à devenir autre chose qu'un étudiant en cinématographie perdu dans un univers de brutes. À la réflexion, ce « monde » à raison, quoiqu'en général votre organisation n'enrôle pas parmi les acteurs de l'UFA[45]. Je ne veux pas non plus dire qu'en ce qui vous concerne, vous obtiendriez celui du comédien vedette dans un film. En y regardant bien, c'est vrai, vous n'êtes pas si mal, un peu petit, mais on devrait s'y adapter à la longue.

Walter savait que la raison de ce discours servait à établir qu'Eugénie Haugg était impossible à impressionner et elle tenait à le faire savoir. Afin qu'elle ne puisse occuper tout l'espace, il décida de s'enhardir d'un cran. Les phrases n'étaient pas les plus adaptées, sauf que ce sont les seules qui lui venaient pour l'instant à l'esprit : - pour donner l'opportunité de nous connaître, me permettrez-vous d'entrer. Avouez que ce pas de porte n'est pas un endroit confortable pour faire connaissance et ensuite j'aurais pas mal de questions à vous poser. Sans parler de vos voisins cachés derrière leurs rideaux à nous observer, ils pourraient laisser leur imagination s'envoler.

Plus intriguée qu'inquiète elle le dévisagea un long moment puis, semblant satisfaite, fit un pas en arrière en l'invitant d'un signe du bras : Eux, c'est sans aucune importance, ils me craignent trop. En ce qui vous concerne mon cher, pour votre malheur vous êtes aussi seul que peut l'être mon poisson rouge dans son bocal, il n'y aura donc aucun témoin à ce que nous pourrions nous dire, ma parole vaudra la vôtre si pas plus. Je pense qu'il me serait encore fort aisé de demander

---

[45] Universum Film AG, entreprise allemande de production de films, leurs studios étaient situés à Babelsberg.

à mes relations de vider l'eau de votre de bocal si nécessaire. Alors pourquoi pas. Je tenterai d'imaginer Willy Fritsch[46] me rendant visite un dimanche quatorze février. On vous a déjà dit que vous lui ressembliez ?

Malgré la menace à peine dissimulée, la glace se brisait peu à peu : - Alors vous tiendrez le rôle de Zarah Leander[47]. En imaginant qu'elle devienne allemande bien entendu.

- Ce que cette écervelée refuse. En plus, ils n'ont jamais tourné ensemble !
- Raison de plus pour faire connaissance !

Elle rit : - D'habitude, on ne fait pas preuve d'autant d'humour dans votre organisation. En revanche, c'est vrai que la belle Zarah avait besoin de figurants choisis dans la SS Leibstandarte pour arriver à sa grande taille. Vous ferez donc presque l'affaire, si toutefois vous postuliez pour un rôle assis ou plus allongé.

Le vestibule jouxtait un petit salon de lecture séparé par une simple arcade. Comme sa grande fenêtre donnait sur l'allée, c'est de là qu'elle avait dû le voir venir. Elle lui indiqua un fauteuil de cuir bordeaux et s'assit sans manière dans celui lui faisant face. Une petite table avec une bouteille de Porto entamée entourée de minuscules verres en cristal de couleur posés sur un plateau d'argent trônait entre eux. « Jenny » ne poussa néanmoins pas l'hospitalité jusqu'à lui proposer d'y goûter.

Une mine d'or n'est au début qu'un simple éclat perdu dans la terre préalable à la découverte d'une énorme pépite, il allait devoir se mettre à creuser sec pour parvenir à trouver le sien : - Je suis venu pour parler du führer, vous l'avez bien connu n'est-ce pas ?

- Mon oncle[48] est mort à sa place, difficile d'être plus proche. Vous voulez de nouveau mettre Adolf en prison ?

« Jenny » maintenait l'effronterie à fleur de peau tout en possédant un don de la répartie bien ancré, mais pas que. Elle l'accompagnait de provocation délibérée. Depuis le début de la conversation, ce n'était pas la première fois qu'il notait le ton du ressentiment dissous dans ses paroles. Imperceptible, mais présent : - vous pensez qu'il a fait quelque chose de répréhensible comme déclarer la guerre ? Par jeu, enhardi par l'ambiance légère, il s'était permis d'aller plus loin. Conscient de l'erreur qu'il commettait, il tenta une rapide marche arrière, le défi

---

[46] Willy Fritsch, un des plus célèbres acteurs allemands des années trente.
[47] Égérie du cinéma national-socialiste de 1936 à 1942.
[48] Oskar Korner.

avait des limites étroites avec ou sans témoins. Il ne la craignait pas le moins du monde tout en redoutant qu'elle puisse attirer l'attention sur leur rencontre en rapportant ses paroles à un faisan doré du parti : - Pardonnez-moi, c'est le seul humour dont je dispose depuis ma naissance et il est souvent déplorable.

- Soyez prudent, bel officier, ces paroles pourraient vous en coûter cher.

Avant qu'il puisse retenir ses paroles, incapable de se contrôler, par pur défi, il rétorqua : - Vous voulez me dénoncer, par chance, je suis la bonne personne pour enregistrer une plainte.

Le jeu se terminait : - Le moment est venu de me dire ce que vous cherchez, vous ne croyez pas ?

Walter lui ressortit l'histoire de la biographie munichoise. À son air pensif, il comprit que la sauce aurait de grosses difficultés à prendre. Si elle avait changé physiquement, l'intérieur de la tête demeurait intact. Sans lui donner l'occasion de plus réfléchir, il lui demanda : - on raconte que vous étiez très proches.

Quelque part, sa gouaille lui avait permis de gagner quelques points. Contre toute attente, elle le regarda en souriant, il se sentit jugé comme un enfant espiègle auquel on accédait à un caprice. Après une profonde respiration, elle commença d'une voix adoucie : - Exact, on vous a dit la vérité. À cette époque, je l'appelais Adolf, lui me disait Jenny. C'était dans ce que je désigne le temps des années dures. J'avais laissé tomber mon travail dans le magasin de jouets de mon oncle près de Viktualen Markt pour lui servir de garde du corps avec l'aide de mon frère Hans. Nous passions des nuits entières à bavarder. Maintenant, il me dédicace son livre. « Maintenant », c'est il y a cinq ans. Depuis, j'ai la franche impression qu'il me néglige, pareil à beaucoup d'autres. Il a dû oublier que c'est moi qui lui ai cousu son premier brassard à croix gammée sur la manche. Pour me consoler, je ne crois pas être la seule à me trouver à attendre Adolf sur le bord de la route.

- Il a énormément à faire, si je peux l'exprimer de cette façon.

- Adolf a toujours eu énormément à faire.

- Il prenait pourtant le temps de parler avec vous des nuits entières

Elle soupira, les regrets pointaient leur nez : - À cette époque, Adolf débutait en politique, il n'était pas très sûr de lui. Attention, n'écrivez jamais cela, en aucun cas.

- Je ne suis pas fou, vous savez.

Sans porter aucune attention à sa réponse, elle continua : - Je me souviens quand il est apparu au parti à moitié affublé en militaire alors que le terme national-socialiste était inconnu ; cela s'appelait encore le DAP, celui de Harrer et Drexler [49]. Le NSDAP c'est venu plus tard. Vous saviez que j'ai un numéro en dessous de mille. Le 913. Elle ricana : - Adolf a reçu le numéro un[50], mais bien après le vilain tricheur.

- Je n'ose pas vous donner le classement du mien.

- Après trente-trois ça ne compte plus, je veux dire : on ne compte plus. Vu votre âge, vous entrez dans cette catégorie. Vous êtes de huit.

- Presque, de dix.

Elle roula des yeux dans une attitude comique: - Ciel, si jeune, j'ai perdu la main. Nous parlions de quoi ?

- Éventuellement d'amour, cela vous concerne directement. Le bruit a couru que vous étiez proche.

- Cela, vous l'avez déjà dit, Willy Fritsch. Vous êtes impitoyables avec ceux qui ont le malheur de tomber dans vos griffes et les mots fleur bleue vous terrifient comme une jeune fille des petites sœurs de la Charité. Vous voulez savoir si nous faisions « ça » ensemble…ne niez pas, voyez, vous rougissez. Attention, vous êtes prêt pour le bocal.

- Pas exactement, mais si… dans le sens d'une approche plus personnelle ; une réponse pas trop éloignée m'irait très bien. Je ne recherche pas la précision, croyez-moi. Walter cherchant à fignoler jouait à merveille l'officier mal à l'aise confronté au sexe. Du moins, il le pensait.

- Évidemment, je ne vous le dirai pas par discrétion. Il vaudrait mieux pour votre carrière qu'il en aille de même pour vous. Vous imaginez sa réaction si vous osez lever le voile sur ce sujet ? Il y a un camp à quelques kilomètres d'ici[51].

- C'est exactement ce que je viens de préciser à la personne que j'ai vu avant de me rendre chez vous. Faisons que ce camp n'ait pas d'existence.

- Je me verrais donc internée dans la baraque d'un camp qui n'existe pas et vous dans la baraque des hommes de ce camp fantôme. Ce livre devient de plus en plus une mauvaise idée, vous ne trouvez pas. À moins que vous ne comptiez écrire tout autre chose.

---

[49] Karl Harrer et Anton Drexler.
[50] En réalité 551.
[51] Dachau.

Décidément, madame Haugg n'était pas tombée de la dernière pluie. À lui de faire que les gouttes deviennent les plus fines possibles. Il eut une intuition, celle d'une histoire bien différent, plus mystérieuses genre complot, cela plaisait en général aux femmes de son âge : - Exactement, je vois qu'il est inutile de vous raconter des fadaises ; par l'intermédiaire de mon service de renseignement, nous avons appris que des journalistes américains s'apprêtaient à écrire, notamment dans le Times, des textes au vitriol concernant la sexualité du führer. D'après nos sources, ils projettent de lui faire l'honneur de leur couverture à l'occasion de son anniversaire en mentionnant l'article 175[52]. Avec le Reichsführer, nous avons décidé de prendre les devants en anticipant une campagne de presse suggérant que le führer n'était et ne reste toujours pas insensible au beau sexe tout en soulignant qu'il a sacrifié une vie de famille en choisissant d'épouser l'Allemagne. Celle-ci se doit d'être à la fois énergique et naturelle.

En entendant cette précision, la « fiancée d'Hitler » rit sans retenue : - Himmler l'amidonné. Notez, ils l'étaient un peu tous, excepté Hermann[53]. Pauvre Heinrich, son grand-père était gendarme, son père, un professeur qui s'est monté la tête en devenant précepteur d'un prince. Difficile pour le rejeton de s'assouplir le cerveau, la pomme ne tombe jamais loin de l'arbre, parfois dans le poulailler. Quand il est apparu pour la première fois, on aurait dit un balai en moins comique tant il se tenait rigide et sérieux en serrant ses petits poings, on a failli lui en donner un pour nettoyer l'imprimerie du Beobachter[54] à l'époque où elle se trouvait Schellingstrasse.

Walter avait un peu de mal à se laisser pénétrer par cette intimité. Tous ces personnages dirigeant aujourd'hui l'Allemagne s'étaient ingéniés depuis presque deux décennies à s'entourer d'une auréole de pureté idéologique. Pour « Jenny », ce pas ne serait jamais franchi, elle les avait connus tels qu'ils étaient vraiment ; l'image figée en elle dans le tout début des années vingt ne bougerait plus jamais : - C'est très intéressant, hélas cela nous éloigne malheureusement du sujet.

La cinquantenaire bourgeoise s'était empâtée sans cependant perdre une miette de son acuité, il s'en rendit vite compte lorsqu'elle conclut : - Bref, pour votre affaire, Adolf doit se rapprocher le plus possible de Rudolf Valentino. Vous allez avoir du travail mon cher, ne désespérez pas, les Égyptiens sont bien parvenus à faire dresser haut quelques obélisques à force de persévérance.

---

[52] Article 175 concernant la répression de l'homosexualité.
[53] Hermann Goering
[54] Völkischer Beobachter, journal du NSDAP de 1920 à 1945.

Walter passa pudiquement sur l'allusion. Étrange de l'entendre appeler naturellement le führer par son prénom, cela ne lui était jamais venu à l'esprit ; après tout, il n'était pas trop tard pour commencer à le faire dans ses pensées en attendant mieux. À présent, il en était convaincu, un fort ressentiment habitait Jenny d'un feu lent jamais éteint : - À ce point.

Walter perçut en elle autant l'envie de se raconter que d'évoquer des regrets, elle continua sur sa lancée les yeux dans le vague : - C'étaient sinon des pauvres, des gens modestes ; en dehors de rares exceptions. Éternellement fauchés, sans arrêt à la recherche de fonds. Ils s'agglutinaient au DAP, mais ç'aurait pu aussi bien être un autre parti, il en existait des dizaines ânonnant la dernière ritournelle en vogue à l'époque. Généralement, le premier mot qu'ils prononçaient était Versailles, le second communiste ou juif et ils finissaient par coup de poignard dans le dos. Les uns voulaient une république indépendante de bavière, les autres le retour de la monarchie, parfois le nom du prince Rupprecht était évoqué. Les bandes se croisaient au Viktualienmarkt. Notez, mon intention n'est pas de leur jeter la pierre, mes idées se plaquaient aux leurs à cette époque.

Walter saisit la balle au bond, elle pourrait servir à un moment donné : - Ce n'est plus le cas ?

Elle le regarda avec une méfiance feinte : - Si vous cherchez à me coincer, il vous faudra revenir plus tard, mon cher, après que j'aurai vidé cette bouteille. Mes idées ont, disons mûries, elles se retrouvent maintenant en compagnie d'une vielle pomme, la cohabitation n'est pas toujours facile avec celles d'un fruit frais cueilli sur l'arbre.

Quelle réponse élégante à une question difficile. Le coin s'enfonçait encore plus en profondeur : - Très instructif. Revenons-en au führer si vous le voulez bien. On dit qu'il se montrait exceptionnel.

- On dit tant de choses. Dans son cas, il y a une grande part de vrai dans ce que vous dites. Je l'ai vu pour la première fois dans une bijouterie de la Corneliustrasse. Vous n'êtes pas d'ici, pour vous situer, elle se trouvait proche du magasin de jouets de mon oncle qui m'employait, je vous l'ai déjà mentionné, comme vendeuse Viktualienmarkt, à cinq minutes de là. J'avais l'habitude de flâner devant la vitrine, le temps de ma pause. Ce jour-là je suis rentrée pour essayer un bracelet qui me faisait de l'œil, lui était déjà là. Bien qu'il paraissait encore plus modeste que les autres, je me suis rendu compte au premier regard qu'il était quelqu'un à part. Peut-être à cause de ses yeux bleus enflammés. Cependant, il demeurait un homme gauche, sentant l'armée à vingt mètres. Très timide, il aurait été très banal si l'on ne s'était donné la peine de l'écouter. Lorsqu'il se mettait à parler, une autre personne prenait possession de lui, impossible de ne pas boire ses paroles, nous étions tétanisés. C'est le seul mot qui me vient à l'esprit, pourtant il semble bien faible.

- Je connais.

Mal en avait pris à Walter qui tentait de toucher à un de ses précieux biens, elle le remit aussi sec à sa place : - Colonel-je-connais-rien-du-tout ! Aujourd'hui, c'est d'une banalité avec le décor et les micros. En ce temps-là, cette verve était exceptionnelle comme un chant de gorge a capella. Les autres orateurs faisaient s'assoupir la salle, lui enflammait l'âme. La différence de l'homme en bottes et gilet de cuir ne parvenant pas à masquer sa timidité comparée à celui sur scène dans le même accoutrement tenait du miracle. Le seul qui a pu un peu rivaliser plus tard c'était Strasser[55]. Vous savez comment ça a fini...

Inutile d'orienter la conversation sur une voie de garage, il devait reprendre au plus vite la piste principale tant qu'elle se montrait bien disposée : - C'est là que vous êtes tombée amoureuse.

Walter avait lancé la flèche au bon endroit dans une blessure mal refermée, ce fut la femme orgueilleuse qui lui répondit : - Il faut toujours employer les mots exacts, ce n'est pas le cas de celui-ci. Permettez que je le change pour « tombée en admiration, tétanisée par son verbe, la justesse de ses propos ». Il produisait cet effet sur beaucoup de femmes. Elsa Bruckmann, Lotte Bechstein, j'en oublie beaucoup. Souvent des épouses mariées au grand dam de leurs conjoints. Il a bien eu une relation plus passionnée avec sa nièce Gelli,[56] mais c'était beaucoup plus tard et la pauvre n'était pas très futée...vous savez comment cela s'est terminé.

Walter connaissait bien l'affaire, selon la théorie d'Heydrich, elle avait été suicidée parce qu'elle en savait trop. Trop sur quoi, il se promit d'approfondir le sujet dès qu'il en aurait l'occasion : - Vous étiez jalouse ?

« Jenny » l'arrogante accourut au secours d'Eugénie Haugg munie d'une boîte de pansements : - Pas du tout, nous avions une relation privilégiée. Je me considérais comme la gardienne de son existence, constamment à veiller sur lui. Ulrich Graf[57] était un amateur sans expérience. À l'aide de mon frère Hans, converti à l'occasion en chauffeur, nous avions décidé de prendre les choses en main. J'avais toujours mon révolver à portée de main, sous le bras. Ça plaisait beaucoup à Adolf d'avoir à ses côtés une femme armée possédant un sentiment

---

[55] Gregor Strasser, un des dirigeant du NSDAP assassiné lors de la nuit des longs couteaux.
[56] Geli Raubal fille de la demi-sœur d'Hitler.
[57] Ulrich Graf : garde du corps d'Adolf Hitler.

guerrier un peu style Walkyrie. Les autres femelles cherchaient à le materner, mon attitude était totalement à l'opposé.

- Vous parlez d'une forme de domination ?
- Ne vous ai-je pas déjà dit que je ne vous apprendrais rien!
- C'était il y a une heure !
- Et vous colonel, vous avez quoi à m'offrir en échange, outre vos agréables paroles et vos jolies manières ?

Walter savait que ce n'était pas beau de mentir, pourtant il y avait recours à la tromperie bien plus souvent qu'il ne le désirait dans son métier sans que cela l'empêche de dormir. Avec la personne en face de lui, sans savoir pourquoi, ça le dérangeait. Il se garda de n'en laisser rien paraître : - Mon amitié indéfectible. Avec en prime une discrétion totale. Votre nom sera évidemment mentionné dans les articles ; en ce qui concerne votre rôle, c'est vous qui me direz ce qu'il faut écrire, pas un mot ne sera changé si l'histoire est belle.

- Si vous souhaitez une belle histoire pourquoi ne pas vous en tenir à celle déjà écrite en voulant à tout prix creuser ?
- Pour la simple raison que nous ignorons ce que les Américains vont vouloir raconter dans leurs feuilles de chou à l'aide d'un stylo tenu par le locataire de la Maison-Blanche et nous devons nous préparer à contrer tous leurs articles.

Elle réfléchit un court instant avant de se décider : - Domination, vous dites. Il y avait une part de ça. Les femmes sentent immédiatement ce besoin, moi en tout cas. Adolf me parlait pendant des heures la nuit, il s'enflammait au point d'atteindre une réelle jouissance. Cependant, je ne me trouvais pas en face d'un homme qui voulait conclure. À quelques reprises, il m'a embrassée. Ne vous faites pas trop d'idées, s'il y a eu contact des lèvres, cela restait à la manière d'un frère. L'érotisme rôdait autour de nous et s'enfuyait quand il le regardait de près.

- Ensuite ?
- Il retombait comme un soufflé, Adolf se mettait à raconter des histoires, cherchait à faire le comique, imitait des personnages ; puis me laissait pour s'en aller dormir seul.
- Toujours ?
- À une exception près, oui. Mais je ne vous en parlerai pas.
- Pas aujourd'hui !

Eugénie répondit du tac au tac, le charme se rompait : - Ni demain ! dirigez-vous vers Brunau, sa ville natale, ensuite passez par Leonding, Linz, Vienne. Ne perdez pas de temps à Berlin, là, il n'y a que le führer, un homme que je ne connais pas.

Walter considéra que le moment était approprié pour tirer en une salve toutes les cartouches qui lui restaient : - Ses convictions politiques avaient déjà leur profondeur exceptionnelle, celle de « Mein Kampf » ?

- Quel homme prudent vous faites colonel ! Je ne vous l'ai pas dit, République ou Royaume de Bavière du Viktualienmarkt. En bon opportuniste, il n'était d'ailleurs pas contre le rétablissement de la monarchie. Toujours Versailles et ce fameux poignard.

Walter avait découvert dans les dossiers d'Heydrich qu'en dix-neuf le caporal Hitler avait eu pendant la république communiste de Bavière des idées penchant très à gauche. De commun accord, les juifs ou les bolchéviques c'était du pareil au même dans les cercles extrémistes de l'époque et ça n'avait pas beaucoup changé. Un critère depuis en vigueur. Difficile pour un colonel SS d'aborder le sujet sans se mouiller. Celui qui allait suivre paraissait à première vue d'une approche plus facile : - C'étaient ses seuls ennemis ?

Elle le toisa d'un air supérieur, celui d'une personne qui découvre les secrets enfuis dans la tête de son interlocuteur.

- Vous voulez parler « d'eux » en évitant soigneusement la question directe ! Parce que vous insistez, je vais vous répondre tel que je l'ai ressentie à cette période. Adolf avait un discours public certes virulent à leur égard, cependant pas au-dessus de la norme de l'époque, déjà assez haute, il faut le reconnaître. Tandis qu'en intimité, lors de nos « longues conversations », il n'abordait jamais « leur » sujet. Il ne cherchait pas spécialement à les ménager, il n'aimait tout simplement pas rentrer dans le thème en privé. Pas à cette époque en tout cas. Un peu comme s'il avait voulu qu'on évite d'approfondir une matière pénible pour lui.

Une croix en suspens, ni dans une colonne, ni dans l'autre. Malgré tout mieux qu'une croix dans chaque colonne. Walter regarda sa montre. C'était malpoli, sauf pour un militaire, et c'est approximativement ce qu'il était malgré les apparences : - L'heure passe trop vite en votre compagnie. Je pense que je vous reverrai bientôt, si vous le permettez bien entendu. À présent, je dois reprendre la route. J'aimerais suivre votre conseil en allant à Brunau.

Jenny l'enferma dans le piège quelle avait tendu : - Pourquoi donc iriez-vous à Brunau pour des histoires de femmes. Adolf n'y a vécu qu'enfant.

Walter pris dans son propre filet rougit comme un débutant. L'ancienne jolie Jenny ressurgit d'où elle s'était réfugiée pour ajouter à son désarroi : - Si je vous avais rencontré en vingt, je vous aurais offert bien plus que mes lèvres. J'ai toujours gardé un faible pour les menteurs.

Aschau im Chiemgau, maison de Franz Halder, lundi 15 février 1943

Enfant, Walter avait souvent noyé ses soirées dans des histoires de pirates. Il se souvenait d'un endroit dans l'Atlantique qu'on nommait « le pot au noir », une perfide étendue maritime rendant la progression de la marine à voile douloureuse à certaines époques de l'année. Son « pot au noir » personnel se situait dans les années précédant l'époque munichoise et la Grande Guerre. Aucune information disponible sur Hitler ne filtrait, excepté quelques bribes viennoises et de rares divulgations parfaitement contrôlées de son ami krubiksek[58] ou un nom ainsi, il ne se le rappelait jamais. Il était conscient que pour arriver à un résultat, la sueur inonderait sa chemise au point de devoir la tordre chaque soir pour pouvoir la retrouver sèche le lendemain. Tout accès à l'information semblait verrouillé par des gens puissants, ceux établissant sans partage leurs règles du jeu, ayant pris un soin particulier à effacer toute trace. Bon, ce n'était en aucune façon une surprise, le contraire l'aurait étonné, mais dans le cas du führer quelques coups de gomme supplémentaires avaient étés ordonnés et par qui, sinon par lui-même.

Depuis longtemps, il avait pris connaissance que le jour suivant l'Anchluss, la Gestapo avait fait main basse sur les dossiers de police autrichienne concernant le dorénavant maître du Reich. N'empêche, Hitler ne pouvait y être parvenu sans aide. Mais l'aide de qui ? Bormann ? Sauf grosse surprise, ce n'était certainement pas à Himmler, pourtant sur les lieux ce jour-là, qu'il aurait confié la tâche de collecter des informations pouvant se retourner contre lui ; bien qu'avec cet être retors à souhait tout restait envisageable. Walter se souvenait parfaitement de ce voyage à Vienne en compagnie du Reichsführer, il lui avait sauvé la vie dans l'avion alors que ce dernier s'appuyait distraitement pendant le vol contre une porte mal verrouillée. À l'époque, il était lui-même resté deux mois dans la capitale autrichienne sans rien remarquer. Qui alors ? Peut-être Heydrich ? Dans

---

[58] August Kubizek

les jours qui avaient suivi sa mort, il se souvenait de l'acharnement frénétique du Reichsführer à opérer une razzia sur ses dossiers.

En revanche, quelque chose ne coïncidait pas. Depuis lors, il avait appris de source sûre que Müller avait mis la main à la pâte pour aider à les escamoter et Müller demeurait avant tout le patron de la Gestapo. Soudain, un éclair de bon sens lui traversa l'esprit ; qui se trouvait en poste à Vienne à ce moment-là ? Kaltenbrunner le fanatique ! En y réfléchissant, c'est le führer plutôt que Himmler qui venait de l'élever au rang de responsable du RSHA. Alors, récompense pour service rendu ? Chantage savamment réalisé ? Cependant, cela ne coïncidait pas tout à fait bien, Ernst avait été nommé chef de la police du Danube en septembre trente-huit. Les perquisitions de la Gestapo dataient vraisemblablement du treize mars. Quand même, à l'époque des faits, il était secrétaire d'État à la Sécurité avant de se voir élevé au rang de chef de la SS autrichienne, ce qui n'était pas rien. Assez en tout cas pour exécuter une pression sur des gestapistes, surtout s'ils étaient autrichiens, et sinon de parvenir à s'emparer de leur butin ; ou en faire au moins une copie. Il ne devait pas perdre de vue que son meilleur ennemi Müller et le nouveau responsable du RSHA s'entendaient comme cul et chemise. Un peu pareil au capitaine Röhm qui tutoyait son ami Hitler avant le premier juillet 1934.

Toutes ces réflexions, si elles l'aidaient à constituer un fil conducteur, ne l'aidaient pas fort aujourd'hui.

En temps normal, le trajet lui aurait pris deux heures, il en nécessita plus de trois dans des conditions difficiles. La neige recouvrait de son épais manteau les petites routes campagnardes, par chance la Mercedes accrochait bien depuis qu'il avait prudemment monté les chaînes dont il s'était par chance muni en prévision des difficultés de la météo.

Si le général fut surpris de le voir, il n'en montra cependant rien, au contraire ; l'expression de son visage d'habitude austère, c'était le moins qu'on puisse dire, affichait malgré sa réserve habituelle, un large sourire de satisfaction trahissant sa joie : - Vous vous rendiez à Berchtesgaden et chemin faisant, vous vous êtes souvenu qu'un léger détour de cinq kilomètres vous donnerait l'occasion de vider un pot de café en compagnie d'un vieil officier privé d'état-major se morfondant dans la réserve du führer ?

Votre langue à du fourcher général, je me trompe ou vous vouliez dire « un vieil ami ». Je n'avais pas encore pensé à cela, outre que ce n'est pas la bonne raison que vous invoquez ; c'est un fait que là-bas dans « sa montagne » le café coule à flots, il reste de loin l'unique chose potable de l'endroit. Le reste est tout simplement devenu imbuvable. Par contre, le vôtre risque d'être bien meilleur.

Franz Halder, détendu, opina en riant : - À une époque, on m'y a pourtant souvent servi un excellent thé dans une maison dédiée à cela, c'est vrai que pour le mériter, j'ai à chaque fois dû me résoudre à ouvrir grandes mes oreilles pendant des heures en prenant soin de fermer le plus possible ma bouche !

- Ne tentez pas de me rendre jaloux, moi aussi lorsque je m'y rendais, le café servi avec des pâtisseries viennoises accompagnait des diatribes interminables ! Cela dit, vous vous trompez sur toute la ligne, mon chemin s'arrête ici, je n'avais pas prévu d'aller plus loin.

- Donc, vous m'affirmez sans rire être venu en voiture de Berlin jusqu'ici pour prendre le café ! Dans ce cas, je présume que vous projetez de passer quelques jours en ma compagnie.

- Sans vous mentir général, j'aurais bien effectué le voyage dans l'unique but de cet immense plaisir, celui de passer du temps en votre présence. Hélas Berlin me tire par le bras et c'est ma foi assez douloureux ; donc, avec votre permission, je prendrai assez vite le chemin du retour même si l'envie de rester dans cette demeure quelques jours auprès de vous ne manque pas. Ne m'en veuillez pas d'arriver à l'improviste, vous vous doutez bien que vous avertir de mon arrivée équivalait à l'afficher sur toutes les Litfassäule[59] de Berlin. Pour tout vous avouer, dans un premier temps, je voulais profiter de l'occasion pour soutirer votre avis sur cette affaire de capitulation sans condition. Avant de conclure que votre opinion coïnciderait à coup sûr avec la mienne : une absurdité de plus de la part des Américains qui n'en sont pas à une près. Ensuite, je me suis dit que votre aide s'avérerait une fois encore précieuse pour tenter d'éclairer ma lanterne dans une tout autre affaire.

Halder lui envoya en retour une figure dubitative : - En d'autres mots, votre manie du complot ne s'est pas évaporée en compagnie des hommes de la sixième armée.

- Ne remuez pas le couteau dans la plaie, prêtez-le-moi de préférence, il me sera bien utile dans les semaines qui vont suivre.

- Et qui envisagez-vous de trucider ?

- Tous ceux qui veulent la perte de Walter Schellenberg.

- Allons boire ce café. La gouvernante en a passé un grand pot il y a vingt minutes, il n'aura pas encore eu le temps de refroidir. En revanche, vous en serez

---

[59] Colonne publicitaire inventée par Ernst Litfass et introduite à Paris par l'imprimeur Gabriel Morris.

pour votre compte si vous le croyez meilleur qu'au Berghof[60]. Vous allez apprécier la recette qu'elle a mise au point, deux parts de pois torréfiés, une part de racine de chicorée, le reste des grains proviennent d'Italie via l'Autriche.

Une demie heure plus tard, Franz Halder avait une connaissance partielle de l'affaire, inutile pour l'instant de lui expliquer qu'Hitler tenait son Reichsführer par les parties. Walter veillait à rester sur l'ancienne ligne de « redistribution », la destitution pure et simple du führer et non celle d'un équilibre des forces entre les deux principaux personnages de l'état qu'Halder aurait moins cautionné.

Fidèle à son habitude, le général resta quelques instants à dévisager l'homme assis en face de lui et qui venait de lui raconter une redoutable histoire dont il se serait bien passé : - C'est le danger qui vous court après ou c'est vous qui le pourchassez.

- Nous jouons souvent à cache-cache ensemble. Jusqu'ici, j'ai toujours gagné.

- Évidemment, vous forcez vos amis à participer à vos jeux. Si vous perdez, ils perdent aussi. Soit, je vous fais grâce de mes reproches pour tenter de vous aider dans la mesure de mes moyens. Si je réfléchis en bon stratège, j'ai intérêt à me débarrasser au plus vite de vous en annonçant que je ne sais rien. Cependant, si c'est l'ami qui prend sa place en se donnant la peine d'examiner vos propos, la réponse pourrait emprunter un autre chemin.

- Combien de fois ne l'ai-je pas répété, je suis ignorant en stratégie.

- Exact, vous l'avez souvent souligné. Et vous n'avez pas non plus perdu cette déplorable habitude d'évoquer l'année trente-huit.

- Je perds rarement quelque chose. Parfois la raison, mais je la récupère en général assez vite.

- Ludwig Beck[61] mon prédécesseur à la tête de l'état-major de la Herr était un « compagnon de trente-huit ». Cela, vous le savez déjà, je ne vous apprends donc rien et ne dites surtout pas le contraire. Pour résumer, nos rapports n'étaient pas si inamicaux que la rumeur voulait faire croire. Les généraux font en quelque sorte partie d'une secte secrète et forcément se transmettent des secrets. Je me souviens que quand nous nous grattions les méninges pour discréditer Hitler, rendant ainsi sa destitution plus aisée, il m'a parlé d'un écrivain-philosophe, journaliste à ses heures. Cet autre membre de la resistance au national-socialisme

---

[60] Résidence d'Adolf Hitler sur l'Obersalzberg. Führersperrgebiet, « zone réservée du Führer ».
[61] Général Ludwig Beck se retrouvera à la tête du complot du 22 juillet 1944.

devait aider Ludwig à rédiger un projet de constitution pour préparer l'après-Hitler.

- Cela nous éloigne du sujet général.

Franz Halder s'empara du nouveau pot de café brûlant que la gouvernante venait d'apporter. Il prit soin de remplir leurs tasses avant de répondre : - Changez, soyez un rien patient colonel. Vous devriez aller parler à cet homme, il s'appelle Alfred Noerr[62]. Ce journaliste a rencontré et questionné un certain Hans Mend[63]. Une entrevue que Ludwig Beck considérait comme révélatrice.

- C'est qui celui-là, Mend ?

- Un compagnon de bataillon du caporal-estafette Adolf Hitler au 16ème régiment d'infanterie de Bavière. Vous allez être drôlement surpris de ce que Noerr vous apprendra si vous savez vous y prendre avec lui. Ce dont je ne doute pas un instant, je vous ai vu à l'œuvre à l'Hôtel Adlon le premier juillet de l'année passée. Sans attendre sa réponse, Halder en souriant montra du doigt la fenêtre : - Regardez dehors, il s'est remis à neiger et la nuit commence à tomber. Edwige va nous préparer un bon feu et trancher le cou d'un poulet en votre honneur. Il me reste encore quelques bonnes bouteilles de l'époque bénie de la France. Nous boirons du vin pendant que vous me raconterez les derniers potins de Berlin ; avec le café, je vous donnerai mon avis sur la conférence de Casablanca. Demain après le déjeuner vous reprendrez la route.

Berlin, Berkaerstrasse 35, mercredi 17 février 1943

Le retour de Bavière s'était avéré aussi épuisant que l'aller, un rien plus stimulant. Malgré la fatigue supplémentaire que cela lui procurerait, il avait évité dans un premier temps la future Reichsautobahn Berlin Rome, un long et monotone ruban désert qui à présent avait toutes les chances de ne jamais se voir achevé au-delà de Munich. Walter avait préféré glisser le long des paysages de la route nationale en égrainant les villages. À cause de la fatigue qui le gagnait, il ne s'était décidé à seulement emprunter la voie rapide qu'à hauteur de Nuremberg, ville où il avait ravitaillé et dîné.

---

[62] Friedrich Alfred Schmid Noerr, écrivain et philosophe
[63] Caporal Hans Mend, mort à la prison de Zwickau le 13 février 1942

Les pièces du puzzle ne s'emboîtaient pas encore l'une dans l'autre avec la perfection qu'il désirait, loin s'en fallait, mais elles se trouvaient à présent étalées bien en évidence dans son esprit. La grande inconnue restant le nombre de pièces toujours nécessaires pour reconstituer le tableau.

Le dossier secret constitué par Heydrich s'arrêtait le trois mai quarante-deux, soit un mois avant sa mort et trois mois avant que le Reichsführer ordonne une enquête secrète de la Gestapo sur l'ascendance d'Hitler. Ce qui prouvait une fois de plus qu'Himmler avait fait main basse sur certains dossiers du général. Le dernier élément qu'avait pu consigner l'ancien chef du RSHA provenait d'Autriche et tenait tout d'une bombe prête à exploser. Plutôt une bombinette malgré tout capable de faire du dégât

Le führer comme tout un chacun avait une grand-mère, Maria Anna Schicklgruber. Au sein de sa fratrie de onze enfants s'incluait sa sœur cadette de trois ans, Josepha Schicklgruber, devenue épouse Böhm ; servante également. Cette sœur et son mari Michael Böhm eurent trois enfants parmi lesquels Josepha Böhm, née en 1828 qui épousa le 3 novembre 1859 à Reindorf, commune de Vienne, Alois Veidt. De cette union naquit en 1860 Joseph Veidt. Joseph convola en premières noces avec Aloisia Polz en novembre 1889. Ils eurent eux-mêmes sept enfants. Parmi ceux-ci, celui qui avait tant intéressé le chef du RSHA était la première de cette union qui se nommait Aloisia Veit. Aloisia Veit est née à Pontafel, dans ce qui était alors l'Autriche-Hongrie, le 18 juillet 1891, soit deux années après son petit cousin Adolf Hitler.

Le destin ne fut pas favorable à la jeune Aloisia Veit, on lui diagnostiqua précocement divers troubles mentaux. Quand elle fut sujette aux délires et autres hallucinations, les parents la firent admettre à l'hôpital psychiatrique d'Ybbs où elle passa neuf années. Elle en fut extraite début décembre quarante pour être conduite au centre d'Hartheim. Loin d'être pareillement un asile psychiatrique, la particularité du château résidait dans les euthanasies qui s'y pratiquaient. Aloisia Veit y fut gazée le six décembre.

La théorie d'Heydrich ne s'encombrait pas de détails ; les grands-mères s'étaient retrouvées domestiques dans un foyer juif fortuné. Le fils de la maison Léopold Frankenberger âgé de dix-neuf ans aurait engrossé les deux servantes de vingt ans ses aînées ; à l'époque banale affaire de déniaiserie d'un jeune homme. Le général tenait pour preuve irréfutable que la famille avait versée une rente jusqu'aux quatorze ans d'Aloïs, le père d'Hitler.

Un point d'interrogation figurait en rouge dans la marge à côté de la date du décès d'Aloïsia. Visiblement, Heydrich s'était questionné sur cette exécution. Il n'avait pas que des défauts, une de ses qualités était de bénéficier de l'âme d'un policier et dans ce rôle il s'était montré redoutable. Tout comme Walter, son ex-patron avait pertinemment su que la mise à mort d'Aloïsia Veit présentait un caractère impossible sans l'autorisation expresse d'Adolf Hitler. Hélas, le signe d'interrogation n'était pas suivi de réponse. Son voyage en mai quarante-deux à Paris l'avait empêché d'investiguer plus loin, l'obligeant de renvoyer provisoirement le dossier dans sa cachette. Le général n'obtiendrait jamais la réponse, léguant en héritage à son ancien subordonné le soin de pouvoir la donner.

Question un, pourquoi le führer avait-il tenu à laisser éliminer cette lointaine cousine.

Réponse, pour cacher son ascendance, la folie de sa grande cousine démontrant selon lui au monde la preuve d'un « mauvais sang ».

Problème deux, Joseph Veidt s'était remarié et avait eu en secondes noces quatre autres enfants. Walter les mettait de côté pour l'instant. Pourquoi Victoria, Mélania et Josepha issues du premier mariage avec Eloïsia Poltz furent-elles épargnées.

Explication, cela aurait fait beaucoup de morts dans la famille, cela se serait immanquablement fait remarquer. L'affaire aurait difficilement pu être étouffée avant que la presse étrangère ne s'en empare. La pauvre Aloïsia internée depuis des années passait inaperçue dans la masse des anesthésiés. Coïncidence, le responsable des euthanasies ordonnées depuis le numéro quatre de la Tiergartenstrasse, Viktor Brack[64], fut trois années durant le chauffeur personnel d'Heinrich Himmler avant de se voir nommé directeur du bureau central II, celui chargé de l'élimination des déficients mentaux. Le Dr Rudolf Lonauer ami personnel de Brack dirigeait le centre d'Hartheim depuis avril 1940. Le monde de l'oiseleur se contenait dans un cercle qu'il gardait jalousement fermé. Lorsqu'on avait servi le Reichsführer d'aussi près, on se voyait lié à lui pour la vie.

Le dossier d'Heydrich sur le sujet s'intégrait à son « assurance secrète ». En aucun cas, il ne l'aurait communiqué à Himmler. Toutefois, par Brack, ce dernier ne pouvait ignorer l'affaire. Un vrai nid de serpents, il était temps d'intégrer sans tarder la rapidité et la précision et de la mangouste.

En arrivant à son bureau, Walter avait trouvé un radiogramme crypté urgent en provenance du quartier général du groupe d'armée sud à Zaporojie rédigé par un Reinhard Gehlen, un rien désespéré lui annonçant l'évacuation de Karkhov le jour précédent. Dans toute cette agitation, Walter avait quelque peu négligé ses

---

[64] Viktor Brack, adjoint de Philipp Bouhler et directeur responsable du bureau central II en charge de l'élimination des déficients mentaux.

groupes d'infiltration Zeppelin laissés sous la responsabilité de ses subordonnés ; von Manstein allait en avoir besoin d'urgence tout autant que von Kleist. Le chef du FHO lui signalait que la reprise de Kharkov par l'armée rouge coupait les lignes d'approvisionnement allemandes des troupes du Caucase qui du coup se retrouvaient isolées. Avec l'aide de Reinhardt et des groupes Walli, il allait devoir partager en plusieurs groupes ceux couvrant la retraite vers la tête de pont de Kouban pour tâcher d'en savoir un peu plus sur la situation à Karkhov et saboter tout ce qui pouvait l'être... Pour l'heure, se couper en quatre n'aurait pas suffi.

Marliese lui avait fait préparer sa tenue de protocole. Il avait presque oublié que le lendemain le ministre de la Propagande tiendrait un discours au Sportpalast auquel il était tenu de participer comme des milliers d'autres. En plus de l'explication de la chute de Stalingrad, le lapin d'Hitler tenait une braise supplémentaire sur laquelle poser le pied.

Berlin Schöneberg, Potsdamerstrasse, Sportpalast, jeudi 18 février 1943 19h00

Le compliment sembla toucher Canaris, son visage lassé se mua immédiatement en un buste impérial doté de la parole lui permettant ainsi de s'exprimer selon son habitude avec un humour cynique.

Walter Schellenberg venait de lui faire remarquer tout le prestige illuminant la personne de l'amiral ainsi sanglé dans son uniforme d'apparat. Flatté, le chef de l'Abwehr redressa un rien la tête pour jeter un lent regard circulaire sur l'assemblée. Satisfait de ce qu'il contemplait, il lui déclara : - Tout ce qui dirige notre glorieux Reich se retrouve attroupé dans un endroit de la taille d'un terrain de football. Si quelqu'un s'était avisé de prévenir les Américains, quelques avions, une dizaine de bombes bien placées et quinze mille « chef » en moins. La fin de l'histoire. Vous vous rendez compte de cela, Walter ? Vous ne devriez plus tirer la langue à courir en Suisse. À moins que ce soit pour y chercher la protection de vos amis. Personnellement, je doute qu'ils se montrent charitables au point de vous donner l'asile, ils vous renverraient plutôt dans une grande caisse capitonnée étiquetée Office of Strategic Services, Washington USA.

Les deux hommes avaient à grande peine trouvé un petit îlot solitaire dans la galerie haute surmontant une salle surchauffée autant par les corps que les cris. Ce qui se résumait à environ deux mètres carrés le long du mur nord avec vue sur le dos des autres participants disséminés sur cet étage. Malgré cette relative intimité, le responsable de l'AMT VI regarda méfiant par-dessus l'épaule du marin. Quand il eut la certitude que personne dans le brouhaha de l'agitation générale ne pouvait l'entende, il répondit : - Pourquoi ne les avez-vous pas prévenus ? Vous n'aviez qu'un mot à dire à votre ami d'Istamboul, ce George Howard Earle ! Avec vos relations parmi les candidats à un nouveau gouvernement du Reich, vous auriez terminé votre carrière en tant qu'attaché naval à Washington. Une fois sorti de la caisse, nous y reprendrions nos agréables promenades à cheval.

L'amiral afficha une expression de regrets tout en levant les yeux : - Pour la simple raison que le « chef des chefs » n'a pas daigné nous honorer de sa présence. Arrêtons de rêver, le ministre de la Propagande vient à peine de terminer les siens. Au fait, il avait un hochet en main, l'italien de service ou évoquait-il quelque chose de plus explicite ? Dommage que les prisonniers de Stalingrad n'aient pu entendre que jusqu'à cette minute nous n'étions pas en guerre totale. Si je ne me trompe, vous avez crié avec les autres quand il a demandé si nous la voulions.

À l'écouter hurler hystériquement, le ministre de la Propagande et du Peuple s'apprêtait à arrêter à lui seul les bolchéviques : - Impressionnant n'est-ce pas amiral. Vous ne semblez pourtant pas apprécier cet élan patriotique. C'est pourtant une caractéristique des loups de crier ensemble.

Canaris sembla savourer pendant un court instant la réponse de son homologue avant de lâcher avec un plaisir évident : - Mon cher et jeune ami, d'après ce que j'ai constaté, vous avez dû vous éloigner de la meute. Ces derniers jours, vous paraissiez beaucoup priser l'air de Munich en solitaire. Rassurez-moi, est-il devenu plus tonique que celui de la capitale depuis que toute la bande est venue s'installer à Berlin où c'était motivé par le besoin d'un pèlerinage aux racines du parti ?

Le patron de l'Abwher aimait par-dessus tout démontrer qu'il se trouvait à la tête du plus puissant service de renseignement d'Allemagne et que de ce fait peu lui échappait. Walter lui rendait en général la pareille, mais il subodorait que ces derniers temps le jeu avait fini par les intéresser de moins en moins à tous deux. Néanmoins, il opta pour décrocher sa flèche en deux temps : - Comme vous restez attentif à tous les mouvements qui agitent les sphères supérieures, vous n'aurez pas manqué de constater le glissement progressif de notre ministre de la Propagande. Il veut la première place à la droite du chef et reste convaincu qu'il l'obtiendra un jour.

- Pour ce que cela change !

Schellenberg restait rêveur. Les milliers de participants à ce sinistre spectacle lui faisaient se souvenir d'une photo qui, par sa similitude, enfant l'avait impressionné. Ce cliché représentait des insectes noirs se dirigeant vers le sommet d'un monticule toutes mandibules sorties : - Plus que vous le pensez amiral. Votre prestigieux chef, le feld-maréchal Keitel, devient sa cible, le laquais va y perdre une partie de ses plumes. Que je sache, c'est toujours votre chef, non ?

-   Ses dix questions ridicules, s'il en est, ne sont qu'écran de fumée ; elles n'ont à vrai dire qu'une seule utilité, celle de modifier le rapport de force au sein de la direction du parti à son avantage. Speer s'est déjà rapproché de lui pareil au clou attiré par l'aimant. C'est la suite logique d'un drame en forme de poupée russe. Elles deviendront de plus en plus petites. L'acte d'aujourd'hui s'incorpore comme réponse à celui de la reddition sans condition. Keitel ne sert pas à grand-chose, mais s'avère un idiot utile.

-   Il n'en reste pas moins chef de l'OKW, par conséquent votre chef.

Esclave de son habitude, Canaris mettait un point d'honneur à essayer d'obtenir le mot de la fin : - Goebbels a beau gesticuler au mieux qu'il peut – d'ailleurs, il reste l'orfèvre incontesté en la matière - cela n'en revient pas moins à avouer que la guerre est définitivement perdue. Ne soyons pas dupes, ce n'est pas Stalingrad qui motive ce déploiement de moulinets. Évidemment, cette spectaculaire défaite ne pouvait rester sans explications.

Voyant son complice de médisance le regarder sans exprimer aucune appréciation, il poursuivit doctoral : - Derrière, bien cachée, c'est la résolution de reddition sans condition des alliés qui suscite son intérêt. Il a conscience qu'elle permettra de faire durer l'affrontement une ou deux années de plus en comptant sur un éclatement de nos ennemis et sur la contraction de nos rangs. D'où le besoin de s'entourer de Speer pour stimuler la production nécessaire dans la durée. Vous l'avez entendu. Cinq questions sur les Anglais, une seule sur les bolchéviques au point de penser qu'il les redoute tel le loup terrifié par l'ours ne prête plus attention aux chasseurs. Quoi qu'il en soit, soyez sur vos gardes Walter, Himmler le hait et le petit docteur le lui rend bien. Pour lui le Reichsführer ou vous, c'est du pareil au même, Goebbels ne fera aucune différence au moment de mordre. Et que je sache, il obtient chaque jour un peu plus l'oreille d'Hitler.

Walter qui avait préparé son coup, décida que le moment était propice pour rompre la monotonie de leur discussion et tenter de le prendre par surprise, ce qui était loin d'être gagné : - À la place de vous dissiper sur les rives du Bosphore, consacrez cette énergie à œuvrer avec moi ! Adam Alfred Rudolf Glauer[65] travaille pour vous en Turquie au consulat allemand d'Istamboul. Organisez-moi une discrète rencontre, vous me le devez bien.

A voir comment le visage se crispait durement, il sut que c'était raté, toutefois, la réponse le prit de court : - Avant tout, je ne savais pas vous devoir. Ensuite, ne restez pas plus longtemps près de moi, ça va finir par faire jaser. En ce qui concerne les promenades à cheval, le Tiergarten me suffit amplement. Il ajouta avec un sourire cynique, à propos, Herbert Golnow a été exécuté le douze février à la prison de Tegel. Cet orchestre rouge c'est votre douce petite musique de chambre, non ?

Maudit vieux bougre. Sans rien trouver à ajouter Walter prit congé dans les formes le regardant dans les yeux en saluant main droite tendue tout en claquant des talons. Plusieurs centaines de milliers de bras s'étaient déjà levés au cours de cette soirée, alors une fois de plus ou de moins. Canaris le regarda s'éloigner sans bouger d'un cil.

En marge de l'évènement, le conflit interne se préparait, Walter s'attendait à une belle guerre fratricide, à la différence qu'aucun d'eux ne se sentait le frère de l'autre ni même le cousin éloigné. Au sein du parti, chacun fourbissait ses armes, il n'y aurait pas de quartier entre Joseph Goebbels et Martin Bormann. De son côté, tapis dans la pénombre, Himmler guettait impassible, espérant comme toujours l'avis de son maître pour procéder à la curée. Le Reichsführer haïssait le petit Josef Goebbels. En catimini, son chef penchait à présent du côté de Martin Bormann ; choix imposé en grande partie à cause de la proximité de ce dernier avec l'intrigant arbitre du Reich Hans Lammers[66], l'ennemi préféré de feu Heydrich devenu « l'ami » de circonstance de l'oiseleur. Walter avait eu vent de leur ultime machination, évincer le ministre de l'Intérieur Wilhelm Frick pour refondre sa charge dans un gigantesque ministère de la police et de la sécurité dont Himmler prendrait le contrôle total. Le « bon Heinrich » était ainsi, il freinait des quatre fers devant « distribution », mais avançait masqué en engrangeant les semences du pouvoir absolu. Encouragé par son maître, car pendant ce temps, Hitler se gardait bien de trancher. Le seul perdant devenait Hermann Goering, depuis Stalingrad son étoile s'était à ce point pâlie que son uniforme flamboyant paraissait maintenant devenu transparent.

---

[65] Adam Alfred Rudolf Glauer appelé baron Rudolf von Sebottendorf fondateur de la société de Thulé en juin 1918.
[66] Obergruppenführer Hans Heinrich Lammers

Au milieu de ces cercles étoilés gravitaient deux planètes abandonnées à elles-mêmes, les Suisses et la mission d'Himmler ; l'une faisant de l'ombre à l'autre. Chacune égrainant le temps de l'autre.

Starnberg, quartier Percha, samedi 20 février 1943

En supposant qu'à l'occasion de ses études, il aurait participé en tant qu'élève à son cours, Schellenberg ne pouvait s'empêcher de penser qu'il n'aurait pas manqué d'être impressionné par la tête ronde aux immenses yeux immobiles logés dans des globes oculaires proéminents ; ceux d'un cruel empereur romain semblable à ceux que le cinéma populaire concevait. Mais voilà, c'était l'hiver mille neuf cent quarante-trois, le contraire se produisit lorsque l'ex-professeur de philosophe devenu écrivain sur le tard porta les yeux sur l'objet qui lui était donné à examiner. Un simple bout de cuir avec une plaque en laiton doré logée dans le creux de la main d'un homme jeune qui aurait jadis pu être un de ses étudiants. Un insigne menaçant présenté au bout du bras d'un individu vêtu de sa tenue de service impeccable et coiffé d'une lugubre casquette à tête de mort soulignant son appartenance à une sorte de garde prétorienne ; de celle qui s'était forgé la réputation d'assassiner les empereurs. Walter avait tenu à revêtir son uniforme. Question de psychologie, il était convaincu de l'avantage terrifiant qu'il en tirerait. Au regard du peu de temps à sa disposition, il avait besoin de mettre de son côté l'ensemble des atouts à sa portée. Un peu de laiton, un peu de tissus, beaucoup de boniments.

Pour tout dire, le colonel du SD Ausland crut que l'ancien professeur allait soudain se trouver mal. Il n'aurait plus manqué que de le voir soudain terrassé par une crise cardiaque. Quoi qu'il en soit, Walter décida d'adopter une attitude impassible, le regardant avec morgue reprendre lentement ses esprits, puis le repoussant fermement, mais sans brutalité vers l'intérieur de l'habitation. Cette entorse ne figurait pas dans ses habitudes qu'il se voyait contraint malgré lui de modifier , par voie de conséquence, aujourd'hui, et probablement dans les cent jours suivants, il ne disposait tout simplement pas du temps nécessaire pour participer à un concours de courtoisie

De son côté, Alfred Noerr, dont le visage rosé avait viré au gris, se remettait peu à peu de sa surprise. L'écrivain ne put toutefois que se tourner pour le suivre après que le visiteur l'eut écarté de son chemin d'un geste de la main. Walter choisit de stopper son élan devant la grande fenêtre d'un salon aux murs décorés de tableaux et de diplômes, aussi encombré de livres qu'une bibliothèque de quartier : - Charmante vue sur le lac Würm, un privilège à une époque où beaucoup de gens se contentent de la vue de quatre murs de briques dont un percé d'une porte de cellule. L'homme déglutit incapable de trouver ses mots, mais son regard étrange et figé restait aux aguets. Walter s'imaginait dévisagé par une photo grandeur nature.

Devant son silence, il poursuivit son monologue en tournant la tête pour mieux admirer le lac : - Je viens effectuer un voyage, que j'espère instructif, dans votre monde de fées[67]. Malgré vos égarements romantiques d'une vision germanique chrétienne, le Reichsführer a voulu y porter une certaine attention. Prenez-le en confiance, il reste féru du mythe germanique aux prises avec le monde chrétien à condition que ces derniers perdent bien entendu. Par contre, il a beaucoup moins apprécié vos poèmes publiés dans Simplicissimus[68]. Le chef de l'AMT VI n'en savait strictement rien, ni même si Himmler n'en avait jamais entendu parler, mais cela ajoutait utilement la dose d'angoisse nécessaire à sa mise en scène. Et puis, s'il invoquait Heinrich Himmler en personne, il ne pouvait s'agir que d'une affaire de haute importance. À présent, emprunter un court instant une voie moins encombrée pour mieux dérouter la victime.

- Vous entreteniez d'étroites relations avec Werner Heisenberg[69]. C'était pour mieux l'espionner ?

Un son rauque sorti de la photo grandeur nature, au moins il parlait : - Qu'allez-vous croire !

- D'après vous que devrais-je croire d'autre ? Que vous ayez abandonné l'écriture de poèmes pour vous spécialiser en politique, cela vous va mieux !

- Je ne comprends pas.

- Au l'inverse de vous, moi parfaitement. Un silence pesant s'installa. L'intellectuel n'était cependant pas dépourvu de sagacité, il commençait à entrevoir la raison de cette horrible visite, il reculait l'échéance des mots par son mutisme seulement trahi par le tremblement nerveux de ses mains : - la constitution du Reich vous déplaisait au point de vous estimer en droit d'en établir une nouvelle. N'est-ce pas légèrement prétentieux pour un philosophe ? Vous voulez terminer

---

[67] « Der Drache über die Welt » publié par en 1932. Œuvre d'Alfred Schmid Noerr en forme de conte de fées.
[68] Simplicissimus, journal satirique éditant entre 1928 et 1932 des caricatures d'Hitler. Le 10 mars sa rédaction est détruite par des troupes SA, il est autorisé à paraître à nouveau après une mise au pas.
[69] Physicien, dirige donc le programme nucléaire allemand. Voir « un été suisse ».

pareil à l'un de vos prédécesseurs, Socrate ? À la différence que l'impiété sera remplacée par la conspiration et la ciguë avec la hache du bourreau.

Le désordre gagnait membre par membre tout le corps du philosophe, Walter fut surpris qu'il parvienne à articuler :- Qu'allez-vous chercher là.

- Là, c'est chez Ludwig Beck à Berlin ?

Alfred Noerr se transforma en caméléon, son visage prenant à quelques nuances près la teinte cramoisie de la couleur de son mur : - Comment avez-vous appris cela ? Décidément, ce genre d'intellectuel ne possédait pas plus de jugeote que le sens de la réalité du monde qui les entourait. Ils passaient la corde à leur cou d'une manière déconcertante. Pour peu qu'on le leur demandât poliment, ils faisaient tomber d'un coup de pied la chaise placée sous eux.

- Car je sais tout en ce qui vous concerne. Soyez extrêmement attentif à mes propos, j'ai bien dit « je » et non « nous ». Croyez-moi sur parole, pour vous cela pourrait constituer une sacrée différence.

À présent, Walter était persuadé de monopoliser toute son attention ; le cerveau de l'écrivain n'avait plus de place disponible pour penser à autre chose qu'au personnage à l'allure effrayante debout en face de lui . En règle générale les gens s'imaginant leur tête rouler dans la paille sont attentifs à tous les signes pouvant la maintenir plus longtemps sur leurs épaules.

Jusqu'ici Walter était fort satisfaisait de sa dernière trouvaille pour justifier son enquête, tant qu'elle fonctionnerait, il n'envisageait aucune intention d'y changer plus que de légers détails. Alfred Schmid Noerr eut droit à la version courte, celle du Times, qui ne lui donnerait pas l'occasion de réfléchir. Il conclut ses explications d'une voix menaçante : - A la moindre omission, à l'oubli de la plus petite virgule ou la disparition d'un seul point sur un « i » je vous embarque sur le champ. Vous aurez le plaisir de passer la nuit à l'hôtel Stadelheim[70], la journée suivante pourrait ressembler à celle du capitaine Ernst Röhm[71]. Par contre si vous respectez intégralement l'ordre des lettres de l'alphabet que vous avez employé pour raconter l'affaire du caporal Hans Mend au général Beck, je vous laisse le loisir d'admirer la vue du lac, vos diplômes et en bonus trouver l'inspiration de votre prochain poème. Vous disposez de trois secondes pour vous décider
- Comment savez-vous ?
- Il vous reste une seconde !

---

[70] Prison de Munich
[71] Capitaine Ernst Röhm assassiné à la prison de Stadelheim lors de la nuit des longs couteaux.

- Que voulez-vous savoir ?

- Tout !

- Vous voulez commencer par quoi ?

- Par le début ! En ce qui me concerne, je vais m'asseoir. Vous pouvez faire de même si le cœur vous en dit.

Le « poète » hésita avant de tirer à lui une chaise sur laquelle il posa ses fesses avec prudence avant de poursuivre d'une voix étouffée : - Comme à l'époque, je résistais philosophiquement à l'orientation que prenait l'Allemagne, le général Ludwig Beck en a pris connaissance, c'est probablement pour cette raison qu'il m'a sollicité pour réfléchir à l'élaboration d'une future constitution.

Walter doucha la logorrhée qui s'annonçait : - Vous me lisez là le début d'un livre qui ne m'intéresse pas. Je me fiche totalement de Beck, changez de chapitre, je veux écouter celui ou Hans Mend tient le rôle principal.

- C'est fort difficile d'aborder un sujet aussi délicat sans invoquer le contexte.

- Pas autant que de devenir l'hôte de la prison Stadelheim, prenez le pour argent comptant.

L'ancien professeur reprenait le dessus. En dépit de la menace, il jugea utile de dépeindre la toile de fond. Walter décida de le laisser provisoirement faire : - Nous ne parlions pas de guerre, nous nous bornions à trouver la meilleure façon de l'éviter. Une des pistes envisagées consistait à modifier une constitution inadaptée.

- Quel lien avec le caporal Hans Mend ?

Apparemment, l'évocation de Mend le terrorisait bien plus qu'avoir été partie prenante d'une conjuration. Voyant qu'il n'en tirerait rien, Walter dégaina son révolver, l'arma avant de le poser devant lui, le canon tourné vers son interlocuteur. Sur la nappe blanche l'arme noire ressemblait à un monstrueux insecte à la piqûre mortelle : - A vous de choisir, soit vous me dites tout, ensuite je vous laisse continuer à noircir des pages jusqu'à la fin de votre vie, soit vous refusez et je serai félicité d'avoir éliminé un ennemi de l'état. Dans les deux cas de figure, vous avez ma parole.

- Les yeux d'Alfred Noerr ne se détachaient pas du trou noir du canon : - Un lien dont j'ai eu le tort de m'en ouvrir au général Beck.

- Ce qui est fait ne peut être défait. Particulièrement si l'on se retrouve avec neuf balles dans le corps.

- C'est que cela concerne le führer !
- C'est bien de lui qu'il s'agit, un chancelier à protéger des calomnies.
- Cela concerne une autre dimension que la calomnie.
- Je ne possède pas de mètre pour me permettre de calculer, par contre vous pouvez mesurer le temps qui vous reste à vivre si vous persistez à ne rien dire.
- J'ai votre parole que je ne risquerai rien ?
- Laissez ma parole de côté, le seul risque serait de vous taire.

La mort dans l'âme, Noerr liquéfié se résolut à parler d'une voix à peine audible :
- En décembre trente-neuf, ce Mend est venu me voir sans doute attiré par ma réputation d'écrivain et mon image d'opposant. Il voulait de l'argent pour quitter l'Allemagne. Il prétendait détenir des révélations incroyables sur le passé militaire du führer. Dans un premier temps, je l'ai poliment évincé, croyant avoir affaire à un provocateur. Je m'en suis ouvert au général Beck qui a eu l'idée de faire vérifier son dossier militaire. L'homme avait bien servi dans le régiment List, celui du führer. Immédiatement, le général parut intéressé. À l'époque, nous recherchions tout ce qui pourrait discréditer le chancelier.

Alfred Noerr fit une pause pour se servir d'un verre d'eau. Walter surveillait de près ses gestes, sa terreur semblait si grande qu'il le croyait capable de se jeter par la fenêtre. Désaltéré, il continua : - j'étais prêt à entendre n'importe quelle histoire excepté qu'il a lourdement insisté sur le fait qu'Hitler avait un ami particulier. Il alla jusqu'à me préciser qu'Hitler avait eu une relation homosexuelle avec cet ami, un certain Ernst Schmidt, une autre estafette de son régiment. Évidemment, je n'en ai rien cru, pour moi Mend voulait nous soutirer de l'argent facile. Mend en prit ombrage en se montrant plus agressif. Tout à coup, l'argent lui semblait moins important que son histoire. Pour prouver ses dires, il me prétendit qu'Hitler était soupçonné par les hommes de son groupe d'homosexualité, d'ailleurs il ne regardait jamais aucune femme, me précisa-t-il. Il m'apprit ainsi qu'en quinze, une nuit qu'ils étaient logés dans une brasserie à Fourmes, alors qu'ils dormaient dans le foin, Mend ne pouvant trouver le sommeil vit qu'Hitler s'était couché pour la nuit avec Schmidt. Il m'a dit . « J'ai secoué un autre homme de la section. Nous entendions des bruissements explicites dans le foin ». Sur le moment, Mond avait l'air profondément sincère, j'ai assez l'habitude des affabulateurs pour avoir donné un certain crédit à son histoire.

- Walter était trop surpris pour trouver une réponse. Il se borna à dire : - Ce Schmidt a du tout simplement rêver.

\- C'est possible. Cependant, Mend m'a affirmé qu'Hitler n'a jamais voulu être nommé sous-officier, car cela l'aurait obligé de changer de compagnie et il ne voulait à aucun prix être séparé d'Ernst Schmidt. Les hommes de sa compagnie les considéraient comme un couple. Il me prétendit avoir à nouveau rencontré Hitler fin dix-huit après la guerre dans un café sur la Marienplatz à Munich en compagnie d'Ernst Schmidt.

\- Tout cela ne veut rien dire.

\- Bien entendu, je suis de votre avis. Alfred Noerr qui reprenait du poil de la bête poursuivit avec un air entendu : Ernst Schmidt est devenu maire de Garching. L'année passée, il a été nommé chef de district du Parti national-socialiste des travailleurs allemands avec l'insigne d'or du parti à la boutonnière. Quant à Hans Mend, il a plus mal fini. Beck a refusé de le payer, selon lui l'histoire était trop tirée par les cheveux et Mend refusait de la signer. En septembre 1940, il fut arrêté pour diverses infractions sexuelles contre des femmes. Condamné à deux ans d'emprisonnement. L'écrivain qui avait retrouvé un peu de son teint rosé devint franchement ironique : malheureusement pour vous, il ne pourra plus jamais parler, il est décédé au pénitencier de Zwickau le treize février 1942.

En sortant, Walter repéra une Opel Kadett 38 vert foncé, la même décapotable qui s'était stationnée devant chez lui au début du mois. L'occupant avait plongé derrière le tableau de bord, mais trop tard pour l'œil exercé de Walter. On le suivait. Il ne se doutait pas que ce serait si rapide. Vrai ou pas, que son imagination lui jouât des tours ou non, il était conscient que sa vie tenait à un fil. Il se dit qu'il ferait bien de rajouter une troisième colonne et d'y mettre un point. Si le führer venait à apprendre son enquête, il disparaîtrait dans les heures suivantes sans laisser de traces. Maudit Himmler, à présent, il devrait tenter de le persuader de stopper l'investigation. Hélas, il connaissait que trop bien sa réponse. Inutile donc d'essayer.

Berlin, Berkaerstrasse, mardi 23 février 1943 11h00

Le hasard à raison des emplois du temps les mieux établis.

La demande posée sur son bureau avec discrétion par Marliese émanait du nouveau responsable du RSHA. Ce dernier n'avait pas pris la peine de le convoquer. Malgré la répugnance qu'il éprouvait, impossible pour autant de l'ignorer, après réflexion, Walter se résolut à en prendre connaissance dans l'espoir de l'expédier au plus rapide. Il se trompait.

Début février, lorsqu'un jeune paysan de la région de Katyn s'était présenté au poste de police allemand, la surprise avait été totale. Selon ses souvenirs, en avril quarante, une noria de fourgons cellulaires du NKVD avait été mise en place entre la gare de Gnezdovo et la forêt de Katyn. Le grand nombre de véhicules avait éveillé son attention. Ils le prirent au sérieux, car on se rappelait qu'en août quarante et un une centaine de corps de militaires polonais avaient été découverts à cet endroit par les troupes allemandes en progression. L'affaire paraissant digne d'intérêt ; averti, le lieutenant Voss du groupe 570 de la Geheime feldpolizei de Smolensk chargé d'exploiter les renseignements des enquêtes s'en était à nouveau mêlé. L'investigation avait repris et abouti à l'interrogatoire de plusieurs cheminots polonais qui ayant lu un article dans un journal allemand en avaient conversé avec des paysans locaux. Ceux-ci leur avaient raconté qu'il y avait des milliers de soldats polonais enterrés dans la forêt de Katyn.

Comme c'était une affaire dans la zone militaire sous la responsabilité du feldmaréchal von Kluge, il incombait à la justice militaire de mener l'enquête. Une portion de l'exploitation des renseignements serait ainsi échue au service concerné de Canaris, le colonel Rudolf von Gersdorff, officier de liaison du groupe d'armée centre avec l'Abwher, ayant transmis la copie de ses rapports préliminaires envoyés à sa hiérarchie. Mais voilà, depuis lors, une partie de l'Abwehrpolizei intégrait le SD, elle communiquait à présent en catimini ses résultats Prinz Albrechtstrasse.

Flairant une bonne aubaine, le ministre de la Propagande qui avait des antennes traînant au Bendlerblock, bâtiment abritant entre autres la justice militaire, voulait s'emparer de l'histoire séance tenante. Kaltenbrunner pour ne pas être en reste avait mis son nez dedans dans l'espoir de mettre le pied dans les affaires du Tirpitzufer de manière à effectuer un coup double.

En la transmettant à son département et non à la Gestapo, Kaltenbrunner lui liait les mains tout en l'envoyant se faire des ennemis dans la Wehrmacht qui verrait d'un très mauvais œil son immiscions. Sans perdre de vue la possible colère de l'ombrageux maître de l'Abwehr. En se plaignant à Himmler, il ferait preuve de faiblesse devant un Reichsführer, pas mécontent du tout de la rare occasion qui se présentait pour surveiller de près les affaires du docteur Goebbels.

Le dossier apporté par Marliese portait le tampon GeKaDoS[72]. En observant distraitement cette marque rouge apposée sur la chemise en carton, les deux

---

[72] Geheime Kommandosache, très secret.

dernières lettres, en leur adjoignant un « s »⁷³ supplémentaire, lui firent prendre conscience de tout l'intérêt qu'il pourrait en retirer. Si l'affaire se vérifiait, elle donnerait un énorme poids à ses arguments en la communiquant le premier à un Allen Dulles détestant les rouges. Certains Américains auraient dès lors bien difficile de continuer à considérer le russe comme un allié fréquentable. Un possible premier coup de canif dans la capitulation sans condition.

Berlin, Quai Tirpitz, bureau de Wilhelm Canaris, jeudi 25 février 1943, 16h00

Vendredi en fin d'après-midi, profitant de la pénombre hivernale qui enveloppait le Tiergarten, l'amiral s'était baladé pendant une heure en compagnie d'Arthur Nebe. Avec satisfaction, le patron de l'Abwher avait appris par la bouche du chef de la Kripo⁷⁴ que le rapport du KriminalInspektor Sonderegger était revenu sur le bureau du chef de la Gestapo avec annoté de la main d'Heinrich Himmler « *Faites-moi le plaisir de laisser Canaris en Paix* » et l'instruction de clôturer l'affaire.

Soulagé, le rusé amiral en bon marin devait en même temps s'assurer d'un gilet de sécurité supplémentaire en plus de son canot de sauvetage ; le Reichsführer malgré son immense pouvoir n'était pas à ce jour le plus important personnage du Reich. Celui qu'il devait à tout prix persuader de l'efficacité de l'Abwher n'était rien moins que le führer lui-même. Pour y arriver, Canaris avait à portée de main un moyen bien précis, résoudre une affaire qui maintenait Hitler très contrarié depuis juin quarante. Démasquer le traître au sein de l'état-major allemand et il était sur le point de réussir un coup de maître qui le remettrait pour de bon en selle.

Ses hommes qui épluchaient méticuleusement depuis deux ans les archives découvertes à la Charité-sur-Loire dans un wagon de chemin de fer abandonné lors de la débâcle de l'armée française y avaient repéré l'indice d'une vente de code et de chiffrement de l'armée allemande. Il en ressortait qu'un certain Rodolphe Lemoine, dit « Rex », de son vrai nom Rudolf Stahlmann, sujet allemand avait

---

[73] OSS, Office of Strategic Services. Créé le 13 juin 1942. Allen Dulles en était le responsable pour l'Europe.
[74] Kripo, Kriminalpolizei, AMT V du RSHA, responsable Général de police Arthur Nebe. 13/11/1894 – 21/03/1945

négocié pour les services français leur achat à son contact allemand, donc forcément un renégat ayant accès à des informations très sensibles. De toute évidence, ce dernier avait dû travailler à la Chiffrierstelle[75] ou au Forschungamt[76] et sans doute y œuvrait encore. « Rex » avait disparu jusqu'au jour où un agent avait retrouvé sa trace à Marseille, ville où il vivait du marché noir. Hélas pour nous, à cette époque, la cité phocéenne se trouvait encore en zone libre. Après avoir tenté de l'appâter pour le faire venir à Paris, il s'était à nouveau évanoui dans la nature pour réapparaître à la suite d'une transaction en Pyrénées orientales dans le petit village de Saillagouse à quelques kilomètres de la frontière espagnole où il vivait dans une villa en compagnie de son épouse. Par malheur pour « Rex », depuis peu la ligne de démarcation n'était plus d'aucune utilité ; depuis le dix novembre quarante-deux la ville de la Cerdagne avait beau se situer aux portes du pays de Franco elle n'en était pas moins devenue à portée de l'Abwher qui depuis le surveillait de près. Canaris devait toutefois redoubler de tact à la fois pour séduire l'individu friand de vie facile et pour ne pas alerter le SD et les hommes de Schellenberg en France qui avertis, s'empresseraient de mettre la main sur lui. L'homme avait déjà échappé de peu au major Hans Kieffer[77].

Pour réaliser cette délicate manœuvre, son pion majeur se nommait Georges Wiegand. Le capitaine de l'Abwher de la rue des Saussaies s'avérait être un spécialiste des organismes de renseignements français, langue qu'il parlait d'ailleurs couramment. L'amiral venait de lui donner l'ordre de s'emparer de Lemoine et de son épouse pour les amener le plus vite et le plus discrètement possible rue de Castiglione à Paris où l'amiral jouissait d'un étage complet à la disposition de son service à l'hôtel Continental.

Satisfait, Canaris demanda à Wera[78] de lui trouver des glaçons. Il avait l'intention bien arrêtée de boire quelques whiskys, quitte à s'enivrer en compagnie de ses deux teckels endormis dans le silence de son bureau. Tel qu'il s'en était douté, l'entrée en « guerre totale » produisait à présent ses effets dans deux sens contraires. Le peuple prenait conscience de la folie du régime qui les conduisait à leur perte. Nebe lui avait appris que quatre jours plus tôt, après avoir lancé avec son frère Hans des tracts dans la cour intérieure de l'université de Munich, une

---

[75] Chiffrierstelle, bureau de cryptage (machine à clés Enigma) de la Reichswehr (1920-1934)
[76] Forschungamt : interceptions écoutes (Bureau de recherche du ministère de l'Aviation du Reich) mis en place en avril 1933 à la suite de l'ordonnance levant le secret téléphonique, télégraphique ainsi que l'écoute des messages radio
[77] Hans Josef Kieffer, chef du SD à Paris 84 av Foch.
[78] Wera Schwarte, secrétaire de Wilhelm Canaris. Soupçonné par la Gestapo en 1944 d'être une agent soviétique.

étudiante nommée Sophie Scholl[79], vingt et un ans, révoltée par l'horreur de la guerre, avait été repérée par le concierge. Dénoncés, ils avaient été emmenés au rectorat. Après d'interrogatoire par le doyen et le président de l'université, ils avaient été remis à un inspecteur de la Gestapo[80]. Conduite le vendredi matin devant le Tribunal du peuple, Sophie s'était vue condamnée à mort après un procès mené en trois heures seulement. C'est Roland Friesler, le chef du Tribunal du peuple, venu spécialement de Berlin, qui avait tenu à annoncer la sentence pour fait de « haute trahison, propagande et démoralisation des forces militaires ». Nebe choqué lui avait aussi appris que Sophie et son frère avaient été guillotinés le jour même à Munich à la prison de Stadelheim malgré la législation allemande qui imposait un délai de cent jours avant l'élimination d'un condamné. Selon le témoignage des gardiens de la prison, elle fait preuve de beaucoup de courage lors de son exécution.

Suisse, Biglen, Auberge Zum Bären, mercredi 03 mars 1943

Au dernier moment, Walter se retint de poser la question à un reichsmark au commandant en chef de l'armée suisse : - « Pourquoi avez-vous accepté si peu de réfugiés israélites sur votre sol ? » Peine perdue, le « paisible » officier lui aurait promptement rétorqué que son pays ne pouvait supporter une charge supplémentaire. À se faire « insulter » par une mauvaise réponse, autant ne pas énoncer la question dont il connaissait l'explication : « pour avoir un argument à opposer au cas où l'Allemagne se montrerait ombrageuse de leurs manigances avec les ennemis du Reich ». Le responsable du contre-espionnage SD pouvait lui mettre son nez dans sa soupe posée sur une belle nappe décorée aux couleurs de sa nation en lui faisant remarquer que les réfugiés admis avec parcimonie sur le territoire helvétique étaient répartis dans des camps où il était de bon ton d'œuvrer pour l'armée suisse à un franc par jour pour les plus chanceux, c'est-à-dire ceux qui ne devaient pas récolter la tourbe. Tacites, ils avaient préféré parler de chevaux tout au long du repas. Dans les circonstances jusque-là fort conviviales, c'était plus avisé.

Walter n'était pas là pour ça. Lors de l'interminable trajet de Zurich à Berne, le brigadier Masson lui avait demandé devant témoins qu'il eût apprécié de savoir si une attaque menée par les troupes du général Dietl contre la Suisse était

---

[79] Sophie Magdalena Scholl, étudiante et résistante du mouvement de la rose blanche.
[80] Kriminalobersekretär Robert Mohr

imminente ou non. Ses mots exacts s'étaient vus passés au filtre policé de la diplomatie suisse, mais la question concernait bien cette préoccupation précise. S'il n'avait eu son chapeau vissé sur la tête, Walter aurait laissé voir aux occupants de la voiture ses poils se dresser sur son crâne. Un jeu rusé de la part du patron du SR[81], de cette façon, il avouait de manière explicite que son service détenait des espions au cœur du Reich dont certains tapis, il n'avait aucun doute là-dessus, à Zossen au quartier général de l'armée ou alors au quartier général du führer. Walter jugeait le responsable des renseignements suisse trop intelligent pour faire une pareille bourde. Quel était son but, et là-dessus une petite idée pointait le bout de son nez.

Ses agents de Paris savaient depuis deux jours que l'Abwher séquestrait un certain Lemoine, ayant travaillé avec le deuxième bureau français avant juin quarante ; celui-ci devait à coup sûr connaître le traître, sinon pourquoi Canaris montait une telle opération. Seulement, quel qu'il soit, ce n'était pas le bon, même si c'en était un d'importance. Le nid était bien plus vaste et toujours actif. L'amiral voulait briller, mais ne tenait en main qu'une vieille pierre dépolie que Walter se garderait bien de lustrer de concert. Par ses réseaux d'écoute perfectionnés qui usaient parfois d'avions, il avait la parfaite connaissance du trafic radio intense entre Berlin et Genève depuis le début de l'année.

Tout en buvant une coupe de champagne, le général Guisan lui avait demandé avec un air de ne pas y toucher comment l'Allemagne voyait les troupes américaines amassées en Afrique du Nord. Walter habitué à la lenteur suisse fut soulagé d'enfin entrer dans l'objet de la rencontre : - Pour le führer, il est vital de connaître les intentions de la Suisse. Si les alliés parvenaient à débarquer en Italie, ils seraient tentés d'emprunter le raccourci qu'offrent vos montagnes pour nous prendre à revers. Demandez à Alfred Ernst[82], il vous confirmera le bien-fondé de ce que j'avance.

Un froid glacial se répandit sur quatre des six convives, il avait lancé une grosse carte, tant pis pour le pauvre Alfred qu'il faisait ainsi passer pour un indicateur. Après tout, ce n'était pas un as, un simple sept dans le jeu, tout au plus. Un de leurs révoltés de quarante férocement hostiles au Reich, il vit que Masson avait mal. Ce n'était que le début. Avant, il allait d'abord jouer ami-ami. L'armée suisse en la personne du général Guisan assis en ce moment devant lui avait su faire preuve de nerfs d'acier, ils n'avaient pas bougé, fût-ce un nid de mitrailleuses, depuis deux mois. Malheureusement pour eux, la question combien importante

---

[81] SR service de renseignements suisses - Spab service de contre-espionnage suisse.
[82] Alfred Ernst , chef du bureau Allemagne au service des renseignements de l'armée suisse (Büro D puis NS1).

pour eux posée dans la voiture par Masson avait gravement détendu les câbles. La phrase qu'il s'apprêtait à sortir était gênante, mais il devait procéder de cette façon et il n'y avait pas de manière plus élégante de se permettre de l'exprimer :
- Général, avec votre accord, laissons ces messieurs profiter de ce merveilleux produit du terroir français, allons-nous dégourdir nous un peu les jambes.

Toute cette affaire lui avait procuré un sérieux mal d'estomac. Il avait minutieusement préparé son moment et se devait d'intervenir avant que la défaite de Stalingrad ne fasse trop réfléchir l'armée helvétique. Puisque l'idée ne venait pas de lui, Kaltenbrunner n'avait pas fait preuve d'enthousiaste, par contre, son chef le Reichsführer si. À se faire détester, autant le faire bien. Canaris occupé avec Paris. Une période idéale pour agir.

L'avant-dernier jour de février, par l'intermédiaire d'Hans Eggen, il avait émis au capitaine Meyer-Schwertenbach[83] son désir urgent d'obtenir une entrevue avec le général Guisan. L'affaire se trouvait déjà dans les cartons depuis novembre quarante-deux ; il la poussait à présent dans le dos en évitant autant que possible de la faire trébucher. Le mécanisme armé depuis le bureau du SD de Stuttgart s'était mis en marche. Meyer et Wiesendanger[84] avaient contacté le Brigadier Masson qui en avait référé à Guisan, ce dernier n'attendait que cela depuis fin janvier. Dans un premier temps, la rencontre aurait dû avoir lieu à la station de ski d'Arosa. Ce que Masson refusa, estimant l'endroit trop dangereux ; le gouvernement helvète devait rester dans l'ignorance d'un tête-à-tête. Le deuxième choix de Guisan s'était porté sur Berne, l'officier étant libre les trois et quatre mars. Malgré la garantie de Meyer d'assurer sa protection, Walter avait à son tour rejeté la proposition. Les services anglais pourraient être tentés de lui faire payer la pièce qu'il leur avait jouée à Venlo[85] en trente-neuf en lui reproduisant une pareille au pays du gruyère. Il aurait aimé visiter Londres, mais pas sa tour à devoir subir à longueur de journée la conversation de Hess.

En définitive, ils avaient accordé avec Schellenberg qu'ils se rendraient, avec son adjoint, en Suisse via Constance le premier mars et passeraient la nuit au château Wolfsberg à Ermatingen en compagnie d'Eggen. Albert Wiesendanger avait lubrifié le mécanisme, ils seraient des invités officiels de la confédération et la frontière leur serait grande ouverte à Kreuzlingen où il les attendrait en personne.

---

[83] Meyer-Schwertenbach, capitaine des renseignements suisse et écrivain. Adjoint du Brigadier Masson.
[84] Albert Wiesendanger, officier de la police suisse.
[85] Incident de Venlo. Walter Schellenberg se faisant passer pour un officier conspirateur de la Wehrmacht fit enlever en Hollande le neuf novembre trente-neuf deux officiers du SIS britannique les majors Richard Henry Stevens et le capitaine Sigismund Payne Best.

LE MAUVAIS FILS

Les Suisses pour d'obscures raisons de bons de carburant et de logement avaient encore modifié au dernier moment la date du premier pour la remettre au deux mars. Après une première nuit en la compagnie de leur hôte, précédée d'une conversation tardive pour aborder des détails des entretiens du lendemain, tôt le matin du trois, ils avaient à la demande du policier changé les plaques minéralogiques de la déjà peu discrète Mercedes 153 des Allemands pour une immatriculation helvète plus discrète. Opération non dénuée de sens, sauf que les plaques allemandes étaient boulonnées et ces derniers étaient complètement oxydés. Le temps de trouver les outils nécessaires, ils avaient perdu une heure supplémentaire.

Walter avait pris place dans sa voiture, réimmatriculée mystérieusement dans le canton du Jura, en compagnie d'Eggen et du capitaine Meyer. Wiesendanger les suivant discrètement dans la sienne accompagné de deux gardes du corps. Parvenus à Zurich où Masson les avait accueillis, ils avaient pris la route de Berne sans s'attarder plus que le strict nécessaire. En arrivant dans la ville, Walter eut une pensée émue pour Hanna Reitsch qui l'avait secrètement piloté jusqu'ici fin juin quarante-deux. Il espérait qu'elle se rétablirait vite de son dramatique accident.

Wiesendanger, en tant qu'officier de police connaissait bien le patron de l'hôtel Bellevue, un certain Schmidt, ce qui permit à Walter de s'enregistrer sous le nom de Karl Schelkenberg né à Hambourg en 1904, de son état directeur de fabrique à Francfort. Autant rester le plus discret possible. L'établissement avait mis à leur disposition quatre spacieuses chambres ou à regret, ils ne purent prendre le temps de se reposer. Masson avait insisté pour se rendre au plus vite à Biglen où tous avaient rendez-vous dans un restaurant réputé souvent choisi pour les rencontres protocolaires et autres réunions de caractère plus confidentiel.

Dès qu'ils eurent quitté le salon particulier ou ils avaient dîné, Guisan se tourna vers lui, son visage affichait un regard rassurant : - Si cela ne vous dérange pas, je ne tiens pas trop à la balade. Allons plutôt dans une pièce dont j'ai la clé, une bouteille de champagne m'y attend, je la partagerai volontiers avec vous.

Le général Guisan malgré son âge était un bel homme dans le sens de la prestance qui irradiait de lui. Une figure aristocratique, cheveux un peu longs pour un militaire, la raie au milieu remettait l'impression en place, une moustache ni trop minuscule ni trop fournie juste un rien rebelle. Le tout surmonté d'yeux assez petits, tristes et chaleureux à la fois. En changeant d'uniforme, il pourrait facilement passer pour un feld-maréchal allemand.

Assis dans un des fauteuils du salon de la chambre, Walter remarqua une bouteille de Moët et Chandon immergée dans un seau dont la glace avait fondu. S'ils se dépêchaient, le champagne serait éventuellement encore à bonne température, mais le chef de l'armée suisse n'y porta aucune attention : - Colonel Schellenberg, il m'a paru que vous teniez à me demander quelque chose qui vous tient à cœur, je me trompe ?

Quel doux euphémisme, comme s'il s'agissait d'obtenir des places à l'opéra. S'il traduisait la pensée d'Hitler, tout général qu'était le Suisse, de la sueur tremperait déjà son front. Autant opter pour le même ton en lui répondant du berger à la bergère au lieu du loup à la chèvre : - Demander n'est pas le verbe que je choisirais général, désirer me semblerait plus adapté.

- Quel est donc votre désir ?

- Un désir que je transmets fidèlement, celui du führer. En tant que responsable de ses services de renseignements extérieurs, il me charge de présenter une ...disons requête. Le connaissant bien, je dois vous dire que ce n'est pas vraiment son genre. Il démontre de cette façon le respect et la considération qu'il a pour votre pays. Walter pensa : « hélas pas pour vous, compromis avec l'état-major français, ce que nous a prouvé les documents de la Charité-sur-Loire ». Pourquoi blesser inutilement une personne lorsqu'on est un gentleman ?

- D'un de ses services de renseignement, vous voulez dire ! Quelle est donc la teneur de cette requête ?

Walter ne releva pas la petite offense, après tout, il l'avait cherché par vanité : - Le chancelier Hitler n'a pas non plus pour habitude d'être très explicite, il préfère que ses désirs soient interprétés. Bien interprétés, évidemment, mais interprétés.

Guisan ne put se retenir d'exprimer un imperceptible sourire chargé de mépris. Walter ne s'attendait pas non plus à une déclaration d'amour envers le chef allemand. Comme le général demeurait muet, il se décida à sortir le grand jeu : - A force, je capte sans beaucoup de difficulté sa pensée, du moins lorsqu'elle reste simple. Et dans ce cas, elle ne peut être plus compréhensible. Laissez-moi vous parler avec franchise, notre armée d'Afrique ne se retrouve pas au mieux de sa forme en Tunisie. Si elle ne la récupère pas sous brève, elle sera aux mieux rapatriée, au pire capturée. Ne me faites pas l'injure de dire que depuis Stalingrad c'est devenu une fâcheuse habitude pour nous. Dans les deux cas, les Américains auront devant eux quelques options. Elles ne sont pas énormes. S'ils ont pu débarquer en Afrique du Nord, ils seront tentés de répéter l'opération vers l'Europe du Sud. Nos généraux estiment, sans beaucoup de chance de se tromper, que ce sera soit le Sud de la France à la frontière avec l'Espagne, l'Italie ou alors l'Albanie. Permettez que j'écarte cette dernière hypothèse.

Le militaire reprit instantanément le dessus : - j'opterais pour l'Italie.

Walter acquiesça de bonne grâce : - je ne suis pas stratège, mais je ne pense pas comme vous. Je choisirais la France, vous voyez, le vin, le cognac, le champagne en regardant la bouteille dans son seau. Son ton léger ne parvint pas à dérider le Suisse ; au moins, il avait essayé : - L'Italie est à mon sens l'endroit le plus difficile. Walter mentait, Halder lui avait assuré que la Sardaigne serait l'objectif le plus probable, ensuite l'Albanie. La France venait en dernier lieu, trop de divisions allemandes y étaient stationnées pour défendre l'atlantique et le terrain se prêtait à merveille aux mouvements de chars aidés en cela par un vaste service ferroviaire. Sa remarque laissa le général Guisan impassible : - Outre que l'Italie est notre alliée, sa marine est puissante, son armée nombreuse.

Le général ne put contenir son mépris : - Ils l'ont démontré sur le Don ! Leur marine à Tarente et Syrte[86].

Walter jugea le moment de l'attaque particulièrement bien choisi : - ils n'ont pas non plus une armée réduite à cent mille hommes pour des raisons de coût, dit-il en faisant allusion à la suisse. À raison, monsieur Pilet-Golaz[87] estime qu'aucune menace ne pèse sur la Suisse. En bon politique, il doit vous mettre pas mal de bâtons dans les roues ou plutôt de plaque de glace sous vos chaussures.

La moue de désapprobation que fit le général Guisan à l'évocation du directeur de l'intérieur de la confédération suffisait à résumer tout le bien qu'il en pensait : - Vous semblez parfaitement renseigné, colonel Schellenberg.

Il n'aurait pas été diplomatique de lui annoncer qu'il savait que le général avait passé sa fin d'année à inspecter les défenses du Jura: - C'est mon travail général. Je n'ignore pas que vous pouvez également faire exploser tous les tunnels d'accès à votre pays, saint Gothard, Simplon et rendre impossible nos convois ferroviaires vers l'Italie. Je me dis que c'est pareil pour nos adversaires.

Il s'abstint d'ajouter « vos centaines d'usines sont coloriées suivant leur sort, en rouge celles destinées à sauter, en vert celles à déménager dans votre réduit ». Ces deux gestes dénuerait la confédération du moindre intérêt stratégique : - Pourquoi en arriver là, cela ne représente aucune utilité pour nos deux pays.

- Que voulez-vous alors, colonel Schellenberg. Masson vous appelle « Schelli » c'est exact?

Walter choisit de répondre à la première question et de laisser la porte entrebâillée à la deuxième : - Moi, rien ! J'ai à de nombreuses reprises prouvé par mes

---

[86] Bataille de Tarente 11 novembre 1940 - Bataille de Syrte 22 mars 1942.
[87] Pilet-Golaz Homme politique suisse élu au conseil fédéral, directeur du département de l'intérieur, deux fois président de la Confédération.

actions, mes aides, toute ma sympathie pour votre pays sans rien demander en retour. Le brigadier semble l'apprécier et le démontre de cette façon.

- Pourquoi ferais-je cela, croire aux intentions de monsieur Hitler ?

- Vous avez une carte énorme en main, il suffit que vous fassiez connaître aux Italiens ma présence ici en votre compagnie pour qu'ils en déduisent que nous allons les abandonner en Tunisie et que nous nous replierons dans le nord de leur pays sur une portion imprenable des Alpes en délaissant leur péninsule.

Guisan sortit un cigare de sa poche intérieure sans pousser la politesse jusqu'à lui en présenter un. Après l'avoir allumé, il cracha longuement la fumée bleue avant de déclarer un rien excédé : - Il faudra bien cesser à un moment ou un autre d'en arriver à la question « que voulez-vous colonel ».

- La question exacte est « que désire le führer ». À cela, je peux vous répondre, un acte insignifiant pour vous, une simple lettre signée de votre main lui assurant que vous défendrez la Suisse contre tout envahisseur, quel qu'il soit, ceci dans le cas improbable où les Américains choisiraient, comme vous le supposiez, l'Italie et considéreraient que le chemin le plus direct pour venir à nous passe par votre pays.

Guisan eut un imperceptible mouvement de recul : - Comprenez que vous me demandez là quelque chose d'énorme colonel.

Le général suisse surjouait habilement, il n'ignorait rien de la requête qui en fait n'était rien d'autre qu'une exigence. S'il tenait à sauver la face, pourquoi le lui refuser ce plaisir : - Minuscule en regard des dangers et des intérêts en jeu général !

Le Suisse écrasa son cigare à peine entamé dans un cendrier avant de se lever. Walter cru que l'entretien se terminait sur cette fin de non-recevoir de tous les risques quand Guisan ajouta : - Mais pas impossible. Demain, je dois me rendre à une compétition de ski dans la station d'Arosa, un des nombreux fardeaux de ma position. Si vous disposez d'un peu de temps et que les trois cents kilomètres de route pour vous y mener ne vous dérangent pas, voyons-nous là-bas le cinq ou le six. L'air y est fortifiant, la nourriture des Grisons est réputée pour autant qu'on aime le fromage. Votre ami Masson se fera une joie à mettre les détails au point. Ne regardez plus cette bouteille, allons de ce pas en ouvrir une en compagnie de nos amis.

À leur retour dans le salon particulier du restaurant, le temps s'était arrêté, ils reprirent la conversation là où ils l'avaient laissé.

Le reste se passa dans une agréable humeur. Deux bouteilles de Pommard trente-sept, une de Bergerac et quelques liqueurs de kirch étaient venues en renfort. Comme il n'existe de bonne compagnie qui ne se quitte, ils se séparèrent comme de vieilles connaissances. Le général Guisan était déjà monté dans son imposante Buick lorsqu'ils quittèrent à leur tour l'établissement, Walter se demanda pourquoi le capitaine Meyer insista pour couper la page du livre d'or de l'hôtelier qu'ils avaient signé de bonne grâce à leur arrivée. Le propriétaire du Stübli de l'Ours tout heureux d'y voir la signature du général Guisan qu'il avait reconnu semblait fort mécontent de ce sacrilège.

Arosa, Hôtel Excelsior, mercredi 06 mars 1943, 11h30

Pour la première fois depuis deux jours, Walter se sentait aller mieux. Il en était redevable à Patricia, l'épouse de Meyer, cette énergique femme s'était occupée de lui avec un soin tout particulier.

Après leur repas à Biglen, le général Guisan s'en était retourné à son quartier général d'Interlaken tandis que leur groupe prenait la route de Berne.

Le jeudi matin après une nuit difficile, il s'était réuni à l'hôtel Schweizerhof en compagnie de Meyer et du docteur Wiesendanger pour rédiger le premier jet de la lettre à soumettre au chef de l'armée suisse. Masson les avait rejoints pour le déjeuner avant de prendre congé muni du brouillon à mettre au propre pour que le général puisse enfin y apposer sa signature. Tous ces déplacements l'avaient sérieusement mis patraque. Le voyage en train de Zurich à Arosa n'avait pas arrangé son état bien au contraire malgré un confortable compartiment de première classe. L'épouse de Meyer qui s'était incorporée au périple avait tenté sans succès de le distraire. Arrivé à Arosa, il n'avait pas profité du magnifique salon de l'hôtel Excelsior. Il avait gagné sa chambre pour y passer une nuit horrible ponctuée de douleurs à l'estomac. Au matin, en voyant sa tête au déjeuner, Patricia Meyer[88] avait de son propre chef appelé le médecin malgré ses objections, car il s'était inscrit à la réception sous le nom du docteur Bergh. Il redoutait une conversation de « confrère à confrère » qui dévoilerait la supercherie. Par chance, l'homme de l'art avait été aussi discret que rapide en se bornant à lui prescrire des gouttes d'opium pour le soulager.

---

[88] Patricia Verena

En tout état de cause, cela avait été la bonne solution ; doublant d'autorité la dose, les gouttes de la substance firent rapidement de l'effet et le maintenaient à présent un peu sur un nuage, toutefois, il se considérait assez professionnel pour ne pas s'abandonner à laisser échapper des propos inconsidérés.

Pat et Meyer étaient venus le chercher en milieu d'après-midi et l'avaient entraîné en compagnie d'Eggen vers les pistes de Maran – Prätschli distantes de sept kilomètres. Abandonnant toute image d'un responsable du contre-espionnage SD, Walter n'avait pas pu refuser à la chaleureuse Pat d'effectuer quelques descentes en luges et en définitive cette escapade sur les pentes l'avait sorti de la guerre et rendu intensément heureux. Elle lui avait expliqué que ce lieu s'appelait « le pays des ours ». Aucun plantigrade n'étant apparu dans le secteur, de retour à l'hôtel, il l'avait traitée en riant de menteuse. Elle joua le jeu, prit un air piqué en lui promettant d'en montrer le lendemain. Surpris, il avait néanmoins regagné sa chambre pour prendre une douche avant le repas sans poser de question.

La soirée s'était déroulée dans une ambiance bon enfant, loin de la guerre, mais près des boissons fortes. Le lendemain au milieu de la matinée, on toqua à sa porte, c'était de nouveau une Patricia en parfait état, légèrement maquillée et habillée avec soin pour se rendre à nouveau sur les pistes : - Alors docteur Bergh, vous avez récupéré la forme ? Prêt pour d'autres descentes ?

- Avec joie si c'est en votre compagnie, je me charge de trouver une explication pour le capitaine Meyer. Disons que cela fait partie de mon traitement.

- Loin de moi l'idée que vous étiez si coquin. Comme quoi il faut toujours se méfier.

- Particulièrement des Allemands.

- Ils sont aussi dangereux qu'on le dit ?

- Bien sûr que non, il suffit de bien prendre soin d'eux, mais ça vous connaissez déjà.

- Pour votre plus grand malheur, je ne vous amène pas pour exécuter des tours de luge, je devrai me contenter de la compagnie de votre adjoint si toutefois vous l'y autorisez. Quant à vous, un apéritif vous espère au petit salon. Il est probable que vous y rencontriez un ou plusieurs ours. Vous reconnaîtrez facilement un d'entre eux, il porte souvent un uniforme de général.

Le temps d'enfiler une veste, il l'avait suivi. Meyer les attendait déjà, l'inspecteur de police Wiesendanger qui les avait abandonnés à Zurich était lui aussi réapparu : - Bien honnête de votre part de me restituer mon épouse. Hélas Pat devra se résoudre à faire de la luge seule, je m'en vais de ce pas avertir le général Guisan que vous êtes là.

Encore du champagne, cela n'en finirait jamais. Le matin, il avait fait l'impasse sur les gouttes d'opium pour avoir toute sa tête. Son mal d'estomac avait ressurgi de plus belle. Il fut soulagé que l'attente fût de courte durée. Guisan apparut en compagnie d'un homme qu'il lui présenta : - Voici mon ordonnance, le capitaine Marguth. Capitaine Marguth, vous avez devant vous un véritable colonel allemand malgré la jeunesse qui accompagne le titre.

Walter fit mine de ne rien remarquer, les officiers supérieurs de l'armée avaient l'habitude de lui faire subtilement observer le peu de concordance entre sa date de naissance et son grade. Ce qui allait suivre ne regardait pas l'ordonnance. Le capitaine fut prié sans beaucoup de formes par son supérieur de quitter la pièce. Guisan lui tendit le document qu'il tenait à la main. Walter parcourut lentement les deux pages.

> *L'équilibre de l'Europe exige une Suisse neutre de tous côtés et à tous égards.*
>
> *Sa situation ainsi que sa mission historique l'ont appelée de tout temps à être la gardienne des cols alpins. Le grand homme d'État et chancelier du Reich Bismarck a lui-même reconnu et exprimé cette réalité. La Suisse a toujours accompli cette tâche de toutes ses forces et avec tous ses moyens.*
>
> *L'accomplissement de cette tâche, d'ailleurs reconnue par tous les Suisses, notre pays le considère non seulement comme un devoir, mais aussi comme une évidence.*
>
> *Nous sommes conscients du fait qu'un relâchement de cette conception serait fatal à l'indépendance de notre pays. C'est pourquoi tout le peuple suisse et avec lui toute son armée sont prêts à tout sacrifier pour défendre leur indépendance et leur honneur.*
>
> *Quiconque envahit notre pays devient automatiquement notre ennemi et trouverait une armée unie et puissante et un peuple pénétré d'une seule et unique volonté. À partir de ce moment, il n'y aurait plus qu'une Suisse combattante, animée par une seule volonté.*
>
> *Grâce à la topographie de notre pays, nous sommes particulièrement en mesure de nous défendre sur le front des Alpes. Quoi qu'il advienne, cette assurance est inébranlable et irrévocable. Il ne peut avoir à ce sujet le moindre doute ni aujourd'hui ni demain.*
>
> *Général Guisan, commandant en chef de l'armée suisse.*

C'était à quelques mots près ce qu'ils avaient mis au point dans les salons de l'hôtel Schweizerhof à Berne. Pour le principe, il demanda deux explications sur des détails sans importance. Satisfait des réponses du général, il lui retourna la lettre. Guisan s'éloigna sans un mot vers un petit secrétaire et apposa sa signature au bas de la feuille : - Voilà qui devrait contenter votre führer. À vous de le compléter par les arguments que vous jugerez utiles.

- En général, Hitler ne supporte pas qu'on lui sorte des raisonnements ou des conseils. Bien entendu, s'il m'interroge, ce qui ne fera aucun doute, je lui transmettrai toute la confiance dont je témoigne envers le chef de l'armée suisse.

- Bien, vos paroles me rassurent en quelque manière. Depuis le temps que je les pratique, je me targue des parvenir à juger les hommes. Ma confiance en vous est intacte.

L'affaire avait été menée en un peu plus de trente minutes. Walter aurait voulu ajouter quelques mots, mais il ne trouvait pas lesquels. Par chance, Patricia et Eggen apparurent, vu les circonstances, ils avaient décidé de rester à l'hôtel. La maîtresse femme avait fait préparer un déjeuner au champagne. Walter nota que Guisan était tendu, raide. Il comprenait mieux pourquoi Pat avait parlé d'ours. Le fils du général s'était joint à eux pour une conversation tournant autour des compétitions de ski ou chacun avait à cœur d'employer le plus parfait allemand possible. En douce, il s'absenta un moment pour enfin pouvoir avaler quelques gouttes d'opium. À son retour, le déjeuner étant terminé, Guisan prit congé d'eux sans beaucoup d'émotivité ; comme tous les généraux.

En fin de journée, il quitta à regret la merveilleuse station de ski pour se rendre à la gare afin d'y reprendre en compagnie du couple Meyer le train de Zurich ou Masson les attendait. Les gouttes n'avaient pas eu l'effet escompté. Il faut dire qu'Eggen arrivait de lui apprendre que plus de quatre cents bombardiers anglais venaient de bombarder Essen. Dans le wagon, il en prit une seconde dose. Ensuite, il jeta le petit flacon maintenant vidé de son précieux liquide. Arrivés à la gare de Zurich, aussi épuisés qu'ils fussent, après une petite hésitation, ils se tinrent au plan de se rendre sans attendre au château Wolfsberg dans leur voiture. Patricia Meyer toujours pleine de ressources posséderait sans doute un autre flacon à lui donner pour supporter le long voyage de retour à destination de la capitale du Reich.

LE MAUVAIS FILS

Berlin, Quai Tirpitz, bureau de Wilhelm Canaris, mercredi 10 mars 1943

La discrète surveillance opérée par le peu d'hommes sûrs qu'il détenait encore dans la capitale française venait de porter ses fruits. Ils lui avaient appris que le capitaine de vaisseau Richard Protze[89] avait quitté la hollande pour la rue de Castiglione à Paris. Si le vieux Protze s'en mêlait, l'affaire ne pouvait qu'être sérieuse, le chef du SD Ausland n'en doutait pas un instant. Le temps était venu de rendre couleur neige les cheveux blancs de Canaris, il disposait de peu d'informations cependant suffisantes pour remplir les cases vides.

L'amiral réfléchissait ferme, au bout d'une minute, il n'avait pas encore répondu. Walter le connaissant bien allait l'aider : - admettez-le, vous m'avez menti, par omission, je veux bien, mais menti malgré tout. Ce que je vous demande ne représente rien en comparaison de ce que vous avez à gagner, ou ne pas perdre si vous privilégiez l'emploi de cette formule. Vous détenez, dans une chambre parisienne, un dénommé Lemoine. Je me fiche complètement de cette personne, je chasse sur d'autres terres. Par contre, Karl Bömelburg[90] est désireux d'offrir sur un plat d'argent un cadeau à son chef Müller. Ainsi celui-ci pourra se faire mousser devant Kaltenbrunner. Au plus Kaltenbrunner mousse, au plus votre bière devient plate et chaude. N'imaginez pas un instant que je vais l'informer de quoi que ce soit pour lui favoriser la tâche. On pourrait vertement, c'est un faible mot, me le reprocher si l'on venait à découvrir ce que je sais.

- À part maître chanteur, vous possédez un métier honorable ?

- Le même que le vôtre, avec les mêmes buts. Que tout ceci s'arrête au plus vite pendant qu'il en est encore temps. Sinon attendez-vous à ce que dans un avenir proche ce bâtiment ne soit pas plus haut que vous. Allez demander aux gens de la Ruhr s'il ne sont pas de mon avis ? Des bombes leur tombent sur la tête chaque jour. Soyez raisonnable, laissez les autres croire que nous sommes rivaux, alors que c'est le contraire.

Le visage impassible de l'amiral ne transmît rien qui abondait dans un sens ou dans l'autre : - Si je comprends bien, vous voulez vous rendre à Istamboul. C'est la dernière destination à la mode, dirait-on.

---

[89] Capitaine de vaisseau Traugott Andreas Richard Protze, alias PAARMAN. Ancien chef du contre-espionnage de l'Abwehr. Dirige en Hollande le «Stelle P», bureau de renseignements.
[90] Karl Bömelburg, major responsable de la Gestapo en France.

Le responsable du renseignement militaire entamait sa lente descente vers son homologue, c'était le moment d'opérer la poussée finale: - Pas exactement ; qu'Istamboul vienne à moi serait plus approprié. Le jour du discours du lapin, je vous avais demandé de rencontrer Adam Alfred Rudolf Glauer.

- Ce crétin de von Sebottendorf.
- Donc, vous avouez que l'Abwher travaille avec des crétins.
- En ce qui le concerne, c'en est un fameux et de taille. C'est un service que j'ai dû rendre. Un service impossible à refuser. Ça vous arrive aussi, non ?

Walter ne jugea pas utile de lui répondre à ce qu'il savait : - Vous le connaissez bien ?

- Via Gustav Noske en dix-neuf, entre ce dernier et moi c'était un jour la haine, le suivant l'amour. Au début, le « baron » lui rendait quelques services à Munich avec le groupe armé de la « Thule Gesellschaft »[91]. Ensuite, ça a dérapé ferme, ils se sont convertis en sauvages. Noske a reculé des quatre fers.

- C'est lui qui vous a demandé de le protéger ?
- Non, d'ailleurs, il vaut mieux ne pas reconnaître avoir des contacts avec Noske par les temps qui courent, Hitler le hait. Il l'a déjà envoyé en prison pour quelques mois.

Walter n'insista pas, Canaris possédait le chic pour se murer dans le silence : - Bref, il travaille pour l'Abwher à Istamboul.

- Travailler est un grand mot. Le comte Helmuth von Moltke se trouve régulièrement à Istamboul, je lui demande de jeter un œil de temps à autre. Von Sebottendorf est supposé y récolter des renseignements. Excepté des ragots insignifiants, son panier reste vide. On l'emploi parfois pour des taches de second ordre lorsqu'on ne dispose de personne d'autre. On lui laisse parfois filtrer de fausses informations, des fois qu'il travaillerait avec les Anglais. Il est là-bas sous la surveillance du capitaine Leverkuehn.

- Toujours là, celui-là ?

Actuellement, il rend son tablier au capitaine Herbert Rittlinger. Comme il ne s'agit pas de papillons ni de fleuves des tropiques, Herbert « l'explorateur » ne montre pas beaucoup d'ardeur à la tâche. Leverkuehn fera des aller-retour jusqu'à ce

---

[91] Le Corps franc Oberland.

qu'il soit au courant de toutes les affaires. Ensuite, mon travail consistera à empêcher Herbert de faire de trop grosses bourdes.

- Vous devriez me remettre les clés de l'Abwherstelle. Prendre une retraite méritée sur les bords du lac de Constance. Erika vous en sera éternellement reconnaissante.

- Vous viendrez me voir chaque semaine, c'est-à-dire chaque fois que vous vous rendrez en suisse !

Bon, le vieux marin s'assouplissait, le moment était propice pour passer au plat de résistance sans trop tarder avant que son humeur ne change : - Quoi qu'il en soit, je dois parler au « baron » le plus rapidement qui s'avère envisageable. Impossible de franchir la frontière turque sans que Memeth me colle trois agents aux basques. S'il apprend que je rencontre von Sebottendorf, dans un mois, soit tout le Reich, soit tout le SIS, suivant ses intérêts du moment, sera au courant.

- Votre ami Kaltenbrunner aussi !

Très mauvaise idée de croire que le cerveau du chef de l'Abwher fonctionnait à demi-vitesse. Lorsqu'il était inspiré, son flair devenait plus redoutable que celui de ses deux chiens réunis. Soit il avait deviné ou sinon il venait à la pêche. Le résultat restait le même : - mon chef Kaltenbrunner doit tout ignorer de cette rencontre. Ce qui n'est pas le cas de son chef qui est en même temps le mien. Vous savez, votre ami...

Canaris fit le sourd : - Complot au RSHA. Là vous commencez à m'intéresser.

- Complot rien du tout, cependant moi aussi je connais la joie sans équivalente que procure le mutisme.

Son rival releva la tête hautain : - Disons que j'acquiesce à votre requête, ce qui n'est pas encore le cas, que proposez-vous Walter.

- Vous vous mettez à la formule royale maintenant ? Des saloperies vont se passer à Salonique contre lesquelles ni vous ni moi ne pouvons rien faire d'autre que de rester simple spectateur. Qu'un colonel SS de plus s'y rende ne soulèvera aucun sourcil. Vous avez les moyens de faire venir le baron là-bas ?

Que croyez-vous ? Je représente l'Abwher, celle qui peut tout ! Deux heures de vol pour une tante Ju[92]. Les équipages de la Luftwatte trouvent toujours un motif pour un voyage de Turquie en Grèce et retour. Trafic de vin, de tabac et

---

[92] Surnom donné au Junker 52.

bien pire. J'entretiens de très bonnes relations avec la bande à Goering, section transport.

- C'est vrai, vous vous faites bien livrer des fraises d'Espagne. Où serait le plaisir.

Canaris prit son indécrottable air rusé : - Le bonheur serait de savoir ce que vous mijotez, Walter.

- Nous en parlerons en juillet, il faudra bien quatre mois au département 4 E de la Gestapo pour connaître ce que vous tramez dans une chambre de l'Hôtel Continental à Paris. Rue de Castiglione, c'est bien cela ?

En parfait professionnel l'amiral ne cligna même pas des yeux tout en soutenant son regard : - Si vous ne pouvez vous empêcher de noyer von Sebottendorf dans le port de Salonique, ne vous en privez pas pour moi. Les seuls qui seront déçus seront les pilotes qui n'effectueront pas le vol retour vers la Turquie. Il faut encore trouver une raison plausible pour l'envoyer à Salonique. Laissez-moi un peu de temps pour vérifier quelques informations.

Le lendemain, Walter recevait un appel de Canaris : - Le dix-neuf mars, un cargo , le Pernef sous pavillon français, mouillera au port de Salonique. Dans ses cales se trouvera un lot d'armes embarqué à Gênes à destination de la Turquie qui veut le cacher aux Alliés. Je l'envoi contrôler au préalable. Le « baron » devra vous rencontrer pour recevoir de vos mains un nouveau manifeste remplaçant celui en possession du capitaine du cargo. Je vous le ferai parvenir, vous le lui remettrez en même temps que vous ferez vos affaires. En général pour ce genre d'opération nous employons une crème moins rance, toutefois le « baron » a déjà exécuté ce genre de mission dans le passé, c'est entre autres une de ses taches dont je vous parlais, cela ne le surprendra pas plus que son chef. Synchronisez votre montre. Il raccrocha sans attendre de réponse ; pas plus un au revoir, bonne journée chez « confrère ».

Ce même dix mars, le général Rudolf Schmidt amenait le maréchal Hans Gunther von Kluge à ses vues. Réduire le saillant de Koursk avant l'été. Walter ignorait encore tout de cette rencontre qui allait influencer le sort de la guerre.

Zurich, hôtel Baur du lac, vendredi 12 mars 1943

Lorsqu'ils avaient quitté le château Wolfsburg le jeudi précédent, le brigadier Masson et l'officier de police Albert Wiesendanger les avaient accompagnés au poste de frontière. Le policier avait arrangé avec le responsable du bureau de douane qu'aucun document ne soit requise ni que la Mercédès, ayant retrouvé ses plaques allemandes, soit vérifiée. Walter avait ressenti la mélancolie l'envahir. Au moment des adieux, il avait éloigné le chef des renseignements suisse à part pour lui demander une nouvelle rencontre. Il devait à tout prix précipiter les évènements avant que le Suisse ne se mette à trop réfléchir. Pris de court, après une courte hésitation, le brigadier avait néanmoins accédé à sa requête du bout des lèvres.

À présent, ils se promenaient sans proférer de paroles le long des quais de la Limmat, ni l'un ni l'autre ne voulant rompre le silence. L'un craignant une question abusive, l'autre une mauvaise réponse. Walter du pourtant se décider avant que leur mutisme réciproque devienne définitif : - Pourquoi avez-vous sorti cette phrase dans la voiture. Par celle-ci, vous avouez que le renseignement suisse entretient des espions au quartier général de l'OKH de Zossen ou auprès du führer.

Le brigadier le regarda entre rire et pleurer. Walter comprenait que l'homme était enchaîné à son devoir envers son pays et qu'il avait sans doute agi au mieux pour celui-ci : - bien sûr, ne me répondez pas, je vais pour ma part à peine émettre quelques suppositions de celles qui ne nous entraînera pas trop éloigné. Suivant mon analyse, ceux-ci se parent de deux caractéristiques notables. Ils sont à la fois allemands et militaires. Je dis « ils », car au risque de me tromper, une personne solitaire ne peut humainement se charger d'une affaire aussi complexe. Par un moyen que je dois encore percer – ce sera dorénavant ma principale tâche - Le commandant Hausamann reçoit ces informations et par un autre canal non moins quelconque les transmet ensuite aux Russes.

Le suisse regardait en direction du fleuve, ce qui lui permettait momentanément d'éviter son regard : - Pourquoi je me permets d'accuser Hausamann ? Parce que tout simplement cela ne peut être vous ni votre service, vous contrôlez trop bien vos subordonnés. Et que personne ne bénéficie de l'indépendance du bureau Ha, devenu depuis quelque temps votre talon d'Achille. Suivez mon raisonnement, aucun officier allemand possédant toute sa tête ne fournirait des renseignements aux bolchéviques. Ces derniers constituent une menace mortelle pour le Reich. Conscient du danger qu'ils représentent tout autant pour votre pays, vous les abhorrez autant que nous ; personne ne jouerait cette carte ni chez vous ni chez nous. Sauf un homme aveuglé, haïssant l'Allemagne encore plus que Staline en serait lui-même capable.

Walter sentait sa colère monter envers tous les suisses sans distinction sans trouver la force de la refréner : - Revenons-en au principal sujet, les renseignements. Pour les recevoir, deux manières. Le pigeon n'étant plus de mode, les traîtres informent ou par porteur ou par radio. Je suis tenté d'éliminer le premier moyen, les militaires allemands ne passent pas si facilement la frontière suisse. Bien sûr, ils pourraient disposer d'un intermédiaire. Je n'adhère pas beaucoup à cette solution pour la simple raison que moi-même je n'agirais pas ainsi. Toutefois je ne l'écarte pas définitivement.

Ensuite et surtout, nos écoutes radio définissent sans équivoque que des transmissions au départ de Berlin sont suivies dans les jours qui suivent par des émissions envoyées de Genève vers Moscou. Si vous faites exécuter correctement son travail au BUPO,[93] il vous le confirmera. Mais je suis idiot, vous effectuez votre travail dans les règles de l'art. Donc...

Les larmes de rage montaient aux yeux de Masson, Walter continua : - Si l'Allemagne venait à l'apprendre, plus précisément à le prouver, devant cette violation de neutralité, le führer n'hésitera pas une minute à envahir votre pays. Par contre en le sachant moi, cela m'aide à savoir exactement où chercher, à ne pas perdre temps et énergie ailleurs. Cerise sur le gâteau, je ferai tout ce qui est en mon pouvoir pour que rien ne soit tenté rien contre votre pays. Pas pour les seuls beaux yeux de la confédération, en premier lieu dans le souci de ne compromettre en rien nos tentatives de paix séparée. À ce propos, je reste persuadé que la résolution prise à Casablanca périra de sa belle mort. Je reviendrai sur ce sujet dans quelques instants.

Walter chercha son regard et le trouva après un long silence, satisfait d'avoir maintenant toute son attention, il continua un rien calmé : - Chapeau, je salue bien bas quelqu'un qui parvient à élaborer un tel mécanisme. Il faut être un maître-espion pour le réaliser en me sortant cette phrase en présence de témoins suisses. Ce maître-espion de son côté ne devrait pas s'en faire, car je lui dirais que je suis sur le point de réussir à dissuader le führer de toute entreprise belliqueuse contre son voisin du sud.

Ils s'étaient remis à marcher, Walter omit de lui raconter que lorsqu'il lui avait remis la lettre de Guisan, Hitler qui détestait cet homme, l'avait surpris par son désir renouvelé d'annexer la Suisse. Il poursuivit : - Cependant, ce dernier m'a déjà concédé que ce voisin ne semblait pas présenter de danger immédiat. Tout dépendrait de la fermeté du général Guisan à défendre son pays, quel que soit l'envahisseur. Toujours dans mes suppositions, je resterais totalement admiratif de votre manœuvre de haut vol si une ombre ne subsistait au tableau.

---

[93] BUPO service des écoutes du contre-espionnage suisse.

Le brigadier Masson s'arrêta net pour lui faire face, interrogatif. Walter, heureux de l'intérêt qu'il suscitait, continua d'un ton sinistre à souhait : - Ces traîtres s'avèrent donc être à nul doute aussi des comploteurs. L'argent leur est indifférent. Sans risque de me tromper, le tableau se dépeint ainsi. À l'aide de leurs informations, ils tentent de prouver leur bonne foi aux Anglo-américains pour trouver un accord et ignorent bien entendu que leurs renseignements sont détournés et aboutissent à Moscou. Je dois vous apprendre certaines choses et à cette occasion vous mettre en garde. Les tentatives de complots contre le führer sont loin d'être rares. Sans notre appui, ils ne peuvent rien qui ne soit voué à l'échec, tout comme nous ne pouvons rien sans le leur puisqu'ils sont à même de manipuler les divisions de la Wehrmacht. C'est un mariage forcé en quelque sorte. Si des traîtres à l'OKW agissent de forme aussi irréfléchie, cela donne la mesure de leur étroitesse de vue. Un groupe qui se montre aussi inconséquent pourrait être tenté d'en attenter à la vie du Führer. Imaginez que cela réussisse, le chaos s'installerait à vos frontières. La boîte de pandore ouverte bien malin qui pourrait la refermer. J'ose supposer que si un responsable suisse connaît leur nom, il ferait un acte de patriotisme en me le communiquant. De mon côté, l'affaire serait étouffée en brisant quelques œufs. Ensuite pour le bien de nos pays respectifs, je reprendrais mon bâton de pèlerin pour mettre à mal cette idée folle de capitulation sans condition. Vous connaissez aussi bien que moi l'Américain qui ne cracherait pas sur l'occasion de m'aider.

En gage de ma bonne foi, je ne demande aucune information avant que le führer abandonne définitivement l'idée d'envahir la Suisse.

Le brigadier Masson paru soulagé, sans un mot supplémentaire, le responsable des renseignements helvétique l'entraîna vers la Talstrasse. Arrivé à l'hôtel, il se dirigea vers une table un peu éloignée du bar, fit un signe au serveur et commanda deux coupes de champagne. Avant de porte la sienne à ses lèvres, Masson le regarda dans les yeux : - Alfred Ernst s'est retrouvé aux arrêts quelques jours, ensuite nous l'avons relâché.

Vienne, Wieden, Wiedner Hauptstrasse 37, lundi 15 mars 1943

Walter en était arrivé à détester Vienne autant qu'Hitler, mais pas pour des raisons identiques.

Les deux vitrines du magasin de Jakob Altenberg de la Wiedner Hauptstrasse étaient inoccupées à l'exception d'un grand cadre vide qui à lui seul tentait d'indiquer l'objet du commerce. Il dut sonner à plusieurs reprises pour qu'enfin on lui ouvre.

Walter s'était présenté en costume civil. Présenté, était une façon de parler. Lorsqu'une femme aux cheveux grisonnants, d'évidence quinquagénaire, avait ouvert la porte de la boutique, il s'était contenté de lui demander aimablement : - vous êtes toujours encadreur ? Sans répondre, méfiante, elle s'était écartée pour le laisser entrer. À première vue, elle avait déjà catalogué son visiteur du mauvais côté de la ligne.

- Je cherche un certain Jakob Altenberg.

- Je suis sa fille Adèle. C'est mon papa, que lui voulez-vous ?

- Je peux voir votre papa, j'ai à lui parler.

Sans beaucoup d'espoir, elle tenta d'argumenter : - Papa dort, il est très malade. Mais je présume que c'est indispensable et que je n'ai pas le droit de refuser. Ne pouvez-vous me dire ce que vous lui voulez, je pourrai peut être vous répondre ?

Walter la regarda avec le sourire le plus sécurisant de son répertoire : - Rien de mal, rassurez-vous. L'obstacle le plus compliqué se résumait tout bêtement à la façon de se présenter. Il évita d'employer le style Gestapo en sortant d'emblée ses papiers. Comme vous pouvez le constater, je suis seul. Les gens que vous redoutez tant viennent toujours rendre visite par deux. Cela devrait déjà à moitié vous tranquilliser. Maintenant, je vais vous montrer mes papiers, eux ils vous montrent une plaque en laiton lorsqu'ils sont de bonne humeur ce qui n'arrive presque jamais. Rassurez-vous en prenant tout votre temps pour les lire, vous observerez que si je suis un colonel du Sicherheitsdienst, je n'ai rien à voir avec les brutes de la Gestapo.

La femme regarda le document qu'il lui présentait, mais il doutait qu'elle soit en état de lire quoi que ce soit. Néanmoins, il lui en laissa le temps avant d'expliquer de la voix la plus rassurante dont il était capable : - Maintenant, laissez-moi vous préciser l'objet de ma visite. Aussi difficile que ce soit à comprendre, nous avons une division culturelle, le département sept, celui-ci s'occupe principalement d'archives, de documentations et d'affaires culturelles. Vous me répondez à quelques questions, et si je suis satisfait, non seulement je ne ferai pas réveiller votre papa, mais je vous promets que vous n'entendrez plus jamais parler de moi. Passons à la première question. Je vois que bien que catalogué juif votre papa Jakob Altenberg a pu conserver son magasin. Walter connaissait la réponse, mais tenait à vérifier son point de vue.

Sa fille répliqua sans hésite : - Grâce à Maman non juive, papa malgré qu'il se soit converti au catholicisme à leur mariage en 1902, a réussi à garder ce magasin à condition qu'il n'y apparaisse pas. À présent, c'est moi sa fille qui m'en occupe. Ses deux autres succursales ont été...

- Aryanisées !

Adèle Altenberg eut difficile à dissimuler son indignation : - c'est bien le mot qui a été employé.

Walter réfléchit : - Quel âge avez-vous ?

Surprise par la question, elle hésita à répondre : - quarante-sept !

Après tout, elle pourrait sans doute répondre à ses demandes mieux qu'un vieil homme malade et terrorisé : - Parlons d'abord, je déciderai ensuite si vous faites l'affaire. Ces questions concernent une époque où vous aviez quinze ans, presque une adulte, vous devriez-vous en souvenir.

- Dites toujours, bien que si c'est culturel, je crois connaître ce que vous voulez savoir. Si nous avons gardé des toiles de monsieur Adolf Hitler. Je peux sans hésitation vous dire que non, en trente-huit, le parti est venu récupérer celles qui restaient. Ils ont d'ailleurs tout mis sens dessus dessous en fouillant nos magasins et entrepôts.

Walter sourit avant de poursuivre d'un ton volontairement narquois. Autant la mettre en confiance au plus vite : - Ces incroyables œuvres d'art ne m'intéressent pas. Par contre en dix vous receviez chez vous notre actuel chancelier.

La fille Altenberg répondit sans hésiter : - Souvent, à chaque occasion ou il désirait nous vendre des toiles. Papa en achetait beaucoup pour décorer ses cadres en vitrine.

- Pas pour les revendre ?

- Notre métier est avant tout encadreur, et puis...elles étaient modestes.

Il vit qu'elle regrettait déjà ses paroles : - Je ne veux pas dire médiocres, je souligne, pas les meilleures. C'est facilement explicable, c'est seulement qu'elles ne servaient qu'à mettre en valeur nos cadres. Monsieur Hitler en a fait de très belles qui coûtaient fort cher. Il les vendait à une galerie spécialisée. Samuel Morgenstern si je me souviens bien, il y a si longtemps de cela.

Walter fit mine d'être satisfait, il était temps d'user un peu plus sa vieille histoire :
- Bien. Mon but est simple. Nous créons une sorte de biographie promise aux générations futures « le chemin du führer ». Destinée à introduire « Mein Kampf ». Aussi étrange que cela paraisse, la stricte vérité sur ses fréquentations de l'époque doit y figurer. Occulter cette période serait contre-productif. La presse étrangère crierait au mensonge. Nous voulons une histoire que personne ne parviendra à mettre en doute.

Elle acquiesça, difficile de faire autrement : - J'étais jeune, mais à quinze ans on ne l'est plus tellement. Papa m'autorisait à participer à toutes les conversations pour autant que je me taise. Monsieur Hitler avait environ cinq ans de plus que moi. Je mentirais si je disais qu'il ne me fascinait pas. Correctement vêtu, d'une propreté et d'une politesse exemplaire. Papa et lui parlaient beaucoup d'art. C'était aussi un homme blessé. Son honnêteté irréprochable avait été mise à mal par un de ses associés qui l'avait roulé, un certain Hannich[94] si ma mémoire est bonne. Nous le connaissions, il détestait les juifs et il ne manquait pas de le faire savoir à mon père en présence de ma mère.

- C'était le cas d'Hitler ?

Adèle ne dut pas réfléchir longtemps : - En ce qui concerne monsieur Hitler, les visites étaient cordiales. Excepté en une occasion, je m'en souviens que trop bien. Papa l'a un jour remis à sa place. À une occasion ou monsieur Hitler voulait entamer une discussion politique, papa lui a vertement demandé d'arrêter. Le futur chancelier a alors baissé les yeux. Elle affichait un air de défi en le disant. Longtemps, nous avons craint qu'il se venge lorsqu'il est devenu maître du Reich. Par chance, cela n'a pas été le cas.

- Vous disiez le voir souvent à cette époque !

- Papa lui achetait une belle quantité de toiles et à un bon prix. À quelques occasions, il payait sa production d'avance. Entre eux, la confiance régnait. Monsieur Hitler lui en était reconnaissant et je voyais bien que c'était sincère.
- Une exception confirmant la règle en somme.

Adèle fit la moue : - Pas du tout, les relations d'affaires et les amis de monsieur Hitler étaient en général juifs. Il était inséparable d'un en particulier. Neumann, je crois. J'ignore son prénom.

---

[94] Reinhold Hannich

Walter n'en apprendrait pas plus, il avait beaucoup d'autres personnes à voir avant de rentrer à Berlin : - Je vous remercie. Ce que vous m'avez raconté me suffit pour l'instant. Je ne crois pas que nous nous reverrons. Ne parlez pas à votre père de cette visite, inutile de l'inquiéter sans raison. Laissez-moi vous être reconnaissant du temps que vous m'avez accordé, madame.

- Mademoiselle !

Salonique, vendredi 19 mars 1943

Cela commençait à furieusement ressembler à une visite de la plupart des villes européennes. Cette fois-ci, attablé dans une terrasse à un pas de la tour blanche dans le quartier de Ladadika, un fameux clown se trouvait assis en face de lui.

C'est vrai que le clown reste le personnage important du cirque, il apparaît sur les affiches placardées dans les villes bien avant le montage du chapiteau ; c'est le seul dont les enfants se souviennent. Oublié les dompteurs et autres jongleurs. Ce qui dérangeait Walter était de devoir donner du « baron[95] » au clown. Un gros, vieux et vilain bouffon suffisant à souhait. Il était tenté entre éviter le titre et flatter l'ego pour obtenir un meilleur résultat, il décida de s'abstenir autant qu'il le pouvait : - Merci de vous être déplacé pour cette rencontre. Istamboul devient une cité infestée d'espions et notre affaire est doit rester très secrète.

Le clown quoique d'abord étonné de cette précision, afficha ensuite un air de dégoût profond : - Vous auriez pu choisir une autre ville pour votre rafiot, Salonique est pleine de juifs. On m'avait dit que c'était pour organiser la nouvelle destination d'un cargo français ! Sinon, pourquoi d'autre suis-je ici ?

Walter ne voulut pas laisser « au clown » le plaisir de savoir qu'Alois Brunner[96], un horrible Autrichien supplémentaire, opérait dans la ville dès début février, il l'apprendrait suffisamment tôt. Depuis lundi, les convois amenaient peu à peu la communauté vers leur funeste destin en Pologne. Les ghettos devaient se vider en six mois. Lui-même avait roulé Kaltenbrunner dans la farine, arguant du commencement de l'opération pour justifier son voyage pour se rendre compte de l'éventuelle présence d'agents étrangers. Il ne lui donna pas plus la satisfaction

---

[95] Adam Alfred Rudolf Glauer adopté par le baron Rudolf von Sebottendorf, ensuite appelé lui-même baron Rudolf von Sebottendorf fondateur de la société de Thulé en juin 1918.
[96] Alois Brunner, capitaine au SIPO-SD, adjoint d'Adolf Eichmann à la division IV B4 de la Gestapo. Impliqué (instigateur) dans la déportation des juifs de Vienne, France (responsable du camp de Drancy), Salonique

d'élargir le sujet en embrayant directement sur le but de la rencontre. Walter posa sur la table l'enveloppe contenant le nouveau manifeste du navire français : - Cela reste d'actualité, cependant, comme je vous l'ai déjà dit, cette affaire de cargo passe au second plan. Grâce à Canaris, votre « protecteur » depuis plus de vingt ans, c'était le seul déplacement qu'il a été en mesure d'organiser sans que notre rencontre éveille l'attention. Ceci est également valable en ce qui concerne votre chef, le capitaine Herbert Rittlinger[97] qui va succéder à Paul Leverkuehn[98].

- Ne me parlez pas de lui, je sais ce qu'il vaut, c'est-à-dire rien. Peut-être le connaissez-vous, capitaine Schelkenberg ? Notez que le nouveau ne vaut pas mieux. Un explorateur spécialiste du canoë, voyez-vous ça. Ou Canaris a donc la tête.

Walter avait décidé de conserver le nom de Karl Schelkenberg auquel il s'était habitué. Pour la circonstance, il s'était dégradé, dans la Wehrmacht, même à l'Abwher, à son âge, il n'aurait pas pu aspirer à un grade plus élevé : - Pour vous rassurer, je n'ignore pas grand-chose de ses vues qui coïncident d'ailleurs avec les miennes, ce sont d'ailleurs ces sortes de considérations qui m'amènent à vous rencontrer. Walter vit la réticence du « baron » dès qu'il eut terminé sa phrase. Il décida de modifier l'angle d'attaque : - Vous n'êtes pas grand admirateur d'Adolf Hitler que je sache.

Von Sebottendorf écarquilla les yeux, jeta un regard autour de lui avant de lui répondre en fixant ses mains : - Vous êtes venu jusqu'ici dans le but de me provoquer, capitaine ?

Walter posa sur la table la mallette qu'il gardait serrée entre ses pieds: - Non, pour vous rendre riche et réparer une injustice de l'histoire allemande tout en vous permettant d'y participer à nouveau. Jetez d'abord un coup d'œil à l'intérieur. Walter sortit de sa poche une petite clé de cuivre qu'il déposa sur l'enveloppe à côté du porte-document.

Le clown regarda la mallette de cuir brun avec circonspection puis après une courte hésitation se décida à poser ses doigts boudinés dessus. Il observa Schellenberg comme si elle contenait une bombe qui détonerait quand il manipulerait la minuscule serrure.

---

[97] Capitaine Herbert Rittlinger, responsable du bureau de l'Abwher à Istamboul, photographe et explorateur.
[98] Capitaine Paul Leverkuehn, docteur en droit, responsable de l'Abwehr à Istamboul avant Rittlinger.

- Allez-y, n'ayez pas peur, elle n'explosera pas, je n'ai aucune intention de me suicider en votre compagnie.

Hésitant, l'ancien chef du « Thule Gesellschaft » introduisit la clé dans l'orifice et la tourna lentement jusqu'à ce que le fermoir sortit de son logement. Après un regard supplémentaire à son vis-à-vis, il l'ouvrit de quelques centimètres. Ses yeux s'arrondirent de surprise.

Le « capitaine Karl » pencha la tête de côté comme s'il voulait à son tour regarder avec curiosité l'intérieur d'une boîte cadeau : - Dieu du ciel, qu'ils sont beaux et il y en a tellement. À mon avis au moins dix mille livres sterling. Si nous continuons notre discussion, vous pourrez prétendre à les compter un jour. Walter avait en premier lieu décidé d'offrir vingt mille livres, mais une valeur si importante se serait avérée suspecte.

- Et que devrais-je faire pour une telle somme ?

Rien-du-tout, à part me faire un cours sur l'histoire passée. Avant, je vais moi-même vous en donner un du futur. Votre silence sur ce que vous allez entendre constituera le fil qui maintiendra votre vie en ordre de fonctionnement. Un mot de notre conversation où que ce soit et à qui que ce soit et vous serez envoyé dans l'éternité ou que vous vous trouviez. Vous ne saurez d'ailleurs pas à qui en parler, nous sommes déjà partout. Les mains du baron tremblaient légèrement, Walter ne savait si c'était dû à la somme contenue dans la mallette ou à la menace. C'est entendu ?

- Parfaitement !

Bien, je commence. Suivez attentivement, car je ne vais pas répéter. De votre ville turque, vous suivez les évènements qui affectent l'Allemagne. L'Afrique du Nord, Stalingrad. Rien de tout cela n'a du vous échapper. Nous sommes beaucoup à nous dire qu'en continuant ainsi le Reich deviendra dans quelques années une république des soviets. Vous savez de quoi je parle, vous avez déjà passé du temps dans l'une d'elles à Munich en dix-neuf. Vous vous en êtes sorti à la faveur des amis de Canaris, Noske et Epp, c'est ça ? Cette fois-ci encore, vous vous en sortirez d'une certaine façon grâce à « ses amis ». Bref, notre groupe, que vous pouvez appeler conspirateurs si cela vous chante, veut modifier radicalement la suite des évènements avant que les circonstances nous convertissent au bolchévisme. La solution à cette complexe équation s'avère en fait assez simple. La désastreuse conduite de la guerre est due à l'inconséquence de son chef suprême. En changeant ce chef pour un autre, prêt à faire la paix à l'ouest pour concentrer la guerre à l'est, nous obtiendrons à la fois la victoire et un véritable état national-socialiste tel que vous l'avez rêvé depuis 1918. Dites-moi à présent ce que vous n'avez pas compris pour autant que ce soit le cas ?

De grosses gouttes de sueur perlaient sur le front de von Sebottendorf. Walter se saisit de la bouteille de Metaxás et lui servit un verre qui fut englouti illico. Un deuxième suivit aussi vite le même chemin avant qu'il articula d'une voix à présent changée : - C'est de la pure folie, comment vous y prendriez-vous ?

- Quel est le pire ennemi de l'Allemagne, on le serine depuis la fin du siècle passé. Ce fut votre fonds de commerce, il doit vous rester du stock, non ?

Son regard se fit sombre comme s'il cherchait la solution à un problème d'une grande complexité : - Les juifs, mais je ne vois pas ce que cela peut avoir comme influence sur le destin d'Hitler.

Sur lui, non. Sur le peuple allemand tout, il suffit de prouver qu'il est lui-même juif. Beaucoup de pistes mènent à cette horrible constatation. Quelques mots pour nous aider à écrire cette histoire valent dix mille livres et si l'opération fonctionne et je ne vois pas pourquoi elle ne fonctionnerait pas vu que des acteurs au plus haut niveau du Reich s'impliquent, un éventuel rôle à jouer. Soit dit au passage, je vous rassure, j'en suis un des plus petits rouages, prêt à se voir sacrifié si le besoin se fait sentir. J'assume entièrement cette conséquence en la noyant dans un absolu patriotisme. La relève est prête, croyez-moi sur parole. Vous auriez en plus une place à reprendre. A propos, j'oubliais, j'ai changé d'avis, si maintenant vous refusez, non seulement vous ne repartirez pas avec la mallette, mais ce fameux fil sera coupé très rapidement, une question de jours, si pas d'heures. Vous aimeriez être enterré à Salonique ?

A la place de le terroriser encore plus, les dernières paroles eurent un effet salutaire sur « le clown » trop habitué aux coups tordus : - Évidemment, vu ainsi, c'est obligatoire de vous transmettre ce que je sais.

Obligatoire, un joli mot et combien exact. Vous pouvez commencer à raconter, je suis tout ouïe.

- Je commence où capitaine ?

- Ou vous voulez, avec une préférence pour le début, pour autant que cela soit pertinent.

- Attendez-vous à ce que je vous en apprenne de belles.

- Je suis ici pour rien d'autre que cela.

Le baron Rudolf von Sebottendorf se servit un plein verre de Metaxás, le but d'un coup, soupira d'aise puis commença : - Vous n'ignorez sans doute pas que le

NSDAP est issu du DAP lui-même procédant de la Thule Gesellschaft,[99] continuation historique de l'ordre germanique. Je suis le créateur de cette Thule Gesellschaft, enfin, de sa section bavaroise. En tant qu'officier, les terribles évènements de 1919 ne vous sont pas non plus inconnus, c'est à ça que servent vos cours politiques, pas vrai. Le cinq avril 1919 le maudit communiste juif russe Leviné[100].proclame la république des soviets de Bavière. Problème, le député Johannes Hoffmann[101] venait d'être élu suite à l'assassinat d'Eisner[102]. J'ajoute, bien fait pour lui, c'est le moins qu'il pouvait payer pour avoir chassé les Wittelsbach[103] de leur trône. Les négociations entre ces partis n'aboutissent à rien et Hoffmann se réfugie à Bamberg. Il est idiot au point de refuser l'aide que lui propose Noske[104]. Seule ma Thule Gesselschaf résiste dans Munich d'où nous extrayons les volontaires. Parmi eux il y a Hess, ça lui donnera de mauvaises habitudes, après il s'est extrait vers l'Angleterre.

Voyant que « le capitaine Karl » n'était pas sensible à son humour, il poursuivit :
-Mi-avril les combattants de ma Thule Gesellschaft tentent de redresser la situation, nous arrêtons quelques-uns de ces traîtres avant que les juifs spartakistes viennent au secours des soviets. Du coup, Leviné en profite pour se proclamer l'instance suprême de Bavière et sort de sa barbe la deuxième république communiste de Bavière. Comme tout bon juif bolchévique, il affame la ville, en premier lieu ceux qu'il considère comme bourgeois. Hoffmann revient enfin à la raison et demande maintenant à Noske de l'aider, mais sans raison refuse que ce soit par l'entremise du colonel Epp[105]. Sur un coup de folie, il attaque sans prévenir qui que ce soit. Ses troupes sont capturées en moins de deux. Après cette Berezina, il accepte enfin que Epp vienne à son secours. Ce dernier qui a une parfaite connaissance de la guerre arrive avec vingt mille hommes. Ça se met à fusiller à tout va les soviets que c'en était beau à voir. Hélas, entretemps les communistes avaient massacré bon nombre des compagnons de ma Thule Gesellschaft, tuant quelques nobles au passage. Ils ne peuvent pas s'en empêcher.

---

[99] Société Thulé.
[100] Eugen Leviné. Révolutionnaire communiste né à Saint Petersbourg, actif en Allemagne
[101] Johannes Hoffmann, ministre président et ministre des Affaires étrangères de Bavière.
[102] Kurt Eisner, écrivain, premier ministre-président et ministre des Affaires étrangères de Bavière assassiné le 21 février 1919.
[103] Wittelsbach, l'une des plus anciennes famille souveraine d'Allemagne et des plus puissantes du Saint-Empire romain germanique. Elle a régné en Bavière et au Palatinat.
[104] Gustav Noske, ministre SPD (Sozialdemokratische Partei Deutschlands) de la Guerre dans le gouvernement Scheidemann, réprime la révolte spartakiste à Berlin.
[105] Von Epp, colonel du régiment de bavière du roi Louis III, chef du corp franc portant son nom.

Ils seront définitivement liquidés ironie du sort le premier mai. C'est étonnant que vous ne sachiez pas tout cela ?

- Où avez-vous été cherché que je ne connais pas l'histoire de mon pays ?

- Bien sûr, par contre, il y a beaucoup de chance que vous ne savez pas ce que je vais vous raconter. Hitler se trouvait à la caserne Max II à Munich Oberwiesenfeld de début mars au premier mai. Il y a été arrêté arborant sur le bras un brassard rouge signe des troupes communistes. Le caporal Adolf était sur le point d'être fusillé quand Epp est intervenu en personne à l'instigation d'un officier. Ils lui ont mis le marché en main. Indicateur ou poteau d'exécution. Vous auriez choisi quoi, capitaine. Otto Strasser avec qui j'étais resté en contact me l'a encore confirmé par la suite.

- Un brassard rouge n'en fait pas de facto un juif, autrement dit, cette information ne vaut pas dix mille livres sterling.

Rudolf von Sebottendorf acquiesça de bonne grâce en secouant la tête, ensuite il leva deux doigts paraissant un enfant qui demande au maître d'école d'aller passer un moment au petit coin : - disons la moitié, je vais compléter. Après la reprise en main de Noske, les partis d'extrême droite se sont mis à pousser comme fleur au printemps. Ma chère Thule Gesellschaft bien que possédant un journal, le *Münchener Beobachter*, dont j'étais rédacteur en chef, le prédécesseur du *Völkischer Beobachter*[106] - Il a aussi fallu qu'Adolf me l'escamote - se retrouva perdu dans la nasse.

« Nous avions mis sur pied notre propre corps franc avec l'argent du marchand de papier Heuss[107]. J'en avais parlé à Karl Harrer et avec la collaboration de Dietrich Eckart et Gottfried Feder nous avions eu le projet de fonder avec un nouveau parti, le DAP, le cinq janvier dix-neuf si ma mémoire est bonne. Le but secret était de capter les travailleurs venus d'un milieu social-démocrate et communiste pour les détourner de ces inepties et les amener à nos idées antisémites et nationalistes. Malheureusement en juin dix-neuf j'ai dû quitter l'Allemagne pour la Turquie. Je m'étais fait un ennemi du chef de la police de Munich que j'avais menacé. Mi-septembre dix-neuf, Gottfried Feder pour faire le malin devant Hitler, élève de son cours, l'a introduit au DAP et présenté les chefs. En moins de temps qu'il n'en faut pour le dire, Adolf le lui avait volé et changé de nom. Quand je suis revenu en trente-quatre, j'ai voulu mettre les choses au point en éditant mon livre « Avant qu'Hitler ne vînt »[108]. Adolf est parti dans une rage noire. Si je n'avais

---

[106] Völkischer Beobachter, principal journal du NSDAP.
[107] Theodor Heuss.
[108] Bevor Hitler Kam.

pas eu les preuves bien cachées en Turquie de son « brassard rouge » je disparaissais dans un camp de concentration. La Turquie m'a plu dès mon plus jeune âge, autant aller y respirer l'air du Bosphore plus salutaire que Dachau ».

Walter en avait assez de « Hakawaki[109] », le surnom du clown à l'Abwher. Il s'apprêtait à le lui dire quand l'autre continua : - J'en arrive à ce qui vous intéresse. En vingt et un, le membre du NSDAP Ernst Ehrensperger a dénoncé Adolf Hitler comme un traître et marionnette juive. Ehrensperger a eu la puce à l'oreille quand Adolf a disparu six semaines sans savoir où il était passé. Pour Ehrensperger le vase était devenu plein lorsque Hitler a évincé Anton Drexler de la présidence en traitant derrière son dos le pauvre outilleur de tous les noms alors qu'il se faisait, appeler le roi de Munich. La question de son travail et de son argent n'était pas claire. Alors que des membres osaient lui demander de quoi il vivait pour maintenir une vie aussi dispendieuse, il plongeait dans des colères abominables. Pour lui il était clair qu'Hitler avait des buts malpropres, nous diviser pour ensuite détourner par l'infiltration le parti au profit du judaïsme. Ce pauvre Ehrensperger a fait paraître un article sur le sujet dans un journal de Munich. Après vingt et un, on n'a plus entendu parler de lui, disparu. Voilà, prenez des notes, à présent, vous en avez pour vos sous.

Walter avait appris deux choses, à vrai dire une et consolidé une autre. Il ignorait le « brassard rouge » de Munich. L'affaire Ernst Ehrensperger faisait l'objet d'un des dossiers secrets d'Heydrich. À voir si le Reichsführer la connaissait.

- C'est peu. Très peu.
- Je ne peux donner plus, sauf la haine que j'éprouve pour lui.

- N'ayez crainte, je ne vais pas vous retirer vos sous. Un conseil, attendez un an ou deux pour étaler cette somme au grand jour. Je n'ai aucune envie que l'on vous demande des comptes.

Sebottendorf fit comme s'il n'avait pas entendu : - Pour le reste, vous penserez à moi quand vous aurez mené à bien votre entreprise avec vos amis ?

- Cela ne fait aucun doute, vous retrouverez la place que vous n'auriez jamais dû quitter. Walter vit que « Hakawaki » le croyait ; ils se séparèrent sur ces paroles rassurantes.

L'argent n'avait aucune espèce d'importance, les billets anglais avaient été imprimés au camp de concentration de Sachsenhausen.

---

[109] Hakawaki, inventeur de contes en japonais.

LE MAUVAIS FILS

Berlin, Berlinerstrasse 131, Maison de Schellenberg, mardi 23 mars 1943

Il y a certains jours ou quarante-huit heures ne suffiraient pas à affronter les évènements, par contre le double de ce temps serait le bienvenu.

De Vienne, Walter avait eu l'intention de faire d'une pierre deux coups en se rendant à Döllersheim, ensuite à Strones dans le Waldviertel ou se trouvaient les villages natals des grands-parents du führer. La Basse-Autriche distante d'à peine cent kilomètres se situait sur le trajet de sa route retour sans qu'il lui soit nécessaire de devoir effectuer une déviation importante. De là, il gagnerait Prague pour rentrer à Berlin en passant par Dresde. Une fois sur place, à sa grande surprise, désormais les deux villages n'existaient plus, ils avaient été rasés pour faire place à des champs de manœuvre. Les tombes elles-mêmes avaient disparu. Pas une quelconque une âme à interroger.

Évidemment, il aurait pu se renseigner au préalable, ce qu'il s'était refusé ; une affaire aussi sensible demandait plus que de la discrétion, elle touchait du doigt au secret. Impossible de sillonner les villages avoisinants sans inévitablement attirer l'attention.

À Döllersheim, il aurait pu choisir de parler à une ou deux personnes aux environs. Questionner un ou deux individus dans une dizaine de hameaux choisis multipliait le risque par dix. Inacceptable. Mathématiquement en Allemagne sur vingt âmes, une était membre du NSDAP, quatre des informateurs de la Gestapo. En Autriche, la norme était encore plus élevée. L'information remonterait la pyramide tel un Égyptien poursuivi par un crocodile. Si par malchance le risque calculé pris avec « Jenny » gravissait de son côté un autre versant de la construction, leur rencontre au sommet déclencherait le mécanisme d'une bombe. Autant en rester provisoirement là, aussi loin que possible du souffle d'une éventuelle explosion. Idem en ce qui concernait Strones.

Le motif supposé de son voyage impliquait une visite de contrôle des antennes de ses services dans leurs villes respectives. Il y était passé en coup de vent. Abrégeant sa présence sous le motif pratique de vives douleurs à l'estomac. Ni vu ni connu. Plutôt vu, reconnu et rendu au plus vite à Berlin.

Restait que la destruction des deux villages avait nécessité la permission expresse d'Hitler et vraisemblablement été effectuée sur ses instructions directes. Pour quelle raison cet homme s'était-il décidé à détruire définitivement les traces de ses aïeux ? Une démarche pour le moins inhabituelle, mais le führer avait rarement des comportements que l'on pouvait qualifier d'habituels. La seule conclusion qui lui venait à l'esprit était la volonté d'en anéantir tout vestiges.

Par chance, il ne s'était attardé que le strict nécessaire dans le protectorat. Curieux, il avait malgré tout pris le temps de se rendre sur les lieux de l'attentat du vingt-sept juin de l'année dernière désirant se rendre compte sur place du délire qui avait pris possession de son chef en voulant jouer une scène digne d'un film du Far West. Debout au centre du tournant en épingle, au milieu des rails de tramway, tout en regardant les traces encore visibles de l'explosion, l'idée lui était venue d'aller rendre visite à Lina au château Junkfern-Breschan distant d'à peine une vingtaine de kilomètres. Idée aussi vite venue qu'aussitôt écartée. La connaissant, elle devait encore lui garder une rancœur tenace de son intrusion dans sa maison de l'île de Fehmarn au printemps passé. Il s'en était donc abstenu. Elle apprendrait sans doute son passage à Prague ; c'était une femme assez fine pour deviner ses raisons de l'éviter. Si elle le voulait, elle le contacterait pour le lui reprocher et l'inviter si elle changeait d'opinion. Sinon, au minimum, se donner la peine d'écouter ses explications.

Rentré à temps, il avait quand même réussi à préserver son dimanche pour avoir l'occasion de promener sa famille le long de lacs du Grunewald.

Hier, à l'occasion d'un court échange téléphonique, il avait appris de la bouche d'Himmler que l'opération suisse du général Dietl s'était vue contremandée provisoirement par Hitler. Sans lui fournir de plus amples explications, le Reichsführer avait raccroché avant qu'il puisse ajouter un mot. La lettre du général Guisan s'engageant à défendre la confédération contre tout envahisseur, quel qu'il soit avait dû produire son effet. Ce matin, à peine arrivé à ses bureaux de Berkaerstrasse, Marliese lui avait transmis une note de Kaltenbrunner l'interrogeant sur les progrès de l'affaire de Katyn. Il venait à peine de la refiler à Hoettl quand sa secrétaire l'avertit que l'amiral Canaris attendait sur la ligne.

- Avez-vous seulement pensé à me rapporter un pot de goulash. Ce n'est pas, de loin, mon plat favori, par contre une attention, reste une démonstration agréable de la part d'un ami.

Le chef de l'Abwher ne pouvait se débarrasser de sa désagréable attitude consistant à démontrer que pratiquement rien ne lui échappait. Walter ne souleva pas, autant lui laisser ce futile plaisir en abondant dans son sens : - Pourquoi vous contenter de conserves, Irène le confectionne à merveille, je peux lui demander de vous en préparer un de ces jours. Pour une fois, vous viendrez nous visiter en compagnie de l'admirable Erika, cette sainte femme qui parvient à vous supporter.

La réponse sembla lui convenir à merveille, car l'amiral saisit sa proposition sans se perdre en politesses : - Excellente idée, il est dix heures ; téléphonez-lui après m'avoir raccroché, si elle parvient à trouver la viande et pour autant qu'elle s'y mette sans tarder, à vingt heures je poserai les pieds sous la table de votre salon. Sauf évènement de dernière minute.

Walter qui le pratiquait depuis des années comprit sur le champ que Canaris tenait à lui parler sans perdre de temps. Sa réponse immédiate correspondit à l'attente du marin : - Mettons vingt heures trente par sécurité. Donc Erika vous accompagnera ?

- N'y comptez pas trop, avec ce qu'il se passe en ce moment, je quitterai le Tirpitz Ufer au dernier moment, pas le temps de passer la chercher.

*   *   *

À vingt heures vingt-sept, le chef de l'Abwher sonnait à la porte. Walter alla l'accueillir. Le marin portait un costume civil, son visage affichait le teint cireux d'une personne ayant affronté quelques nuits blanches. Remarquant sa tête des mauvais jours, à première vue son humour devait être resté au Tirpitzufer, c'eût été malvenu de sa part de chercher à plaisanter : - Venez prendre place dans le salon, Irène est en retard, en ce moment elle couche les enfants, Ingo réclame des tas de détails sur les histoires qu'elle lui raconte et Ilka prend son temps avant de s'endormir. Vous voulez prendre un verre en attendant ?

- Deux seraient plus adaptés à la situation.

Sans poser de question, Walter prit une bouteille de bourbon et tout en lui servant une copieuse rasade lui précisa : - Il vient de Salonique, étonnant tout ce qu'on y trouve. Vous m'excuserez de ne pas vous accompagner, mon estomac ne me laisse pas tranquille. À ce sujet, Salonique, merci.

Canaris s'empara du verre : - Vous avez obtenu ce que vous cherchiez.

- Non, pas dans le sens large. Vous le savez mieux que quiconque, dans notre métier, les choses sont faites de tout petit pas en long.

L'amiral avala son whisky d'un seul trait : - De mon côté, Protze et son équipe viennent de réaliser un coup de maître à Paris. L'agent français, façon de parler, s'est mis à tout leur distiller depuis une semaine. Un homme étonnant, ce prétendu Lemoine, rempli de scrupules. Devant les preuves qu'ils lui ont présentées, il a décidé d'ouvrir une seule vanne, la bonne en l'occurrence. Par le tube est sorti le nom du traître allemand.

*   *   *

Walter n'osait dire un mot de peur que Canaris ne se taise. À sa surprise, il lui réclama un second verre comme s'il cherchait à se donner du courage avant de continuer d'une voix éteinte : - c'est énorme. Un homme de haut rang de la Chiffrierstelle, du Forschungamt[110]. Depuis dix ans, il a tout vendu. Goering m'a immédiatement reçu, Le Reich maréchal m'a formellement interdit d'en parler au führer avant d'avoir tous les détails. C'est un responsable de la Forschungsstele de Templin. La Gefepo l'a arrêté ce matin à son domicile de Ketchendorf. Depuis dix ans, il balance tout, les communications de la chancellerie, de l'OKW, les rapports des hauts fonctionnaires, du parti. Probablement les codes Enigma.

Walter pourtant vacciné était plus choqué que sidéré, les lacunes de sécurité se muaient en ravins au fond desquels la rivière Abwher semblait à sec : - Ne me dites pas qu'il s'agit d'un de ces maudits conspirateurs en chambre ? Indirectement, même si ce n'était pas fort amical, il plongeait la tête de Canaris un peu plus dans l'eau sale du bain.

L'amiral esquiva, maintenant à bout de bras le péril éloigné de son corps autant qu'il le pouvait : - Absolument pas, uniquement motivé par l'argent, pour s'acheter une entreprise de savon, vivre comme un roi. Palace, restaurants.

Malgré les circonstances, le chef de l'Abwher s'avérait un difficile renard à faire sortir de la tanière pour attraper un demi-poulet, s'il ne voulait pas continuer le jeu du premier qui rit a perdu Walter devait couper court en posant la question quitte à passer pour un impatient, ce qui n'était pas la qualité première de leur métier : - De qui s'agit-il ?

Un long silence plus tard, Walter obtint enfin la réponse, convaincu que Canaris aurait bien aimé faire encore durer le suspense : - Vous êtes certain que vous ne voulez pas aussi vous servir un verre d'eau-forte avant de savoir ; sinon tenez-vous solidement à votre chaise : « Hans Thilo Schmidt, le frère du général

---

[110] *Forschungsamt des Reichsluftfahrtministerium* ou Bureau de recherche du ministère de l'Aviation du Reich. Service (NSDAP) des écoutes des communications internes en Allemagne courrier, téléphonie, télégrammes et sur le cassage des codes de cryptographie

commandant de la deuxième armée, le général Rudolph Schmidt. Thilo ne se s'embarrassait d'aucun scrupule pour l'espionner à lui aussi ».

L'affaire intervenait trop belle dans la lutte qui opposait son service à ceux de l'amiral, mais il se sentit obligé de faire preuve de compassion : - Quelle ordure.

- Je ne vous l'envoi pas dire. Le pire, c'est qu'il est depuis deux ans sur la liste des suspects. Inutile d'ajouter qu'elle comprenait des centaines de noms, Hitler n'en tiendra pas compte. L'orage s'annonce déjà dévastateur.

Arrivé à ce stade, la question à cinq reichsmarks méritait d'être posée : - Amiral, pourquoi venez-vous me raconter tout cela ?

Le marin sourit : - Il me restait un « bohne ». Thilo espionnait des rapports provenant du RSHA et probablement de chez vous à l'AMT VI.

De toute évidence quand le renard sortait de sa tanière c'était avant tout pour attraper sa proie. Walter sentit le vertige l'engloutir vers le fond de ce maudit ravin.

Canaris se leva, arborant un sourire mauvais : - Vous m'excuserez auprès d'Irène, vous comprendrez que je ne saurais rien avaler. D'ailleurs, on m'attend à son domicile de Ketchendorf.

Berlin, Berkaerstrasse 35, mercredi 24 mars 1943

Depuis quelques mois, il dormait peu, entre peu et pas du tout, cela entraînait une énorme différence pour l'esprit. Après le départ de l'amiral, Walter avait dû consacrer la presque entièreté du repas à calmer Irène. Qu'il la réveille en pleine nuit passait encore, la planter avec un repas, non. Elle avait rencontré de considérables difficultés pour l'élaborer, ne pas daigner poser ses pieds sous sa table pour le déguster représentait la dernière des goujateries du marin. Pour la consoler, malgré ses douleurs d'estomac, il dévora la part de Canaris en la complimentant sans retenue sur ses qualités de maîtresse de maison en temps de guerre.

Couché, son épouse endormie, il s'était tourné et retourné agité sans parvenir à trouver le sommeil. Vers quatre heures, las, il posa les pieds au sol, pesa le pour et le contre, puis décida à contrecœur de se lever pour rejoindre la cuisine, se préparer du café et réfléchir assis sur une chaise. Rompant avec son habitude, une feuille et un crayon étaient disposés devant lui. À cinq heures la feuille était toujours vierge, pourtant le fil conduisant vers la sortie du labyrinthe s'était en grande partie rembobiné.

Selon Canaris, l'homme du Forschungamt informait depuis dix ans un intermédiaire des services français. Cela ramenait aux années trente-deux, trente-trois. Si des secrets s'étaient vus transmis aux Britanniques par le deuxième bureau français devenait la première inconnue de l'équation bien que la plus importante. Le problème Enigma était d'une importance cruciale pour les UBoot de la Kriegsmarine, si les Anglais parvenaient à percer les codes secrets, la situation deviendrait rapidement dramatique pour les équipages de Donitz. La Kriegsmarine disposait de ses propres services de renseignement outre de ceux de l'OKW en la personne de l'Abwher. De son côté, le contre-espionnage SD n'avait jamais pu s'implanter significativement sur le sol anglais. Un Hitler mis dans une colère noire pourrait se saisir de l'occasion pour donner libre cours à une violente guerre qui ne se limiterait pas à L'Abwher et au service de renseignement de la Luftwaffe, premier responsable du Forschungamt. Elle s'étendrait comme un feu d'essence au sein du RSHA et par gravité offrirait l'opportunité qu'attendait Gestapo Müller pour intégrer son département VI au IV.

Deuxième inconnue, le deuxième bureau français, officiellement dissous après juin quarante, n'avait plus d'existence, le fameux wagon découvert à la Charité-sur-Loire et la saisie des dossiers dans leurs locaux parisiens en témoignaient. Ce Thilo, privé de son intermédiaire, s'était-il alors retourné en direction de la Suisse pour augmenter son pactole ? Suivant la bonne volonté du chef de l'Abwher, il en apprendrait éventuellement un peu plus dans quelques jours. Impossible cependant de l'y obliger. Se tourner vers Kaltenbrunner ou boire un verre d'eau reviendrait au même. Outre qu'il risquait que l'eau fût empoisonnée. Son nouveau chef donnerait allégrement la préférence à Müller. Dans cette affaire, Canaris de son côté se savait temporairement protégé par le maréchal du Reich qui désirait y voir clair avant de mettre Hitler au courant. Himmler en personne s'y serait cassé les dents. Sauf que l'amiral devait une fière chandelle au Reichsführer pour son intervention dans l'affaire des devises du capitaine Schmidhuber. Pas besoin d'un bout de papier pour exclure provisoirement ce volet-là.

Autre hypothèse, Thilo informait-il les Russes au jour de son arrestation. Comment, par quel intermédiaire. Troisième inconnue. Celle dont il doutait le plus sans l'écarter.

Le plus important, sinon le principal, dans ce genre d'histoire, consistait à parvenir à reconstituer le chemin inverse qu'avait emprunté le traître. Évoluer pendant dix ans dans l'espionnage équivalait à une éternité. Aucun réseau ne résistait au temps. Les hommes finissaient par se faire remarquer, soit en parlant un peu trop, soit en dépensant plus que de mesure ou tout simplement par manque de prudence. Par présomption pour avoir tenu aussi longtemps, Thilo devait opérer seul et communiquer ses informations à l'aide d'un unique intermédiaire. À coup sûr, celui de Paris enfermé dans une chambre de l'hôtel continental. À vérifier. Comment ?

Walter ne perdait pas de vue le plus important ; le Forschungamt était un service d'écoute et d'interception de tout ce qui se disait ou s'écrivait dans le Reich, ambassades étrangères incluses. À l'inverse, ce service ne disposait d'aucun moyen de transmission radio. Leurs notes étaient rédigées à la machine sur un papier brun foncé. Alors, quel lien établir entre ce Thilo et des émissions radio à peine vieilles de dix jours envoyées de Berlin vers Lucerne, ensuite relayées de Genève vers Moscou. La surveillance électromagnétique du trafic l'attestait sans ambiguïté. Quatrième inconnue, celle au temps de vie éphémère, celui de l'énoncer et de répondre : Aucun.

Certes, cet homme était un traître, sûrement un des pires pour l'Allemagne. Cependant un traître qui ne représentait aucun intérêt pour lui, car à coup sûr ce n'était pas le bon. Walter s'efforçait de trouver un nid, pas un solitaire. Sa quête s'orientait en direction de gens motivés par des calculs politiciens, le complot ou l'idéologie, pas simplement par de l'argent ou pas du tout si ça se trouvait. Il penchait pour la dernière explication.

À présent, s'atteler au contraire d'une inconnue, c'est-à-dire une certitude. Il ne faisait aucun doute que le chef de l'Abwher, son « ami » l'amiral Canaris, était arrivé à une conclusion identique. Ce vieux roublard n'était pas venu chez lui pour lui apprendre quelque chose, mais au contraire pour tenter de le manipuler. Le but ? Cinquième inconnue devenue véritable certitude.

Il rangea la feuille blanche dans son secrétaire avant de s'en aller Berkaerstrasse. À neuf heures pile, Marliese lui communiqua par l'interphone que le docteur Kersten[111] attendait d'être reçu. Walter l'avait oublié, embarrassé, car sa prestation était une faveur qu'il devait à Himmler, il le fit entrer sans attendre et pria l'homme de s'asseoir. Sa seule présence suffisait à remplir une pièce de bonne humeur, ce mercredi en avait bien besoin : - Pardonnez-moi docteur, j'avais complètement perdu de vue notre rendez-vous.

- Mais nous n'avions pas rendez-vous colonel.

---

[111] Docteur Eduard Alexander Felix Kersten. Médecin finlandais. Soigneur attitré d'Heinrich Himmler.

Walter curieux consulta son emploi du temps posé sur sa table de travail ouvert à la page de la semaine. Sans la réponse du docteur, il aurait pu penser à un oubli exceptionnel de Marliese. Effectivement, nulle mention de la consultation pour cette journée. Sa visite ne l'avait pas surpris, presque régulièrement le docteur venait le soigner au bureau : - Je vous en prie, de médecin à patient, ce sera Walter, je vous l'ai déjà souvent dit. Vous avez raison, vous n'étiez pas prévu ce matin. Qu'à cela ne tienne, je tiens à profiter de vos mains expertes, je dois avouer souffrir plus que de coutume depuis un mois. Une prémonition de votre part ?

Felix Kersten faisait souvent preuve de beaucoup d'humour : - Un mois ! Tiens, j'aurais cru deux. Pour commenter votre interrogation, s'il s'agit d'une prémonition, je n'en suis pas le père. C'est le Reichsführer qui m'a demandé de passer vous voir. Himmler s'inquiète pour votre santé. Vous le connaissez, il est comme cela. Je crois qu'il se considère de la même manière qu'un second père pour vous. Cela dit, il ne se soucie pas uniquement de votre cas.

Ah bon, il y a d'autres malades importants au sein du Reich, je ne l'aurais jamais cru. Pardonnez le mot important, c'est d'une prétention insupportable de ma part, il va sans dire que je ne pensais pas à moi.

- Mais vous l'êtes, et spécialement aux yeux du Reichsführer. Pour répondre à votre question, oui, il y a un personnage particulièrement important qui l'est.

- Je le connais ?

- Bien entendu, c'est le führer. Ne me faites pas croire que le responsable des services de renseignements d'Himmler ignore ce fait.

Walter apprécia modérément cette remarque cependant une intuition lui soufflait de ne rien laisser paraître ; de toute façon, le médecin avait une tête si naturellement joviale qu'il était difficile de lui en vouloir de quoi que ce soit. : - Vous n'ignorez pas que mon département concerne l'extérieur. Bien entendu, j'entends les rumeurs qui circulent à ce sujet. Selon vous, je devrais y porter plus d'attention ?

Le médecin se fit sibyllin : - La vie de notre cher führer nous importe à tous, n'est-ce pas ?

Walter attendit délibérément une paire de secondes avant de répondre d'un ton volontairement sarcastique : - Plus que la mienne, cela va de soi. Les deux hommes s'étaient compris : « ne me dites pas que son état empire » !

C'est encore la même tête d'ange qui lui répliqua : - S'il s'agissait de mon patient, je me verrais lié par le secret professionnel. Ce qui n'est pas le cas. Le führer a son propre médecin.

127

- Karl Brandt[112] ?

L'indécrottable impertinent ne put s'en empêcher : - Je parlais de médecin. Devant le silence entendu de Walter, il précisa : - De médecin qui a du temps à consacrer à son patient. Le colonel Brandt est souvent très retenu par d'autres « bénéficiaires de soins spéciaux ». Non, je traitais du docteur Morell[113].

- Le gros Morell, celui qui ne sent pas toujours très bon ?
- Chacun possède les narines de sa naissance.

Le brave docteur Kersten avait suffisamment contribué à détendre l'atmosphère, le temps était venu de siffler la fin de la récréation : - Docteur Kersten, quelque chose me dit que vous n'êtes là ni pour me soigner, ni par hasard. Je me trompe ?

Oui et non, si vous disposez d'un peu de temps, je vais tenter de vous soulager, ce qui réduira à néant ce que vous entendez en premier lieu. Quant au hasard, qu'est-il vraiment, il va, il vient, au gré de sa propre fantaisie. Tenez, l'autre jour, tout en le soignant, mon patient Himmler m'a fait part de ses inquiétudes. Le führer pense être atteint d'un problème cardiaque important. Par bonheur, le docteur Heinrich Warburg[114] veille personnellement sur lui. Vous connaissez le docteur Otto Heinrich Warburg ?

- Je devrais ?
- Un prix Nobel allemand ! Vous devriez le cas échéant vous intéresser à lui.
- Ce conseil vient de vous ?

D'un mien patient inquiet. Par contre ce qui vient de moi, c'est le contenu de cette enveloppe. Si je me permets de le laisser sur le coin de votre bureau, c'est qu'il est à la fois troublant pour devenir ensuite vite alarmant. Vous aviez fait un peu de médecine avant de vous tourner vers le droit si je ne me trompe. Un ex-futur collègue en somme.

Walter n'était pas étonné de l'attitude de Felix Kersten, sa proximité avec le Reichsführer lui octroyait des prérogatives que personne ne s'autoriserait. Ce n'était pas la première fois qu'ils discutaient ensemble d'autre chose que de la

---

[112] Karl Brandt, médecin SS responsable du programme d'euthanasie T4. Commissaire général du Reich pour la Santé et les Affaires sanitaires

[113] Docteur Theodor Morell, médecin personnel d'Adolf Hitler.

[114] Docteur Otto Heinrich Warburg, médecin, prix Nobel en 1931. Directeur de l'Institut Kaiser Wilhelm de physiologie cellulaire à Berlin.

LE MAUVAIS FILS

pluie et du beau temps. De fil en aiguille, un solide lien de confiance s'était tissé entre eux deux.

- Et si à présent vous tombiez veste et chemise pour vous allonger sur ce divan que je vous ausculte.

*   *   *

Le docteur Kersten à peine parti, il s'était déjà senti beaucoup mieux. L'homme n'avait pas volé sa réputation. Piqué par la curiosité, il ouvrit l'enveloppe posée sur son bureau, elle contenait un simple feuillet dactylographié sans nom.

Sujet de 175 cm, 71 kg, groupe sanguin A. Âge : 53

Douleurs cardiaques. Hypertension artérielle. Pression artérielle variable (souvent170/200mm stolique/100/140mm diastolique), bruits aortiques, probablement ventricule gauche dilaté. Traitement Strophantine et hétérosides cardiotoniques pour réguler le rythme cardiaque. Cardiozol (pouls entre 65 et 90). Sympathol pour augmenter le débit du cardiaque.

Sclérose coronaire détectée à l'électrocardiogramme. Traitement acide nicotinique, Strophantin en intraveineuse.

Dysbactériose traitement Mutaflor

Œdèmes aux mollets.

Prise d'oxygène pur (2x 10 minutes/jour)

Sédimentation urinaire : Carbonate, leucocytes. Syphilis : négatif.

Eupaverin, pour antidouleur, Eukodal pour douleurs aiguës.

Pervitine, caféine, pour maintenir l'éveil. Maux de tête, légères pertes de mémoire.

Luminal, Brom-Nervacit, pour trouver le sommeil

Orchikrin pour lutter contre la dépression.

Sujet à forte dysenterie.

Grippe encéphalitique été 1942. Soignée

Taches rouges sur le visage.

Cyphose des vertèbres cérébrales (entre 3ème et 11ème), début de scoliose.

Tremblement du bras gauche et de la jambe gauche affectant la coordination des mouvements.

Vitamines A, D et glucose (Interlan). Sel sodique (Tonohosphan). Extrait de prostate (Prostacrinum).

Walter n'avait pas obtenu son titre de médecin, loin de là ; toutefois, d'assez près pour se rendre compte qu'il lisait le dossier médical d'un homme prématurément usé jusqu'à la corde. Il ne lui manquait que l'avis d'un médecin compétent pour en obtenir la certitude. Pourtant, il ne connaissait que trop bien quelques-unes des substances indiquées telle la Pervitine, l'Eupaverin, ainsi que leurs conséquences. Seules, elles menaient parfois à la folie, mélangée avec certaines des autres qui se trouvaient mentionnées, avec certitude un jour à la folie.

Heinrich Himmler, prudent, ne désirait pas de contact direct entre eux pour l'instant ; l'idée de se servir du docteur Kersten était ingénieuse. Celle du médecin de lui avoir mentionné Otto Warburg, l'était sans aucun doute tout autant tout en lui laissant le soin de chercher.

Le major Höttl eut la malchance de traîner dans les parages et de poser la mauvaise question quand il lui avait demandé de trouver des informations sur le docteur Otto Warburg : - Pour quand désirez-vous cette information ?

- Dans les minutes qui entourent ce moment.

Berlin, Berkaerstrasse 35, lundi 29 mars 1943

Le lieutenant Reinhard Spitzy revenait de son exil doré espagnol en tentant d'afficher un air détendu dans le but de ne pas trop manifester son évidente satisfaction. Quoi qu'il en soit, le jeune officier ne pouvait empêcher que le bonheur se lise sur son visage. Bien qu'il soit lui aussi autrichien, après quelques mois d'éloignement, Walter Schellenberg venait de réaliser la promesse faite l'année précédente, celle de l'incorporer dans son département Ausland avec une promotion à la clé.

- Vous m'avez rapporté des oranges de Madrid Lieutenant Spitzy ?

On ramène toujours quelque chose de Madrid, colonel, cette fois ce ne sont que de vieilles histoires accompagnées par un joli sac de grains bruns. Vous trouverez mes notes dans le compte rendu que je vous ai rédigé.

Walter tentant d'effacer le souvenir bien ancré dans sa mémoire de l'arrogante décontraction du jeune officier affecta de ne pas porter une attention particulière à la chemise cartonnée que le lieutenant lui tendait : - À choisir, je préfère les vieilles histoires aux nouvelles, elles ont l'insigne avantage que l'on connaît leur fin. Prenez votre temps pour tout me raconter à condition que ce soit un autre jour. Il désigna l'étagère : - Celui-ci est aussi rempli que la bouteille d'encre que vous voyez là. Cependant pas au point de faire l'impasse sur votre magnifique surprise. Marliese a dû finir de moudre, elle va nous servir le café que vous nous avez si courtoisement rapporté.

Le lieutenant flatté par la remarque précisa : - Il provient du Brésil, de Rio de Janeiro. Les cargos sous pavillons espagnols ne risquent pas de se faire torpiller.

- À l'occasion, je remercierai la Kriegsmarine de l'aimable attention. Ôtez-moi un doute lieutenant. Beaucoup donneraient un bras pour se voir affectés au KO[115] de Madrid. Vous y aviez la vie douce en tant que représentant de Skoda.

Spitzy soupira : - L'ennui, un profond ennui ; particulièrement à la division commerciale. Les Espagnols nous usent, nous font tourner en rond, promettent tout et sans cesse pour le lendemain. Nos armes les intéressent au plus haut point, ils en voudraient chaque jour des quantités plus importantes à condition qu'elles leur soient livrées gratuitement ou presque. Il n'y a plus que l'amiral pour encore croire en leur bonne foi et probablement le dernier à considérer que son ex-agent Franco[116] lui sera éternellement reconnaissant de l'avoir sorti des îles Canaries et ensuite d'avoir décidé Goering à transporter ses troupes du Maroc à Séville. À part traverser le pays avec quelques divisions pour nous emparer de Gibraltar, nous n'avons rien d'intéressant à perdre là-bas. De leur côté, ils commencent à nous accuser de tous les maux, particulièrement de faire exploser des navires neutres dans leurs ports. Stalingrad n'en finit pas de causer des dommages collatéraux. Cela dit, je conserve de bons amis dans leur pays, ils pourraient un jour ou l'autre se révéler utiles.

Le café s'était avéré réellement excellent. Au point que Walter se mit à envisager d'envoyer le plus souvent possible Spitzy en Espagne. De fil en aiguille, remontée par la caféine, la conversation malgré son avertissement s'était légèrement

---

[115] KO Kriegorganization antenne de l'Abwehr dans les pays neutres ou alliés par différence avec AST ou Abwherstelle bureau par région militaire ou zone dans les pays occupés .
[116] Général Francisco Franco Bahamonde.

prolongée pour tourner comme les aiguilles de sa montre autour du département de Canaris.

Après s'être resservi une deuxième tasse, Spitzy déballa ce qu'il estimait son cadeau de bienvenue : - Colonel, vous connaissez un certain Ledebur-Wicheln

Le comte von Ledebur-Wicheln, lieutenant-colonel de l'Abwehr à Paris. Bien évidemment.

- Et Erich Pheiffer ?

Walter n'appréciait pas être pris en défaut excepté, plus modérément, lorsque c'était de sa faute : - Impossible de connaître tout le monde, pourtant je devrais. Hélas, pour y inclure tant de gens, le Sportpalast n'y suffirait pas. Vous avez vu la taille de ma tête en comparaison. C'est pour cela que je tiens à m'entourer de personnels qui sont mes mémoires extérieures. Désormais, vous en faites partie, Spitzy.

Le lieutenant sembla surpris de la réponse de son nouveau chef : - Il s'agit d'un colonel[117] de l'IIIF à Zossen qui a la particularité d'avoir travaillé à plusieurs reprises avec Ledebur en Afrique du Nord jusqu'au début de cette année. Ensuite, il s'est retrouvé brièvement nommé chef du groupe III à Paris au commencement du mois. Là, il s'est fait remarquer en tant que virulent adversaire de l'empiétement du SD sur la division IIIF. Immédiatement, il s'est vu transféré à Berlin aux renseignements extérieurs comme successeur à Menzel[118]. C'est un des fidèles de Canaris, d'après ce qu'on m'a expliqué, il a été recruté par l'amiral en personne quand celui-ci a été désigné chef de l'Abwehr.

- Venez en au fait Spitzy.

- Sur ordre de Canaris, le colonel Pheiffer vient d'envoyer Ledebur à San Sébastian en Espagne. En toute discrétion, il y a rencontré à l'hôtel Maria Cristina le « baron » Gunther von Dincklage qui lui aussi est une bonne relation du chef de l'Abwehr.

- Vous voulez me dire qu'ils auraient très bien pu l'organiser à Paris. Sauf s'ils avaient des choses à cacher, ce qui semble être le cas, je me trompe ?

- On ne peut rien vous dissimuler colonel. Quand je vous apprendrai que des agents du SIS rôdaient dans les parages, vous détiendrez une pièce supplémentaire d'un puzzle qui doit en comporter beaucoup.

---

[117] Kapitan zur see, colonel Erich Pheiffer
[118] Wolfgang Menzel, colonel de l'Abwehr.

* * *

Après son départ, intrigué, Walter lut sans perdre de temps le rapport que son nouveau subordonné lui avait remis.

Selon Reinhard Spitzy, l'Abwehr, grâce à Günter von Dincklage, un de ses officiers à Paris, semblait pouvoir disposer d'un agent fort intéressant. Une dénommée Gabrielle Chanel, patronne d'une maison de haute couture parisienne. Peu de personnes se trouvaient au courant de ses activités d'espionnage naissantes ni de ses opinions antisémites virulentes qu'elle affichait en petit comité. Flairant la bonne recrue, Von Dincklage était parvenu à la convaincre de collaborer. La femme d'affaires parisienne, accompagnée du Baron Louis de Vaufreland « Piscatory », ancien agent de la Gestapo, avait quitté Paris le cinq août 1941 pour se rendre le lendemain à Madrid. Expédition autorisée par le bureau IIIF contre-espionnage de Paris qui, pour l'occasion, facilita l'obtention d'un passeport à la dame Chanel. Le KO de Madrid informa la centrale de Paris qu'ils rencontrèrent dans la capitale espagnole le diplomate anglais Brian Wallace. Visiblement, le but du voyage était de nouer contact avec la diplomatie britannique. Le rapport soulignait que pendant une longue période de sa vie la dénommée Chanel fut la maîtresse du duc de Westminster.

Walter n'était nullement surpris. Theodor Momm, un camarade de régiment de Dincklage lors de la Première Guerre mondiale qui travaillait depuis pour le SD en avait déjà prévenu Heydrich à l'époque. En tant qu'officier d'occupation, il avait supervisé en 41 la production textile française pour le Reich allemand et connu la couturière parisienne à cette occasion.

Après avoir lu deux fois le rapport de Spitzy, Walter demanda à Marliese de lui sortir un classeur.

Le chef du renseignement SD extérieur se souvenait de la conversation qu'il avait eue avec Richard Protze[119] en novembre de l'année précédente. À la suite de laquelle il avait ordonné de constituer un dossier des plus complet sur Günter von Dincklage.

En le parcourant, il se remémora de cette étrange d'affaire remontant à l'assassinat de Rosa Luxemburg. Le 15 janvier 1919, la militante communiste et Karl Licbknecht furent découverts à Berlin Wilmersdorf et amenés par une unité de la

---

[119] Kapitan zur see Andreas Richard Protze : responsable du contre-espionnage de l'Abwehr (III F) jusqu'en 1938, ensuite il dirigera un bureau de renseignement indépendant pour le compte de Canaris en Hollande, revenu en France pour l'affaire Lemoine.

division de cavalerie de la garde à leur quartier général de l'Eden Hôtel. Cela se passait sous le commandement de leur premier officier d'état-major général, le capitaine Waldemar Pabst[120]. Luxemburg et Liebknecht y furent interrogés et maltraités. Après leur évacuation de l'hôtel Eden par des membres de la GKSD[121], Rosa Luxembourg fut abattue en voiture ; son corps fut retrouvé dans le canal de landwehr à la fin du mois de mai 1919. Le responsable du transport, Kurt Vogel, fut accusé d'être l'exécuteur. À cette époque, Canaris était encore lieutenant de vaisseau à l'état-major de Pabst, ce dernier se chargeait de réprimer le mouvement spartakiste.

Devant l'ampleur que prirent les faits en juin 1919, Paul Jörns[122], juge martial à la division de fusiliers des gardes de cavalerie, fut nommé conseiller auprès du Kriegsgerichtsrat,[123] il se vit secondé dans cette tâche par Günter von Dincklage « Spatz » qui lui succédera. « Spatz » était lui aussi officier du GKSD ; en tant que procureur, il mena l'enquête sur Kurt Vogel, soupçonné de l'assassinat de Rosa Luxemburg. Le procès a eu lieu du 8 au 14 mai 1919. L'instruction se clôtura sur une conclusion commode, la foule berlinoise en colère fut accusée du meurtre. Vogel reçut une peine mineure pour « élimination d'un cadavre ».

Le 17 novembre 1919, Wilhelm Canaris déjà recruté par les services de renseignements allemands lors de la proclamation de la république de Weimar se présenta à la prison de Moabit de la Lehrterstrasse, sous le nom de «Lieutenant Lindemann ». Il y exhiba un ordre signé par Paul Jörns, conseiller à la cour martiale, ordonnant de déplacer le prisonnier Vogel. Après l'avoir fait extraire de sa cellule, Canaris était monté à bord d'une voiture avec Vogel et lui avait remis une carte d'identité délivrée par le bureau des passeports du département de la guerre. Ensuite, Vogel s'enfuit aux Pays-Bas. Ou Heydrich avait-il bien pu collecter ces informations, mystère. Sauf que l'aspirant de marine Heydrich avait été l'élève de Canaris à bord d'un navire-école. Alors, les longues discussions en voguant sur la Baltique l'hiver !

---

[120] Ernst Julius Waldemar Pabst, capitaine
[121] GKSD, Garde Kavallerie Schützen Division (division de cavalerie de la garde). Grande unité de l' armée prussienne formée au printemps 1918. Division à partir de laquelle un grand nombre de corps francs ont émergé après la révolution de novembre 1918. La cavalerie de la garde est utilisée dans la répression du soulèvement de spartakiste (soulèvement de janvier). Ils participeront au putsch de Kapp-Lüttwitz en 1920.
[122] Paul Jörns, juge à la division GKSD. En 1933, il rejoint le NSDAP . En 1934 responsable de l'inculpation devant le tribunal populaire de la branche du Reichsgericht à Berlin où il devint procureur général jusqu'en 1941.
[123] Kriegsgerichtsrat, Tribunal de guerre ou cour martiale.

En résumé, Vogel avait été illégalement arraché de la prison de Moabit par l'agent secret Wilhelm Canaris avec la bénédiction de Jörns et de von Dincklage qui ressurgissait aujourd'hui.

Comme tous s'entendaient comme larrons en foire, von Dincklage a complaisamment étouffé l'implication de Canaris, empêchant ainsi l'extradition de Vogel en utilisant le faux alibi établissant que Canaris était à Pforzheim le 17 novembre 1919 pour se fiancer à Erika Waag, sa future épouse. Pour la forme, le lieutenant de vaisseau Canaris soupçonné se retrouva à son tour emprisonné, mais fut libéré quatre jours après par le commandant Lowenfeld[124]. L'officier de marine bénéficiait par ailleurs de la protection de Gustav Noske, le représentant du SPD au parlement rebaptisé Conseil des députés du peuple à la suite de la révolution ayant renversé le Kaiser, devenu ministre du gouvernement chargé des affaires militaires. Rosa Luxemburg avait commis l'erreur fatale de menacer son pouvoir.

Le futur patron de l'Abwehr ne perdit pas au change, il fut envoyé travailler à la brigade navale sous l'autorité du major Erich von Gilsa, conseiller ministériel.

Ce qu'ignorait Spitzy, c'était que Theodor Momm pareillement compagnon de Dincklage dans la division de cavalerie de la garde l'avait déjà tenu au courant de l'affaire. Par celui-ci, Walter connaissait vaguement les projets de Gunther von Dincklage «Spatz» maintenant agent de l'Abwehr.

Que fallait-il en déduire. Dincklage revenu d'un prudent éloignement, amoureux de la vie somptueuse, avait retrouvé son bonheur en France, pays où il avait été attaché d'ambassade. Logeant au Ritz à l'époque, il y rencontra Theodor Momm qui, en tant qu'officier d'occupation, supervisait la production textile française pour le Reich allemand. Momm, agent du SD, avait attiré son attention sur une locataire du luxueux hôtel de la place Vendôme. Une femme très riche possédant un grand nombre de boutiques et d'ateliers de couture recourant à des centaines d'employées. Admiratrice de l'Allemagne, tenant des discours antisémites, elle poursuivait deux buts. Selon Momm, libérer un membre de sa famille, un certain André Palasse prisonnier en Allemagne et reprendre le contrôle du parfum Chanel qu'elle avait inventé ; elle n'en détenait plus qu'une petite part, le reste appartenant à deux frères[125]. Ces derniers étant juifs, la confiscation de leur entreprise à son profit devenait envisageable à condition de rendre service à l'Allemagne en la personne de l'Abwher.

---

[124] Wilfried von Lowenfeld, Capitaine de la 3ème brigade de marine constituée le 1er mars 1919 qui prendra le nom de son fondateur., Corps Francs constitué de volontaires (Freikorps) sur ordre du ministère de la Défense

[125] Pierre et Paul Wertheimer, deux frères, qui détiennent la maison Bourjois depuis 1898

Walter se demandait ce que venait faire Canaris là-dedans ? Les rôles s'étaient inversés, von Dincklage se plaçant à présent sous ses ordres. Qu'avait-il encore comme idée derrière la tête ? Un projet de paix un peu fou avec l'Angleterre.

Un dossier de plus à mettre au compte de l'amiral et à ne pas perdre de vue. Avec un peu d'astuce, il le ferait passer du coffre-fort de l'Abwehr vers le sien.

Décidément, Spitzy paraissait digne de sa prochaine nomination au rang de capitaine. Le mettre discrètement sur cette affaire semblait désormais une excellente idée.

Berlin, Berkaerstrasse 35, mercredi 07 avril 1943 09h00

Walter avait investi son bureau longtemps avant le lever du jour. Le travail qui l'attendait lui imposait de raccourcir ses nuits. Tant pis pour les rêves, tant mieux pour les cauchemars, pour prendre leur revanche, ceux-ci se poursuivaient de plus en plus souvent dans la journée.

Le message qu'il avait à dessein tardé à adresser à Guisan par l'intermédiaire de son chef des renseignements était court ; dans ce cas aussi sec qu'un vin de Pfalz, cependant à part du sucre, il ne trouvait rien à y ajouter pour le délivrer plus doux :

« *Je vous apprends que le führer est disposé à prendre mes vues en considération, la Suisse ne risque aucune invasion, de notre part, j'insiste sur cette précision* ».

Après réflexion, il annexa à l'attention du brigadier Masson :

« *Je vous invite chaleureusement à honorer Berlin de votre présence* ».

L'époque Kaltenbrunner ne se prêtait pas à se rendre aussi souvent en personne dans les villes Suisse ; cela signifierait attirer son attention sur d'autres affaires bien plus secrètes que celles de Guisan. Hans Eggen, pour l'instant éloigné de la ligne de tir du nouveau patron du RSHA, était plus libre de ses mouvements. Lui avait un grand besoin de vêtement ample pour permettre toutes les gesticulations qu'il projetait. Cette matinée d'avril, lui demandait d'effectuer deux mouvements intellectuels distincts.

Si on s'y intéresse, en les étudiant de près, on constate que les câbles d'amarrage des navires sont constitués d'une multitude de brins. Lorsqu'un de ceux-ci s'abîme, le réparer à l'identique se révèle presque impossible, c'est en bout de compte l'ensemble de l'amarre qui se retrouve ainsi durablement fragilisée. C'était le reflet exact de la rupture annoncée apparue ce matin. Walter venait d'apprendre qu'aux ultimes jours de février, Canaris, accompagné de von Bentivegni, avait rencontré en toute discrétion Ernst Kaltenbrunner à l'hôtel Regina de Munich. Sa taupe n'était pas encore parvenue à disposer de l'information de la réunion. Une affaire devant être rangée dans son grand tiroir en compagnie d'un puissant réveil matin réglé pour se la rappeler au plus vite à son bon souvenir. Arrêt provisoire du premier mécanisme. Pour l'instant, il devait se concentrer sur sa mission pour le Reichsführer avant que ce dernier le rappelle à l'ordre. Ce n'était pas le moment de perdre son estime.

Mécanique suivante, la plus importante aujourd'hui. En fin de compte, le meilleur moyen de progresser consistait à d'abord consulter sa liste et ensuite la suivre de façon méthodique lorsque cela s'avérait possible. Elle s'était considérablement allongée.

o *Margarete Slezak, chanteuse et actrice austro-allemande, demi-juive. Elle a eu une relation intime avec Hitler avant son arrivée au pouvoir. Apparemment, ils sont restés en termes amicaux. En 37 à l'occasion de l'anniversaire du führer, elle lui avait fait parvenir un aigle en bronze gravé « Adolf Hitler » que ce dernier avait remercié personnellement par une lettre signée de sa main. Beaucoup trop dangereux, pas la peine de se rendre à son domicile du Kunfurstendamm.*

o *Stéphanie zu Hohenlohe-Waldenburg-Schillingsfürst, juive, princesse autrichienne, insigne d'or du parti, reçue par Hitler à l'Obersalzberg. Proche de Lord Rothermere, elle parvient à influencer en faveur de l'Allemagne ce magnat anglais de la presse, troisième fortune d'Angleterre. À disposé du Schloss Leopoldskron à Salzbourg. Probablement espionne personnelle du chancelier. Visite à Washington en compagnie de Fritz Wiedemann, l'ex-adjudant du führer. Expulsée d'Angleterre, s'en va vivre à San Francisco. Sans nouvelle depuis décembre 1941. De quoi se brûler les ailes et le reste du corps simplement pour en parler.*

o *Rosa Nienau, juive. Surnommée « l'enfant du Führer ». Pour mémoire.*

o *Reinhold Harnisch, Autrichien, fait la connaissance d'Hitler au foyer pour sans-abri de Meidling. Associé d'Hitler pour la vente de tableaux et devient son ennemi, quitte la capitale autrichienne en août 1912. Mort en détention en 37. À part la volonté évidente d'effacer une trace, n'y voir qu'une impasse.*

o *Samuel Morgenstern, juif, autre marchand viennois de tableaux client d'Hitler avec qui il entretient une bonne relation. Déporté avec sa femme en Pologne à l'automne 39. Difficile à retrouver, mais pas irréaliste.*

o   Joseph Feingold, juif, avocat viennois dont l'épouse aimait les peintures et discutait souvent avec « le peintre ». Émigrés en France. Impossible de contacter l'antenne de Paris sans éveiller l'attention.

o   Josef Popp, tailleur. Fin mai 1913, Hitler lui loue vingt marks une chambre meublée au 34 de la Schleissheimerstrasse à Munich. Pendant la guerre, le futur führer lui écrit régulièrement des Flandres. À son instigation, Popp devient membre du DAP numéro 609. À ne pas écarter trop vite.

o   Rudolph Häusler, catholique autrichien, droguistes, ils quittent ensemble le foyer de Vienne pour aller s'installer à Munich chez le précédemment nommé Josef Popp. Directeur d'Hôtel l'année de la prise du pouvoir. Rejoins le parti en 38, chef de département au DAF[126], responsable auxiliaire au NSDAP de Vienne en quarante. Extrêmement dangereux à interroger sans toutefois l'éliminer.

o   Karl Honisch, Tchèque de Moravie, employé de commerce. Déjà questionné en 39 pour les archives du NSDAP. À éviter avec soin toute mention des compagnons juifs d'Hitler. Son témoignage fut de toute évidence orienté. À retrouver.

o   Simon Robinsohn, juif, serrurier borgne, arrive à Vienne de la ville de Lisko en Galice. Ami d'Hitler, selon Reinhold Harnisch. Foyer pour homme de la Meldemannstrasse.

o   Siegfried Löffner, juif, représentant de commerce, d'Inglau en Moravie, dénonce à la police les malversations de Reinhold Harnisch au détriment d'Hitler et le fait condamner à dix jours de prison. Foyer pour homme de la Meldemannstrasse. Pas trop intéressant, sans l'écarter.

o   Jakob Wasserberg, juif de Galice, tenait un petit magasin d'eau-de-vie au 20 Webgasse, selon Reinhold Harnisch, déjeunait souvent avec Hitler. Piste séduisante.

o   Josef Neumann, juif, nettoyeur de cuivre, né en 1878 à Vöslau Basse-Autriche. Selon Reinhold Harnisch, meilleur ami d'Hitler au foyer pour homme de la Meldemannstrasse, lui prête de l'argent. À retenir

o   Rudolph Redlich, juif de Moravie, né en 1982 à Cejkowitz, fonctionnaire. Selon Reinhold Harnisch, ami d'Hitler. Foyer pour homme de la Meldemannstrasse. Aussi à retenir.

Malgré une volonté évidente de nuire à Hitler à partir de 1930, le témoignage d'Harnisch était à prendre sinon en grande considération au moins à ne pas

---

[126] Front allemand du travail.

négliger. Après l'annexion de l'Autriche, Heydrich avait tenu à élaborer un dossier complet sur le personnage en collectant ses écrits et les rapports de police établis à son sujet. En ce qui concernait les cinq derniers de la liste, impossible de retrouver leur trace en restant invisible. Sans l'aide de la Gestapo, c'était se lancer dans une recherche presque inenvisageable. Cependant, Il restait toujours la possibilité de solliciter le concours discret d'Arthur Nebe ; dans ce cas, il devrait veiller à avoir une solide explication à lui donner, ce qu'il n'envisageait pas le moins du monde pour l'instant. Le chef de la Kripo fricotait de loin et parfois de près avec des opposants. Si de fil en aiguille, ils venaient à flairer la piste qu'il suivait, ils seraient naturellement tentés de se mettre à chasser à leur tour le même gibier.

Ensuite venaient des compagnons de régiment du caporal Hitler : Balthaser Brandmayer, Alois Schnelldorfer, Joseph Lohr, Bruno Horn, Michel Schlehuber, Georg Eichelsdoerfer, Philipp Engelhardt. Une voie dangereuse ; interroger des Allemands du régiment List qui entretenaient éventuellement entre eux des liens serrés de camaraderie attirerait inévitablement l'attention.

Walter perdu dans ses réflexions s'était levé pour aller contempler la rue au travers de sa fenêtre. Tout ce qu'il parvenait à récolter indiquait une proximité marquée d'Hitler avec un grand nombre d'israélites avant la Grande Guerre à l'occasion de son époque viennoise. Elle s'était prolongée ensuite, bien que beaucoup plus discrète. Sauf qu'en soi, cela ne prouverait rien, en tout cas ne répondrait pas aux espoirs nourris par le Reichsführer. La dernière chose à faire, car cette année, sa propre survie dépendait presque uniquement de celle d'Himmler. Si Hitler décidait de retirer le Reichsführer du circuit, Ernst Kaltenbrunner chaussant ses pieds les pantoufles laissées vides par Heydrich, serait un des prétendants les mieux placés pour prétendre succéder à l'oiseleur. Muller se verrait nommé à la tête du RSHA, lui se retrouverait au mieux dans un obscur régiment SS sur le front russe. Cela c'était uniquement dans le cas où ne viendrait pas aux oreilles du führer l'enquête menée par le chef de ses renseignements extérieurs.

Berlin, clinique psychiatrique de la Charité, jeudi 08 avril 1943

- C'est un de vos amis ?

Walter fut surpris, pris par le temps, il n'avait pas pensé à créer une légende présentable à son « patient ». Après une courte, mais maladroite hésitation, à la limite de bredouiller, il précisa: - Non, nous avons un agent..., nous nous sommes aperçus..., comment dire, faire preuve d'une certaine irritabilité. Il se serait donné des coups de pied.

Le docteur Max de Crinis ricana, ce qui ne changeait pas grand-chose, cet homme donnait toujours l'impression de ricaner : : - Dans votre service, vous poussez le détail au point d'obtenir un dossier médical aussi complet ?

Tenter de rouler dans la farine un professeur en psychiatrie équivalait à vouloir vider le lac de Wannsee à l'aide d'une cuillère à soupe. Inutile donc de vouloir jouer au plus fin avec lui : - Max, vous vous souvenez quand vous avez accepté d'interpréter le rôle du colonel Martini[127]. À La Haye. C'est en quelque sorte une opération identique que nous comptons mener. L'homme que nous avions choisi devait avoir l'âge, le poids et la taille mentionnée sur ce rapport. Après l'avoir préparé, nous sommes tombés sur ce dossier médical.

Le regard en coin de l'œil que le praticien lui lança augmenta de quelques pulsations son rythme cardiaque : - Ce protocole me parle. Il conviendrait parfaitement à un personnage très connu. Évidemment, mon idée est absurde, n'est-ce pas Walter ?

Il n'existe aucun remède pour éviter de faire remarquer que le rouge monte au visage, à part : - Quelle chaleur dans votre bureau, vous parvenez à supporter cela.

- Dans ce lieu les choses à supporter sont légion, la température devient vite le moindre des soucis, croyez-moi. Vous éprouvez des soucis en cet instant Walter ?

Schellenberg n'aurait pas été le chef des renseignements extérieurs s'il s'était présenté dans l'antre de la bête sans une arme secrète coincée dans sa botte, d'un petit calibre, certes, mais arme pouvant malgré tout causer des dommages importants. Le moment de la sortir se présentait, il le saisit sans éprouver le moindre scrupule: - A propos Max, vous voyez toujours le professeur Karl Bonhoeffer, votre prédécesseur ?

- Pas précisément, pourquoi cette question.

- Cette famille suscite un vif intérêt au SD ; un des fils à l'académie des sciences[128] met au point des armes extraordinaires pour le l'Allemagne, les deux

---

[127] Le 30 octobre 1939, Max de Crinis en poste à Cologne, et deux autres Allemands se faisant passer pour des conspirateurs à la demande de Walter Schellenberg rencontrent à La Haye le capitaine Payne Best, le major Richard Stevens et le lieutenant Dirk Klop. Prélude à l'affaire de Venlo du 9 novembre 1939 qui rendit Schellenberg célèbre.

[128] Karl-Friedrich Bonhoeffer chimiste spécialiste de l'eau lourde.

autres[129] font tout leur possible pour la désarmer. Au fait, vous savez que Dietrich Bonhoeffer, le pasteur, vient d'être arrêté lundi par la Gestapo ?

- Non, comment le saurais-je ?

L'arroseur allait se faire arroser : - Max, si je ne me trompe, vous les connaissiez.

Personne dans le Reich, c'était également valable pour un colonel SS responsable d'un programme d'euthanasie, n'aimait être impliqué de près ou de loin dans une enquête de la Gestapo. Ces loups d'une espèce particulière avaient une sérieuse tendance à s'entredévorer. Ce genre d'affaires générait des dossiers dans lequel il n'était pas bon de voir mentionner son nom, il en restait toujours quelque chose, une tache ineffaçable, comme adorait l'expliquer Heydrich : -, non, enfin, très peu, Karl a huit enfants, impossible de se souvenir de tous, c'était il y a longtemps.

- Non, ou presque très peu, voilà précisément la phrase que je cherchais.
- À quel propos, Walter ?
- Que ce protocole corresponde à un personnage très connu. Mieux vaut éliminer cette pensée Max.

Avec un peu d'imagination, le front du docteur affichait deux ou trois minuscules gouttes de transpiration : - Elle n'existe déjà plus Walter. Vous voulez toujours mon avis ?

- Plus que jamais, Max.

Apaisé, le praticien ricana : - En ce qui me concerne, je ne parierais pas un seul pfennig sur un homme dans un état si déplorable, s'empoisonnant avec de telles substances. Ce chemin mène à la folie, la folie devient vite une bouche inutile pour le Reich.

- Max, vous me dites que vous le feriez ......
- Dans une année, deux au plus, il serait bon à interner dans l'hôpital psychiatrique d'Hadamar[130], je ne crois pas devoir vous expliquer les traitements qu'on y applique.

Walter savait : - Ce patient ne pourrait-il pas être récupéré ?

---

[129] Klaus Hans Martin Bonhoeffer et Dietrich Bonhoeffer. Klaus, juriste, Dietrich Pasteur luthérien et son beau-frère Hans von Dohnányi sont membres de la résistance à Hitler. En 1938, ils prennent des contacts avec des officiers allemands opposés au nazisme, Ludwig Beck, Hans Oster. Wilhelm Canaris en est un des acteurs. Tous les deux seront exécutés en avril 1945.

[130] Centre d'euthanasie opérant dans le cadre de la politique de mise à mort systématique de personnes handicapées et de malades mentaux « Aktion T4 ». Landesheil und Pflegeanstalt Hadamar.

- Les temps sont durs. Vous ignorez l'ordonnance du 9 février 1943 du médecin-chef de l'armée, le général Siegfried Hanloser.

- Max, l'armée et moi sommes des planètes distinctes, nous tournons ensemble autour d'une étoile en nous observant.

- Thérapie des soldats présentant des réactions hystériques ou psychologiques. Ceux qui ne peuvent être libérés des symptômes par le traitement doivent être placés dans des sanatoriums ou des centres psychiatriques tel celui d'Hadamar. Nous y recevons des soldats en état de choc traumatique, irrécupérables ; des amputés des deux bras et jambes. Parfois des pilotes de stukas dont le cerveau a été atteint. Des survivants de bombardement trop choqués. Croyez-moi, j'en oublie. Vous voulez plus de précisions, Walter ?

Après un salut pas trop appuyé, Walter s'enfuit au plus vite repasser la Spree en direction de son bureau.

Berlin, Lac de Wannsee, Nordhav, villa Marlier, vendredi 09 avril 1942, 11h00

Depuis 1939 Walter était devenu l'un des cinq administrateurs de la fondation Nordhav[131] dont le siège était situé Am Grossen Wannsee 58. Deux jours plus tôt, il n'avait rien trouvé d'étrange à ce qu'il soit convoqué à une réunion extraordinaire dans le but de régler une affaire d'attribution. Début février, la fondation Nordhav avait vendu la propriété Marlier au Reich allemand pour la destiner à devenir une maison destinée à la police de sécurité et éventuellement servir à l'IKPK[132] ; de toute façon, une matinée au bord du lac, probablement suivi d'un déjeuner, ne se refusait pas. Cette journée d'avril malgré ses pauvres sept degrés bénéficiait d'un joli soleil annonçant le printemps.

Walter abandonna sa voiture sous les colonnes au soin d'un planton avant de franchir le hall circulaire. Assit sur une chaise, seul présent, Kurt Pomme[133]. C'est ce dernier qui l'accueillit d'un ton jovial. Walter avait jadis bien connu le grand assistant du général de dix ans plus vieux aux cheveux ras avec raie sur le côté qui lui donnait l'air d'un autoritaire officier prussien du siècle précédent. Pomme

---

[131] Stiftung Nordhav fondée en 1939 par Reinhard Heydrich pour obtenir et gérer des biens immobiliers pour les SS.
[132] Commission internationale de police criminelle.
[133] Kurt Pomme, lieutenant-colonel et ancien adjudant de Reinhardt Heydrich.

lui expliqua qu'il venait exprès de Vinnitsa pour l'occasion et était logé dans une des chambres de la villa. Quand Walter lui demanda si les autres étaient déjà présents, il lui répondit : - Venez mon cher, c'est moi qui suis chargé de vous accueillir. Sans plus d'explications, il lui fit signe de le suivre.

Himmler, l'air vif et malicieux, les attendait installé derrière la grande table dans l'ancien fumoir transformé en salle de réunion. Sans se lever ni les saluer, il les invita à s'asseoir ; puis sans attendre, déclara d'un ton enjoué : - Chers officiers et administrateurs de Nordhav ne soyez pas surpris de me voir. Comme vous pouvez le constater, le général Wilhelm Albert est, ainsi que Werner Best et Herbert Mehlhorn[134], absent ; l'un retenu pour des affaires de police à Litzmannstadt[135], l'autre retenu en France. Le dernier auprès du gouvernement de la Haute-Silésie dont le coquin brigue la présidence. Ce qui explique ma présence parmi vous, car ils m'ont tous trois délégué leur pouvoir d'administrateur pour cette session.

Kurt Pomme ne sembla pas apprécier d'avoir dû se déplacer de Vinnitsa, alors que les autres avaient pu remettre une simple procuration.

Le Reichsführer prit le document posé face à lui, et leur fit remarquer qu'ils disposaient d'une copie dactylographiée devant eux : : - comme vous pouvez le lire, l'ordre du jour concerne l'article 4 du contrat passé avec le Reich. Nous avons bien évidemment accepté l'offre d'achat généreuse de deux millions de marks. Toutefois, il existe un litige qui concerne un des administrateurs présents. Le différend entre le colonel Schellenberg ici présent, responsable du département six Ausland, et le directeur du département trois, Inland, l'Oberführer Otto Ohlendorf. Himmler poursuivit en le fixant d'un regard dépourvu de la moindre expression : - En avril de l'année passée, le colonel Schellenberg avait émis le désir que la villa Marlier soit affectée à sa division. Otto Ohlendorf a prétendu ensuite, en septembre, au même privilège, en faisant valoir son droit de préséance. Il l'argumente ainsi. En premier, il est responsable de département depuis plus longtemps que notre ami Schellenberg, et bénéficie d'un grade supérieur. D'ailleurs, j'ajoute qu'il est en passe de devenir général. En deuxième point, il fait à juste titre valoir que le département six dispose déjà d'un immeuble tout à fait adapté Berkaerstrasse. Il les regarda un à un, avant de demander :- Au préalable, pour donner droit à l'une de ces revendications, nous devons obtenir l'unanimité des

---

[134] Georg Herbert Mehlhorn, Oberführer expert juridique et fonctionnaire de la Gestapo. Chargé par Heydrich de conduire l'opération de Gleiwitz le 31 août 1939. Ce qu'il refusa et fut renvoyé du SD.
[135] Łódź

voix comme le prévoient les statuts. Personnellement, je voterai donc contre. Ni pour le département trois ni pour le département six.

Walter avait complètement oublié cette vieille histoire. Il avait proposé la candidature de son département dans le seul but d'ennuyer Ohlendorf qui l'exaspérait par ses conceptions scientifiques prétentieuses. Himmler aurait facilement pu accéder à sa demande si Otto ne l'avait pas tant irrité. L'affaire était de toute façon entendue, il détenait trois voix par procuration, et de toute manière, qui se serait opposé au Reichsführer. D'ailleurs, Pomme s'en contrefichait autant que lui : - Les deux répondirent à l'unisson « nous votons également contre ». Puis chacun à leur tour, ils signèrent le document.

Himmler semblait satisfait : - Voilà qui est rondement mené messieurs. Il regarda sa montre. Un léger repas nous espérera au jardin d'hiver à douze heures trente . Colonel Pomme, je vous invite à profiter du parc en attendant. Quant à vous colonel Schellenberg, j'aimerai perfectionner en votre présence deux ou trois points de détail.

Une fois confortablement assis dans ce que Walter considérait toujours sur le plan moral un des bureaux d'Heydrich, le « bon Heinrich » ne put longtemps dissimuler son impatience : - Alors, Schellenberg puisque les circonstances permettent de nous rencontrer à titre privé, laissez-m'en bénéficier pour vous poser la question. Où en êtes-vous dans l'enquête dont je vous ai chargé ?

Évidemment, Walter ne s'était pas préparé à subir cet entretien concocté par le rusé Reichsführer légitimant de court-circuiter Kaltenbrunner. Autant opter pour la version longue, elle avait l'avantage de laisser supposer une belle avancée dans ses recherches. Il prit son temps pour lui narrer dans les détails ses investigations menées entre Munich et Vienne. Himmler dodelina de la tête, hésitant à choisir entre deux attitudes : - Intéressant, pourtant ce sont à première vue des arguments assez faibles.

C'était le moment de gratter les fonds de tiroir : - Il y a aussi cette actrice, Margarete Slezak. Malgré qu'elle soit juive, elle a eu une relation intime avec Adolf Hitler en 1928. Ils sont restés en termes amicaux plus tard. Le führer n'ignorait cependant rien de son statut., Je dois également mentionner la princesse Stéphanie zu Hohenlohe, juive pareillement. Walter savait que cette dernière travaillait pour eux en Angleterre, le Reichsführer en personne lui avait délivré un certificat d'aryanité.

Himmler paraissant crispé fit la moue : - Moins fragile, démontrant pourtant encore peu de solidité ! Laissez la princesse en dehors de cela.

Que faire pour qu'un sourd comprenne, lui demander de lire ? Oui, mais s'il subsistait un risque qu'il soit en plus aveugle ! Espérer qu'il ne soit que borgne : - Ma liste est longue, je dois en outre retrouver et interroger des compagnons d'Hitler de son époque viennoise. L'avancement actuel de mon compte rendu doit se baser sur des estimations fondées par des éléments disponibles qui eux me mèneront plus loin.

Henri l'oiseleur, le roi de la formule répondit : - Un pont de bois demeurera toujours moins résistant qu'un pont en béton armé, cependant si on le démonte, le premier est réutilisable !

Bon, avec une telle pensée, il n'irait pas loin. De toute évidence, quelques pelles de charbons supplémentaires jetées dans la chaudière ne se montraient pas inutiles : - Comprenez Reichsführer, ne pas attirer l'attention reste la première de mes priorités. Kaltenbrunner prend un malin plaisir à m'observer à la loupe.

- Laissez-le vous examiner à loisir, de votre côté, ne vous considérez pas tel un papillon épinglé dans une boîte.

Une légère dose d'impertinence ne ferait pas de tort : - Bien entendu, à propos, mes ailes m'ont emmené un peu plus loin. Il vit Himmler tiquer ferme quand il lui narra l'entrevue de Starnberg avec l'ex-professeur Alfred Noerr. Sa réaction fut surprenante comme s'il abordait là un sujet dérangeant.

- Schellenberg, ne vous égarez-vous pas ?

Une petite pelle de plus avant de refermer la porte de la chaudière à l'aide d'une pensée en retour : - S'égarer s'est perdre son chemin, pour l'instant mon instinct me dicte de suivre plusieurs chemins. Soit, ils s'avéreront parallèles, le cas échéant éventuellement se rejoindront-ils. Sauf si vous m'ordonnez de ne plus les emprunter.

Himmler sembla peser le pour et le contre avant de le rassurer : - Après tout, vous ne m'avez jamais déçu. Donnez libre cours à votre flair si vous le jugez utile, mais je vous préviens, tant pis pour vous si cela se met à émettre une odeur insupportable, je n'aurai à ma disposition aucun masque à gaz assez efficace à vous proposer.

Le contraire eût étonné Walter, obstiné, il reprit son exposé : - Une autre affaire m'a intrigué, celle du professeur Otto Warburg. Biochimiste et chef de service à l'Institut Kaiser Wilhelm. Lauréat du prix Nobel de physiologie ou médecine 1931. Vous le connaissez peut-être ? Comme il ne recevait pas le moindre signe annonçant une réponse, alors que le docteur Kersten avait dû de toute évidence lui en toucher un mot, bien qu'il était persuadé du contraire, Himmler passant l'information à son masseur, il préféra continuer : « Intrigué parce qu'il exerce toujours et au même poste alors qu'il est juif. En grattant, j'ai découvert que c'est dû au fait que le führer est persuadé d'avoir un cancer. Selon lui, Warburg serait le seul scientifique susceptible de trouver un traitement efficace ».

- Dois-je m'attendre à autre chose ? Himmler demeurait imperturbable au point que Walter commençait à douter que ce fût lui qui avait fourni les éléments contenus dans l'enveloppe du docteur Kersten. Pour autant que son expression, en réalité son inexpression, puisse l'orienter. Mais il connaissait depuis belle lurette la difficulté à déceler la moindre émotion sur le visage de l'oiseleur. Aussi longtemps qu'il le connaissait, Himmler fonctionnait en mode complexe et ce n'était pas cette année qu'il changerait.

Par chance, il n'avait pas vidé sa serviette, elle contenait encore le protocole sanitaire qu'il avait fait expertiser hier. Au point où il en était, il le sortit pour le tendre au « bon Heinrich » qui en prit connaissance en affichant un calme inquiétant avant de le poser sur le bureau devant lui : - Vous êtes médecin à présent ?

Non, mais j'en connais personnellement deux qui peuvent l'analyser sans poser de question pour obtenir leur avis sur le protocole de soins. Le docteur William Bitter et Max de Crinis[136]. Mon choix s'est posé sur Max. Il fait partie de l'ordre et nous avons travaillé ensemble à l'occasion de l'affaire de Venlo.

- Et ?

Le verdict est sans appel, un homme qui suivrait un tel protocole ne disposerait plus d'un jugement normal ; pire sous peu, selon Max une à deux années, cet homme atteindrait un déséquilibre proche de la démence. Autant remettre une énorme pelle de charbon bien gras dans la chaudière pour gagner de la vitesse :
- Reichsführer, vous n'ignorez pas de quoi Max est responsable. Il m'a ajouté que l'homme décrit dans le protocole serait un sujet correspondant à son programme.

- Où voulez-vous en venir, Schellenberg ?

Le moment était délicat : - À votre évaluation de la situation Reichsführer. Vous devriez dès maintenant estimer, que vous le vouliez ou non, être le seul personnage apte à mener le Reich ailleurs que vers le chemin de la destruction. Reconsidérez l'opportunité de réactiver vos intentions de l'année passée. Walter ne demandait rien d'autre au Reichsführer que de troquer le jeu du « je te tiens tu

---

[136] Max de Crinis, colonel SS, psychiatre et neurologue ayant créé le Programme Aktion T4 d'euthanasie et participe à sa réalisation. Ministère du Reich pour la science (Reichsministeriums für Wissenschaft, Erziehung und Volksbildung).

me tiens par la barbichette » par celui de « je te tiens par la barbichette et te fais tomber dans le ravin ».

À son grand étonnement, Himmler lui répondit presque affectueusement : - Les considérations ont changé, Schellenberg. À Casablanca, vos amis américains se sont rangés aux vues de Roosevelt.

Comme si le Reichsführer avait la moindre intention de se plier à leurs arguments sans ruer dans les brancards et Walter cherchait à introduire une note d'optimisme : - C'est très loin d'être certain, ils font plutôt le dos rond en attendant que l'orage passe. Nous savons que Roosevelt est malade, il peut quitter la présidence d'un moment à l'autre. Rien ne nous dit que son successeur porterait un amour identique aux Soviétiques et marcherait dans ses pas. Et puis, en tant qu'interlocuteur, il n'y a pas que les Américains.

- Qui d'autre ?

- Les Anglais. Laissez-moi un peu de temps pour vos soumettre une suggestion. Elle pourrait impliquer la princesse Stéphanie zu Hohenlohe.

Himmler se leva : - De la truite Schellenberg, de la truite. Je parle de ce qui nous attend à table, de la bonne truite fraîche pêchée dans le lac.

Berlin, Berkaerstrasse 35, mercredi 13 avril 1943

Depuis l'entrevue de la villa Marlier, Walter tentait d'analyser la situation à tête reposée sans parvenir à trouver la solution qui lui conviendrait. Il revenait sans cesse à la même conclusion, ce qui le contrariait, car elle lui interdisait de modifier ses plans. Himmler, depuis qu'il le connaissait, s'était toujours montré un être complexe entretenant avec un soin méticuleux son aptitude particulière à construire des châteaux, sinon de pierre, de cartes ; c'était probablement dû à son goût immodéré pour l'ésotérisme. Pour parvenir au sommet, l'oiseleur n'utilisait pas de corde, mais préférait de loin empiler des petites boîtes en faisant preuve d'un soin religieux pour ne pas mettre leur équilibre en péril. Lorsqu'il jugeait être parvenu à un niveau, il se mettait à en construire une autre. Hitler détenait entre ses mains un ou plusieurs éléments à même de les effondrer. Pour parer, Himmler avait entamé la construction méticuleuse des siens. Jamais il ne tenterait d'affronter son maître avant d'avoir étouffé la menace qui planait au-dessus de sa tête, celle-ci devait être terrifiante au point d'estimait que la connaissant, l'ordre noir lui tournerait le dos. Ce n'est que lorsqu'il parviendrait à cet équilibre qu'il passerait à l'étape suivante, celle de redistribution. Rien ne parviendrait à modifier sa façon d'agir.

Ce matin, ses réflexions devaient malheureusement se voir interrompues pour laisser la place à un visiteur.

La bête humaine avait pénétré son bureau en affichant sans vergogne l'air d'un conquérant mongol, bien que doté par la nature d'une moindre beauté, les cicatrices en plus. Irrespectueux à souhait, pour peu, il se serait assis dans le fauteuil en posant ses gigantesques pieds sur la table. Walter disposait de deux fusils mitrailleurs logés dans l'armature de son bureau qu'il pouvait orienter à volonté. Ce qu'ignorait probablement l'animal tout comme il méconnaissait la volonté de Walter à s'en servir en cas de besoin.

Rêvant de céder la tentation de pousser sur le bouton déclenchant le tir, il pourrait toujours arguer que la bête avait été prise d'une crise de folie et avait tenté de l'agresser. Personne ne le croirait, mais il n'en serait pas pour autant pendu. Réprimandé, certes, et il va de soi, condamné à faire repeindre son bureau à ses frais si pas de mettre la main à la pâte. Il sourit intérieurement, abandonnant à regret son rêve ; avant d'en arriver à ces extrémités, il avait encore le temps de choisir la discussion : - Capitaine Skorzeny, quel plaisir de vous voir intégrer mon département. Vous avez fait du chemin depuis notre voyage à Nishne Tschirskaya, vous ne craignez pas d'user vos souliers ?

L'ours autrichien en uniforme répondit par un grognement, visiblement, parler du passé ne l'intéressait pas. À voir sa tête, Walter remarqua son désir d'écarter tout lien qui les réunissait. La bête humaine avait beau faire presque deux fois son poids, dans ce genre d'affaires c'était généralement la capacité du cerveau qui l'emportait aidée par les galons décorant le col de sa vareuse. Quelques jours plus tôt, il avait participé à un dîner en compagnie de Kaltenbrunner. Ce dernier n'avait pas raté l'occasion qui s'offrait à lui, l'accablant de reproches à peine voilés devant les participants. Ceux-ci allaient de son comportement désagréable avec les nouveaux subordonnés dont le chef du RSHA infestait son département, jusqu'à l'accuser d'ambitions personnelles démesurées. Walter lui avait répondu que ce serait un rare plaisir de déposer sa démission sur son bureau pour se voir confier une autre tâche par le Reichsführer. Le repas s'était poursuivi dans une haine réciproque. Au dessert, il avait jugé bon de tomber malade devant l'assemblée. Il avait ensuite profité de ses deux jours d'absence pour faire courir sournoisement le bruit que Kaltenbrunner avait tenté de l'empoisonner. Ambiance.

Son nouveau chef pouvait consacrer tout le papier de la Prinz Albrechtstrasse à rédiger des rapports défavorables. Outre l'appui du Reichsführer en personne, il bénéficiait de celui de Gottlob Berger,[137] ami intime d'Himmler et d'un Hans Juettner[138] séduit par le style de Schellenberg devenant dorénavant son ami presque intime. Berger avait un dégoût profond de la Gestapo semblable au sien, Juettner une aversion épidermique de Kaltenbrunner tout comme lui.

Avec la ferme intention de lui empoisonner la vie, Kaltenbrunner positionnait à présent Otto Skorzeny dans son département comme on place un fou sur un damier aux échecs. Walter, à choisir lorsque c'était possible, préférait de loin les avances du cavalier. Le chiffre treize portait chance, mais l'animal avait choisi le treize pour venir se présenter, hélas, aujourd'hui n'était pas un vendredi complément qui aurait pu aider à adoucir l'ambiance : - Colonel, tel que l'explique la note de mon chef Kaltenbrunner que je vous remets, à partir de ce jour, je suis chargé de constituer dans votre département le groupe 6S. S comme sabotage.

Évidemment, Walter avait été prévenu de la disposition prise par le nouveau chef du RSHA, mais seulement le jour précédent, ce qui ne lui laissait pas le temps de la contrecarrer, ce qui n'était pas nécessairement la meilleure décision à prendre. En faisant abstraction de ses attitudes de soudard et de son irrespect récurrent, mais à force on s'y faisait, Skorzeny restait un élément de valeur. À condition de le faire sortir de sa cage le moment venu et de l'y faire rentrer le moment passé : - Vous ne m'appelez plus Walter, c'est vrai que c'était dans une grange perdue au fond de la Russie. Au risque de vous surprendre, j'ai pris déjà connaissance de la note de « votre » chef, capitaine Skorzeny. Prenez dès à présent une bonne habitude, votre chef c'est moi. Mon patron actuel est Kaltenbrunner. Le supérieur de Kaltenbrunner se nomme Himmler. Le Reichsführer obéit au führer. L'ordre vous paraît bon, cette précision semble assez claire ou je vous le fais écrire noir sur blanc en Sütterlin[139] bien qu'à mon grand regret, elle est maintenant interdite à cause d'une erreur ?

Skorzeny eut un large sourire, à cause de sa cicatrice on aurait dit que sa tête se divisait en deux. Pour marquer son dédain, il ne daigna pas répondre, passant directement aux affaires pratiques : - Fort de l'expérience acquise au bataillon Brandenbourg, j'aspire à la plus grande liberté opérationnelle.

Walter n'avait rien trouvé à y redire, car il s'agissait d'un souhait de son « presque ami » le général Hans Juettner désirant disposer dans la SS d'une unité d'intervention équivalente aux régiments Brandenbourg et dans l'état actuel du front est

---

[137] Gottlob Berger, lieutenant général, responsable du bureau principal de la SS (SS-Hauptamt).
[138] Hans Juettner, lieutenant général, chef de l'état-major de la SS (Führungshauptamt).
[139] Lettre gothique Frakturschrift ou Sütterlinschrift du nom de son inventeur Ludwig Suetterlin interdite dans le Reich à partir de 1941 parce que selon Hitler, le Schwabacher avait été inventée par des imprimeurs juifs.

c'était plus que justifié: - Dans le respect des missions Walli, des concertations avec le FHO, de l'organisation des groupes zeppelin, de mes objectifs, vous bénéficierez d'une certaine latitude d'indépendance capitaine. À ce sujet, oubliez la dénomination groupe 6S. Je suis honoré que le général Kaltenbrunner ait eu la délicate attention de penser à la première lettre de mon nom pour le baptiser. Dorénavant, ce sera le SS Sonderlehrgang zbV Friedenthal[140]. Maintenant, allez m'étonner sur les bords de la Havel, si cela se trouve, vous aurez peut-être plus de succès que le capitaine Pieter van Vessem[141]. Faites-moi un compte rendu de la situation à la fin du mois. D'ici là, si je dispose d'un peu de temps, le cas échéant, je viendrai vous inspecter.

Skorzeny avait un P38 dans une gaine accrochée au ceinturon. Aux éclairs traversant son regard, la tentation de l'employer était manifestement forte. Évidemment, il risquait plus qu'une réprimande et l'achat d'un pot de peinture. Dans une ultime bravade en sortant, le regardant droit dans les yeux, il dit d'un ton presque menaçant : - Vous ne m'appelez plus Otto, colonel Schellenberg ?

Walter l'évacua de sa tête au plus vite, l'arrivée de Skorzeny avait interrompu ses cogitations et il avait besoin de toutes ses capacités pour réagir. Le maudit marchand de champagne devenu ministre des Affaires étrangères[142] s'ingéniait à tirer une fois de plus dans une direction différente de la sienne. Himmler pour éviter une crise dans le bureau du führer l'avait mis au courant de l'aventure suisse. Lui demandant par la même occasion de les assurer par une note d'intention au gouvernement helvète des volontés pacifiques de l'Allemagne à leur égard. La réaction ne s'était pas fait attendre, par l'intermédiaire d'Otto Köcher l'ambassadeur du Reich à Berne, il s'était empressé de laisser filtrer le message contraire au brigadier Masson.

Walter était partagé, se rendre une fois de plus là-bas pour le rassurer l'officier suisse ou se contenter d'envoyer Hans Eggen. Avant cela il voulait faire vérifier une dernière fois par ses agents implantés dans la confédération les agissements des groupes communistes helvètes, c'était une piste qu'il ne pouvait pas négliger.

---

[140] SS Sonderlehrgang zbV Friedenthal, zbV (zur besonderen Verwendung : pour utilisation particulière/missions spéciales).
[141] Pieter van Vessem, lieutenant de l'armée néerlandaise devenu capitaine SS, commandant du SS-Sonder Lehrgang Oranienburg, devenu en 1943 le SS Sonderlehrgang zbV Friedenthal, zbV sous les ordres d'Otto Skorzeny.
[142] Joachim von Ribbentrop, ministre des Affaires étrangères du Reich entre 1938 et 1945

Avant de décider, user de la bonne vieille méthode d'Heydrich. Simple et toujours efficace consistant à récapituler les en cours pour en second lieu donner des ordres de priorité.

Quelle que soit la manière dont il empoignait les cornes du taureau, tranquilliser le responsable des renseignements suisse semblait la première décision à adopter et la direction à prendre ; une intuition lui donnait à penser que malgré les « coups de canif » récents, leur relation demeurerait fructueuse. Ensuite l'enquête « ordonnée » par Himmler, ce n'était pas précisément la conjoncture idéale pour ne pas répondre à ses attentes pour autant que cette occasion puisse un jour se présenter. Son verre, bien que par chance de dimension respectable, se remplissait peu à peu. Walter se chargerait sans peine de le transformer sous peu en tonneau des Danaïdes.

Son nouveau chef avait jugé bon d'y verser une rasade supplémentaire quitte à ce qu'il déborde. Le charnier découvert à Katyn n'était autre qu'une voie de garage dont Kaltenbrunner tentait d'user dans le but de l'écarter. S'il l'empruntait, les rails libres seraient vite occupés par des hommes à son entière dévotion, autrichiens de préférence. La parade était simple, pendant quelque temps, il pourrait déléguer et se contenter de jeter un œil attentif aux rapports du professeur Buhtz[143] envoyés par le lieutenant Voss aux officiers du propaganda kommando du groupe armée centre avec copie à la Gefepo. Si le temps se gâtait, la solution la plus simple consisterait à se mettre en évidence dans les pattes de Goebbels, ce dernier considérait déjà l'évènement comme son pré carré. Le lapin se plaindrait de l'ingérence du RSHA auprès du Reichsführer menaçant de l'arbitrage du führer, le reste ne serait plus ensuite qu'une question de gravité.

D'un autre côté, et bien entendu Kaltenbrunner l'ignorait, la voie de garage pouvait se raccorder sans problème à une nouvelle ligne. La radio allemande en avait parlé dans le communiqué matinal du ministère de la Propagande. Que l'affaire devienne publique et soit reprise par les agences de presse du monde entier servait ses intérêts. Allen Dulles allait sérieusement tiquer, Walter s'arrangerait pour lui faire savoir qu'il s'agissait d'un crime de guerre russe. En bon maître-espion, une partie de son esprit douterait de la véracité de l'histoire, tandis que l'autre la supposerait vraisemblable et actionnerait un mécanisme menant à mettre à mal les certitudes de Roosevelt. En tout cas de quoi lui amener du grain à moudre, à l'un comme à l'autre. Dès que son dossier se trouverait suffisamment étoffé, il comptait le photographier. Restait à voir par quelle charrette le lui faire parvenir. D'où tout l'intérêt de Masson.

---

[143] Professeur Gerhard Bühtz, colonel SS, président de la société de médecine légale

Une voix lui criait plus forte que de coutume de surveiller de près Canaris, son intuition lui dictait que l'affaire Hans Thilo Schmidt allait entraîner de graves conséquences. Son frère le général Rudolph Schmidt[144] ayant jusque-là bénéficié des faveurs du führer s'était vu relevé de son commandement en pleine offensive le samedi précédent. Les aiguilles de la guerre des nerfs indiquaient que l'heure était venue de se faire rappeler au bon souvenir de Reinhard Gehlen. Les dossiers d'espionnage sont tressés de fils parfois étrangement entrelacés.

Zaporojie, quartier général du commandant en chef du groupe armée sud, vendredi 23 avril 1943

Les deux hommes ne s'étaient plus revus depuis la mi-décembre. Ils s'étaient quittés sur un état des lieux réaliste dont chacun appréciait dans son coin respectif le diagnostic à son juste titre. L'un et l'autre évaluait le bénéfice ou l'inconvénient à tirer de leur statu quo.

À première vue, le colonel Ghelen ne semblait pas mécontent de le retrouver ; en tout état de cause, rien n'indiquait une quelconque animosité, il alla jusqu'à s'autoriser un trait d'humour selon ses critères : - Vous n'avez pas changé colonel Schellenberg, pardon, Walter. Vos cheveux n'ont pas encore la teinte grise tant particulière des plaines russes un après-midi d'hiver.

Schellenberg sauta sur l'occasion qui lui était donnée d'apporter un tour léger à la rencontre : - Les vôtres non plus. Ils n'ont pas davantage repoussé tels les blés d'Ukraine. Par contre, cela ne se voit pas au premier coup d'œil, l'on m'a affublé d'un nouveau chef. Inutile de vous le décrire, sa réputation le précède. Je supporte le mal comme un vent qui passe.

Le patron du FHO se tourna vers l'armoire derrière lui pour en extraire une bouteille et deux verres qu'il remplit : - Désolé, le cognac français n'arrive plus jusqu'ici depuis longtemps. Pas jusqu'à mon bureau en tout cas, n'ayez crainte, c'est une vodka d'excellente qualité, ici on l'appelle la Pervitine[145] de Staline. Le führer autrichien ; c'est parvenu jusqu'à mes oreilles. Ne vous plaignez pas, moi j'ai à ce point une quantité de chefs qu'il me faut l'aide d'une machine à calculer

---

[144] Rudolph Schmidt, général d'armée (generaloberst) commandant en chef de la 2e Armée blindée.
[145] Méthamphétamine mise au point dans un laboratoire allemand en 1938 ayant pour effet de lutter contre la fatigue et favoriser la concentration.

pour en faire le compte. Portons un toast à tous les Autrichiens, ne soyez pas si difficile, quelques-uns traînent aussi dans le coin.

- Déduisez-en que vous avez la main plus heureuse que la mienne. Mathématiquement, leur nombre doit en inclure quelques doués, probablement un ou deux talentueux. Ne minimisez donc pas votre chance. Walter avala son verre d'un trait sans pouvoir réprimer une grimace : - Vous vouliez me voir, me voici. Remarquez, je ne suis pas déçu, à première vue Zaporojie me plaît bien plus que Poltava. J'aime en particulier les villes construites au bord des fleuves.

- La Volga vous aurait plu à coup sûr. La ville de Stalingrad à la rigueur moins. L'avez-vous réalisé, le long de celui-ci, nous sommes un peu plus proches de l'Allemagne ? Si nous ne nous montrons pas prudents, nous nous reverrons sur la Vistule, ensuite la Spree, l'Elbe, le Rhin, éventuellement la Meuse !

- La Seine du côté de Paris m'irait à merveille.

Gehlen lança laconique : - Chez nous, quelqu'un de haut placé se charge de rendre cela réalisable. C'est une plaisanterie bien entendu, je vous en supplie, ne la répétez pas. Revenons à l'objet de notre rencontre, je voulais vous consulter parce qu'à votre initiative vous souhaitiez aborder le sujet. Disons qu'entre nous c'est toujours l'œuf ou la poule. Walter fidèle à son habitude resta prudent et silencieux face à un si habile interlocuteur. Ghelen fin joueur laissa planer un temps interminable, celui d'une feuille se détachant de sa branche pour rejoindre le sol, avant de s'enquérir d'une voix neutre : « Rassurez-moi, vous n'avez pas changé d'idée depuis Noël ; dans un coin obscur de votre tête, vous ne formez pas des vues sur mon FHO ? »

L'arbre de Walter étant au premier coup d'œil sec, noir et dénudé, c'était dès lors inutile de faire durer la partie. Mieux valait étaler son jeu de la même manière qu'il l'avait montré en juin de l'année précédente - presque un an, une éternité - à condition de garder quelques belles cartes soigneusement dissimulées dans sa manche : - L'Abwehr suffit à mes appétits surtout parce qu'en majeure partie, aujourd'hui, elle se présente bien indigeste. À cause de mon estomac fragile, je suis obligé de mâcher longuement. Vous avez sans doute appris que jeudi passé la démission du général Oster[146] a été demandée suite à l'affaire Bonhoeffer et de la perquisition au Tirpitzufer par le juge Roeder[147]. Présent, Canaris n'a pas

---

[146] Hans Oster, général, responsable du département Z de l'Abwehr, administrateur principal du complot de 1938

[147] Manfred Roeder, juge militaire des services juridiques de la Luftwaffe. En charge de l'orchestre rouge. Condamnant notamment Mildred et Havid Harnack, Harro Schulze-Boysen et Libertas Schulze-Boysen.

levé le petit doigt alors qu'il aurait pu l'interdire par un simple coup de fil à Keitel. C'est vrai qu'il a bien d'autres choses en tête, Le raid aérien de mardi[148] le force à déménager du Tirpitz Ufer pour Zossen dans une maison de Maybach II, celle qu'occupait notre commun ami le général Halder. Revenons à nos affaires si vous me le permettez, Reinhard ; comme je vous l'ai expliqué avant de venir, Canaris détient toujours un prisonnier dans un hôtel de luxe parisien, un entremetteur du deuxième bureau français, un certain Lemoine, si c'est son vrai nom. L'amiral ne lâche rien. À part qu'il a conduit à l'arrestation de ce Thilo, chef de service du Forschungsamt par la Gefepo, c'est le pot d'encre. Si je vous ai contacté « cher confrère », c'est qu'un sombre pressentiment m'envahit depuis que son frère le général Rudolph Schmit a été suspendu en pleine offensive. Si ce n'est pas une décision exceptionnelle, c'est à tout le moins une action rare. Cet officier, chef d'une armée panzer, n'est pas n'importe qui d'après ce que j'ai compris. Walter ne lui avoua pas avoir interrogé Halder à son sujet. C'est lié, ou suis-je le seul à y voir un lien. De votre côté, vous en estimez qu'il en existe un ?

- C'est de votre ressort ?

- Mon département se nomme Ausland, non ?

- Ne jouons pas sur les mots Walter, c'est et reste une affaire militaire surveillée de près par le führer. Vous cherchez à passer la tête dans la lucarne pour observer ou pour pêcher ?

- Si vous souhaitez mon avis , la différence entre politique et militaire n'est plus séparée que par une feuille de papier à cigarette que nous ferons brûler d'ici peu. Vous voulez parier votre réserve de vodka ? Le Reichsführer ne me tapera pas sur les doigts si je lui rapporte de quoi produire une abondante mousse.

- Qu'appréhendez-vous dans cette affaire, Walter ? Ou qu'espérez-vous en tirer.

- Tout comme vous, le russe. Craindre qu'il soit averti de nos projets ; s'il y en a, et comme il y en existe toujours ...

- Mais encore.

- Ce Thilo renseignait le deuxième bureau français. Sa source d'enrichissement s'est vue tarie du jour au lendemain par l'Armistice. À cette époque, d'après le peu que je sais, il livrait déjà des secrets depuis environ huit ans. Là, nous sommes en juin quarante. L'homme est arrêté en mars quarante-trois, soit trente-

---

[148] Raid aérien du 20 avril 1943 par le 105e Escadron de Mosquito à l'occasion du 54 ème anniversaire d'Hitler.

trois mois plus tard. Je veux bien parier d'accepter de redevenir major s'il a interrompu ses juteuses trahisons à la défaite française. Le goût de l'argent et d'une vie facile est plus difficile à faire passer qu'une envie de sardine. Donc je suis obligé de prendre pour hypothèse qu'il n'a pas voulu stopper. Partant de là, qui était prêt à le rémunérer pour ses informations ? Nous n'avons que l'embarras du choix : Américains, anglais ou ...

Le chef du FHO compléta la phrase laissée en suspens : - Russes en toute évidence. Et bien entendu, la mise à l'écart et le remplacement[149] de son frère commandant la deuxième armée de char alors qu'il menait de durs combats sur la Desna pour empêcher le russe d'atteindre Briansk se transforme en un sérieux signal d'alerte.

- Vous avez l'art de m'ôter les mots de la bouche, Reinhard. Walter tentait d'envoyer Gehlen sur une voie de desserte pour tester s'il s'y laisserait mener sans renâcler. Bien que dans le renseignement rien ne pouvait jamais être écarté, il ne croyait pas que le renégat Thilo renseignait Moscou, mais l'histoire de son frère le général l'interpellait. À prêcher le faux, parfois, le vrai passait le bout du nez. C'était aussi une façon de tester le chef du FHO et son éventuelle connexion avec Canaris.

- Êtes-vous toujours aussi nul en stratégie que vous le prétendiez Walter ou depuis avez-vous pris des cours particuliers auprès du général Halder.

- Vous parlez de votre ancien patron ? Non, pour l'instant, je reste éloigné de ce noble art militaire. Par contre, je sais additionner un plus un. Tout comme vous un plus deux. À présent, il serait temps de penser à me donner votre raison de vouloir me convier à cette aimable conversation. C'était préférable que je me déplace sous un motif fallacieux, une rencontre à Berlin aurait attiré l'attention, ceci dit ça fait du chemin, ne me le faites pas regretter.

Reinhard Gehlen sembla apprécier la manœuvre par un clignement modeste, mais prolongé des paupières : - J'allais y arriver. Vous parliez de gens talentueux. C'est exact qu'il y en a quelques-uns qui traînent par ici. Le feld-maréchal von Manstein est un génie. Avant d'en venir à lui, je dois vous dépeindre sommairement la situation du front. Le russe a constitué un énorme saillant entre Orel et Koursk. Après son succès à Kharkov le mois passé, Manstein trépigne pour réaliser un coup de revers dont il a le secret. Hélas pour lui, depuis la mémorable rouste de Stalingrad, notre führer ne veut plus entendre parler d'offensive prônant au contraire la défensive, excepté quelques coups directs par-ci par-là. Son

---

[149] Par le général Erich-Heinrich Philipp Karl Albert Reinhard Clößner (Heinrich Cloesner).

obsession reste dirigée au sud ; bassin du Donets et encore bassin du Donets, ce qui enrage Manstein qui voulait absolument agir avant la période des boues.

Walter jeta un regard à ses bottes : - D'après ce dont j'ai pu me rendre compte en arrivant, c'est raté. Je vous en prie, poursuivez. En élève attentif, jusqu'à présent, je comprends tout. Pour ce qui est de notre führer bien aimé, je vous donnerai mon opinion plus tard, ceci dit vous devez vous en douter !

Gehlen le fixa un moment avant de répondre : - Vous sachant proche de son indéfectible second, je me proposais de vous demander votre avis. En attendant votre réponse, je poursuis. L'idée générale est de raccourcir les fronts pour disposer de plus de divisions. D'ailleurs, de son côté, l'imbuvable feld-maréchal von Kluge termine d'évacuer la poche de Rjev à cet effet. C'est précisément de lui et de Rudolf Schmidt qu'il s'agit. Ce dernier a contacté début mars le feld-maréchal pour lui exposer son plan audacieux ; celui-ci se résume à traverser le saillant pour joindre Orel à Kharkov en encerclant si possible un maximum de Russes au passage. Manœuvre ambitieuse qui a immédiatement enthousiasmé von Kluge. S'ensuivit, quelques jours plus tard, une réunion dans son château près de Smolensk entre Hitler, Kluge et Schmidt. Sans surprise, le führer ne démord pas de son obsession pour le sud et Izium. Je vous passe les détails, retenez juste que Manstein parviendra à lui faire abandonner l'affaire après de longues discussions. Abandonner est un grand mot, couper la poire en deux convient mieux. Son ordre d'opération 5 est clair, assaut vers Koursk, oui, c'est l'opération « *Citadelle* », mais à la condition d'une poussée préalable en direction de Koupiansk, nom de code « *Habicht* ». Pour finir, Kluge reçoit en fin de compte ses ordres d'opérations. Entretemps, Hitler ragaillardi par la reprise de Kharkov intervenue entretemps change à nouveau d'avis, il veut une offensive en pince, l'une au départ de cette ville, l'autre de Lissitchansk ; elles se rejoindraient à Koupiansk. Non de code « *Panther* ». La partie de tennis continuera ,jusqu'au début de ce mois, les trois actions sont envisagées. Vous suivez ?

- Avec difficultés !

- Malchance, colonel Schellenberg, cela va se compliquer encore un peu. Il y a une semaine, Manstein a reçu l'ordre d'opération 6 d'un Hitler de moins en moins convaincu. Il se range du bout des lèvres à « *Citadelle* », sauf qu'il l'assaisonne d'une opération « *Panther* » successive cette fois. La suite est importante, celle de lundi. Ce jour-là, le führer marque son accord sur une poussée vers Koursk, mais en coup direct à partir de Vorojba. L'Abwehr est partie prenante de cette manœuvre, Pfuhlstein[150] a envoyé le troisième bataillon du troisième Brandenbourg à l'est de Briansk. L'amiral ne vous l'a pas communiqué ?

Un brin supplémentaire du câble venait de se rompre ce qui ne l'empêchait pas de tenter de faire bonne figure : - Canaris n'est pas parvenu à faire entrer l'Espagne dans la guerre, il cherche à récupérer des points auprès d'Hitler, et Pfuhlstein se voit avec des galons de général ; cela dit, je ne perçois pas la différence qu'entraînerait ce « coup direct ».

Gehlen leva les mains à environ dix centimètres au-dessus de son bureau, une rare démonstration, témoignage évident de son émoi : - Mon cher Schellenberg, c'est inverser la boussole, à la place d'un assaut axé nord-sud en pince, il privilégie une pénétration directe et brutale d'ouest en est en éliminant du jeu la deuxième armée de char de Rudolf Schmidt remplacée pour la circonstance par la deuxième armée de Walter Weiss . Aux dernières nouvelles, ils en sont à se chamailler sur la date. Trois mai ou dix mai. Dans dix jours ou dans vingt jours. Rien ne vous fait tiquer ?

- Que nous sommes le vingt-trois avril et l'écartement du général Rudolf Schmidt de son armée. Vous pouvez inverser les deux constatations bien qu'elles me semblent aussi périlleuses l'une que l'autre.

- Exactement, je serais d'avis de porter les mêmes critiques. Étant donné que vous me questionniez sur Rudolf Schmidt, il y a dix jours, j'en ai déduit que nous avions toutes les chances de partager ensemble une inconnue capitale. À quinze jours d'une offensive majeure, a-t-il trahi de manière directe ou indirecte par l'entremise de son frère ? En d'autres termes, nos hommes sont-ils attendus par le russe ou non ? L'interrogatoire de Thilo indique-t-il cela ? Vous disposez à ce jour d'éléments de confirmation ?

Walter eut un geste d'impuissance : - La Gefepo l'a remis sur ordre direct du Reichsführer, poussé dans le dos par Goering, à Müller. Ce dernier se doutant que j'ai des gens placés dans son service n'a pas voulu prendre le risque de l'enfermer dans les cachots de la Prinz Albrechtstrasse. Une section secrète de la prison de Moabit lui est réservée. J'ignore jusqu'au nom de ses interrogateurs. Kaltenbrunner veille avec soin à m'interdire d'accéder à toute information.

- Ne venez-vous pas de me dire qu'il s'agit d'un ordre direct d'Himmler. Vous entretenez d'excellentes relations avec le grand patron si je ne m'abuse.

---

[150] Colonel Alexander von Pfuhlstein a dirigé la division « Brandenburg » du 12 février 1943 au 10 avril 1944.

Walter, à bonne école depuis une heure, s'octroya sa « tête de sphinx » : - Je verrai ce que je peux faire. Du reste, je suggère dans l'immédiat d'infiltrer une plus grande quantité de groupes zeppelin pour tenter de nous rendre compte si des choses changent du côté russe. Capturer quelques prisonniers. Vérifier les mouvements en profondeur, demander à la Luftwaffe de photographier cela de près.

- Vous pensez que je ne connais pas mon travail ?

- Loin de moi cette idée, tout comme je maîtrise le mien. En confidence, je vous communique que j'ai de bonnes raisons de croire qu'il y a également un ou des traîtres à Zossen. À mon avis, plusieurs. N'en parlez à personne si vous ne voulez pas que je raconte à qui veut l'entendre vos plaisanteries sur notre cher führer.

Gehlen ne parut pas surpris, fidèle à son habitude, lui non plus ne montrait rien : - Des traîtres à l'OKW. C'est l'affaire de von Bentivegni , non ?

- Certes, mais pareillement la mienne. Enfin, un peu plus que pas du tout. Par les écoutes dont je vous épargnerai les détails, nous avons une parfaite connaissance d'un trafic radio récurrent qui s'établit entre Berlin et Lausanne, suivi de peu, parfois pas plus d'une journée, par un trafic entre Genève et Moscou.

Le chef du FHO n'en sembla pas outre mesure étonné: - Si je vous suis Walter, Thilo bénéficierait de complices à Zossen.

Walter tenait à développer et tenter par la même occasion de rallier le chef du FHO à ses arguments : - Ce n'est absolument pas mon raisonnement. Thilo reste avant tout un civil trahissant sa patrie pour de l'argent. Zossen c'est l'armée à son plus haut niveau, les complots, oui, l'honneur placé quelque part peut-être, mais en aucun cas la richesse. Le Thilo qui se vend à la France du début des années trente jusqu'en juin quarante a besoin d'un intermédiaire en l'occurrence ce fameux Lemoine. De juin quarante au vingt-trois mars du mois passé, il n'a pas eu plus accès qu'avant à une radio. Si c'était le cas, nous l'aurions repéré depuis longtemps. Entre le vingt juin quarante et le vingt juin quarante et un la quantité de messages échangés sur les ondes sont routiniers ou à peine plus. Donc, s'il fait passer des informations, c'est forcément par l'entremise d'un ou de plusieurs messagers. C'est envisageable, mais je n'y crois pas. Vers qui ? Ses clients historiques sont français, en temps de guerre si ce n'est pas trop compliqué d'en trouver de nouveaux, communiquer lorsqu'on est seul devient presque impossible. Thilo ne s'est plus jamais rendu en Suisse depuis quarante. Quant aux rouges, ce ne sont pas des farouches adeptes des loups solitaires, trop dangereux, trop de risques de se voir manipulés. Ils choisissent des réseaux dont les membres adhèrent à leurs idées pour ensuite les organiser et les cloisonner. J'en ai actuellement un parfait exemple avec ce que la Gestapo s'évertue à nomme « orchestre rouge ». La cellule Schutz-Boyens en est un autre. Par contre, à partir du vingt et un juin quarante et un, les émissions vers la Suisse à partir de Berlin précédant un trafic de Genève à destination de Moscou sont fréquentes. Astucieusement, c'est toute la difficulté, elles semblent camouflées au milieu d'une infinité d'envois, ce qui complique les interceptions. Dans mon département, nous ne disposons tout simplement pas d'assez de centres mobiles d'écoute.

Le chef du FHO pour la première fois de la conversation semblait perturbé : - Donc, d'après vous, bien que vous en doutiez, les Russes disposeraient de deux sources distinctes et indépendantes. D'un côté ce Thilo dont vous ignoreriez la façon de communiquer et de l'autre d'agents haut placés à l'OKW. N'avez-vous jamais envisagé que le traître soit dans l'entourage du führer, au sein du premier cercle ?

Walter ne souleva pas l'information. Premièrement, Gehlen ne parlait jamais pour ne rien dire et son flair avait dicté ses paroles. Deuxièmement, il était persuadé que le patron du FHO n'en dirait pas plus, le rusé renard le poussait à ouvrir une nouvelle piste sans devoir lui-même se mettre en lumière : - Reinhardt, si vous pensez à Himmler, von Ribbentrop, Goering ou Martin Bormann, je vous suggère d'aller enquêter en personne, ensuite, je viendrai vous rendre visite à Flossenbürg[151]. Revenons sur terre si vous le permettez. L'affaire Schultze-Boyens et Orchestre rouge nous fait entrevoir le fossé qui s'ouvre devant nos pas. C'est dès lors à envisager très sérieusement. Si on ne parvient pas à écarter Thilo, les problèmes causés volontairement ou non par son frère, le général Schmidt, vont dans ce sens.

Gehlen prudent ne s'hasarda pas à se prononcer sur ses arguments, étonnement il avança les siens : Le rôle du FHO est de prendre en compte la situation générale de la guerre sur le front de l'Est. Je me range à l'avis d'Hitler en devenant assez partisan des opérations « Habicht » et « Panther » plus localisées, outre que le secteur de Koupiansk est hautement stratégique et renforcerait notre flanc sud. Par contre, jusqu'à aujourd'hui, rien ne justifie le lancement de Citadelle. Pour obtenir une chance de victoire lors d'une offensive, deux conditions sont requises, la supériorité numérique et l'avantage de la surprise. Nous ne reunissons ni l'une ni l'autre. Alors, si en plus le russe attend notre attaque dans les secteurs choisis pour l'offensive. Von Manstein est d'un avis contraire. Selon lui, la tactique peut l'emporter et il l'a déjà prouvé en de maintes reprises. Cela se

---

[151] Camp de concentration de Flossenbürg

jouera entre le führer et lui, pour autant qu'il parvienne à convaincre le premier. À ce propos, vous vouliez également me parler du führer ou j'ai mal compris.

Walter décida de ne pas insister pour l'instant sur le bien-fondé de l'opération, le colonel n'irait pas plus loin, pas aujourd'hui, il lui tendit le billet de Kersten : - Uniquement de son état de santé. Le corps est malade, malgré les apparences, néanmoins pas aussi touché que la tête. Il semble grand temps de mettre en place l'idée d'un contre-pouvoir prêt à agir en cas de malheur. Ce malheur a peut-être pour nom « citadelle » s'il se range aux arguments du feld-maréchal. Servez-moi encore de cette Pervitine de Staline, son effet libère l'esprit.

Reinhard s'attarda sur l'information avant de le lui rendre en amorçant un sourire rapidement escamoté : - Je vous laisserai emporter la bouteille Walter, une idée habillée tout en noir, vous viendra après l'avoir bue.

Salzbourg, Fuschsee, Schloss Fuschl, vendredi 07 mai 1943

Malgré le peu d'avantages et les nombreux inconvénients que comportait le voyage par la route, Walter désirait par-dessus tout au moins en obtenir un, disposer de son entière liberté de mouvement, c'est la principale raison pour laquelle il avait fait l'impasse sur le confortable déplacement en avion à destination de Salzbourg. Par chance, comme Höttl devait se rendre à la division de Munich, ils avaient pu se partager le volant jusqu'à la capitale bavaroise en mettant à profit les heures de conduites pour analyser divers dossiers en cours. Son adjoint serait libre de rentrer par le train ou l'avion. Partis à l'aube de Berlin, ayant trouvé le nom amusant, ils s'étaient même permis un arrêt prolongé pour le déjeuner dans un hameau appelé Schlehenberg peu après Bayreuth.

En dépit de sa réticence, le chef du département Ausland s'était vu contraint d'accepter dénué du moindre enthousiasme l'invitation du ministre des Affaires étrangères pour trois bonnes raisons. Jusqu'à ce jour, il restait difficile de refuser sans une solide justification une convocation à un membre aussi haut placé dans le parti sans que celui-ci s'en plaigne amèrement au führer ; ensuite, Himmler se montrerait friand des éventuelles informations qu'il rapporterait sur son meilleur ennemi. En dernier lieu, L'ennui de sa corvée disparaissait tant il se faisait une joie de visiter Halder au retour, le général serait sans doute à même de l'éclairer sur une situation qui pourrait facilement se transformer en une catastrophe colossale supplémentaire.

*   *   *

L'ancienne résidence d'été des évêques de Salzbourg correspondait bien avec le personnage rugueux de von Ribbentrop. La grande bâtisse carrée ressemblait plus à un empilement de caisses de champagne qu'à une tour d'un château, le responsable des affaires étrangères du Reich ne devait pas s'y sentir dépaysé. Le ministre en mal de posséder un palais propre était parvenu à faire interner le propriétaire précédent à Dachau, lieu où ce dernier était opportunément décédé.

À force de ruse, Walter avait réussi à éviter le logement mis complaisamment à sa disposition. L'idée de séjourner dans la même bâtisse que l'ex-marchand de champagne lui paraissait intolérable.

Après une courte nuit passée à l'Österreichischer Hof, suivi d'un copieux petit déjeuner pris sur la terrasse de sa chambre avec une superbe vue sur la rivière Salzach et la forteresse de Hohensalzburg dans la vieille ville, il s'était rendu au Schloss Fuschl où il avait été reçu après pas loin d'une heure d'attente ; question de bien lui démontrer l'ordre d'importance qui existait entre eux.

Il avait écouté sans rire l'idée folle du ministre des Affaires étrangères en se demandant si les bulles du vin effervescent français n'occupaient pas dans son cerveau une grande partie de l'espace prévu pour réfléchir. Rien moins que de faire débarquer par sous-marin en Amérique du Nord des agents, non pas pour saboter ou espionner comme dans le cas de la tentative ratée de Canaris, mais pour se rendre compte de la situation politique et de son effet sur les minorités. Encore une de ses idées à l'image de la mission dont Ribbentrop l'avait chargé à l'été quarante[152]. Néanmoins, il n'avait pas désiré se faire un ennemi supplémentaire, ce qui n'était pas trop éloigné de la réalité, en lui conseillant d'effectuer par l'intermédiaire de l'ambassade l'achat à Madrid ou Lisbonne de quelques journaux américains. Pour s'en débarrasser, il avait promis de s'en occuper et de remettre l'affaire au major Paeffgen de la section D. Si ce n'était l'opportunité de rencontrer le général Halder, encore deux jours s'étaient vus gaspillés en pure perte.

En sortant, il avait été désagréablement surpris de rencontrer Hans Frank debout contemplant une peinture accrochée dans le couloir qui menait à la sortie ; par contre le gouverneur de la Pologne, ne l'avait pas été du tout de le voir là et ne cherchait pas le moins du monde à le cacher. À observer son air goguenard, Walter aurait même juré que ce dernier attendait précisément de le croiser dès

---

[152] Fin juillet 1940 Walter Schellenberg avait été envoyé au Portugal pour tenter de convaincre le duc de Windsor de se rendre en Allemagne.

sa sortie et tenait à le lui faire savoir : - Schellenberg, heureux de vous voir. Si vous venez pour le festival de musique, vous êtes un peu en avance. À moins que vous ayez l'intention de remplir les caves de la Prinz Albrechtstrasse de quelques caisses de bonnes bouteilles de champagne. C'est là la meilleure façon de vous faire bien considérer de votre nouveau chef.

- Non, monsieur le ministre, Walter méfiant évitait à dessin de s'adresser à lui par son grade d'Obergruppenführer qui établirait d'entrée un lien de subordination qu'il préférait contourner. Ni l'un ni l'autre, seulement quelques banales affaires concernant l'étranger.

L'homme n'aurait en rien dénoté parmi les gangsters de Chicago dont il avait vu les photos dans des revues américaines. Le grand visage ovale de Hans Frank avait une particularité, celle d'afficher un mépris permanent qui se reflétait aussi dans son regard. Le gouverneur général de Pologne lui fit comprendre avec une petite pointe de méchanceté qu'il ne prêtait strictement aucune importance à son explication : - De celles qui ne peuvent se régler par téléphone, je présume. Après tout, c'est votre rayon à tous les deux, les horizons lointains par-delà nos frontières, non ?

Si le perfide s'invitait, autant s'asseoir à la table en compagnie d'une bonne dose d'hypocrisie. De toute façon, cette année, Frank ne se retrouvait pas en position de suprématie absolue et Himmler se ferait un plaisir carnassier de voler au secours de son colonel au cas où. Le gouverneur avait déjà eu un avant-goût de ce que représentait un affrontement avec le Reichsführer : - Si je m'attendais à vous rencontrer ici, je n'aperçois pas notre ami Krüger, il ne vous accompagne pas ?

Le front de Hans Frank se plissa imperceptiblement, un peu de haine supplémentaire colora ses yeux, mais à part cela, il fit mine de rien comme si le sujet ne le concernait pas le moins du monde : - En venant en personne à Salzbourg, je tente de convaincre Karl Böhm[153] de venir jouer Wagner à Cracovie, je profite de l'occasion pour essayer de persuader le ministre von Ribbentrop de m'aider à obtenir l'appui du führer. Vous savez que son nom figure à présent sur la Gottbegnadeten-Liste, celle des artistes les plus importants du régime. Malheureusement, Vienne lui fait les yeux doux, ma ville polonaise demeure aux siens une bourgade provinciale peuplée d'incultes. Toutefois, je n'ai pas encore dit mon dernier mot ; tout comme le führer, je suis un inconditionnel du maître de Bayreuth. Richard Strauss vient d'écrire un article en son honneur, c'est une des

---

[153] Karl August Leopold Böhm, chef d'orchestre Autrichien.

choses qui peut parvenir à influencer son jugement. Le führer lui a toujours été reconnaissant d'avoir composé l'hymne olympique des jeux de trente-six.

Walter s'imaginait sans peine que l'ancien avocat du seigneur du Reich néanmoins en disgrâce depuis un an avait manigancé un nouveau plan, éventuellement celui de faire interpréter Tristan au palais Wavel en présence d'Hitler. En ce qui concernait Richard Strauss, il s'agissait plutôt d'une aide en forme de balle dans le pied, le « partenaire musical » était lui aussi tombé en discrédit, mais pour d'autres raisons. Himmler qui détestait au plus haut point Frank avait insidieusement fait remarquer à Hitler que les petits enfants du compositeur devenaient juifs par le mariage de sa fille. Il se devait de sortir de la conversation de la manière la moins inélégante possible en évitant de trop se compromettre devant un personnage aussi sulfureux, il n'était pas impossible que le führer revienne sur son opinion, la meilleure preuve était qu'il l'avait destitué Hans Frank de ses charges au parti, mais maintenu comme gouverneur de Pologne. Prudent, Walter emprunta un ton modérément léger pour répondre : - trente-six, quelle période transcendante, bien que l'actuelle s'annonce d'un niveau davantage supérieur.

Malheureusement, pour une raison encore inconnue, le maître de la Pologne était décidé à le prendre dans ses filets, dès lors, il s'avérait difficile d'éviter de passer à travers les mailles : - Et pareillement, apprêtez-vous à bientôt regarder les évènements d'encore plus haut. On peut dire que cette rencontre tombe à point. Voyez-vous, je comptais justement vous inviter à venir à Cracovie, au printemps, la vue du château est imprenable, vous ne le regretteriez pas. Mon cher Schellenberg considérez que c'est chose faite. Il s'agirait entre autres de vous entretenir dans l'intérêt du Reich d'une affaire tout aussi importante que confidentielle, elle pourrait avantageusement me réconcilier avec votre chef. Quand je mentionne chef, je parle du vrai, le Reichsführer Heinrich Himmler. Vous êtes de loin son favori, je me trompe. Et puis c'est le souhait qu'exprimait hier à Berlin le führer ou il nous a réunis. En ce qui me concerne, impossible de ne pas accéder à son désir au plus pressé.

Compliqué de ne pas répondre à une question gênante en gardant le silence outre qu'il ignorait tout de la rencontre des trois hommes, tout préoccupé le jour précédent par la longue route : - Favori au point de me faire l'honneur de dépendre de Kaltenbrunner.

Frank le fixa sans aménité : - Allons, ne faites pas le modeste Schellenberg, Himmler ne décide pas encore de tout.

Pour l'instant et par chance pour toi, pensa Walter. Fortifié par cette pensée, il soutint crânement son regard méprisant : - Assez cependant pour ne pas me permettre de manquer de lui demander son avis. De son côté, Kruger[154] pourrait très mal le prendre. Chez nous, tout comme dans la Heer, il existe une sorte de protocole à respecter.

Son interlocuteur balaya la remarque d'un geste rapide et court de la main : - Vous n'avez pas bien saisi le sens de ma phrase Schellenberg. Je vais donc vous la répéter plus lentement, Himmler, ne lui en déplaise, ne décide pas encore de tout. Après Munich et Vienne, un détour par Cracovie devrait vous apprendre des choses aussi complémentaires que surprenantes.

Ce salopard était tenu au courant de bien de ses mouvements. Comme tous ses semblables, le roi de Pologne disposait de son propre service de renseignements privé et savait l'actionner. Le filet s'était bel et bien refermé, il se sentait tel un élève naïf appelé en urgence dans le bureau du directeur sans en connaître la raison : - Quand voyez-vous cela ? Après tout, en se rendant à Cracovie, avec un peu de chance, il apprendrait des choses intéressantes. Dans le cas contraire, l'inconvénient se résumerait à se résoudre à perdre encore trois jours supplémentaires.

L'homme n'avait rien d'un modeste, loin s'en fallait, un air victorieux s'affichait déjà sur son visage sans la moindre retenue: - Disons dans une semaine, le temps de préparer votre séjour. Un conseil, prenez cette fois encore votre voiture, c'est plus discret que l'avion et puis parti comme vous l'êtes, vous ne serez plus à six cents kilomètres près. Vous trouverez bien une excuse. C'est par rapport à votre nouveau chef direct que je le dis. En ce qui concerne le grand patron de l'ordre noir, il pourrait après coup s'en trouver à ce point ravi que l'idée de vous nommer un jour général lui vienne à l'esprit.

Aschau im Chiemgau, maison de Franz Halder, samedi 08 mai 1943

Hans Frank était sans conteste un salopard de première, capable de tout pour maintenir son pouvoir de « roi de Pologne ». Manquant de perspicacité, l'année

---

[154] Friedrich-Wilhelm Krüger, général et chef supérieur de la SS et de la Police dans le Gouvernement général.

précédente, il s'était mortellement opposé au plan du Reichsführer[155] ; sans rire, il affirmait le trouver bizarrement d'une inhumanité totale.

Heinrich Himmler avait profité de l'occasion pour lui sauter dessus à pieds joints, soumettant Hans Frank à un tribunal disciplinaire. L'habile gouverneur s'en était sorti non sans y laisser une quantité non négligeable de plumes et le Reichsführer l'avait enchaîné à un inspecteur, Friedrich-Wilhelm Krüger, qui le passait sous sa loupe. Pour se venger, indigné par le pouvoir des SS dans le gouvernement général, Frank avait exprimé son opinion contraire à Himmler dans une série de discours . À la suite de quoi Hitler l'avait déchu de toutes ses charges au NSDAP le maintenant malgré cela à son poste de chef du gouvernement général de Pologne. Walter n'ignorait pas que Frank n'en demeurait pas moins un des premiers membres du parti, présent dès 1919 ; sans oublier qu'il avait été l'avocat personnel d'Hitler et du parti pour qui il avait réglé à lui seul plus de deux mille affaires. Député du Reichstag, Reichsleiter, ministre bavarois de la Justice, il prononça les condamnations contre les traîtres SA exécutés la nuit des longs couteaux ; ensuite, il autorisa les premières déportations de prisonniers politiques vers le camp de concentration de Dachau. Tout cela ne s'apparentait pas à une simple couche de confiture étendue sur une tartine avec ou sans beurre. Plutôt sans depuis deux ans. Dans un Reich espérant toujours devenir millénaire, le vent pouvait tourner sans prévenir et avec la rapidité et la force d'une tempête tropicale. Autant en ce qui concernait Himmler que pour lui-même par association.

Chaque chose viendrait à son heure. Walter avait libéré son esprit de Frank dès le passage de l'ancienne frontière autrichienne. Alors qu'il passait Grassau, il l'avait déjà, sinon oublié, ce qui s'avérait malheureusement impossible, au moins rangé dans un recoin de sa mémoire. La route se révélait magnifique, la neige de février avait laissé la place depuis longtemps aux grasses prairies vertes parsemant sous le soleil de printemps la haute bavière. Même les vaches aux pis gonflés de lait figuraient dans le tableau bucolique.

Aschau se blottissait au centre d'une douce vallée enserrée entre les forêts s'éparpillant contre les montagnes tyroliennes. La rivière Prien qui traversait le bourg lui donnait involontairement une allure de carte postale à l'ancienne mode. Au centre sur une crête rocheuse se dressait le Schloss Hohenaschau servant à présent de centre de convalescence pour la Kriegsmarine. Sans cette présence les habitants auraient probablement ignoré la guerre.

---

[155] Dès novembre 1939 Hans Frank voulait expulser tous les juifs du Gouvernement général. En janvier 1940 Himmler suivant le plan de Heydrich voulait y incorporer six cent mille nouveaux Juifs.

Franz Halder vivait légèrement à l'écart du centre. Son comportement pouvait passer pour cavalier, car il avait omis à dessin de prévenir de sa venue l'ancien chef d'état-major. Dans son métier, les vilains défauts devenaient plus souvent qu'à leur tour une habitude que les vertus ; surprendre se transformait en une seconde nature nécessaire et à l'occasion parfois embarrassante comme c'était le cas en ce bel après-midi. Walter hésita un instant entre klaxonner pour parfaire l'effet de surprise ou se contenter de toquer à la porte, ce qui conviendrait plus aux mœurs rigides du général. Dans sa hâte, il avait freiné trop brusquement, l'inertie de la lourde voiture avait fait crisser le gravier. Avant qu'il ne mette le pied à terre, son « ami » l'attendait, bras croisés, l'air sévère. Constant dans ses habitudes, l'invective de l'officier ne se fit pas attendre : - Vous auriez pu téléphoner…vous êtes en retard, Pâques 1943 est passé, c'était le 25 avril.

- Si je vous dis que je passais par là et que j'ai décidé d'effectuer un détour au dernier moment vous me croiriez ?

- Non, mais soyez courtois, faites de même, jouez la comédie en ma compagnie.

- Et des excuses, vous les accepteriez ?

L'ex-chef d'état-major dont le sérieux s'évaporait doucement finit par lui tendre la main : - Je me contenterais de les ajouter à votre longue liste de repentir, soyez persuadé qu'elle vous submergera un jour, toutefois je ne peux m'empêcher de croire à la rédemption, même dans votre cas. Ne perdez pas de vue que si personnellement je suis luthérien, la Bavière reste catholique. Le pardon y reste de mise, parfois jusqu'au moment où le bourreau boute le feu au bûcher, la splendeur de la clémence se mêle à la beauté des flammes, assure-t-on dans les vallées.

D'un geste de la main, il désigna la porte : - Bon, puisque vous êtes là, autant vous faire entrer que de vous abandonner dehors. Il doit bien me rester quelques œufs à vous offrir, je peux demander à Edwige de les rendre noirs, votre couleur préférée. Ma gouvernante semblait vous apprécier en février, ce qui n'arrive pas chaque jour ni chaque semaine. Pour être franc, c'est assez rare en ce qui la concerne. Parions qu'elle n'a pas encore changé d'avis. À défaut de teinture, elle les passera sous la flamme de la bougie. Pour la tête de mort, si vous n'êtes pas trop regardant, quelques Androsaces qu'elle a cueillies ce matin devraient faire l'affaire avec un peu de colle. De nos jours, tout se prête à devenir ersatz.

En dépit de l'ironie contenue dans cette précision, la conversation prenait un ton léger d'assez bonne augure, le général ne se classait pas parmi les militaires à l'humour facile, loin s'en fallait. Une fois à l'intérieur, la gouvernante apparut sans qu'il s'en aperçoive pour l'aider à se débarrasser de son manteau ; comme il avait sursauté, son hôte amusé par son étonnement l'invita à s'asseoir sur un des imposants canapés en vieux drap bordant le minuscule salon : - Vous avez de la chance, Edwige se retrouve en peine d'affection, Gertrud[156] est partie visiter ma fille qui réside à Munich en compagnie de ma sœur. Cette fois encore, vous l'avez raté, ne doutez pas que pour la visite d'un illustre personnage, elle aurait éventuellement remis son voyage à un autre jour. Vous n'avez qu'à vous en prendre à vous-même, la prochaine fois vous veillerez à nous informer de vos intentions. Mais dans votre cas, les surprises ont du bon, je suis heureux de vous voir ici. Notez, mon épouse n'a jamais entendu parler de vous, de mon côté j'ai omis de le faire, Gertrud n'apprécie pas beaucoup que j'entretienne de mauvaises fréquentations.

Walter passant outre ce léger sarcasme se rendit compte qu'il n'avait jamais posé de question sur la vie du général, idiotement, il le croyait célibataire : - Vous avez une fille, je l'ignorais.

- Trois, aujourd'hui, je remercie le ciel d'avoir eu des filles et non des garçons. Ma famille a suffisamment donné de militaires, mon père Maximilian était lui aussi général dans l'armée royale bavaroise. Par contre, son épouse, Mathilde, ma mère, est née à Lyon, j'ai moi-même passé ma petite enfance en France. Halder semblait éprouver une certaine fierté en disant cela.

- Moi également, enfin à deux kilomètres près. Je vous l'ai déjà mentionné si je me souviens bien. J'accompagnais souvent mon père lorsque son travail l'appelait de l'autre côté de la frontière.

- Mon cher Schellenberg, je présume que vous n'avez pas fait le chemin depuis Berlin pour le simple plaisir de venir causer du temps passé. Comme vous avez aussi omis de vous annoncer, il doit à nouveau s'agir d'une de ces choses confidentielles dont vous avez le secret si je peux le dire ainsi.

- Pas de Berlin, vous vous trompez général, de Salzbourg. Par contre pour la deuxième affirmation vous avez entièrement raison, confidentiel, urgent, crucial, et en cherchant je pourrais en rajouter. Cependant rien de vraiment neuf, simplement un air de déjà vu, affranchir l'Allemagne de celui qui n'aurait jamais dû se mêler de son destin. Vous avez changé d'idée à ce sujet ?

Franz Halder parut d'abord contrarié avant d'afficher après quelques instants de réflexion un faible sourire complice : - Mon jeune ami, vous pensez que j'ai failli débarrasser l'Allemagne d'Hitler en trente-huit. Détrompez-vous. Par une ironie

---

[156] Gertrud Erl, épouse de Franz Halder.

dont l'histoire a le secret, cela a failli se présenter bien plus tôt. Le neuf novembre vingt-trois, mon régiment alors cantonné à Landsberg avait à l'époque été appelé en renfort à Munich pour aider à stopper l'insurrection. Étant donné que Ludendorff faisait partie du cortège, l'armée n'était pas très chaude pour tirer, elle a laissé à la police le soin de s'en charger. Nous serons d'accord pour dire que c'est depuis devenu une manie. Vous cultivez une marotte identique que je sache.

- Je dirais une difficulté à m'adapter aux circonstances. La question reste plus que jamais d'actualité. Je suppose que vous n'ignorez pas grand-chose des dessins de l'état-major pour ce qui aurait trait à une offensive d'été dans la région au nord de Kharkov.

- Bien entendu, quelle question saugrenue. Le sort de l'armée allemande n'a jamais cessé de me préoccuper. Sachez que je n'ai pas attendu votre venue pour traiter de la question.

- Vous disposez donc des nouvelles fraîches concernant la guerre à l'Est ?

Nouveau regard qui en disait long : - Disons des informations qui m'ont été données par le lieutenant-colonel Burkhart[157], mon ancien adjudant. Cet officier avait été choisi pour réformer la 16 ème panzer en France, celle qui a disparu à Stalingrad ressuscitée comme si de rien n'était depuis sa capture à Stalingrad. Ce miracle s'étend d'ailleurs à toute la VI ème armée. Malheureusement pour lui, il ne les accompagnera pas en Italie ou elle s'est vue envoyée en prévision d'un débarquement, Burkhart attend une nouvelle affectation sur le front de l'Est. De passage à Munich et disposant de quelques jours, il m'a rendu visite fin avril. Les militaires abordent de préférence le sujet des armes à celui de la broderie, vous vous en doutez.

Vous avez pu les analyser, je veux dire vous pencher sur la question

- Pour cela j'aurais eu besoin de cartes, de renseignements précis et non d'un simple échange, aussi pertinent fût-il. Toutefois, j'en ai assez appris pour tomber de ma chaise. Von Manstein n'a plus toute sa tête, le maréchal devient dangereusement grisé par ses succès, son désir de devenir le commandant en chef des armées de l'Est lui fait perdre toute notion de prudence.

- Vous ne l'aimez pas beaucoup, je pense.

Halder se frotta le menton : - Il ne s'agit pas d'aimer ou non. Nous ne nous sommes jamais entendus. C'est différent. Une affaire de conception, d'école. À

---

[157] Lieutenant-colonel Burkhart Müller-Hillebrand

présent, ses vues deviennent une menace avec la conséquence qu'elles vont entraîner de nombreux hommes vers la tombe. Nos divisions ne sont plus en mesure de passer à l'offensive. L'urgence justifie de créer une ligne défensive digne de ce nom, le reste n'est que folie supplémentaire et il y en a déjà eu assez.

- Une offensive victorieuse ne reste pas à sa portée ?

- Selon moi, ni l'une ni l'autre. Ni offensive ni victorieuse. Les divisions ne sont pas revenues par miracle à leur niveau de dotation de l'été quarante-deux et encore moins à celle de l'été quarante et un, tant s'en faut. S'ils pensent que ce nouveau char Tigre va pouvoir faire la différence, ils sont dignes des élucubrations d'un lieutenant devant le bac à sable en première année d'école de guerre. Ce qui m'étonne c'est la façon dont Model tombe dans le panneau.

Pour une fois Walter fit le naïf, il en connaissait assez pour se donner lui-même la réponse : - Le russe sera si dur à casser ?

- Non, pas plus que d'habitude dans un rapport d'un à deux, c'est nous qui sommes passés par le dentiste et à présent nous manquons de dents et sommes en peine d'en obtenir plus de trois quatre fausses, en aucun cas un dentier complet. Sauf erreur de ma part Staline s'attend à un coup sur le saillant et avec ses réserves, il va se dépêcher, si ce n'est déjà fait, de changer la donne d'un à quatre, voire cinq, et là, ça risque de faire mal.

Walter avait pris le temps d'apprécier l'image. Ensuite, il l'avait mis Halder au courant de l'évincement du chef de la deuxième armée de panzer. Les nouvelles allaient plus vite que lui, Halder savait déjà. Il pensa tout haut : - Le russe s'attend à nous voir arriver ? En toute sincérité, vous pourriez concevoir que le général Schmidt y est pour quelque chose.

- Rudolph, bien sûr que non, je le connais, tout en n'étant pas un des plus chaud partisan de cette aventure, il serait bien incapable d'agir contre l'Allemagne. Il l'a à suffisance prouvé devant Moscou et ailleurs. Nous avons cher payé pour avoir pris les généraux russes pour des incapables. Avec un pareil saillant, il ne faut pas avoir fait l'académie militaire pour comprendre d'où viendra le choc.

- Vous préconiseriez quelle stratégie ?

Le général Halder dessinait du doigt des lignes imaginaires devant lui comme s'il s'adressait une fois encore à un parterre d'officiers avant une attaque : - Une ligne de défense sur des positions d'excellence bien préparées, excellemment pourvues en hommes bien équipés et laisser venir le russe s'y casser les dents.

Il leur faudra engager de cinq à un pour avoir une possibilité de réussir, et là nous conserverions toutes nos chances de les stopper.

Livré à des pensées complexes, il fit machinalement preuve d'impatience en ouvrant un peu trop vite la bouche : - Ensuite ?

Le général soupira doucement sans toutefois se départir de son sourire indulgent puis quitta son fauteuil pour terminer sa démonstration : - Après Kharkov et le raccourcissement de Rjev, Staline va y réfléchir à deux fois. Si quelqu'un de chez nous lui proposait « cessez le feu », il portera éventuellement une oreille attentive à cette suggestion pleine de bon sens, sauf si …

Walter se dit qu'excepté écourter le silence, il ne risquait plus rien à lui poser la question qui piquait sa curiosité : Sauf si ?

- Sauf si les Américains collaborent en lui faisant part de leurs intentions.

Il ne fallait pas être sorti d'école de guerre pour connaître la réponse, Walter la posa pour se l'entendre confirmer : - Comme quoi ?

L'ancien chef d'état-major le regarda fixement : - Comme débarquer quelque part en méditerranée septentrionale au moment le plus mal choisi pour nous.

Tirpitzufer 68-72, mardi 11 mai 1943

Les conclusions par trop désastreuses du général Halder étaient parvenues toutefois sans grande surprise à quelque peu ébranler son optimisme renaissant. L'ancien chef d'état-major possédait une vue réaliste de la situation que Walter aurait eu tort de ne pas prendre en compte, quelles que soient ses autres considérations.

À présent, une fameuse file d'attente s'allongeait devant son comptoir dédié à la réflexion. La montagne de problèmes à gérer avait un rien anesthésié sa perception du plus mortel des dangers, celui qui se dessinait lentement à l'est. Le temps de réagir était venu, Himmler, Kaltenbrunner, Ribbentrop pourraient poireauter, surtout les deux derniers, le premier ne serait montrerait pas aussi docile. Une nouvelle défaite du Reich deviendrait vite une inévitable victoire soviétique. Un enfant de sept ans pouvait parvenir à ce raisonnement. Un revers allemand supplémentaire renforcerait au passage la conviction des alliés de l'ouest d'abandonner toute idée de négociation.

Il avait pourtant le sentiment, après avoir appris que les accords de Casablanca s'étaient pris en dehors de la présence des Soviétiques, que la résolution sur la terrasse de la villa Dar es Saada n'était peut-être rien d'autre que de la poudre jetée aux yeux de Staline. Un sérieux dilemme s'imposait à nouveau. Une grande partie des Américains communiaient dans leur haine commune des bolchéviques, les convaincre d'une paix séparée serait-elle éventuellement plus facile si l'armée rouge avançait vers le cœur de l'Europe ? Le risque était énorme. Si les conclusions d'Halder semblaient les meilleures, avoir joué avec le feu à Stalingrad suffisait à le faire réfléchir à deux fois avant d'agir inconsidérément. Comme le général le lui avait démontré, von Manstein venait d'administrer à Staline une mémorable raclée à Kharkov, et de son côté à Rjev, Model n'avait pas donné sa part à l'ours soviétique. De quoi soutenir le bien-fondé d'un possible cessez-le-feu en cas de gain supplémentaire avec « Citadelle ». Donc, à choisir, sans prendre la peine de jeter un pfennig en l'air pour l'aider à prendre sa décision , mieux valait pour le Reich de continuer sur sa lancée en tentant d'obtenir une victoire éclatante supplémentaire. Malgré tout, en imaginant la pièce retomber du mauvais côté et que le succès ne soit pas au rendez-vous, pourquoi ne pas se réfugier dans la prudence d'un front figé en suivant les vues d'Halder. Le seul souci et de taille, ce n'est pas lui qui décidait ni même à qui on demandait l'avis et il ne voyait pas bien comment changer cet état de choses.

Walter se retrouvait presque un an en arrière, la sommation de la bombe des Américains en moins, leur pied en Afrique du Nord en plus. Pour peu, les menaces d'Allen Dulles viendraient à lui manquer. Évidemment, dans ces deux cas de figure, victoire allemande ou pat, comment pouvoir justifier l'élimination du jeu d'Hitler. Himmler préférerait le jeter lesté de pierres au fond de la Spree plutôt que d'en entendre encore parler. Trois jours que ces raisonnements s'opposaient dans sa tête. S'il avait su, il aurait choisi de terminer ses études de médecine.

Walter s'était à contrecœur décidé pour une solution provisoire, celle de la prudence et se résoudre à voir arriver chaque journée avec appréhension. Abandonnant sa voiture le long du canal, il avait franchi d'un pas résolu les cinq cents derniers mètres. Le vieux et imposant Tirpitzufer n'était pas sorti indemne de l'incursion des Mosquitos anglais ; sinon une destruction à proprement parler, il s'agissait en tout état de cause d'un sérieux avertissement augurant d'un avenir sinistre à brève échéance. Dans la foulée, la décision de l'évacuation urgente d'une partie des services de l'Abwher avait été prise. Par association de pensées, cela lui donnait à craindre pour la Berkaerstrasse. Certes, l'ancien home était un édifice plus discret, bien moins connu, cependant pas au point de se voir écarter de la liste des cibles de Churchill. Ce qui devenait une certitude, c'est que les briques de la capitale allaient subir les unes après les autres les lois de la gravité si rien n'était entrepris pour les garder en l'air. L'action la plus cohérente, sinon l'unique raisonnablement envisageable, consistait à chercher de signer sans tarder la paix avec les alliés de l'Ouest. Et des deux mains s'ils acceptaient. À cette seule évocation, son pouls s'accélérait.

Étant donné qu'elle représentait un fragment de la solution, il avait décidé de tenter le tout pour le tout dans le but de percer l'affaire Thilo. Cette fois, sans raison apparente, il avait dû insister pour rencontrer Canaris, ce n'était éventuellement qu'une impression, il flairait que ce dernier s'efforçait de l'éviter. Au final, pour un motif qu'il ignorait encore, celui-ci l'avait étrangement convoqué le long du canal alors que les deux hommes auraient pu se retrouver en toute discrétion à son domicile de Betazeile.

D'entrée, Walter remarqua l'état d'épuisement extrême du chef de l'Abwehr. Ce dernier apathique, demeurant assis comme tassé derrière son bureau presque vide, le regardait d'un air las, celui qu'affichaient ses Teckels déjà mis quelque part en sécurité : - Probablement une des dernières fois que vous franchissez cette porte Schellenberg, ce sera en quelque sorte votre visite d'adieu à mon bureau. Vous imaginez que celui-ci a été le cabinet de Gustav Noske ?

Canaris n'était de toute évidence pas arrivé à ses hautes fonctions par la volonté du Saint-Esprit, le chef de l'Abwehr restait un fin et redoutable joueur, difficile dès lors de savoir séparer le parfois vrai du possible faux. Malgré l'amitié qu'il lui portait, mieux valait l'aborder accompagné d'une sérieuse dose de méfiance. Exact que le patron des renseignements de l'armée abandonnait le Tirpitzufer en se repliant sur Zossen, endroit dont il avait horreur, mais uniquement à cause des bombardements. C'était peut-être l'explication de son apparente fatigue nerveuse et non le sous-entendu de son hypothétique révocation à laquelle Hitler était opposé. Walter avait eu vent qu'il avait gardé son poste en comptant avec l'appui du « bon Heinrich ». Malgré les secousses qui l'ébranlaient, le marin demeurait à l'heure actuelle sans l'ombre d'une ambiguïté à la tête de l'Abwher ; certes, la laisse deviendrait plus courte, serait dorénavant surveillé de près, depuis le temps, il s'était fait assez d'ennemis pour subir ces légers inconvénients sans trop sourciller.

En cette belle matinée printanière, s'il s'agissait du concours du plus faux cul, le patron de la Berkaerstrasse se demandait lequel des deux chefs du renseignement l'emporterait. Connaissant l'homme, Walter s'abstint de poser la moindre question, ce qui fournissait en principe toujours d'excellents résultats. L'attente ne fut ni longue ni décevante. Devant le silence gênant qui s'instaurait, l'amiral se senti obligé de donner des explications en désignant du doigt levé les murs de son bureau pourtant à ce jour intacts : - Vous avez vu dans quel état les

Anglais l'ont mis. À présent que les rosbifs connaissent le chemin, ils vont revenir et avec l'aide de ces incompétents de la Luftwaffe qui seraient incapables d'abattre un zeppelin dans un ciel sans nuage, ils vont pouvoir terminer le travail en totale impunité. Keitel m'a ordonné de quitter provisoirement les lieux, Le feld-maréchal a insisté lourdement pour Maybach II. Remarquez, Zossen ou dans le bois de Wandlitz[158] en compagnie de Donitz, quelle différence, à part un trajet réduit depuis ma maison de Zehlendorf. À la réflexion, cent kilomètres de plus valent mieux que de supporter chaque jour sa compagnie. Erika n'est pas de cet avis, mais au point où nous en sommes…puis clôturant sa longue tirade soporifique, il changea abruptement de sujet : - Vous savez pour le général Oster ? Bien sûr, quelle question absurde. J'ai dû lui demander de démissionner de l'Abwehr, il s'est vu remplacé au pied levé par le colonel Jakobsen.

Un rien surpris par le changement de thème, Schellenberg évita au dernier moment de nier être au courant, c'eût été stupide de sa part. Évidemment qu'il connaissait la situation, mieux valait de ne pas se mouiller et tâcher de ne rien laisser paraître. L'amiral maîtrisait à merveille les tactiques tordues pour tenter de déstabiliser ses interlocuteurs. De là à ce qu'il le soupçonne d'avoir trempé dans la cabale de la Gestapo, il n'y avait qu'un pas qu'il franchirait au moindre doute en dépit de ses courtes jambes. Le moment était mal venu pour courir le risque de prêter le flanc à sa suspicion naturelle. Pour la suite des évènements, il avait besoin d'un « ami », non d'un adversaire rempli de griefs. Il s'échappa du courant qui l'entraînait vers cet écueil en usant d'une phrase passe-partout en espérant l'amadouer : - Il le prend bien ? C'était à la fois court et adapté, idiot et simple. Si en plus, il y ajoutait un regard compatissant !

Pour démontrer sa relative impuissance, Canaris leva les bras à hauteur d'épaule comme s'il se rendait à un supposé ennemi ; la réponse allait de soi : - Bien ou mal, il doit s'estimer heureux d'être versé dans la réserve du führer et de pouvoir se balader en uniforme à Dresde. Roeder[159] a trouvé des documents accablants dans le bureau de son adjoint Dohnanyi. La collusion de militaires et de certains membres de l'église dans le but de reverser le national-socialisme. Tenez-vous bien, avec le projet de scinder l'état en deux ; une Allemagne du Nord, une Allemagne du Sud. Rien de moins que ça !

C'était cette idée qui paraissait le scandaliser profondément. Le reste de l'histoire, sous une forme ou une autre, obtenait sa bénédiction. Dans l'ombre, lui-même en était un rouage aussi ambigu qu'important. Les conspirateurs en

---

[158] Lager Koralle, quartier général de la Kriegsmarine de 1943 à 1945.
[159] Manfred Roeder, docteur en droit, procureur militaire.

chambre avaient dû omettre de l'en avertir et de cette manière le vent de la balle filant en direction du poteau d'exécution était passé très près de lui à cause d'un groupe d'amateurs. Beaucoup trop près, il devait les maudire. Adoptant sans devoir se forcer l'air offusqué, il crut utile de préciser : - L'épouse de Dohnanyi n'a pas eu cette chance ni celle de Joe le bœuf[160]. L'affaire ne se révèle cependant pas aussi propre que présentée, von Dohnanyi se trouve mêlé à des transactions financières douteuses entre autres avec ce damné Schmidhuber qui croupit également dans une cellule de la Gestapo. Par chance, j'ai pu tirer Dohnanyi des griffes de vos amis de la Gestapo en le faisant soigner dans un hôpital.

Canaris le titillait, Walter passa poliment outre : - Oster devra s'habituer à vivre avec deux gestapistes à dix mètres derrière lui ! C'est le cas d'une infinité d'Allemands.

- Il s'en fera une raison, c'est préférable qu'avoir à guetter les pas dans les caves de la Prinz Albrechtstrasse.

- Vous aviez cependant autorisé cette fouille amiral, vous auriez pu vous y opposer, non ? Distrait, Walter venait d'avouer qu'il connaissait presque dans les détails les dessous de l'intrigue. Pire, de cette façon, il accusait indirectement Canaris d'avoir livré sans combattre Oster et Dohnanyi. C'était maintenant sans réelle importance, sauf qu'il désirait ménager un animal ombrageux pour introduire la suite de la conversation et le but de sa visite.

Canaris évita son regard : - le président de la cour martiale autorisait cette perquisition.

Quelle piètre excuse dans la bouche du chef de l'Abwher, Walter savait qu'il aurait pu refuser et s'en remettre à Keitel en invoquant la protection des secrets. Une erreur funeste. À présent, l'Abwehr en sera changée à tout jamais, ce qui soit dit en passant faisait son affaire, sauf que le moment n'était pas le bon. Avec un peu d'habilité, il parviendrait dans un jour pas si lointain à en emporter les plus beaux morceaux réalisant par la même occasion le vieux rêve du général Heydrich. Se garder d'agir trop vite. Fuir la précipitation. Encore trouver la manière d'éviter par tous les moyens de déposer l'Abwher dans l'escarcelle de Kaltenbrunner pour en tirer seul le bénéfice. La conversation l'intéressait de moins en moins, il coupa poliment court : - Si je compatis à vos malheurs, ils ne sont toutefois pas le but de ma visite, vous vous en doutez Wilhelm. Mon sujet de préoccupation reste assez différent, mais a bien réfléchir, pas si distinct que cela.

---

[160] Joseph Müller, avocat.

Lorsqu'on se donne la peine de creuser un peu, complot, trahisons ont souvent les mêmes racines.

- Grand dieu, vous ne vous êtes pas trop cassé la tête pour la formule, n'est-ce pas mon jeune ami. Mais prenez tout votre temps, développez votre pensée sans précipitation. Où avais-je l'esprit. Si vous êtes là aujourd'hui, c'est pour venir soutirer quelque chose qui à mon avis n'est pas précisément du vin. Allez-y Schellenberg, videz votre sac, je suis tout ouïe.

Invité ou non, c'est exactement ce qu'il comptait faire : - Vous avez tout à fait raison. C'est au sujet du général Rudolph Schmidt, le frère de Thilo, voilà ce qui m'amène. Sans espérer une réaction immédiate, il prolongea sa question. Agent au service des Soviétiques ou victime sacrificielle de son frère ? En avez-vous appris plus, et si oui, partagerez-vous vos informations avec votre « jeune ami », en l'occurrence moi ? Canaris avala sa demande comme s'il buvait un café amer. Il poursuivit : - Vous vous doutez que l'heure est grave, l'offensive projetée sur le saillant de Koursk pourrait en dépendre. J'ai eu connaissance qu'il est le père de cette offensive. En a-t-il renseigné son frère ? Si oui, l'information est arrivée aux oreilles de Moscou ? Nos divisions iront-elles s'enfoncer dans un piège ? L'Allemagne prend-elle le risque d'un nouveau Stalingrad ? Il est peut-être encore temps de tout arrêter si l'on ne veut pas voir les rouges bientôt à nos frontières.

L'œil de l'amiral s'éclaira, son naturel revint au galop piétinant d'un pas martial ses lamentations : - Depuis septembre trente-neuf l'heure est toujours grave, il eût mieux fallu retarder les montres, à l'heure actuelle nous sommes forcés à tenir le regard rivé sur l'aiguille des secondes. Votre département se mêle des affaires de l'armée un peu trop souvent, c'est nouveau ou c'est votre vilain défaut qui gonfle comme une baudruche. Demandez donc à Müller l'autorisation d'aller interroger Thilo à Moabit, vous verrez ce qu'il vous répondra. S'il prend la peine de le faire, bien sûr.

L'art partagé de ne pas répondre, c'était de bonne guerre : - Ne vous montrez pas borné amiral, les renseignements étrangers s'occupent de l'étranger. Si son frère est militaire, Thilo est un employé civil du Forschungamt[161], il a passé assez de frontières pour que l'AM I VI reste le bec fermé. Et puis, le problème n'est pas là.

---

[161] Forschungamt : interceptions, écoutes (Bureau de recherche du ministère de l'Aviation du Reich) mises en place en avril 1933 à la suite de l'ordonnance levant le secret téléphonique, télégraphique ainsi que l'écoute des messages radio.

C'eut été mal connaître Canaris de penser qu'il ne pousserait pas ses avantages en les étalant comme s'ils s'imprimaient en première page de l'édition du jour du Völkischer Beobachter : - Vous avez vu Ribbentrop ?

Walter n'était pas surpris par la diversion, il s'y était attendu. Sa visite à Salzbourg n'avait d'ailleurs revêtu aucun caractère confidentiel, autant tenter d'anesthésier l'homme en donnant satisfaction à son ego: - Décidément vous savez tout. Qu'ai-je donc pris à mon petit déjeuner ce matin ?

Pour la première fois depuis le début de leur discussion, l'amiral afficha un visage souriant : - Ce matin, je ne sais pas, le rapport n'est pas encore arrivé sur mon bureau, mais celui d'hier matin est déjà classé, dit-il avec un rire moqueur.

Bien fait pour lui, il concédait avec plaisir un léger avantage à l'Abwher. Avec un peu de chance, Canaris ignorait tout de sa visite à Halder : - Vous êtes bien renseigné sur ce qui n'est en aucune façon un secret. Là, je ne parle pas de la cuisson de mes œufs. Que vient faire le ministre dans cette affaire à part me prouver que vos réseaux fonctionnent admirablement bien ?

- Vous démontrer que vous ne connaissez rien à rien. Ce potage fumant que vous désirez tant, dont vous voulez m'enlever la cuillère de la bouche, est servi sur ma table depuis un quart de siècle, et il conserve aujourd'hui le même goût qu'hier, vous savez pourquoi ? Car les ingrédients ne changent guère. Walter Nikolaï[162], ce nom vous sonne…le premier patron de ce qui deviendra l'Abwher. Si je le mentionne, c'est parce que c'est aussi celui qui a mis en place le réseau de renseignements de von Ribbentrop. Joachim l'avait installé 34 Viktoria strasse, ici à Berlin. Bien sûr, vous ignorez également qu'au début des années trente, il a favorisé les échanges militaires et invité en Allemagne des officiers soviétiques dont la majorité était des espions.

- Tous les officiers soviétiques sont des espions de toute façon. Pourquoi me racontez-vous tout cela. C'est fort intéressant, mais vous croyez que c'est le bon moment ?

- Ne m'interrompez pas Walter, je veux simplement tenter de démontrer à votre vilaine cervelle qu'il existe plusieurs vérités et elles se dissimulent derrière des drôles de masques. Tous les Soviétiques sont bien entendu des agents de renseignements, comment pourrait-il en être autrement. Nos militaires ont fait pareil à l'époque de notre collaboration. Pas aussi bien, hélas. Je souligne que ceux qui les invitaient pouvaient en être tout autant. Nikolaï qui parle couramment le russe, soit dit au passage, a tenté de mettre la main sur l'Abwher en trente-

---

[162] Colonel Walter Nikolaï, dirige les services de renseignements allemands de 1913 à 1919.

cinq, sans la ténacité de Patzig et si mes conclusions sont bonnes, elle serait devenue une officine des rouges. Vous le savez peut être ça ? J'en doute fortement, Heydrich en personne l'ignorait, c'est tout vous dire.

La mer devenant houleuse, il était grand temps de demander au marin à réintégrer son port d'attache : - Vous oubliez qu'à l'époque le nouveau service mis en : place par Heydrich veillait déjà au grain, vous n'étiez pas non plus dans la tête d'un homme qui parvenait à cacher admirablement son jeu. Je précise à tout le monde et cela inclut probablement le Reichsführer.

Le responsable de l'Abwher, loin de se calmer, ne chercha pas à cacher son profond dédain : - Si ce n'est pas trop exiger de vous demander de réfléchir quelques instants plus loin que le bout de votre nez. Pourquoi écarter que ce soit avec la bénédiction indirecte de votre ancien patron ? Heydrich fichait une paix royale à Nikolaï. Gestapo Müller agissait de même. Vous ne vous êtes jamais interrogé sur les raisons. Aucun des deux ne s'inquiète de Walter Nikolaï, chef du renseignement lors de la Première Guerre jusqu'en vingt-cinq. C'était dans leurs attributions, ils auraient au moins dû enquêter, avoir la puce à l'oreille. C'est pourtant Nikolaï qui avait organisé le train de retour de Lénine de Suisse vers la Scandinavie. Parmi les deux cents révolutionnaires qui accompagnent Vladimir Ilitch Oulianov dans son wagon plombé, vingt étaient les agents personnels de Nikolaï. Plus que von Seekt[163] qu'il influença adroitement, il est le vrai concepteur de la mise en œuvre de l'armée rouge par des officiers instructeurs allemands. Aucun des deux n'ouvre une enquête.

Walter ne pouvait qu'apprendre, l'obliger à se taire était une autre paire de manches qu'il n'avait pour l'instant aucune intention de concéder : - Ce n'est pas une preuve.

Un regard au ciel plus tard : - Celle-ci parviendra peut-être à éblouir vos yeux fermés. Nikolaï faisait partie des recruteurs d'Hitler en dix-neuf, c'est lui qui le payait pour espionner et depuis, il bénéficie de sa protection. Le führer l'a nommé directeur du nouvel institut d'histoire.

S'il voulait arriver à ses fins avec le volet général Rudolph Schmidt, la patience était une fois de plus de mise. Malgré l'énormité de ce qu'il apprenait, Walter ne put s'empêcher de se remémorer les paroles de Sebottendorf à Salonique. « *le caporal Hitler arrêté dans sa caserne munichoise avec un brassard rouge, signe des troupes communistes* ». Cela dit, le chef de l'Abwehr tenait un catalogue complet de théories ineptes à sa disposition ; aujourd'hui puissamment remonté,

---

[163] Lieutenant général Hans von Seeckt, chef der Heeresleitung, organisateur de la Reichwher en 1920.

le bougre d'homme puisait allégrement dedans. Armé de patience, il renonça à le stopper, après tout cela pouvait devenir intéressant, dans des moments pareils l'amiral se laissait parfois emporter par la marée plus loin qu'il le désirait :- Nikolaï, c'était aussi un ami de ce salopard de Richard Sorge[164] par l'intermédiaire d'Eugen Ott[165]. Tout comme de Josef Meisinger[166] qui se la coule douce au Japon, et devenu accessoirement compagnon de beuverie de cette ordure de Sorge. Encore un ancien de von Epp[167]. Comme vous devriez le savoir, le sinistre Meisinger a travaillé à la police de Munich dans les années vingt. Gestapo Müller également. Cela contribue à mettre le puzzle en place dans votre vilaine tête. Attendez, j'ai encore quelques petites pièces pour vous aider à compléter ce joli tableau.

À l'évocation de Meisinger, Walter ne put réprimer une mine de dégoût. Surnommé « le boucher de Varsovie ». Schellenberg avait monté un dossier contre lui, mais Heydrich, forçant la main à Himmler, l'avait sauvé in extremis du peloton d'exécution en l'envoyant à Tokyo…pour quelle raison ? S'il suivait la démonstration de Canaris, cela s'expliquait par le fait que Meisinger savait des choses sur le compte du général. Hélas, tout pouvait se justifier avec un rien d'imagination.

- Ça y est Schellenberg, vous arrivez lentement à la même conclusion que moi ? Vous êtes toujours assis ? Alors, écoutez avec attention ceci : « Depuis toujours, je soupçonne Heinrich Müller d'être un agent de Moscou, par la même occasion, j'incorpore Martin Bormann. Un peu de patience, ne faites pas cette tête surprise, on vous dirait atteint de jaunisse, vous allez bientôt comprendre quelles sont mes raisons ».

En ce qui concernait « Gestapo Müller » Schellenberg nourrissait depuis un certain temps des lourdes suspicions. Un incident, si l'on pouvait appeler cela ainsi, l'avait encore conforté dans ses soupçons. Deux jours avant son voyage en Autriche, ils avaient assisté ensemble à une conférence des attachées de police. À sa clôture, le patron de la Gestapo avait, chose rare, demandé poliment à lui parler. Les propos qu'il lui avait tenus s'étaient montrés si surréalistes qu'il en avait déduit que Müller était complètement saoul. Müller était allé jusqu'à suggérer que le Reich prenne un arrangement avec les Soviétiques. Soupçonnant une

---

[164] Richard Sorge, journaliste allemand, membre du NSDAP et de l'Abwher en poste au japon, agent du NKVK qu'il informa de l'attaque allemande du 22 juin 1941.
[165] Eugen Ott, attaché militaire puis ambassadeur d'Allemagne au Japon.
[166] Josef Albert Meisinger, officier corrompu de la Gestapo, commandant de l'Einsatzgruppe IV en Pologne, commandant de la police du district de Varsovie
[167] Corps francs de Franz Ritter von Epp.

provocation, Walter avait coupé court en lui affirmant que Staline le nommerait probablement chef du NKVD. Hélas, il se trouvait dans l'incapacité de prouver quoi que ce soit pour l'instant sauf qu'il n'allait pas lâcher la bête et poursuivre ses investigations. De là à s'aventurer à amalgamer Bormann, le secrétaire tout puissant du führer, l'amiral délirait : - Vous êtes devenu fou !

Canaris qui visiblement n'appréciait pas la remarque leva un sourcil désapprobateur, les yeux une fois de plus au plafond : - Vous ne savez toujours rien, laisse-moi continuer sans m'interrompre ni m'insulter. Gerhard Rossbach[168] l'a découvert occupé à travailler dans une ferme où ce dernier faisait étape avant de rejoindre la Baltique. Martin le suit quelque temps, il en deviendra même son trésorier avant de passer par la case prison pour meurtre. Cela vous le savez quand même.

L'amiral fit une pause pour s'assurer de son attention : - J'avance de quelques cases, on pourra revenir en arrière plus tard. Le dix-huit septembre trente et un, le suicide de Geli Raubal[169] cela vous dit quelque chose cette fois ? À l'époque, vous veniez d'intégrer l'université de Bonn. Lorsque intervient dans l'appartement Heinrich Muller, inspecteur de police à Munich en service ce jour-là, Geli avait le nez cassé et des meurtrissures suspectes sur le corps. Il enquête, étroitement supervisé sur les lieux comme il se doit par Heydrich en compagnie de Martin Bormann, tous deux étaient envoyés sur place par Heinrich Himmler qui à ce moment entame lentement son ascension. Je suis convaincu que la nièce a été assassinée par un homme de Bormann, elle s'apprêtait à s'enfuir à Vienne pour retrouver un Juif. Vous vous imaginez les conséquences pour le parti. Je demeure cependant persuadé que le tonton en a tout ignoré, au fil du temps il a bien dû avoir des soupçons, comme il s'est envolé vers les sommets, ils sont restés sagement à s'évaporer sur terre. Pour en revenir à ce jour-là, Himmler, encore secrétaire de Gregor Strasser, et Reinhardt Heydrich ont dû choisir très rapidement vers qui diriger leur fidélité, car après, il n'y aurait plus eu de retour en arrière possible. Leur réflexion n'a pas duré bien longtemps. Gestapo Müller les a suivis comme leur ombre.

Walter avait décidé de rester passif et d'écouter impassible les divagations du chef de l'Abwher jusqu'à la fin. En dépit de leurs énormités, son instinct y entrevoyait un soupçon de bon sens. Néanmoins, il se permit une remarque : - Encore

---

[168] Gerhard Rossbach, à la tête d'un corps franc en 1919. Il participe au putsch de Kapp.
[169] Geli Raubal, nièce d'Hitler, fille de sa demi-sœur vivant dans son appartement du 16 Prinzregentplatz à Munich.

une fois rien de suspect dans le sens d'une allégeance à Moscou, du moins pour Bormann et Heydrich.

Vous avez peut-être entendu parler de la tentative de coup d'État contre Held[170]. Suivie de la rébellion en chambre de la police qui s'abstient d'intervenir le neuf mars trente-trois. Celle qui a donné lieu à l'intervention grand-guignolesque de Himmler et de Heydrich au Praesidium de la police. Heinrich Müller laisse faire alors qu'il était censé protéger la république. La réponse est simple.

- De là à lui donner la direction de la Gestapo, il y a un pas très écarté.

L'amiral ne le regardait même plus, accaparé par ses théories, il avait l'air de s'adresser à un visiteur imaginaire : - C'était un coup très intelligent de sa part, les catholiques sont à la fois sans avenir et très mal vus des communistes, bien plus que l'était le NSDAP. En agissant ainsi, il exécute un joli coup double en se renforçant au cœur du nouveau pouvoir pour mieux les contrôler. Ne soyez pas naïf, Müller sait que Heydrich à du sang juif ; contrairement aux autres, il possède des preuves, de celles qui font transpirer le général à grosses gouttes. Müller, ce policier politique sans grande envergure, chasseur notoire des membres du NSDAP à qui il portait de rudes secousses, est nommé grâce à Heydrich, chef de la Gestapo en trente-sept malgré les avis défavorables des gros pontes du parti en Bavière.

Si c'était exact que Walter parvenait sans peine à se convaincre que derrière Müller se dissimulait un agent soviétique, cela ne s'étendait en aucun cas à Bormann. Difficile de freiner les divagations de Canaris dans des moments pareils. Après tout, cela ne coûtait pas un pfennig de le laisser continuer sur sa lancée, avec un peu de chance, il apprendrait des choses intéressantes. Juste le titiller :
- Vous avez la moindre preuve de ce que vous avancez ?

L'amiral écarta les bras dans un geste d'impuissance : - Ce serait trop beau. Beaucoup d'éléments sont trop troublants pour se voir rejetés. En 1927, le futur Gestapo Müller, dont la femme est sur le point d'accoucher, s'absente longuement. Probablement recruté par le NKVD et en voyage de formation à Moscou. Vous saviez qu'en trente-quatre la moitié des SA venaient du front rouge. Comment voulez-vous que Müller et Heydrich l'ignorent ? Ce que cet abruti s'entête à appeler l'orchestre rouge et qu'il revendique avoir mis hors jeu n'a cependant pas été démantelé par lui, mais grâce à mon Abwher et ça, Walter, vous êtes contraint de l'avouer. Pourquoi Willy Lehmann[171] du département IV, donc dépendant directement de Müller et désigné par ce dernier pour être l'homme de

---

[170] Heinrich Held, Ministre président de Bavière du 2 juillet 1924 au 9 mars 1933.
[171] Willy Lehmann, capitaine de la Gestapo et espion du NKVD fusillé sans procès le 13 décembre 1942.

liaison entre nos services, a été exécuté en toute discrétion…pour l'empêcher de parler évidemment.

À ce sujet, il ne pouvait pas contredire le patron de l'Abwher, Lehman avait été découvert grâce à un autre espion allemand au service de Moscou qui une fois arrêté l'avait dénoncé pour sauver sa peau. L'affaire était trop grosse, le chef de la Gestapo n'aurait jamais pu l'étouffer. Canaris s'obstinait à imposer ses arguments : - Müller profite de tous les émetteurs à sa disposition pour communiquer avec Moscou. À propos, vous êtes au courant qu'il y a un poste émetteur dans le bureau privé de Bormann. L'ex-garçon de ferme lit tous les sténos qu'Hitler à son instigation oblige de prendre depuis l'été quarante-deux ;c'est encore lui qui a empêché la constitution armée d'un million de Russes qui nous auraient été bien utiles... débutez votre réflexion en commençant par vous poser les bonnes questions.

Walter n'en laissa rien remarquer, son esprit commençait à peine de se troubler devant cette multitude d'accumulations : - Et d'après vous, ce seraient lesquelles ?

Canaris s'était levé, s'appliquant à arpenter son bureau tout en proférant : - Combien de groupes différents informent Moscou. En ce qui concerne Rudolf Schmidt, général de panzer, croix de fer avec feuilles de chêne, barrez-le de votre liste, il est innocent sur ce coup-là, au moins autant que son frère Thilo. Mettez-vous une bonne fois pour toutes à chercher ailleurs Schellenberg. En dépit de la réelle affection que je vous porte, je n'éprouve nul regret de vous avoir taxé d'homme ne regardant pas plus loin que le bout de son nez. Bien sûr, votre nouvel ami, le colonel Gehlen s'est bien gardé de partager avec vous l'information. Si Manstein a détruit la troisième armée et le groupe Popov, tous les lauriers ne lui reviennent pas. Quand Staline a ordonné cette poursuite inconsidérée, c'est qu'il croyait ce que ses agents, ceux qui ne se trompaient jamais, lui affirmaient. Et que lui disaient-ils : ce qui s'entendait à l'OKW, que ce soit dans les bois de Zossen ou la forêt de Rastenburg qu'une cinquantaine de divisions s'enfuyaient en direction du Dniepr, tels des Apaches, ses chars pourraient les encercler avant de les détruire comme à l'exercice. Sauf que cette fois, il y a eu un os et un fameux, tellement gros qu'il a fait déborder la marmite et éteint le gaz ; les décisions ont été prises à Zaporojie par von Manstein sans l'avis d'Hitler qui par chance se trouvait opportunément à Vinnitsa accompagné d'un état-major réduit Au quartier général de Zaporojie, les espions de Moscou n'avaient pas

181

d'antennes. Manstein loin de fuir préparait en cachette de Grofaz[172] ses coups de revers. Vous en dites quoi, monsieur le chef du renseignement extérieur ?

Les raisonnements de Canaris tenaient en grande partie la route, les communistes s'infiltraient dans les engrenages comme du sable fin. Si la moitié de ses arguments étaient exacts, il y avait de quoi faire dresser les cheveux sur la tête : - D'après vous nous serions gangrenés par les communistes. Ce n'était pas une question, rien d'autre qu'une réflexion à voix haute.

Le chef de l'Abwher paraissait enfin satisfait, assez pour se rasseoir : - Malgré votre âge, vous n'êtes plus un enfant pour faire semblant de croire à Saint-Nicolas, depuis longtemps vous savez qui passe par la cheminée en décembre. Müller et Bormann veulent ma peau, car ils ont compris que je les ai démasqués. Pourquoi croyez-vous que le Reichsführer tente de prendre ma défense. Himmler éprouve lui aussi de sérieux doutes. S'il est parvenu à nommer Kaltenbrunner à la tête du RSHA, c'est dans le but de réaliser ce qu'il ne réussissait pas à faire, à contrôler Müller. Décider Hitler à promouvoir un autrichien de plus fut chose facile, hélas, Henni s'est lourdement trompé. Kaltenbrunner est un âne en matière de sécurité, pour cacher son incompétence et faire bonne figure, il a été contraint de s'entourer des hommes de la Gestapo obligeamment mis à sa disposition devinez par qui. Le Reichsführer se retrouve à la case départ avec vous pour lui tenir compagnie.

La visite se résumait à encaisser quelques coups supplémentaires dans l'estomac qu'il avait déjà fragile. Néanmoins se reprenant tel un boxeur sachant que le gong allait sonner, loin de jeter l'éponge, il fixa l'amiral dans les yeux : - En suivant votre raisonnement, il y a donc toutes les chances que nos plans de la campagne d'été se trouvent à l'heure actuelle sur la table de Staline.

- Dans le cas présent, ça devrait être devenu aussi le vôtre. Quoi qu'il en soit, vous auriez difficile à me persuader du contraire.

Walter pensait à haute voix : - Pourquoi ne pas prévenir l'OKW alors ?

L'amiral parut étonné par la question tant la réponse lui paraissait cette fois encore couler de source : - Car je ne possède pas la moindre preuve à mettre sous leur nez. Thilo est une voie sans issue, en dépit de ses antécédents, il reste innocent sur ce coup. Gestapo Müller entretient à merveille le doute en le séquestrant à Moabit. Ensuite, vous avez remarqué à quel point on entreprend de me marginaliser. Au fil du temps, Müller a réussi à infiltrer mes départements,

---

[172] Grofaz, Größter Feldherr aller Zeiten, le plus grand général de tous les temps. Surnom moqueur d'Hitler après Stalingrad.

certains plus certains moins. Son but est de récupérer l'Abwher. Pour parer à cela, aidé par Bormann, ce salopard ferait immédiatement courir le bruit qu'il s'agit d'une tentative désespérée de ma part pour retrouver du prestige. À la différence près que l'Abwher ne représente sinon rien, bien peu de choses pour le front de l'est, la majorité du renseignement repose dans les mains de Gehlen et accessoirement de Müller. Parfois des vôtres.

Walter mûrissait une idée depuis sa visite à Zaporojie, il la lui exposa : - Pourquoi ne pas imaginer que nous les forcions tous à faire preuve d'une prudence extrême, von Manstein, Model, Hitler, tous les va-t'en-guerre au point qu'ils abandonnent l'idée. Sans être stratège, une bataille qui n'est pas menée ne peut aboutir à une défaite. Le principal c'est d'arriver à renforcer le front et qu'ils ne se lancent dans aucune aventure. Le russe viendra tôt ou tard à l'offensive, qu'il s'y casse les dents. L'important consiste à gagner du temps utile pour négocier. Pourquoi ne pas mettre le service de Klatt[173] à contribution ?

- De quelle manière ?

À ça aussi, il s'était cogné, à force de réfléchir, il avait concocté trouvé une solution simple, risquée, mais toutes l'étaient, alors pourquoi pas : - De l'agent que nous traitons en commun. Par le biais de Kauder.

Canaris hésita avant de répondre réticent : - Je me méfie de l'homme, le colonel Wagner m'a souvent fait part de doutes à son sujet. Et si Klatt est lové dans un nid d'agents doubles ?

Walter balaya l'argument : - C'est un risque à courir, mais minime. Je n'ai jamais dit qu'il fallait mettre Klatt dans le coup. L'information doit lui parvenir de façon qu'il ne puisse faire autrement que la transmettre sans aucune possibilité de la recouper. Quand Klatt préviendra par notre intermédiaire le FHO que le russe n'ignorant rien de nos plans commence à aligner de nombreuses divisions tout en disposant d'immenses réserves, Gehlen sera obligé de faire remonter l'information à l'OKH et à von Manstein qui se mettra y regarder à deux fois. Évidemment, Reinhard doit ignorer que nous sommes derrière le coup.

- Vous êtes pire que moi Schellenborg, ce qui n'est pas peu dire. Vous êtes conscient que ce plan a peu de chance de fonctionner.

- Peu ne veut pas dire pas du tout. Au fait pourquoi hésitiez vous à me voir,

---

[173] Bureau Klatt (Dienstelle Klatt) réseau disposant d'agents infiltrés dans le commandement en URSS dirigés par Fritz Kauder opérant à Sofia sous la supervision du colonel de l'Abwher Otto Wagner, KO Bulgarie Abwher III.

- Walter, la meilleure méthode pour chasser le tigre c'est en lui tournant le dos. La bête se met à vous suivre en pensant qu'elle redevient le chasseur.

Berkaerstrasse, mercredi 12 mai 1943

Les solutions sont des petites graines fertiles, bonnes ou mauvaises, elles possèdent la faculté de surgir seules du sol sous l'effet des évènements. Le général Hans-Jürgen von Arnim venait d'être capturé en Tunisie et avec lui tout ce qui restait de l'Afrika Korps, près de trois cent mille hommes en comptant les Italiens, un Stalingrad africain, un de plus, il faudrait à présent s'y habituer. Inutile d'être devin pour arriver à déduire que l'invasion par le sud du continent européen tel que la prévoyait Franz Halder s'annonçait inéluctable, une simple question de temps avant de voir le Reich pris entre deux tranches de pain pour ensuite être dévorée. Signer un traité de paix se confirmait une nouvelle fois comme la priorité, c'était devenu une habitude de le penser ; grâce au sable du désert tunisien, murmurer à l'oreille Himmler devenait à nouveau envisageable.

Devant l'avalanche de décisions à prendre, Walter s'était aménagé une pause symbolique dans le calme de son bureau. Le temps de revenir pendant quelques heures à une affaire tenant le Reichsführer en haleine. Le bon Heinrich restait un atout indispensable dans son jeu. Marliese avait reçu instruction de ne le déranger sous aucun prétexte en précisant que cela incluait l'entrée des Russes à Berlin. De son coffre, il avait ressorti son dossier le plus explosif, celui qui s'il venait à être découvert suffirait à l'effacer à jamais de la Berkaerstrasse. Parmi les épaisses chemises vertes s'intercalait une brune dans laquelle se trouvaient classées de nombreuses notes triées par Heydrich et soigneusement conservées par ce dernier dans la chambre au trésor. Ce n'est pas la première fois qu'il relisait la retranscription de la correspondance d'Aloïs Hitler. Comment le général se les était-il procuré resterait à tout jamais un mystère qu'il avait emporté avec lui dans un au-delà auquel il ne croyait pas.

Rien de vraiment significatif n'en résultait. Ces pages assez chiches d'informations étaient demeurées une énigme jusqu'à ce que peu à peu, il était arrivé à deviner ce qu'avait recherché son ancien chef. Tout simplement une trace quelconque de la découverte par son géniteur d'un génie précoce, d'une sorte de Mozart. Le reflet normal d'un père ambitieux qui s'était élevé très au-dessus de sa condition. Au contraire, il n'avait trouvé dans les rares évocations du fonctionnaire des douanes que l'amère constatation d'un enfant instable, uniquement attiré par les aventures de Karl May, battu régulièrement par son père, devenant un élève pitoyable dès son arrivée au collège de Linz. Pour qui savait interpréter, c'était progressivement dévoilé, malgré la honte du père, par une amertume apparente entre les lignes. Aloïs Hitler s'était convaincu qu'Adolf avait dans ses veines une part importante de mauvais sang. Facile à penser, difficile à établir.

Le moins que l'on puisse constater, c'est que le père avait finement évalué son rejeton.

Devenu un adulte à présent, Adi confirmait en bien pire le jugement de son brutal père. Drogué, borné, malade, paresseux, incapable de donner des ordres cohérents, un homme entouré d'incompétents, de médiocres soumis. Le rusé Heydrich avait dû analyser en profondeur comment « ils » en étaient venus à suivre un personnage qui se révélait ce qu'il était, au mieux, un artiste de seconde zone dans le corps duquel circulait si ça se trouve du sang juif. Tout comme Walter, mais bien avant, il en était arrivé à la conclusion de se retrouver devant un homme qui n'existait pas par lui-même, un être chimérique qu'eux tous s'étaient acharnés à construire de toute pièce pour effacer la honte de la défaite. Cette descente dans la profondeur Heydrich ne l'avait pas entamée par la simple curiosité du passé. Par contre, dans son esprit strict et méthodique, il préparait avec minutie, dans le secret absolu de ses pensées, le mécanisme qui servirait à actionner le futur.

En réalité, à l'aide de ces dernières lectures, son ex-chef enterrait bel et bien Adolf Hitler. Walter ne s'y trompait pas, son attardement sur la généalogie douteuse d'Hitler précédait sans doute celle d'Himmler de quelques mois. Walter doutait fortement d'une possible connivence entre les deux hommes. Difficile de connaître avec exactitude son intention, ses desseins avaient été emportés dans sa tombe du cimetière des invalides. Peut-être avait-il compris que la guerre ne se gagnerait jamais, en tous les cas pas de la manière dont elle était menée depuis quarante. Que pour éviter de tout perdre l'unique solution consistait à la stopper. Pour y parvenir, il lui fallait se hisser sur la plus haute marche du podium, celle d'où l'on imposait sans partage sa volonté. Cela nécessitait de conduire à la chute celui qui s'y trouvait. Une seule certitude, pour assumer un risque aussi grand, le mécanisme devait servir exclusivement ses intérêts. L'alchimie était délicate pour celui envers qui personne n'avait juré fidélité. Quelle autre solution envisager que celle d'éliminer une partie considérable de l'appareil du parti, une tâche cependant impossible sans alliance. Alors, vers qui avait-il tourné le regard ou déjà tendu la main ; impossible de savoir. Sans grand risque de se tromper, le Reichsführer pouvait être écarté, il s'agissait d'un concurrent, en aucun cas d'un complice. Depuis la nuit des longs couteaux, Heydrich avait l'énorme avantage de ne pas en être à son coup d'essai. Himmler de son côté affichait sensiblement le même nombre de points au tableau.

Ses pensées ne pouvaient se résumer qu'à une poignée de dés lancés sur un tapis sombre, dépendantes du numéro affiché sur l'ivoire. Si la pause lui avait procuré un certain bien-être, l'ordre du jour restait fort éloigné du dossier étalé devant lui sur sa table de travail.

Pour faire bonne mesure, Marliese venait de lui transmettre une note de Kaltenbrunner.

Ce dernier ne le lâchait pas avec l'affaire de Katyn. Des listes avec de noms apparaissaient chaque jour depuis début mai. Le bouchon avait été poussé tellement loin que même les Polonais avaient été autorisés à se rendre sur place et une délégation de la croix rouge avait été invitée afin d'enquêter sur place. Des dizaines de corps avaient déjà été déterrés et autopsiés. Qu'est-ce que ce maudit autrichien voulait de plus, qu'il prenne une pelle pour aller creuser avec ?

Il était temps de souffler la fin de la récréation. L'affaire devenait sensible, les bolchéviques accusaient les Allemands du massacre, les Anglais faisaient pudiquement semblant de les croire tandis que les Américains regardaient ailleurs. Le ministre de la propagande allait très mal prendre la chose si elle parvenait à ses oreilles, surtout s'il apprenait qu'une mauvaise langue autrichienne n'était pas loin de penser la même chose. Walter s'apprêtait à commettre un faux tellement vrai que Goebbels allait l'avaler de travers à s'en étouffer, mais il survivrait.

Cracovie, château Wawel, résidence du Reichsleiter, samedi 15 mai 1943

Après un rigoureux contrôle d'identité, Walter avait garé sa Mercedes de service au pied de la tour Senatorska, là où un officier d'ordonnance était venu l'accueillir. Sur leur chemin, une voiture était garée de façon à ce qu'ils soient obligés de la contourner. Il avait eu la surprise de découvrir une Opel 38 vert foncé, il n'avait pas pensé à noter le numéro d'immatriculation, mais il était certain qu'il s'agissait la même décapotable qu'il avait remarquée à Starnberg et ensuite devant sa maison Berlinerstrasse. Walter comprit sur le champ que le gouverneur de Pologne Hans Frank se maintenait au courant de ses recherches au point de l'espionner sans vergogne et tenait à le lui faire savoir.

Le château du Wavel était un réel domaine seigneurial grandiose et millénaire. Comparé au Schloss Fuschl de von Ribbentrop, ce dernier faisait cabanon provincial. Ce n'était pas la première fois qu'il franchissait l'immense portail de pierres de taille pour pénétrer dans l'impressionnante cour intérieure aux superbes arcades renaissance tapissées de lierre qui donnaient sur un magnifique escalier de pierre. Son guide le mena sans perdre de temps au bureau du gouverneur. Bureau était le mot le plus stupide du registre à employer, mais le seul qui convenait pour satisfaire la mégalomanie du seigneur de Cracovie. La pièce était gigantesque, le sol admirablement revêtu d'une mosaïque de carrelages aux dessins géométriques noirs et blancs, les murs se voyaient recouverts de tapisseries géantes. Au centre, une énorme table de chêne était flanquée de quatre chaises monumentales. Sur l'une d'elles, un homme trônait.

Hans Frank prévenu, en le voyant entrer, se leva en prodiguant des efforts pour apparaître agréable. Pas de mise en condition en continuant à consulter ses papiers, c'était toujours ça. La tentative pour se rendre amical n'était pas un franc succès, malgré son sourire le gouverneur ne parvenait pas à effacer de son visage un air de suffisance : - Bonjour Schellenberg, vous avez pris du retard.

Ce n'était pas un reproche, juste une simple constatation, rien que son nom, impasse sur son grade : - Beaucoup de convois de la Wehrmacht encombraient les routes et les feldgendarmes se sont montrés inflexibles. J'ai été stoppé plus de trois heures à Breslau.

Hans Frank sauta aussitôt sur l'occasion pour se donner de l'importance : - Tout ce qui va à l'Est ou presque passe par chez moi, ensuite ce sont mes routes qui sont défigurées et c'est à moi qu'il incombe de les faire remettre en état. Je devrais sérieusement penser à faire payer un octroi. Ainsi, vous êtes devenu l'enquêteur privé du Reichsführer ?

Walter s'attendait légèrement plus à ce genre de question qu'à recevoir une boisson chaude accompagnée de gâteaux, mais pas d'entrée de jeu. La méthode typique de l'avocat retors avec la question surprise à la clé. Pas de quoi s'indigner, lui-même usait plus qu'à son tour de cette méthode quoiqu'avec une sérieuse dose de subtilité supplémentaire : - l'enquêteur pour les renseignements extérieurs, ce n'est pas une nouvelle charge, cela date déjà du printemps passé.

Walter était parvenu à lui arracher une grimace à la place d'un sourire : - Ne faites pas le malin Schellenborg, tous les deux nous savons de quoi il s'agit, ou plutôt de quoi il ne s'agit pas.

Gagner du temps, celui de gagner un abri avant d'étudier comment neutraliser une explosion : - comme quoi par exemple, je ne comprends pas !

Hans Frank prit l'air roublard : - comme des investigations qui ne peuvent en aucun cas être répétées au führer sous peine de risquer sa tête.

S'il ne disait rien, il avouait, s'il s'avouait, il se mettait dangereusement sous la coupe du « roi de Pologne ». Il préféra louvoyer le plus longtemps possible : - « Mon chef est seul juge de ce qu'il décide de faire des renseignements que je lui fournis. D'autre part, j'ai du mal à comprendre en quoi les affaires du RSHA et particulièrement de mon département intéressent le gouvernement général de Pologne en la personne de son gouverneur. Vous feriez mieux de poser la question au général Krüger ». Le HSSPF[174] Kruger s'avérait être un animal spécial et difficilement contrôlable. En mars quarante-deux, il était parvenu à faire convoquer Hans Frank dans le train spécial de Himmler ou ce dernier aidé de Bormann et de Hans Lammers avait confronté le gouverneur général avec ses multiples corruptions laissant au roi de Pologne le choix de se suicider. Hitler était intervenu au dernier moment pour le démettre de ses charges sauf celle de gouverneur. Un épisode malgré tout difficile à rappeler dans une conversation « amicale » Hans Frank devait en garder un exécrable souvenir emballé dans une rancune tenace.

- Laissons Krüger où il est pour l'instant. Il se donne assez de mal à Varsovie pour mater cette émeute[175], ce prétentieux ne daigne même plus me rencontrer ni participer à aucune fête. Il a pourtant une partie de ses bureaux dans un aile du château que je mets à sa disposition. Si vous désirez mon opinion, son père est mort aux premiers jours de la guerre de 14, Krüger junior aurait pu avoir la politesse de mourir vers le neuf dix novembre 1918.

Autant démontrer à ce roitelet prétentieux qu'en tant que chef des renseignements extérieurs, rien non plus ne lui échappait : - « Et à éviter les bombes ici[176], je croyais que le sonderdienst[177] était parvenu à éliminer les terroristes ». Le Reichsführer s'est vu dans l'obligation de lui faire parvenir une voiture blindée. Après tout, Hans Frank pouvait très bien être le commanditaire de l'attentat, Walter nourrissait d'ailleurs quelques soupçons.

- Pas plus que l'année passée à Prague, le SD n'a pu éviter l'attentat contre Heydrich. Visiblement, Hans Frank avait encore gardé le sens de la répartie malgré la période mystique qu'il traversait. L'air satisfait de sa sortie, il poursuivit : -

---

[174] HSSPF Höherer SS- und Polizeiführer ou der Höhere SS- und Polizeiführer (commandant supérieur de la SS et de la Police).
[175] Soulèvement du ghetto de Varsovie du 19 avril au 16 mai 1943.
[176] Tentative d'assassinat du général SS Wilhelm Krüger le 20 avril 1943 à Cracovie ou deux bombes sont lancées sur sa voiture.
[177] Sonderdienst, milices initialement formées de volksdeutsches, ensuite de prisonniers russes. L'unité Abteilung Sonderdienst dépendait de la division sabotage de l'Abwehr commandée par le colonel Erwin von Lahousen.

Comme quoi unir nos forces ne serait pas aussi dénué de sens que le pense le Reichsführer. En signe de bonne volonté, laissez-moi vous faire une confidence. En fait, notre rencontre à Salzbourg n'était pas aussi fortuite que vous pourriez le penser, quand j'ai appris à Berlin que vous y passeriez j'ai voulu faire d'une pierre deux coups avant de revenir ici. Vous et Karl Böhm. Jusqu'à présent, je n'ai pu obtenir que vous.

Walter se demandait bien qui avait pu l'informer. La visite à von Ribbentrop n'était pas secrète, mais sa planification n'avait pas transpiré au-delà de la Berkaerstrasse. Ni Kaltenbrunner ni Himmler n'avaient été mis au courant. Il nota de tirer l'affaire au clair dès que possible. Cette fois, mieux valait le laisser venir, car tout cela avait un but bien précis qu'il était impatient de découvrir.

Hans Frank l'observa quelques instants avant de poursuivre : - Cela n'a pas l'air de vous faire plaisir. Je vous comprends Schellenberg, pourtant il vous faudra accepter que le gouverneur de Pologne possède beaucoup d'amis disséminés un peu partout. Revenez à de meilleurs sentiments à mon égard. Laissez-moi vous expliquer. Tout comme vous, j'ai grand besoin de discrétion, vous convoquer ici aurait pu sembler étrange, particulièrement à Krüger toujours à fourrer son nez dans mes affaires, sourcilleux de son pré gardé qu'il défend telle une laie ses petits tout en faisant preuve de moins d'éducation. Vous saviez qu'il avait été employé par la BEMAG[178], son habitude à fouiller les poubelles doit provenir de là. Mais inutile de nous attarder sur lui. Vous n'ignorez pas qu'un différend m'oppose au Reichsführer.

Pour autant qu'il s'en souvienne, Hans Frank avait aussi été employé par la BEMAG dans ses années de vaches maigres, mais il en était moins certain : - Vous opposait si je ne m'abuse. Walter s'était renseigné et c'était exact que Hitler avait imposé aux deux hommes de se réconcilier en tordant un peu le bras à Himmler. Le bruit courait dans les couloirs que Krüger allait être remplacé, mais les bruits de couloirs au RSHA étaient encore plus nombreux que les cris Prinz Albrechtstrasse.

- Oui, vous avez partiellement raison, mais j'ai de bonnes raisons de croire que le Reichsführer n'est pas entièrement sincère. Je le connais depuis longtemps. Je l'ai connu tout au bas de l'échelle alors que j'étais l'avocat d'Hitler, l'imposteur voulait me faire croire qu'il avait participé aux derniers combats de la guerre en dix-huit. Je l'ai remis à sa place. Après vingt ans, il m'en garde jusqu'à

---

[178] **BEMAG, société de nettoyage de la ville de Berlin.**

ce jour une forme de rancœur. À ce propos, croyez-vous encore en la victoire Schellenberg.

Walter fut à nouveau surpris, il ne s'attendait pas à pareille question. Il aurait dû se méfier, c'étaient bien des procédés d'avocat. Heureusement dans ces cas-là, lui adoptait la méthode éprouvée des Jésuites, répondre à une question par une autre en souriant : - Ce n'est pas votre cas.

- Je crois avant tout en Dieu. C'est d'ailleurs la chose la plus remarquable que m'aura enseignée le peuple polonais, sa ferveur. La seule aussi. Le reste est affaire de circonstances et elles ne s'annoncent pas très favorables en cette cinquième année de guerre.

Il se demandait si le gouverneur de Pologne cherchait à le provoquer, mais dans quel but. Walter était un trop petit gibier que pour être chassé par lui. La seule chose dont il était persuadé, c'était que Hans Frank avait besoin de sa personne et qu'au plus tard dans quinze minutes il aurait appris pourquoi. Alors, autant jouer le jeu : - Vous avez raison Reichsleiter, les difficultés s'accumulent, certaines options devraient éventuellement se voir repensées.

- Par des hommes neufs. Par hommes neufs, j'entends des hommes d'une autre vision. Quand je regarde Himmler et ses grosses lunettes rondes, je me dis qu'il doit y voir plus clair que quelqu'un qui refuse d'en mettre et qui se fait taper ses rapports sur une machine à écrire spéciale aux caractères trois fois agrandis.

Aussi surprenant que cela paraissait, il n'y avait aucun doute, c'était bien du führer dont il était question : - Ne soyez pas surpris colonel Schellenberg et ne jouez pas les vierges effarouchées. Vous avez beau diriger les renseignements étrangers, vous auriez tort de croire être le seul à disposer de réseaux. Goering, von Ribbentrop ont aussi leurs propres services de renseignements. Peut-être même Goebbels , alors pourquoi pas moi. Mais cela vous l'aviez déjà compris, votre esprit est réputé pour travailler rapidement, l'Opel que vous avez aperçu dans la cour à votre arrivée vous a déjà donné la bonne réponse. Vous vous demandez comment je suis au courant de votre enquête. Je vais satisfaire votre curiosité, vous avez interrogé une personne qui possède mon numéro de téléphone ; à partir de là, il suffisait de vous suivre pas à pas. Le reste, les quelques cases qui restent vides sont faciles à deviner.

Walter regarda le plafond avec ses moulures superbement ouvragées : - Bravo, comme quoi on n'est jamais assez discret. Et cela nous mène où ? À me dénoncer. Et à qui, au führer. Je nierai une grande partie, et j'avouerai l'autre en expliquant avoir voulu contrecarrer par anticipation une publication américaine. Probablement que je terminerai la guerre sur le front de l'Est. Le Reichsführer restera toujours l'homme qui concentre le plus de pouvoirs entre ses mains, cependant lui, il n'ira pas sur le front de l'Est. Et vous, qu'aurez-vous gagné sinon rien.

- Où avez-vous été cherché que je vous dénoncerais mon cher Schellenberg. La situation est amusante, vous ne trouvez pas. Nous sommes en position de chacun ouvrir notre cœur à l'autre. Du moins après vous avoir dit ceci. Effectivement, nous, le Reich, sommes dans une position défavorable ; mauvaise à tout égard. Non, nous ne sommes plus en mesure de gagner la guerre. Par contre, nous sommes en mesure de ne pas la perdre si l'homme mis à la tête de l'état parvient à établir des négociations aboutissant à un cessez-le-feu. Au moins avec l'Ouest, et s'il le faut avec l'est en tout dernier recours s'il n'y a pas moyen de l'éviter.

Walter hallucinait, il se croyait plongé dans une gigantesque maison d'aliénés. Comment ces gens pouvaient-ils croire qu'un jour ils allaient serrer la main de Roosevelt comme si de rien n'était. Sauf qu' en y réfléchissant, il avait depuis quelque temps été obligé de conclure qu'il faisait lui-même partie de la cour où évoluaient ces fous et qu'il devenait urgent de s'en dissocier. Qui se permettrait de lui serrer la main de Walter Schellenberg. Bien entendu, depuis longtemps, il avait soigneusement évité toutes les situations graves et tenu ses mains aussi propres que la situation le permettait ; envoyer son ancien chef Jost à sa place à la tête d'un commando en Russie avec la bénédiction de Heydrich en était l'exemple parfait. En ce qui le concernait, il se rappelait avoir en peu d'occasions été favorable aux décisions sans toutefois risquer de le l'afficher, mais cela n'en faisait pas moins un coupable à additionner à une longue liste. Par-dessus tout, il avait depuis longtemps compris l'absurdité de cette guerre avec un adversaire telle que l'Amérique. Cependant, c'était insuffisant pour le rendre fréquentable aux yeux des alliés de l'ouest. Sa seule solution restait le secret et le renseignement. L'accumulation des deux devenait la seule monnaie qu'il pourrait mettre un jour sur la table. Il n'était pas certain que ceux en sa possession à ce jour soient suffisants. En amasser d'autres devenait une priorité vitale et pour y arriver, il n'y avait qu'une solution, devenir au plus vite, mais sans précipitation le responsable de tous les renseignements du Reich, Abwehr compris. L'idiot utile assis devant lui allait sous peu mettre son écot dans son panier récolteur grand ouvert : - Et comment voyez-vous la mise en place de l'homme providentiel.

Vous fouillez par-ci, par-là dans de vieilles poubelles. Vous trouvez des éléments, sauf qu'ils ne sont pas suffisants. Il se fait que de mon côté, j'en ai quelques-uns très intéressants. En les ajoutant aux vôtres, cela devient vite un tas convaincant.

Walter ne s'en ferait jamais un ami ni un complice encore moins un allié ce qui ne l'empêchait nullement de tâter la ligne à condition de savoir qui se trouvait du côté de l'hameçon : - Dans quel but feriez-vous cela ?

- Vous n'avez pas manqué de voir de quelle façon j'ai été mis à l'écart du parti par le führer. Je sais qu'il a perdu la confiance qu'il avait en moi. Il n'a pas accepté ma démission et vous savez pourquoi Schellenberg, car il a besoin de créer par avance un coupable à mettre en avant quand les choses tourneront mal.

- Constatant le mutisme de son interlocuteur, l'appât n'avait d'autre solution que celle de lever le voile pour obtenir une chance d'être mordu : - En 1930, alors que j'étais avocat au service de Hitler, il m'a chargé d'une affaire délicate. Son demi-neveu, William Patrick Hitler, qui habitait avec sa mère en Angleterre, le faisait chanter ; il voulait de l'argent pour garder le terrible secret de son oncle sous peine de tout divulguer à la presse.

Par déformation professionnelle, Walter se montrait friand des secrets sous toutes leurs formes : - Continuez, c'est ma foi assez intéressant

- À ma grande surprise et contre toute attente, Hitler a payé. Je le sais, c'est moi qui me suis chargé de lui faire remettre les fonds. Auparavant, je m'étais rendu en Autriche pour tirer au clair qui était le père de son père né illégitime. À l'époque, les langues se déliaient plus facilement que maintenant ; avant la création de la Gestapo, personne ne craignait de se mettre l'autorité à dos. De fil en aiguille, aidé parfois de quelques billets et parfois de menaces ou les deux à la fois, j'ai mis la main sur des documents de paternité ainsi qu'une correspondance entre une famille juive et les grands-parents paternels de Hitler. Dans les lettres on pouvait lire qu'un jeune homme, Léopold de son prénom, avait engrossé la grand-mère de Hitler, domestique au service de cette famille juive avant qu'elle ne fasse la connaissance et accepte de se marier avec Georg Hiedler. Ces juifs ont payé des sommes rondelettes à la grand-mère pour l'entretien du petit Aloïs et pour qu'elle ferme sa bouche. Au final, par un tour de passe-passe, la famille Hiedler a fait reconnaître l'enfant après sa mort, celle de Goerg. une affaire de gros sous, du moins pour ces gens-là.

Walter était dubitatif. Le « roi de Pologne » savait se montrer aussi habile que sournois. Pour l'instant, il ne croyait pas un instant à son histoire tout en reconnaissant le risque que prenait Frank, la crainte de se voir destitué de bien plus que de ses charges au NSDAP ou pire, accusé des pires maux, ceux qui menaient illico dans l'au-delà sans billet de retour. Ne pas croire en son histoire voulait dire ne pas croire en sa sincérité. L'histoire en elle-même, celle de la grand-mère, il la connaissait déjà en grande partie.

Difficile de le lui dire en face : « Bien entendu, vous détenez toutes les preuves de ce que vous avancez ». Mais au point où il en était, il surmonta sans scrupule la difficulté.

- Bien entendu. Plus une en prime.

- Je suis curieux de la connaître.

- Eva Braun est pour sa plus grande malchance également juive ! Une chambre vous attend. À présent, aller vous reposer quelques heures, nous en parlerons demain. Ce soir, faites-moi l'honneur de souper en ma compagnie et celle de mon épouse, inutile de venir en uniforme.

Qui des deux se retrouvait avec un hameçon logé dans la joue ?

LE MAUVAIS FILS

TROISIÈME PARTIE

Sonderzug Steiermark179, wagon sept, Thorn, samedi 15 mai 1943

Felix Kersten[180] rigolait, par une pression de ses paumes, il était parvenu à faire échapper un gémissement de douleur à son patient : - Dernier geignement de la journée et sans trop m'avancer celui de la semaine. Vous pouvez remettre votre chemise colonel Schellenberg.

Walter se redressa sur la banquette du salon, la douleur disparaissait peu à peu et comme d'habitude s'estomperait complètement dans les minutes suivantes. Le médecin-masseur attitré du Reichsführer possédait des mains miraculeuses : - Felix, grâce à vous je revis, une résurrection de quelques jours, mais c'est toujours ça de pris. De retour à Berlin rappelez-moi de vous faire envoyer quelques boîtes de chocolats ou au moins un bon à valoir à réclamer après la guerre, puisque c'est une denrée devenue introuvable. Où sommes-nous ?

- À Thorn, nous venons de franchir la Weichsel[181] et quitter le Wartheland[182]. Il ne reste plus qu'à passer par Deutsch Eylau, Drewenz, Allenstein, Korsze, Rastenburg, Schwarzstein et nous pourrons entamer la longue attente entre les lacs de Jezioro à moins qu'il décide d'aller patienter près de Grossgarten au Schwartzchanze[183]. Sauf si le führer condescendrait à nous donner audience sur le champ. Enfin, pas à moi bien entendu, je veux dire au Reichsführer et vous.

- Vous connaissez le trajet par cœur, je compte sur vous pour jouer les guides touristiques, c'est la première fois que je suis invité à effectuer un voyage dans le Steiermark. Cela dit, je ne suis pas encore certain d'être moi-même invité dans le bunker du führer, Heinrich ne m'a pas encore adressé la parole depuis notre départ.

---

[179] Train spécial Styrie ou train 44, train de commandement de campagne d'Himmler
[180] Eduard Alexander Felix Kersten, médecin d'Himmler en thérapie manuelle.
[181] Vistule
[182] Reichsgau Wartheland aussi Warthegau et Reichsgau Posen .Ancienne province allemande de Posnanie donné à la Pologne en 1919 et reprise en 1939
[183] Schwartzchanze ou la tanière noire, surnom de Hochwald, situé à vingt kilomètres du Wolfsschanze ou tanière du loup..

Par mesure de sécurité, le train avait dépassé la gare de Thorn, et s'était arrêté après le passage du fleuve pour ravitailler et se connecter aux systèmes de communications. Le patron de l'ordre noir tenait à rester discret, des groupes de partisans polonais se formaient dans ce qu'ils considéraient encore comme la Pologne et lui la Prusse occidentale.

Le train spécial avait quitté le matin précédent la gare de Berlin Anhalt. Le voyage vers la Wolfsschanze[184] s'avérait interminable, Himmler dans un élan guerrier avait décidé d'abandonner sa priorité au bénéfice des convois militaires qui gagnaient l'est en prévision de l'opération « citadelle ». Il devait sans doute estimer cela comme sa contribution à l'opération.

Au fil du temps, le Reichsführer s'était mis à apprécier le Sonderzug Steiermark. Lors de la campagne de France, il l'avait stationné un mois durant à Flammesfeld. Tapis à vingt kilomètres derrière le Rhin, ce quartier général sur rail avait dû lui donner l'impression de participer à la bataille, un vieux désir datant de 1917 et enfin assouvi. Certes, ce n'était pas «l'Amerika» du führer, mais pas pour autant un tortillard relégué aux lignes provinciales. Quatorze wagons avec salons, voitures couchettes, restaurant et deux wagons ouverts de flak. Contrairement à son bureau de la Wilhelmstrasse, travailler de son train en regardant défiler les territoires conquis lui donnait le sentiment de contribuer activement à la guerre.

Cette fois-ci, le convoi était composé de seulement douze voitures et la locomotive. Son wagon, le sept, n'était autre que celui d'habitude réservé au général Hans Heinrich Lammers[185], celui-là même qui menait à bout de bras Himmler vers la fonction de ministre de l'Intérieur que ce dernier rêvait d'endosser depuis des années. Comme l'arbitre du Reich ne participait plus beaucoup aux voyages, il avait subi une légère transformation et Walter avait pu en bénéficier presque exclusivement ; probablement avec sa bénédiction ; toutefois en le partageant avec le chef du convoi ferroviaire, le major Tiefenbacher[186]. L'officier, toujours à veiller à la bonne marche du train et au moindre désir de son maître, ne regagnait la voiture sept que pour dormir quelques maigres heures et souvent en plusieurs épisodes. Deux lits avaient été disposés pour eux en retrait du salon. Kersten de son côté devait se contenter d'une couchette dans le wagon dix, celui placé opportunément devant le neuf des secrétaires et le suivant réservé à « Henrl l'oiseleur[187] », voiture qu'il partageait avec d'autres officiers supérieurs. Walter avait

---

[184] *Wolfsschanze ou repaire du loup, quartier général d'Hitler en Prusse Orientale.*
[185] Obergruppenführer Hans Heinrich Lammers.
[186] SS-Sturmbannführer Josef „Sepp" Tiefenbacher.
[187] Surnom péjoratif donné à Himmler. Henri de Germanie dit Henri l'oiseleur, , mort en 936 dont il disait descendre spirituellement.

noté avec plaisir être logé dans la voiture voisine de la huit, le salon d'Himmler. Pour autant, depuis un court échange de politesse à la gare d'Anhalt, il ne l'avait plus croisé, le Reichsführer prenait ses repas en privé, boudant la voiture-restaurant.

Ce matin, il avait salué Kersten alors qu'il passait dans son wagon pour ensuite décider de se rendre tous les deux vers la voiture quatre celle du restaurant. Après quelques amabilités, ils avaient décidé de déjeuner ensemble. Vers la fin du repas, Walter s'était plaint à dessin de maux d'estomacs. S'il ressentait bien une légère douleur, le motif de ses faibles lamentations n'avait d'autre but que celui d'attirer le finlandais trois wagons plus loin à l'abri des oreilles indiscrètes. Après avoir traversé la voiture-dortoir suivie de celle dédiée aux bagages, ils avaient gagné la discrétion du salon de Lammers. Kersten s'était émerveillé du luxe qu'il y découvrait. Walter le soupçonnait de vouloir le flatter de l'attention du Reichsführer à son égard, car le masseur d'Himmler connaissait le Sonderzug Steiermark sur le bout des doigts.

Walter avait pris place dans un des confortables fauteuils, Félix s'installa en face de lui. Tous deux contemplèrent un moment le paysage au travers des grandes vitres. Celui-ci ne représentait pas un grand intérêt : - Ce n'est éventuellement qu'une impression, Félix, mais je vous sens préoccupé. Y aurait-il quelque chose que je peux à mon tour réaliser pour vous soulager. Excepté votre gourmandise que je suis incapable d'assouvir par manque de chocolats.

Le masseur tortilla ses mains. Walter savait qu'il n'était en rien embarrassé par la question, c'était tout simplement son entrée en matière habituelle avant d'avancer ses pions : - Me soulager. Difficile à dire colonel.

Walter avait depuis l'année précédente noué une relation amicale qui s'était peu à peu transformée en complicité, il connaissait le mode d'emploi du finlandais faiseur de miracles : - J'ose espérer que vous n'êtes pas à votre tour malade, Felix. Au moins pas au stade atteint par le patient dont vous m'avez fourni le dossier médical. Le médecin naturopathe ne répondait pas. En premier lieu, l'affaire qui le tracassait devait être d'importance et compliquée, sinon il se serait adressé au général Berger[188] qui prenait souvent sa défense, sans parler de la protection spéciale dont il bénéficiait auprès d'Himmler. Le dossier médical qu'il lui avait remis fin mars l'avait longtemps interpellé, d'abord il avait pensé à une manœuvre discrète initiée par le Reichsführer, et puis son esprit soupçonneux avait aussi imaginé qu'il n'était pas impossible que l'ex-élève du docteur Colander soit un agent dormant des alliés et qu'il n'avait trouvé que ce moyen pour leur

---

[188] Obergruppenführer Gottlob Christian Berger chef du SS-Hauptamt

communiquer le dossier médical. Après tout, il avait fait bénéficier de son art de nombreuses personnalités et particulièrement la maison royale hollandaise. Cela voulait également dire que Felix Kersten le supposait être en contact avec les services anglais ou américains : - Felix, maintenant que nous avons appris à nous connaître, vous devez savoir que, quelle que soit l'énormité de votre révélation, vous pourrez compter sur moi. Vous voulez peut-être me dire que le Reichsführer vous a expliqué son projet de démanteler les États européens et rendre l'allemand la langue obligatoire. Inutile de perdre votre temps, je le sais déjà !

- Non, il ne s'agit pas de cela, pas du tout. Pour être franc, il s'agit de votre chef. Enfin, celui qui a remplacé Reinhard Heydrich. Autant Heydrich se montrait dans les derniers temps indifférent à ma personne, aussi bien Kaltenbrunner me fait étroitement surveiller par la Gestapo. C'est vrai qu'Heydrich l'avait aussi ordonné, mais le Reichsführer s'y était vertement opposé. Votre ancien chef était un joueur d'escrime, il voyait probablement en moi un possible compagnon de jeu, celui du chat et de la souris.

Walter lui aussi ne voyait que trop bien : - Reinhard savait se montrer un redoutable bretteur de l'esprit ; mais un jour, présumant de ses forces dans un face-à-face, il a perdu la partie[189] ! En ce qui concerne mon nouveau chef, rien d'inhabituel, Ernst[190] surveille tout le monde et si cela peut vous rassurer moi-même, je n'échappe pas à sa règle. Au point que je le crois tout à fait capable d'espionner son chef, c'est tout vous dire.

- Bien entendu, cependant, il ne va pas jusqu'à faire fouiller votre maison en votre absence.

- Pas encore. Je n'imaginais pas qu'il en soit arrivé à de tels extrêmes en ce qui vous concerne. Pourquoi ne pas vouloir en toucher un mot à votre meilleur client ?

- Pour la bonne raison que dans le cas du général Heydrich j'ai déjà fait appel à lui. Assurément la crainte de trop crier au loup. D'ailleurs, je ne dispose d'aucune preuve de ce que j'avance. Dans ma maison, je laisse des marques dans toutes les pièces et à mon retour d'un voyage comme celui-ci, je vous assure qu'elles seront toutes violées,

---

[189] Allusion à l'attentat de Prague du 27 mai 1942 ou Heydrich sortit de la voiture pour affronter pistolet au poing ses agresseurs.
[190] Général Ernst Kaltenbrunner, successeur de Reinhard Heydrich à la tête du RSHA.

Walter décida de le tester un peu plus avant : - Il vous soupçonne de cacher des secrets. Vous cachez des secrets, Félix ? Je ne parle pas de la recette mystérieuse et dissimulée de votre grand-mère du mustikkapiirakka[191]. Disons des cachotteries, de celles qui vous mènent derrière des barbelés. Consigner des notes pour la postérité est une lame à deux tranchants qui dans votre activité peut nuire dangereusement à la santé. Conseil gratuit et dénué d'intérêt d'un spécialiste du renseignement.

Le docteur Kersten rougit. L'homme était extrêmement intelligent et détenait la méthode pour parvenir à ses fins, mais probablement pas au point d'empourprer ses joues à la demande. Bien que : - pas du tout colonel, si je vous expose mes problèmes au lieu du Reichsführer, c'est parce que je connais votre animosité mutuelle et je sais que vous me croirez.

Walter lui fit envoya un regard bienveillant pour le mettre à l'aise et lui faire saisir qu'il le comprenait : - Animosité serait le plus faible mot que j'emploierais. Mais si la Gestapo n'a rien trouvé, c'est soit que vous n'avez rien à cacher, soit que vous disposez d'une planque en or.

- Ce n'est pas de cela qu'il s'agit. Je perçois surtout de mauvaises ondes.

- Quand il s'agit de Kaltenbrunner, les ondes sont généralement mauvaises, jamais bonnes. Il ne peut rien contre vous tant que vous prendrez soin de votre prestigieux patient. Ça me rappelle une histoire de la mythologie grecque sans me souvenir de laquelle. Si cela vous aide d'en parler, dites-moi ce que vous chuchotent ces ondes.

Kersten hésita un moment avant d'oser se lancer : - J'appréhende qu'il me fasse éliminer.

- Éliminer comme faire un voyage dans l'au-delà ?

- Cela même.

- Et pourquoi ferait-il cela, qu'a-t-il à y gagner, sauf la colère noire d'Himmler.

- Parfois, je demande des choses difficiles au Reichsführer. Les circonstances font que je profite de certaines occasions favorables lorsque nous nous retrouvons seuls.

- Seul comme quand il se retrouve couché sur une table de massage le torse nu.

---

[191] Recette finlandaise de la tarte aux myrtilles.

- Cela même, vous devinez parfaitement colonel.

- Je devine aisément ce que vous lui demandez. Felix, vous avez devant vous le chef des renseignements extérieurs, pas le cuisinier de chez Horcher. Vous tirez profit pour implorer la libération de juifs. Exact, sinon arrêtez-moi. Si ce n'était qu'un ou deux, mais il s'agit de grandes quantités, pas vrai.

Felix Kersten restait silencieux, mais un petit sourire victorieux illuminait son avenant visage. Il finit par concéder comme un défi : - et cela vous choque ?

Walter se pencha pour lui tapoter amicalement le genou : - Pas le moindre du monde ; ensuite, ce serait la meilleure chose à envisager. Hélas, nous n'en sommes pas encore arrivés à ce stade-là. Tant s'en faut. Par contre, un que cela doit horrifier, c'est Kaltenbrunner. Horrifier et arranger à la fois. Il désire par-dessus tout le fauteuil d'Himmler et la bête autrichienne parfois se met à réfléchir et lorsqu'elle se retrouve sobre, parle à l'oreille d'Hitler. Au-delà de l'aide que vous portez aux israélites, ce n'est à ses yeux pas de nature aussi essentielle que de fragiliser le Reichsführer par votre disparition. Ernst lui démontrerait de cette manière qu'il ose le défier ouvertement. Méfiez-vous Félix, vous ne sauriez-vous montrer trop prudent malgré vos protections, Ernst reste éminemment dangereux.

Comme Kersten demeurait silencieux, Walter voulut rassurer le thaumaturge : - Pour le reste, il y a beaucoup de choses qui vous dépassent et que d'ailleurs vous ne devez pas connaître. Comme dit le prêtre à la fin de la messe «partez en paix ». De mon côté, je vous promets de faire surveiller ça de près, j'en ai encore les moyens. S'il se trame quelque chose de sale, je vous préviendrai. Que ceci ne vous empêche pas de regarder derrière votre épaule.

*   *   *

Rudolph Brandt,[192] le secrétaire d'Himmler, tentait de le réveiller en lui secouant sans rudesse l'épaule ; lorsque le docteur Kersten l'avait quitté, Walter en manque de sommeil et, bercé au rythme des bogies, s'était assoupi dans le fauteuil.

À une année près, le secrétaire d'Himmler avait le même âge que Schellenberg, ce dernier avait toujours été frappé par sa ressemblance, surtout par son regard, avec Rudolf Hess ; il ne manquait pas grand-chose pour imaginer voir son petit

---

[192] Sturmbannführer (en 1943) Rudolph Brandt.

frère. Un court instant, il pensa avoir devant lui le substitut du führer avant de réaliser sa confusion : - Rudolph, ne me dites pas que nous sommes déjà arrivés ?

Les deux hommes à force de se fréquenter avaient depuis longtemps adopté une certaine connivence et employaient entre eux une inévitable légèreté de ton quand ils se retrouvaient seuls : - Si, Walter, nous sommes arrivés à l'heure de votre audience.

Walter à présent pleinement réveillé, ironisa : - Déjà ! Je ne m'y attendais pas de sitôt, j'avais parié être reçu demain pour ne pas déroger à sa vilaine habitude. Il regarda sa montre : « quatorze heures vingt, j'ai donc perdu le repas de mi-journée et dans mon somme, on ne m'a servi que du rêve. Comment est-il aujourd'hui » ?

- De fort belle humeur.

Walter après avoir remis son ceinturon suivit Brandt pour passer dans l'autre Wagon. Ce dernier, sa mission remplie, s'était éclipsé. Himmler avait l'habitude de recevoir ses officiers invariablement tapis derrière son bureau en affectant un air rude, à l'occasion excédé. Là, il se s'affichait en chemise sans sa vareuse, assis confortablement dans son fauteuil sourire aux lèvres. Walter nota, posée sur un valet, une veste de combat camouflée dénuée des insignes jaunes de grade puisque celui de Reichsführer, rang unique, n'en possédait pas. Lorsqu'il le lui avait fait remarquer l'année précédente à l'occasion d'une cérémonie, la réponse était sortie sèche : « Napoléon n'en possédait pas non plus ». À la différence de l'empereur Corse, difficile d'imaginer Himmler apparaissant soudain en première ligne. Son chef des renseignements s'était prudemment abstenu de tout commentaire.

Walter n'avait jusqu'à ce jour jamais eu l'occasion de contempler son chef en tenue de combat même éloigné raisonnablement du front et doutait de la saisir un jour. Pour l'instant, la veste neuve sentant encore le dépôt trônait bien visible, donnant par sa présence la touche définitive à l'ambiance guerrière que son chef aimait tant évoquer ou mettre en scène selon son humeur. Du doigt, il désigna l'autre fauteuil : - prenez place mon cher Schellenberg. Avez-vous au moins bien dormi ? Rien de tel que les grincements des roues sur leurs rails pour vous envoyer dans les bras de Morphée. Des roues dont chaque tour mène non vers Érèbe, mais vers la victoire finale. Mesurez à l'aise votre chance, la région que nous traversons est historique.

Himmler rajusta son pince-nez, s'enfonça dans son fauteuil en levant l'index : - Savez-vous que son peuplement remonte au dixième siècle. À votre air, je comprends que vous l'ignorez. Laissez-moi donc vous éclairer. Un village du nom de Grudenc existait déjà vers l'an douze cent, il appartenait au territoire de Culm. Conrad premier de Mazovie l'avait cédé aux chevaliers teutoniques pour qu'ils le défendent contre les tribus païennes de la Baltique. Hermann von Salza[193] et ses chevaliers y construisirent un château fort, et profitèrent de l'occasion pour y établir une commanderie au nom latin de Graudentum. La localité fut nommée Graudenz et obtient le droit de commercer. Graudenz connaîtra une période de prospérité économique jusqu'en 1466, année noire entre toutes, car à cette date funeste les chevaliers teutoniques sont battus et la ville passe sous la suzeraineté de la Pologne. Graudenz se verra libérée du joug polonais par Frédéric le Grand trois cents ans plus tard, en 1770 ; par la suite, elle devient une entité de l'Empire allemand fondé par Bismarck. Notre sang est dans cette terre Schellenberg, comme il le sera à jamais plus loin à l'est, et nous, nous sommes la réincarnation des chevaliers teutoniques.

Et vous leur chef, pensa Schellenberg. Il savait surtout que lorsqu'il apparaissait d'excellente humeur, Himmler ne pouvait s'empêcher de donner un cours d'histoire ou d'astrologie passé par son filtre mythique. Aujourd'hui, par chance, il était tombé sur le cours d'histoire. Difficile de l'arrêter, compliqué de ne pas étouffer un bâillement. À défaut d'inventer un moyen acceptable pour l'interrompre, sans ça, Walter devait s'attendre au pire qui s'annonçait sur la pointe des pieds, un exposé professoral des plus complet sur la germanité : - c'est pour moi un grand honneur de me faire participer à ce voyage, Reichsführer, je n'étais jamais monté dans le Steiermark. C'est si bon de retrouver grâce à lui les terres qui nous avaient été confisquées. Ajoutez à cela l'impression de me retrouver en vacances.

Le sourire ne disparaissait pas, il devenait à peine moins prononcé comme si le charme avait été rompu : - Et si l'on profitait de ces « vacances » pour vous entendre sur les dernières avancées dans la mission que je vous ai confiée en janvier, une éternité ; exact, Schellenberg ? Himmler regarda avec insistance autour de lui en se tordant le cou : « dommage que Brandt ait filé, nous aurions pu lui demander de nous faire servir le thé agrémenté de quelques biscuits. Vous croyez que vous parviendrez à me raconter ce qui s'est passé pendant tous ces jours depuis que nous nous sommes vus à Nordhav sans vous retrouver avec la gorge sèche ? Dans l'affirmative, je ne doute pas que nous en aurons pour un moment. Si vous considérez comme des vacances cet endroit loin des regards, je vous souhaite de vous y plaire en ma compagnie ».

---

[193] Hermann von Salza est le quatrième grand maître de l'ordre Teutonique

Himmler ne serait pas Himmler une fois dépossédé de son cynisme. Son apparence (attitude) confirmait ce qu'il demeurait avant tout : un instituteur pontifiant et revêche à la fois, doté d'origine d'un caractère acariâtre. Au-delà de cela, il pouvait, suivant les circonstances, se montrer mondain, amène et curieux, même ouvert à la discussion et dans le dernier cas, tremblant comme une feuille en présence de son maître. Aujourd'hui, rien dans son attitude ne permettait de supposer qu'il ressemblait à un des deux derniers cas de figure : - Avant de commencer, Reichsführer, il me faut vous expliquer les difficultés que je rencontre et dois surmonter chaque jour dans l'espoir d'échapper aux nouvelles missions que tente de me confier Kaltenbrunner. L'une d'elles en particulier risque de m'amener en confrontation directe avec le docteur Goebbels qui ne ratera pas l'occasion de la porter à la connaissance du führer. Kaltenbrunner veut que mon département s'immisce dans l'enquête de Smolensk, celles des tombes d'officiers polonais découvertes dans la Forest de Katyn. Si le ministre va se plaindre de moi, il se plaindra automatiquement de vous ! Notre autorité dans la région de Smolensk est discutable et von Kluge[194] fort de sa rencontre[195] avec Hitler qui a besoin de lui pour citadelle, ne se prive pas de l'écarter chaque jour un peu plus.

- Je vous arrête immédiatement Schellenberg, ce n'est pas Ernst qui vous diligente, mais bien moi par son entremise. Nous n'aurions pas aspiré tous deux à une certaine discrétion que je vous en aurais chargé personnellement. Ne prenez pas cet air surpris, il ne vous va pas, pourtant avec quelques efforts supplémentaires, vous paraîtriez convaincant à souhait. La découverte des crimes de l'armée rouge me rend soucieux à bien des égards. Ce n'est pas parce que vous avez réussi à berner le général Heydrich et abouti à envoyer votre prédécesseur Heinz Jost[196] à votre place à la tête d'un groupe d'action spéciale d'intervention à l'Est que vous ignorez ce qui s'y est passé. Par votre intermédiaire, en mettant votre nez dans cette affaire, je désire me rendre compte du mécanisme d'exhumation, des constats d'autopsies et par-dessus tout de l'influence de la croix rouge internationale invitée à participer à l'enquête. De notre côté, contrairement aux bolchéviques, nous envisageons une opération préventive[197] qui rendrait toute commission d'enquête inopérante. Cela dit, vous avez raison, le petit docteur pourrait se mettre à gesticuler plus qu'à son habitude. Allez-y à bas bruit autant que possible, sinon arrangez-vous pour faire régner le silence.

---

[194] Generalfeldmarschall Günther von Kluge.
[195] Le 13 mars 1943 au quartier général du groupe d'armées du centre près de Smolensk (Gniesdovo).
[196] Brigadeführer Heinz Jost, responsable de l'Einsatzgruppe A.
[197] Aktion 1005 ou Enterdungsaktion. Déterrer et brûler les victimes des assassinats de masse.

- Bien, Reichsführer, je continuerai à surveiller l'enquête discrètement, si ça devient trop risqué, je me muerai en fantôme.

Himmler exhibait à nouveau un sourire sincère prouvant par avance tout le plaisir du sujet qui allait être abordé : - Où en êtes-vous au sujet de ces bruits que nos ennemis veulent faire courir, celui sur des origines douteuses de notre führer ?

Voilà qu'Hitler redevenait un simple gâteau dont une portion appartenait à chacun et qu'ils s'apprêtaient à déguster dans le confort du wagon en donnant leur avis sur son goût : - Ma rencontre avec le gouverneur général de Pologne s'est avérée aussi fructueuse que surprenante. À demi-mot il m'a signifié souhaiter sceller la paix avec vous Reichsführer. Toutefois, je tempérerais ainsi l'initiative : plus une sorte de pacte de non-agression qu'une paix véritable.

C'était une rare musique que celle d'écouter le rire d'Himmler et Walter ne se souvenait même pas s'il avait déjà eu l'occasion de l'entendre, c'est pourtant ce que sa sortie déclencha, le mépris en prime : - Le roi de Pologne devrait laisser cette spécialité à von Ribbentrop. Cet ignoble individu doublé d'un crétin corrompu vous a jeté de la poudre aux yeux pour entreprendre de vous embobiner, j'espère que vous n'avez pas été dupe. Eu égard à son passé, le führer n'a pas voulu lui faire la honte de le désavouer. Alors qu'il nous avait réuni tous les trois, il m'a demandé comme une faveur de tenter d'effectuer un pas vers la réconciliation,[198] ce à quoi j'ai accédé bien volontiers. Pour démontrer ma bonne volonté, après que Frank eut quitté notre réunion, j'ai évoqué la possibilité du départ de Krüger[199]. De toute façon, Friedrich est un idiot incapable de comprendre ce qu'on attend de lui. Il aurait mieux fait de disparaître dans l'explosion de sa voiture, c'était pour lui l'occasion de devenir un héros tout en recevant les honneurs militaires à Berlin avant d'aller tenir compagnie à Heydrich. Pour faire bonne mesure, il va prendre de longues vacances et se préparer d'aller marcher sur les pieds des Yougoslaves. Ce ne sera pas sa première traversée du désert, il s'en remettra sans devoir fournir de gros efforts. En ce moment, il est extrêmement occupé et j'en ai besoin pour un travail d'importance à Varsovie, dès qu'il l'aura terminé, il prendra un peu de vacances avec Elisabeth[200] ensuite, vers la fin de l'année, il ira respirer l'air du sud. Pas besoin de choquer la famille, nous devons compter sur son frère pour Citadelle[201]. Pour paraître généreux, je vais joindre Globocnik[202] à la fournée, celui-là ira tracasser les partisans en Slovénie. Là,

---

[198] En réalité un ordre d'Hitler lors de la réunion du 06 mai 1943.
[199] Obergruppenführer Friedrich-Wilhelm Krüger déjà cité dans le tome 1.
[200] Elisabeth Rasehorn.
[201] Generalleutnant der Waffen-SS Walter Krüger commandant de la division Das Reich.
[202] Gruppenführer und Generalleutnant der Polizei Odilo Globocnik

c'est un petit plaisir du à Erich[203] qui me l'a demandé comme un service que je n'ai pas pu lui refuser. Krüger sera remplacé par Koppe[204], Odilo par personne. Je dois stopper ses projets. Son idée de villages et de colonisation va être abandonnée, elle empiète sur les prérogatives de l'équipe de Frank à Lublin. Cette année, il me faut hélas faire preuve de concession. Revenons à votre séjour à Cracovie : à fructueux, vous aviez ajouté « surprenantes » Schellenberg, alors, étonnez-moi !

Walter n'ignorait pas qu'en toile de fond Himmler avait inscrit en lettres de feu « je me débarrasse de qui me semble bon et je décide qui retrouve sur le front » :
- Surprenant est le bon mot Reichsführer et je peux sans peine introduire la surprise dans ma boîte, celle dans laquelle je classe les bruits courant sur des origines douteuses de notre führer, mais en prenant soin de le mettre dans un compartiment séparé.

À présent, Himmler ne souriait plus, il paraissait un élève discipliné captivé par un exposé sur la sexualité particulièrement croustillant : - Frank est parvenu grâce à ses services de renseignements à me faire étroitement espionner. Je m'étais bien rendu compte d'une surveillance, mais sans me douter qu'il se cachait derrière. Il faut dire que les candidats ne manquent pas. Outre Müller que j'ai un moment soupçonné, à peu près tous les ministères jouissent de leurs propres départements d'information. Quand le gouverneur a enfin découvert qui j'interrogeais, il n'a pas eu beaucoup de travail à fournir pour déduire ce que je cherche. Il m'a donc approché à Salzbourg pour m'inviter, façon de parler, dans son fief à Cracovie. Étant donné que j'enquête seul, je n'ai pas pu disposer de moyens pour identifier la surveillance et ainsi parvenir à la déjouer. Vu ce que j'ai appris ensuite, je ne le regrette pas.

Walter prit le temps de raconter en détail leurs discussions et en profita pour en rajouter un peu, juste assez pour faire bouillonner intérieurement son chef.

Les yeux d'Himmler s'étaient écarquillés derrière sa monture cerclée d'argent : - Eva Braun juive ! Vous êtes certain d'avoir bien entendu. Bien sûr, sinon vous ne me le rapporteriez pas. C'est une révélation difficile à prendre au sérieux Schellenberg. Himmler fit mine de réfléchir à voix haute : « Pour autant, pouvons-nous négliger cette information » ?

Walter avait concocté son plan bien avant d'avoir posé un pied dans le Steiermark. En réalité, il était né sur la route de retour de Cracovie, à hauteur de Breslau pour rester précis, et il l'avait finalisé en déjeunant à Cottbus : - Avec votre

---

[203] Obergruppenführer Erich von dem Bach-Zelewski,
[204] Obergruppenführer Karl Heinrich Wilhelm Koppe, Höhere SS und Polizeiführer (HSSPF).

accord, Reichsführer, je suivrai cette piste. Après mon séjour à Cracovie, je peux me permettre d'endosser des vêtements plus confortables. Frank a peut-être commis une erreur fatale. Je m'explique, voyant le führer lui tendre à nouveau la main, il se rend compte qu'il va bénéficier de l'oxygène dont il a tant besoin pour pouvoir survivre. D'un autre côté, il sait ce que je recherche et que si je le cherche, c'est avec votre autorisation. C'était le moment pour Walter de faire passer la pilule et la boîte en même temps : « Si vous, vous n'avez songé qu'à protéger le führer, lui peut croire que vous complotez pour le remplacer. Il a fait un calcul rapide, celui de parier sur le cheval gagnant ».

- Merci de me comparer à un cheval Schellenberg.

- C'est à un chevalier que je pensais, un cheval surmonté d'un chevalier teutonique.

- Ne poussez pas votre chance trop loin, Schellenberg.

- À présent, si mon enquête venait à arriver aux oreilles du führer, il vous serait facile d'accuser Frank. Imprudemment, il m'a entre autres révélé ce que lui seul peut savoir. Le chantage du neveu suivi d'un payement. Ce sera parole contre parole en cas de confrontation. Vous aurez beau jeu d'expliquer que vous faites enquêter pour connaître qui colporte de telles monstruosités. Vous m'avez choisi, car si ma mission est de me renseigner à l'étranger, ce n'est pas celle de Müller. Par respect pour le führer, vous n'avez pas jugé opportun pour l'instant de mettre Kaltenbrunner au courant.

Himmler prit un air solennel pour lui dire : - Colonel Schellenberg, à l'occasion de ce voyage, je voulais vous annoncer votre élévation au grade d'Oberführer dès juin. Nous tenterons d'organiser une petite cérémonie vers le vingt et un.

*   *   *

Walter avait regagné sa voiture depuis une petite heure quand le docteur Kersten apparut pour la deuxième fois de la journée. L'homme de l'art se planta un long moment devant la fenêtre paraissant apprécier un paysage pourtant fort monotone couronné d'un ciel gris :   Nous avançons, nous venons de dépasser Allenstein.

- Heureux que vous le constatiez, Felix, ce voyage me semble quant à moi interminable.

- Attendez, vous n'avez encore rien vu. À destination, vous devrez vous préparer à patienter quelques longues journées supplémentaires, c'était du moins la règle en vigueur dans la forêt de Görlitz lors de mes derniers passages. Dites-moi, comment avez-vous trouvé mon patient ?

Walter devinait que Kersten voulait l'attirer vers un endroit précis à l'occasion d'un tête-à-tête, il se laissa faire de bonne grâce : - Heureux et en pleine forme. Grâce à vos mains miraculeuses, je suppose.

- C'est vrai qu'après chaque série de soin, il retrouve beaucoup d'énergie. Non seulement cela, ce dynamisme s'accompagne souvent d'une ouverture d'esprit différente, presque de l'empathie pour ses semblables. Notez, le presque qui a toute son importance, à dire vrai, je rencontre moins d'opposition à mes arguments. Ce matin, il a bénéficié de mes soins avant vous, ceci expliquant cela. Cela dit, je suis intimement convaincu qu'Himmler n'aime que deux personnes, Gudrun, sa fille dont il est fou et Hitler dont il est passionné.

- Ne m'ôtez pas mes illusions, jusqu'ici je pensais bénéficier également de son affection. Bien sûr, il doit avoir d'autres priorités qu'un colonel quand bien même que cet officier serait le responsable de ses renseignements extérieurs.

Le naturopathe se fit sibyllin : - Himmler est loin de vous réduire à cette responsabilité, mon petit doigt me dit que l'étendue de vos fonctions non officielles occupe la main droite alors que l'autre occupe seulement la main gauche. Car vous êtes bien droitier, n'est-ce pas ? Sans attendre la réponse, il continua : « À ce propos, Colonel Schellenberg, que pensez-vous de son ambition à obtenir le poste de ministre de l'Intérieur »?

On y était : - Felix, en privé, je ne vois aucun inconvénient à ce que vous m'appeliez Walter. Pour répondre à votre question, je vais être franc : trop de charges qu'il avale tel un glouton insatiable. Walter était convaincu que le « bon Heinrich » n'en mènerait réellement aucune à bien, mais à quoi bon le dire. En fait, vous avez plus d'influence que moi Felix, faites-lui comprendre que c'est par ce chemin que viennent ses maux. Si je peux vous rassurer, il l'obtiendra.

- En quoi cela me rassurerait ?

- Au risque de me tromper, dans cette position, le Reichsführer se retrouverait à même d'accéder des demandes de nature plus importantes que vous lui présenteriez ! Dites-moi à quel endroit il y a une erreur ? Sa phrase se ponctua avec un clin d'œil appuyé.

- En réalité, Walter, j'étais venu pour vous inviter à souper en ma compagnie. Les oreilles sont trop nombreuses dans la voiture-restaurant et il ne faut pas compter sur moi pour les remplir.

*   *   *

Après le départ du médecin, Walter sortit de la farde remise par Himmler à la fin de leur entretien, une trentaine de photos grand format et quelques feuillets dactylographiés. Un courrier spécial aérien l'avait apporté en urgence lors de leur halte à Thorn. En l'occurrence, il s'agissait d'un dossier émanant de la section III de l'Abwehr qui de toute évidence avait été photographié, certains documents étaient des photos de photos. La signature de von Bentivegni[205] figurait à la dernière page, mais chaque page avait été paraphée par l'amiral Canaris. Il connaissait par cœur la signature des deux hommes.

De long en large, il découvrait que le corps d'un certain major William Martin des Royal Marines britanniques avait été découvert le dernier jour d'avril par un pêcheur près des côtes sud de l'Espagne au large de Huelva.

Inventaire :

Dans la poche intérieure droite du trench-coat,

5 Photos de sa fiancée – 27 photos diverses

Lettres de sa fiancée signée Pam.

Un talon de billet d'entrée pour assister à une pièce de théâtre,

un justificatif de logement pour son club londonien.

Des rappels de factures.

Une carte d'identité provisoire.

Un laissez-passer à son quartier général expiré depuis avril.

Une lettre d'un directeur de la Lloyds Bank demandant de régulariser un découvert.

---

[205] Colonel Franz Eccard von Bentivegni.

Dans un porte-document en cuir attaché par une chaînette au poignet droit

Une lettre de Louis Mountbatten adressée à l'amiral Andrew Cunningham.

Une lettre du général Archibald Nye adressée au général Sir Harold Alexander.

Une lettre désignant la Grèce comme objectif principal du prochain débarquement.

Une lettre évoquant une invasion prioritaire de la Sardaigne dans le but d'ouvrir la route de Gênes,

Une lettre évoquant une opération de diversion sur la Sicile.

Dans la poche revolver gauche

un jeu de clés correspondant au modèle en usage à Londres.

Walter écarta autant que possible les traductions pour tenter d'interpréter dans le texte les divers courriers. Certains mots étaient impossibles à déchiffrer sans disposer de l'original. Il put lire dans la lettre traduite et dactylographiée de Mountbatten[206] à Andrew Cunningham[207] qu'il avait ordonné au major William Martin de réaliser une expertise des opérations amphibies sans oublier de préciser à Cunningham que ce courrier était bien trop important pour qu'il voyageât par les voies habituelles d'où la nécessité pour le major William Martin de se déplacer en avion. Le document précisait également que l'assaut sur la Sardaigne servirait de préalable à un débarquement en Provence, suivi d'une invasion ultérieure en Grèce. Dans une lettre personnelle du général Nye[208] adressée au général Alexander[209], il lui indiquait qu'il y aurait deux opérations : Alexander attaquerait la Sardaigne et la Corse ; le général Wilson[210] prendrait le commandement du front sur la Grèce. En toutes lettres, il précisait que les Alliés devaient à tout prix faire croire aux Allemands que l'opération amphibie sur la Sicile n'était qu'un leurre. Le nom de l'opération était Husky.

À Huelva l'affaire avait été immédiatement suivie par l'Abwehr qui était représentée dans la région par un de ses meilleurs agents Adolf Clauss[211], travaillant sous

---

[206] Lord Louis Mountbatten, le chef des Opérations Combinées.
[207] Amiral Andrew Cunningham, commandant en chef en Méditerranée.
[208] Lieutenant General, Sir Archibald Nye, vice-chef de l'état-major impérial.
[209] Général Sir Harold Alexander, commandant britannique en Afrique du Nord.
[210] général Henry Maitland Wilson.
[211] Sous le couvert de chasse aux papillons Adolf Clauss espionnait le Trafic maritime de Huelva et Gibraltar.

couverture. Dans un feuillet d'explication additionnel, Walter constata que cette information à première vue primordiale avait été transmise par un officier d'état-major espagnol[212] aux services d'espionnage allemands de l'Abwehr en la personne de son chef pour l'Espagne Leissner[213] et de son second, le major Kühlental[214] avec huit jours de retard. Von Bentivegni justifiait le délai par un blocage de l'amirauté espagnole.

Le major Kühlental s'était envolé pour l'OKW à Zossen ou le lieutenant-colonel Alexis von Roenne[215] du FHW[216] avait confirmé la véracité des renseignements contenus dans les lettres.

On y spécifiait que les photographies des lettres furent communiquées à Canaris, qui les fit étudier par l'amtsgruppe Ausland[217].

Une autre note précisait que le premier mai, les écoutes de l'Abwehr corroboraient que l'amirauté britannique avait reçu un câble de l'attaché naval mentionnant la découverte du corps du major William Martin. À la suite de quoi Adolf Clauss vérifia qu'après la remise du corps au vice-consul britannique Hazeldene, le major William Martin fut enterré avec les honneurs militaires le quatre mai à Huelva.

Une dernière indiquait l'accord pour effectuer la restitution de la pochette aux Espagnols dans les jours suivants.

*   *   *

Himmler coutumier des journées doubles l'avait convoqué dans sa voiture à 23h30.

Le Himmler charmant de l'après-midi avait disparu pour laisser place à Himmler le teigneux. Cela tombait bien, lui-même écumait d'une rage à peine contenue dirigée contre Canaris qui avait soigneusement négligé de l'informer de la découverte du corps de l'officier anglais. Cette fois-ci Brandt était présent et

---

[212] Lieutenant-colonel d'état-major Ramon Pablo Suavez.
[213] capitaine de corvette Wilhelm Leissner.
[214] Major Karl-Erich Kühlental.
[215] Colonel baron Alexis von Roenne responsable de la reconnaissance militaire de la façade atlantique. Membre du complot du 20 juillet 1944. Exécuté le 12 octobre 1944 à la prison de Plötzensee.
[216] Fremde Heere West.
[217] Amtsgruppe Ausland ou division extérieure en charge de la collecte et de l'évaluation de données, dirigé par Leopold Bürkner

visiblement, il allait assister à la réunion. Quand son chef l'y invita par un bref « asseyez-vous », il choisit un siège au milieu de la table massive lui permettant de leur faire face. On était à des lieues de la cérémonie promise en juin. Il s'apprêtait à alimenter la conversation avec une banalité dans l'attente d'autres participants. Le Reichsführer l'avait deviné, il daigna prendre la parole : - Personne d'autre ne nous rejoindra, commençons sans plus perdre de temps. Nous sommes là pour tirer au clair le fait que vous, en tant que responsable des renseignements extérieurs, devez être informé de cet évènement par mon entremise. Lorsque vous serez parvenu à me rassurer sur cet aspect de votre travail, nous étudierons ces informations en détail.

Ça commençait assez mal, après avoir pris connaissance du dossier, il se doutait de l'interrogation de son chef et des questions qui en découleraient ; toutefois, il ne s'était pas préparé à être mis d'emblée sur la sellette, d'autant que son chef connaissait déjà l'affaire lorsqu'ils s'étaient vus l'après-midi et lui avait remis le classeur. La présence de Brandt pouvait éventuellement expliquer son attitude agressive, bien qu'il penchait plus pour une démonstration de son caractère capricieux qui lui soufflait dans l'oreille de retirer d'une main ce qu'il donnait de l'autre. Pour sa part, il décida de diluer sa rage à l'aune de ses argumentations : - Reichsführer, vous ne m'avez pas indiqué de quelle façon l'affaire a atterri entre vos mains, sans beaucoup de risque de me tromper, j'imagine que c'est le führer qui vous l'a transmis. Il en a eu connaissance alors que l'Abwehr n'a pas jugé utile de communiquer le moindre élément à mon département de renseignements à l'étranger. Comme aucune réponse ne fusait, il continua : « Un malheureux précédent a déjà été créé lors de l'invasion de l'Afrique du Nord en novembre[218]. L'Abwehr avait à cette époque défini un débarquement possible à Malte si mes souvenirs sont exacts. Si l'information avait été partagée, peut-être que nous aurions pu changer le cours des évènements ». Walter vit que sa sortie avait touché juste, Himmler avait baissé son pince-nez pour le regarder en direct. Le clou devait encore être enfoncé jusqu'à la tête : « Canaris, puisqu'il faut bien le nommer, invoque sans se lasser, nos accords d'avant-guerre, le militaire à l'Abwehr, le politique au RSHA. Sauf que depuis nous sommes en guerre »

Le pince-nez avait retrouvé sa place : - laissez Canaris en paix, je n'arrête pas de le signifier à Müller, me faut-il agir de même avec vous ?

- Non, bien entendu, Reichsführer, je souligne que notre travail ne s'en trouve pas facilité.

---

[218] Opération Torch du 08 novembre 1942.

- On dira que vous avez répondu sommairement à ma question, je m'en contenterai pour le moment. Passons à l'affaire en elle-même. Qu'en déduisez-vous Schellenberg ?

- Que c'est très gros Reichsführer, que les rosbifs nous prennent pour des ânes. Que l'information tue l'information et dans ce cas-ci, j'ai pu constater qu'il y en avait un peu trop. Ensuite, si tout cela est vrai, je pense qu'il vont s'apercevoir que nous avons eu accès à leur porte-document et ils ne seront pas fous au point de ne pas modifier leurs plans. Souvenez-vous, en quarante, nos plans se sont retrouvés chez les Belges à cause d'un avion qui s'était perdu[219]. Nous avons abandonné le plan initial pour passer à travers les Ardennes.

- Ce qui nous a porté chance ! L'Abwehr garanti que le travail de a été consciencieusement effectué. Le porte-document muni d'une serrure a soigneusement été ouvert par les hommes du KO de Madrid pour permettre de photographier le contenu. Par la suite, la serviette fut rendue aux Espagnols qui à leur tour la restitueront aux Britanniques après avoir pris soin de refermer les enveloppes.

- Encore nous faut-il faire confiance aux Espagnols et accorder qu'ils ne soient pas infiltrés au point de nous berner. Faisons comme si, bien ce n'est pas la règle en contre-espionnage. Après, si nous opérons le moindre mouvement de troupes, et les si les rosbifs en déduisaient que nous savons. Que ferons-nous ? Nous retournerions à la case départ qui à mon avis nous ne devrions pas quitter ?

- Le führer ne se montre pas particulièrement patient dans cette affaire, pour tout vous dire, elle le rend extrêmement nerveux avant l'opération « citadelle ». L'Abwehr a procédé à diverses vérifications, comme le ticket de théâtre, le nom de la fiancée du major Martin, son domicile. Le plus important, Hitler fait une confiance absolue au colonel von Roenne qu'il tient pour infaillible.

- L'Abwehr, tout comme mon service dispose de très peu d'espions en Angleterre, les informations collectées sont difficiles à vérifier et à confirmer. Encore une fois, je souligne que nous aurions pu unir nos forces.

Himmler fit comme s'il n'avait rien entendu : - William Martin figure dans le bilan des pertes britanniques avec les deux autres officiers morts dans la chute de leur avion. Les écoutes de l'Abwehr ont intercepté des messages de l'amirauté

---

[219] Incident de Mechelen, le 10 janvier 1940 le major Allemand Erich Hönemanns et le major Helmuth Reinberger, transportaient les documents se sont écrasé avec leur avion à Mechelen-aan-de-Maas après s'être perdus dans le brouillard. Ce qui a entraîné la modification du « plan jaune ».

britannique à leur attaché naval pressant les Espagnols à leur rendre les effets du major Martin.

- À leur place, j'aurais joué un jeu identique. Un rien plus compliqué, un rien plus subtil. En tout cas pas un gros nez au milieu d'un grand visage.

- Schellenberg, j'apprécie votre méfiance, un peu moins vos réponses à tout.

Brandt vint à la rescousse : - Schellenberg prêche par prudence Reichsführer et je crois que nous devrions l'écouter.

Himmler eut un long soupir de désolation : - Hélas, messieurs, c'est un peu tard. Sous le sceau de la confidence, le führer m'a laissé entendre qu'il a déjà pris certaines décisions en vue d'opérer des changements dans nos lignes de défense sud.

Walter réfléchissait à toute vitesse, pas question de laisser l'Abwehr l'emporter même par FHW interposé, les mots étaient sortis de sa bouche avant que sa réflexion soit complète : - Reichsführer, pourquoi ne me permettez-vous pas de mener une contre information ?

- Pourquoi vous autoriserais-je cela Schellenberg ?

- Pour la simple raison que je vous ai citée, l'Abwehr s'en est déjà laissé conter. Ce n'est pas de l'amiral Canaris que je doute, je ne donne pas ma totale confiance au FHW même si c'est le colonel von Roenne qui a certifié en dernier ressort.

Sa façon de présenter un complément d'information semblait amener Himmler à fléchir. A dessein il avait mis Canaris en arrière et Roenne en avant : - Comment vous y prendriez-vous Schellenberg, le führer risque de ne pas apprécier.

C'était gagné, le reste n'était que détails, il en mit un au point dans une illumination de la dernière seconde : - En toute discrétion, Reichsführer. Seulement quatre personnes seront au courant, nous trois et un homme de toute confiance, le capitaine Spitzy. Ce dernier a l'avantage de bien connaître l'Espagne, sa couverture est parfaite, il représente Skoda dans la péninsule, il passera inaperçu.

*   *   *

À peine après avoir regagné sa voiture, Walter tentait une fois de plus de résoudre ses dilemmes.

En premier, cette opération « citadelle » ou quel qu'est le nom qu'on voudrait lui donner restait une aventure qu'il considérait comme une folie supplémentaire. Depuis un an, ce n'était plus à une près, sauf que celle-ci détenait à présent toutes les chances de se montrer extrêmement coûteuse en hommes et matériels ; d'une somme que la Wehrmacht n'était plus à même se permettre et encore moins de payer au prix fort. Il n'était toujours pas stratège, mais depuis que le général Halder lui avait ouvert les yeux, il l'était devenu un peu plus. Hélas, apparemment seuls les siens et non ceux de von Manstein, de Gehlen et de la clique de généraux en mal de revanche qui poussaient Hitler dans le dos. Ce dernier depuis la défaite de Stalingrad devait réfléchir plutôt deux fois qu'une à la solution à adopter. Laver l'affront de la Volga dans une grande offensive d'été qui lui avait souvent réussi ou jouer la carte de la prudence sur un front stabilisé en attendant mieux. Mais quel mieux sous les bombes qui ébranlaient crescendo l'Allemagne d'un côté et de l'autre la menace d'un débarquement en un ou plusieurs points des sept mille kilomètres de côtes que ses armées contrôlaient tant bien que mal. Aucune carte dans le jeu du führer ne ressemblait à un joker capable d'emporter la mise. Avec tout le tapage fait depuis deux mois autour de ce maudit «citadelle», nul besoin d'espions ou de traîtres pour que le russe se doute sans risque de se tromper de ce qui se tramait dans les lignes d'en face. Bon, avec un traître c'était en général mieux, et des espions, les bolchéviques en avaient à revendre, il essayait même plus souvent qu'à son tour de les acheter lorsque l'occasion se présentait. Pour rester honnête, c'était aussi son boulot principal de les traquer ; malheureusement, excepté cette affaire d'orchestre rouge comme l'appelait Müller, les résultats restaient bien maigres. S'il par devant il obtenait enfin le contrôle de l'Abwehr, ses chances deviendraient bien meilleures. Mais pour cela, il fallait que Canaris se décide à prendre sa retraite, que Hitler soit d'accord, que Himmler musèle Kaltenbrunner et Müller. Beaucoup pour une journée.

L'inconvénient avec cette offensive si elle capotait - ce qu'elle avait toutes les chances de faire selon Halder - contrarierait tous ses plans de paix séparée. Si elle se voyait repoussée, plus jamais Staline ne voudrait autoriser cette possibilité d'atterrir sur sa table de travail. Les alliés de l'Ouest marcheraient dans le même sens. Par contre les Russes battus, ces derniers réfléchiraient à deux fois à la stupidité émise par Roosevelt à Casablanca. Sauf surprise de dernière minute, ce n'était pas un scénario probable selon son ami d'Aschau Im Chiemgau et ce dernier l'avait convaincu. Depuis, pour ne pas devenir fou, il avait décidé une fois pour toutes de ne plus changer d'opinion.

En deuxième lieu, cette affaire de cadavre dans le sud de l'Espagne venait troubler un peu plus ce jeu compliqué. Trop beau pour être vrai, trop luisant dans une nuit sans lune, surtout d'un prix trop bas pour être acheté sur un coup de tête. En tant que responsable des renseignements étrangers, la méfiance se levait avec lui le matin, passait la journée en sa compagnie et veillait quand lui s'en allait dormir. Sans l'ombre d'un doute, les Anglais savaient se montrer perfides plus souvent qu'à leur tour. D'ailleurs, il n'existait aucune raison de ne pas tenter une intoxication de haut vol, à leur place il ne s'en priverait pas, car dans tous les cas de figure, ils sèmeraient le doute. Alors, pourquoi s'en priver pour un coût insignifiant au regard des enjeux. Qu'avaient-ils à perdre et tout à gagner. En quarante et un, Hitler avait stoppé l'offensive sur Moscou pour diriger ses chars vers Kiev et en quarante-deux lors du plan bleu, ses forces avaient été divisées sans prévenir pour courir deux lièvres à la fois. Devant un adversaire aussi influençable, la carte était largement jouable. À lui faire effectuer un grand écart, les chances de faire trébucher le plus grand stratège de tous les temps, selon Keitel, restaient toujours de leur côté, quelle que soit la façon dont on regardait. Malheureusement, il semblait le seul à penser ainsi ou presque. Cela n'avait que peu d'importance, c'était devenu si courant qu'il n'y portait plus aucune attention.

Pour terminer, la mission secrète que lui avait confié Himmler. Impossible de s'en défaire. Mais à tout prendre, à long terme, il sentait qu'elle lui rapporterait plus que le coût à débourser, sauf si ça tombait dans les oreilles du führer. Au-delà de ce proche horizon en trois actes, il y avait bien entendu le reste, un gros reste d'ailleurs. La recherche de la filière suisse, l'affaire de Smolensk, l'œil attentif à jeter sur l'Abwehr, plutôt la surveillance rapprochée de Canaris, mais ça, il devait se borner à les reléguer dans sa boîte des questions courantes. Aujourd'hui, la meilleure décision raisonnable à adopter devenait la remise à plat de l'ensemble des défis du mois pour ensuite tenter de les relever en choisissant d'inverser les numéros. À partir de là, Citadelle se positionnerait dorénavant en deuxième place pour la bonne raison qu'il ne voyait pas encore la solution, excepté la bancale de Klatt[220]. À présent, le cadavre anglais passait par logique en premier, l'affaire était toute chaude s'il pouvait le formuler ainsi. La question sur l'origine d'Hitler si chère au Reichsführer se collerait en wagon de queue, son chef qu'il apprécie ou pas, devait continuer à s'angoisser quelques semaines supplémentaires.

Tout cela n'était pas aussi simple que de l'écrire au calme sur la feuille d'un cahier. D'abord, il lui fallait élaborer une sorte de brouillon.

La proposition qu'il avait présentée au Reichsführer était plus facile à exprimer qu'à réaliser. Son mensonge sur la couverture de Spitzy avait été formulé un peu

---

[220] Richard KAUDER, alias Klatt ou « Max », officier Autrichien. de l'Abwehr opérant à Budapest sous le titre de Dienstelle Klatt. Originaire de Berlin, Juif, mais converti catholique. Depuis avril 1942, Gehlen s'appuie sur les communications de "Max" relayées par l'Abwehr..

vite à présent impossible de revenir en arrière, il y avait beaucoup de choses qu'il pouvait se permettre avec Himmler, celle-là n'en faisait pas partie. Que Spitzy passe inaperçu à Madrid était une chose, il y était bien connu et se fondait dans le paysage de son rôle de représentant de Skoda. Espérer qu'il en soi de même à Huelva en était une autre. Dans cette ville de province presque rendue immobile sous le soleil d'Andalousie, chaque mouvement se distinguait sur le champ, il deviendrait visible comme une mouche dans un verre de lait chaud. Les Anglais sans parler des services espagnols n'ignoraient pas que son capitaine avait été avant-guerre le secrétaire de von Ribbentrop. Envoyer traîner un tel personnage du côté de Huelva allait nécessiter une excellente couverture. Bon, un problème à la fois. Le message qu'il rédigeait pour la Berkaerstrasse devait se montrer clair sans pour autant être un modèle de précision. Les alliés avaient bien entendu la capacité d'intercepter la communication, quant à le décoder, autant ne pas jouer avec le feu. Il se dirigea vers la voiture trois, celle des transmissions.

*   *   *

Walter avait réveillé l'officier des transmissions au milieu de la nuit. Une fois le message envoyé, il n'était pas parvenu à trouver le sommeil avant l'aube tant les idées lui trottaient dans la tête, l'une chassant l'autre comme dans le jeu des chaises musicales. L'idée maîtresse était à présent de s'échapper au plus vite de ce maudit train. Après une heure de demi-somnolence, vaseux et à moitié endormi, il avait happé Kersten au passage, mais il n'avait pas du donne beaucoup d'explication à l'homme de l'art, ce dernier c'était rendu compte à sa tête que le corps ne fonctionnait pas au mieux. Le naturopathe avait poussé la sollicitude jusqu'à aller à la voiture-restaurant lui chercher une thermos de café et deux tartines qu'il lui avait obligé d'avaler en le menaçant de l'abandonner à son triste sort. Alors qu'il le massait, il l'avait prévenu : - dans une demie heure au plus vous n'entendrez plus la musique des boggies sur les rails, c'est généralement le temps qu'il faut pour aller de Korsze, que nous venons de laisser derrière nous, aux lacs de Jezioro. Ce qui ne signifie nullement que nous serons au bout de notre chemin. À une occasion, j'ai patienté quatre jours en compagnie des moustiques sauf qu'ils étaient restés derrière la vitre.

- Avec Himmler ?

Kersten interrompit son massage tant cette fois il riait de bon cœur : - Non, il était resté du bon côté. Oui, à cause des moustiques, il avait catégoriquement refusé d'aller jusqu'à la tanière noire. Les insectes l'empêchaient de travailler sur la terrasse de la villa. Selon moi c'est le seul attrait qu'il lui trouve. Je ne suis pas loin de penser qu'il ne préfère son train à nul autre endroit.

- Felix en ce qui me concerne, je n'ai qu'une seule idée, m'en éloigner au plus vite.
Le docteur sourit : - vous n'êtes pas heureux de bientôt rencontrer le führer ?

Walter se retourna : - Approchez l'oreille Félix. Curieux, Kersten se pencha. « Je ne le supporte plus, seulement prononcer son nom m'est devenu très difficile, il me donne envie de vomir ».

Kersten se releva avec de grands yeux surpris probablement moins par la teneur des propos que par la confiance que Walter lui démontrait : - Sur cette terre, il y a beaucoup de choses difficiles à comprendre et par contre d'autres que l'on saisit immédiatement. Bien entendu, vous n'êtes pas sans savoir qu'il y a un vol de navette vers Berlin chaque jour à seize heures trente. Il regarda sa montre : « si la vieille montre que m'a offerte mon père ne retarde pas, les aiguilles m'indiquent qu'à présent il est dix heures quinze ». Êtes-vous soulagé ? De votre douleur, je veux dire !

*   *   *

Comme souvent Himmler avait trouvé des arguments : - Le führer s'attend à votre présence. Je vous ai proposé au grade d'Oberführer et c'est chose faite. Sauf que protocolairement, notre führer tient à vous montrer que c'est avec son accord et à cette occasion combien il apprécie votre travail. Éventuellement, il vous posera quelques questions. Vu ses occupations extrêmes, nous ne pouvons qu'attendre notre tour.

Walter sentait tellement son écurie de Berlin Berkaerstrasse qu'il s'était mis à détester le train, les lacs, Rastenburg, les moustiques et la Pologne. Il piaffait d'impatience. Par contre, il connaissait depuis longtemps que ce n'était pas ainsi qu'il obtiendrait d'Himmler son autorisation. Il s'en tenait scrupuleusement à des raisonnements et des propositions concrètes : - Reichsführer, mon grade a peu d'importance face au risque que nous prenons. Nous sommes les seuls à penser que l'histoire qui nous est présentée n'est pas aussi belle qu'elle paraît. Incorporer Himmler à ses réflexions avait toujours payé. Imaginez notre aura si nous découvrons un subterfuge. Hélas , une contre-enquête ne peut en aucun cas souffrir du moindre retard.

- Nous parlons de deux, éventuellement trois. Au pire quatre jours, Schellenberg !
- Plus le retour Reichsführer.

Himmler soupira, excédé : - Vous prendrez la navette aérienne !

Walter le connaissait assez pour reconnaître que son chef avait passé la ligne de crête et se trouvait avec un pied sur le versant de descente : - C'est une possibilité Reichsführer. Cela dit, vous comprenez que la vitesse d'action a toute son importance. Le capitaine Spitzy rencontrera des difficultés, c'est inévitable. Il est important que les services anglais n'éventent pas sa démarche. Quant aux Espagnols si la majorité nous reste fidèle, une part non négligeable pense à s'offrir une nouvelle veste avec une coupe anglaise provenant de Savile Row. Une idée folle m'est venue à l'esprit, à la réflexion elle n'est pas si folle. Déterrer le major William Martin, trouver un pathologiste qui pratiquerait une contre autopsie. Au cas où ce ne serait pas le vrai officier de liaison qui nous est si bien présenté, ils ont bien dû trouver un cadavre. Ils n'ont quand même pas été jusqu'à noyer quelqu'un. La cause de la mort semble un élément important. Pas le seul, mais important.

- Vous allez très loin dans vos raisonnements Schellenberg.

Cela fait partie de mon travail Reichsführer. Prenez en compte deux choses. Les Espagnols ne nous ont reporté aucun débris d'avion, aucun gilet, aucun autre corps, pas la moindre preuve sauf celle de ce corps enterré à la hâte. C'est en tout cas suffisant pour éveiller mes soupçons. Ensuite, le Führer ne va pas tarder à effectuer des mouvements de troupes vers les points de débarquements indiqués. C'est à vous de l'empêcher d'effectuer le mauvais choix. Si Spitzy trouve de quoi mettre en doute leurs plans, vous le lui annoncerez, ensuite il décidera.

Himmler l'observait immobile, paraissant trier le vrai du faux. Walter savait parfaitement sur quel bouton pousser : - Reichsführer, je suis aussi obligé de vous signaler un oubli. Le service de presse de von Ribbentrop s'est agrippé à mon dos. Le ministre veut augmenter les activités politiques en suède au moyen du Folkets Dagblad que mon département finance largement, trop largement d'ailleurs et à présent il ne dispose plus de devises suédoises. La semaine prochaine, je dois me rendre à Stockholm. Pour lui faire lâcher prise, je vais lui proposer dans un tout ou rien qu'il finance entièrement l'entreprise. Il va ruer comme un cheval en furie, mais je me fais fort de lui faire payer sinon l'entièreté au moins les trois quarts. Walter savait combien Himmler était maladivement avare, si un de ses départements pouvait économiser des devises et en même temps jouer un tour pendable à von Ribbentrop il ne pouvait que fléchir.

Himmler n'avait plus qu'à déposer son pied au bas de la pente, ce qu'il fit de mauvaise grâce : - Vous me coincez Schellenberg, j'apprécie peu cette sensation. Le führer ne doit absolument rien savoir de votre démarche. Partez avant que je ne change d'avis.

Berlin, Berkaerstrasse, lundi 17 mai 1943, 09h20

Capitaine Spitzy, à quoi penseriez-vous si par devant je vous choisissais pour une mission extrêmement spéciale en Espagne ?

Son subordonné avait illico affiché son sourire habituel, Walter savait qu'il ne quitterait plus son visage avant la fin de l'entrevue excepté si lui se fâchait, ce qui n'était pas dans ses intentions. Spitzy l'amusait et ce lundi matin avait bien besoin de décontraction : - À l'espoir d'un sac de café supplémentaire, je me trompe, colonel ?

- C'est un élément auquel je n'avais pas pensé jusqu'ici, il se verra donc rajouté utilement à l'ordre de mission oral que je vais vous fournir si je me décide. Vous étiez bien secrétaire de von Ribbentrop avant-guerre ?

- On ne peut rien vous cacher, colonel !

- Ensuite, vous êtes allé cultiver votre impertinence auprès de mon ami l'amiral Canaris.

- Impossible de ne pas confirmer ma réponse précédente en ajoutant ignorer qu'il s'agissait de votre ami, colonel.

- Dans votre uniforme de capitaine se tapi un grand comique, n'ayez crainte, dans le mien en vit un encore plus énorme, soyez vigilant, ne vous fiez pas à la taille. Vous êtes aussi familier de notre führer si j'en crois ce que l'on raconte sur vous.

- Étais ! Les temps changent, tout évolue à une vitesse difficilement contrôlable sans faire preuve de prodigieux efforts. De son « amie » mademoiselle Braun, ce serait plus précis.

- Vous étiez aussi désinvolte en sa présence. Je veux parler là du führer, non de mademoiselle Braun.

- Uniquement au Berghof lorsqu'il était à dix mètres et me tournait le dos ; j'ajoute que je prodiguais beaucoup d'énergie pour en arriver à cette situation dont mademoiselle Braun saisissait tout le piquant. Une femme assez extraordinaire, particulièrement d'insouciance. S'ils avaient été un couple, ce que bien entendu ils ne sont pas - notre chancelier ayant épousé l'Allemagne dont il ne compte pas divorcer - je dirais de parfaits opposés en genre et humeur, un cas d'école en somme.

- Dois-je interpréter que vous ne lui portiez pas l'intérêt voulu ?

- Comme vous manquez de précision, colonel, je me vois obligé de spécifier que si vous avancez celle due à mademoiselle Braun, elle était l'objet de mes plus grandes attentions. Par contre, si vous invoquez notre führer, son incroyable supériorité ajoutée à celle du ministre von Ribbentrop m'écartait naturellement de la conversation. J'aurais bien sûr pu servir le thé, mais la place était déjà prise.

Voyant qu'obtenir le dernier mot lui coûterait un temps dont il ne disposait pas, Walter choisit de recentrer le sujet de l'entrevue : - Capitaine Spitzy, je vais prendre deux décisions, la première de me passer de « capitaine », Spitzy fera l'affaire ; Reinhard me rappellerait sans cesse mon ancien chef. Deux, je vous sélectionne d'office, pas pour les raisons invoquées, von Ribbentrop et Canaris, car ils ne vous méritaient pas. Votre intelligence à mieux à faire dans mon département. Ensuite, contrairement à ce que j'ai énoncé, je me passe volontiers de ce que vous pourriez dire, comme il ne s'agit pas de Madrid, vous essaieriez de refuser et je serais obligé de me fâcher. L'Andalousie, vous connaissez ?

- Mal, j'ai visité Séville en fin d'été, mal m'en a pris, une dizaine de litres de sueur a quitté immédiatement mon corps. Devant l'urgence et le risque encouru, elle fut remplacée par du vin. Inutile de vous narrer la suite.

- Oubliez Séville, vous avez entendu parler de Huelva ?

- Oui, seulement à cause de ses moustiques et de son immobilité.

- Eh bien, je vous envoi vous y agiter. C'est le printemps, l'époque des voyages. Nous venons d'apprendre grâce à la lecture assidue des journaux américains par le docteur Goebbels que Churchill vient de terminer une croisière à bord d'un paquebot[221]. Étant donné que vous n'êtes ni Anglais ni chef de gouvernement, vous irez là-bas en avion ; en Condor s'il est libre, en Ju52 si vous n'avez pas de chance.

- Aller à Huelva signifie qu'elle m'a abandonné lorsque j'ai franchi la porte de votre bureau, colonel. Et vous m'enverriez faire quoi dans ce coin perdu à la pointe de l'Europe, si je peux me permettre.

---

[221] Le onze mai 1943 Winston Churchill débarque du Queen Mary à New York ou il prend le train pour se rendre le treize à Washington et y rencontre le président Roosevelt.

Walter prit le temps de lui raconter en détail les évènements et surtout, lui faire part de ses soupçons. Spitzy était redevenu sur le champ le professionnel sans états d'âme de l'AMT VI : - Les Espagnols vont me repérer avant que je pose le pied à terre. C'est risqué. D'un point de vue, en apparence, ils sont de notre côté. Depuis Stalingrad, « de notre côté » ressemble furieusement à « de l'autre côté ». Discrétion oblige l'avion, quel qu'il soit, devra me laisser à Séville, j'effectuerai la centaine de derniers kilomètres en voiture. Je propose d'y aller seul sans chauffeur. Reste à trouver un mobile. La couverture de Skoda ne va pas tenir la route un instant.

Walter prit en main une feuille que Marliese avait rédigée dans l'urgence : - Ça tombe bien, puisque nous parlons de croisière vers l'Amérique, le trois août 1492 Christophe Colomb embarque sur la Nina depuis le port de Palos de la Frontera à quelque distance de Huelva, ceci dit, ce sera difficile de vous faire endosser le costume d'un historien. Sinon, j'ai encore ceci : l'exploitation des mines de cuivre de la compagnie Rio Tinto Company Limited. Dans un autre genre, il y a là-bas les magnifiques plages de la Punta del Sebo. Une cathédrale, ce qui n'a rien d'exceptionnel en Espagne. Pour finir, le Recre, premier club de football espagnol créé à la même date que notre führer. Quand il s'agit d'une ville de province de cinquante mille âmes brutalisée par le soleil, il faut forcément devenir très imaginatif. J'oubliais, à ce sujet, le service météo de la Luftwaffe prévoit une température dépassant les quarante-cinq degrés pour cette semaine.

Spitzy leva les yeux au ciel : - Le ballon rond n'attire pas spécialement mon attention. La plage et la cathédrale m'iraient bien sauf que ça ne ferait pas très sérieux pour l'époque. Reste le cuivre.

Walter lui tendit la feuille élaborée par Marliese : - La présence de la compagnie Rio Tinto Company Limited semble la meilleure couverture à envisager. C'est quand même le premier lieu de production au monde. Si les renseignements sont exacts, ces mines de cuivre appartiennent depuis 1873 à un consortium conduit en ce temps par un riche industriel Hugh Matheson. Ce qui nous intéresse, c'est la participation dans son capital de la Deutsche Bank, plus de 55 pour cent des parts. 24 à la société de Matheson et 20 à la compagnie de chemins de fer Clark, Punchard and Company. Je vérifierai auprès d'un ami spécialisé ce qu'il en est de l'investissement de la Deutsche Bank. Franco doit tenir particulièrement à l'œil ce cuivre devenu si stratégique. Comme tout a son revers, malheureusement cette mine fait fourmiller d'Anglais dans le secteur. Le premier club de football espagnol est d'ailleurs leur importation, mais pas que ; des villas, des lieux de villégiature. Tout cela me porte à penser que cette histoire d'officier anglais qui apparaît devant la plage de Huelva n'est pas innocente, c'est l'endroit d'Espagne ou ils ont les meilleures raisons de circuler sans qu'on se pose trop de questions à leur sujet.

- Nous aussi, si l'affaire de la Deutsche Bank se vérifie.

Walter balaya cette possibilité : - Deutsche Bank ou pas, on fera avec et comme si. Je vous enverrai la confirmation, mais vous devez partir sur le champ. Le temps passe avec toujours quarante-cinq degrés pour compagnie. Si vous parvenez à faire réaliser discrètement une autopsie du major Martin, cela a toute son importance. J'espère que vous n'avez rien prévu ce soir, je compte bien vous faire partir en début d'après-midi. Le problème suivant est celui-ci, nous, mon département, n'avons pas d'antenne sur place. Soit vous y allez en complète autonomie, soit je suis obligé de mouiller L'Abwehr. La solution un est d'emblée à éliminer, ils disposent sur place d'un certain Adolf Clauss, le rejeton d'une vieille famille ; son père semble localement fort important, lui chasse le papillon ce qui vous donne le niveau de couverture à la mode chez Canaris. Vous serez donc immédiatement repéré et Berlin enverra votre curriculum aussi vite que les transmissions radio le permettent. Adolf Clauss qui a déclenché cette affaire vous verra en tant qu'adversaire personnel. À tout prendre, c'est préférable qu'à l'avoir comme ennemi juré en voulant passer incognito ce qu'il prendrait pour une injure personnelle. Des questions ?

Spitzy avait retrouvé son sourire ou bien il faisait contre mauvaise fortune preuve de grand cœur : - Colonel, tâchez d'obtenir le Condor 200. Comme il y a la place, également un bataillon de Brandenbourg ou quel que soit leur nom maintenant.

Walter rit : Je verrai ce que je peux faire, mais ne vous faites pas trop d'illusion. De Votre côté, soyez prudents lorsque nous communiquerons. De mon côté je vous enverrai tout ce que j'ai pu trouver par l'entremise d'un agent de liaison. Dès demain, au plus tard mercredi.

* * *

Spitzy parti, il avait demandé à Marliese d'appeler Hjalmar Schacht. Par chance, ce dernier était à Cullen. Mais malchance, il ne savait rien de l'éventuel capital de la Deutsche Bank encore introduit dans la société Rio Tinto. Le ministre avait promis de lui téléphoner dès qu'il pourrait fournir une réponse.

Dans l'attente, Walter se mit à éplucher les notes d'information posées sur son bureau. Sans surprise la semaine dernière, le maréchal Messe[222] avait procédé à la capitulation de la première armée italienne. Dès lors, plus aucune force de l'axe ne subsistait en Afrique. La deuxième note détaillait le bombardement des barrages de la Ruhr du jour précédent. Cette partie de l'Allemagne allait devoir se résoudre à vivre les pieds dans l'eau en se passant d'électricité en plus de toutes les autres restrictions.

Sa secrétaire connaissant sa gourmandise lui avait apporté un plateau avec un pot de café et des « tiroler nusskuchen[223] ». Comme il n'avait pas pris le temps de prendre son petit déjeuner, il se jeta à belles dents dessus et dans la précipitation, s'étrangla. Il crut bon de faire venir le café à sa rescousse, ce qui empira sa toux au point de le faire recracher. Stupidement, il avait toujours redouté que des aliments puissent pénétrer dans ses poumons. C'est à ce moment-là que l'illumination se fit. Walter avait quelquefois ressenti cette sensation lors de ses études lorsqu'il se retrouvait placé devant un problème particulièrement ardu à résoudre et qu'au bout de quelques heures de réflexion, alors que tout semblait perdu, la solution apparaissait en un éclair à saisir sans prendre le risque de le laisser échapper.

Sa montre affichait onze heures cinquante. Une fois sa toux apaisée, retrouvant la parole, il se mit en communication avec le bureau des vols de l'aérodrome de Tempelhof. Juste à temps, le vol de Spitzy était prévu au décollage à douze heures trente. D'une voix éraillée, il interdit son départ avant qu'il puisse l'autoriser en personne et sur place. Walter raccrocha avant que le lieutenant de la Luftwaffe qu'il avait eu au bout du fil puisse formuler une objection. La discipline allemande ferait le reste. Par chance, il possédait dans le coffre de son bureau ce qui serait nécessaire au plan qu'il venait de mettre au point. Il le mit dans une enveloppe et enfila sa veste d'uniforme.

*   *   *

Les huit kilomètres du trajet lui prirent douze minutes, l'explication de son plan à Spitzy, dix-sept. L'appareil– un Ju52 – put décoller à l'heure prévue.

---

[222] Maréchal Giovanni Messe.
[223] Tiroler nusskuchen, sorte de pain d'épice glacé au sucre et fourré aux noix servi dans le sud de l'Allemagne et en Autriche.

Berlin, Berkaerstrasse, mardi 25 mai 1943, 18h30

Cette fois, Spitzy avait perdu son sourire, à peine avait-il à nouveau posé le pied sur le sol berlinois qu'il s'était plaint d'un vol interminable après avoir quitté Séville dimanche.

Walter s'ingénia sans beaucoup de succès à le dérider pendant le trajet en voiture. Arrivé dans le bureau, il avait demandé à Marliese de leur servir du café et des gâteaux, si possible pas des « tiroler nusskuchen ». De son bureau, il sortit une bouteille de cognac. Après avoir englouti son deuxième verre, l'air du capitaine retrouva son naturel jovial : - Racontez-moi tout en détail, j'ai hâte de connaître vos aventures. Vous affichez un début de hâle que je serais presque enclin à envier.

Spitzy savait se laisser désirer, il lui fallut le secours d'un troisième verre avant qu'il délaisse ses banalités habituelles et daigne débuter ses explications : - À première vue, votre plan s'est avéré parfait, colonel. Les deux premiers jours, je me suis prélassé sur la plage de la Punta del Sebo. À propos, je vous la recommande si vous vous trouvez dans le coin. Après m'être allongé quelques heures, ma peau est devenue rouge comme un homard de chez Horcher et comme prévu, j'ai pu me rendre à la consultation du docteur Eduardo Fernandez Contioso, fils du légiste Del Torno qui a pratiqué avec son père l'autopsie du major Martin. Je n'ai pas eu à feindre ma douleur, elle était bien réelle.

Walter lui demanda avec une fausse compassion : - Vous souffriez beaucoup ?

Spitzy lui envoya un regard en coin exprimant toute sa désapprobation : - Enormément, la comédie ne pouvait se voir jouer de façon plus véridique avec ma peau qui commençait à peler. Comme j'ai mené la conversation en espagnol, le climat s'est rapidement détendu. Après quelques phrases appropriées, j'ai compris qu'il penchait de notre côté à en perdre l'équilibre. Je lui ai sorti l'histoire du ministère des Finances qui voulait s'assurer que la Deutsche Bank ne s'était pas vu gruger. Pour sa part, le docteur Eduardo junior tient en piètre estime les Anglais. Pour lui, ils restent des esclavagistes exploitant les gens des environs de Minas avec un salaire de dix pesetas. L'air de rien, je lui ai fait comprendre que nous soupçonnions le père d'Adolf Clauss[224] d'être de mèche avec eux malgré sa charge. Là, il a freiné des deux fers. Selon lui, le père et le fils sont étroitement liés avec le gouverneur, un certain Joaquin Miranda, ce dernier est franchement pro allemand. J'ai dû m'en sortir par une pirouette, une de plus en invoquant des

---

[224] Ludwig Clauss, vice Consul allemand.

mauvaises langues jalouses. Comme je l'avais espéré, il a accepté mon invitation à dîner pour le remercier de m'avoir soulagé de mes brûlures. Je n'ai pas grand mérite, vous savez, là-bas les distractions sont aussi rares que la pratique de la luge en hiver. Après un copieux repas fort bien arrosé, il a compati à ma solitude et exprimé sa peine de me voir livré à moi-même dans une ville inconnue. Pendant les deux jours suivants, nous nous sommes donné rendez-vous chaque soir après ses consultations. De restaurants en bars, nous sommes devenus les plus vieux amis du monde.

Pour l'encourager, Walter lui resservit un verre de cognac qu'il assortit prudemment d'une tasse de café : - Il n'est pas d'amis qui ne se quittent !

- Attendez colonel, le meilleur vient. À pas de loup, je l'ai branché sur son travail. Les plaintes n'ont pas tardé à jaillir. Son père tire en général les marrons du feu en lui en laissant quelques miettes. Après avoir fait preuve d'empathie et après beaucoup d'amertume, il en est arrivé à m'expliquer certains détails familiaux. Quand je lui ai dit que j'avais entendu qu'un pilote britannique avait été abattu non loin de la ville, il m'a regardé bizarrement. Étant donné qu'il avait déjà bu une demi-bouteille de brandy de Jerez, sans que je le lui demande, il m'a cité l'autopsie en exemple du peu de considération que son père lui témoignait. Une dissection complètement bâclée selon lui. Le vice-consul britannique Francis Haselden a incité son père à conclure à une noyade en mer. Le médecin se montrait sceptique au fur et à mesure des constatations[225].Eduardo junior le soupçonne d'avoir empoché une bonne quantité de livres pour établir un rapport accommodant. C'est à ce moment-là que j'ai sauté sur l'occasion, j'ai sorti votre enveloppe de ma poche. Quand il a vu les billets et que je lui ai dit qu'il s'agissait de cinq mille dollars américains qui seraient à lui pour peu qu'un jour il dise la vérité. Mon nouvel ami est resté sans voix. Je lui ai vaguement expliqué qu'en tant qu'Allemand, il n'était pas impossible que je joue un tour aux Anglais dans le but de récupérer des avoirs de la banque que je représentais, mais que ce jour n'était pas encore arrivé. Qu'il m'ait cru ou non, je ne le saurai jamais. Le seul fait certain c'est qu'il a empoché l'argent. Quand je me suis absenté pour soi-disant passer aux toilettes, Eduardo n'a pas pu résister, il a ressorti l'enveloppe pour compter les billets. L'appareil photo miniature que vous m'aviez remis à immortalisé la scène en toute discrétion. Le lendemain, je lui ai fait porter une lettre lui expliquant que ma société m'avait convoqué de toute urgence à Madrid en lui promettant que nous nous reverrions plus tard dans l'année, car je comptais prendre

---

[225] Absence de morsure de poisson, la peau ne présentaient pas les caractéristique d'un long séjour dans l'eau, un doute concernant le liquide trouvé dans les poumons, les cheveux n'étaient pas ternes et cassants.

mes vacances dans sa belle ville et à cette occasion profiter de son excellente compagnie.

*   *   *

Spitzy avait confirmé sa parfaite maîtrise en tant qu'agent de terrain et le plan que Walter avait mis au point s'avérait un modèle du genre. Un condensé de simplicité, mais d'une efficacité redoutable, impossible à parer. Nul besoin de se compliquer la vie à tenter de déterrer le cadavre du major Martin. Il suffisait de faire croire que cela s'était effectué et permis une contre-autopsie générant un rapport contredisant le précédent par un évident complément d'analyse. Adolf Clauss l'agent de l'Abwehr à Huelva ne pourrait jamais prouver le contraire. Walter persuadé d'un coup de bluff énorme du chef des Anglais n'avait jamais désiré autre chose que de prétendre que l'officier britannique ne s'était pas noyé, ce qui pour lui était devenu l'histoire vraie telle qu'elle devait être gravée dans le marbre et présentée à Himmler. À partir de là, une voie royale s'ouvrait devant lui . S'il ne s'était pas noyé, son avion n'avait pas non plus été abattu puisque le rapport initial n'avait jamais mentionné la moindre blessure par balles comme cause de la mort. Qu'aucun débris n'avait été repêché ne pouvait qu'étayer sa version. Donc, si son corps se trouvait flottant à quelques centaines de mètres des plages de Huelva, c'est parce qu'on l'y avait mis. Seuls les Britanniques avaient pu opérer cette mystification. Donc, si le cadavre était faux, les documents qu'il transportait l'étaient aussi. Le docteur Eduardo Fernandez fils pouvait à présent prétendre ce qu'il voulait et même tout et son contraire, n'importe qui douterait de sa parole. Spitzy lui avait remis une petite fortune dont il avait probablement fait étalage quinze jours après la première autopsie et après avoir rencontré à plusieurs reprises son subordonné. La photo prise par Spitzy était floue cependant pas assez pour pouvoir permettre de confondre de personne, selon lui le médecin tout comme le bar en arrière-fond était suffisamment reconnaissable. Clauss ne pourrait qu'imaginer qu'une seconde autopsie avait eu lieu. Quand, comment, il aurait beau chercher, gesticuler le doute serait toujours présent. S'il y avait une chance sur cent que l'histoire de l'avion abattu fut réelle, c'était tant pis, elle ne correspondait pas aux projets de Walter, les quatre-vingt-dix-neuf autres possibilités lui imposaient de modifier l'histoire et contrer le plan des Britanniques pour tenter de persuader Hitler de ne pas bouger ses divisions. Il devait se préparer à affronter les différents services de renseignements concurrents. Bien entendu, après ce qu'avait affirmé l'Abwehr et le FHW, aucun des deux ne pouvait plus s'autoriser à revenir en arrière au risque de se ridiculiser et de perdre toute crédibilité. Le choc allait être vif, car il se doutait de l'objectif vers lequel se dirigeait Canaris.

Schlachtensee, Betazeile 17, maison de Canaris, dimanche 30 mai 1943

À presque neuf mois d'intervalle, Walter retrouvait l'amiral étendu au soleil sur sa chaise longue en dessous du grand châtaignier à goûter au soleil du printemps. Excepté que cette fois, il n'était pas endormi, le chef de l'Abwehr fixant attentivement son visiteur en savourant par avance leur tête-à-tête qui risquait de se terminer en face-à-face dans un avenir pas si lointain. Sans s'en réjouir, chacun en était conscient en croisant leurs regards.

- Si Walter l'avait découvert vieilli à la fin de l'été passé, Canaris paraissait en pleine forme et le marin ne tarda pas à le lui démonter : - Notre homme, pardon, pour l'heure votre homme, a-t-il trouvé ce que vous l'avez envoyé chercher à Huelva. Clauss m'a fait parvenir un message exprimant son désappointement, le si policé capitaine Spitzy n'a pas daigné se rendre chez lui pour le saluer, c'est quand même le fils du consul allemand et les bonnes manières sont ce qu'elles sont. À l'occasion, vous auriez pu gagner un temps précieux, vous me l'auriez demandé, je vous aurais convaincu de la vanité de votre contre-enquête.

- Leur rituel avait débuté sans politesses préliminaires : - Où voyez-vous de l'orgueil à faire effectuer un travail de contre-espionnage et de vérification ?

- L'amiral balaya sa question d'un revers de la main : - Les conclusions de l'enquête sont formelles et sur la table de travail du führer depuis plus de deux semaines, ses décisions prises depuis une. Ses divisions bougent comme dans une fourmilière prise de folie, vous l'ignorez !

- Tout cela à cause d'une enquête bâclée, de constats hasardeux.

- Les vôtres sont sans doute meilleures !

- Elles ont pour elles de semer le doute. Une contre autopsie suggère que les poumons du major Martin ne contiennent aucune eau de mer, que le rapport établi par le légiste espagnol est au plus faux, au moins erroné. J'opte pour soudoyé par celui qui a assisté à l'autopsie. À partir de là, il est aisé de déduire que nous nous trouvons en face d'une ruse mise au point par les Britanniques en vue de nous tromper sur leurs intentions.

L'amiral n'était pas de ceux à mettre facilement bas le pavillon : - De quelle contre dissection parlez-vous Walter, celle que Spitzy a réalisée en photographiant la tombe du major William et en respirant l'air du cimetière. Vous pourrez l'expliquer à votre chef, ici vous avez en face de vous Wilhelm Canaris, celui qui ne croit pas que son ami, l'officier SD devant lui, tient dans la main une grande suite en lieu et place d'une petite paire de huit.

L'affaire se présentait moins bien qu'il l'avait imaginé, le dicton « à se battre sans honneur, on vainc sans gloire » lui vint à l'esprit. Sauf que depuis quelque temps l'honneur et la gloire faisaient table à part. L'homme qui s'était redressé en face de lui posait ses mains sur leur nappe commune et chacun tentait de nettoyer les miettes devant lui. Un reste d'amour propre lui traversa l'esprit : - Elle vaut celle réalisée en présence du consul britannique. Depuis quand croyez-vous les Britanniques, depuis que vous cherchez un rapprochement avec Menzies[226], le commanditaire de l'assassin de l'amiral Darlan à Alger. Belle relation.

-   En parlant d'assassin, il pourrait s'asseoir dans la classe de cours de votre chef et participer à la leçon sur Varsovie. Soyez sérieux, à votre opinion, votre ami Dulles possède des souliers plus propres sans doute. On devrait connaître l'avis d'Hitler au sujet de nos relations respectives, vous ne croyez pas. La paix séparée est à la mode ce printemps. Nos amis japonais se sont joints à la danse.

-   Que viennent faire les Japonais dans cette affaire ?

-   Tiens, jusqu'à ce que vous passiez le pied de mon porche, je croyais que votre fonction englobait les renseignements étrangers et non le périmètre à peine élargi de la porte de Brandenbourg. Laissez-moi le plaisir d'éclairer votre lanterne avec ce détail pour ce que cela a comme importance. L'Abwehr a intercepté une communication de l'ambassadeur Hiroshi Oshima[227] informant Tokyo que notre vénéré führer accepterait de mettre fin à la guerre contre l'URSS à condition que Staline lui cède l'Ukraine.

-   Vous êtes fou ou les Japonais sont devenus fous ou les deux à la fois !

C'était rarement arrivé, cette fois pourtant Canaris le regarda sans aménité : - Ma lanterne ne semble pas assez lumineuse, laissez-moi rallonger la mèche pour que vous y voyiez plus clair. Les Japonais sont loin d'être idiots. Ils mettent leur défaite à Guadalcanal en miroir à la nôtre de Stalingrad. Un bruit de paix entraînerait la suspicion des alliés de l'Ouest. En cas d'armistice sur le front germano-soviétique, toutes nos armées sur terre, sur mer et dans les airs concentreraient

---

[226] Stewart Graham Menzies, patron du SIS Britannique pendant la guerre
[227] Hiroshi Oshima, ambassadeur du japon auprès du Reich de 1941 à 1945.

leurs efforts contre les adversaires de l'ouest pour les vaincre ou à tout le moins sérieusement les affaiblir et les obliger à focaliser leurs sur nous ce qui permettre au Japon de redresser la situation en Asie. À propos d'idiot, vous êtes bien le seul dans ce jardin si on fait exception de ma personne.

Walter n'avait pas de réponse à lui renvoyer, il ignorait tout de cette affaire, mais le reconnaître lui donnerait encore plus mal à l'estomac que celui qu'il ressentait depuis le matin. Devant son silence, Canaris poursuivit : - L'urgence du moment consiste de signer une vraie paix séparée. Nous sommes les deux à le savoir. Du moins dans cette pièce, si je peux toutefois considérer mon jardin comme une pièce. À l'inverse des élucubrations des Nippons, la paix doit se signer avec les Alliés ou à défaut, il est à minima urgent qu'ils reviennent sur cette ineptie de capitulation sans condition qui empêche toute négociation. Ensuite tout deviendra à nouveau envisageable.

\- C'est en leur faisant croire qu'ils débarqueront partout sauf en Sicile que vous comptez y arriver. Question stratégie, vous cultivez de mauvaises fréquentations.

Canaris se mit à faire du Canaris et Walter devait reconnaître qu'il était assez bon dans le rôle : - Selon vous, c'est en affirmant qu'ils débarqueront en Sicile et nulle part ailleurs que vous obtiendrez un meilleur résultat ? Clauss est un bon agent. Entendez ceci, c'est un bon agent uniquement car la chaîne de l'Abwehr croit que c'est un bon agent. Non, il n'a pas participé à l'autopsie et comment l'aurait-il pu d'ailleurs ? Bien sûr, cet acte médicolégal contrôlé par les Britanniques et un médecin pour le moins folklorique est la matrice de ce qui a suivi. Ensuite, le reste n'est plus que le concours d'aveugles écrivant un roman destiné au lecteur final, avec von Roanne dans le rôle du critique littéraire au-dessus de tout soupçon. Quand on sait que le lecteur final est un admirateur de Karl May[228] l'histoire réelle n'a plus aucune importance, seul compte le roman. Laissez-moi extrapoler. Les alliées anglo-américaines débarquent en Sicile en trouvant des forces allemandes réduites car leur plan a fonctionné. Que se passera-t-il ensuite. Ne prenez pas votre air ahuri Walter. Nos adversaires forts de leurs victoires amphibies depuis plus d'une demi-année ne vont pas se contenter d'établir des élevages de chevaux sur l'île, aussi grande soit-elle. La péninsule italienne deviendra leur prochain objectif. Connaissant leurs moyens, ils y placeront le pied comme ils l'ont fait en Afrique du Nord en effectuant une simple promenade de plaisir et leur action sera facilitée par l'éparpillement de nos troupes décidé par notre génie hantant Rastenburg. Que croyez-vous que va être la réaction des Italiens, ils ont déjà perdu leur huitième armée dans l'aventure en Russie. Ils vont

---

[228] Adolf Hitler est assidu des aventures de Karl May et de films américains sur le Far West.

tout simplement déchirer le contrat au bas duquel ils n'auraient jamais dû mettre leur signature et nous lâcher tel un vieux mouchoir usagé. Maintenant, c'est à vous de m'expliquer. Que cherchez-vous en tentant de prouver que l'invasion aura lieu en Sicile. Laissez-moi le plaisir de répondre à votre place, mieux, placer le temps d'un moment votre cerveau dans ma tête, il y a la place. Selon vous, mais je vous rejoins, c'est bien devant l'île d'Archimède que va se présenter l'armada de débarquement Allié. Cette destination ne fait aucun doute en ce qui me concerne pas plus qu'à vous. Si je me trompe, je veux bien redevenir matelot et briquer le reste de ma vie le pont du Bremen[229] et vous, retourner étudier la médecine à Bonn. Je poursuis : avec un peu de chance, celle sur laquelle vous comptez, ils seront refoulés. Notez que celle-ci nous fuit depuis juin quarante et un, et je ne vois pas ce qui déciderait de la faire revenir de notre côté. Parenthèse terminée. Ensuite, quoi. Suite à cette défaite, prouver à Staline que nous gardons toutes nos possibilités de l'emporter. Sauf que mon ami Schellenberg ici présent n'a aucune intention d'inciter à signer la paix avec les rouges. Schellenberg veut pouvoir tenir le discours suivant à son ami Allen Dulles « voyez-vous chez Dulles, maintenant que nous vous avons stoppés et renvoyé en Afrique la queue entre les jambes, contrairement à ce que vous affirmez, nous pouvons gagner cette guerre. Mais détrompez-vous cher monsieur Dulles, quoi que vous en pensiez, vous n'êtes pas notre adversaire. L'ennemi commun ce sont les monstres bolchéviques. Allez de ce pas en convaincre monsieur Churchill » et peut être que vous terminerez par « unissons nos forces tant qu'il en est encore temps pour unis battre le communisme qui met en péril notre belle planète ». Vous ne manquerez pas d'achever votre discours par ceci « nous vous livrerons Hitler mort ou vif, a vous de décider, monsieur Himmler se chargera d'exaucer vos désirs ».

- Vous êtes fou, Amiral ! Mais bon scénariste, je suis obligé de le reconnaître.

- Pas plus que vous, mon ami ! Inutile de vous dire que de mon côté, je ne crois pas un mot à cette providentielle découverte de major anglais dans les eaux espagnoles, accompagné par le miracle du Saint-Esprit de plans secrets. Cependant, je continuerai de faire comme si. De votre côté, continuez à affirmer le contraire, c'est le mieux que nous puissions faire dans la situation qui est la nôtre.

- Mais pourquoi, amiral ?

La ruse s'était instantanément personnifiée sur son visage malicieux, l'amiral rajeunissait à vue d'œil : - Schellenberg, Walter, c'est mathématique, un de nous

---

[229] Croiseur sur lequel Wilhelm Canaris a servi en tant qu'aspirant en 1914.

deux obtiendra raison. Celui-là, celui qui restera, sera le plus à même de gagner ce difficile combat et avoir une chance de le remporter.

Walter restait sans voix, son cerveau fonctionnait au ralenti, avec suffisamment d'énergie cependant pour donner raison à Canaris.

Venez, Walter, à cette heure, Erika a toujours du thé et un morceau de tarte à mettre sur la table.

En dégustant la tarte, Canaris lui avait avoué avoir fait contrôler à Londres l'existence du major Martin au point de sacrifier volontairement son agent[230] pour connaître la vérité. Il conclut : - Nous devrions en prendre de la graine, dans le renseignement, celui qui a les nerfs les plus solides tient la victoire dans ses mains. Quand je dis les nerfs, c'est parce que Erika peut m'entendre de la cuisine.

Berlin, 9 Prinz Albrechtstrasse, vendredi 04 juin 1943, 11h00

Walter avait passé la semaine à préparer son rapport vérifiant le moindre détail, évitant le plus petit grain de sable susceptible de gripper sa belle mécanique. À cet effet, il avait soigneusement choisi le jour. Cette fois, l'adjudant Werner Grothmann qu'il avait croisé dans le couloir s'était montré affable, allant jusqu'à lui serrer la main et prendre des nouvelles de sa famille. Ils patientèrent ensemble quelques minutes en devisant de tout et de rien, selon lui Himmler en terminait avec son visiteur et Walter ne poussa pas la curiosité au point de lui demander avec qui il se réunissait. À sa grande surprise, lorsque la porte s'ouvrit c'est Kaltenbrunner qui prenait congé. Walter maudit l'adjudant Werner, ce dernier avait omis intentionnellement de l'en avertir. À sa décharge, on rencontrait peu d'occasions de se distraire dans l'ancienne école des Arts décoratifs de Berlin depuis que les élèves avaient déserté l'endroit. Le chef du RSHA l'aperçut et ne put faire sans lui adresser la parole. Ce fut bref et tranchant : - Une fois de plus vous passez du rez-de-chaussée au deuxième sans vous arrêter à mon étage.

Walter y alla au culot en se permettant un large sourire cynique en prime : - En empruntant le couloir devant votre porte ouverte, j'ai remarqué votre bureau vide, jamais je ne me serais permis de m'y introduire en votre absence, général. D'ailleurs, le Reichsführer m'a convoqué pour onze heures tapantes en me précisant qu'il s'agissait d'une affaire confidentielle. Ne sachant s'il désirait vous mettre

---

[230] Par l'agent Irlandais de l'Abwehr, Patrick O'Reilly, chargé de vérifier l'authenticité de l'identité de William Martin auprès de sa supposé fiancée Pam.

dans le secret, dans le doute, je me suis fait discret. La figure de Kaltenbrunner qui le dépassait d'une bonne tête s'empourpra avant de le toiser avec un mépris qu'il prenait plaisir à montrer. L'Autrichien fut à un cheveu de s'emporter par un éclat dont il était coutumier avant de prudemment se raviser et tourner les talons sans un mot. Himmler avait de trop bonnes oreilles et la porte était restée entrouverte.

Son chef devait partager le même ennui que son adjudant, se doutant de la scène, il souriait. Devant son évidente satisfaction, Walter le soupçonna de l'avoir sciemment orchestré. Suivant un protocole bien réglé, il laissa poliment le Reichsführer parler en premier. Celui-ci tenta en vain d'esquisser un sourire, le résultat était plus proche du rictus : - J'aurais dû penser de demander à Werner de vous introduire pour que nous puissions nous recueillir à trois. Cela fait un an aujourd'hui que Reinhard nous a quittés. Difficile toutefois de croire qu'Himmler éprouvait le moindre regret, son autorité se voyait certes mieux établie sans la silhouette omniprésente d'Heydrich derrière son épaule comparée à la pâlotte lumière émise par Kaltenbrunner. Sa sécurité aussi sans les dossiers de son machiavélique responsable du RSHA qui le serrait bien fort à un endroit particulièrement sensible. Walter ne doutait pas un instant que le général aurait mis cette année à profit pour tenter de prendre sa place avec de sérieuses chances de réussir. L'unique réponse qu'il ne parvenait pas à trouver c'est si en fin de compte cela se serait soldé par le complot ou l'élimination physique. Connaissant Reinhard, Walter penchait pour seconde alternative. Hitler l'aurait nommé sans hésiter à la tête de l'ordre noir faute de rivaux, pas un seul général SS n'aurait osé risquer de briguer le poste. Ensuite, ç'aurait été au tour d'Hitler. « Redistribution » n'était pas à proprement parler son enfant, sauf qu'il n'aurait pas hésité un seul instant à se l'approprier et à l'adapter au gré de ses tortueux desseins.

Walter abandonna ses cogitations. Avec son envolée, son chef venait de le priver d'une partie de la mise en scène qu'il avait imaginée : - je n'aurais pu espérer une telle attention. À la réflexion, vous avez bien fait d'oublier, cela aurait pu mettre Ernst mal à l'aise. Ce n'est pas facile pour lui de se retrouver avec l'ombre du général Heydrich à ses côtés. Pour moi c'est plus commode, car je vous ai toujours considéré comme mon chef.

Himmler etait beaucoup de choses, mais pas un idiot, la flatterie n'avait pas trop sa place dans son univers sauf à doses très négligeables et en de rares circonstances : - Que cachez-vous derrière ces jolies phrases Schellenberg, je veux dire que je ne connaîtrai pas dans les minutes suivantes.

-   Pour commencer un petit mensonge pour lequel je vous demande une légère complicité. Reichsführer, je viens de dire à Kaltenbrunner que vous m'aviez convoqué pour une affaire confidentielle, il a du mal prendre que je ne lui en touche pas un mot.

Himmler le réprimanda du doigt : - Colonel Schellenberg, tout ce qui a trait à nos conversations possède un caractère secret et confidentiel. Je suis seul juge de qui en apprend ou pas, cela inclut Ernst. Ceci n'enlève rien à votre mensonge, c'est vous qui avez demandé à me voir et non moi qui vous ai convoqué. Asseyez-vous à présent.

L'affaire était dans la poche, tout le reste glisserait comme des luges sur de la poudreuse : - Merci Reichsführer, sans vouloir vous conseiller ni me permettre de vous donner un conseil, sachez que je pars lundi pour la Suède régler le problème de journaux qui nuit tant au sommeil du ministre von Ribbentrop.

La descente s'amorçait, lente au départ : - Merci Schellenberg, je le retiendrai. Vous savez ce que je pense du ministre et je trouve fort dommage votre absence pour de telles futilités. Vous n'êtes quand même pas venu me voir pour cette idiotie!

La neige était d'une bonne qualité, tout ce qu'il fallait pour réaliser une belle glissade en tandem. L'image d'Himmler assis sur une luge lui donna du courage : - Mon départ quelque peu précipité en arrivant à Rastenburg était motivé par l'urgence. Celle des documents trouvés sur un officier anglais au large de Huelva. J'ose espérer que le führer n'en a pas pris ombrage.

Himmler ne serait pas lui-même sans glisser une vengeance sous le soulier de celui qui avait tenté de lui forcer la main : - Ne vous inquiétez pas pour cela Schellenberg, le führer ne s'est pas aperçu de votre absence au point que votre nom n'a pas dû être mentionné.

Son « chef » venait de lui envoyer un nuage de neige à la figure, par chance, une fois balayé, ça ne laissait pas de tache : - Vous m'en voyez soulagé. Permettez-moi de revenir à cette affaire espagnole. Je déteste devenir celui qui marche à contre-courant.

- Vous êtes coutumier du fait, d'ailleurs, croyez-moi, je ne serai pas surpris de vous voir encore agir ainsi aujourd'hui.

- Contraint et forcé, Reichsführer. J'ai bien peur que les alliés tentent de nous jouer un tour de cochon. Un de mes meilleurs hommes s'est rendu sur place, il a pu se rendre compte d'éléments de nature à remettre en question les analyses/conclusions précédentes, celle émise par l'Abwehr et corroborée par le colonel von Roenne au FHW.

Himmler jouait avec son crayon en le faisant tourner entre ses doigts : - Ah oui ! quelle surprise que vous m'apportez là, vous m'étonnerez toujours. Mon cher Schellenberg, regardez-moi attentivement, dans quelques instants vous me verrez rayonner de bonheur. Comment pourrait-il en être autrement lorsque vous venez m'apprendre que mon service de renseignement est supérieur à tous les autres réunis. J'ai depuis toujours constaté en vous une attitude de supériorité évidente et un mépris pour vos collègues que vous avez bien du mal à dissimuler. Ce serait mentir de vous cacher que souvent cela ne me déplaît pas. Cette fois vos bottes quittent le sol. Faites attention, bien que haut, il y a un plafond au-dessus de votre tête. À présent, je vous laisse le loisir de m'expliquer ce qui vaut votre soudaine sagacité.

Le traîneau ralentissait, les patins commençaient à manquer de fard, il était temps d'en remettre hélas, il ne lui en restait qu'un petit morceau au fond de son pot : - Simplement ceci Reichsführer, votre service de renseignement par mon entremise a creusé un peu plus profond que les autres. S'ils l'avaient fait, ils seraient obligés de revoir leurs conclusions. Aussi surprenant que cela puisse paraître, il s'agit d'une simple affaire d'eau dans les poumons de l'officier anglais. Étant donné que j'ai débuté des études de médecine, ce détail m'est apparu dans toute son importance. Sur place, mon agent a constaté que le rapport d'autopsie avait probablement été falsifié. Une contre autopsie a démontré que les poumons n'étaient pas remplis d'eau de mer. Là, il jouait gros, très gros puisqu'il n'y avait jamais eu de contre autopsie. Le seul qui serait en mesure de le trahir était Spitzy. Dans ce cas, il n'aurait d'autre solution pour sauver sa position que d'accuser son subordonné de lui avoir menti. Étant donné son ancienne fonction auprès de von Ribbentrop, que Himmler haïssait son capitaine ne ferait pas le poids. Bon, on était loin de ce drame, Il y avait peu de chance qu'Himmler mette sa parole en doute et aille si loin. Il laissa digérer l'information.

Le crayon avait cessé de rouler entre les doigts de son chef : - Cette eau de mer déciderait ou pas du lieu de débarquement si débarquement il y a. Fournissez-moi l'explication, j'ai hâte de l'entendre.

Walter savourait les moments pendant lesquels quand son chef adoptait cette attitude d'élève attentif, sans perdre de vue que l'élève était un scorpion et comme tel était susceptible de piquer à tout moment son professeur : - Elle devient fort simple à comprendre si on s'attarde sur cette constatation. Sans eau de mer, pas de noyade. S'il n'y a pas eu noyade de quoi provient la mort de l'anglais ? Aucune trace de balle n'a été relevée sur le cadavre. Ceci s'ajoute à d'autres incohérences comme celle de n'avoir retrouvé aucun débris d'avion ; aucun rapport de la Luftwaffe signalant avoir abattu un avion ennemi dans le secteur pour la semaine précédant la découverte. Une découverte par un pêcheur à quelques centaines de mètres de la plage comme par hasard. Agrémenté de documents secrets. Voyez-vous Reichsführer, dans le renseignement, une invraisemblance peut à la limite être considérée comme un concours de circonstances, au-delà cela devient de la provocation.

Himmler avait redressé son crayon et libéré de sa main gauche pour le tenir à la verticale au-dessus d'une feuille qu'il regardait attentivement comme s'il allait consigner quelques notes importantes, mais sa main droite restait immobile. Son regard toujours absorbé par la feuille, il demanda : - Outre le fait que j'écris large, pour résumer ce que vous venez de m'exposer si clairement, une, voire deux lignes suffisent. Vous voudriez, Schellenberg, que je rédige ces deux lignes destinées au führer lui expliquant l'urgence d'annuler ses décisions des semaines précédentes et de remettre dans un mouvement inverse les divisions qu'il a transférées à leur place initiale. Il ne vous est pas venu un instant à l'idée la possibilité de vous fourvoyer, d'avoir mal interprété. Dans ce cas, vous avez pensé à moi, à la façon dont je me verrais déconsidéré à ses yeux ?

Avec la longue pratique de son chef, Walter connaissait que la meilleure tactique se résumait en général abandonner le terrain pour y revenir plus tard : - sans aucun doute, personne n'est infaillible. Ni moi ni l'Abwehr. Il aurait pu ajouter : « ni vous et encore moins Grofaz[231] ». Bien entendu la plus grande prudence s'impose, vous avez tout à fait raison, Reichsführer. Autorisez-moi simplement à envoyer une note reprenant mes conclusions à l'Abwehr, je la destinerai à un obscur bureau de von Bentivegni. Ainsi, quel que soit l'endroit du débarquement s'il a lieu, nous pourrons crier haut et fort de les avoir prévenus. Au cas où j'aurais raison, votre position ne s'en verrait que renforcée, ils auraient été avertis, si j'ai tort on me prendrait pour une sorte de "cassandre" en moins bon à qui vous n'avez pas porté attention. Walter était satisfait, l'accord pris avec Canaris restait inentamé.

Himmler abandonna son crayon pour joindre ses deux mains comme s'il priait : - Voilà qui me semble fort raisonnable, Schellenberg. Vous voyez qu'avec un rien d'effort vous parvenez à répondre de la bonne manière aux complications de notre combat.

Lorsque la luge arrive au bas de la pente, il faut soit la ranger, soit la tirer à nouveau vers le sommet de la crête. Ce n'était pas encore le moment d'aller se reposer au coin du feu : - Reichsführer puisque nous avons abordé la question, vous qui venez de le voir, qu'en est-il de la santé du führer ? Sans attendre la

---

[231] Grofaz : « Größter Feldherr aller Zeiten » « le plus grand stratège de tous les temps" surnom péjoratif d'Hitler.

réponse qui aurait pu ne pas correspondre à son projet, Walter poursuivit sans lui en laisser le temps : « On me dit qu'il ne se retrouve pas au mieux de sa forme, bien au contraire. Son état se serait même particulièrement délabré. Je suis navré de vous poser la question Reichsführer, mais dans ce cas est-il apte à diriger une campagne de l'importance de l'opération Citadelle. Prendre de mauvaises décisions s'avérerait funeste pour la survie du Reich. Ne serait-ce pas le moment idéal pour que le Reich s'en remette à vous tel que nous l'avions déjà envisagé » ?

À présent Himmler avait appuyé ses mains à plat sur son bureau comme s'il s'apprêtait à bondir. Walter s'était paré au pire, mais rien ne se passa. Les yeux de son chef regardaient dans sa direction, cependant ses paroles semblaient s'adresser à un autre Schellenberg : - Qu'en est-il de la mission que je vous ai confiée au début de l'année. Avez-vous des progrès à me communiquer.

Par chance, il s'était attendu à ce que la question soit abordée, dans le cas contraire, il l'aurait de lui-même mis sur le tapis. Trois jours durant, il avait repris ses dossiers, dont le plus important ; celui qui provenait de la chambre au trésor d'Heydrich : - C'était le dernier sujet que je désirais approcher ce matin Reichsführer. Une, affaire sensible qui nécessite votre autorisation expresse. Je dois étendre mes investigations. Pour cela je suis contraint d'enquêter sur un de vos officiers, ce qui veut dire avoir accès à son dossier, vous seul pouvez le permettre.

- De qui s'agit-il, Schellenberg ?

- Horst Böhme[232] !

- Le visage d'Himmler resta impassible, Walter savait qu'il digérait l'information car son chef connaissait pertinemment là où il voulait en venir. Le terrain devenait extrêmement dangereux, mais impossible pour lui de ne pas traverser ce champ de mines.

Himmler n'était jamais dans l'ignorance d'où se situaient ses chefs d'unité : - Le colonel Böhme se trouve actuellement à Tcherniniv. Laissez-moi quelques jours pour réfléchir avant d'accéder à votre demande. Je présume que vous avez des raisons suffisantes pour creuser dans cette direction, il me faut considérer qu'elles le sont aussi en ce qui me concerne. Bonne journée Schellenberg.

---

[232] Standartenführer (en 1943) Horst Böhme. De janvier à août 1943, il dirigeait l'Einsatzgruppe B (unités mobiles d'extermination) dans le nord de l'Ukraine.

Walter ne se souvenait pas quand son chef lui avait souhaité pour la dernière fois une bonne journée.

Berlin, Berlinerstrasse 131, Maison de Schellenberg, dimanche 06 juin 1943

Walter avait tenu à passer la fin de semaine avec Irène et les enfants avant d'entamer son voyage en Suède. Profitant de ce que son épouse s'activait à préparer sa valise, il s'enferma dans la pièce lui servant de bureau, ouvrit son coffre et en retira une chemise bleue.

Comme la plupart du temps, sans surprise, son contenu n'était pas des plus agréables à lire, il correspondait bien à une époque pénible à vivre. Si beaucoup postulaient pour obtenir la première place, cette fois encore, il s'agissait de l'une des plus sales histoires trouvées dans la chambre au trésor d'Heydrich qui se retrouvait en lice pour le podium. Celle du meurtre de l'homme qui a fait arrêter le massacre de la nuit des longs couteaux. Revisiter le passé devenait une fois encore nécessaire, car cette histoire avait toutes les chances de revenir à toute allure au premier plan.

À l'époque, Walter venait d'entrer au bureau juridique du SD ; au bas de l'échelle, il avait été astreint comme beaucoup d'autres de suivre l'affaire de loin, toutefois, il s'en souvenait par bribes. Après, il ne s'y était plus intéressé avant son voyage à Vienne le douze avril trente-huit. Le dossier d'Heydrich par contre était des plus complets consigné dans un ordre chronologique facile à suivre malgré les nombreuses annotations de marge en rouge et des feuillets remplis de de son écriture serrée posant diverses hypothèses et bien des questions.

L'affaire débute au printemps 1933. À l'époque, von Papen se croyant malin d'avoir fait chuter Kurt von Schleicher[233], avait renoncé provisoirement à un poste de chancelier pour devenir vice-chancelier du gouvernement d'Hitler ; rôle dans lequel son pouvoir politique devenait de plus en plus fragile. Il avait même été obligé de céder son poste de commissaire du Reich pour la Prusse à Hermann Göring.

Von Papen commit son premier faux pas de l'ère Hitler en créant le « Cercle Edgar Jung » pour faire pression sur le vieux feld-maréchal von Hindenburg,

---

[233] Kurt von Schleicher, général et ancien chancelier mort assassiné le 30 juin 1934 à Neubabelsberg.

commandant toujours la Reichwher. Ce cercle escomptait que celui-ci pourrait être utilisé pour transformer le national-socialisme en une seconde révolution conservatrice. Première erreur.

Hindenburg voyait d'un très mauvais œil les deux millions et demi de SA sans toutefois oser espérer que la Reichwher l'emporterait en cas d'affrontement. Von Papen se vit signifier dans les formes les plus polies, mais fermes une fin de non-recevoir. Malchance pour les membres du cercle, Heydrich avait déjà placé des informateurs auprès du vieux feld-maréchal. Immédiatement averti, il transmit l'information à Himmler qui se fit un plaisir d'ajouter von Papen et quelques autres sur sa liste d'ennemis à abattre. L'affaire n'était pas urgente, Himmler et Heydrich se débattaient pour la première place dans la sécurité de l'état mise à l'époque sous la tutelle d'Herman Göring. Ils avaient le temps devant eux pour régler leurs comptes. Parvenir à Berlin était leur but principal cette année-là.

Von Papen trébucha la deuxième fois. Au début de l'été 1934, le vice-chancelier fit rédiger par son adjoint Jung[234] un discours qu'il prononça à l'université de Marburg[235]. L'allocution commença sous les meilleurs auspices, le vice-chancelier reconnut d'emblée l'autorité d'Hitler et approuva l'alliance des révolutions conservatrices et national-socialistes. Ensuite, il dérapa en critiquant massivement les abus du régime national-socialiste. L'orateur incitait à une seconde révolution, ne demandant pas moins que d'abandonner le national-socialisme pour une se diriger vers une croissance ordonnée au lieu des conditions révolutionnaires. Le Rubicon fut franchi lorsqu'il exigea l'abolition du NSDAP qui n'était à ses yeux qu'une forme de transition éphémère. Il n'aurait pas pu faire pire. Joseph Goebbels, ministre de la Propagande, a empêché in extremis la diffusion du discours à la radio dans tout le pays.

D'ennemi mortel, il passa instantanément à ennemi à abattre à tout prix. Huit jours plus tard un Hitler hors de lui et ne pouvant s'en prendre à von Papen proche du président Hindenburg fit arrêter Jung par la Gestapo.

Walter se rappelait qu'à l'époque, il se trouvait au Rheinhotel Dreesen à Rüngsdorf pour y assurer la sécurité de Sepp Dietrich[236] et de Joseph Goebbels quand cinq jours plus tard, Himmler, Heydrich, Göring et quelques autres décidèrent un Hitler quelque peu hésitant à se résoudre d'éliminer son vieux compagnon, le lansquenet Ernst Röhm agrémenté d'une liste bien fournie de chefs SA

---

[234] Edgar Julius Jung, avocat chef de file du mouvement révolutionnaire conservateur en Allemagne, assassiné le 01 juillet 1934 dans la cave du siège de la Gestapo Prinz-Albrecht-Straße.
[235] Discours de Marburg le17 juin 1934.
[236] Josef Dietrich, dit Sepp Dietrich, est un général SS créateur de la SS militarisée. Compagnon de la première heure d'Hitler, il participe activement à « la nuit des longs couteaux ».

et d'opposants. Les vieilles rancœurs se lavèrent dans le sang avec la bénédiction d'un grand nombre de généraux de la Reichswehr trop heureux de la mise au pas des SA dont le nombre les terrifiait.

Troisième faux pas, un général de division de la Reichswehr[237] apprenait le même jour que von Papen avait prévu de rencontrer Hindenburg pour le persuader de déclarer l'état d'urgence et d'obtenir qu'il ordonner à la Reichswehr de poursuivre les SA, les SS et le NSDAP. Un coup d'État en somme. Informé, les chefs SS Himmler et Heydrich se firent la main sur l'ex-chancelier Kurt von Schleicher et décidèrent que le prochain sur la liste serait von Papen. À ce moment-là, von Bose[238] et Julius Jung avaient déjà été assassinés.

Là, deux évènements se précipitent. Von Papen se rend à la résidence de Göring ou il rachète sa vie à l'aide de dossiers compromettants et grâce à ses liens étroits avec l'Église catholique et sait accéder à un ami personnel, le Pape Pie XI[239] dont il est chambellan , ce qu'il fait valoir et l'aide à sortir de la liste des victimes. Il est dès lors protégé d'Himmler par un Göring qui se montre prudent. Hitler sait aussi que le président Hindenburg ne lui aurait jamais pardonné ce meurtre d'un ami proche.

Von Ketteler[240], le plus proche collaborateur de Franz von Papen, a eu la chance de survivre. Avec son collègue Kurt Josten, il réussit à quitter les locaux de la vice-chancellerie en se faisant passer pour des visiteurs. Von Ketteler s'est précipité en Prusse orientale auprès du président du Reich. Son but est d'informer von Hindenburg de la situation à Berlin et, en sa qualité de commandant suprême de la Reichswehr, de le faire intervenir contre ce qui se passe dans la capitale. Après avoir rencontré beaucoup de difficulté pour parvenir à lui parler, il a obtenu d'un von Hindenburg - pleinement satisfait des évènements et de l'élimination de la dangereuse concurrence des SA - qu'il ordonne l'arrêt de la tuerie. Ce à quoi Hitler n'a pu qu'obéir.

Ceci n'était que le début parfaitement consigné, tel un roman, de ceux qu'aimait écrire l'ancien patron du RSHA.

Ensuite, Hitler change le vice-chancelier Franz von Papen pour l'ambassadeur Franz von Papen. Ce dernier va prendre son poste à Vienne en compagnie de Von Ketteler.

---

[237] Général Walter von Reichenau.
[238] Carl Fedor Eduard Herbert von Bose.
[239] Pie XI, Ambrogio Damiano Achille Ratti.
[240] Wilhelm-Emanuel Wilderich Maria Hubertus Vitus Aloysius Freiherr von Ketteler.

Quatre années passent, Himmler parvient à ôter la Gestapo à Göring et à l'aide d'Heydrich devient le maître incontesté de la sécurité du Reich. Walter connaissait bien, pendant cette époque, il avait de son côté eu l'occasion de gravir pas mal d'échelons au sein du SD.

Dans son dossier, Heydrich partait d'une chronologie débutant par le chancelier Kurt von Schleicher. Selon ses informations, ce dernier aurait constitué un dossier sur les origines douteuses d'Hitler. Par sécurité, il l'avait confié au chancelier autrichien Dollfuss[241]. Ce dernier est assassiné en 1934[242], mais le dossier se retrouve dans les mains de son successeur Schuschnigg[243]. Celui-ci prudent et se sentant menacé avait eu tout le loisir pendant quatre années de mettre en branle tous les moyens administratifs à sa disposition pour compléter l'enquête sur Hitler. Heydrich avait annoté en marge qu'il avait eu vent d'une autopsie de la nièce[244] d'Hitler alors qu'elle se trouvait à la morgue de Vienne. Walter se rendait aussi compte entre les lignes qu'Heydrich avait eu toutes les difficultés à faire pénétrer ses hommes dans l'entourage du très méfiant chancelier autrichien.

On retrouve le tandem von Papen, von Ketteler en fonction dans l'ambassade à Vienne le 11 mars 1938. Le chancelier Schuschnigg se trouvant ce jour-là à Berchtesgaden en compagnie d'Hitler, un agent de la Gestapo profite de l'aubaine pour s'introduire dans le bureau du chancelier. Là, il constate l'absence de dossier, mais apprend que von Ketteler les a emportés le matin même. Le dossier sera remis en soirée à la Gestapo. Heydrich en déduit que le dossier a forcément été photographié par von Ketteler au profit de son ambassadeur.

Le jour de l'Anchluss et de l'entrée triomphante d'Hitler dans Vienne, Walter était présent, il avait accompagné le général et Himmler dont il avait sauvé la vie[245] dans l'avion.

Le jour suivant, von Ketteler disparaît sans laisser de traces. Le vingt-cinq avril, son corps est repêché dans le Danube. Walter connaissait parfaitement la version de l'histoire qu'il avait sous les yeux : La Gestapo avait trouvé des preuves que Ketteler avait préparé une tentative d'assassinat contre Hitler le jour de son entrée dans la capitale autrichienne. Horst Böhme sous les ordres d'Heydrich assassina Wilhelm Freiherr von Ketteler en le noyant. Pour que son chef l'ambassadeur von Papen ne fasse aucune vague, l'affaire fut camouflée en suicide.

---

[241] Engelbert Dollfuss.
[242] Le 25 juillet 1934.
[243] Kurt Alois Josef Johann von Schuschnigg.
[244] Geli Raubal fille de la demi sœur d'Hitler.
[245] Himmler s'était imprudemment appuyé sur une porte mal verrouillée.

Von Papen a gesticulé, parlé à Hitler, Himmler, Goering et même Kaltenbrunner. En outre, il avait promis une récompense de vingt mille marks à celui qui retrouverait l'assassin. Mais c'était du vent, tout comme le motif invoqué pour l'assassinat de von Ketteler. Von Papen avait ensuite été promu ambassadeur dans la douce ville d'Ankara avec villégiature à Istamboul. Une retraite dorée dans un endroit où il ne pourrait pas beaucoup nuire.

Heydrich avait encore annoté en rouge dans la marge : suivre la piste des dossiers en Suisse ? Que sait Horst Böhme ? Pourquoi il n'a pas réussi à faire parler von Ketteler ? A-t-il obtenu les dossiers ? Les a-t-il remis à Himmler ?

Heydrich en avait déduit que le plus probable, faute de mieux, que depuis cette époque von Papen détenait des informations cruciales et s'était montré assez intelligent pour les envoyer sans perdre de temps en Suisse. Dès lors, ayant obtenu un accès aussi direct que discret à Hitler pour lui permettre de négocier son avenir, il s'était retrouvé hors de la portée d'Himmler et de son bras droit en Turquie.

Walter relut encore deux fois les feuillets. Le dossier d'Horst Böhme pourrait lui apprendre certaines choses. Himmler autoriserait l'accès à son dossier si il voyait que cela servirait ses intérêts. Ce n'était pas mentionné, mais sans aucun doute Heydrich avait dû l'étudier en long et en large sans rien découvrir apparemment. La seule solution qui lui restait pour pouvoir progresser se trouvait à Ankara. Il décida de s'y rendre le plus vite possible, il avait l'intention de faire d'une pierre deux coups. Avant de partir, il rédigerait un message en ce sens au rusé Moyzisch.

Le voyage à Stockholm l'indisposait ; de loin, sa préférence allait à se rendre au plus vite en Turquie pour y régler deux affaires importantes. Il devait prendre son mal en patience. D'un côté, il avait l'obligation de se faire le plus discret possible, ce qui voulait dire invoquer un excellent motif pour Kaltenbrunner qui ne manquerait pas de mettre son nez dans son projet. De l'autre, rencontrer von Papen lorsqu'on se trouvait être un officier du SD haï n'était pas évident. Restait aussi à trouver la savante alchimie qui déclencherait le mécanisme « Platt ».

Le voyage en Suède n'était pourtant pas une perte de temps, il tombait juste au mauvais moment. Commencer à tisser des liens avec des personnalités de ce pays neutre devenait indispensable. Les liens commerciaux c'était bien, les liens politiques c'était mieux dans la perspective pessimiste de l'été quarante-trois.

Irène venait de lui dire que sa valise était prête, Walter abandonna le dossier pour le ranger dans son coffre. Il voulait passer le reste de la journée pour tenter de la convaincre de quitter Berlin avec les enfants. Leur maison se trouvait loin du centre dans une zone sans industrie sauf que les alliés n'étaient pas réputés pour viser juste.

Berlin, 102 Wilhelmstrasse, dimanche 20 juin 1943 11h00

L'atmosphère changeait imperceptiblement, la cérémonie qui se déroulait dans la salle d'apparat du palais Prinz-Albrecht en l'honneur de son élévation au grade d'Oberführer[246] se terminait sans que personne n'ose prendre congé. Seul le Reichsführer en sonnerait la fin

Irène était présente à ses côtés, mais le protocole complique mis au point par Himmler excluait les enfants. Sans regret, ce n'était pas l'endroit le plus adapté de Berlin pour emmener leur progéniture.

Après le long discours d'Himmler, Walter dans un élan de prudence avait écarté Irène vers le mur est en désignant du doigt le lourd lustre susceptible de les écraser pendu à la rosace du plafond richement ouvragé. Après tout, les bombardements affaiblissaient lentement mais sûrement les structures, alors pourquoi pas l'attache d'un lustre pesant quelques centaines de kilos.

Entre les deux miroirs, accrochés à la paroi, tranchait étendu le drapeau au diapason noir et blanc du Reichssicherheitshauptamt avec au centre l'aigle allemand   doré.
Walter regardait l'image de la salle renvoyée à travers la gigantesque glace de droite. Werner Best était entouré d'un groupe, dont Wilhelm Hollt et deux autres qu'il connaissait, mais dont il avait oublié le nom. Certain préférant un moment de solitude se retrouvaient assis sur les banquettes rembourrées le long des murs. Des petits groupes se constituaient et se décomposaient à un rythme régulier. Sans surprise, Kaltenbrunner était absent, excusé par un opportun voyage à Vienne. Gestapo Müller brillait aussi par défaut, il effectuait une cure également quelque part en Autriche.

Himmler illuminée par le soleil se tenait devant la grande fenêtre étonnement seul , probablement que le voyant méditer personne ne s'était risqué à le sortir de ses réflexions. Lorsque son tout frais Oberführer posa le regard sur lui, il se retourna l'observant attentivement. Après l'avoir fixé quelques secondes, il lui fit un signe de tête l'invitant à le rejoindre.

---

[246] grade spécifique à la SS, dans les autres armées, se situerait entre colonel et général.

Walter prit doucement le bras d'Irène et l'accompagna vers Spitzy auquel il la confia pour quelques minutes. Spitzy ne demandait pas mieux, d'abord l'épouse de son chef était très belle ; ensuite, il se retrouvait isolé pour deux raisons : en tant que capitaine, il détenait le grade le moins haut du cercle, ce qui pouvait encore s'excuser, tandis que son ancienne carrière de secrétaire auprès de von Ribbentrop, haï de tous les officiers présents dans la salle, restait - même en la considérant comme un péché de jeunesse - à leurs yeux impardonnables. Ils étaient prêts à tout tolérer, inclus les lourds casiers judiciaires et les séjours en prison, ce qui était le cas de quelques-uns d'entre eux, mais pas ça. Walter avait lourdement insisté sur sa présence et en fin de compte obtenu gain de cause.

Himmler était de fort bonne humeur : - Alors, Oberführer, Schellenberg, heureux ?

Il se déroba à l'aide d'un imperceptible pas de côté : - C'était inattendu à trente-trois ans, Reichsführer.

- Je ne crois pas que votre escalade se terminera à ce grade, Schellenberg.

Walter tenta un trait d'humour : - C'est à espérer, pour la Herr, la Luftwaffe et la Kriegsmarine ce grade n'existe pas, je ne sais comment ces messieurs vont m'appeler.

Himmler sembla surpris comme s'il découvrait à l'instant un important mystère inconnu par lui de l'ordre noir et répondit aussi sec : - Oberführer bien entendu.

Walter rétropédala doucement avant de changer prudemment de sujet : - Bien entendu, cela va de soi. Si je peux me permettre Reichsführer, je vous remarquais songeur.

Himmler sourit comme dans un regret : - Ceux à qui je le permets, me font observer que vous êtes mon officier préféré. Sans prêter l'oreille à ces bruits de couloir, je veux toutefois vous faire part d'un secret. Il y a quelques minutes, je contemplais le parc. Savez-vous où j'aurais aimé mettre le siège du RSHA. Il laissa la question un instant en suspens avant de se décider à répondre : « à Vienne, à l'hôtel Métropole sur la Morzinplatz, là où se trouve la Gestapo. Il me serait agréable de bénéficier chaque jour de la vue d'un joli canal particulier dans lequel coule l'eau du Danube ; mais n'allez pas supposer pour autant que le Tirpitzufer m'influence. Je vais encore vous surprendre, vous devez connaître qu'officiellement, je relevais du ministre de l'Intérieur Wilhelm Frick. Tout en étant un des hommes les plus puissants de l'État, j'ai d'un point de vue organique un supérieur autre que le führer ou pour être exact un serviteur du Reich entre lui et moi. Ceci va prendre fin. Au plus tard dans un mois, le führer va me nommer ministre de l'Intérieur du Reich à sa place.

\- Puis je me permettre d'être le premier à vous féliciter, Reichsführer ?

Dans une rare occasion, Himmler affichait un visage sur lequel transparaissait un évident bonheur : - vous pouvez, vous êtes le premier, Schellenberg, si l'on excepte le führer bien entendu.

Walter maudit à la fois, Frick et Hitler. Il lui faudra attendre qu'Himmler descende de son nuage pour reparler de « redistribution ».

Turquie, Ankara, aérodrome de Güvercinlik, jeudi 24 juin 1943, 14h20

Le junker 52 de la Turkish Air Mail venait d'atterrir avec une heure de retard sur l'unique piste de Güvercinlik. À la moitié du trajet les pilotes avaient dû effectuer un long détour pour contourner un orage. Encore tout nauséeux, l'estomac retourné dû aux secousses provoquées par d'importantes turbulences, Walter fut le premier à descendre et la chaleur poussiéreuse fouetta son visage. Quelques baraques en bois, deux hangars et un délabré Curtiss Kingbird désossé terminait le décor tel un vieil oiseau racorni au soleil. Ce n'était pas Tempelhof, pas même l'ancien terrain de Johannisthal[247]. Alors qu'il admirait l'ancêtre américain, il sentit une main sur l'épaule : - Bienvenu à Ankara, la ville de toutes les manigances.

Walter répondit sans se retourner : - Avec un intrigant tel que vous Moyzisch[248], elle a enfin découvert son maître !

Le major du SD rit de bon cœur, il empoigna d'autorité la valise de son chef : - vous ne croyez pas si bien dire, les temps changent, la situation bouge. Mais je vous expliquerai cela dans les grandes largeurs dès que nous trouverons un moment. Dans la voiture, ne parlez que de banalités, le chauffeur est un homme de von Ribbentrop. D'ailleurs ici, presque tous, à l'exception des deux oiseaux rares de l'Abwehr, sont des hommes du vendeur de champagne. Excepté, au risque de vous étonner, notre cher ambassadeur Franz von Papen qui méprise superbement cet idiot inculte. Il faut dire que l'un est un voyou alcoolique sorti du caniveau et l'autre un véritable Junker de la vieille noblesse allemande. Le seul point commun c'est qu'il arrive au second de boire le champagne du premier.

---

[247] Motorflugplatz Johannisthal-Adlershof, Ancien champ d'aviation de Berlin, premier aérodrome commercial d'Allemagne. Situé à 14 km au sud-est de Berlin

[248] Major Ludwig Carl Moyzisch, attaché commercial à l'ambassade d'Ankara, travaillant secrètement comme chef du SD.

Une fois installés dans la voiture, Moyzisch assis à l'avant se contenta d'égrener les avenues avec moult détails ; d'abord, ils prirent Istanbul Yolu[249], ensuite ils virèrent dans Andalou boulevard. Moyzisch tenait à passer par l'avenue Inölü, selon lui l'Unter den Linden local, aussi appelé « le premier boulevard des banques » : - Ceci représente l'urbanisme de la nouvelle Turquie et de sa jeune capitale. À droite, extasiez-vous devant le siège de la Ziraat Bankasi construite par Mongeri[250], quel malheur pour eux qu'ils n'aient pas confié la modification de la ville à Albert Speer, les successeurs du regretté Atatürk lui auraient volontiers fourni le travail qu'il a dû abandonner à Berlin[251]. Avec lui, les Turcs seraient maintenant ruinés, mais Ankara serait cinq fois plus grande. Ensuite, il ne restait plus qu'à les envahir avec trois ou quatre divisions et créer le Reich d'orient. Trêve de plaisanterie, au fond, à droite, vous pouvez admirer quelques autres banques, elles poussent comme des champignons, la Suisse n'a qu'à bien se tenir.

Par la suite, il intima au chauffeur impassible de passer par le quartier de Cadessi pour lui permettre de voir la nouvelle poste. Après cela, ils se dirigèrent vers Merkezi ou ils s'arrêtèrent et sortirent un instant pour faire quelques pas vers l'École d'art : - Désolé, patron, je suis obligé de faire le guignol, une fois arrivé à l'ambassade, notre chauffeur va s'empresser de faire son rapport avant d'aller pisser. Là-bas, j'aurai difficile à vous parler. Mais demain, nous pouvons nous retrouver dans un endroit où il sera ardu de nous suivre.

- Vous en connaissez un ?

Moyzisch le regarda comme s'il s'était adressé à un être demeuré : - Rencontrons-nous à la gare d'Ankara boulevard Celal Bayar. Vous ne pourrez pas la manquer, un bloc de béton avec un parement en pierre. Là, dans la foule, vous pourrez facilement découvrir si vous êtes pris en filature. Elle est reliée par une colonnade au "Gar gazinosu" le casino de la gare, vous ne pouvez pas le rater, devant, il y a une construction digne des Égyptiens, la tour de l'horloge. L'ensemble ressemble à un vapeur du Mississippi si vous voyez ce que je veux dire. Là, les voyageurs peuvent manger, boire tout en écoutant des artistes. Asseyez-vous et commandez, quand je serai certain que personne n'est à nos basques, je viendrai vous rejoindre.

Quand, ils jugèrent qu'assez de temps s'était écoulé à admirer l'architecture, ils regagnèrent la Mercedes. Son officier expliqua au chauffeur : - Le colonel

---

[249] Maintenant Fatih sultan Mehmet boulevard.
[250] Giulio Mongeri, architecte italien
[251] La construction de la nouvelle capitale du Reich « Germania ».

Schellenberg est fanatique d'architecture. Je propose de passer maintenant par Yenisehir, la « nouvelle ville » qui inclut « la deuxième avenue des banques ». Vous allez vous en rendre compte par vous-même, c'est saisissant, ses larges allées aérées et verdoyantes sont bordées d'immeubles modernes qui contrastent avec les étroites ruelles de la vieille ville.

Walter fit de son mieux pour paraître intéressé. Au bout de trente minutes à rouler au pas, ils descendirent enfin Atatürk boulevard en direction de l'ambassade.

Lorsqu'ils franchirent la grille du parc de l'ambassade, Moyzisch se retourna : - Nous sommes bien entourés, ici au coin, nos amis américains, après nous, l'Italie, la Bulgarie, la Hongrie, la Serbie, la Pologne et pour finir nos frères nippons. Il y en a quelques autres, mais nous avons le temps d'y repenser. Quand je m'en souviendrai, je les noterai sur un bout de papier. L'important, c'est que nous soyons fiers d'être allemands, c'est nous qui avons la plus grosse, elle est juste coupée. Je précise, par le porche, sur quoi il gloussa de rire, fier de son humour juif dont il avait le secret.

*   *   *

L'isolant major Moyzisch avait raison, à l'intérieur l'ambassade était scindée en deux. Une fois gravi l'un des deux escaliers du porche, on pénétrait dans un bâtiment séparé en deux ailes. Pour des motifs de sûreté, les Alliés rôdaient soi-disant, le service de sécurité du ministère des Affaires étrangères avait lourdement insisté pour qu'il séjourne dans l'édifice. Pour ne pas se montrer collet monté, Walter avait accepté du bout des lèvres. En revanche, pour lui témoigner leur peu de considération, on l'avait mesquinement logé au deuxième étage sous les toits. La chambre était à la fois propre et minuscule, chaude et confortable.

Moyzisch mit d'abord son doigt devant ses lèvres, ensuite le frappa contre son oreille pour lui faire remarquer qu'il y avait un microphone : - Vous voulez que j'insiste pour vous changer ?

Walter qui avait observé son geste lui répondit à voix basse : - Ne vous donnez pas cette peine, je ne veux pas leur laisser le plaisir de leur démonter qu'ils m'ont ennuyé, ce que je ne suis d'ailleurs nullement. Je n'ai qu'une idée en tete : dormir ! Et ce lit me semble parfait.

-      Le repas est à neuf heures, celui du commun des mortels, j'ai déjà été averti que l'ambassadeur von Papen ne l'honorera pas de sa présence.

Walter n'en demandait pas tant : - Dans ce cas, j'agirai de même, soyez assez aimable pour me faire monter un potage ou ce qui peut y ressembler.

Turquie, Ankara, Ambassade du III Reich, vendredi 25 juin 1943 13h00

Être reçu à treize heures voulait en général signifier que la conversation serait diplomatiquement interrompue pour le dîner. Walter s'était réveillé tard, après être descendu pour prendre le petit déjeuner, il avait flâné dans le gigantesque parc de l'ambassade et consultant sa montre, s'était annoncé au secrétaire cinq minutes avant l'audience qui lui avait été accordée.

Pas de Moyzisch ce matin, excepté un billet glissé sous sa porte lui donnant rendez-vous à dix-huit heures à l'endroit convenu.

Ce n'était pas la première fois qu'il était en présence de Franz von Papen ni en mesure de lui parler, mais qu'ils soient seuls sans témoins était une circonstance inhabituelle.

L'ex-chancelier était caricatural de ce que la vieille Prusse pouvait donner comme image d'elle-même. Une longue tête à l'allure sévère, de grands yeux un peu renfoncés dans leurs orbites, le tout surmonté d'une coupe de cheveux en brosse qui lui allongeait encore plus le visage. Sa voix était faite autant pour adresser à la tribune du Reichstag quand on y parlait encore, que pour les conversations feutrées des salons diplomatiques. Le ton qu'il employait était un savant mélange de civilité, de condescendance et de mépris, toutefois celui-ci s'incorporait en proportion plus importante. Après les politesses d'usage, sans perdre de temps, il en vint à l'objet précis de la visite : - Votre chef Himmler m'a demandé de l'informer incognito de projets politiques concernant nos alliés turcs.

Walter savait, c'est même lui qui avait demandé au Reichsfürher de poser la question par câble directement du 103 Wilhelmstrasse au boulevard Atatürk : - Exactement monsieur l'ambassadeur, j'en profite pour vous transmettre ses honorées salutations.

Le Junker prussien ne put s'empêcher de balayer la phrase d'un large revers de main droite sans renvoyer les siennes comme le voulait l'usage : - donc, il dépêche son colonel favori qui est aussi le chef de son service de renseignements. A propos que dois-je employer, colonel ou général ?

- En ce qui concerne le deuxième point pour être parfaitement exact, son chef des renseignements étranger, ce qui est adapté aux circonstances. Pour le premier point, ce serait faire preuve d'une grande arrogance en accédant à ce compliment.

L'ambassadeur se renversa lentement en arrière sur son siège tout en savourant quelques instants la phrase : - ne soyez pas modeste, vous avez une excellente réputation mon cher Schellenberg. Éducation, sens des mots, retenue. Doté d'une fort considérable intelligence, dit-on aussi. J'en viendrais presque à vous demander ce que vous faites « chez eux ». Après tout, c'est votre affaire. Revenons à ce qui nous intéresse, le futur. Vous avez des informations que je devrais connaître ?

- Des impressions, monsieur l'ambassadeur. Seulement des impressions. Les voici. Depuis le débarquement en Afrique, la défaite de Stalingrad, la débâcle en Tunisie avec en point d'orgue la reddition de la deuxième armée italienne, je veux tenter de nous prémunir d'une catastrophe annoncée.

Von Papen friand d'intrigues témoigna son soudain intérêt : - Qui serait ?

- Il faut dès à présent envisager l'abandon de la guerre par les Italiens.

Le junker prussien cru de bon ton d'exagérer la surprise que lui procurait l'information : - Mussolini ne ferait jamais cela !

- Mussolini, non, son roi poussé dans le dos, oui. De source sûre, mon département est au courant des contacts qu'a établis Badoglio[252] avec les alliés. Le reste devient déduction menant à anticipation.

Von Papen soupesait ses paroles : - Himmler me le faisait comprendre à demi-mot dans son message. Aussi j'ai préparé quelques éléments de réponse à cette inquiétude.

Si le retrait de l'Italie se voyait qualifié au rang d'une simple inquiétude, que devait être pour lui un débarquement allié en Europe ? Un tracas ! Outre qu'Himmler ne lui avait rien communiqué de tel au sujet de Badoglio, c'était un secret entre eux deux qui attendait de se voir confirmer. Walter était parvenu à infiltrer un homme[253] auprès du général Amé[254] que commençait à rencontrer un peu trop régulièrement Canaris. Soupçonneux, il attendait un rapport clair sur les manigances du patron des renseignements italiens et l'éventuelle implication de l'amiral. Il avait par contre demandé à Himmler d'évoquer avec von Papen le possible

---

[252] Maréchal Pietro Badoglio.
[253] Par l'intermédiaire du chauffeur d'un homme de Canaris, le colonel Helferich, aide de camp du général von Rintelen, attaché militaire à Rome.
[254] Général Cesare Amé, chef du SIM (Servizio Informazioni Militare).

retrait de la guerre de l'Italie et de tester à cette occasion sa fidélité à von Ribbentrop ou plutôt sa déloyauté envers son ministre sur laquelle ils tablaient. Tout ce qui affaiblissait l'ancien vendeur de champagne était bon à prendre. Il laissa l'ambassadeur jouer les initiés : - Le Reichsführer a hâte d'entendre vos suggestions sans passer par le filtre des affaires étrangères.

L'ambassadeur leva les yeux au ciel : - Laissez von Ribbentrop en dehors des choses sérieuses, cet homme n'a jamais rien compris à rien, il eut fallu garder Neurath[255]. Voici les idées qui me sont chères et que j'espère voir mises en œuvre, car il s'agit là d'un puissant levier. Je propose de remplacer l'influence italienne par la Turque. Grâce à l'accord Clodius[256], nos amis ottomans nous fournissent quand même cent mille tonnes de minerai de chrome indispensable à notre effort de guerre. Impliquons-les plus étroitement.

- Nous leur fournissons quand même 140 locomotives et dix fois plus de wagons en contrepartie. Et remplis de matériel militaire.

Autant le prussien n'appréciait pas d'être interrompu par une remarque contradictoire, autant le diplomate en lui fit comme si de rien n'était : - Certes, certes, mais ce sont là des traités commerciaux. Je propose, pour leur offrir une sorte de prime, des arrangements politiques. Franz von Papen attendit, prêt à se voir questionné. Walter imperturbable ne bougea pas d'un cil. Dépité, il poursuivit : - Lorsque nous obtiendrons la victoire, suggérons leur la gestion de la Crimée, ils ont dans cette péninsule une population turcophone historique, leurs Tatars. Pour faire bonne mesure, octroyons-leur les îles du Dodécanèse qu'ils convoitent depuis si longtemps.

S'il pensait produire un certain effet sur son visiteur, il en fit pour sa peine. Walter était convaincu que l'ex-vice chancelier n'imaginait pas un instant à une improbable victoire de l'Allemagne : - Voilà des idées intéressantes que je vais me faire un plaisir de transmettre au Reichsführer.

Von Papen regarda sa montre : - je suis attendu à l'ambassade de Hongrie pour le dîner et je vois que je suis déjà en retard. Autre chose, colonel Schellenberg.

Si le tortueux politicien croyait se débarrasser de lui par cette pirouette prévue comme le lever du soleil le matin : - Sans vouloir abuser de votre temps, je voulais aussi vous parler de la première fois que nous nous sommes rencontrés. Walter continua sans lui laisser l'occasion de répondre : « C'était le treize mars trente-

---

[255] Konstantin von Neurath, ministre des affaires étrangères sous les gouvernements de Franz von Papen, de Kurt von Schleicher et d'Adolf Hitler du 1er juin 1932 au 4 février 1938.
[256] nom du négociateur allemand Karl Clodius

huit à Vienne, votre secrétaire avait disparu. Bien sûr, vous ne pouviez pas me remarquer, j'étais à l'époque un simple lieutenant perdu dans un océan d'uniformes. Cependant, j'appartenais déjà à cette époque au SD et je travaillais pour le général Heydrich. Walter emballa son mensonge du mieux qu'il pouvait : « Il m'avait chargé de suivre la piste d'un dossier qu'il soupçonnait d'avoir été photographe sans autorisation. Un dossier qui avait disparu deux jours avant, vers midi, du bureau du chancelier von Schuschnigg et remis le soir à la Gestapo par votre secrétaire. L'affaire revient sur le devant de la scène, pour ne rien vous cacher, je suis une piste qui mène en Suisse. Un grand pays de diplomates ».

Franz von Papen n'était pas passé par toutes ses épreuves et n'aurait pas été maintenant ambassadeur à Ankara s'il n'était pas en mesure de garder son flegme en toute circonstance. Il regarda Walter sans faire preuve de la moindre émotion avant d'ajouter d'une voix tranquille : - Après mon dîner, je rejoindrai ma résidence d'été d'Istanbul en compagnie de mon épouse. Je vous propose de venir y passer un après-midi avant que vous ne regagniez Berlin. Du jardin, on peut contempler une superbe vue sur le Bosphore. Nous y serons très à l'aise pour parler à l'abri d'oreilles indiscrètes. Disons dans trois jours ! Il se leva et lui serra la main et sortit sans proférer une autre parole.

Turquie, Ankara, gare principale, boulevard Celal Bayar, vendredi 25 juin 1943

Walter tournait depuis dix minutes dans son café quand Moyzisch apparut : - Colonel, c'est une très mauvaise idée que vous avez là, le türk kahvesi doit reposer quelques minutes dans son cezve avant d'être avalé d'un trait.

- Qui vous dit que je compte le boire. Après ce que j'ai mangé à midi, mon estomac demande à quitter mon corps et ne plus jamais y revenir.

- Vous n'avez pas été invité au repas à l'ambassade de Hongrie ? Notez que moi non plus. Alors, que vous a raconté le vieux ?

Walter fit semblant d'avoir pris ombrage : - Mon cher Moyzisch, ne vous en déplaise depuis une semaine, un grade supplémentaire nous sépare. Voyant à son regard moqueur que cela intéressait autant son subordonné que la décoction dans le pot de cuivre posé sur la table, il changea rapidement de thème : « Trêve de plaisanterie, von Papen développe des idées intéressantes, mais quelque chose me dit qu'elles ne dépasseront jamais le stade de la cogitation. De toute façon, cela n'a aucune importance, le but de ma visite étant de toute autre nature.

À propos, qu'avez-vous découvert à son sujet susceptible de m'intéresser» ? Depuis que Walter l'avait embauché à l'Amt VI, il l'avait chargé entre autres de récolter des informations, si possible, sensibles, sur l'ex-chancelier sans toutefois penser à quelque chose de particulier ; rien que de la routine d'un service de renseignements et ses rapports avaient abouti régulièrement sur son bureau sans rien mentionner de très significatif. Il savait pertinemment que son rusé major en savait bien plus qu'il ne voulait l'écrire, une sorte de réserve où puiser en cas de moments difficiles. Trois jours avant son voyage, il l'avait mis au pied du mur en lui faisant entendre qu'Ankara était un endroit beaucoup moins risqué que Berlin ou pas mal d'ennemis attendaient le moment propice pour lui ôter son uniforme et le faire chuter. Il savait que Moyzisch avait minutieusement soupesé ce qu'il pourrait « échanger » contre son impayable confort. Tout en étant convaincu que la menace de son chef était de pure forme, il avait dû jouer la prudence en apportant un os à ronger ; de préférence de taille imposante et avec de la viande autour.

Un serveur s'était approché de leur table pour prendre leur commande. Sans demander l'avis de son chef, l'allemand lui réclama deux cafés et un assortiment de Baqlawa.[257] Une fois le garçon de salle reparti, il fit mine de réfléchir tel un adulte cherchant les mots appropriés pour expliquer les mystères du désir à un adolescent à peine sorti de ses culottes courtes : - Patron, je vais tenter de sérieusement vous interloquer. Comme vous le savez, une des missions que lui a confiée von Ribbentrop consiste à renforcer le fascisme turc. Ce n'est pas la responsabilité la plus dans ses cordes, mais venant de qui ça vient, cela n'a rien de surprenant. À sa décharge, von Papen est un être ayant la faculté de s'adapter à toutes les situations, inclus les plus singulières. Passons, il y a peu, je suis tombé sur un message que lui adressait le ministre en décembre de l'année dernière. Ce dernier lui confirmait l'envoi de cinq millions de reichsmarks qui se trouveraient à sa disposition dans une banque d'Ankara pour être répartis à l'organisation fasciste Türk Ocakları[258].

Walter avait eu vent de ces transactions, il fit comme s'il apprenait que la terre était ronde: - Vous n'aviez pas tort, Ludwig, je suis en effet surpris, mais loin d'en être étonné, von Ribbentrop a la réputation d'être généreux avec ses amis turcs et distribue à qui mieux mieux.

---

[257] Pâtisserie turque à base de pistaches ou de noisettes.
[258] Türk Ocakları (Le foyer turc) organisation fondée en 1912. Les Ocaklar apportaient une contribution significative à la culture et à la vie sociale turques. La tâche principale des Ocaks étaient les activités de « turquification ».

Son officier ne sourcilla pas ; loin d'en être étonné, il soupçonnait son chef de lui cacher des informations. Sans céder à aucune émotion, il se résolut à sortir sa carte maîtresse de son chapeau en prenant soin de ménager ses effets : - Cette somme rondelette avait vocation de se voir distribuer généreusement. Une telle manne circulant dans le plus grand secret ne laisserait personne indifférent, fût-ce un ambassadeur issu de la meilleure famille. C'est du moins ce que mon esprit tortueux s'est dit. Il m'a fallu creuser profond et prendre quelques risques, mais le résultat est à la hauteur. Avec pas mal de difficultés, je suis parvenu à me rapprocher d'un certain Alparslan Türkeş[259] considéré ici comme le « führer du panturquisme ». Permettez-moi de vous passer les détails, seul le résultat devrait vous intéresser.

- En effet, il n'y a que le résultat qui compte, Ludwig.

- Et il ne se montre pas bien reluisant. Sur les cinq millions de reichsmarks, seuls, trois sont arrivés dans les caisses de l'organisation Türk Ocakları !

-

Istamboul, Therapia, Köybaşy Cadessi, lundi 28 juin 1943

Le sultan Abdulhamid II ne s'était pas moqué de l'Empire allemand lorsqu'il lui fit cadeau en 1880 d'un magnifique terrain situé à Therapia, lieu de villégiature distant d'à peine quinze kilomètres de Constantinople. De leur côté, les députés du Reichstag n'avaient pas hésité un instant à vendre la légation prussienne implantée en ville pour pouvoir, grâce aux fonds ainsi récupérés, ériger un bâtiment au bord de la plage. Leur architecte[260] allemand s'était empressé d'y construire au plus vite une résidence d'été réservé autant à un usage diplomatique qu'au bien-être de tous ceux qui passeraient par la capitale turque.

Au cas improbable où von Papen voudrait quitter cet endroit pour regagner la mère patrie, il serait bon à enfermer dans un asile d'aliénés, de préférence situé à Berlin. La résidence d'été de l'ambassadeur d'Allemagne était un chef-d'œuvre d'architecture entouré d'un parc s'étendant sur près de vingt hectares. Bon, le site comprenait aussi un cimetière militaire où se retrouvaient enterrés plus de cinq cents soldats allemands morts à la bataille des Dardanelles, mais discrètement éloigné des bâtiments et délicatement arboré. La magnifique bâtisse

---

[259] lieutenant Alparslan Türkeş (de son vrai nom Hüseyin Feyzullah) officier de l'armée turque diplômé du lycée militaire de Kuleli et leader incontesté des ultranationalistes turcs.
[260] l'architecte archéologique d'Athènes Wilhelm Dörpfeld.

blanche majoritairement construite en bois étalait fièrement ses trois étages et sa tour face aux eaux du Bosphore. Moyzisch lui en avait longuement parlé avec des lueurs d'envie dans les yeux, toutefois la réalité dépassait de loin ce qu'avait pu imaginer Walter. Tarabya était une splendide station balnéaire pour la haute société d'Istanbul et la résidence sa plus belle demeure.

Pour le coup, il se maudit d'avoir refusé l'hospitalité de l'ambassadeur. Dans la perspective de jouir pleinement de sa liberté, il avait préféré séjourner à Istamboul dans le quartier de Pera[261] ou il connaissait un merveilleux hôtel de la rue des Petits-champs[262] aussi relativement discret que confortable ; les empereurs Guillaume II et François Joseph y avaient eu leurs habitudes, c'était tout dire. Le Pera palace se composait d'un bloc de six étages art nouveau et était essentiellement fréquenté par des hommes d'affaires allemands logeant dans une centaine de chambres dont six suites ; c'est pour cette unique raison qu'il l'appelait discret. Le lieu lui permettait de se perdre avec une relative discrétion dans la masse des incessantes allées et venues bien qu'il ne se faisait pas d'illusions, le SIS ou l'OSS ou les deux ensemble n'allaient pas tarder à retrouver sa trace si ce n'était déjà fait.

Le taxi poussif l'avait déposé le long de l'interminable mur de la résidence d'été face aux modestes embarcations des pêcheurs. Il avait attendu à la petite guérite de l'entrée qu'Albert Jenke vienne le chercher. Jenke[263], le secrétaire de l'ambassade s'avérait être un fanatique de la Turquie où il dirigeait en outre de sa fonction officielle deux charges différentes. La première, à la tête d'une entreprise de construction tout ce qu'il y avait de plus légal. Cependant, Jenke ne se résumait pas qu'à cela et de loin. Par son épouse Inge, il se trouvait aussi être le beau-frère du ministre des Affaires étrangères von Ribbentrop. Walter avait estimé assez rusé d'en faire le responsable de son second réseau en Turquie, ce qui consistait en sa deuxième mission. Moyzisch l'ignorait ou faisait semblant de l'ignorer et vice versa. À sa décharge, à vrai dire, il jouait plus un rôle de contrôleur que d'officier agissant. De commun accord et par discrétion, ils avaient choisi de laisser le poste actif de ce réseau à un Turc aidé de quelques collaborateurs du cru assez efficaces dans leur genre.

Après quelques mondanités pour sauver les apparences, ils avaient remonté sans mot dire l'allée ne sachant trop par quoi débuter la conversation. La chaleur torride écrasant le chemin n'incitait pas non plus à beaucoup parler. Une fois confortablement installés dans un petit salon sous un bienvenu ventilateur de

---

[261] Aujourd'hui Beyoglu.
[262] Aujourd'hui Mesrutiyet Caddesi.
[263] Albert Jenke.

plafond avec des rafraîchissements dans la main, ce fut Jenke qui rompit en premier le silence par une banalité de circonstance : - Ou logez-vous, mon cher Schellenberg ?

- Au Pera palace.

Le secrétaire approuva vivement sa décision : - Le Pera palace, très bon choix, il a été construit la même année que ceci. Il détient de nombreux records, le premier de la ville à avoir de l'eau chaude, de l'électricité et luxe suprême un ascenseur. Mais bon, je vous ennuie avec mes considérations.

Walter préférait le style sans détour de Moyzisch, mais en matière de renseignement le choix ne fait pas toujours loi. Malgré le verbiage coutumier à la fonction, sa parenté avec von Ribbentrop pouvait s'avérer un atout autant qu'une erreur et davantage que quiconque, il savait que le renseignement était une suite de risques longuement soupesés : - Nullement mon cher Jenke, comme nous avons l'occasion de parler seul à seul, décrivez-moi la situation.

Albert Jenke hésita comme s'il cherchait ses mots pour lui annoncer une mauvaise nouvelle : - Selon moi elle se détériore lentement. Nos amis turcs ont une vision particulière de nos déboires et vont avoir tendance de l'interpréter au mieux de leurs intérêts. Dans un proche avenir, il sera difficile de les empêcher de regarder en direction des Anglo-Américains.

Walter qui s'en doutait depuis longtemps joua la surprise : - À ce point, ou bien est-ce qu'une victoire allemande de grande envergure serait de nature à changer leur perception ?

- Les Turcs se retrouvent mal assis sur un point de bascule et ils ne sont pas fous, leur peur des bolchéviques domine leurs autres considérations. Un succès allemand important sur le champ de bataille les ramènerait sans aucun doute de notre côté. Ni Churchill et encore moins Roosevelt ne peuvent les protéger de leur allié communiste et ils le savent. Par contre, ils sont conscients qu'il leur faudra décider sans tarder et que leur choix sera irréversible.

C'était connu, une promesse ne lie que celui qui veut y croire : - Alors, rassurez-vous, cette victoire semble en bonne voie de réalisation ; vous en saurez bientôt plus. Dites-moi Albert, j'ai hâte de voir ce cher von Papen, quel est son état d'esprit actuel?

Notre ambassadeur a le don indéniable de renifler une piste tel un chien de chasse avant le coup de fusil de son maître. La guerre ne l'intéresse que modérément, si pas du tout. C'est un homme de paix et de compromis, pas d'épée. Il manie à merveille cette dernière possibilité depuis de nombreuses années au point de l'ériger en labyrinthe dont lui seul maîtrise le chemin qui conduit à la sortie. Vous voyez probablement ce à quoi je fais allusion.

- Vous devriez vous montrer plus explicite.

Son responsable de demi-réseau afficha un sourire entendu : - C'est un fruit mûr prêt à tomber dans les bras qui lui offriront de franchir le premier pas, renvoyer mon beau-frère à ses caisses de champagne et devenir ministre des Affaires étrangères à sa place. À présent les deux se détestent à un point de se transformer en un cas d'école. Si vous voulez mon opinion, il le remplacerait avantageusement.

Walter rit : - C'est aussi la mienne, hélas, pas celle du führer. Pas besoin de vous préciser qu'entre les deux hommes il existe un passif loin d'être purgé. Il omit d'ajouter que se débarrasser de ce passif n'était ni à la portée de l'un ni de l'autre. Surtout qu'il était fort probable que l'un devait rêver secrètement de redevenir un jour chancelier à la place de l'autre. Sachant qu'il n'en apprendrait pas beaucoup plus, il changea de sujet : « quand votre patron a-t-il jugé bon de me recevoir » ?

- Tout son après-midi d'aujourd'hui sera consacré à accueillir des industriels à la résidence. Il m'a donc chargé de bien vouloir l'excuser et en compensation, de vous inviter au dîner qu'il donnera ce soir en votre honneur.

Cette marque d'attention était une surprise, si cela ne tenait qu'à lui, von Papen l'aurait plus volontiers empoisonné que nourri. Après tout, c'était éventuellement dans ses plans, alors pourquoi ne pas vivre dangereusement une agréable soirée dans cet endroit idyllique : - C'est fort aimable de sa part, cela dit, cet imprévu fait apparaître un léger problème, ma tenue n'est pas des plus protocolaires.

Jenke ne put s'empêcher de l'examiner en un coup d'œil pour ensuite froncer les sourcils : - Rassurez-vous, il s'agit d'un dîner intime. Lui, son épouse, Inge et moi-même. Comme ce genre de repas s'expose à se terminer tard, il m'a chargé d'insister pour vous prier de passer la nuit à la résidence. Si vous acceptez, rédigez un mot pour la réception de votre hôtel, j'enverrai le chauffeur y chercher votre uniforme.

Walter regretta de l'avoir laissée à Berlin, l'occasion de titiller en noir le junker prussien dans sa tanière ne se représenterait pas de sitôt : - Je ne crois pas que ce soit une bonne idée, mon uniforme risque de réveiller chez lui de mauvais souvenirs. D'ailleurs, il ne fait pas partie du voyage. Par contre, j'ai dans ma chambre un costume gris qui présente une certaine élégance. Donnez les instructions pour le faire prendre ainsi que mon chapeau, j'accepte l'invitation avec plaisir.

LE MAUVAIS FILS

*   *   *

Walter ne s'était pas trompé, le dîner, du reste excellent, s'était déroulé dans une suite de banalités consternantes, chacun restant sur une prudente réserve. Ni un trait d'humour ni une anecdote amusante n'était venu l'égayer, ils n'avaient pas trouvé ou voulu chercher à sortir du thème de la douceur du climat du Bosphore, des charmes de Turquie et de la qualité de sa nourriture comparée à l'allemande, ce qui n'était pas bien difficile en cette troisième année de guerre. Le plus croustillant tournant autour des bals prévus pour la saison d'été et de leurs participants. Sa spacieuse chambre au lit douillet avait utilement compensé les trois heures d'ennuis passés à table. Il avait plongé dans un profond sommeil réparateur suivi d'un copieux petit déjeuner pris sur la terrasse en compagnie de Jenke, de son épouse et de la répétition des banalités de la soirée. À dix heures, von Papen était assis en face de lui dans son bureau, les choses sérieuses pouvaient débuter.

- Rappelez-moi où en étions-nous restés à Ankara, mon cher Schellenberg.

Belle entrée en matière qui lui permettait de tirer le premier sans risque : - À la Suisse, plus précisément au passage de sa frontière avec des documents copiés. Cela dit, aborder d'emblée ce sujet, c'est commencer notre conversation par la fin.

Le diplomate ne jugea pas utile de se mouiller à ce stade des préliminaires : - Et quel en serait le début selon vous.

Walter possédait une assez bonne expérience de ce petit jeu, il poussa un pion un peu plus loin : - Le début de la fin de cette interminable guerre au plus vite.

Hélas, son interlocuteur ne comptait pas abandonner aussi vite la partie : - Si je m'attendais à de tels propos du proche collaborateur du Reichsführer. Je n'ose imaginer un instant qu'il les cautionne. Et dans ce cas improbable, connaît il la mesure et la portée de telles pensées ?

Vieille, méthode de jésuite, répondre à une question par une autre, le patron du renseignement extérieur connaissait la technique sur le bout des doigts : - Pourquoi, l'idée vous semble à ce point absurde. Pourquoi refuser de concevoir un imaginable compromis.

Son interlocuteur ne donnait pas non plus volontiers sa part au chien : - Auquel pensez-vous ?

Walter estimait qu'à ce stade de l'entretien le tour de chauffe avait assez assoupli les muscles cérébraux : - Commençons par arrêter de nous battre sur deux fronts.

Von Papen bon prince rejoignit d'un petit doigt timide, mais perceptible, le stade deux de la conversation : - Hitler ne l'envisagera jamais.

Le stade trois se résumait à attirer délicatement la main par des propos qui couleraient comme du miel dans les oreilles de l'homme assis de l'autre côté du bureau : - Nous avons un ennemi commun et de taille qui veut la guerre à tout prix. Von Ribbentrop se trouve le premier sur la liste de ceux à écarter du chemin, mais il n'y figurera pas seul, loin de là, vous vous en doutez.

L'homme restait timoré : - Vous voulez me faire croire qu'Himmler prendrait le risque de cautionner vos idées.

Pour la forme, un petit retour rapide chez les jésuites s'imposait : - Pouvez-vous affirmer que vous n'avez pas parfois les mêmes ?

La réaction fut exactement celle que Walter avait prévu : - Vous rendez-vous compte que vous venez me parler de trahison.

C'était la meilleure occasion qui se présentait depuis le début de la conversation, celle de tirer un bon coup sur les deux mains pour que le corps tout entier suive : - Qu'est-ce que la trahison lorsqu'il s'agit d'une cause juste. Chacun peut rencontrer à un moment ou un autre une motivation qu'il considère sage de défendre. Puisque nous parlons de lui, prenons l'exemple de von Ribbentrop. Il estime juste d'envoyer cinq millions de reichsmarks pour obtenir les faveurs des fascistes turcs. En chemin disparaissent deux millions de reichsmarks car l'ambassadeur en qui il met sa confiance a lui aussi une cause juste à soutenir.

- Comme vous y allez, vous avez une imagination débordante mon cher Schellenberg, pour qui me prenez-vous, pour un simple….

Walter ne lui laissa pas le loisir de terminer sa phrase, il referma d'un coup le filet sur von Papen tout entier : - ces deux millions de reichsmarks dont le ministre croit que vous faites bon usage rejoignent une autre cause qu'un homme de Dieu pense lui aussi juste, celle de monseigneur Boncalli[264] qui pour sa part l'emploi à sauver des milliers de réfugiés juifs des Balkans et à les expédier en Palestine. Si je peux me permettre, je n'ai pas mentionné qu'il s'agissait d'une mauvaise utilisation des fonds de notre gouvernement. Un simple détournement, tels les

---

[264] Monseigneur Angello Guiseppe Boncalli délégué apostolique en Turquie, futur pape Jean XXIII.

documents du chancelier Schuschnigg l'après-midi du douze mars trente-huit. Rien qu'une vieille habitude en somme.

La résidence était peinte d'un blanc neige, à présent le long visage de von Papen, pareil à celui d'un caméléon, adoptait la couleur des boiseries. Il éprouva de la peine à articuler : - que voulez-vous de moi, Schellenberg ?

La victoire avait été facile, inutile de triompher inutilement : - Que vous m'aidiez à écrire ce début de la fin. Une intuition me glisse dans le creux de l'oreille qu'il ne faudra pas beaucoup de chapitres avant que le Reichsführer y prête sa plume. À Ankara, je vous disais suivre une piste en Suisse. Malheureusement, à ce stade quelques éléments me font encore défaut de ceux que vous pouvez me fournir et ainsi me faire gagner un temps considérable, car je suis un homme fort occupé ces temps-ci ; en premier lieu, le nom de l'homme qui leur a fait traverser la frontière helvète aux copies et si possible son adresse ou le moyen de mettre la main dessus. Les documents, l'homme, je m'en contrefiche un peu. Sans beaucoup m'avancer, je crois que le Reichsführer apprécierait à sa juste valeur cette marque de confiance, vous pourriez vous en faire sinon un ami, un second protecteur au cas où le premier viendrait à manquer.

Istamboul, jetée moda, mercredi 30 juin 1943

Le tramway l'avait déposé après l'arrêt du pont de Galata. Dans la douce torpeur de la soirée d'été, il avait décidé de continuer à pied jusqu'au terminal Sirkeci pour ensuite prendre le ferry jusqu'au terminal Harem. Lorsqu'il eut la certitude de ne pas être filé, il stoppa un taxi qui le conduisit jusqu'à la jetée de Moda.

Walter n'eut pas beaucoup à chercher, il se dirigea sans peine vers son rendez-vous guidé par le bruit de la musique. Dans l'obscurité, ébloui, il n'avait pas pu lire le nom du bateau au pavois brillamment illuminé, mais c'était sans importance. Il s'agissait d'un vieux vapeur de taille considérable que Pepyli, voulant le remercier de son séjour en Allemagne à la mi-janvier, avait réservé pour la circonstance. L'officier des renseignements turcs l'accueillit à la coupée les bras grands ouverts. Visiblement, il avait tenu à mettre les petits plats dans les grands, le pont était noyé sous les invités autour desquels tournaient des serveurs en habits coiffés de fez présentant des plateaux chargés de boissons et de minuscules pains fourrés de toute sorte de viandes ou de poissons.

Le lendemain, il devait reprendre l'avion pour Ankara et rencontrer Mehmet, le chef de Pepyli, qui l'attendait dans la perspective d'effectuer quelques journées de travail pour parfaire la collaboration entre leurs services et mettre de l'huile dans les engrenages qui coinçaient. Avant cela, il devait mettre à exécution le plan de la dernière chance qu'il avait concocté avec Canaris à la mi-mai. Ce voyage en Turquie lui apportait la solution sur un plateau d'argent, il espérait juste qu'il ne fut pas trop tard.

Tout son mécanisme tournait autour d'un officier de renseignement turc. Pour le réaliser, il devait demander un énorme service à Pepyli, un de ceux qui risquait fort de lui coûter son poste s'il venait à être connu de son chef Mehmet, mais ça, il allait bien se garder de le lui dire. Un peu avant minuit l'opportunité se présenta, Pepyli légèrement éméché et en sueur vint le retrouver devant la cambuse : - Walter je vous observe bien silencieux, vous ne profitez pas vraiment de la fête, je pense que quelque chose vous tracasse.

Il sauta sur l'occasion : - Vous avez raison Pepyli, j'ai un problème important à résoudre et pour y parvenir, j'ai besoin de vous demander de m'aider.

- Avec plaisir Walter, si c'est dans mes cordes, considérez que c'est accordé d'avance.

Walter lui sourit, reconnaissant : - Selon moi, c'est dans vos cordes, mais il comprend un certain risque, celui de sacrifier un de vos informateurs du GRU dont vous m'avez parlé à Berlin. C'est indispensable que celui-ci soit un agent double russe et qu'on ne puisse le soupçonner de travailler ni pour vous ni pour nous. L'homme ne doit pas être de grande importance, juste corruptible et capable d'aller au plus vite tenter de vendre cher les données contenues dans cette enveloppe comme si elles provenaient de Moscou.

L'affaire ne parut pas émouvoir l'officier des renseignements turcs : - Les informateurs et les agents doubles sont là aussi pour être sacrifiés quand le jeu en vaut la chandelle, ça arrive souvent et c'est le destin qu'ils ont choisi. Pour le reste, ils sont tous achetables selon le prix qu'on y met. Dans mon catalogue, j'en vois plusieurs qui pourraient faire l'affaire. De quoi s'agit'il.

C'est un travail sous faux drapeau. Cet informateur doit contacter un homme qui dirige à Sofia un de nos réseaux externes, le réseau Klatt. Celui-ci est commandé par un Viennois du nom de Richard Kauder. Depuis quelque temps, je soupçonne ce Richard de travailler en sous-main avec le GRU, mais dans ce cas précis, cela a très peu d'importance, la centrale de Moscou a depuis longtemps pris l'habitude de mêle les informations vraies aux fausses pour mieux nous endormir. Kauder sera surpris, ensuite il imaginera avoir affaire à un provocateur. Sa seule solution sera d'acheter les renseignements pour la revendre à l'Abwher avec les réserves d'usage tout en le signalant discrètement a Moscou ; si toutefois j'ai vu juste. Il ne considérera pas le reste comme étant son problème. Dans cette affaire, le réseau Klatt fera office de courroie de transmission sans vérifier pour la bonne raison qu'il n'en aura, ni le temps ni l'envie.

Pepyli semblait avoir repris ses esprits et son naturel méfiant faisait surface : - Et cela vous rapportera quoi ?

Walter se fit vague et lui fournit l'explication qu'il avait préparée. Elle valait ce qu'elle valait, c'était la meilleure qu'il eût trouvé : - Un simple test pour contrôler que Richard Kauder ne détourne pas les informations qui nous sont destinées. Ce qui prouverait définitivement qu'il travaille pour les rouges ou pourquoi pas, les alliés de l'Ouest. Éventuellement les deux à la fois, c'est malheureusement le trouble de notre époque qui voudrait ça. Prenez cette autre enveloppe, elle contient vingt mille reichsmarks pour dédommager votre agent double, je pense que ce sera largement suffisant.

Pepyli regarda inquiet autour de lui avant de prendre les deux enveloppes : - Ca me plaît, démasque les espions communistes c'est notre boulot après tout.

Walter se demandait quelle somme atterrirait au final dans les mains de l'agent double.

Zaporojie, quartier général du commandant en chef du groupe armée sud, dimanche 04 juillet 1943 08H45

Reinhart Gehlen avait dû patiemment attendre son tour, le quartier général ressemblait à une ruche en folie remplie de bourdons mâles et certains généraux le snobant demandaient d'autorité à passer avant lui. Dans la main, il tenait les informations que le colonel Otto Wagner responsable de l'Abwehr à Sofia lui avait transmises en urgence la nuit précédente. Wagner avait émis des réserves sans qu'il y porte beaucoup d'attention ; Wagner ne prenait jamais aucun risque et émettait systématiquement des réserves.

Après deux heures trente de persévérance, le feld-maréchal von Manstein agacé le reçut : - Gehlen, j'ai exactement deux minutes pour vous écouter, pas une seconde de plus, après vous, je pars inspecter les commandants de division !

Le chef du FHO lui lut sur le champ l'interminable liste des forces russes en présence en l'achevant par la dernière ligne, celle qui précisait que les divisions de la Wehrmacht ne bénéficieraient d'aucun effet de surprise.

Sans cacher sa mauvaise humeur, von Manstein lui répondit sèchement : - Colonel Gehlen, vos deux minutes sont écoulées depuis vingt secondes. Que cherchez-vous à m'expliquer ?

- Qu'il serait raisonnable d'encore retarder pour nous permettre d'envoyer des groupes de renseignements en profondeur.

Le feld-maréchal se dirigea vers la porte : - Colonel, depuis deux mois vous avez largement eu le temps de vérifier tout cela. Vous voudriez faire patienter quelques jours de plus, dans l'angoisse de la bataille à venir au point de les rendre fous, huit cent mille hommes, deux mille chars, cinq cents canons automoteurs, huit cents tubes à feu. Vous cherchez à provoquer une défaite ? Si c'est le cas, je vous fais enfermer sur le champ. Chez moi, on a déjà fait fusillé pour moins que ça !

FIN DU TOME I

QUATRIEME PARTIE

Quartier général d'Himmler, sanatorium d'Hohenlychen, samedi 10 juillet 1943

Karl Gebhardt[265] très convaincant, mettait depuis quelques minutes toute son énergie à le convaincre de devenir son patient : - Vous savez, Schellenberg, en plus de ma mission dédiée à traiter le Reichsführer, vous n'êtes pas sans savoir que j'étais le médecin attitré d'Heydrich. D'ailleurs, j'ai une réputation internationale. L'Américain Jessé Owens, celui qui courrait si vite aux Jeux olympiques, il est venu à Hohenlychen pour se faire opérer du ménisque. Sans chercher à paraître suffisant, je peux sans me vanter vous garantir qu'une fois sorti de mes mains vous serez complètement guéri.

S'il n'avait eu sa casquette sur la tête, les cheveux de Walter se seraient dressés sur son crâne. Il n'avait d'ailleurs jamais connu le général malade au point de nécessiter ses soins ; sans grand risque de se tromper, on pouvait lui attribuer la mort d'Heydrich par gangrène gazeuse conséquence de l'attentat des partisans tchèques. Les mauvaises langues disaient que c'était sur ordre d'Himmler, alors que le chef de l'Amt VI était pour sa part convaincu que c'était arrivé à cause de sa totale incompétence : - Merci Karl, dès que mon emploi du temps me le permettra, je me souviendrai de votre généreuse proposition. Mais vous savez ce que c'est, la guerre ne nous laisse pas beaucoup de loisirs à nous appesantir sur notre sort, alors tant que la machine fonctionne, même mal...

Felix Kersten, prudent, les observait de loin ; Gebhardt le détestait cordialement sans détenir le pouvoir de le faire disparaître persuadé qu'il devait être qu'à choisir entre les deux, Himmler se passerait de lui en premier.

Hohenlychen, à quatre-vingts kilomètres au nord de Berlin, avait toujours été un centre de rencontres internationales. Himmler, à qui le site avait eu le tort de plaire, eut tôt fait de faire main basse sur les villas et les magnifiques maisons à colombages au bord du Zenssee. Devenu le centre de convalescence de l'ordre noir, l'établissement disposait de centaines de pièces et de nombreux halls. Le Reichsführer s'était tout de suite entiché de l'endroit et ne se privait pas de venir

---

[265] Général major (Gruppenführer) Karl Gebhardt, clinicien en chef de la SS, médecin personnel de Heinrich Himmler. Un des principaux coordinateurs et auteurs des expériences médicales sur les prisonniers de Ravensbrück et d'Auschwitz.

à intervalles réguliers passer des cures ou au moins quelques bains relaxants en compagnie de Felix Kersten lorsqu'il se trouvait au plus mal. Sa confiance en Karl Gebhardt avait ses limites. Après s'être dégagé à grand-peine, mais avec les formes de politesse requises, de l'attention du médecin-chef de l'ordre, Walter s'empressa de rejoindre son nouvel ami naturopathe pour qu'il l'informe sur l'état d'esprit récent de son chef.

Désignant Gebhardt de la tête : - Vous cherchez à vivre dangereusement, mon cher Schellenberg. Prenez en compte mon conseil, malgré ce qui s'y déroule ces jours-ci, le secteur de Koursk reste largement plus sûr que sa salle d'opération.

- Tiens, vous êtes au courant de ça aussi ! À ce que je vois, les secrets militaires du Reich vous sont devenus familiers.

- Les journaux du monde entier en parlent, mais le Reichsführer en parle juste un peu plus. Cela aide à le détendre lorsque je le soigne.

Walter évita soigneusement d'approfondir la question : - Comment va-t-il ?

- Il souffre beaucoup, votre chef pense qu'il va mourir bientôt. Il est rentré malade de Berditchev. Il est allé visiter des colonies en compagnie de Hadj Amine Al-Husseini[266], ce dernier l'a achevé avec ses interminables discussions. Par chance, je me trouvais en Hollande.

Walter connaissait par les commentaires de Felix les instants de déprime à répétition de son chef : - C'est le bon moment pour obtenir quelque chose. Enfin, je parle pour vous ! Moi dans ce cas c'est plutôt le contraire, il se fait un malin plaisir à me contredire. Une sorte de vase communicant de compensation. Ce que j'ai à lui dire risque bien d'empirer davantage son état.

- Suivez mon conseil, allez-y sans prendre de gant, dans ces cas-là, il déteste les circonvolutions verbales.

- Merci de la suggestion, à charge de revanche mon cher Felix. !

*   *   *

- Vous cherchez à pontifier sur la justesse de vos vues ?

---

[266] Hadj Amine Al-Husseini, grand mufti de Jérusalem.

Prévenu, c'est sans surprise qu'il retrouvait dans son salon particulier un « Henri l'oiseleur[267] » d'humeur passablement grincheuse : : - Reichsführer, au contraire, c'est de la justesse de vos vues que le führer sera obligé de reconnaître, il devra admettre le bien-fondé de votre enquête sur la mort suspecte du major Martin.

Himmler débuta un dessin compliqué avec son crayon : - Le temps nous a manqué, à ce jour, je n'ai pas eu l'occasion de lui faire part de vos conclusions, Schellenberg.

En langage d'Himmler, cela voulait simplement dire « cette fois encore, je n'ai pas osé l'affronter de face ». Bourgeon, pour minimiser, il ajouta : « Ne criez pas trop vite victoire, c'est probablement une ruse de nos ennemis ». Walter se retint de justesse de lui répondre : « identique à celle qu'ils nous ont réservé en Afrique du Nord à la fin de l'année passée ». À la place, avec en tête de le relancer après l'avoir endormi, il choisit la voie royale de la raison : - Des parachutistes à Syracuse, des dizaines de planeurs à l'intérieur des terres, plus de deux mille navires appuyés par des milliers d'avions selon la Kriegsmarine. Des milliers d'hommes débarquant sur les plages en trois ponts différents entre nos places fortes. J'ai vu Canaris avant de venir vous trouver, nous arrivons tous les deux à la même conclusion : c'est le bon endroit au bon moment. Malgré leurs immenses ressources, suivant notre analyse commune, les forces anglo-américaines, ne disposent pas du potentiel requis en Afrique pour mettre en œuvre un leurre de cette ampleur et poursuivre l'assaut principal sur d'autres objectifs.

- Depuis quand vous rangez-vous à l'avis de l'Abwehr, Schellenberg ?

Un petit rappel s'avérait nécessaire, il le fournit dans une joie mauvaise qu'il avait difficile à dissimuler : - En l'occurrence, c'est l'amiral qui se range - et pas de gaieté de cœur - aux miens. Si vous vous souvenez, c'est son Abwehr qui nous a apporté à Berlin les lettres secrètes trouvées sur le corps du major Martin. Une erreur de plus à mettre à leur actif après leur estimation farfelue d'un débarquement à Malte ou d'une conférence à la maison blanche. On voudrait tromper le führer qu'on ne s'y prendrait pas autrement.

- Comme vous y allez. Chaque chose en son temps, tout sera analysé à la loupe le moment venu et chacun devra alors prendre ses responsabilités et assumer ses erreurs. Pour l'heure, la question qui se pose est vont-ils réussir et comment pouvons-nous les en empêcher ?

Walter retourna avec délectation le fer dans la plaie : - Sans être un expert militaire, je peux répondre que certes, nous disposons de nombreuses troupes sur

---

[267] Surnom péjoratif d'Heinrich Himmler.

l'île, mais moins que le mois précédent, une partie se balade en Grèce, l'autre en Sardaigne. À mon avis, il faut casser leur projet par la mer et seuls nos alliés italiens sont en mesure de faire intervenir leur flotte dans un délai raisonnable. J'ai pris la liberté de déjà conseiller à Canaris de prendre contact avec le général Amé[268] pour lui demander d'insister auprès de l'amiral Arturo Riccardi[269] et pourquoi pas directement chez Mussolini qui est quand même ministre de la Guerre.

Himmler eut un regard désapprobateur : - Si votre démarche est louable, elle ne correspond pas à votre tâche, laissez au führer et à von Ribbentrop le soin de régler cela.

De façon détournée, Walter était arrivé là où il voulait en venir depuis le début de l'entretien. Il soupesa le risque, le décréta minime, ensuite, il se lança : - Reichsführer, depuis quand faites-vous confiance à von Ribbentrop pour trouver une solution ? Il vit Himmler se raidir sous la colère puis se dégonfler. Il ne lui laissa pas le temps d'objecter : « Le führer reste sous l'influence de son ministre qui au contraire de vous ne voit de solution que dans la continuation de la guerre. Une guerre que nous risquons de perdre chaque jour un peu plus. Personnellement, pour la survie du Reich, vous personnifiez l'unique solution, celle à adopter avant qu'il ne soit trop tard et qu'un sort funeste nous engloutisse tous ».

Ainsi qu'il le prévoyait, Himmler feignit l'exaspération, puis tenta de s'échapper par la première porte, celle qui donnait dans la pièce où l'on discutait d'un autre sujet : - Vous n'êtes pas fort prolixe en ce qui concerne votre séjour chez nos amis turcs.

Walter se garda de lui rétorquer méchamment « il n'est d'amis qui ne se quittent », à la place, il tenta de refermer un peu plus le filet : - Von Papen m'a concédé un long entretien en deux parties, l'une à Ankara, l'autre à Istamboul. La deuxième partie étant la meilleure. Notre « ex beaucoup de choses et actuellement ambassadeur » vous remet ses meilleures salutations. Cela exécuté, il ne m'a pas dissimulé ses nombreuses inquiétudes quant au sort de la guerre. Je vous fais remarquer que c'était son impression émise avant les évènements de ce matin. Il ne m'a pas caché la confiance qu'il a en vous ni fait mystère - au cas où vous jugeriez bon de faire appel à lui - de ses nombreuses relations au plus haut niveau au sein du Vatican en mettant en avant que l'épiscopat américain a la capacité d'intercéder auprès de Roosevelt. Il désire qu'en cas de besoin vous voyiez en lui un allié.

---

[268] Général Cesare Amé, chef du SIM (Servizio Informazioni Militare).
[269] Amiral Arturo Riccardi Chef d'état-major de la marine italienne jusqu'au 25 juillet 1943.

La pièce comportait également une autre porte que le Reichsführer franchit au pas de charge : - Lors de la réception du jour de l'été, vous me parliez d'une piste suisse ?

C'était le moment de marcher sur des œufs, en dire assez, mais pas trop pour se ménager un avenir confortable dans la fosse aux serpents : - C'est exact. Suivie après vérifications et pour ce faire, il m'a été nécessaire de compulser discrètement nos archives. Heureusement, j'ai pu compter sur l'aide de Werner[270]. Rassurez-vous, il ignore ce que je recherche, j'ai entretenu le flou dans ce sens. Walter se demanda si c'était bien judicieux de dévoiler ses talents de dissimulateur à son chef. Tant pis : « Le nom que m'a dévoilé von Papen à Istamboul n'est à première vue d'aucune utilité. D'après lui, les documents une fois copiés auraient été confiés par son secrétaire à un certain Hans Jürgen Koehler du SD ».

- Comment le peut-il le savoir sans être d'office complice de son secrétaire ?

- Selon lui, von Ketteler aurait agi de son initiative personnelle dans le but de le protéger en le mettant devant le fait accompli après coup. Son secrétaire[271] le lui aurait avoué au cours d'un entretien téléphonique dans la soirée du onze mai trente-huit. Malheureusement, la piste de cet Hans Jürgen Koehler ne mène à rien. C'est un parfait inconnu dans les registres du SD. Un faux nom[272] qu'il lui aura donné sans aucun doute. Un livre a été écrit en Angleterre sous ce nom il y a deux ans. Quoi qu'il en soit, von Papen y a vu tout son intérêt.

- Von Papen se serait risqué à se moquer de vous ?

Walter y avait songé pendant un instant avant de rejeter cette conclusion : - Je ne crois pas. Premièrement, il n'ignore pas qu'en à peine quelques jours j'aurais démasqué son mensonge et il n'y va pas de son intérêt. Après tout, l'important pour lui reste qu'Hitler croit à l'histoire des dossiers de Schuschnigg le concernant et cachés hors de sa portée dans un lieu secret en Suisse d'où il peut les faire ressortir à sa guise. L'homme possède un sens peu commun de l'intrigue, il a deviné que ce n'est pas nous qui allons affirmer le contraire. Ensuite, il a compris tout l'avantage de vous avoir pour allié. Évidemment, son esprit tordu n'ignore pas que si vous parvenez à entrer en leur possession, il perdra de ce fait un puissant levier. En contrepartie, il en rencontre un bien plus puissant, vous. Il a

---

[270] Werner Best, responsable de l'Amt I du RSHA, gestion du personnel de la SS et de la police de sécurité.
[271] Wilhelm Freiherr von Ketteler
[272] À l'intérieur de la Gestapo - L'ombre d'Hitler sur le monde. Pallas Publishing Corporation, Londres 1940.

dû soigneusement peser le pour et le contre en considérant comme fort possible que vous remplaciez un jour le führer. L'homme a des aspirations en tant que ministre des Affaires étrangères dans un futur gouvernement. C'est seulement avec votre appui qu'il peut parvenir à cette fonction. Walter omit d'exprimer le fond de sa pensée : l'incorrigible von Papen conservait toujours des ambitions de chancelier.

- Vos conclusions Schellenberg ? D'abord, a-t-il connaissance de ce que contiennent ces dossiers ?

Walter nota qu'à présent dans la tête d'Himmler les dossiers ne servaient plus vraiment à « protéger Hitler de gens plus bas que terre ayant l'intention de faire courir le bruit sur des origines douteuses » : - À votre dernière question, comme je pouvais m'y attendre, notre ambassadeur est resté énigmatique tout en me faisant comprendre à demi-mot que leur divulgation ajoutée à ce qu'il savait déjà en trente-quatre ruinerait inexorablement Hitler. Il a beau jeu de l'avancer tant que nous ne parvenons pas à mettre la main dessus. À la première, je ne peux malheureusement que conclure ceci : soit von Papen connaît le vrai nom de cet « Hans Jürgen Koehler » ainsi que l'endroit où celui-ci a caché le dossier en suisse, et dans l'état actuel des affaires de la guerre, il est impossible de l'amener Prinz Albrecht strasse pour lui délier la langue.

Himmler lui cachait à grande peine sa contrariété, envahir leur voisins helvètes n'était qu'un détail : - Comment allez-vous reprendre la piste ? Comptez-vous vous rendre en Suisse ?

Son chef n'envisageait pas un instant d'abandonner et pour cause, l'épée de Damoclès au-dessus de sa tête n'avait pas regagné son fourreau. La Suisse, Walter n'y tenait pas pour l'instant, le brigadier Masson lui avait conseillé d'éviter de franchir leur frontière pendant un certain temps et malgré son envie de reprendre contact avec Allen Dulles, il comptait bien suivre le conseil. Envoyer Hans Eggen revenait à lui en expliquer les raisons. Trop risqué pour l'instant. D'abord minutieusement curer l'os de ce côté-ci de la frontière : - Si Hans Jürgen Koehler est un fantôme, Horst Böhme[273] quant à lui est bien vivant et vit du bon côté de la frontière. Il a eu largement le temps de besogner au corps von Ketteler entre le jour de sa disparition le douze mars trente-huit et la découverte de son corps dans le Danube le vingt-cinq mars. Treize jours, c'est amplement suffisant pour un spécialiste tel que Horst pour faire avouer aux plus résistants le nom du

---

[273] Standartenführer (en 1943) Horst Böhme. De janvier à août 1943, il dirigeait l'Einsatzgruppe B (unités mobiles d'extermination) dans le nord de l'Ukraine.

passeur et bien plus. Ce qui n'exclut pas que von Papen ait pu avoir connaissance du même nom en premier, l'un ignorant l'étendue des informations de l'autre.

Himmler réfléchit un court instant avant de céder presque à regret : - Demandez à votre ami Best le dossier Horst Böhme, je le préviendrai encore aujourd'hui.

- Son dossier peut me donner une vue d'ensemble, une impression. À un moment ou un autre, je devrai lui parler entre quatre yeux, c'est inévitable !

- Mon cher Schellenberg, aux échecs vous seriez un cavalier, vous avez cette manière souvent déconcertante de sauter par devant et par le côté en même temps. Pour l'instant contentez-vous d'être la tour. Notez bien, je n'ai pas dit le fou !

Berlin, Berkaerstrasse, lundi 12 juillet 1943, 08h00

Après avoir relu pendant plusieurs heures les archives transmises par les services du général Erwin Schulz[274] - avec beaucoup de réticence malgré l'ordre d'Himmler - Walter avait dans un premier temps deviné puis découvert un fil conducteur de taille concernant Horst Böhme. Le suivre fut un jeu d'enfant.

Les documents envoyés par sa section A4 faisaient ressortir une série de détails d'importance qu'il avait tenté de creuser ; à présent, il croyait avoir obtenu un résultat, le tout début d'une piste ; d'expérience, il savait que tout partait de peu avant de grossir et de parfois prendre des proportions insoupçonnées. De mars trente-huit à mai quarante-deux, rien de spécial, sauf qu'Horst Böhme est quand même nommé en trente-neuf - moins d'un an après l'épisode de Vienne - chef de la police de sécurité de Bohême et de Moravie malgré son maigre bagage intellectuel. Celui-ci ne dépassant pas l'enseignement obligatoire et son ancien métier d'expéditeur de marchandises. Généralement l'ordre noir tapait plus haut.

Le fil important débutait le neuf juin 1942. Lors de l'enterrement d'Heydrich, c'est le führer en personne qui ordonne à Karl Hermann Frank[275] de brûler et d'ensuite faire disparaître toute trace du village de Lidice après avoir fait exécuter les hommes et déporter les femmes. À cette occasion, la décision ne vient pas

---

[274] Brigadeführer Erwin Schulz, responsable de l'Amt I, gestion du personnel.
[275] Général Karl Hermann Frank secrétaire d'État du protectorat, chef de la police et de la SS pour le protectorat.

d'Himmler et Frank n'était pas non plus ce qu'on pouvait appeler un ami de Heydrich. Depuis 1939, Frank s'était efforcé de discréditer Neurath[276] dont il convoitait la fonction. En 1941, c'est Reinhard Heydrich, le chef du RSHA, qui devient Reichprotektor[277] à sa place. Frank n'avait pas réussi à l'emporter sur le plus proche collaborateur d'Himmler. Si Frank était lui aussi un vieux compagnon de parti dès 1919, c'était dans celui des Sudètes[278], pas au sein de l'original à Munich. Toute la question résidait dans cette différence.

Frank transmet immédiatement l'ordre du führer à Kurt Daluege. Ce dernier est un des plus vieux compagnons d'Hitler de 1922, un « Kampfgenosse »[279] du premier cercle. Heydrich lui avait raconté que dès le début des années trente, Daluege était chargé par son « ex-camarade Adolf » de l'espionner au sein du service de sécurité qu'il mettait en place avec Heinrich Himmler. D'ailleurs, lors de la réorganisation de 1936, Daluege et son Ordnungspolizei avaient refusé de se mettre sous la coupe du Sipo-SD avec la bénédiction d'Hitler. Le neuf juin quarante-deux, l'ordre du führer passe directement de Frank à Daluege.

En avril 1942, Daluege avait été promu Oberst-Gruppenführer et restait à ce jour le seul à avoir atteint ce grade avec Franz Xaver Schwarz[280]. À l'époque, Heydrich en avait fait une rage noire, car comme la promotion lui ayant échappé, de fait, il devenait de facto son subordonné au sein de l'ordre. Lors d'une de leurs sorties dans les bars de Berlin, son chef lui avait confié qu'Hitler voulait démontrer à Himmler qu'on pouvait dangereusement se rapprocher de son grade en l'écartant lui son plus proche collaborateur pour ainsi diminuer l'énorme puissance que devenait le RSHA. Le neuf juin, l'ordre du führer passe le soir même de Daluege, devenu depuis quelques jours gouverneur adjoint de Bohême-Moravie, au colonel Horst Böhme qui l'exécute le dix juin au matin.

Walter nota encore que Frank venait justement de se voir élevé au grade d'Obergruppenführer le mois précédent.

Donc un fil direct, aussi solide que discret jusqu'à ce jour, reliait Hitler à Karl Hermann Frank, puis se déroulait vers Kurt Daluege et ensuite terminait chez Horst Böhme. Sans passer par Himmler. Vu sous un autre éclairage, cela confortait son opinion, deux groupes s'étaient bel et bien formés au sein de l'ordre

---

[276] Konstantin von Neurath, ex ministre des affaires étrangères, nommé gouverneur de Bohême-Moravie en 39.
[277] Stellvertretender Reichsprotektor in Böhmen und Mähren (gouverneur adjoint de Bohême et Moravie).
[278] parti national-socialiste des Sudètes (DNSAP)
[279] Kampfgenosse, camarade de combat
[280] Franz Xaver Schwarz, trésorier du NSDAP (Reichsschatzmeister) et un de ses principaux dirigeant.

noir. Himmler d'un côté, Hitler de l'autre que rejoignaient ou plutôt n'avait jamais quitté Kaltenbrunner et sans aucun doute Gestapo Müller. Évidemment, la liste devait être beaucoup plus longue d'un côté comme de l'autre. Cela expliquait l'empressement du Reichsführer à le voir obtenir des résultats dans la mission qu'il lui avait confiée en janvier. Himmler avait cependant fait une erreur, et de taille, l'année précédente en confiant à certains hommes de la Gestapo la responsabilité d'enquêter sur le passé d'Hitler. Le « bon Heinrich » était imprudemment sorti du bois. Comme personne ignorait sa proximité avec le Reichsführer, Walter se trouvait d'office à son tour en pleine lumière, donc lui aussi en grand danger. Si personne n'osait s'en prendre à son chef pour l'instant, ce n'était pas son cas, et de loin, avec la quantité d'ennemis qu'il se comptait. Au point où il en était, il n'était même pas capable de décider lequel d'eux s'avérait le plus dangereux.

Restait la question de Horst Böhme. De mars trente-huit à mai quarante-deux, l'homme avait quitté ce côté-ci du fleuve pour gagner une autre rive avec une belle promotion en prime. Dans le Reich, rien n'était gratuit, tout avait une raison.

Dans l'urgence du onze mars trente-huit à qui von Ketteler avait bien pu confier ses copies ou plus exactement ses rouleaux de pellicule.

*   *   *

Erwin Schulz ou plus précisément, l'un de ses subordonnés directs avait dû signaler en haut lieu sa démarche assez étrange, cela dit, Walter s'y attendait. Le premier coup ne tarda pas, von Ribbentrop s'était plaint à Hitler de ses présumés rapprochements avec Cable, le consul britannique à Berne ainsi que des conversations qu'on lui prêtait avec le correspondant du Times dans la même ville, ce dernier étant un soi-disant agent ennemi. Sans surprise, Hitler était rentré dans une rage mémorable, Himmler avait de nouveau tremblé en omettant prudemment de prendre sa défense. Kaltenbrunner avait ri d'un plaisir malsain lorsqu'il l'avait convoqué dans son bureau pour lui signifier l'ordre de s'abstenir à l'avenir de tout contact politique ou d'interféror avec les services des affaires étrangères.

Walter ne pouvait que laisser passer l'orage en faisant le dos rond. Le cas Horst Böhme devait patienter. Il reprit le dossier suisse. Son réseau d'écoute avait signalé que dans les quinze jours précédents la date prévue de l'opération « Citadelle » le trafic radio entre Berlin et Lausanne suivi de celui de Genève Moscou avait considérablement augmenté de volume.

LE MAUVAIS FILS

Berlin, Unter der Linden, café Bauer, 12 juillet 1943, 14h10

À treize heures, Canaris lui téléphonait : - Si vous n'avez pas encore dîné, j'ai une meilleure suggestion que votre cantine. Chez Bauer dans une heure, cela vous convient ? Inutile de revêtir votre uniforme. Tant que j'y pense, rendez-moi service, lorsque vous passerez devant le Tirpitzufer, songez à le saluer de ma part. Le code convenu entre eux pour un secret absolu.

Une heure et dix kilomètres plus tard, il se retrouvait attablé le long d'une colonnade d'où il pouvait surveiller le balcon de l'étage et l'entrée. Son regard s'était posé sur une tapisserie murale représentant une scène de la Rome antique tout en se disant qu'un des personnages du tableau ressemblait furieusement au Canaris assis en face de lui : - Imaginez Walter qu'il y a déjà un an, nous étions en face chez Kranzler.

- Neuf mois pour être exact.

- Quoi qu'il en soit, nous devrions nous hâter d'apprécier le moment. Mon instinct me dit que dans un an plus rien de tout ceci n'existera. Vous avez vu ce qui est arrivé à Wuppertal pendant votre absence ottomane. La ville a été entièrement rasée. À Cologne au début du mois, ce n'était pas mieux. Sans risque de me tromper, je peux vous affirmer que ceci n'est que le commencement de la destruction programmée de l'Allemagne et j'ajoute que nos ennemis vont se montrer méticuleux et faire montre d'une ardeur peu commune à la tâche.

Évidemment, le patron de l'Abwehr, attaché à sa coutume telle une crêpe à sa poêle, lui faisait comprendre qu'aucun de ses déplacements ne lui échappait. Walter attendit sans acquiescer la suite en buvant son ersatz de café : - Bien entendu, vous restez conscient que nous ne pouvons empêcher ces destructions de nos villes que par l'arrêt de la guerre à l'Ouest. Inutile donc de perdre mon temps à tenter de vous en persuader, vous l'êtes depuis longtemps. Il ajouta sibyllin : sans m'avancer, l'idée doit commencer à tourmenter le chef de votre chef.

Depuis le temps qu'il le pratiquait, Walter savait comment répondre à l'amiral qui aimait par-dessus tout se faire prier : - Je présume que ce n'est pas pour me dire cela ni imaginer ce à quoi pense le chef de mon chef que vous m'avez invité à déjeuner ? D'ailleurs depuis le discours du lapin[281], il faut se cacher dans un salon de l'étage pour espérer se remplir l'estomac au prix fort. Amiral, je pense que

---

[281] Discours de Josef Goebbels du 18 février 1943 au Sportpalast de Berlin.

vous m'avez berné cette fois encore, en cette minute précise ; je parle du repas que vous avez imprudemment promis ; pour le reste, c'est assez difficile de me montrer catégorique avant de vous avoir écouté.

- L'intention était bonne, sa mise en œuvre plus compliquée. Buvez votre « café » tant qu'il est chaud et écoutez-moi attentivement : « l'opération citadelle va être abandonnée ».

Walter resta un instant sans trouver de réplique : - Vous ne trouvez pas que c'est un peu tard pour qu'à l'OKH ils prennent enfin le rapport de « Klatt » en considération ?

Canaris se montra dédaigneux : - Kauder n'a rien à voir là-dedans. Grofaz[282] est pour l'heure terrorisé par les avancées alliées en Sicile qui frisent la victoire et le peu de détermination des troupes italiennes à défendre leur sol. Pour lui, l'île est déjà perdue et je dois humblement m'incliner devant la justesse de ses vues, car, une fois n'est pas coutume, je suis de son avis ; maintenant, il craint un prochain débarquement dans la péninsule. Dans le sud, d'après certaines indiscrétions en provenance de Rastenburg. À la place des alliés, je ne procèderais pas autrement si je voulais tracasser le führer.

Walter se fit moqueur : - Vos réseaux me rendent pâle d'envie. Comme quoi, il devient parfois, tout comme vous, plein de lucidité. Et vous amiral, qu'allez-vous m'apprendre d'autre en direct de Rastenburg, que notre führer se range à votre avis et cherche un papier au bas duquel il signera une déclaration de paix ?

Le patron de l'Abwehr le regarda mi-figue, mi-raisin puis poursuivit avec un air de conspirateur qui rendait l'ambiance théâtrale version comique : - Tôt ce matin, l'OKW a reçu un rapport de Kesselring qui a accouru en Sicile pour se rendre compte de la situation ; le maréchal conclut que les unités allemandes se battent seules. Vous avez vu ce qui s'est passé le dix juin à Pantelleria[283] et avant-hier à Augusta-Siracusa[284]. Cela donne un avant-goût de ce qui va se passer. Quant à moi, tout en reconnaissant la justesse de ses vues, mon flair a humé différentes odeurs qui devraient bien plus inquiéter encore le führer ! Pour être franc, je crains bien d'autres évènements en forme de suite tragiques. C'est dans

---

[282] Größter Feldherr aller Zeiten « le plus grand commandant en chef de tous les temps », surnom d'Hitler.
[283] Reddition de la garnison stationnée sur l'île de Pantelleria le 11 juin 1943 réputée imprenable sous le commandement de l'amiral Gino Pavesi.
[284] Place forte sous le commandement de l'amiral Leonardi. Abandonnée sans raison dès l'apparition de la flotte alliée le 11 juillet 1943 après avoir fait sauter l'artillerie côtière.

l'intention de composer une musique commune destinée à ce sujet que je vous ai invité. Je sais de bonne source que des crises majeures se profilent à Rome.

Walter ne connaissait pas dans les détails ce qui s'était passé, mais il ne lui fit pas le plaisir de le questionner sur ce qu'il aurait du « voir » : - Le général Amè[285] vous aurait-il fait des confidences qu'Hitler lui-même ne peut en aucun cas entendre ?

Automatiquement, Canaris ami notoire du général italien, scruta attentivement la salle à gauche et à droite d'un air méfiant ; paraissant rassuré, il expliqua : - Amè est au fond de lui, sinon un pacifiste, un homme qui ne désire pas la guerre.

- En d'autres mots, il veut arriver à faire la paix, c'est ainsi que l'on dit quand on ne veut pas la guerre.

- Disons que vous n'avez pas tort, c'est ainsi que l'on dit quand on a raison !

Walter apprécia en connaisseur la répartie pendant un court instant, ensuite, il siffla la fin de la récréation : - S'il y avait un pot de lait sur cette table, nous pourrions tourner autour ensemble en espérant qu'il se transforme en beurre. Malheureusement, maintenant que le lait a disparu de toutes les tables allemandes, nous sommes obligés de boire notre café sans détour inutile par le pis de la vache. À propos de café, la prochaine fois, venez Berkaerstrasse, j'y cache quelques grains brésiliens, assez pour nous deux ; par contre, le sucre n'est pas garanti. Alors votre ami Cesare, il vous apprend quoi. Vous partagez ?

Canaris hésita : - Qu'il existe depuis des mois deux factions chez les Italiens et celles-ci en viennent à se regarder en chien de faïence. Vous connaissez le général Vittorio Ambrosio[286] ?

- De nom uniquement. La faute en incombe au führer qui m'interdit de les espionner, donc de les approcher de trop près. À vous aussi, mais sans résultat d'après ce que je vois !

- C'est lui qui a organisé le retour des troupes italiennes de Russie. Il ne nous a toujours pas pardonné la perte de sa huitième armée. Selon Amè, non seulement Ambrosio ne le fera jamais, mais il ne digère pas plus la reddition en Tunisie. Bref, il nous accable de tous leurs maux. Depuis, il tente de persuader Mussolini de sortir de la guerre et pire, de se séparer de nous.

---

[285] Général Cesare Amè, chef des renseignements italiens (Servizio Informazioni Militare, SIM) en juillet 1943.
[286] Général Vittorio Ambrosio, chef d'état-major des forces armées italiennes en 1943.

- À sa place, j'en aurais aussi lourd sur le cœur que lui. Je peux sans peine le comprendre et lui excuser son ressentiment. Mais je présume que si vous êtes là, ce sentiment va plus loin.

- Beaucoup plus loin. Hélas, ils ne font pas réellement confiance à Cesare au point de ne pas le mettre dans toutes leurs confidences. Toutefois, il en sait assez pour déchiffrer qu'il y a de la destitution de Mussolini dans l'air. J'ai encore entendu le vent me souffler le nom du général Giuseppe Castellano ainsi que celui de Giacomo Carboni, l'ancien patron du SIM.

Walter qui comptait finir sa tasse la tint suspendue un moment avant de la reposer sans y avoir bu : - Vous vous rendez compte de ce que cela signifie.

- Évidemment, vous me prenez pour qui, un faisan doré ?

- Je doute fort que Mussolini se laisse destituer facilement. Au cas où, le Duce n'aura d'autre solution que de venir se mettre sous notre protection. Walter réfléchit un instant à voix haute : «ou de provoquer une guerre civile. Vous oubliez un peu que le grand conseil fasciste ce sont en majorité ses partisans. Et puis le dernier mot ne reviendrait-il pas au roi[287]» ?

- Mon jeune ami, laissez-moi vous faire une confidence supplémentaire. Depuis des mois, le grand conseil fasciste dans son immense majorité ne rêve que de sortir de la guerre avec l'oreille compatissante du Vatican et que je sache même si le roi regarde les soutanes d'un œil sceptique depuis un demi-siècle, la maison de Savoie elle n'est jamais insensible aux appels du Pape.

Walter jugea inutile pour l'instant de transmettre au chef de l'Abwehr qu'il en connaissait bien plus long sur les opinions du grand conseil fasciste que son service de renseignement surveillait de près malgré l'interdiction de von Ribbentrop. La primeur des informations qu'il glanait allait à Himmler ; l'Abwher, ce serait du goutte-à-goutte pour commencer ; éventuellement plus si la machine s'emballait et qu'il y soit obligé. Il laissa prudemment Canaris poursuivre : - Si leur roi les appuie, la prochaine étape sera la signature d'une paix séparée ou à tout le moins d'un armistice. Nous devrons nous résoudre sous brève à occuper toute l'Italie malgré le coût énorme d'une telle décision au risque de voir les alliés mettre leurs pieds dans la péninsule. Quant à Mussolini, s'il n'est pas assez malin pour faire échouer leurs plans ou pour leur fausser compagnie à temps, soit ils le fusilleront, parce que les morts ne parlent pas, soit ils le remottront aux alliés, car les prisonniers, du plus humble au plus puissant, parlent pour sauver leur peau. Je pencherais pour la deuxième solution, un direct pour Londres, mais à la réflexion, je

---

[287] Victor-Emmanuel III, Vittorio Emanuele Ferdinando Maria Gennaro di Savoia.

parierais plus sur Washington, loin hors de notre portée avec un droit de visite aux Anglais. Ciano en bon opportuniste sera à n'en pas douter du côté des factieux, mais c'est quand même le gendre du Duce, il hésitera à laisser tuer le mari de sa femme et le grand-père de ses enfants. De leur côté, les Américains vont insister lourdement, vous vous imaginez la prise de guerre !

- Je l'imagine sans peine, autant que j'imagine la réaction de notre « Duce autrichien ». À présent, il est temps de me dire ce que vous attendez de moi.

Le patron de l'Abwehr fit la sourde oreille, il affectionnait d'exposer ses idées en entier : - Amè sait que dans ce cas, éloigné du premier cercle, il va perdre des plumes. Pas assez cependant pour être cuit et dévoré. Du coup, je risque de perdre un homologue précieux devenu une source de premier plan. Ce que vous devez comprendre, c'est ceci : si tout se passe tel que je l'imagine, les Italiens voudront faire verrouiller la frontière par leur armée et signer la paix au plus vite en faisant entrer les Anglos américains dans le pays. Mussolini réfugié à Berlin ou entre leurs mains et nous dehors, ceci ajouté à nos déboires en Russie, certains de nos généraux seront tentés d'en finir avec la guerre par un coup de force. Ce que j'attends de vous c'est que vos actions correspondent à vos idées !

- Et quelles idées seraient les miennes pour autant que j'en ai plus qu'une ?

- Ne pas vous opposer à mes vues, tout tenter pour que le plan Alarich[288] ne soit pas mis en œuvre.

Canaris s'obstinait depuis le début de l'année à se glisser dans le costume d'un doux rêveur, aujourd'hui, il quittait définitivement ses chaussures d'amiral pour poser ses pieds dans des pantoufles d'utopiste, le nouvel habit ne tarderait plus à rejoindre ses épaules à ses risques et périls. Bien entendu, la fin de la guerre de conquête était inévitable et avait toutes les chances de se voir perdue de façon désastreuse. Au moins celle contre les Alliés de l'Ouest dont la puissance industrielle devenait sans aucune mesure ; à l'Est, le problème pouvait encore se régler autrement. Il suffisait d'une fissure.

- Vous n'êtes pas sans savoir que ce plan ne se retrouve ni de près ni de loin entre mes mains, j'aurais bien de la peine à y interférer.

---

[288] Opération Alarich (ou Achse) nom des plans allemands élaborés depuis mai 1943 sous la responsabilité du maréchal Erwin Rommel dans le but de désarmer les forces armées italiennes en prévision de l'armistice entre l'Italie et les Alliés durant la Seconde Guerre mondiale.

- Walter, ne me prenez pas pour un idiot, vous intriguez à Rome plus qu'à votre tour. Comme à vous aussi, il est interdit de surveiller les Italiens, vous avez au moins le pouvoir de ne pas informer vos chefs de l'étendue de la situation !
- Vous voulez dire comme vous !
- Comme moi, c'est exactement la phrase que je cherchais !

Berlin, Berkaerstrasse, lundi 12 juillet 1943, 17h40

S'il fallait en définir un, le seul point réaliste que Walter accordait au chef de l'Abwehr se résumait à la nécessité absolue de terminer les hostilités à l'ouest. C'était d'ailleurs d'une telle évidence. A sa connaissance, il n'y avait que les Japonais qui insistaient auprès d'Hitler pour mettre un terme à la guerre en Russie dans l'espoir de concentrer leurs forces sur l'Amérique. Il leur souhaitait bonne chance, le führer avait la mémoire longue et une armoire du Berghof remplie de griefs à leur encontre à commencer par leur pacte de non-agression signé dix jours après lui avoir soutenu le contraire[289].

Quant à la manière d'y parvenir, il n'était pas un instant question de laisser les canards boiteux de l'armée tenter de prendre les destinées de l'Allemagne en main. En substance, il doutait de leurs chances de réussite, trop de rivalités, trop de Prusse les sclérosaient. Ce qui ne voulait pas dire qu'ils n'essayeraient pas, ce qu'ils tentaient d'ailleurs sans succès depuis trente-huit. Après tout, la chance pourrait pencher de leur côté, pourquoi pas ? Canaris pouvait bien jouer contre son camp, de là à marquer un but, il y avait malgré tout un pas à ne pas franchir.

Encore moins entreprendre de modifier « redistribution », le projet était suffisamment rentré et sorti du frigo depuis un an. Le changement devait avant toute chose passer par le Reichsführer, seul capable de maintenir l'ordre dans le Reich et de mettre l'armée au pas, ensuite tout deviendrait envisageable. La meilleure façon de contrecarrer la camarilla de conspirateurs à bandes rouges était de déclencher le plan Alarich au plus pressé ; le nom du roi wisigoth qui avait saccagé Rome en 410 était particulièrement bien choisi. Rommel se trouvait précisément à Munich pour le mettre au point. Et la meilleure façon d'y parvenir résidait dans

---

[289] Signé à Moscou le 07 avril 1941 par Yosuki Matsuoka ministre des affaires étrangères après la rencontre avec Hitler du 28 mars 1941.

la possible destitution de Mussolini. Ce dernier au pouvoir, jamais Hitler n'infligerait un tel affront à son « ami ».

La fin de Citadelle était devenue officielle. Prendre pied en Sicile menacerait directement les forces de l'Axe et les obligerait à détourner une partie non négligeable de leurs forces vers le front italien au détriment du front de l'Est : la conséquence, simple à entrevoir, est que l'Armée rouge pourrait disposer de plus d'amplitude pour tenter de desserrer l'étau allemand.

Et dans ce sens, les nouvelles en provenance de Rome étaient intéressantes. Wilhelm Höttl le tenait dans la mesure du possible informé chaque matin. Seule ombre au tableau, Himmler venait de nommer un de ses plus ardents ennemis responsable dans la péninsule. Karl Wolf devenait le chef suprême de la SS et de la police pour l'Italie du Nord. C'était ennuyeux, mais pas mortel. Après tout, Rome ne se situait pas dans le Nord et Höttl dépendait de son département de renseignements extérieurs. La vigilance était malgré tout de mise, Wolf était à la fois intrigant, mêle tout et ne pouvait le souffrir, ce que Walter lui rendait bien.

Il était grand temps de resserrer son équipe romaine autour de lui, à commencer par son chef. Malgré le léger froid qui s'était établi entre eux, chacun avait fait preuve de bonne volonté et Walter avait en décembre décidé de remplacer l'incompétent major Helmut Looss par Wilhelm Höttl qui n'avait à bien y réfléchir d'inconvénient que d'être autrichien. Ce dernier ravi par la perspective de la dolce vita le remplaçait avantageusement dans la capitale italienne et faisait à présent une assez bonne équipe avec le capitaine Arno Gröbl. Ensemble, ils avaient habilement détourné l'ordre du führer qui interdisait à l'Abwehr et au SD Ausland d'opérer dans la péninsule pour ne pas froisser le « Duce ». Involontairement, c'est le service de Canaris qui lui avait soufflé l'idée. Walter s'était souvenu qu'avec Richard Protze[290] l'Abwehr avait ouvert une section des voyages de la Reischbahn en Hollande. Walter avait copié l'idée et de son côté ouvert une agence de voyages à Rome dotée d'un puissant émetteur. Himmler avait regardé de l'autre côté de la Spree. Et en cette moitié de juillet, malgré son faible effectif, l'agence fonctionnait à plein régime. Quoi de plus normal en plein été pour une agence de voyages. A présent, ils allaient devoir mouiller la chemise à devoir la tordre. Le grain de sable se nommait Herbert Kappler[291]. Un sale type supplémentaire, ancien de la Gestapo devenu officier de liaison du Duce et comme un

---

[290] Traugott Andreas Richard Protze, alias Paarman. En 1938, après sa retraite officielle en tant que chef du contre-espionnage de l'Abwehr, il dirige en Hollande un bureau de renseignement indépendant au nom de Canaris, «Stelle P».
[291] Major Herbert Kappler, devenu lieutenant-colonel et responsable du massacre des fosses Ardéatines en 44.

malheur ne venait jamais seul, proche de Karl Wolf. Ce détail avait peu d'importance comparée à la guerre que Kappler avait déclarée à Eugen Dollmann[292] le représentant d'Himmler à Rome et traducteur officiel.

Pour clôturer le cirque romain, l'ensemble baroque était couronné par les affaires étrangères, en l'espèce l'ambassadeur du Reich. D'un côté du Tibre von Mackensen[293] et de l'autre côté, Weizsäcker[294] nouvellement nommé auprès du Saint-Siège[295]. Von Ribbentrop même s'il l'avait voulu n'aurait pas pu effectuer de plus mauvais choix, les deux outre d'étroitement mêlés aux cercles d'opposition minimisaient à rendre insignifiante les velléités italiennes. Mais le second était aussi le père de Friedrich von Weizsäcker, principal collaborateur de Werner Heisenberg avec qui il tentait de mettre au point une bombe à l'uranium,[296] ce qui lui assurait une certaine clémence et l'oreille indulgente du führer. Le premier, Von Mackensen avait d'excellentes relations avec Galeazzo Ciano et d'exécrables avec son beau-père Mussolini, ce qui ne l'empêchait pas d'avoir une compréhension erronée de la situation qu'il minimisait systématiquement, ce qui faisait les choux gras de Canaris. Pour faire bonne mesure, son second Archibald von Bismarck [297]fricotait également avec la résistance.

Le patron de l'Amt VI en était réduit à compter les points dans des colonnes respectives, il en sortirait bien quelque chose dans le mois à venir. Pour faire bonne mesure, excepté von Bismarck, ils bénéficiaient tous d'un grade dans la SS.

À l'occasion de ses études de droit, Walter s'était intéressé à la politique de la Rome antique : malgré deux mille ans supplémentaires, il n'était pas outre mesure surpris de la tournure théâtrale et si l'affaire n'avait pas autant d'importance pour l'avenir de l'Allemagne, il s'en serait amusé.

Pour résumer la probable entrée du Duce dans l'arène aux lions en tant que mets principal, le duc Pietro D'Acquarone[298] se positionnait en tant que conspirateur principal, suivi de près par Dino Grandi. À deux, ils avaient entrepris depuis des mois un travail de sape dans le but de persuader les principaux membres du parti fasciste au gouvernement d'adopter une ligne nettement affirmée contre la

---

[292] Lieutenant-colonel Eugen Dollmann, traducteur d'Hitler et Himmler lors des rencontres avec les alliés italiens.
[293] Hans Georg von Mackensen, ancien secrétaire d'État aux Affaires étrangères, ambassadeur à Rome, 38 à 13.
[294] Ernst von Weizsäcker
[295] Otto von Bismarck
[296] Voir « un été suisse ».
[297] Otto Christian Archibald von Bismarck, petit-fils du chancelier Otto von Bismarck.
[298] Duc Pietro D' Eugen Dollmann Acquarone, conseiller de confiance et éminence grise du roi Emmanuel III pendant les années du régime de Mussolini

guerre. Mais les deux conspirateurs ne pouvaient pas grand-chose sans l'appui de Galeazzo Ciano[299] le propre genre du Duce. Le comte dont les opinions antiallemandes étaient bien connus de Walter depuis ses nuits au salon Kitty[300]. Heydrich avait comme de bien entendu profité de l'aubaine pour constituer un épais dossier sur le gendre de Mussolini. Celui-ci se trouvait à présent dans l'armoire derrière lui.

Le Duce y mettait du sien pour se voir dévoré ; le ministre de la Guerre de l'Italie se serait enduit de beurre et mis du persil dans les oreilles que le résultat serait identique. Le tribun de la marche sur Rome avait toutes les apparences d'un homme convaincu de l'inutilité de la poursuite de la guerre, sauf qu'il ne savait pas comment le confesser.

Hitler devait absolument éviter la destitution du Duce, ce qui entraînerait inexorablement l'Italie vers la sortie de la guerre. À cette rare occasion, leurs points de vue coïncidaient presque. Walter de son côté devait pousser à l'occupation de l'Italie par les troupes allemandes ce qui empêcherait un débarquement allié dans la péninsule. Le terreau idéal pour une négociation de paix, car comme personne ne l'ignorait, on ne négociait avantageusement qu'en position de force.

Berlin, Berkaerstrasse, mercredi 14 juillet 1943 09h20

Se réunir avec Gröbl et Höttl ou bien cuisiner Horst Böhme sur son terrain Berkaerstrasse. Le choix s'était avéré difficile, mais il avait décidé arbitrairement de la priorité à donner ; Himmler pouvait exiger à tout moment un rapport d'avancement et Walter supposait que son enquête secrète intéressait un rien plus le Reichsführer que les éventuels évènements romains. Wolf avait été nommé pour ça. Sans perdre de vue que la venue de Gröbl et Höttl ne passerait pas inaperçue et il tenait à rester le plus discret possible, ce qui veut dire les rencontrer loin de Berlin.

Bien qu'étant depuis peu son supérieur hiérarchique et responsable d'un Amt important au sein du RSHA, Walter n'était pas certain qu'il aurait répondu favorablement à sa convocation sans un ordre exprès du maître de l'ordre noir donné

---

[299] Gian Galeazzo Ciano, gendre de Mussolini, ministre des affaires étrangères du 9 juin 1936 au 6 février 1943.
[300] Luxueux salon berlinois de tolérance situé au 11 de la Giesebrechtstrasse, au service de Heydrich et de Walter Schellenberg pour espionner les hôtes du IIIe Reich et les dignitaires allemands. Tenu par dirigé par Kitty Schmidt et détruite par un bombardement le 17 juillet 1942.

du bout des lèvres deux jours plus tôt. À première vue, l'incommode voyage de Kiev à Berlin n'avait pas rendu l'officier SS d'excellente humeur. Horst Böhme avait une tête de mauvais garçon, et d'ailleurs, c'était un mauvais garçon bien que le mot soit très faible concernant un responsable de groupe d'intervention possédant un pedigree comme le sien et une impressionnante quantité de cadavres à son actif. Le colonel SS de un an son aîné se tenait assis devant lui, arrogant et passablement agacé, allant jusqu'à refuser une tasse de délicieux café brésilien qui lui avait été proposé pour souligner son immense déplaisir de se retrouver là. Walter était bien décidé à le pousser dans ses derniers retranchements et de changer sa mauvaise humeur en humeur massacrante, celle qui parviendrait à lui faire commettre une erreur. Après un long silence passé à compulser un dossier, alors que son visiteur commençait à donner des signes d'impatience, il leva la tête pour demander avec un sourire qui ne dissimulait pas son plaisir : - colonel, j'ose espérer que vous avez fait bon voyage, ces transports en Junker sont tellement glaciaux et inconfortables. Vous avez pensé à bien vous couvrir, je ne voudrais pas être le responsable d'un refroidissement.

L'ironique sollicitude eut pour effet d'accentuer son air dégoûté, il ne prit pas la peine de répondre à la question : - Vous devez avoir une bonne raison pour me convoquer ?

- Excellente, pour rester dans le ton, je tenais à vous inviter à effectuer un autre voyage, cette fois dans le passé en ma compagnie. Si je ne m'abuse, nous nous connaissons depuis trente-sept ; à l'époque, vous collaboriez étroitement avec le général.

- Oui, comme d'autres. J'ai bien peur de ne pas comprendre un traître mot à tout ce que vous me racontez !

- Wilhelm Freiherr von Ketteler ? Ce nom ne vous rappelle rien ?

Le temps d'un éclair, la surprise traversa son regard hostile, mais «son invité» se reprit immédiatement pour répondre haineusement : - Cela me dit que vous mettez votre nez dans un tiroir qui sent mauvais, au fond duquel un piège à rats l'attend et ça risque d'être douloureux lorsqu'il s'actionnera.

La vilaine bête en uniforme de colonel se sentait protégé, sauf que l'animal qui lui faisait face, assis derrière son bureau indifférent à sa menace, bénéficiait d'un appui encore plus important. Du moins en théorie. La compétition pouvait commencer à la différence près que Walter comptait accélérer sans lui laisser le temps de récupérer son souffle : - Le 25 avril 1938, à Hainburg, à cinquante kilomètres en aval de Vienne, on a récupéré flottant dans le Danube le corps de Wilhelm von Ketteler affreusement torturé. Pour le plaisir de l'image, j'aimerais dire qu'on a retrouvé vos empreintes sur le cadavre, car c'est bien vous qui l'avez exécuté n'est-ce pas ?

Böhme en avait vu pas mal depuis les années, par l'air supérieur qu'il affichait, il était évident qu'il en fallait un peu plus pour le démonter. Qu'à cela ne tienne, il suffisait de demander pour recevoir en retour, Walter poursuivit : - Nous avons eu tous les deux Heydrich comme patron et tous deux connaissons ses manières rancunières. C'est lui qui vous l'a ordonné.

- Allez le lui demander !
- Ce n'était pas une question, je l'ai lu dans ses dossiers.
- À qui voulez-vous faire croire cela Schellenberg, à Horst Böhme ?

Walter passa outre, inutile de lui faire ce plaisir : - Dans la matinée du onze mars trente-huit, le malheureux von Ketteler a trouvé des documents compromettant le führer dans le bureau du chancelier Schunssigg. Le secrétaire de von Papen s'est immédiatement rendu compte de l'importance de la découverte, abusant de sa bonne étoile, il a décidé de coiffer les hommes de la Gestapo sur le poteau. Votre infortunée victime a eu l'opportunité tout l'après-midi pour photographier les documents et d'ensuite remettre les films à un homme de confiance pour qu'il les emporte dans un pays sûr avant de redonner le soir les originaux aux hommes de Heydrich. Ce dernier méfiant, connaissant les opinions anti-régime de von Ketteler et soupçonnant l'entourloupe, vous a désigné pour aller voir de quoi il en retournait. Vous l'avez enlevé et torturé pour connaître le nom et la destination de l'homme parti cacher les documents. Là, je remplis les cases vides. Après qu'il eut avoué, il ne vous servait plus à rien, sauf à vous accuser alors que von Papen faisait le siège de Himmler et de Goering, promettant même une récompense de vingt mille reichsmarks à qui retrouverait le coupable. À votre crédit, vous vous êtes montré d'une honnêteté scrupuleuse, sa bague en or avec saphir et diamants d'une grande valeur fut retrouvée à son doigt. Cela dit, à l'époque, vous aviez déjà certaines dispositions pour ce qui deviendra votre principal travail, les exécutions. Vous vous demandez ce que je viens faire dans cette histoire. Vous imaginez bien que je n'agis pas de ma propre initiative, que quelqu'un au-dessus de moi m'a ordonné de reprendre cette affaire là où vous l'avez laissé il y a un peu plus de cinq ans. À Prague vous étiez peut être quelqu'un d'important, mais vous avez dû remarquer que votre « protecteur » n'est plus là ! De chef de la police de sécurité du protectorat à Prague à commandant d'un groupe d'action en passant par la case d'attaché de police à Bucarest, ça ressemble fort à une pente savonneuse. Ça doit chauffer dans votre secteur à Orel.

Sa réponse était une forme d'aveu : - Ce traître préparait un attentat contre le führer.

- Chez nous, quand on prépare un attentat contre le führer on est soit abattu sur place avec forte publicité, soit mis dans les caves de la Prinz Albrecht strasse pour découvrir les complices et ensuite mis au frigo à Sachsenhausen jusqu'à la fin de l'enquête. En général, c'est la seconde solution qui est le plus souvent prisée et sûrement pas celle d'un interrogatoire discret à Vienne. Donc, inutile de me sortir la version grand public, je faisais déjà partie de la maison à l'époque et j'y suis toujours, juste que j'ai grimpé un peu plus près du sommet. Pas vous !

- Enlevez moi un doute Schellenberg, vous n'êtes pas idiot à ce point, vous devez bien vous imaginer que je ne vous dirai pas un mot sur ce qui s'est passé. Si vous voulez à ce point savoir, demandez donc à celui qui est au-dessus de vous et s'il ne vous répond pas c'est qu'il n'est pas aussi important que vous le prétendez ; à moins que ce soit vous qui ne l'êtes !

Walter s'esclaffa soudain comme si on lui racontait une excellente farce : - Horst, vous avez sûrement remarqué ce PPK posé sur mon bureau à portée de ma main droite ? Je ne possède pas votre maîtrise pour l'employer, loin de là, mais mes connaissances sont toutefois suffisantes pour vous loger deux balles dans le corps le plus près possible du cœur à la distance ou vous vous trouvez. À la réflexion, je tenterai de mettre la première dans le ventre, à ce que l'on dit, c'est très douloureux. Par l'interphone que vous voyez, je demanderai à Marliese que personne n'intervienne. Ensuite, je vous reposerai la question. Vous répondez, je recontacte Marliese pour qu'elle appelle une ambulance. Vous aurez quelques chances de vous en sortir. Sinon, l'autre sera celle du cœur, car vous ne me servirez strictement plus à rien. Et vous savez quoi, on ne me fera aucun reproche. Himmler me félicitera, Hitler me décorera et proposera probablement au Reichsführer de me nommer sur-le-champ général ; Kaltenbrunner boudera, ce qui ne le changera pas de ses habitudes. Ma version officielle sera à peu près la suivante : vous avez comploté contre le Führer, vous avez insinué qu'il est de descendance israélite, après avoir mis la main sur des documents entre le onze et le vingt-cinq mars trente-huit. L'affaire vous semblant juteuse à souhait, vous avez envoyé un complice les cacher en Suisse pour ensuite être en mesure de le faire chanter sous la menace de les faire publier quand cela vous conviendrait. Vu les déboires que nous avons rencontrés en Russie cette année, vous avez décidé de travailler pour les Américains et de bientôt passer à l'acte. J'ai appris cela après une longue et discrète enquête. Je vous rappelle qu'ici ce sont les services de renseignements étrangers, d'ailleurs tout est marqué noir sur blanc dans le dossier que je viens de lire devant vous. Himmler m'a demandé de vous convoquer pour vous interroger. Lors de notre entretien, vous avez insulté Hitler de sale juif, ce qui est assez dans vos habitudes ; mon sang n'a fait qu'un tour et je vous ai abattu séance tenante. Je sais, si ma vue est bonne, je remarque que vous êtes armé d'un P38. Avant de vous en emparer pour m'abattre et ensuite tenter d'aller vous réfugier à votre tour en Suisse, prenez en compte ceci, dans mon bureau où sont dissimulées deux mitrailleuses, il suffit que je pousse sur un bouton et vous êtes transformé en de la pâtée pour chien. Parfois, il faut choisir vite Horst. Alors, pâté pour chien, balles près du cœur ou dedans avec un peu de chance, ou le nom que vous avez obtenu de von Ketteler. Dans ce cas, vous retournerez par le vol du soir à vos saloperies et avec un peu de chance, vous n'entendrez plus jamais parler de moi. Si vous ne me dites pas ce que je veux savoir, vous n'avez que la valeur de la pâtée. Je ne vous cache pas que je meurs d'envie d'essayer ce terrible et intéressant système et particulièrement sur vous. On me l'a garanti comme étant imparable, mais vous savez ce que c'est, rien ne vaut une expérience en condition réelle. Vous voyez j'ai moi aussi mon côté «tueur froid et sans scrupules». Si vous ne n'apercevez pas mon pouce gauche, c'est parce qu'il est posé sur le bouton qui déclenche les mitrailleuses. Walter prit son révolver et visa la poitrine du colonel.

Böhme avait tous les défauts de la terre excepté celui de réfléchir avec lenteur, devant l'apparente détermination de Walter, le bon sens l'emporta au bout de cinq secondes : - Le douze mars, avec l'aide de Walter Bochow[301], je l'ai intercepté sur le chemin de son appartement à l'ambassade et enlevé. Après divers interrogatoires au cours desquels il avait refusé de conclure un accord avec nous pour surveiller von Papen et nous aider à récupérer les documents, je l'ai noyé dans la baignoire qui servait à l'interrogatoire. J'avais reçu des instructions précises d'Heydrich. À l'époque, Bochow, qui travaillait à Vienne comme journaliste indépendant au Daily Mail l'avait informé des nouvelles activités de Ketteler contre Hitler. Son voyage en Suisse le mois précédent l'intriguait au plus haut point, car il laissait envisager le pire. Heydrich craignait que ce soit des documents compromettants que von Papen avait fait déposer à Berne par von Ketteler. La disparition pendant des heures des documents du bureau du chancelier Schunssigg le onze donnait un motif supplémentaire à lui faire subir un interrogatoire musclé.

- Pourquoi l'avoir tué ?

---

[301] Walter Bochow, attaché de presse de von Ketteler et ancien collaborateur de Papen à la vice-chancellerie. Chargé par le SD de surveiller von Papen à l'ambassade de Vienne.

- Je vous l'ai dit, on voulait qu'il surveille von Papen pour nous, il a refusé. Pour le reste, il nous avait dit tout ce qu'il savait. Nous ne pouvions pas nous permettre de le remettre en liberté et de risquer un scandale juste après l'annexion.

- Vous connaissez donc le nom de celui qui a été chargé d'emporter en suisse les documents photographiés le onze.

- Un certain Markus Feldmann, on ne l'a jamais retrouvé malgré tous nos efforts. Vous devez poser la question à cette saloperie de von Papen, lui, il sait. Par contre, c'est quoi cette histoire de führer juif que vous me sortez ?

*   *   *

Bien entendu, Himmler savait, c'était la principale raison de sa réticence à le laisser questionner Böhme. Cependant, il avait constaté que ce dernier n'était pas au courant du fond de l'affaire, il avait assumé le rôle de l'inquisiteur brutal et n'avait pas posé les questions sur le sujet, il s'était uniquement concentré sur la remise des pellicules et le nom du porteur des films, pas sur leur contenu puisque le soir du onze, ils avaient été remis par von Ketteler à la Gestapo, donc en fin de course à Himmler. Lors de l'interrogatoire musclé de Böhme, le contenu en était déjà connu de ses chefs et n'avait strictement plus aucune importance pour lui, ce n'était pas ce qu'on lui demandait de faire avouer au secrétaire de l'ambassadeur ; de ce fait, Böhme n'avait pas perdu son temps là-dessus et von Ketteler qui cherchait à en dire le moins possible, avait emporté le secret avec lui dans une ultime tentative de protéger son chef, von Papen. Cela Heydrich le savait, pour Himmler moins aguerri aux méthodes purement policières, ça ne coulait pas de source ; dans son esprit tortueux, il existerait toujours un doute sur l'étendue des connaissances de Böhme et ne tenait pas à éveiller chez lui des souvenirs. Bien entendu, Walter n'avait aucun élément concret pour corroborer ses déductions, mais il savait que c'est ainsi que les choses se passaient et avaient dû se passer.

À présent la question s'inscrivait en grand. Si Himmler avait été mis en possession des documents de Schunssigg au plus tard vers la moitié de mars trente-huit, pourquoi tenait-il tellement à ce que son chef des renseignements extérieurs mette la main dessus en quarante-trois ?

Plusieurs hypothèses. La première, les documents remis à la Gestapo le soir du onze mars avaient atterri au plus vite sur le bureau d'Heydrich, le général surveillant l'affaire comme du lait sur le feu. Dès lors, les avait-il communiqués en entièreté au Reichsführer ou bien avait-il gardé le meilleur pour un usage ultérieur à son bénéfice. Possible, mais le Heydrich de trente-huit n'était pas le Heydrich de quarante-deux, dans le sens où son pouvoir n'était pas encore aussi affirmé. Aurait-il pris ce risque ? Deuxième hypothèse, Himmler tout comme Heydrich avaient connaissance des documents déposés par von Ketteler en Suisse en février trente-huit. Ceux-ci étaient-ils ou pas gardé au même endroit que les films de mars envoyé avec un homme de confiance ? Von Ketteler prudent devant des documents secrets d'une telle importance avait sans nul doute divisé le risque. Plus que probable. Walter avait omis de demander à Böhme comment Heydrich savait que le secrétaire de von Papen s'était rendu précisément à Berne. Trop tard, il était déjà loin, impossible de le faire revenir, il ne se laisserait pas prendre une deuxième fois. Toutefois, il pouvait sans peine y répondre de lui-même, Heydrich le rancunier disposait de suffisamment d'informateurs à Vienne tout comme chez les marchands de gruyère pour le tenir au fait des moindres gestes d'une personne qui se trouvait sur sa liste d'éléments hostiles au régime. Un homme qu'il détestait autant que von Papen et qu'il n'avait pas encore réussi à coincer. Hitler avait interdit de toucher à l'ancien chancelier, pas à son secrétaire. Restait à savoir pourquoi Heydrich n'avait pas suivi la trace du messager. Parmi les destinations les plus probables figuraient Prague, Budapest ou Berne. Sans grand risque de se tromper, cette dernière, si elle se situait la plus éloignée, se trouvait la plus plausible pour beaucoup de raisons et principalement la réputation et la multiplicité de leurs banques ainsi que de la rigoureuse sécurité de leurs coffres . Néanmoins aussi la plus difficile d'accès et les complications diplomatiques s'y seraient révélées pénibles. Aller s'y renseigner sur un personnage connu était une chose, capturer un individu pour l'obliger par la force à restituer des documents était une autre paire de manches. D'ailleurs, les hommes du SD avaient peut-être tenté l'opération sans rencontrer de succès, il devrait vérifier bien qu'il devinait que les traces, s'il y en avait, se retrouvaient soigneusement dissimulées. À la réflexion, il doutait de cette éventualité, car il y aurait eu deux endroits à découvrir et non un, ce qui ne doublait pas la difficulté, mais la multipliait par dix.

Troisième hypothèse, la plus probable, le maître de l'ordre noir voulait absolument mettre la main sur l'ensemble des documents, ceux de Schunssigg qui remontaient à Kurt von Schleicher[302] et ceux de von Papen. Les uns n'allaient pas sans les autres. Même s'ils avaient un contenu différent, on pouvait supposer qu'ils devaient avoir un cœur commun puisque les deux concernaient Hitler.

---

[302] Kurt von Schleicher, général et chancelier allemand du le 2 décembre 1932 au 28 janvier 1933 suite aux intrigues de Franz von Papen, mort assassiné le 30 juin 1934 à Neubabelsberg.

L'évidence sauta aux yeux de Walter, le plus grand risque pour Himmler était qu'ils soient dévoilés, ce qui annihilerait sa défense contre le führer. Ils devaient à tout prix prendre le chemin de son coffre à la Wilhelmstrasse, sans laisser de copies, de traces, ni de témoins gênants. Quant aux hypothèses, les trois pouvaient très bien se compléter.

Il en savait assez pour le moment et détenait assez d'informations pour faire prendre patience à Himmler au cas où celui-ci se ferait trop pressant. Il était temps de se tourner du côté de Rome, le vent du Tyrol avait relayé la mauvaise odeur qui émanait d'une ville proche des Abruzzes jusqu'à Berlin.

Walter s'efforça à regret de chasser les cogitations qui l'absorbaient loin de son esprit. Pour dire vrai, il aimait par-dessus tout opérer en agent de terrain s'infiltrant à grand renfort d'adrénaline au milieu de ses ennemis ou de ceux de l'Allemagne, quels qu'ils soient et de quelque bord qu'ils soient, pour mieux les neutraliser. Il considérait comme ses meilleures années, alors que nouvel agent, il sillonnait les pays d'Europe et d'Afrique pour remplir des missions souvent périlleuses. La chance l'assistant au bon moment, elles avaient permis au « benjamin » d'Himmler de gravir des échelons très supérieurs malgré son jeune âge. Reste que cela lui manquait. Pour revenir au présent, en réalité l'affaire italienne le mettait en rage et il se faisait violence pour ne pas bouillir, ce n'était pas dans ses habitudes. L'impossibilité d'obtenir plus d'hommes avait deux causes. La Gestapo de Müller ne voulait pas lui céder des agents de valeur et le Reichsführer constamment près de ses sous lui avait vertement fait comprendre qu'il existait d'autres priorités. Son département se retrouvait avec moins de cinquante mille dollars de fonds disponibles. Un pourboire pour un réseau de renseignements. L'interdiction du führer de lui permettre d'implanter une filière en Italie avait donné des ailes au ministère des Affaires étrangères de von Ribbentrop. Tout ce qui se passait dans la péninsule devait passer par l'indécrottable optimiste ambassadeur von Mackensen. Étant donné que le ministère de Affaires étrangères possédait son propre service de renseignements, ses hommes étaient surveillés comme le lait sur le feu. Au moindre pas de travers, fût-ce un banal coup de fil, le marchand de champagne allait pleurer dans le gilet de son führer. Himmler lui-même se retrouvait dans l'impossibilité de lui tendre le plus petit bâton afin de le sortir de l'ornière. Contre toute attente, une partie de la solution était venue de son detestable « chef », Kaltenbrunner. Ce dernier avait réussi à convaincre Hitler de l'opportunité que représentait la confection de fausse monnaie anglaise. Le Führer avait du coup ordonné à son ministre de l'économie de lever une partie des restrictions. La conséquence perverse de l'ordre de ne pas inonder les pays conquis de fausses devises avait naturellement désigné l'Italie comme plaque tournante de l'opération. Un groupe de «vendeurs de livres sterling» était en phase de constitution et les premiers résultats dépassaient les meilleures espérances. Cela ne signifiait pas qu'il entrevoyait l'opération d'un bon œil. En premier lieu, de telles masses d'argent allaient causer leur inévitable part de malversations. Ensuite, Schwend en devenait l'élément central de l'opération en étant doté d'un considérable pouvoir et s'il ne parvenait pas à le surveiller de près, cela rendrait l'opération rapidement hors contrôle avec les retombées qui iraient avec.

En étant réaliste, l'affaire avait malgré tous ses bons côtés et en fin de compte plus d'avantages que de mauvais. Les caisses de l'Amt VI allaient se remplir, ce n'était pas négligeable, car cet argent allait lui permettre des moyens jusqu'ici hors de portée. Par exemple, il avait déjà pu se faire fournir à Berlin le poste émetteur très puissant et du dernier modèle que lui réclamait Höttl pour mettre Rome en direct avec la station de Wansee. Fini de passer par l'ambassade ou d'émettre avec une portée réduite vers des relais qui compromettaient la confidentialité. Ce n'était pas tout, loin de là. Sans se faire découvrir de von Ribbentrop et en ayant toujours un motif valable à lui opposer puisque c'était la volonté du führer, il pouvait à bon escient et sans trop se faire remarquer, détourner des hommes dédiés à l'opération Bernhard. Quoi de plus naturel que ces derniers sillonnent l'Italie et passent par Rome et s'attardent aux délices de la capitale italienne.

Le problème important provenait du nombre, peu, à part Höttl et Gröbl, possédaient les qualités requises. Il était temps d'aller prendre la température avec ces deux-là et en bon chef, faire le compte des hommes et écouter ce qu'ils en pensaient et ensuite pourquoi pas, suivre certains de leurs conseils.

Gries am Brenner, Gasthof Rose, vendredi 16 juillet 1943

Placé dans une autre vie, l'endroit conviendrait parfaitement pour passer quelques jours de vacances, et dans celle-là, malgré la guerre, le Tyrol demeurait un lieu fort agréable à vivre. Pour leur démontrer symboliquement qu'il ne rechignait pas à effectuer sa part de travail, Walter avait choisi ce charmant patelin à mi-chemin, presque à égale distance, sans devoir mettre le pied en Italie. Lui était arrivé de Berlin par un vol à destination de la capitale du Tyrol, ses deux hommes de confiance dans la ville éternelle par un Junker spécial de Frascati à Bolzano. Pour la fin du trajet à effectuer en en voiture, c'est Walter qui avait été aidé par un parcours trois fois moins long.

Le Gasthof Rose à Gries am Brenner n'était pas un palace, mais la nourriture était bonne, l'endroit discrètement placé sur la route du Brenner. À peine à quarante kilomètres de l'aérodrome d'Innsbruck et cinq de l'Italie. La salle à manger donnait une vue sur la rivière Sill dont le cours d'eau était à sec par cette chaude journée de juillet. À tout choisir, c'était toujours mieux qu'admirer la sombre colline située derrière l'établissement. La famille Libiseller soignait bien ses clients et ne posait pas de questions sauf en ce qui concernait la nourriture. Ils étaient tous les trois habillés en civil et s'étaient inscrits comme ingénieurs en génie civil. Après un repas typique composé de soupe au petit pois, d'épinards au fromage et de tranches de porc avec purée, ils se dirent qu'ils avaient au moins échappé aux éternelles Wiener Schnitzel. Ensuite, rassasiés, tous trois avaient quitté la petite salle à manger pour aller prendre le café sur la terrasse bien plus discrète pour la discussion qui allait suivre.

Comme il était leur chef, les deux hommes attendirent sagement que Walter ouvre la conversation : - Aucun besoin de vous répéter que c'est un réel plaisir d'être en votre compagnie après tout ce temps.

C'est Gröbl[303] qui choisit de répondre avec la pertinence qui le caractérisait : - Vous comptez nous faire déménager par ici ?

Cette éventualité contrariait passablement Walter qui plus est en cette période qui s'annonçait trouble. L'idée de devoir disperser ses hommes ne lui semblait pas des plus appropriées, de toute façon il n'avait jamais montré un enthousiasme délirant pour cette opération de fausse monnaie[304] : - C'est l'idée de Kaltenbrunner d'installer « l'annexe de la banque d'Angleterre[305] » à Merano dans le château Lamers situé du côté italien à soixante-dix kilomètres d'ici, pas la mienne. Mais je dois admettre que si le château est sinistre, l'endroit est parfait. Walter n'exprimait pas le fond caché de sa pensée à ses deux officiers, il n'avait jamais été favorable à cette opération, sauf qu'à présent, il allait avoir besoin d'énormes fonds pour réorganiser le nouveau service de renseignements et il devait reconnaître que c'était un moyen assez facile d'y parvenir.

---

[303] Capitaine Arno Gröhl, responsable du SD d'Innsbruck, un des principaux agent de l'Amt VI à Rome en juillet 1943.

[304] La fabrication de fausses livres Sterling avait opposé Walter Schellenberg au ministre de l'économie Walther Funk qui lui avait interdit de les écouler en Allemagne ou en territoire occupé. L'Italie était devenu la plaque tournante de l'opération.

[305] « Opération Bernhard », du nom de son responsable le major Bernhard Krüger du service VI F 4 qui dirige l'opération de fabrication de fausses livres sterling au camp de Sachsenhausen.

Höttl[306] prit le relais : - Le bruit court que le colonel Schwend[307] a précédemment acheté la propriété et que des officiers y ont déjà aménagé sous le couvert de l'état-major d'un corps blindé. C'est une impression, ou je comprends que vous l'avez déjà visité.

Höttl, ancien professeur d'histoire, demeurait un très fin observateur, Walter s'en tira d'une pirouette : - Schwend n'est pas vraiment de chez nous c'est un chef honoraire[308] avec le grade de colonel. Je n'ai pas eu le plaisir de m'y rendre, mais Schwend m'en a beaucoup parlé en bien et m'a montré des photos. Il était temps de changer de sujet : - Mes chers amis, je propose de laisser cette affaire de Merano de côté pour le moment, nous y reviendrons, mais d'abord focalisons-nous sur ce qui nous intéresse aujourd'hui. Décrivez-moi la situation italienne telle que vous la voyez et non telle qu'elle semble être.

Ses deux officiers s'interrogèrent du regard pour savoir qui prendrait la parole. Ce fut à nouveau Gröbl qui se décida avec le langage direct qui le caractérisait : - Elle empeste, elle commence à puer de plus en plus. Wilhelm m'a montré la note qu'il vous a adressée en avril, elle est plus que jamais d'actualité. Il n'y a que Mackensen[309] et Bismark[310] pour tourner la tête de l'autre côté du Tibre et envoyer des rapports rassurants que von Ribbentrop avale comme des couleuvres. Il nous a presque jetés hors de l'ambassade. Pour l'heure, ils nous interdisent même d'employer leur téléphone, c'est tout dire.

Walter était convaincu que l'ambassadeur du Reich en Italie était au moins un idiot patenté au pire un sinistre imbécile tout comme son patron le ministre des Affaires étrangères. Quant à Bismark, Hans Eggen, toujours à traîner à ses opérations en Suisse, lui avait signalé son voyage à Berne au début du mois en compagnie de son épouse, farouche opposante du parti. Bismark y avait rencontré Gesivius[311]. Sûrement pas pour des conseils touristiques dans une ville qui abritait Allen Dulles.

Depuis trois mois, il s'échinait à réorganiser l'antenne de Rome, cette alerte arrivait un peu trop tôt : - la note de Wilhelm a été transmise avec d'autres au führer. Se sentant mis en accusation, il ajouta désabusé : « Hitler ne veut rien voir de ce qui toucherait fusse d'un cheveu à l'autorité de son ami Mussolini. C'est rien de

---

[306] Major Wilhelm Höttl, proche collaborateur de Walter Schellenberg à l'Amt VI (voir un été suisse).
[307] colonel Friedrich Schwend, alias Dr Wendig,
[308] Ehrenführer.
[309] Hans-Goerg von Mackensen, Ambassadeur du Reich à Rome du 04 février 1938 au 2 août 1943.
[310] Otto Christian Archibald von Bismarck, Attaché à Ambassade Allemande à Rome jusqu'en août 1943
[311] Hans Bert Gesivius, Diplomate au consulat de Zurich, recruté par l'Abwehr et espion au service de l'OSS.

dire que qu'il détesterait observer un tel évènement. Passons, qui avons-nous d'autre : Dollmann[312], lui ou rien, sans vouloir vexer le Reichsführer, mais je compte sur vous pour ne pas aller le lui répéter ! Kappler[313], mais il roule pour la Gestapo. De ces deux-là, c'est à qui veut tuer l'autre. Cela dit, laissons à Herber qu'il prévoit depuis longtemps la chute du « Duce ». Sinon à part vous deux, il reste Wanneck[314] qui vous rejoindra à la fin du mois. Priebke[315] et Harster[316] ? Le département E est le plus pauvre de tous, ça ne veut pas dire le moins efficace, loin de là. Continuez, je vous en prie ».

Comme on avait mentionné son rapport d'avril, Höttl se sentit obligé de prendre la relève : - En premier lieu, Mussolini, le principal intéressé, donne d'évidents signes de faiblesse et de lassitude. Le Duce devient l'ombre de l'homme qui a marche sur Rome, cela non plus notre führer ne veut hélas pas le voir. Quant au grand conseil fasciste, il reste divisé en parties inégales. Depuis le début de l'année, une majorité penche en faveur de l'arrêt de la guerre. Ciano qui nous a toujours méprisés et Grandi qui nous voit comme l'instrument de la perte de l'Italie œuvrent en sourdine pour rallier des partisans de la reddition au sein des fascistes. Leur armée est à bout de souffle depuis Stalingrad et l'Afrique du Nord. Ils n'ont qu'une envie, rentrer dans leurs casernes. Ajoutez à cela l'hostilité du roi, vous avez presque le menu complet, manque le dessert.

Pour Walter c'était un résumé, intéressant et utile, mais un résumé qui ne fait pas un livre loin de là : - Qui est ?

- Il y a deux possibilités, sucré ou salé. Sucré, Mussolini approuve une reddition. Salé, ils approuvent sa destitution. Dans le premier cas, il devient de facto l'ennemi de l'Allemagne et du führer ce qui nous oblige à intervenir militairement avant que les Alliés déjà en Sicile mettent le pied dans la péninsule. Dans le deuxième cas, le Roi nommera un nouveau ministre de la guerre qui évidemment nous sera hostile et cela nous oblige aussi à intervenir militairement avant que les Alliés mettent le pied en péninsule.

- La peste ou le choléra !

---

[312] Eugen Dollmann, diplomate et envoyé d'Himmler, également traducteur officiel d'Himmler et d'Hitler.
[313] Major Herber Kappler, officier de liaison de Mussolini.
[314] Major Wilhelm Bruno Wanneck, Amt VI E
[315] Capitaine Erich Priebke, participera au massacre des Fosses ardéatines le 24 mars 1944.
[316] Général Wilhelm Harster.

- Pire, il nous restera le problème yougoslave et albanais à résoudre. Enver Hoxha[317]. Mihailović[318] et ses Tchetniks, Tito[319] et ses communistes ; les deux se battent entre eux, contre nous et les Italiens. Ante Pavelitch[320] et ses Oustachis qui luttent avec nous et les Italiens contre les deux premiers. Retenons que les Italiens jouent souvent double jeu avec les Tchetniks à notre détriment. On retire les Italiens de l'axe, reste les Allemands seuls contre tous, y compris contre les Italiens. J'oublie de le mentionner, mais vous le savez mieux que moi, les alliées toujours indécis fournissent abondamment en armes à la fois les Tchetniks et les communistes. Un des deux l'emportera. Armes que nous tentons de leur racheter tant bien que mal avec les livres sterling que Krüger nous fait parvenir.

- Nous n'en sommes pas encore là, concentrons-nous sur ce que nous pouvons faire aujourd'hui, l'un de vous a une idée ?

- Höttl étant le plus gradé des deux, répondit naturellement en premier : - Capturer, pardon, inviter Ciano[321] et Grandi[322] à Berlin ensuite leur faire visiter la Prinz Albrechtstrasse, cela leur donnerait à réfléchir.

Gröbl piaffait d'impatience pour donner ses vues : - Enlever leur roi Emmanuel III et le loger avec le français Blum, ils auraient de longues conversations à tenir.

Höttl amusé renchérit : - Pourquoi ne pas enlever Giovanni Pacelli[323] ?

Walter appréciait leur humour qui avait au moins l'avantage de détendre l'atmosphère et pourquoi pas, dans cette cascade de sottises, une idée pourrait surgir : - Vous en avez d'autres ?

Gröbl pour ne pas être en reste, rajouta : - Capturer Mussolini, ou mieux le faire passer dans l'autre monde.

---

[317] Enver Hoxha, fondateur en 1941 du parti communiste d'Albanie.
[318] Dragoljub Draža Mihailović, officier serbe du royaume de Serbie, fondateur de l'organisation résistante Tchetniks.
[319] Josip Broz Tito, dirigeant du parti communiste yougoslave.
[320] Ante Pavelić, Fondateur des Oustachis, parti nationaliste fasciste.
[321] Galeazzo Ciano, Gendre de Mussolini et ministre des affaires étrangères jusqu'en 1943, ensuite ambassadeur auprès du saint siège.
[322] Comte Dino Grandi, ancien ministre des affaires étrangères et ancien ministre de la justice, principal partisan de la destitution de Mussolini.
[323] Eugenio Maria Giuseppe Giovanni Pacelli, le Pape Pie XII.

- Je doute que le führer apprécie la suggestion, d'abord c'est son ami, ensuite cela reviendrait au même, il serait remplacé et nous serions accusés d'avoir créé la situation.

- Nous pourrions faire en sorte que les associations telles que la mafia soient accusées !

Aussi amusantes qu'ils fussent, il était temps de tempérer quelque peu leurs débordements : - Passons plutôt en revue les forces dont nous disposons au département E, je vous autorise à dire du mal d'eux, car ils n'hésiteront pas à la faire avec vous si je leur pose la même question.

Cette fois-ci Gröbl ne laissa pas le temps à son supérieur pour répondre : - Le major sera probablement en accord avec moi. Je commence par Kappler. Il a le défaut ineffaçable d'avoir appartenu à l'Amt IV de Müller, mais personne n'est parfait. Walter vit que Höttl lui lançait un regard désespéré après lui avoir donné un discret coup de pied. Sans y faire attention, le capitaine continua : «outre ce mauvais côté, il a contre lui d'avoir des relations exécrables avec Dollmann, il a dernièrement fait courrier le bruit sur sa prétendue homosexualité. Par contre tout n'est pas à jeter, il entretient d'excellents rapports avec la police italienne qu'il met à profit pour récolter de précieuses informations. Il prédit le renversement du régime depuis début mai, curieusement Dollmann pronostique également la chose depuis une telle date comme s'ils se seraient donné le mot malgré leur haine l'un de l'autre».

- Donc, pour l'instant faute de grives, ne le barrons pas de la liste des merles efficaces. Et Priebke ?

Cette fois Höttl connaissant son opinion préféra laisser son subordonné déblatérer à souhait : - Un bâton rigide. Excepté en ce qui concerne les vingt-cinq points du NSDAP, il ne réfléchit pas. Par exemple, si vous revenez à la solution d'enlever le roi, le Pape et Mussolini, vous avez l'homme de la situation. Si vous demandez de les exécuter, vous détenez l'homme idéal.

Walter n'était pas surpris, il connaissait leurs qualités et leurs défauts, ceux-ci étant en général beaucoup plus nombreux. Il préféra terminer lui-même : - Reste Wanneck, un autrichien, il aura toujours une tendance naturelle à s'adresser à ses compatriotes. Il leur faisait comprendre à demi-mot que c'était un homme possiblement dévoué à Kaltenbrunner et que de s'en méfier n'était pas la plus mauvaise idée. J'oubliais Harster, lui roulera du côté de Karl Wolf dès sa prise de fonction. Bon, sans vous passer la pommade, vous restez les deux seuls sur qui je peux vraiment compter et je ferai avec. À mon avis, vous suffirez, car pour le moment nous sommes pieds et poings liés, nous devons nous contenter d'observer et de collecter le plus grand nombre de renseignements. Vous disposez de façon illimitée de vos réserves en livres sterling. Achetez, corrompez, mais revenez avec des informations. Entretemps, je tâcherai de trouver des renforts. Autant vous prévenir, Himmler se montre exaspéré par mes multiples demandes en hommes de terrain.

- Et du côté de l'Abwehr ? C'était Höttl qui avait posé la question.

Walter leva les yeux au ciel : - C'est sœur Anne, ne voyez-vous rien venir... Je vois...Qui poudroie... Qui verdoie. Et si vous avez étudié ce conte français, vous connaissez la suite, messieurs. Cela dit, leur responsable en Italie[324] a participé à la guerre d'Espagne en tant qu'officier de liaison avec le corps expéditionnaire italien. Il y a tissé de solides liens. Bien que ce soit un grand ami de Canaris et qu'il détesterait avoir une carte du NSDAP sur laquelle figure son nom, c'est le seul de leur bande à avoir averti que le parti fasciste italien pourrait disparaître au profit de Badoglio. Je participais à la réunion pendant laquelle il l'a évoqué. Bon, messieurs, dans trois jours, le Duce rencontrera son ami Hitler à Feltre. Le Reichsführer n'a pas été invité, nous serons donc aveugles. Nous devrons nous contenter de ce que l'on voudra bien nous en dire. De votre côté trainez dans le coin, tentez d'y glaner quelques informations.

Walter leur laissa le temps d'apprécier ses diverses directives avant de changer de sujet : - À présent, profitons de cette belle fin d'après-midi pour nous détendre. Parlons un peu de nos familles, dînons ensemble, ensuite je regagnerai Innsbruck dès ce soir avec Höttl. Arrivé à Berlin, il prendra en charge le nouveau poste émetteur que vous avez demandé et le convoiera sans perdre de temps à Rome accompagné d'un spécialiste des transmissions. Vous Gröbl, vous partirez demain matin, cela attirera moins l'attention, vous irez attendre le major à Frascati. Vous tenterez de le passer sans attirer l'attention de l'ambassade. Kappler a les connexions suffisantes pour agir discrètement, vous lui demanderez son aide.

Au fait, Gröbl, si vous l'ignorez, j'ai débuté en tant que responsable des renseignements étranger à l'Amt IV de Müller.

---

[324] Colonel Otto Helffericht, Abwehr III F, chef du KO (Krieg Organization) Italie.

Berlin, Berkaerstrasse, lundi 19 juillet 1943, 16h20

Höttl encore choqué venait de transmettre un message en urgence. En compagnie de Gröbl, ils avaient assisté à l'effrayant spectacle de la terrasse de son immeuble de la via Tasso. Le bombardement de Rome venait d'avoir lieu de l'autre côté de la gare située à moins de mille mètres de l'endroit où ils se trouvaient. Le quartier de San Lorenzo semblait avoir été détruit par plus de cinq cents appareils ennemis, on estimait déjà les victimes à des milliers. Le bruit courait que le Pape qui avait supplié les alliés de ne pas bombarder Rome s'était rendu sur place au plus vite.

C'est cette information qui fit le plus tiquer Walter, non le bombardement en lui-même bien que ce soit une première. Les Allemands en avaient à présent l'habitude, les Italiens devraient s'y faire à leur tour. Il y avait fort à parier que le roi Victor-Emmanuel III pointerait également le bout de son nez au milieu des décombres. Ce n'était pas tant leur présence qui l'inquiétait. Le grand absent que tout le monde remarquerait se nommait Mussolini. Et pour cause, celui-ci se trouvait à Belluno près de Feltre en compagnie d'Hitler. Walter connaissait la raison principale de la rencontre, le führer allait s'efforce d'empêcher l'Italie de signer une paix séparée alors que les adversaires de Mussolini au sein du grand conseil fasciste attendaient de lui qu'il annonce le désengagement de l'Italie dans l'escalade du conflit à présent que les alliées avaient mis le pied sur le territoire national. À ce sujet, le rapport de Kappler issu de la police italienne était éloquent.

Bien entendu si le Duce s'était rendu immédiatement sur les lieux parmi les morts et les blessés, il avait fort à parier qu'il aurait été copieusement injurié par la population sinistrée, mais c'eût été un moindre mal. Son absence allait sans nul doute être interprétée comme un abandon à une population qui désirait la fin de tout ça. Le moment ne pouvait être plus mal choisi et comme disait le dicton populaire, les absents ont toujours tort. Ses adversaires au sein du grand conseil fasciste voyaient arriver un torrent d'eau pour alimenter leur moulin.

Berlin, Berlinerstrasse 131, Maison de Schellenberg, lundi 19 juillet 1943, 23h20

L'après-midi s'était étirée dans un mélange d'information et de contre informations contradictoires qui l'avaient littéralement épuisé. Comme son service de renseignement n'était pas censé opérer en Italie, il avait décidé de mettre un couvercle sur cette casserole proche de l'ébullition. Demain, il en saurait plus. Pour une rare fois, il était rentré à une heure raisonnable, avait joué avec Ingo et prit le temps à rester regarder Ilka s'agiter dans son berceau. Irène n'avait pas tardé à servir le repas et ils s'étaient mis au lit tôt.

À une heure du matin, Irène le secouait. Quand il parvint à ouvrir les yeux, elle lui murmura : - Le téléphone sonne avec insistance depuis quelques minutes, cela m'empêche de dormir. Dans une heure je dois nourrir Ilka, lève-toi et remets cet intrus à sa place.

Il ne s'était pas présenté, mais Walter n'en avait nul besoin, à la première intonation, il reconnut la voix d'Himmler : - Schellenberg, aidez-moi donc à mettre mes idées dans leur bonne position !

Aucune excuse, mais il n'en attendait pas non plus de la part de son chef : - Avec plaisir Reichsführer.

Son chef semblait hésiter, après quelques secondes, comme à contrecœur, il en vint au fait : - Siegfried Fuchs, vous connaissez ?

- Ce nom ne me dit rien.

- C'est le directeur de l'institut archéologique de Rome, c'est aussi le chef du groupe local du parti et il travaille pour moi à l'Ahnenerbe[325]. Je lui ai d'ailleurs attribué le grade de lieutenant en remerciement de ses recherches sur les Ostrogoths. Vous devriez le rencontrer, il vous en apprendrait beaucoup sur l'origine des germains.

Walter, méfiant, connaissant la manie de son chef, tenta de couper court : - Je n'en doute pas Reichsführer, à l'occasion j'y penserai. Il a un problème.

Himmler se fit sarcastique : - D'après lui, c'est nous qui avons un problème. Fuchs est bien introduit chez les fascistes italiens radicaux ou il compte beaucoup d'amis. L'un d'eux l'a contacté samedi. À la suite de sa conversation et de sa teneur importante, il a jugé bon de me la communiquer discrètement. De peur d'être écouté, Fuchs a pris sa voiture et s'est rendu sans perdre de temps chez son ami le gouverneur de Carinthie chez qui il est arrivé après une journée de route. Celui-ci m'a fait parvenir sur l'heure son information par télétype. Vous étiez déjà parti quand je l'ai reçue.

---

[325] Ahnenerbe ou Amt A, institut de recherche SS, fondée en 1935 par Heinrich Himmler.

La dernière phrase sonnait comme un reproche, Walter n'en prit pas ombrage, c'était si courant avec Himmler ; de toute façon, sa réponse était toute prête : - Muni de quelques dossiers, je suis rentré plus tôt pour les étudier au calme.

La petite touche perfide ne fut pas longue à sortir : - Si votre bureau est devenu trop bruyant, je le comprends sans peine. Venez donc vous installer Prinz Albrechtstrasse. Soit, j'en reviens à Fuchs. Son contact nous propose d'installer sans perdre de temps un gouvernement pro allemand pour contrecarrer les projets du roi. Qu'en déduisez-vous Schellenberg.

Walter était à présent complètement réveillé ; - Que le roi a des projets. S'il a des projets, ils n'incluent pas Mussolini. Ça empeste la destitution et le coup d'État à plein nez. Ceci dit, à première vue, le projet des fascistes radicaux ne semble pas l'inclure non plus, ou je me trompe ?

- Je suis heureux d'observer que vous êtes arrivé à la même conclusion que moi. En ce qui concerne Mussolini, je ne sais pas ce qu'il en est, je sais juste que le führer n'envisagera pas de changer Mussolini bien que ce dernier donne d'évidents signes de faiblesse. Par souci du protocole, j'ai pris l'initiative de prévenir von Ribbentrop. Évidemment, j'ai tout de suite constaté que cet idiot ne me prenait pas au sérieux. Le führer avait déjà quitté la villa Gaggia à Belluno pour regagner son avion qui l'attend à Trévise. Il vient effectuer un court séjour à Berlin et je n'ai pas voulu faire stopper son train pour permettre la transmission de l'information. J'ai donc contacté Bormann à la chancellerie pour l'avertir de la possibilité d'un coup d'État imminent contre Mussolini.

- laissez-moi deviner, Reichsführer, lui non plus n'a pas perçu la justesse de vos propos.

- Vous le connaissez, Schellenberg. C'est une brute, il est impossible de faire fonctionner son cerveau quand il ne s'agit pas d'intrigues de cour. D'autant plus que nos relations ne sont pas empreintes de cordialité c'est le moins qu'on puisse dire. Maintenant que vous en savez assez, qu'opinez-vous ?

Cette demande inhabituelle lui fit comprendre que son chef ne savait pas trop quoi décider, Walter y vu immédiatement une opportunité : - Permettez-moi un instant de réflexion Reichsführer.

La respiration qu'il entendait au bout du fil s'interrompit au bout d'une minute : - Vous êtes bien long, Schellenberg.

Sa réponse était toute prête, il voulait qu'elle paraisse à la fois spontanée et mûrement réfléchie : - Pardonnez-moi, mais je ne peux pas me permettre de vous donner une réponse hâtive. L'Abwehr elle-même a déjà averti des contacts à

Lisbonne de Ciano[326] avec les Américains ainsi que la possible dissolution du parti fasciste et la mise en place d'une pseudo-dictature militaire sous les ordres de Badoglio. Pour moi, la situation est claire, à prendre pied en péninsule, les alliés menaceraient directement les forces de l'Axe et la fin de citadelle oblige l'Allemagne à mettre en réserve une partie non négligeable de ses forces à destination du front italien en cas de besoin, ceci au détriment du front de l'Est et des puissantes contre-attaques en cours. La conséquence, simple à entrevoir, est que l'armée rouge pourrait disposer de plus d'amplitude pour tenter de rompre nos lignes dans divers secteurs. Toutefois, si les nombreuses divisions italiennes résistaient comme on l'attend d'elles, ce serait un moindre mal, nous devrions tenir moins d'hommes en réserve. Par contre si l'Italie opérait un dégagement du conflit, les divisions en attente dans le sud de l'Allemagne devraient intervenir et être confrontées à deux ennemis, les Anglo-américains et les Italiens. L'équation devient simple, étant donné que les alliés n'ont pas encore tenté de débarquer, un nombre raisonnable de divisions allemandes devraient investir le pays du nord au sud sans que Mussolini s'y oppose tant qu'il se trouve encore à la manœuvre, après tout, cela lui permettrait de garder un semblant d'autorité et les Italiens n'oseront pas nous opposer de résistance tout en continuant de combattre à nos côtés. Il pensa sans avoir l'audace de le formuler : Tout ceci équilibrerait les forces et pourrait conduire à une rapide paix séparée. Le führer devrait décider Mussolini à accepter cette solution

- Faites-moi une synthèse, Schellenberg !

- Nous devrions distraire moins de forces qui pourraient retourner sur le front Est. C'est approximativement l'essence du « plan Alaric » en moins grand, mais je ne suis pas stratège, je laisse cela à l'appréciation de l'OKW. Par contre en position de chef des renseignements, je conseille de nous emparer du roi, de Badoglio et si possible du Pape. Cela tuerait dans l'œuf leurs projets.

- Vous n'y allez pas un peu fort ?

Walter le sentait disposé à accepter ses conseils : - Fort, oui, cela donnerait une bonne leçon à tous nos alliés. Je n'ai pas voulu vous le rapporter avant d'en avoir confirmation, j'ai eu vent que la Hongrie suivie de la Roumanie et de la Bulgarie ont débuté des tractations secrètes au Vatican en vue d'une paix séparée. Autant les mettre au pas sans attendre. Si cette solution était présentée au fuhrer et qu'elle provenait du Reichsführer, il apparaîtrait comme le sauveur de la situation.

---

[326] Gian Galeazzo Ciano, comte de Cortellazzo et de Buccari, gendre de Mussolini, ministre des affaires étrangères italien du 09 juin 1936 au 06 février 1943.

- Ça ne me coûte rien d'y réfléchir. Le Führer sera demain à la chancellerie. Si d'ici là, je consens à adopter vos idées, je lui demanderai de me recevoir pour lui exposer mes vues sur les évènements. En cas de besoin, soyez prêt à m'y accompagner sur le champ.

Walter possédait encore une carte secrète cachée dans sa manche, il avait appris d'un informateur au Vatican qu'un groupe d'Alpini désabusés de retour de Russie projetait un attentat contre les deux dictateurs. Bien qu'il doutait de la véracité du renseignement, il n'avait pas voulu investiguer plus avant. Après tout si c'était vrai et qu'ils réussissaient, « redistribution » serait né tel un enfant prématuré. Rien ne s'était passé, ce qui ne l'empêchait pas de tenir l'information en réserve. Formulée au bon moment d'ici quelques jours, cela aurait l'effet d'un chiffon rouge devant les yeux d'Hitler et pourrait le convaincre de la duplicité des militaires italiens et de la nécessité de déclencher le plan Alaric.

Berlin, nouvelle chancellerie du Reich, Vosstrasse
mercredi 21 juillet 1943 11h50

Walter suspectait que dans un souci assez puéril de discrétion, le Reichsführer l'avait convoqué à son bureau de la Wilhelmstrasse, endroit d'où ils échapperaient plus facilement à la curiosité malsaine de Kaltenbrunner, qu'à le recevoir au vu de tous à la Prinz Albrechtstrasse. Après s'être présenté devant son chef et un bref échange de banalités, ils s'étaient rendus au garage ; une fois arrivé là, Himmler avait décrété qu'il se passerait de chauffeur pour conduire lui-même le véhicule. C'est à moitié rassuré qu'il avait pris place à ses côtés dans l'une des Mercédès de service. À plusieurs reprises, il avait déjà eu l'occasion de constater de quelle piètre qualité de conducteur faisait preuve son chef. Un réel danger pour lui et surtout pour les autres ; il n'était pas certain que ce dernier situait bien la route qui se déroulait derrière ses lorgnons. Par chance, la Vosstrasse se trouvait distante de moins d'un kilomètre.

Ils longèrent l'imposante façade de la nouvelle chancellerie. A la place de s'arrêter devant l'entrée monumentale, ils empruntèrent la Hermann-Göring-Straße pour pénétrer discrètement par le parking et l'entrée des pompiers. Durant le court voyage, Walter avait pu se rendre compte de l'extrême nervosité du maître de l'ordre noir qui n'avait pas manqué de lui rappeler acerbe : « Par votre insistance, j'ai accédé à votre demande, à présent à la réflexion, je me pose la question de son bien-fondé. Le führer apprécie rarement des conseils qu'il n'a pas sollicités, c'est à moi que s'adressera le reproche d'empiéter sur les prérogatives de von Ribbentrop ». Il n'avait pas pu répondre à cela et avait préféré se murer dans un mutisme de circonstance.

Après les minutieux contrôles d'usage, après avoir abandonné la voiture, ils avaient emprunté l'ascenseur et l'escalier mécanique pour pénétrer dans l'interminable galerie de marbre. Cette dernière se retrouvait presque entièrement revêtue de ce qui paraissait du jaspe évoquant le rouge sang sous une certaine lumière. À chaque fois, elle lui donnait des frissons, il avait l'impression d'être dans un lieu où l'on procédait à de sombres rituels de sacrifices païens. Il l'avait d'autant plus mauvaise que cette folie avec ses expropriations et sa construction avaient quand même coûté au Reich plus de cent millions de reichsmarks alors qu'on lui refusait d'engager quelques hommes.

Himmler sans demander son avis se dirigea vers une des petites tables disposées le long du mur ou il l'invita à s'asseoir pour à son habitude lui donner nerveusement ses ultimes recommandations : - Surtout laissez-moi parler et ne répondez que si l'on vous pose une question. Tournez sept fois votre langue dans votre bouche avant de formuler une explication, il détecte rapidement ce qu'on veut lui cacher, ce qui peut le mettre dans des colères incroyables. Évitez de jeter un discrédit sur votre département qui entacherait tout le RSHA.

Et toi-même, pensa Walter : - n'ayez crainte, Reichsführer, le moment venu, je saurai garder la distance nécessaire.

À court d'arguments et sans grand enthousiasme, son chef se leva et il l'imita. Quelques instants plus tard , ils se présentèrent à Julius Schaub[327], le protocole voulait que ce soit un officier de haut rang qui introduise Himmler : - Heer Reichsführer, le Führer se trouve dans le jardin ou il est venu superviser la construction de son nouveau bunker. Il m'a prié de vous y emmener sans perdre de temps car dans deux heures, il se rendra à la gare pour prendre son train qui le conduira au Berghof. Connaissant la haine qui opposait les deux hommes, Schaub provocant ajouta : «Bormann s'y trouve déjà, vous n'aurez pas le plaisir de le rencontrer ce matin». Himmler le toisa cherchant l'attitude à adopter devant sa désinvolture avant de se contenter d'un banal : «quel dommage». Sur ce, tous trois traversèrent le bureau d'Hitler pour gagner le jardin de la Chancellerie. Arrivés au promenoir couvert, le général Schaub se tourna vers Walter : - Schellenberg, je crains que vous deviez attendre ici, le führer a précisé qu'il recevrait premièrement le Reichsführer. Surpris, Walter ne sut quoi répondre, ce fut Himmler qui vint à son secours pour éviter à son subordonné de perdre la face :

---

[327] Julius Schaub, général, aide de camp d'Hitler depuis 1940.

«patientez ici, il est probable que le führer veut m'entretenir de quelconques affaires avant de vous entendre. Je vous ferai signe à l'instant voulu».

Le moment d'étonnement passé, son cerveau se mit à travailler à toute vitesse. Que pouvait bien cacher cette attitude inhabituelle. D'habitude, quand le führer avait prévu de recevoir deux personnes en audience, il ne changeait pas d'avis au dernier moment. Il suivit Himmler des yeux jusqu'à ce qu'il se retrouve devant Hitler. Ce dernier congédia son interlocuteur qui tenait un plan ouvert entre ses mains pour se retourner vers son futur ministre de l'intérieur qui comme toujours se liquéfia à vue d'œil. Walter fut surpris par l'apparence du maître de la destinée de l'Allemagne. Il ne l'avait pas vu depuis quelques mois. L'homme penchait en avant comme voûté, il pensa au rapport médical dont il avait eu récemment connaissance, mais ne put croire que c'était uniquement son imagination qui le voyait autant changé. Son visage arborait une teinte grisâtre, cet homme de cinquante-quatre ans en paraissait maintenant une quinzaine de plus. Ça emporta sa conviction que son règne était depuis longtemps révolu, il devenait grand temps de le remplacer pour le plus grand bien de l'Allemagne et le sien. Pour l'instant, il n'avait pas mieux à proposer qu'Himmler, sans savoir bien pourquoi, cette pensée le rembrunit.

Trente minutes passèrent avant que son chef, après avoir salué, prît congé de son maître pour le rejoindre : - Le führer n'a pas estimé utile de vous parler. Ne vous en faites pas, il va réfléchir à ce que je lui ai suggéré.

Devant l'air étonné de Walter, il retrouva sa superbe pour redevenir le patron rancunier en ajoutant vivement : - Vous ne devez-vous en prendre qu'à vous-même, en mai, vous vous êtes échappé de mon train alors qu'il devait vous recevoir. Il vous rend la monnaie de votre pièce et estimez-vous heureux de vous en tirer à si bon compte.

Walter resta un moment surpris avant de trouver les mots de circonstance : - Je vous suis reconnaissant d'avoir probablement trouvé les explications qui lui feront oublier mon attitude. Pas dupe, il soupçonnait son chef de l'avoir berné. Retord comme il était, il était à présent persuadé que ce dernier n'avait demandé audience que pour lui seul. Pour donner le change, Himmler l'avait autorisé à l'accompagner pour se débarrasser de son insistance et effectuer un rapido tour de passe-passe avec la complicité, pourquoi pas, de Schaub. Impossible de savoir ce qu'ils s'étaient dit, mais il doutait qu'ils aient parlé du bien-fondé à mettre immédiatement le plan Alaric en action. D'expérience, il savait que le Reichsführer avait en aversion de se mêler d'affaires militaires devant son maître. Évidemment, il pouvait se tromper. De toute façon, il l'apprendrait assez vite, les évènements ne pouvaient que s'enchaîner. Il aurait été la premier étonné que ce soit dans le bon sens. Si tout conservait encore un sens.

Berlin, 103 Wilhelmstrasse, vendredi 23 juillet 1943, 06h45

Le mercredi en fin de journée, Walter avait pris connaissance du refus d'Hitler de se résoudre à déclencher le plan Alaric.

Loin de s'avouer vaincu et voulant jouer sa carte secrète, hier, il avait pris le risque de forcer la main du Reichsführer. Devant son insistance, ce dernier lui avait concédé une audience à condition qu'elle ait lieu à l'aube. Ce matin, arrivé au plus tôt Wilhelmstrasse, il avait trouvé la porte du bureau d'Himmler ouverte, Brandt brillait par son absence qui ne devait pas tant être due à l'heure matinale qu'au désir de mener une conversation discrète loin du moindre témoin. Walter, qui depuis le temps n'ignorait rien des états d'âme de son chef, le sentit immédiatement sur ses gardes : - Prenez place et dites-moi ce qui vous préoccupe Schellenberg. Un conseil, faites attention au surmenage, il provoque parfois de l'aveuglement.

L'aplomb d'Himmler aurait pu le décontenancer, sauf que le pratiquant de longue date, il connaissait presque à coup sûr le cheminement tortueux des pensées de son chef au point de mettre par avance les mots dans sa bouche. Et cette phrase, il l'avait anticipé sur le chemin : - Toujours serait le mot exact Reichsführer, ce qui me préoccupe toujours ; le plan Alaric. Palerme est tombé hier, les Italiens ne résistent pas ou si peu, ils se rendent par régiments entiers. À défaut d'une vue précise de la situation et des projets de l'armée italienne, il serait judicieux de les prévoir. Il laissa sa phrase en suspens pour ensuite ajouter : « Avant qu'il ne soit trop tard ! »

Himmler, qu'il tentait de pousser dans un coin n'était pas d'humeur à se laisser acculer sans réagir. Sa tête des mauvais jours remplaça celle du « bon Heinrich » : - À tout le moins, vous allez au minimum un peu vite en besogne, il est encore légèrement tôt pour que vous vous chargiez du travail de l'Abwehr.

Sa réponse figurait aussi dans la liste mentale qu'il avait préparée : - Du travail qu'ils ne font pas serait plus juste et j'insiste pour le préciser. À ce sujet, vous trouverez dans ce rapport l'exemple parfait de ce que je dis.

- Vous et vos rapports, parfois il faut écrire un peu moins et parler un peu plus !

Walter évita le style théâtral qu'il avait prévu pour annoncer d'une voix calme : - Hier, j'ai eu vent d'un projet d'attentat qui devait se perpétrer à la villa Gaggia lundi[328] ; attaque qui par chance ne s'est pas produite. Il avait sans scrupule vieilli l'information de deux jours. Au cas hautement improbable où on le découvrait - mais qui serait à même de le faire, à part Kaltenbrunner qu'il n'avait pas encore mis au courant - il invoquerait le lent décryptage du message et pourquoi pas, des erreurs d'interprétation.

La surprise avait ôté sur le champ son air intraitable des mauvais jours : - De quoi parlez-vous, Schellenberg ?

Satisfait de la stupéfaction suivie, le moment passé, de l'intérêt soudain que provoquait ses paroles, Walter prit son temps pour ménager ses effets : - Des éléments communistes de la division Alpina voulaient porter atteinte à la vie du führer et du Duce.

- Et vous osez venir me dire que vous ne l'avez appris qu'hier, vous vous rendez compte de la légèreté, que dis-je, de l'incompétence dont votre service de renseignements étranger fait preuve. Si la cause en est le surmenage, partez en cure !

Là encore, il jouait sur du velours : - À cela, je peux vous fournir deux réponses Reichsführer. On peut estimer ceci comme une affaire militaire et politique, donc du ressort de l'Abwehr autant que du département VI. Pour ne pas accabler inutilement Canaris, prenez en considération que le führer lui-même nous a interdit de travailler sur le territoire italien. Pour être juste, c'est Cesare Amé, l'ami de Canaris qu'il faut blâmer et incriminer. Après en avoir pris connaissance, j'ai tenu cette information secrète pour vous laisser décider seul de sa suite. C'est d'ailleurs une des raisons de mon insistance à vous voir.

Son chef se fit la moue, car il n'aimait pas qu'on se soustraie à ses responsabilités malgré un bon motif tout en devant apprécier l'importance que son subordonné lui donnait. En informant le führer en premier , il en tirerait les lauriers. Walter jouait sur une corde qu'il savait sensible : - Comment avez-vous appris cela ?

C'était le point faible de ses allégations, comment lui avouer que le renseignement provenait d'Ankara. Lundi après-midi, en revenant du déjeuner, Moyzisch avait trouvé sur son bureau une note à son attention dont il lui avait transmis

---

[328] Principaux acteurs : major Del Vecchio, commandant des vétérans alpins de Russie, Concetto Marchesi et Nino Piazza du Parti communiste, Norberto Bobbio du Parti d'action PdA, Armando Bettiol, Ernesto Tattoni.

immédiatement le contenu. Nul doute pour Walter que « son nouvel ami » von Papen en était l'auteur, mais de cela, lui seul se doutait. Lors de leur entretien de fin juin à Therapia, l'ex-chancelier lui avait promis d'user de ses relations au Vatican pour l'appuyer dans son entreprise aussi délicate que complexe. Cette note devait en être sa première livraison. Une contribution plus symbolique que réelle, une information qui arrivait comme par miracle après coup ; cependant, elle n'était pas nulle ; aussi tardive qu'elle fût, il ne fallait pas pour autant cracher dessus, car malgré l'information devenue caduque, sa teneur démontrait les enjeux compliqués qui se désembobinaient en Italie au fil des heures. Décidément, l'habile von Papen se montrait un digne représentant de la république de Weimar : - Par une de mes sources au Vatican.

Himmler se saisit de son crayon habituel pour griffonner sur une feuille et après quelques instants, paraissant avoir rédigé un brouillon, il conclut : - Vous qui d'habitude désirez vous montrer un si fin analyste, Schellenberg, rien ne vous surprend au fait que ces renseignements vous arrivent avec deux jours de retard ? En premier lieu, est-il confiable, vous avez foi en cet informateur ?

Le scepticisme et la finesse inattendue dont faisait preuve son chef le rendit plus prudent qu'il ne l'aurait voulu : - Pour vous répondre à la première question que vous me posez, non, aucune surprise, car je crois détenir l'explication. D'abord, cet attentat n'aurait eu aucune chance de réussite. J'ai appris que sans rien connaître de ces projets, nos hommes avaient renforcé la sécurité et la garde d'honneur des Alpinis n'était tolérée que pour des raisons de protocole à condition qu'elle soit désarmée et fouillée. Au moindre geste suspect, ils auraient été réduits à néant. Ensuite, c'est de l'endroit d'où provient l'information, le Vatican viscéralement anti-communiste est désormais contraint de choisir entre deux maux, les rouges ou les chemises noires. À votre deuxième question, non bien entendu, je n'ai par principe confiance en aucune source, ce qui ne veut pas dire qu'il ment, quel serait d'ailleurs son intérêt. Au pire c'est le Vatican lui-même qui l'a mandé, deux mille ans d'intrigues les placent très haut sur me podium des manigances. Donc, ces porteurs de soutane seraient au courant. Comment le savaient-ils, mystère, c'est tout le charme de l'Italie, les communistes sont parfois aussi catholiques, un l'aura été plus que d'autres. Le Vatican sait mieux que quiconque infiltrer toutes les couches de la société. Cependant ce qu'il faut remarquer comme vous le soulignez, c'est que nous l'apprenons avec deux jours de retard. Nous pouvons raisonnablement penser qu'ils détenaient l'information avant la rencontre tout en laissant fuiter l'affaire deux jours après.

- Et ?

- La porte est dès lors ouverte à beaucoup d'interprétation, dont celle-ci, ils n'ont aucune envie que ce soient les communistes qui commettent une action qui les placeraient de facto au pouvoir en Italie. Dans l'état actuel, l'armée basculerait de leur côté pour pouvoir sortir au plus vite de la guerre. Les chemises noires ne feraient tout simplement pas le poids.

- Dans ce cas, ils auraient fait en sorte de nous en prévenir à temps !

- Oui et non. Nous l'aurions appris avant la rencontre que notre réaction aurait été disproportionnée et cela ils ont voulu l'éviter à tout prix. Tout me porte à croire qu'ils ont agi par eux même et ils disposent de moyens insoupçonnés pour arriver à leur fin.

Himmler brandit son crayon : - Alors, pourquoi nous en informer après coup ? Ils auraient très bien pu ne rien nous dire !

- La raison doit exister. Il y a quelques instants, je vous disais qu'ils doivent choisir entre deux maux, ils ont éventuellement découvert une troisième voie. C'est quelque chose qui me reste encore à découvrir. Ce qui est certain, c'est que Mussolini demande plus de divisions allemandes et nous savons que son chef d'état-major tente de le dissuader du contraire. Lors de leur dernière rencontre, Walter avait menti à Canaris en lui affirmant ne pas connaître le général Vittorio Ambrosio, mais pour lui, mentir à l'Abwehr n'était pas vraiment mentir : « Il doit être le premier à être au fait de la situation, ses hommes se rendent par régiments entiers. Hier, Palerme est tombé. S'il se permet d'aller ainsi à contre-courant, c'est que quelque chose se trame ».

circonspect Himmler s'était rejeté en arrière tout en l'observant avec attention : - Si vous venez me parler de tous ces déroulements sans perdre de temps, c'est que vous avez une idée derrière la tête, je vous connais assez pour le deviner. Quel but poursuivez-vous, Schellenberg ?

Le moment était venu de déposer sa carte sur la table avec un joker en prime : - Mon but est le même que le vôtre Reichsführer, contrecarrer la possible disparition de l'Allemagne. En cas d'invasion de l'Italie avec les armées du roi en face d'eux, les Alliés se retrouveront devant le Brenner en quelques semaines avec des aérodromes à leur disposition de Brindisi à Bolzano. Le Tyrol, c'est le Reich depuis trente-huit. Par contre, si nous leur opposons nos divisions, nous pourrions leur empêcher de mettre le pied dans la péninsule, ce qui bloquerait le front ouest. Walter regarda quelques instants son chef dans les yeux avec une insistance soutenue : « J'estime dès lors que s'ils rencontrent un nouvel interlocuteur chez nous, Roosevelt sera obligé de manger sa malencontreuse parole de Casablanca et d'en arriver à une paix séparée. L'idée qui m'est venue est la suivante, si le führer venait à apprendre le projet d'attentat sans que nous cherchions à encombrer inutilement son esprit avec tous les détails, il est probable qu'il change d'avis en ce qui concerne le plan Alaric tout en ayant un sérieux motif à fournir à Mussolini. Cela ôterait par la même occasion quelques plumes au chapeau de von Ribbentrop ».

Himmler d'un geste distrait sortit de son tiroir un taille-crayon, ensuite, il prit le temps de lentement confectionner une nouvelle pointe à sa mine tout en regardant les copeaux de bois s'amonceler sur son sous-main. Enfin satisfait de son travail, il se mit à écrire sur le papier devant lui : - Schellenberg, je suis forcé de constater que vous ne lâchez jamais. Soit, dimanche, le führer m'a invité à le rejoindre au Berghof avant son retour à Rastenburg, d'ici là, j'aviserai de la conduite à tenir. En ce qui concerne la vôtre de conduite à tenir, quels progrès avez-vous faits dans la mission que je vous ai confiée il y a déjà plusieurs mois ?

Toujours ce subtil mélange de sarcasme : - Beaucoup, sauf que pour passer vers une étape d'importance, il me faut obligatoirement me rendre en Suisse. Kaltenbrunner m'a déjà prévenu de son exaspération à ce sujet. On peut sans mentir dire qu'il me l'a moralement interdit.

Les phalanges d'Himmler blanchissaient tant il s'acharnait à plier son crayon. D'un geste brusque, Himmler finit par le casser en deux : - Ernst sera également au Berghof dimanche, laissez-moi régler cela avec lui.

Berlin, Berkaerstrasse, dimanche 25 juillet 1943 22h15

Un des plus terribles bombardements subis par l'Allemagne depuis le début de la guerre, excepté celui de Cologne de sinistre mémoire venait d'avoir lieu à Hambourg. Le destin sans que l'on doive beaucoup le bousculer avait choisi « la porte du monde » comme ses habitants l'appelaient. La ville hanséatique sur le bord de l'Elbe venait de concentrer toute la fureur des Anglo-américains dans une nuit dantesque suivie d'une journée d'horreur. Si la deuxième ville du Reich impuissante et démunie d'une défense digne de ce nom venait à être aussi considérablement endommagée, ce feu venu du ciel se préfigurait du sort très probable réservé à Berlin dans un futur se rapprochant d'elle à grande vitesse. La capitale du Reich en avait d'ailleurs déjà ressenti quelques avant-goûts.

Sans savoir trop pourquoi, Walter s'était senti tenu de se rendre à son bureau après le déjeuner dominical pris en famille. Ensuite, il n'était plus parvenu à puiser dans son for intérieur le courage de retourner chez lui. Sans doute parce

qu'Irène n'aurait pas manqué de le questionner sur le devenir réservé à leur ville et il aurait été en peine de la tranquilliser. Il l'avait donc prévenue qu'il rentrerait tard ; par la même occasion, il escomptait éviter de longues explications avant de trouver les mots aptes à la rassurer. Assis immobile, il réfléchissait à ce qu'il serait capable d'inventer lorsque Himmler l'avait pris au dépourvu par son appel :
- Vous êtes déjà au courant Schellenberg ?

- Oui, Reichsführer, c'est une catastrophe, les rapports signalent plus de cinquante mille sinistrés.

- Il n'est pas question de cela. Mussolini a disparu. En fin d'après-midi, son fils Vittorio envoyé par Rachele[329] Mussolini elle-même informée par des amis a alerté l'ambassadeur Mackensen.

Walter ignorait ce détail, par contre il savait que les choses se passaient mal à Rome, Höttl l'avait averti, il y avait moins de deux heures que des contrôles d'accès à la ville éternelle s'étaient mis en place et que le parti fasciste était injoignable au téléphone. La dernière chose connue était qu'il s'était rendu chez le roi au palais Sovoia à dix-sept heures, ensuite le Duce avait disparu alors qu'il avait rendez-vous avec Scorza[330] à dix-huit heures trente. Sa mise en difficulté lors du vote du grand parti fasciste le jour précédent n'augurait rien de bon[331]. Cela dit, ce n'était pas une vraie surprise et pour tout dire cela lui passait un peu par-dessus la tête. Les nouvelles d'Hambourg lui paraissaient bien plus importantes et à sa manière, il avait voulu le faire savoir à son chef tout en éclipsant ses informations : - Les affaires étrangères devraient aider à le localiser, aux renseignements extérieurs, nous nous retrouvons pieds et poings liés Reichsführer.

- C'est ce que vous voulez m'entendre répondre au führer, déjà qu'il se retrouve de fort mauvaise humeur d'être en Prusse orientale ?

Walter avait bien une idée à soumettre à la réflexion d'Hitler, mais dans le meilleur des cas, il aurait reçu l'ordre de rejoindre le front de l'Est avant mardi. Circonspect, il adopta une attitude de jésuite : - Vous ne deviez pas vous rencontrer au Berghof ? Le patron de l'Amt VI jouait les ignorants, comme si le SD ne se trouvait pas continuellement au fait des déplacements du führer. Himmler ne remarqua pas la malice dont s'amusait son subordonné.

- Le führer a un sixième sens extrêmement développé. Dans sa clairvoyance habituelle, il a probablement prévu que des évènements se préparaient. Sans

---

[329] Rachele Guidi.
[330] Carlo Scorza, secrétaire du Parti national fasciste.
[331] Dix-neuf voix pour, sept contre et une abstention.

hésitation, il est retourné à Rastenburg et il se fait que je me retrouve en sa compagnie. Keitel et Warlimont sont déjà là, nous attendons encore Dönitz et Rommel. J'oubliais de souligner la présence de Goering pourtant ce n'est facile de le négliger vu le nombre de sottises qu'il s'autorise d'émettre à chaque fois qu'il ouvre la bouche.

À ces paroles, Walter devinait que son chef avait regagné sa villa personnelle dans la forêt, loin des oreilles indiscrètes. Le connaissant, ce dernier avait déjà concocté un plan lui permettant de se mettre en avant.

Il ne se fit pas attendre : - Le führer a été catégorique, si son ami Mussolini est privé de liberté et dans le pire des cas prêts à être remis aux Alliés, il n'est pas question de laisser faire, il veut une intervention rapide. En prévision, il a déjà donné l'ordre à Student[332] de boucler Rome avec ses parachutistes, la Luftwaffe se prépare à les acheminer. Pour faire bonne mesure, une division s'apprête à marcher de France vers la ville éternelle avec instruction d'investir la ville, le palais et le Vatican.

Walter se fit prudent bien que cela ne serve pas à grand-chose. Si Himmler en général avare de précisions jugeait bon d'expliquer tant de choses, c'est qu'il avait la volonté d'en créer des encore plus importantes : - Le führer semble déterminé à user des grands moyens.

- Cela ne fait pas de doute. À présent, il est temps pour moi de retourner à la salle de conférence. Je désire que vous vous teniez à ma disposition tout au long de cette nuit.

* * *

Ne s'illusionnant pas sur le fait qu'Himmler n'hésiterait pas un instant à les déranger dans leur sommeil, par égard pour Irène, il s'était décidé à rester Berkaerstrasse. Vaincu par la fatigue, Walter après avoir lutté s'était assoupi dans son fauteuil lorsque le timbre du téléphone le réveilla en sursaut. A sa montre, il était déjà trois heures vingt. Il savait que la sonnerie ne s'arrêterait pas, aussi, il prit tout son temps avant de se lever pour aller au bureau, décrocher et écouter d'une oreille fatiguée la voix empreinte de raillerie dont usait et abusait son chef : - Vous dormiez ?

---

[332] Général Kurt Arthur Benno Student, commandant des unités parachutistes allemandes de l'Armée de terre et de l'Armée de l'air.

Pourquoi lui cacher ce qui n'avait au fond aucune espèce d'importance : - Exact, Reichsführer.

- Cela n'a malheureusement pas été mon cas.

Depuis le temps, il connaissait la meilleure manière d'apaiser la bête : - Si j'ai pris un peu de repos, c'est en me doutant que la suite des évènements ne va pas être facile, je tenais à être en forme pour mieux les affronter.

- Vous m'en voyez ravi. Vous allez trouver de quoi vous mettre sous la dent. Là-bas, les nouvelles ne sont pas bonnes, il y a des manifestations hostiles dans tout le pays et la milice de Mussolini commence à être harcelée. Le führer craint pour la vie du Duce et de son côté Dönitz veut mettre la main sans tarder sur la flotte italienne. C'est le premier cas qui m'intéresse. Student veut larguer des groupes de parachutistes pour le retrouver. Qu'en pensez-vous.

- Que c'est une excellente idée pour déclarer la guerre à l'Italie, ils réagiront. Si Mussolini a été démis, quelqu'un doit bien le remplacer.

- Vous aviez raison Schellenberg, dormir vous a donné une qualité de réflexion indéniable, on entend parler de Badoglio.

Walter n'était pas vraiment surpris, mais fit comme si son chef devenait un maître espion, la flatterie à condition d'être bien dissimulée n'était pas inutile : - Le vieux maréchal, il vit encore ! Walter se mit à raisonner à toute vitesse. Considérez alors ceci, et je pars de l'hypothèse que Mussolini a bien été destitué. La seule justification pour pouvoir y arriver est la perspective de sortie de la guerre, le bombardement de Rome leur a donné le sac de grain à moudre. Donc, si Badoglio le substitue c'est sur ordre du roi ou au moins avec son complet assentiment, le contraire serait invraisemblable, sinon à se nommer coup d'état. Et cela dans le but évident de mettre en œuvre une politique inverse, c'est-à-dire celle probable de la capitulation. Souvenez-vous, lors de la réunion de Feltre, le général Ambrosio a déclaré que l'Italie serait encore en mesure de résister moins d'un mois. Ils vont aller à ça, cela ne laisse place qu'à peu de doutes. Par contre, ce que Student suggère est non moins que rien l'invasion de l'Italie même partielle. Walter s'était montré prudent, si Student proposait une solution aussi hardie, c'était en connaissance de cause. Hitler n'y était pas opposé. Personnellement, il se contrefichait de l'avenir de Mussolini. Sa capture par les alliés favorisait ses plans en démontrant qu'un coup d'État était envisageable pour permettre à un autre chef militaire d'arriver au pouvoir. Seulement, cette nuit, il s'adressait à Heinrich Himmler et devait manœuvrer en conséquence.

Le Reichsführer le prit de court : - Il y a là une belle occasion pour mettre l'ordre noir à l'honneur. Student cherche à gagner des lettres de gloire. Nous pourrions y participer.

- Je ne vois pas bien comment, Reichsführer.

- N'avons-nous pas à Friedenthal une unité dépendante de votre Amt et qui souffre avantageusement la comparaison avec les parachutistes ?

- Soudainement Walter comprit le pourquoi de cet entretien et à l'endroit précis ou son chef voulait en arriver en ajoutant en prime la sensation d'une énorme cage se refermant en douceur sur lui : - Oui, Reichsführer, la Sonderverband z. b. V. "Friedenthal", elle est actuellement commandée par le capitaine Skorzeny.

- C'est exactement ce que j'ai expliqué au führer. Après m'avoir écouté, il a accepté que cette formation participe à sa sélection d'une équipe constituée dans le but de retrouver Mussolini. Si ce dernier réapparaît entretemps, au moins il saura que nous aussi nous pouvons aligner des hommes de chez nous quelles que soient les circonstances et cela se résumera pour eux à un excellent exercice. Qu'en pensez-vous Schellenberg ?

- Que vous avez eu là une bonne idée, Reichsführer !

- Je lui ai promis que leur commandant se présenterait à lui en début d'après-midi. Je dois vous confier cette tâche à exécuter en personne. D'abord, vous êtes son chef, ensuite cette affaire doit rester tout à fait secrète, au moins il y aura de personnes qui se trouveront au courant de l'affaire, au mieux ce sera. Pour peu, j'oubliais de vous informer que le plan Alaric est remis en vigueur. Cette nouvelle devrait vous satisfaire.

Berlin, 3 Wilhelmplatz, Hôtel Kaiserhof, 26 juillet 1943, 07h20

Après quelques difficultés d'usage, habitude courante dans les rouages militaires allemands, l'officier de garde au château Friedenthal avait consenti à le renseigner, mais pour cela il avait dû décliner son identité ce qui ne lui plaisait pas beaucoup et hausser le ton ce qui n'était pas dans ses habitudes.

En tant que responsable en titre de la Sonderverband z. b. V. Friedenthal , Walter n'avait pas eu trop de mal à apprendre que leur commandant se trouvait à Berlin pour y célébrer la fin de semaine et précisément à l'hôtel Kaiserhof sur la Wilhelmplatz. Rien d'étonnant, au fil des années, l'établissement au cœur du quartier gouvernemental était devenu depuis longtemps une institution qui comptait dans le parti. Il fut pendant un temps appelé « la troisième chancellerie » et depuis, non moins resté naturellement la halte berlinoise favorite des SS après que les dirigeants du parti avaient gagné l'autre côté de la rue. En ce qui le concernait, il préférait l'Adlon, plus de classe, moins dans le grandiose, mais les goûts et les couleurs. Ici, dans l'antre de l'édifice monumental de quatre étages, on avait difficile à se sentir « chez soi » à la différence de l'établissement de la Pariser Platz ou régnait toujours une atmosphère cosmopolite propre à faire fuir les rustres huiles du NSDAP.

Peu connu des lieux et sans son uniforme, il avait une fois de plus du exhiber ses papiers à un employé peu impressionné par sa qualité d'officier SD, généralement ceux-ci résidaient comme clients et leur présence demeurait des plus courantes dans le hall quelle que soit l'heure du jour ou de la nuit. Après s'être assuré auprès de la réception que le commandant responsable des « Friedenthal » logeait bien là et avoir insisté pour le faire réveiller - le café Roman étant encore fermé à cette heure - Walter avait pris place dans la gigantesque salle de restaurant et demandé de lui servir un petit déjeuner contre des tickets. L'espace était énorme et écrasant, près de cinq cents mètres carrés situés sous une immense verrière. Deux étages de chambre avaient la vue sur les tables. Il s'imagina que la bête qui se prenait pour un nouveau paladin l'observait en s'interrogeant sur ce que le patron de l'Amt VI pouvait bien lui vouloir.

Walter venait de terminer son dernier petit pain « sans beurre et peu de farine » tartiné d'une « confiture » de prune presque sans prune ni sucre de betterave et beaucoup de saccharine, ce qui donnait pour résultat un liquide brunâtre au goût médicamenteux lorsqu'il déboula dans la salle à manger, l'uniforme chiffonné ouvert sur une chemise qui avait connu des jours meilleurs. Seules ses bottes avaient une allure à peu près convenable. Il fit semblant de le chercher avant de s'approcher à grands pas de sa table. Immédiatement une forte odeur d'alcool envahit l'espace.

Saluer n'était apparemment pas dans sa conception matinale, Walter s'en fichait d'autant plus qu'il était venu en costume civil : - Je vous cherchais, colonel, vu votre taille, je ne vous avais pas remarqué derrière cette table. Lorsqu'on m'a prévenu que mon chef désirait me voir, j'ai pensé à Kaltenbrunner. J'étais loin de me douter que ce serait vous.

- Vraiment navré de vous décevoir capitaine Skorzeny. Cette fois, c'est un des plus intelligents de la bande qui veut prendre de vos nouvelles.

- Quelle prétention colonel.

- Évidemment, je ne parlais pas de moi, mais de quelqu'un beaucoup plus haut placé. Et au cas où vous liriez les journaux, je ne suis plus colonel. Vous désirez du café, vous semblez en avoir bien besoin.

- Mes besoins me regardent et je ne serai de service qu'à midi.

Bon, il se retrouvait là dans un but précis, inutile d'aller sans cesse au contact. Lors de leur voyage à Nishne Tschirskaya au quartier général de la VIe armée en novembre de l'année précédente , ils avaient eu des rapports cordiaux. Walter ne comprenait pas trop le changement d'attitude de Skorzeny à son égard, bien qu'il ait une idée là-dessus. Quoi qu'il en soit, il n'allait pas laisser de place à son esprit querelleur en tentant de se faire conciliant : - Tant mieux, le café ressemble à du goudron et c'est d'ailleurs ce que j'ai cru trouver dans le fond de ma tasse. Au moins, Louis Adlon lui veille à la santé de ses clients, pas à les intoxiquer. Pensez-y lorsque vous organiserez votre prochain séjour. Trêve de plaisanterie, Otto, ce n'est pas l'envie de nous empoisonner mutuellement qui nous manque, mais le jour est mal choisi pour ça. À l'inverse, je vous propose ceci : laissons un moment derrière nous ce côté « nous nous détestons ». Si je suis là, ce n'est pas pour assister au spectacle navrant de votre réveil.

Skorzeny eut un sourire que sa cicatrice modifia en un mauvais rictus : - Alors permettez-moi de m'asseoir et commandez-moi une bouteille d'eau de Selse ensuite vous me direz ce que vous me voulez.

Walter se demandait par quel bout le prendre, il tenta la courtoisie de caserne, celle emprunte de camaraderie, cela fonctionnait parfois : - Vous vous souvenez, vers la mi-avril, je vous avais fait la promesse de vous rendre visite sur la Havel. Vous connaissez ce que c'est, le temps arrive toujours à manquer.

Le géant se fit méprisant : - Je peux vous comprendre, il y a là-bas de vrais hommes en sueur qui savent précisément ce qu'ils veulent et ce dont ils sont capables ; le spectacle peut paraître effrayant à certaines âmes sensibles.

Le serpent venait de vider sa glande à venin sans parvenir à le blesser, il pouvait à présent s'approcher sans grand risque de la bête : - Ne viens-je de vous dire de laisser de côté le plus mauvais aspect de votre personnalité et dieu sait si vous n'en manquez pas ? Parlez-moi plutôt de vos hommes, la formation en est où. Ne m'apprenez pas ce qui est écrit dans les rapports que je lis distraitement, c'est votre opinion qui m'intéresse.

Radouci et fier, le commandant de l'unité Friedenthal le regarda presque avec chaleur : - Je dois reconnaître que grâce à vous et votre intervention, nous avons fait un solide pas en avant. Le SS Sonder Lehrgang Oranienburg, est devenu le

SS Sonderlehrgang zbV Friedenthal, zbV. D'école de formation, nous sommes devenus une unité d'opération à part entière.

- Le fait de n'éprouver aucune tendresse particulière à votre égard ne veut pas dire que je n'apprécie pas votre travail.

- En d'autres mots, nous sommes prêts à affronter à peu près n'importe quelle situation, quel que soit le risque ou le danger. Nous avons écumé très large, ceux qui restent sont parmi les meilleurs. Nous ne valons pas moins que les « Brandenbourg ».

- L'expérience en moins !

Skorzeny eut le regard triste d'un enfant privé sans raison de son jouet tout neuf : - Nous n'attendons qu'une chose, prouver notre valeur.

- Eh bien ! je vais vous donner une occasion de le prouver. Sachez que vos chances d'être retenu sont minces, mais ce sera à vous de défendre votre os.

L'œil du géant brilla d'intérêt : - dites-m'en un peu plus !

- Otto, faites ce que vous voulez d'ici là, mais présentez-vous sans faute à quatorze heures à Tempelhof, et ceci dans un état impeccable du doigt de pied lavé aux cheveux brossés avec soin. Vous y prendrez l'avion pour passer une entrevue.

- Avec qui ?
- Avec Hitler !

Berlin, Berkaerstrasse, lundi 26 juillet 1943, 23h45

Lorsqu'il le prit au téléphone, Himmler avait démontré un tel ravissement au point de l'empêcher, lui toujours si réservé, de brider devant son subordonné une jouissance dont Walter avait été le témoin en deux rares occasions par le passé. L'une lors de la constitution avec l'aide d'Heydrich en septembre trente-neuf du RSHA le consacrant protecteur suprême de l'état, l'autre lors de la mort du même Heydrich en juin quarante-deux qui lui permit de faire main basse sur une partie importante des dossiers secrets du général : - Schellenberg, l'ordre noir a été choisi par le führer parmi les six meilleurs autres candidats de la Luftwaffe et de la Wehrmacht. Le capitaine Skorzeny l'a fort impressionné lorsque Hitler lui a demandé « Que pensez-vous de l'Italie » et que ce dernier lui a répondu « je suis autrichien mein führer » en faisant allusion au problème sensible du Tyrol. Le führer est à l'heure actuelle persuadé que le roi a fait emprisonner Mussolini pour donner des gages aux Alliés et il a chargé Skorzeny de le délivrer. Réjouissez-vous, vous détenez enfin ce que vous préconisez depuis longtemps, un officier SS intellectuel d'action détestant la garnison.

C'est ainsi qu'un Himmler exultant lui résumait l'entretien, le plus mauvais scénario avait été retenu. À présent, il incombait à Walter de lui faire entendre à l'aide de mots bien recherchés que cet officier malgré ses qualités d'ingénieur n'avait rien à voir avec un intellectuel, que ses actions depuis qu'il avait été sorti de son garage berlinois en mars s'étaient jusqu'à présent limitées à dispenser de la formation en garnison. Certes, les résultats étaient là, mais il se souvenait aussi de ses cours de philosophie quand ils se penchaient sur l'épisode « Arx tarpeia Capitoli proxima »[333]. Il ne pleurerait pas à chaudes larmes si à cette occasion Skorzeny se transformait en consul Marcus Manlius à condition qu'il chutât seul ce qui devenait dorénavant la principale difficulté : - C'est effectivement un officier prometteur qui va dans ce sens, mais le processus est long.

- Si vous ne croyez pas en ses capacités pourquoi est-il à la tête du Sonderverband, votre département S ?

Ce n'était pas le moment choisi pour rappeler que c'était Kaltenbrunner qui avait suggéré d'y placer Skorzeny et non lui. Tout cela se résumait à présent à une affaire où il se retrouvait à nouveau coincé entre Autrichiens. Par chance, le Reichsführer était né bavarois : - Skorzeny a certes des aptitudes remarquables, le centre de Friedenthal est fort prometteur. Mais nous ne devons pas occulter le fait que Mussolini se trouve quelque part en Italie, que mon département n'y possède qu'une présence réduite à sa plus simple expression devant se cacher plus souvent qu'à son tour.

À présent qu'il avait entrevu des retombées glorieuses, il était devenu difficile, voire impossible, de changer l'opinion qui s'était ancrée dans la tête de son chef. Himmler s'obstina comme souvent : - Dans sa prévoyance, le führer envoie des troupes en Italie depuis mai en accord avec Mussolini. Par une rare prémonition dont il a le secret, avant même de connaître le sort du Duce, il a donné l'ordre hier matin à six divisions de prendre le chemin de la péninsule. Les cols alpins sont déjà verrouillés. Demain, une division de parachutiste sous le commandement de Student[334] atterrira à Pratica di Mare. Le capitaine Skorzeny s'est longuement entretenu avec le führer et le général à ce sujet. Ils étudient ensemble

---

[333] Du capitole à la roche tarpéienne.
[334] Général Kurt Arthur Benno Student.

la possible capture du roi et de Badoglio. J'y ai ajouté une liste personnelle de généraux et d'amiraux, il est temps de faire le ménage là bas.

Walter se sentait dépassé par les évènements, prudent, il recentra la discussion sur le sujet du Duce : - Ce que je veux expliquer c'est que l'opération va être infiniment complexe. Encore plus si tous ces déploiements et arrestations mènent à des affrontements avec l'armée italienne. Qu'en pense Kesselring ?

- Le führer a expressément interdit de le mettre dans la confidence. L'opération de libération de Mussolini et celle de la capture du roi est un secret absolu. Jusqu'ici, quatre personnes en avaient connaissance, vous êtes le cinquième. Kesselring se laisse embobiner par les Italiens, il doit être contourné. Son ignorance servira à donner le change à Badoglio et Ambrosio. Ribbentrop en ignore tout, pour preuve, l'idiot a communiqué l'ordre prestement contremandé d'arrêter Badoglio.

Le chef du département Ausland était abasourdi : - Au fond, le volet militaire ne m'intéresse que très peu ou pas du tout sauf que sans l'appui de son état-major la partie ne va pas être facile, nous n'existons pas là-bas.

- Rien n'est facile Schellenberg, depuis le temps vous devriez l'avoir compris. Quelle solution préconisez-vous ?

- Sur place, techniquement, je dispose d'hommes attribués à l'opération Bernhard. C'est peu, mais ils se sont toujours montrés d'une redoutable efficacité. Avant toute action, il faut découvrir le lieu de détention de Mussolini. Ensuite, nous aviserons. Je désirerais ajouter quelque chose, Reichsführer, nous sommes contraints d'envisager dès à présent l'échec devant le führer qui à ce moment-là ne se rappellera plus d'avoir choisi lui-même le capitaine Skorzeny. Sous-entendu, il nous fera supporter le poids du fiasco. Conduisons à partager le risque avec les parachutistes de Student.

Une heure plus tard, Walter était en communication avec Höttl à Rome pour lui demander un début de commencement de l'opération Student qui devait mener à l'arrestation du roi et au rétablissement du régime. Il lui précisa bien « surtout, n'entreprenez rien, vers midi un escogriffe volera vers vous accompagné d'une trentaine d'hommes, il porte sur ses épaules la responsabilité de cette solution absurde. Au besoin, laissez-lui le soin de déclencher une guerre avec l'Italie. S'il vous demande de l'aide, promettez-la-lui, s'il la redemande, levez les bras en signe d'impuissance. De toute façon, il n'a personne vers qui se tourner, votre rôle est de le surveiller de près. L'important est qu'il s'épuise rapidement ».

LE MAUVAIS FILS

Spandau, aérodrome de Staaken, lundi 27 juillet 1943, 04h15

Initialement conçus comme une base de Zeppelin, maintenant devenue décor de cinéma, les hangars de l'aérodrome de Staaken convenaient bien à la pièce qui allait se mettre en place.

Devenant la sixième personne incorporée dans « le secret absolu », Kaltenbrunner en personne avait concédé à lui téléphoner au début de la nuit en endossant le rôle de la caisse de résonance pour lui apprendre avec suffisance qu'une fois de plus un Autrichien avait été choisi par le führer en personne.

Walter qui se souciait de son avis comme d'une guigne avait effectué le déplacement dans un but bien précis ; si c'était impossible de lui poser une muselière, d'au moins tenter de remonter les bretelles de Skorzeny et de serrer de deux crans son ceinturon, ce qui est plus compliqué à faire par téléphone ; et puisqu'il était son chef, quoi de plus normal que de s'efforcer à tirer sur la laisse du molosse.

Ce dernier s'était permis de le faire patienter, donnant des ordres par ici, vérifiant des documents par là. Pour peu, il aurait procédé lui-même au chargement du matériel dans les deux JU 52 mis à sa disposition. Après avoir estimé que son évident mépris envers son chef était arrivé à la bonne mesure, il se présenta à lui sans saluer tout en affichant un air passablement agacé : - Quelle surprise d'enfin vous voir sur le terrain, je ne m'y attendais pas. À ceci près, c'est un ordre spécial du führer, en principe je ne dépends que de lui. Kaltenbrunner est d'accord sur ce point. Comprenez « chef » que je dispose de très peu de temps à vous accorder, Le vol sera long.

De toute évidence, Skorzeny vivait son heure de gloire, Walter s'était décidé à le perturber sans aucun scrupule : - D'ici les vols sont toujours longs, en 38, il a fallu vingt-quatre heures au Condor 200 parti de ce terrain pour gagner New York, vous avez de la chance, Rome est plus proche. Et bien entendu, les deux vous accompagnent dans la ville éternelle pour vous soutenir ! Je parle du führer et d'Ernst. Non ? Alors sur qui allez-vous compter, sur la vingtaine de vos hommes que vous entraînez dans cette galère. Kesselring tendra le pied droit pour vous faire trébucher et gardera le gauche pour vous botter le cul quand vous vous relèverez. Pour Ribbentrop, vous restez un homme d'Himmler, donc un ennemi à faire chuter au plus pressé. Qui reste ? Schellenberg. Si vous voulez l'appui de l'Amt VI, il faut que nous opérions de concert. Vous êtes assez intelligent pour comprendre cela, Otto ou je réexplique ?

- J'ai reçu des instructions précises d'Hitler en personne.

- Oui, je sais, arrêter le roi, Badoglio et probablement ce qui traîne autour. Comment, vous comptez faire cela, Otto. Avec les parachutistes de Student. Vous ignorez sans doute que Rome est encerclée de troupes italiennes aguerries. Vous allez provoquer un bain de sang dont vous serez tenu pour seul responsable. Dans quelques jours, le führer aura changé d'avis. Après ça, je ne donne pas cher de votre peau, il vaut mieux pour vous de vous constituer directement prisonnier auprès des alliés.

- Pourquoi Hitler changerait d'avis ?

- C'est vous qui ne comprenez pas bien la situation. Ni le roi ni Badoglio n'ont quitté l'axe jusqu'à présent. Ils ne sont pas idiots, mon petit doigt me dit qu'au cours de la journée ils vont rassurer notre ambassadeur sur leurs intentions, le maréchal Badoglio l'a déjà fait hier matin en jurant de continuer la guerre au côté du Reich, mais ça, on a oublié de vous le communiquer. À ce moment-là, vous serez la mouche dans le lait et convenez que vous êtes une grosse mouche.

À la place de se fâcher, Skorzeny sourit à cette évocation : - ça me donne des aigreurs d'estomac de le dire, mais certains aspects de vos propos ne sont pas dénués de sens. Malgré cela, un ordre du führer reste un ordre du führer.

Ce n'est pas cette nuit qu'il changerait d'avis, il avait besoin de quelques heures de plus et poser son pied sur le sol italien pour que l'idée fasse son chemin : - Un conseil gratuit, Otto, gagnez du temps, celui de mettre les choses en place et vous verrez, une instruction vous parviendra, soit de chez moi, soit de Rastenburg, plus probablement de là-bas. Ayez bien en tête qu'une fois sa colère apaisée, le führer n'aura d'idée que retrouver son ami Mussolini. S'il n'a pas ci-devant été livré ficelé aux alliés, il doit bien se trouver quelque part. Pour arriver à le découvrir, vous devrez miser sur les hommes que j'ai là-bas. Ils ne sont pas nombreux, mais drôlement efficaces. Ce sont les seuls sur qui vous pourrez vous appuyer. Skorzeny le regarda paraissant soupeser le pour et le contre. Walter ne comptait pas argumenter plus loin, il lui tendit une pochette en cuir : « voici le nom et l'adresse des hommes que vous pouvez contacter, je les ai déjà prévenus. Ils sont occupés par une tout autre tâche, mais ils vont s'en libérer pour vous prêter assistance. Ceci est bien entendu GeKaDoS ».

Le géant hésita un long moment puis après l'avoir fixée d'un œil curieux en prit possession et l'enfuit rapidement dans sa poche de poitrine : - À présent, je suis dans l'obligation de vous laisser, je ne pars pas directement à Rome avec mes hommes. L'appareil m'attend, je vais maintenant prendre mon vol pour rejoindre Student à Rastenburg, nous partirons de là après avoir reçu nos dernières instructions.

LE MAUVAIS FILS

Berlin, Berkaerstrasse, dimanche 01 août 1943

Les oiseaux de malheur sillonnaient toujours le ciel du Reich sans que ce dernier parvienne à les en chasser. Au-dessus de Hambourg, le flot funeste de l'aviation alliée ne semblait pas se décider d'arrêter le déluge de feu dans lequel ils maintenaient la ville. Six jours ou sept, devant l'horreur, il en avait perdu le compte, seul importait l'heure ou l'épouvante s'interromprait. Le rapport que le SD avait communiqué établissait déjà plus de cinquante mille morts, presque tous les logements détruits et des centaines de milliers de gens fuyant la ville. Ensuite, il faudrait attendre presque impuissant qu'ils passent à la destruction d'une autre ville de leur choix qui était malheureusement vaste.

Pour faire bonne mesure, un raid massif de l'aviation anglo-américaine avait eu lieu sur les raffineries de pétrole de Ploieşti, en Roumanie.

Tout en se préparant au pire, Berlin devenait torride avec plus de trente-sept degrés au thermomètre, cependant Walter avait quelques autres raisons de transpirer.

Himmler selon sa coutume avait brutalement changé d'attitude ; à présent, il accablait d'une rare colère son chef des renseignements et bien entendu, il ne s'était pas caché de le lui faire savoir à la manière dont un client mécontent d'attendre ses plats passait sa colère sur le maître d'hôtel en cherchant à tout prix à le blesser. Les soupçons de Walter se portaient sur Kaltenbrunner qui une fois de plus s'était plaint de ses voyages en Turquie et pour qui, si Skorzeny ne parvenait à rien à Rome, c'était, selon lui, l'évidente preuve de la mauvaise volonté de son chef de département. Comme si enlever le roi, son état-major, le Pape et retrouver Mussolini en prime ressemblait à un pique-nique dominical sur la Havel. Évidemment, il ne s'agissait de rien d'autre que d'un paravent habilement utilisé par le Reichsführer. La mission qu'il lui avait confiée en janvier ne générait aucun résultat depuis quelque temps et c'était bien le motif inavoué et inavouable astucieusement dissimulé derrière les autres. Pour ne rien gâcher, il lui faudrait répondre dans un même élan à toutes ces accusations pour espérer revenir en grâce, ce qui en soi ne s'avérerait pas une tâche bien compliquée.

De quoi se voir tenté de rentrer chercher du frais chez lui pour subir ce torride dimanche d'août en compagnie d'Irène et d'une bouteille de vin bien fraîche. Deux à la rigueur.

Mais tout cela le lui passait un peu au-dessus de la tête. Le vent venait de souffler une fois encore par-delà des montagnes helvétiques pour déposer un message sur son bureau. Apparemment, ces derniers venaient de rejeter la demande de médiation initiée par l'ancien ambassadeur auprès du Saint-Siège Raffaele Guariglia[335] pour rien moins que de leur demander de contacter les alliés et jouer les entremetteurs. C'est l'objet de la demande qui perturbait Walter, il ne s'agissait pas formellement d'une demande d'armistice, mais bien de la surprenante proposition de les envoyer débarquer ailleurs que dans la péninsule pour alléger la pression sur l'Italie qui pourrait mener à une insurrection communiste. Ils suggéraient les Balkans. La demande était chaudement appuyée par le Vatican. Au début du mois de mai, le général Halder l'avait convaincu du contraire, maintenant cette perspective qui avait été écartée par le stratège le tracassait. La zone des Balkans était principalement verrouillée par des troupes italiennes, en cas de défection de celles-ci, le danger s'annonçait important. Si la péninsule italienne se résumait à un immense couloir très difficile ou impossible à franchir, les Balkans par contre constituaient une passoire qui débouchait au Danube. Rien n'était anodin ; il sentait que quelque chose se tramait là derrière. Il se demandait s'il allait prendre la peine de rédiger un rapport en ce sens à destination d'Himmler en tordant légèrement le bras à la vérité. Rapport qui se trouverait immédiatement devant les lunettes d'Hitler. La tentation de coiffer l'Abwehr au poteau était grande.

L'ennui c'était que Walter ne savait pas bien quoi faire d'une information aussi difficilement exploitable. Bon, le refus des Suisses était compréhensible, alors que Guisan venait d'affirmer sur papier que tous ceux qui imaginaient s'essuyer leurs bottes sur son pays en le traversant se verraient opposer une farouche résistance, ils redoutaient trop des représailles de la part d'Hitler en prenant parti dans une démarche aussi scabreuse. L'information lui était fournie par Hans Eggen, mais Walter doutait que ce fût une voix suisse qui l'avait formulé par ricochet. Walter savait de bonne source qu'Otto von Bismark, son épouse et Hans Berd Gisevius avaient rencontré Allen Dulles en personne en juillet. Le vent de Berne sentait plus souvent l'égout que la violette.

Kaltenbrunner allait faire une crise d'apoplexie s'il lui annonçait se rendre au pays du gruyère. Ce qui n'était pas un souci. Ni pour sa santé, le dernier de ses problèmes ni pour son accord, le Reichsführer étant le plus intéressé par ce voyage qui désormais disposait d'un excellent motif. Aucun doute à avoir là-dessus, il ordonnerait discrètement au nouveau chef du RSHA de changer d'avis.

Cependant Walter avait une raison supplémentaire et probablement la plus importante selon le point de vue d'où on la considérait. Reinhard Gehlen lui avait

---

[335] Raffaele Guariglia, ministre des affaires étrangères italien, nommé le 25 juillet 1943, successeur du comte Galeazzo Ciano après l'intermède de Benito Mussolini du 06 février 1943 au 25 juillet 1943.

communiqué un important mémo. Pour le patron du FHO qui terminait d'analyser l'opération, aucun doute n'était permis, le russe avait été informé des plans précis de « citadelle », l'interrogatoire de nombreux prisonniers avait révélé que leurs positions avaient été considérablement renforcées dans des secteurs clés. Cela corroborait les rapports de la centrale d'écoute sur le Salève distante de dix kilomètres de l'agglomération de Genève. Aucun doute n'était permis, les émissions arrivaient et repartaient bien de là vers Moscou à partir de deux émetteurs différents avec seulement cinq à dix heures d'intervalle. Un pianoteur avait été localisé au sud de la ville approximativement au faubourg de Saint Gervais dans l'ancienne ville médiévale. Malchance, il s'agissait d'un dédale de ruelles infestées de passages étroits qui rendaient la précision aléatoire à cette distance. Ses propres systèmes goniométriques pourraient les localiser sans trop de peine si la distance se réduisait à un kilomètre, mais voilà le Salève se retrouvait du côté français, et eux transmettaient à partir du territoire helvétique. Tordre le bras aux Suisses en s'en prenant à leur sacro-sainte neutralité qu'ils mettaient en danger ne devait pas représenter un écueil trop important à franchir ; sauf qu'il désirait obtenir deux choses d'eux, celle-ci et une bien plus délicate. D'abord s'atteler à la première, les traîtres tapis au sommet du commandement allemand devaient être démasqués ou rendus impotents si leur canal de diffusion disparaissait. Pour y arriver, la solution dans l'un des cas consistait à suivre la piste dans l'autre, détruire le nid. Dans les deux cas, la collaboration du SPAB[336] était indispensable. Donc de Masson sauf que rien n'était simple chez eux, le SPAB s'occupait des choses militaires et le BUPO[337] du volet politique. Un air de déjà-vu. Convaincre le brigadier Masson serait très difficile, quant à convaincre la police fédérale, c'était une tâche tout à fait impossible.

Pour avoir une chance de mener à bien cette affaire, il convenait de ne pas mettre la charrette avant les bœufs. Auparavant, il devait parler à Canaris, ce dernier devait bientôt revenir de Venise. Après tout, Gisevius émargeait à l'Abwehr et la station d'écoute de la Salève dépendait de leur département IIIF dirigée par von Bentivegni[338] ; pas vraiment ce qu'il pouvait appeler un ami, mais son prédécesseur Rudolf Bamler affectionnant particulièrement le SD avait suffisamment noyauté leur service pour qu'une partie des renseignements transmis par des opérateurs désireux de rejoindre son département créent un écho aussi agréable que bienvenu dans ses oreilles.

---

[336] SPAB : Spionageabwehr suisse. Rattaché au service de sécurité de l'état-major de l'armée (EMA).
[337] BUPO, bureau fédéral et non cantonal de la police helvétique.
[338] Colonel (en 1943) Franz Eccard von Bentivegni.

La deuxième chose qu'il désirait obtenir des Suisses ou plutôt d'un Suisse en particulier provenait d'une intuition. Si elle se vérifiait, Himmler n'en dormirait que plus mal.

Schlachtensee, Betazeile 17, maison de Canaris, mercredi 04 août 1943, 15h20

Depuis quelque temps, les nombreux subterfuges et autres manœuvres échappatoires de l'amiral n'amusaient plus du tout Walter qui lui maintenait cependant une affection particulière. Plus exactement, la réalité dans laquelle le patron de l'Abwehr s'enfermait l'entraînait dans un tourbillon qui l'emmènerait inexorablement vers des fonds très inconfortables, lui tendre la main n'aurait servi qu'à l'entraîner à sa suite. Tout comme Walter, Canaris désirait la fin de toutes ces affres et ce dernier ne le cachait plus de façon suffisante à ne pas mettre sa tête en jeu ; dès trente-huit, le marin avait porté son choix pour que rien de cette folie ne commence et avait fait beaucoup pour parvenir à y arriver, alors qu'à l'époque Walter ne s'était pas trop posé la question. Bien entendu, le SD avait constitué un dossier sur le patron du renseignement concurrent que Walter avait consulté en profondeur bien avant de le rencontrer, cependant ce qui l'intéressait par-dessus tout était ce qui n'était pas écrit et qu'il devinait peu à peu. Vingt années d'expérience les séparaient et il pouvait relativiser sur cette différence. Mais depuis belle lurette Canaris avait abusé de la situation, trop pactisé, trop calculé et surtout son péché majeur avait été de s'être totalement laissé dépasser par une partie considérable de ses hommes qu'il ne parvenait plus à présent à reprendre en main et pour son plus grand malheur, il ne le savait que trop bien.

Mais voilà, Canaris bénéficiait jusqu'à ce jour de la bienveillance d'un Reichsführer lui écartant les écueils importants. Pourtant, Himmler en personne ne pourrait lui éviter un naufrage. S'il sabordait son navire, il n'aurait d'autre choix que de couler avec ou de fournir de sérieuses explications. Ce toujours redoutable concurrent détenait un trésor combien indispensable à Walter, les réseaux où il flottait comme un poisson dans l'eau , celui des infiltrés, des antis nationaux-socialistes endurcis, des purs et durs spécialistes de la conjuration, l'accès à leurs filières dans et hors du Reich. Ceux ci employés à bon escient constituaient un butin de guerre inestimable que Walter tapi dans l'ombre pourrait manœuvrer pour parvenir à ses fins. L'amiral en savait infiniment plus que ce que le vieux matois voulait laisser filtrer, l'homme était trop rusé pour avouer quoi que ce soit. Même pris la main dans le sac, il y aurait abandonné ses doigts en prétendant qu'on les lui aurait volés. Pour obtenir un résultat, il fallait le confesser avec la patience d'un curé de campagne en lui promettant une forme d'absolution.

C'est Canaris qui lui ouvrit la porte sans paraître le moins du monde surpris de présence : - Venez, suivez-moi, avec cette chaleur digne de l'Andalousie, le jardin s'impose. Tout en le précédent, il lui expliqua par-dessus l'épaule : « Erika est partie visiter Brigitte, question rafraîchissement vous ne pourrez compter que sur de l'eau et je n'ai plus de glaçons, ils ont tous fondus. Ne vous y trompez pas, c'est fort l'eau, ça porte les bateaux ». Il lui désigna un siège et lui tendit un verre qu'il remplit aussitôt avec l'eau contenue dans une cruche en terre cuite.

Walter redéposa le verre sans y boire, il avait décidé de faire preuve d'une attitude moins policée sans pour autant devenir rude ce qui ne servirait à rien pour obtenir du marin une petite partie de ce qu'il venait chercher. Il fit aussi l'impasse sur leurs préambules traditionnels qu'ils affectaient : - Keitel doit beaucoup vous apprécier pour vous permettre un tel voyage. Parcourir Venise c'est le rêve d'Irène.

Pour ne pas tourner le dos à ses vieilles habitudes, le patron de l'Abwehr se fit un tantinet cynique : - Je vous conseille vivement de visiter le Lido et de loger à l'hôtel Danieli, la salle à manger est superbe, elle en sera impressionnée.

- C'est là que vous étiez ?

Il sourit : - Nous étions, Erwin[339] et Wessel[340] m'accompagnaient. Vous gagneriez à connaître ce dernier, un officier très prometteur capable de développer des idées fort intéressantes.

Walter y alla de sa moquerie histoire de chauffer un peu la salle : - Vous êtes allés faire du tourisme ou bien prendre des nouvelles d'amis ?

- Dites donc, vous en avez appris de vilaines manières à me fréquenter. Il s'agissait d'opérer une simple vérification auprès du général Cesare Amé[341], celle de la fidélité des Italiens suite à l'arrestation de Mussolini.

Faisant bonne figure, Walter rit presque de bon cœur : - Et il a réussi à vous rassurer ? Je suis curieux de connaître comment il y est parvenu.

- Entièrement, et j'ajoute beaucoup plus que vous et votre nouvelle idée folle.

---

[339] Colonel Erwin von Lahousen, responsable du Département III de l'Abwehr en 1943.
[340] Colonel Wessel Oskar Karl Johann Freiherr Freytag von Loringhoven, détaché de l'Abwehr à l'OKW, membre de la résistance au sein de l'armée allemande.
[341] Général Cesare Amé, patron du SIM, service d'intelligence militaire italien.

- Walter le connaissait assez pour savoir qu'il mentait comme un arracheur de dents. Il ignorait le but que le chef de l'Abwehr poursuivait en affirmant une telle ineptie sur la volonté des Italiens. Il laissa la question en suspens pour en poser une autre en guise de pure politesse : - En quoi ne vous rassurerais-je pas ?

- Les « bohnes » du début de l'année restent toujours d'actualité ?

- C'était une belle idée, il doit bien en subsister quelque chose. Allez-y, j'en plante une dans votre jardin pour voir.

Le chef de l'Abwher ne se donna même pas la peine de le scruter pour vérifier s'il pouvait prêter foi à sa parole : - Il ne s'agit pas formellement de vous, mais de votre bande de fous. Au RSHA, le bruit court que le führer projette de faire enlever le Pape et le roi.

- Il court tant de bruit, particulièrement en provenance de là. Je passe une partie de mes matinées Berkaerstrasse à trier le vrai du faux et croyez-moi en général sur dix pages, il en reste si peu que deux lignes à peine suffisent, parfois moins !

Canaris lui resservit de l'eau tout en le gratifiant d'un regard méfiant : - Bien sûr, mais avec l'optimisme qui vous caractérise, ne perdez pas pour autant de vue que le général Student est le patron des parachutistes. Même si la Luftwaffe dispose de son propre service de renseignements, moi je dépends de l'OKW et celui-ci chapeaute l'OKL, OKH et l'OKM[342]. Student[343] a rejoint Kesselring[344] à Rome. Même s'ils sont aviateurs tous les deux, Kurt reste fort mystérieux et préfère la fréquentation de votre chef du Sonderverband z. b. V. Friedenthal, l'horrible Skorzeny. Selon Amé[345], ce dernier court la ville éternelle dans tous les sens et n'est pas spécifiquement un modèle de discrétion. Pas difficile de deviner qu'il se trame quelque chose. Quelque chose de particulièrement stupide.

Le nier n'était pas la réponse que Canaris apprécierait, mieux valait le laisser venir et vérifier l'étendue de ses connaissances sur la question : - Dans cette guerre, nous n'en sommes pas à une près. Vous avez quelque chose en tête ?

- Par exemple, demander au pape pie XII de prendre ses quartiers à Berlin.

- C'est à la rigueur une très bonne idée, cela donnerait a réfléchir aux Américains, la perspective de tuer le pape avec une de leur bombe ne devrait pas les enthousiasmer. Les rosbifs de leur côté risquent de moins d'y porter une attention

---

[342] Luftwaffe, Heer et Kriegsmarine.
[343] Général Kurt Student.
[344] Generalfeldmarschall Albert Kesselring, commandant en chef du théâtre d'opération Sud.
[345] Général Cesare Amé, patron du SIM, service d'intelligence militaire italien.

particulière.

- Mon cher Walter, laissez-moi éclairer votre lanterne par quelques réflexions, après deux mille ans d'intrigues, vous croyez sincèrement que le Vatican n'a pas anticipé ce coup ? L'encre du document par lequel Pie XII renonce au pontificat en cas d'arrestation est depuis longtemps sèche. Vous ne captureriez qu'un simple évêque sans grande valeur marchande. Les cardinaux décideraient de tenir un conclave dans un pays hors d'atteinte de nos griffes pour élire son successeur. Je verrais bien Washington, cette ville vaut bien Avignon, vous ne pensez pas.

Belle remise à sa place, Walter n'avait pas du tout pensé à ça et il s'en voulait. En plus de se sentir idiot.

Canaris tenait ferme dans ses mains potelées le marteau pour enfoncer le clou :
- Je remarque à votre air que quelque chose vous avait échappé. Convenez maintenant que je vous ai prodigué un complément d'éducation que cette idée est aussi stupide que celle concernant le roi. Que croient-ils là-haut. Sans le roi, l'armée italienne ne suivra plus. Vous voulez que je vous fasse part d'un secret bien gardé. Lors de la bataille de France en juin quarante, nous n'avions des réserves de carburant et de munitions que pour encore un mois, mi-août à tout casser. L'idée de génie fut de décider Pétain à signer un armistice. Sans ça, nous aurions dû pousser jusqu'à la Méditerranée, nous retrouver tout nus et consacrer trois cent mille hommes pour garder la France à la place des quarante mille de seconde ligne que nous y avons employés.

- Je ne comprends pas ?

Sans le roi à leur tête, l'armée italienne se divisera. Au mieux en deux parties raisonnablement égales, mais je n'y crois pas trop, je compte plus un quart contre trois quarts. Les trois quarts contre nous. On se battra, probablement que nous l'emporterons. Mais tout à un prix, on devra retirer du front de l'est trois cent mille hommes avec armes et bagages pour garder le pays loin des envahisseurs. Sans négliger les Balkans, la Grèce et ses innombrables îles qui nous en mobiliseront deux cent mille supplémentaires.

La réflexion de l'amiral n'était pas dénuée de bon sens, Walter n'en était pas pour autant particulièrement convaincu : - S'ils signent un armistice on y sera de toute façon, cela ne change strictement rien au problème !

- Peut-être oui, peut-être pas. Leur plus grande crainte ce n'est pas nous, ils savent que nous avons perdu la partie. Ils sont terrifiés par le communisme qui a déjà pénétré leur société comme leur armée, L'Italie peut se réapproprier la situation de l'Allemagne en dix-neuf avec des soviets à tous les coins de rue.

Croyez-moi, le Vatican va tout mettre en œuvre pour la prévenir, y compris pactiser avec la maison de Savoie et en Italie la parole de l'église est souvent suivie d'effet.

- Mais encore ?

- Le roi conserve quelques chances d'éviter cette situation, sauf s'il se retrouve retenu à Berlin, évidemment. Vous devriez passer un mot en ce sens à votre chef qui ensuite le repassera au sien.

Il se rendait compte que leurs vues s'opposaient à présent diamétralement et il savait que Canaris s'en était de toute évidence rendu compte : - Et qui est le nôtre à tous les deux. J'y penserai à l'occasion. Walter ne croyait pas le chef de l'Abwehr, enfin, pas entièrement. Disons une partie entre vingt et trente pour cent, ce qui n'était déjà pas mal. Pour l'amiral, la cause était déjà perdue ; en virulent anti communiste, il plaçait ses attentes ailleurs. Son espérance inavouable consistait en ce que le russe se fasse prendre de vitesse par les Américains. Coiffer Staline au poteau était une perspective alléchante, mais seulement une perspective à envisager en dernier recours. Une paix séparée éviterait le désastre de voir l'Allemagne occupée comme il l'avait vu enfant dans sa Sarre natale et dans la Ruhr voisine. Autant prendre un raccourci et les devants en passant à la case « Alarich » avant que Badoglio ait le temps de se retourner. Avec l'ennemi aux portes, tergiverser pourrait s'avérer mortel. De toute façon pour négocier il faut disposer de solides cartes dans son jeu, la main mise sur la péninsule en deviendrait une comparable à sortir un vingt et un aux dés[346].

Dites-lui aussi que retrouver Mussolini pour le libérer n'est pas une bonne idée. Son retour compliquera la tâche du roi ; ce fameux quart de l'armée, ceux dont les généraux sont les plus compromis avec le régime, ira vers le Duce, ce qui risque d'entraîner le pays dans une guerre civile avec nous au milieu et les alliés devant la porte ouverte par le côté Sicile. Croyez-moi et laissez-le rencontrer sa destinée que ce sera devant un peloton d'exécution ou dans une prison américaine.

- Vous savez où il se trouve ?

- Non, mais de toute façon je ne vous le dirais pas. Comprenant qu'il allait trop loin, il ajouta : « C'est au feld-maréchal Keitel que je me devrais d'informer, pas à vous ; que je sache, vous n'avez pas encore mis l'Abwehr dans votre gibecière ». Pour adoucir ses derniers mots, il continua comme si c'était la prolongation naturelle des évènements qui établissaient sa pensée : « Vous savez que le

---

[346] Jeu populaire au sein de l'armée allemande.

grand conseil fasciste a été dissous il y a de cela une semaine et ses membres emprisonnés peu à peu ».

Walter tenu au courant par Höttl le savait, mais ça n'avait plus aucune importance au vu des circonstances. Il ne voyait pas Badoglio s'excuser et inviter tout le monde autour de la table pour recoller les morceaux.

Le chef de l'Abwehr avait un flair hors du commun, de son côté Walter ne faisait aucun effort pour dissimuler ses réelles intentions, ce qui lui facilitait quelque peu la tâche : - Depuis le temps que je vous pratique, je crois vous connaître mieux que vous-même. Il y a quelque chose d'autre qui vous tracasse ?

Tout chef du département VI qu'il était, il devait bien avouer avec un soupçon d'amertume que l'aide de son rival lui était indispensable pour obtenir une chance de résoudre la question des émetteurs suisses et ensuite avoir une opportunité de remonter le fil jusqu'au nid où se tapissaient les traîtres. Aucun doute ne subsistait, ils étaient de toute évidence plusieurs, puisque Gehlen lui avait prouvé que les renseignements en sa possession démontraient qu'ils ne pouvaient provenir d'une seule et unique source. Il était persuadé, pour peu qu'il y mît les formes, que Canaris ne ferait pas trop de difficultés pour l'épauler. Walter admettait volontiers que l'homme fût un comploteur dissimulé en toute habilité par sa charge - ce qui lui convenait souvent plus que cela ne contrecarrait ses plans - cependant, il en avait la certitude, pas au point de concéder quoi que ce soit aux Soviétiques ni à un quelconque renégat. Subversif, aucun doute sur cela, mais pas en trahissant sa patrie, que du contraire. Aussi peu national-socialiste que nationaliste convaincu, variante empire allemand avec la photo de Guillaume II posée quelque part entre deux bougies et préférant lire le soir venu les mémoires de Bismarck que le peu appétissant « Mein Kampf ». L'affaire Hans Oster en était la preuve évidente : - Un vieux tourment en forme de gruyère, amiral.

Le marin sourit, satisfait d'avoir raison une fois de plus : - Un gruyère dont les trous commencent à se boucher, votre ami Guisan a jugé bon de faire la démonstration d'une précaution tout helvétique. L'effectif de ses cent mille hommes de troupe postés à la frontière a curieusement tendance à doubler depuis une semaine. La confiance ne règne pas, on dirait. Ce à quoi je ne peux leur donner tort, nous sommes parfois tellement imprévisibles !

- Les Suisses prêchent tout simplement par excès de prudence, comme toujours.

Canaris balaya l'objection d'un large revers de main, il ne put que donner raison à son geste, sa réflexion était ridicule, en tout cas pas digne du chef d'un service de renseignements qui se respecte : - Les Suisses ont tout bonnement peur. Ils étudient attentivement ce qui se passe en Italie et scrutent nos intentions comme si nous leur présentions des billets de banque falsifiés. Il avait lâché cette phrase en le regardant droit dans les yeux : « Ils savent par quel côté nous pouvons briller, on le leur a assez démontré depuis trente-huit. Ils nous croient capables de les envahir au moindre faux mouvement, ce pour quoi je ne peux les blâmer. Cela dit, laissez-moi vous reposer la question, que voulez-vous obtenir de moi, Walter ».

Walter ne souleva pas l'allusion à la fausse monnaie, Le secret était trop bien gardé pour qu'il en ait eu vent, mais le doute était de mise, il savait bien que l'homme détenait plus d'un tour dans son sac qu'il avait immense : - Presque rien, je commence par le plus simple, l'accès à tous les rapports de la station d'écoute sur le Salève.

- Quelle drôle d'idée, c'est une station que nous opérons en commun, les rapports vous parviennent Berkaerstrasse en même temps qu'ils arrivent sur mon bureau, bon, un jour plus tard, mais qu'est-ce qu'un jour, pas vrai.

Il se garda de faire remarquer que le nombre de feuilles ne devait pas être tout à fait le même après qu'il les eut prudemment expurgées : - Bien sûr, seulement sur place, il n'y a que des hommes de votre département IIIF.

- À qui la faute, à part la vôtre. Si je ne vous connaissais pas si bien, j'estimerais votre manque de confiance offensant !

Le patron de l'Amt VI devait bien avouer que l'amiral avait raison, il avait évité par tous les moyens de mettre le SD de Paris dans le jeu. L'avenue Foch, quel qu'était le numéro, constituait un nid de vipères partagé en petites boîtes communicantes entre elles. Il se méfiait comme de la peste de Karl Bömelburg[347] qui tenterait opportunément de tirer la couverture à lui ce qui pourrait fournir une belle victoire à Gestapo Müller dans sa traque de ce qu'il s'obstinait d'appeler « l'orchestre rouge »; la Suisse restait et devait rester son pré carré contrôlé personnellement depuis la Berkaerstrasse. Envoyer des agents de son département d'écoute de Berlin respirer l'air du col des Pitons aurait pu faire grogner ferme Kaltenbrunner au cas où ce dernier s'en serait aperçu. Malgré l'envie de braver ce risque connaissant que trop bien la grosse gomme employée par l'Abwehr, au dernier moment, il s'était abstenu à contrecœur de les expédier. Il eluda le reproche pour reprendre à zéro en se servant d'une autre porte d'entrée : Des messages impossibles à déchiffrer transmis de Berlin en utilisant l'indicatif d'appel RAHS. un transmetteur à Lucerne, un probable à Lausanne, deux émetteurs

---

[347] Major Karl Bömelburg, chef de la gestapo en France.

localisés à Genève. J'ai même un moment imaginé qu'ils disposent d'une machine Enigma pour communiquer. À vrai dire, j'ai difficile d'empêcher que cette idée continue de creuser des sillons dans mon esprit tortueux.

Canaris eut un imperceptible moment d'hésitation qui n'échappa pas à l'œil attentif de Walter, il répondit avec un peu trop d'empressement au goût de son visiteur : - Et d'où voudriez-vous qu'ils l'obtiennent, au KadéWe[348] ?

L'instinct de Walter lui criait de ne pas abandonner cette piste et sinon de s'en servir comme chiffon rouge pour en retirer quelque chose de plus concret, ce qui n'était pas encore tout à fait gagné : - Vous avez raison, c'est pour ainsi dire impossible, mais dans le cas présent, quoique cela semble absurde, c'est le presque qui me chatouille, mais laissons cela sur le côté pour le moment. Nous ne pouvons pas nous permettre plus longtemps de faire du sur place, des milliers d'hommes le payent de leur vie ou de leur liberté. Vous avez une idée pour la suite, je veux dire la suite immédiate. Comprenez par-là, pouvons-nous collaborer et agir.

Son interlocuteur parut soulagé de la question, et s'empressa d'y répondre sans tarder, ce qui était rare : - Dans un premier temps, ne compter que sur nous et user de la vieille méthode, celle qui fonctionne presque à tous les coups. Des hommes sur place qui s'infiltrent dans les trous de souris. Malgré toute l'amitié que vous leur portez, vous êtes au courant que les services de renseignements suisses ne sont pas chauds à l'idée de nous mâcher le travail. Ils sont en commerce. Cette année, nous ne sommes plus exactement leurs meilleurs clients, ça ne vous aura pas échappé. Sauf que nous sommes toujours en mesure de leur vendre du bruit et de la fureur. Avec cette affaire italienne, vos amis ne savent plus sur quel pied danser et tant que nous ferons la musique, ils iront au bal. Les marchands de gruyère ne nous refuseront rien tant que ne verront pas pointer à l'horizon un char avec une étoile blanche peinte sur sa tourelle. À part nous enfumer autant que faire se peut. Le Spab est parfaitement au courant de tout cela et je parie qu'il peut depuis longtemps les localiser à un pâté de maisons près. Sauf qu'il n'y va pas de leurs intérêts, car ils écoutent aux portes dans l'espérance d'évaluer nos faiblesses pour renforcer leur prise de distance avec le Reich. D'où l'utilité de découvrir un ou plusieurs émetteurs par nous-mêmes. Ensuite, ce sera un jeu d'enfant de leur faire comprendre, tant qu'ils nous craignent encore, qu'en le tolérant sur leur territoire ils donnent un sérieux coup de canif à leur sacro-sainte neutralité. Au point où nous pourrions demander au führer, qui dans son

---

[348] KaDeWe, Kaufhaus des Westens, grand magasin berlinois.

for intérieur semble n'attendre que cette occasion, de les considérer comme des adversaires à anéantir sans perdre de temps à trop réfléchir.

Tout en ne lavant pas le Spab de ses mauvaises intentions, Walter penchait pour le bureau Ha de Hausamann[349] qu'il croyait totalement impliqué et pourquoi pas un maillon important du réseau avec ou sans la connivence de Masson. Plutôt sans, mais il ne pouvait pas écarter d'un trait cette éventualité. Pour arriver à une telle conclusion, il n'avait pas eu besoin de Canaris. Mais pour parvenir à infiltrer un réseau, il ne pouvait se passer de lui et de ses filières. Peu à peu, les agents, aussi bien de l'Abwehr que du SD, s'étaient vus démasqués et condamnés à de lourdes peines d'emprisonnement. Fusillés à l'occasion. En Suisse, seul le fromage se montrait tendre et le chocolat doux, contrairement à l'image qu'ils aimaient donner d'eux. Les pertes avaient été terribles pour les deux services allemands à la différence près que l'Abwehr possédait beaucoup plus d'hommes de terrain que le SD. Des agents depuis longtemps sur le territoire. Bien entraînés, enterrés avec des racines profondes, parfois depuis une dizaine d'années. Dès lors même si cela faisait mal, ils pouvaient se permettre d'en perdre, il en resterait toujours assez ou presque : - C'est ici qu'intervient le plus compliqué, je vous le soumets, vous ne me diriez pas cela si vous n'aviez pas un plan derrière la tête.

Après un long moment de silence, l'amiral concéda avec réticence : - Sur place, nous disposons effectivement de quelques hommes, un particulièrement doué, vit sous les apparences d'un coiffeur, ce qui en général facilite les indiscrétions, les gens ont tendance à s'épancher sous le bruit du ciseau. Il nous a récemment signalé être sur une piste qui pourrait s'avérer prometteuse. C'est une affaire de patience comme la pêche. Vous pratiquez la pêche Walter. Non, bien sûr que non, sous des aspects de gentil garçon, vous êtes un dangereux carnivore, c'est la chair du mammifère qui vous intéresse.

- Je présume que si je ne vous l'avais pas demandé vous n'auriez rien dit.

- Que vous venez me voir sans rien me demander est tellement improbable que l'idée ne m'a pas effleuré l'esprit. Ceci dit, mon jeune ami, découvrir l'agent émetteur n'est que la partie la plus facile de l'exercice. Vous vous en doutez peut être.

- Le plus dur sera d'exiger des Suisses qu'après avoir fait leur localisation, ils les laissent continuer le temps que nous trouvions la source à Berlin !

---

[349] Bureau Ha service de renseignement dépendant de Hans Hausamann, théoriquement soumis au SR suisse. Voir « un été suisse ».

- En plus d'être jeune, vous êtes retors. Ça vous dirait de travailler à l'Abwehr ?
- Cette fois, vous vous trompez amiral, l'Abwehr devrait travailler pour moi.

La soirée avait succédé toujours aussi chaude, mais il avait le sentiment de ne pas avoir perdu son temps. Il se demandait encore de ce qui l'avait convaincu que le chef de l'Abwehr se doutait de l'identité des traîtres. Chaque mouvement à son heure, en attendant, il avait bien plus à réclamer aux Suisses que ce que supposait son hôte.

Berlin, Berkaerstrasse, mercredi 11 août 1943

Entre le lever et le coucher de soleil, sans faire preuve d'états d'âme particuliers, Marliese franchissait à intervalles réguliers sa porte pour l'alimenter d'un lot quotidien de nouvelles, parfois bonnes – c'était devenu rare - ou alors franchement mauvaises ; dans la minorité des cas importante à défaut de quoi, la plupart du temps risibles tout en l'obligeant à conserver un sérieux de circonstance. À cause d'un manque d'effectifs récurant, chaque jour, la même question se reposait, les prendre en considération ou les ignorer le temps qu'elles disparaissent comme par enchantement ce qui était une perspective fort improbable dans un pays ou la moindre virgule poursuivait son chemin animé d'une vie propre. Certaines informations, sinon la plupart, méritaient de se voir reléguer sur le tas situé dans le coin droit de son bureau en attendant d'examiner leur progression que ce soit dans un sens ou dans l'autre. La pile du côté gauche, celle qu'il nommait le purgatoire, arrivait à peine à la moitié de la taille de l'autre et bénéficiait d'une certaine priorité. En tant que responsable d'Amt, il était fatigué de réclamer plus d'effectifs. À l'autre bout, Himmler s'était lassé de ses demandes à répétition et n'avait pas manqué de le lui faire savoir à l'aide d'une verdeur dénuée de détours inutile.

Walter en était là de ses pensées alors qu'il finissait de parcourir la note transmise par l'OKW établissant que le plan Alarich s'appellerait dorénavant Asche et absorberait les actions Konstantin[350], Siegfried[351], Kopenhagen[352] avec en prime la capture de la flotte de La Spezia. Les génies du bac à sable de Zossen après

---

[350] Konstantin, immobilisation des forces italiennes dans les Balkans
[351] Siegfried, retrait des troupes italiennes de France.
[352] Kopenhagen, contrôle des cols à la frontière franco-italienne

avoir voulu simplifier l'opération s'étaient rapidement repentis et pour faire bonne mesure y avaient rajoutés le plan "Student" destiné à capturer Rome. Un air de Barbarossa, l'effet de surprise et quelques divisions en moins. Au moins, ça devait leur rappeler de bons souvenirs. Par contre, l'opération Schwartz[353] se voyait abandonnée, ce qui allait faire grincer les dents d'un Skorzeny qui s'imaginait déjà passer les menottes au roi. Il pourrait toujours se consoler avec l'éventuelle opération de délivrance de Mussolini bizarrement nommé Eiche. Gröbl lui avait confirmé par radio que ça ne marchait pas fort de ce côté-là, le chef des Friedenthal se traînait de bar en bar à la recherche d'informations et fanfaronnait à tout va en affectant un air mystérieux.

Les nouvelles allaient dans tous les sens et plus personne ne s'y retrouvait. Plusieurs divisions allemandes avaient « franchi le Rubicon » et ça commençait à renâcler ferme du côté d'un état-major italien humant le cuir des milliers de bottes de son embarrassant coalisé. Demain serait sans doute un autre jour à marquer d'une pierre blanche avec la venue de Rommel dans la péninsule, fort de son récent titre de commandant du nouveau groupe d'armées en Italie du Nord. Himmler, jamais en reste d'initiative lorsque son maître était susceptible de respirer dans la même pièce, lui avait prudemment assigné une garde SS à laquelle - maintenant que la bride se relâchait - Walter avait pour la forme joint discrètement un homme de son département dans l'espoir de vérifier si la température avoisinerait bientôt le zéro. Par la voix du feld-maréchal, les Allemands allaient poser à leurs alliés la question qui fâche et recevoir en retour des assurances auxquelles ils feraient semblant de croire dur comme fer.

S'il n'avait pas eu à subir la soudaine saute d'humeur du Reichsführer à son égard, il aurait bien été manger quelques plats de pâtes en compagnie de ses hommes du côté de Milan ou mieux, dans un des agréables villages situés sur les bords du lac de Côme parmi ceux qui avait le don de faire rêver Irène. Rien ne valait le contact direct pour se rendre compte de la température ambiante. À la demande de Gröbl, il accepta d'affecter quelques dizaines de milliers de fausses livres sterling supplémentaires pour délier les langues. Ce dernier avait réussi à le persuader que le contexte était favorable, les alliés avaient introduit une nouvelle lire italienne et tous ceux qui présageaient la défaite allemande, c'est-à-dire la majorité des Italiens, désiraient se débarrasser de l'ancienne monnaie au plus vite.

Brillante idée d'ailleurs, le rusé Gröbl avait récolté plus rapidement que prévu les fruits de son initiative en apprenant à coup de billets que le Duce avait quitté la

---

[353] Capture du roi Emmanuel III et de l'état-major.

péninsule pour une île. Ces dernières ne manquaient pas, mais c'était un bon début. En outre, il avait conservé d'excellentes relations d'affaires au sein du port de Gênes et en particulier avec son ancien commandant qui lui avait fourni avec complaisance une lettre de recommandation à l'attention de ses collègues.

Berlin, Berkaerstrasse, dimanche 15 août 1943

Walter était d'humeur maussade, pour échapper à la chaleur étouffante, il avait projeté d'emmener l'après-midi Irène et les enfants au lac de Wansee et il était agacé d'avoir dû malgré lui frustrer cette fois encore leurs attentes.

Höttl, rentré en urgence de la capitale italienne, terminait de touiller son café en même temps que l'histoire abracadabrante des dernières péripéties de son équipe romaine.

Gröbl avait réussi à se faire arrêter pour espionnage et s'était retrouvé en prison. Par chance, il avait fait preuve d'un réflexe peu commun en se faisant passer pour un agent anglais préparant l'arrivée des alliés. Le juge s'était empressé de le faire libérer contre quelques liasses de livres sterling. La chance et le papier-monnaie à l'effigie de la couronne britannique étant de son côté, il avait enfin localisé le lieu où se trouvait détenu Mussolini, l'île de Santa Maddalena.

- Ce n'est pas tout, en tout cas, pas ce qui a justifié ma venue à Berlin. Préparez-vous à découvrir une jolie surprise. Une de celle qui ne peut en aucun cas s'annoncer par les ondes. Avant-hier, la comtesse Edda Ciano[354] m'a fait contacter par l'entremise de Dollmann[355] qui leur a toujours servi de traducteur officiel avec qui ils ont gardé le contact. Edda et son mari sont placés en résidence surveillée par Badoglio qui hésite sur la conduite à tenir à leur sujet. Ce n'est pas non plus la prison, car elle a le droit de sortir promener une heure chaque après-midi, c'est d'ailleurs ainsi que Dollmann a pu lui parler, le gardien chargé de veiller sur elle a préféré contempler quelques billets que la robe de la comtesse. Selon elle, les conditions pourraient rapidement se durcir. Avant qu'il ne soit trop tard, elle veut que nous les soustrayions à leur vigilance pour leur permettre de se rendre en Allemagne avec leurs enfants. En réalité, cela ne constituerait qu'une étape avant de gagner l'Espagne. Ce qui actuellement leur est impossible, les Italiens refusent de leur délivrer un passeport.

---

[354] Edda Ciano, comtesse de Cortellazzo et de Buccari, née Edda Mussolini, fille ainée de Mussolini.
[355] Lieutenant-colonel Eugen Dollmann.

Contre toute attente, son subordonné parvenait à encore le surprendre, il aurait eu bien de la peine à deviner l'étrange demande. Ciano faisait preuve d'une remarquable présence d'esprit et d'un sang-froid de crocodile en laissant son épouse mener les tractations, lui s'était un peu trop impliqué pour revenir jouer sur le devant de la scène, cette fois, il devait se contenter de l'arrière-plan : - Rien que ça, quel aplomb ! Et d'après elle, pourquoi le ferions-nous ?

Comme toujours l'autrichien Höttl savait à merveille ménager ses effets, avec un rien d'imagination on l'aurait cru entretenir une simple conversation mondaine dans un salon huppé viennois : - Le comte Galeazzo tient depuis des années un journal personnel. Il représente une fortune d'informations pour celui qui parvient à mettre la main dessus.

Le bruit courrait depuis tellement de temps sur les secrets qu'il avait consigné dans son journal que ça devait être vrai. Le couple Ciano ne s'aventurerait pas dans une telle négociation sans monnaie d'échange. Le patron de l'Amt IV devait en convenir, posséder ce journal devenait indubitablement un atout majeur dans la fosse aux lions du troisième Reich. Si le prix à payer consistait en l'évasion du couple, ce serait fort peu payé, sauf que Ciano était parvenu à se faire détester par l'ensemble de la classe politique ce qui n'était pas insurmontable comparé au fait qu'il avait contribué à la destitution de son beau-père, ce qui lui valait l'aversion d'Hitler.

D'un autre côté, Walter le savait, celui qui aurait en sa possession le sulfureux journal tiendrait von Ribbentrop par les parties sensibles, car il aurait le pouvoir rarissime de le discréditer de manière considérable aux yeux du führer. C'était aussi le seul qui avait l'autorité d'approuver l'évasion du couple. Celui qui était le plus intéressé par la chute du ministre des Affaires étrangères se nommait Heinrich Himmler. Ce dernier, bientôt ministre de l'Intérieur, se retrouvait plus que jamais en capacité d'influencer son maître. Quant à lui, ce ne serait pas la première fois qu'il reviendrait en grâce par l'entremise d'une offre alléchante ; après tout, il était l'officier préféré du bon Heinrich. C'était jouable. Pris entre Kaltenbrunner et Karl Wolf devenu le chef suprême des SS et de la police en Italie, il fallait prendre sans tarder une décision : - Wilhelm, ne me dites pas que vous avez déjà échafaudé un plan ?

LE MAUVAIS FILS

Berlin, 103 Wilhelmstrasse, jeudi 19 août 1943

Willy Gröbl d'ordinaire si déluré, avait malheureusement commis l'erreur fatidique de transmettre de façon prématurée à Otto Skorzeny les informations glanées sur le port de Naples à grands coups de livres sterling. Ce dernier en soif de résultat s'était empressé d'affréter un appareil pour pouvoir survoler Santa Maddalena, endroit supposé de la détention de Mussolini. La chance n'était pas du voyage, l'avion tombé en panne de moteur en plein vol avait dû amerrir près de l'île alors qu'il n'était pas prévu pour cette fonction. Une autre version établissait qu'ils s'étaient fait mitrailler. Quoi qu'il en soit, La bête humaine avait failli périr noyée dans la carlingue dont il avait été extrait au dernier moment. Walter éprouvait une joie malsaine en l'expliquant à Himmler et pour couronner le tout, se permit la petite phrase de trop : - Skorzeny a fait tout rater. Si le Duce était emprisonné à cet endroit, les gardiens n'auront pas manqué de remarquer un appareil allemand tourner au-dessus d'eux dans le but de les photographier avant de tomber à l'eau. Si Badoglio possède trois sous de bon sens, le Duce est déjà loin à l'heure qu'il est.

L'œil noir du Reichsführer le fixa en plissant les yeux et chose rare chez lui qui se voulait impassible en toute circonstance, sous la moustache tirée au cordeau, la bouche se chiffonnait de mépris ce qui avait pour effet de le faire paraître souriant. Walter savait que son chef forçait la dose et n'éprouvait aucune crainte : - Voilà qui va faire plaisir à Kaltenbrunner qui porte Skorzeny en grande estime. Dois-je vous rappeler que le capitaine a fait une très bonne impression au führer.

- Faire bonne impression n'est pas suffisant, il faut aussi parvenir à obtenir des résultats.

Manifestement, Himmler guettant le moment approprié n'attendait que cette réflexion pour lui sauter dessus : - Lorsque le résultat consiste à recueillir des inepties, il vaut mieux s'abstenir et rester sur une bonne impression. À ce propos, nous nous sommes entretenus à votre sujet, Ernst se demande avec tout le sérieux qui le caractérise si votre place ne serait pas justifiée en camp de concentration. Du côté intérieur des barbelés, cela va de soi. Vous et tous ceux qui ont contribué à ce rapport déplorable sur la situation en Russie pour les six premiers mois de l'année que vous lui avez envoyés. Il vous accuse de défaitisme, rien de moins que cela. Ce qui est une étiquette très lourde à porter dans le Reich, vous en conviendrez Schellenberg.

Avec les derniers évènements, Walter avait perdu de vue son rapport semestriel de situation, maintenant, il se souvenait avoir transmis l'original de ses conclusions à Himmler, il était certain qu'il l'avait lu en détail et que son avis était sensiblement différent. La copie destinée à Kaltenbrunner restait une obligation élevée au rang de pure formalité. Il aurait aussi bien pu annoncer au successeur d'Heydrich que les Russes étaient arrivés à la porte de Brandenbourg que ce dernier aurait exigé une enquête en bonne et due forme de la Gestapo sur les colporteurs de mauvaises nouvelles : - Une partie du compte rendu provient du FHO.

- Ce n'est pas ce Gehlen qui parviendra à me convaincre. Ce colonel est juste bon à impressionner ces messieurs à bandes rouges de L'OKH. Vous tenez à jour la liste de ses erreurs ?

Walter sachant ce qu'il faisait s'entêta. Himmler aimait chez lui cet aspect d'élève borné à qui il pouvait donner une leçon : - Le rapport ne fait que décrire la montée en puissance de l'industrie soviétique conjuguée à l'aide américaine. Des milliers de prisonniers ont été interrogés, leurs dires corroborent les autres sources. Avant de parler de défaitisme, mon « chef » doit se rappeler que Stalingrad s'est passé au début de l'année, et Koursk à la fin des six premiers mois de la même année.

- Si vous songez que le führer peut en prendre connaissance, c'est que vous êtes bien plus idiot que je ne l'ai jamais pensé. Kaltenbrunner vous reproche également d'avoir fait le malin en Turquie en vous prenant pour le chef du renseignement allemand.

La liste des récriminations de Kaltenbrunner à son encontre devait à présent atteindre celle d'un livre de bonne taille : - Si ça lui chante, il a tout loisir d'aller lui-même discuter avec Memeth[356]. Notre situation là-bas devient franchement bancale pour employer un faible mot. La pression des alliés se fait chaque jour plus forte. Le MEH a besoin de voir chez nous une unité, même de façade au risque de nous tourner pour de bon le dos. Mon département est en mesure de lui offrir une certaine garantie. Sans m'avancer, je crois qu'il m'estime digne de confiance. Ernst souhaite vraiment qu'ils nous déclarent « persona non grata » ? Ribbentrop nous désavantage jusqu'à plus soif sans que nous en ajoutions à notre tour. Walter savait que le seul fait d'évoquer le nom du ministre des Affaires étrangères détournerait durablement la colère du « bon Heinrich ». Il allait invoquer le peu de présence de Canaris en Turquie, mais après réflexion, il jugea cette visée inutile pour l'instant. Il garda ses commentaires en reserve pour les lui servir quand une meilleure occasion se présenterait. À chaque jour sa dose, mais quelques gouttes de venin de rab, pourquoi pas : - « L'ex-vendeur de champagne cherche

---

[356] Mehmet Naci Perkel : directeur du Service de sécurité nationale Riyâseti. Milli Emniyet Hizmeti MEH

à prendre l'initiative à Ankara, il leur a déjà accordé le transfert de la dépouille de Mehmet Talaat Pacha[357]. En s'y prenant de cette façon, il nous écarte en devenant leur interlocuteur privilégié et bientôt, nous ne contrôlerons plus rien là-bas. Ernst en est-il conscient ?

Himmler marqua le coup, cette décision qu'il se réservait en tant que nouveau ministre de l'Intérieur lui avait profondément déplu, mais Hitler l'humiliant devant son pire concurrent avait tranché en faveur de von Ribbentrop sans prendre son avis en compte, : -Vous trouvez réponse à toutes mes questions Schellenberg.

- Reichsführer, mon travail consiste à trouver un maximum de réponses.

Le « bon Heinrich » nécessitait sa mesure quotidienne de cruauté même largement diluée et Walter n'avait jamais pensé s'en tirer à si bon compte ce matin : - Schellenberg, n'allez pas jusqu'à penser que vous constituez mon unique source de renseignements.

Depuis longtemps, il s'attendait à cette réflexion et la réplique était préparée depuis lors : - Bien évidemment Reichsführer, pourtant je suis la rare exception qui a à cœur d'en réponde à vous seul. Müller s'adresse de préférence à son ami Kaltenbrunner qui devient juge de la pertinence de vous importuner ou pas. Ou de s'adresser directement au führer, mais ça, il se garda de le dire et de toute façon Himmler le savait et en souffrait.

Walter avait mis le bout du pied dans le plat avec l'intention d'éclabousser le moins possible son chef et ce dernier s'essuya à l'aide de sa philosophie particulière : - Le département VI est un affluent important se jetant dans un grand fleuve que d'autres rivières alimentent à leur tour. Figurez-vous Schellenberg que cette affaire Ciano, pour la citer en exemple, était déjà parvenue à mes oreilles.

Pris par son propre jeu, son chef se permettait d'ignorer superbement l'essence même du travail de son responsable des renseignements, celui d'aller creuser en profondeur. Dans le cas de Ciano, il n'avait pas dû excaver bien longtemps. Hermann Goering appréciait l'art et dans quel pays mieux le rencontrer qu'en l'Italie. Depuis des années, le Maréchal du Reich et Galeazzo Ciano entretenaient les meilleures relations concrétisées par de fréquentes visites du premier chez le second à Rome. Ce n'était un secret pour personne, le gendre du Duce s'épanchait avec une facilité déconcertante dans l'oreille que lui prêtait un « ami ». À plus forte raison si cet « ami » était tout comme lui un aviateur, ce qui

---

[357] Mehmet Talaat Pacha, ministre de l'intérieur, un des trois hommes dirigeant le gouvernement ottoman jusqu'en octobre 1918. Principal organisateur du génocide arménien, assassiné à Berlin le 15 mars 1921.

contribuait à entretenir une certaine complicité. Quant à ce côté-ci des Alpes, Hermann et Heinrich s'entendaient comme larrons en foire dans la lutte qui les opposaient à von Ribbentrop. L'un avait donné à l'autre, à charge de revanche, le clou à enfoncer dans la planche du führer pour empêcher le ministre des Affaires étrangères de s'y asseoir et ce journal n'en était rien moins que la pointe enduite de poison. Walter et son équipe romaine se plaçaient comme autant de pièces manquantes du puzzle et il devait avouer que ce rôle lui convenait à merveille. Pour l'instant du moins. Ce n'était d'ailleurs pas la première fois qu'il tentait de faire trébucher le marchand de champagne préféré du führer en utilisant le pied d'un autre.

Suivant sa nouvelle habitude, Himmler se leva pour aller regarder par la fenêtre et continuer à lui adresser la parole en lui tournant le dos. Peut-être pour ne pas afficher sa satisfaction alors qu'il en venait à ce qui l'excitait : - A présent, parlons en détail de cette affaire Ciano, ce fameux journal constitue un intérêt particulier, j'en conviens. Le führer à qui j'ai présenté la requête de la comtesse la garde en grande estime. Il marque son accord pour que vous me soumettiez un plan pour la soustraire à Badoglio à la condition qu'il nécessite peu de moyens.

- Seulement la comtesse ?
- Et ses enfants, le Duce reste son ami et quoiqu'il arrive son sang doit être préservé.
- Et le comte ?
- Le führer estime qu'il est bien là où il se trouve.
- Reichsführer, je doute que ce soit suffisant, il n'y a aucune chance que la comtesse quitte Rome en abandonnant son mari. Galeazzo s'est toujours montré un coureur de jupons invétéré ce qui n'a jamais échappé à son épouse, mais des liens incompréhensibles les unissent. Je crois savoir qu'elle s'est montrée résolue à ce sujet. Il ne faut pas perdre de vue que le journal personnel de son mari n'est pas en sa possession. Galeazzo n'est pas tout à fait idiot.

L'attrait du journal personnel avec la perspective de tout le mal qu'il pourrait infliger à von Ribbentrop le fit céder sans batailler : - Soit, je tenterai de convaincre le führer. Ce ne sera pas facile, mais je crois pouvoir y parvenir. Dans ce cas, promettez-lui un avion pour l'Espagne en échange de son journal personnel. Bien entendu, l'avion devra d'abord passer par chez nous.

- Cela va de soi, Reichsführer.

LE MAUVAIS FILS

Berlin, Wilhelmstrasse, mardi 24 août 1943

Depuis le samedi précédent, les immeubles de la capitale donnaient l'impression de s'enfoncer sous terre.. En début de nuit, les aviateurs anglais animés d'une obscure prémonition étaient parvenus à infliger à nouveau un violent bombardement à la ville, touchants dans une même incursion aérienne Lichtervelde, Sanbvirtz, Mariendorf, Tempelhof, Friedenau, Stieglitz et Schöneberg. Au-delà des quelques insignifiantes piqûres de moustique, cela établissait que, comme ailleurs, aucune défense n'était en mesure de les stopper. Cela démontrait aussi que malgré les pertes qu'ils subissaient, soixante bombardiers sur plus de mille, cela les inciterait à revenir encore et encore à chaque fois plus nombreux.

À l'exception des bureaux de Goering, le quartier des ministères avait été épargné. Malgré un discours d'investiture enthousiasme prononcé en présence du führer, Heinrich Himmler ne put éviter de se muer en ministre de l'Intérieur dans une ambiance des plus moroses dissimulée sous l'engouement de circonstance des invités. Assis au troisième rang, Walter admirait la naïveté presque infantile de son chef. Rapidement, le principal sujet de ses préoccupations revint le distraire de l'ennuyeuse cérémonie. Le même jour, son voisin de droite dans le rang devant lui, le général Karl Wolf, comme toujours tiré à quatre épingles, était nommé officiellement chef suprême de la SS et de la police en Italie après avoir quitté ses fonctions auprès d'Himmler. Comme un tourment venait rarement seul, il entraînerait derrière lui Wilhelm Harster désigné à son tour dirigeant du SD en Italie. Le mille-feuille habituel.

C'était la magie du gâteau multicouche nappé à la sauce Hitler. Wolf et Harster n'appartenaient pas au RSHA tout en devenant ses supérieurs dans la péninsule. Pour corser le tout, les deux s'étaient métamorphosés au fil des ans, se transformant en ses ennemis personnels en même temps que ceux d'Heydrich. Cette fois, il ne devait pas trop compter sur l'appui du Reichsführer pour édifier un rempart, Wolf avait longtemps représenté l'officier de liaison du führer ce qui avait à force tissé certains liens à peine ternis par une affaire de mariage. Pour ne pas risquer de voir ses ailes fumer, il devait se tirer au plus vite du problème italien. Néanmoins pas dans l'urgence que lui dictait la prudence, son instinct lui soufflait dans l'oreille que Wolf n'était pas l'aigle gris dont il s'évertuait à donner l'apparence. C'était principalement ce dernier qui avait manœuvré auprès d'Hitler pour qu'il ne soit pas nommé à la tête du RSHA après la disparition du général. Si Walter était convaincu que cette machination avait représenté une réelle chance, ce n'était pas une raison suffisante pour ne pas lui rendre la monnaie de sa pièce si l'occasion se présentait.

LE MAUVAIS FILS

Rome, vendredi 27 août 1943

Wilhelm Höttl avait pris cinq jours pour mettre le plan au point et aurait souhaité d'en disposer du double. Le temps pressait, un grand nettoyage pointait le bout de son nez dans la péninsule avec un début de commencement à Rome ; Badoglio s'était lancé dans une véritable chasse aux sorcières contre les dignitaires de la dictature mussolinienne. Dans la nuit du vingt-trois août, le chef fasciste Ettore Muti[358], grand ami de Ciano, avait été arrêté par des carabiniers alors qu'il se trouvait dans sa villa située en bord de mer à Fregene. Muti avait soi-disant tenté de s'enfuir avant d'être abattu dans une forêt proche de Fiumicino. L'ancien ministre des Affaires étrangères se voyait devenir une des prochaines victimes sur la liste établie par le nouveau chef du gouvernement. Le maréchal semblait fermement décidé à faire écarter tout ce qui représentait une menace envers son autorité.

Les instructions de Schellenberg étaient très claires, en quittant l'Italie, il devait se rendre au plus vite non à Berlin, mais bien à Munich accompagné de la famille Ciano et les installer sous bonne garde dans une superbe villa à Oberallmannshausen. Leur future résidence sur les bords du lac de Stanberg ressemblerait plutôt à une prison dorée du SD, dont l'avantage principal serait de se situer loin des griffes de von Ribbentrop si pas entièrement hors de la portée du doctrinaire ministre. À aucun moment, le fait de ne pas réussir à quitter la péninsule en compagnie des fugitifs n'avait été mis sur la table. Personne n'osait penser aux conséquences en cas d'échec.

Il dut encore tenir en compte que l'affaire ne pouvait que se passer qu'en douceur, sans aucune violence, sans exhiber d'armes. Dans l'état actuel des relations tendues, rien ne pouvait donner une quelconque prise au gouvernement italien. Himmler en personne, sans doute mis en garde par son maître, s'était montré intransigeant sur le sujet. Par gravité, il en était devenu le dépositaire en tant qu'ultime responsable de la consigne. Le plan s'était donc résumé à sa plus simple expression. Aucune fioriture, aucune alternative, rien d'autre qu'une action rapide ne laissant à l'adversaire ni le temps ni de réfléchir ni de se retourner Il n'avait même pas osé envisager d'échouer.

Sans faire de difficulté, von Richtofen[359] avait avec beaucoup de complaisance mis un avion à leur disposition ainsi que le camion indispensable à la deuxième

---

[358] lieutenant-colonel Ettore Muti, ancien secrétaire du parti PNF, Aviateur, héros de la guerre d'Espagne surnommé « le Cid volant », rejoint le service de renseignement militaire en 1943.
[359] général feld-maréchal von Richtofen, commandant de la flotte aérienne allemande en Italie.

partie de l'évasion. Malgré son désir d'aider à la réussite du projet, le général feld-maréchal ne pouvait faire beaucoup plus. Sur ordre délibéré d'Hitler Kesserling devait être maintenu dans l'ignorance de l'affaire jusqu'à leur arrivée en Allemagne ou s'ils jouaient de malchance leur arrestation par les hommes de Badoglio.

Malgré la préférence de Kappler pour des modèles allemands réputés plus fiables, Gröbl avait procédé auprès de malfrats locaux de ses relations à l'achat discret de deux voitures américaines très puissantes, une Packard et une Chevrolet, chacune payée avec de fausses livres.

Le jour dit, l'une était conduite par Kappler, l'autre par leur officier de liaison avec la police italienne. Gröbl se trouvait en renfort à ses côtés, les trois hommes connaissaient bien les rues de Rome et en cas de problème susceptible de modifier l'itinéraire au dernier moment ils se retrouveraient sans trop de peine dans le dédale de rues romaines.

Contrairement à son épouse, Galeazzo Ciano s'était vu privé de sortie, mais pouvait circuler à sa guise tant qu'il veillait à ne pas dépasser les limites de leur résidence. Instruit en détail par Dollmann, serviette à la main, il franchit par surprise la porte d'entrée de l'immeuble de la via Angelo Secchi à l'heure dite sans éveiller l'attention de ses gardiens. Il sauta dans la Chevrolet qui repartit immédiatement, suivie par l'autre voiture, vers sa deuxième destination, le lieu où la comtesse devait embarquer à son tour.

Edda Ciano accompagnée de ses trois enfants Fabrizio, Marzio, et Raimonda se promenaient avec beaucoup de sang-froid, remontant lentement la viale Parioli en direction de la piazza Santiago del Cile, suivis à une distance fort raisonnable par leurs deux gardes. Ce matin-là, suivant les instructions, ils avaient décidé de ne pas aller comme d'habitude au parc de la viale Romania, se contentant d'effectuer un simple tour du pâté de maisons.

Après avoir vérifié que l'avenue était déserte, le chauffeur de la Packard stoppa à leur niveau alors qu'ils abordaient la place, Gröbl jaillit de l'avant du véhicule pour ouvrir la porte arrière et les aider à monter. Cinquante mètres plus loin, les gardes grassement payés eurent le bon ton de regarder ailleurs le temps de la manipulation. Leur prix incluait quinze minutes de silence supplémentaires avant de retourner sans se presser via Secchi donner l'alerte.

La via Secchi au nord de Rome était éloignée de trente kilomètres de l'aérodrome de Scampino situé à l'opposé Sud de la ville. Distance franchissable en à peine une heure en maintenant une allure raisonnable, celle pour qui convenait pour ne pas se faire remarquer dans la circulation de midi. À ceci près que le plan incluait une petite astuce mise au point par Gröbl. Après trente minutes, le temps nécessaire à ce que l'alerte soit donnée, ils stoppèrent le long des voies de chemin de fer via latino Silvio à l'endroit où le camion également à leur disposition par un von Richtofen décidément très volontaire les attendait avec son chauffeur et un lieutenant de la Luftwaffe assis à ses côtés. Une fois le transbordement de la famille achevé, la bâche refermée et les voitures abandonnées, ils nécessitaient d'encore environ vingt-cinq autres minutes avant atteindre leur destination. Le camion de la Luftwaffe pouvait rouler bien plus vite que les deux voitures sans attirer l'attention, les carabiniers étaient depuis le temps familiarisés aux mauvaises habitudes allemandes qui consistaient de foncer à tombeau ouvert à travers la ville.

Toutes les routes étaient surveillées par les hommes de Badoglio. Par chance, seuls les militaires allemands avaient le droit de fouiller un véhicule de l'armée allemande.

Arrivés à l'aéroport sans encombre, ils durent néanmoins stopper à la barrière pour subir le contrôle des papiers. À l'arrière un des enfants se mit à pleurer. La sentinelle allemande qui ignorait tout se fit méfiante et prétendait à présent de jeter un coup d'œil à l'intérieur de la zone de chargement du camion. Le poste italien qui se composait d'une trentaine d'hommes se trouvait à deux cents mètres de là, si Ciano devait sortir, il y avait de grandes chances qu'il soit reconnu. Le lieutenant allemand qui les accompagnait eut le bon réflexe de hausser le ton et de copieusement engueuler la sentinelle. La discipline allemande fit le reste, il leva la barrière en claquant des talons.

Un vieux Ju52 de transport attendait sur le terrain. Les Italiens disposaient d'un autre poste de contrôle près de la piste. Gröbl demanda au chauffeur de reculer avec le camion en marche arrière contre la porte d'embarquement de l'appareil. Dix minutes plus tard, l'avion prenait son envol à destination des Alpes avec ses passagers.

L'opération menée de main de maître se serait vue couronnée d'un succès total si Ciano méfiant n'avait prudemment omis de quitter l'Italie avec son précieux journal. Pris dans le feu de l'action, Höttl n'avait pas pensé à vérifier qu'il l'emportait bien avec lui dans sa serviette. De toute façon, cela n'aurait rien changé, une fois lancé, l'action ne pouvait se voir stoppée sans encourir des risques inenvisageables.

LE MAUVAIS FILS

Berlin, Hôtel Adlon, Parizer Platz, samedi 01 septembre 1943

Himmler ne décolérait pas sans pour autant lui faire endosser la faute bien qu'il ne devait pas être loin de le penser, ce qui en soi n'affectait pas outre mesure l'humeur de son chef du renseignement. Autant qu'à faire pourquoi ne pas le contenter si cela servait pareillement ses intérêts et c'était on ne peut mieux le cas : - Si notre ministre de la propagande n'avait pas incité lourdement pour obtenir la fermeture des restaurants, je vous aurais invité chez Horcher. Maintenant pour se régaler de sa cuisine, il faut prendre l'avion jusqu'à Madrid à condition d'avoir des relations, ce qui, vous en conviendrez, n'est pas des plus pratique. On raconte qu'ainsi Goebbels a voulu se venger d'Hermann Goering qui était devenu son meilleur client, affirmation dont je ne doute pas un instant. Quant à Josef, le bruit court que depuis son enfance, il se nourrit presque uniquement de gâteaux au sucre, ce qui a aussi pour effet de nuire à la croissance et autres aléas de la sorte. Ceci expliquant cela. C'est vrai qu'il est maintenant un peu tard pour changer ses mauvaises habitudes.

Walter remarqua que son invitée était surprise par le commentaire, cependant elle fit mine de rien à part laisser naître un léger sourire sur ses lèvres, elle connaissait de réputation l'humour particulier de son élégant chef sans jamais avoir eu l'occasion de le rencontrer. Elle choisit de répondre poliment à la première partie sans se mouiller outre mesure : : - Hélas, à mon plus grand regret, je n'y ai jamais mis les pieds, on raconte que c'était le restaurant le plus exquis de Berlin, mais l'Adlon fera tout aussi bien l'affaire, général, l'endroit est réellement merveilleux. J'ai déjà eu la chance d'y venir à deux reprises, et ce lieu me fait toujours autant d'effet.

Hildegard qui savait parfaitement à qui elle avait affaire était une flatteuse, un bon point de gagné pour ce qu'il attendait d'elle : - Juste le grade en dessous chère madame, mais je vous remercie de l'attention, qui sait, un jour. Oui, ici, ça semble tout aussi parfait pour notre petite réunion qui doit rester discrète et en cas de besoin, Louis[360] a fait aménager un bunker dans les caves ce qui peut s'avérer très utile dans certaines circonstances, de celles qui ces derniers temps se répètent un peu trop souvent au goût des Berlinois. Il changea de sujet : « Hildegard Burkhardt, vous êtes née le seize septembre dix-neuf à Obernissa près d'Erfurt. Diplômée en langue italienne, vous avez été la secrétaire du major

---

[360] Louis Adlon.

Helmut Löss lorsque celui-ci avait son bureau à l'ambassade d'Allemagne à Rome ».

- Exact

Je n'ai aucun mérite, c'est ce que je lis dans votre dossier. Il faut bien commencer quelque part, vous en conviendrez avec moi n'est-ce pas. Quand Löss a été envoyé à Kiev, vous êtes devenue la secrétaire de Wilhelm Höttl. Walter ne lui précisa pas que c'était à sa demande qu'il avait été prié de quitter la ville éternelle.

- Pour être exact, je n'ai jamais eu d'autre affectation au RSHA que le département VI. Je suis devenue sa secrétaire, mais aussi sa traductrice.

Il laissa la conversation en suspens le temps de boire une gorgée de sa tasse de café qu'il reposa lentement sur la table basse qui les séparait : - Vous avez tort de ne pas vouloir en commander une tasse, il est excellent du moins pour les critères qui sont ceux de notre quotidien. Pour le reste, je ne peux que vous féliciter de votre décision, mon département, s'il n'est pas encore parfait, reste de loin le meilleur. Je connais Wilhelm depuis longtemps, il a toujours su faire les bons choix et eu le chic pour savoir bien s'entourer. Je vois aussi que vous avez un grade équivalent à celui de major. Mariée au lieutenant-colonel Gerhard Beetz qui lui sert le Reich à l'état-major général à Zossen. Votre mari accepte sans broncher que vous fassiez partie du SD ? Nous ne sommes pas précisément appréciés à notre juste valeur chez ces messieurs aux bandes rouges.

L'apparente douce jeune fille l'observa un court moment avec du défi dans le regard avant de lui lancer : - Je ne lui en ai pas demandé la permission et encore moins sa bénédiction.

Il nota le trait de caractère tout en faisant mine de ne pas avoir entendu et poursuivit sur le même ton aimable : - Engagée au SD en octobre trente-neuf. Pas encore vingt-quatre ans et vous suivez une fort belle trajectoire. Vous êtes aussi à l'initiative en janvier de l'interception de la communication secrète d'un certain Dulles destinée au département d'État américain. Celle-ci contenait la confirmation irréfutable qu'un groupe d'activistes anti-allemands proches de Mussolini soutenaient un coup d'État et pourraient potentiellement livrer l'armée et la marine italiennes aux côtés des Alliés. Cela n'a pas manqué d'être remarqué par le Reichsführer en personne.

Elle ne le crut pas, ce en quoi elle avait raison, mais répondit toutefois fort poliment à son si aimable chef: - Je l'ignorais, c'est trop d'honneur, je n'ai fait que mon travail. Mais ça reste toujours exact, c'est d'ailleurs ce qui m'a valu ma promotion au grade. Le télégramme qui a tout dévoilé au grand jour est arrivé à mon bureau au cours de la dernière semaine de janvier. Il contenait des renseignements secrets interceptés à partir des canaux de communication américains, ma connaissance de l'italien a fait le reste et selon les dires du major Höttl, cela a confirmé les soupçons allemands à l'encontre du ministre Galeazzo Ciano et d'autres.

Le message intercepté avait été rédigé par sa vieille connaissance Allen Dulles en personne. À cette époque, le département VI avait déjà réussi à pirater leur câble sous-marin : - Je connais l'histoire. Galeazzo Ciano n'est donc pas un inconnu pour vous.

- Non, bien sûr.

Élégante, fraîche, souriante, et d'une beauté brune et menue, Hildegard pourrait bien faire l'affaire. De toute façon, il ne disposait de personne d'autre : - Je crois que vous allez avoir l'occasion de le voir de près. On le dit coureur de jupon et peu de femmes restent insensibles à son charme à ce qu'il paraît. Il prit le temps de l'observer, aucune rougeur n'apparut sur ses joues. Il continua sur le même ton légèrement frivole : « Je vous ai choisi pour récupérer auprès du comte une chose à laquelle nous tenons beaucoup ».

- Pourquoi moi ?

Il la regarda en souriant naïvement : - Car Ciano ne saurait rester longtemps insensible à votre charme. Il eut beau l'observer longuement, toujours pas de rouge apparaissant aux joues. Vous devrez agir en toute discrétion, son épouse, la comtesse réside avec lui non loin de Munich. Vous habiterez là-bas au titre de traductrice. Je lis que vous parlez aussi anglais, ça pourrait également nous être utile. Höttl sera souvent présent, vous ne rendrez compte qu'à lui en cas de besoin ou à moi bien entendu, vous disposerez de l'accès à ma ligne directe. Marliese, ma secrétaire sait où me trouver à tout moment. Retenez bien ceci, méfiez-vous comme de la peste de tout ce qui peut ressembler de près ou de loin à une émanation des Affaires étrangères. Jusqu'à ce que je vous dise le contraire, ce seront vos pires ennemis. Et je doute fortement qu'un jour je puisse vous assurer du contraire.

Hildegard ne paraissait pas effrayée : - En quoi consiste cette chose ?

Un journal, de ceux dans lesquels on note chaque jour les évènements en y ajoutant des commentaires personnels. Je dis un, mais il s'agit de toute évidence de plusieurs cahiers. Le comte devait nous le remettre à son arrivée en Allemagne, ce qu'il a omis de faire. Il sait que c'est son bien le plus précieux et il semblerait qu'il ne veuille pas s'en défaire sur un simple coup de tête. On pourrait penser qu'il cherche à nous rouler, bien que ce ne soit pas le mot exact. Après tout, l'homme reste simplement d'une prudence exagérée en cherchant à nous soutirer des garanties supplémentaires. À sa décharge, beaucoup de gens veulent sa peau. Vous devez découvrir ou il l'a caché. Vous aurez toute latitude pour le convaincre de nous le remettre et je ne pense pas que vous manquiez de persuasion.

- Jusqu'où devrai-je aller pour cela ?

Comment faire une jolie réponse à une question aussi pertinente : - Là ou votre conscience vous le dicte quand elle regarde l'intérêt du Reich par le prisme de mon département. À présent, je suggère que nous gagnons la salle à manger, je ne sais pas si c'est votre cas, personnellement, j'ai une faim de loup.

Berlin, Tiergarten, samedi 04 septembre 1943

- Si je ne m'abuse, le moment de délivrance est bientôt venu pour votre épouse ?

La réflexion de Canaris l'interpellait, c'était vrai, Irène pouvait accoucher d'un moment à l'autre, mais ce n'était pas autant sa phrase que ce qu'elle impliquait qui le rendit perplexe. Elle mettait en évidence la proximité qui existait entre les deux hommes et l'étendue de l'imbrication de leurs relations, ce lien étroit sans frontière flagrante entre leur famille et leur travail. Cela sauta soudainement aux yeux de Walter, le patron de l'Abwehr était aussi une des personnes qui lui était le plus proche et peut être celle qui le devinait le mieux. Il avait longtemps eu du mal à se l'avouer, il désirait souvent au travers d'une lutte apparente sinon son approbation, tirer profit de ses conseils : - Vous paraissez davantage au courant que ne le serait ma propre famille.

L'amiral l'enveloppa d'un regard malicieux : - C'est que j'en fais probablement partie. Sans trop l'avoir cherché, j'endosse dans votre cœur la place de l'oncle de province, celui issu d'amours coupables d'une tante éloignée. Avez-vous beaucoup de famille Walter ? Évidemment, je ne serais pas le chef des renseignements sans connaître la réponse. De famille qui compte, je veux dire.

Walter prit au dépourvu ne savait pas trop bien quoi lui répliquer qui n'ouvrait pas une porte à deux battants sur son intime. Il s'efforça à gagner quelques instants, le temps de décider de la réponse : - Le terme d'Irène est prévu pour le vingt et jusqu'ici tout à l'air de se passer comme l'a prévu sa gynécologue. L'amiral restait impassible et pour éviter de se voir répéter la question, il se résolut de répondre sans détour à sa demande, après tout, rien de cela n'endossait une quelconque nature secrète : - Mes sœurs et frères ne nous rendent pas visite, sauf une fois mon grand frère, mais ça date de la campagne de France. Mon père et ma mère viennent à Berlin une fois par an. C'est compliqué avec les impératifs du service de leur consacrer le temps qu'ils espèrent et je sens bien qu'ils repartent chaque fois déçus. Peut-être viendront-ils pour la naissance de Sybille. En tout cas, je les avertirai par télégramme. Oui, je sais, ils disposent d'appareil téléphonique et je pourrais employer ce moyen sauf que je ne me sens pas à l'aise pour un échange aussi direct après des mois de silence. Je me promets souvent de leur téléphoner et à chaque fois une bonne raison m'en empêche et cela me rend affreusement coupable. Et vous amiral, vous avez encore vos parents ?

Canaris hocha la tête, semblant satisfait qu'il lui pose la question : - Mon père Carl est mort d'apoplexie six mois avant que je rejoigne l'école des aspirants de marine. Il s'était constamment opposé à cette carrière, il voulait que je devienne chef d'entreprise comme lui. Avec le recul, c'est pourtant un peu ce que je suis devenu. Ma mère est une solide Silésienne de Neisse qui vit toujours dans notre maison familiale à Duisburg. Elle m'a apporté tout ce qui n'est pas prussien en moi, ce qui se résume à la totalité de ce que vous observez devant vous. Mon frère qui se prénommait aussi Carl est mort l'année précédant ma nomination à l'Abwehr, c'était en trente-quatre ; il a néanmoins sauvé l'honneur de la famille en devenant directeur d'une importante fabrique de locomotives, les Henschel. Ma sœur Anna vit toujours, mais nous ne nous voyons plus depuis la guerre. Oui, la famille c'est souvent notre point faible. Regardez César et Brutus. Bon, ils n'avaient pas de lien de sang, un peu comme nous deux. À propos, vous faites preuve d'un aveuglement remarquable pour quelqu'un qui espère devenir le maître du renseignement allemand.

Sacré Canaris, il arrivait sans cesse à rattacher des évènements séparés comme on élabore une sauce particulièrement compliquée : - D'abord, je ne suis pas votre fils adoptif et ensuite qui vous dit que c'est ce que je veux ?

- À votre place, avec vingt ans de moins, c'est ce à quoi j'aspirerais.

Walter haussa légèrement le ton sans conviction : - Ne confondez pas les désirs de Kaltenbrunner avec les miens. Ceci dit, je ne vois pas non plus l'utilité de ce double emploi.

- C'était déjà ceux d'Heydrich. Himmler n'en voulait pas, c'était plus facile et moins risqué pour lui d'en laisser la responsabilité à l'OKW, donc celle de son chef depuis trente-huit. Du moins, c'était valable avant sa nomination en tant que ministre de l'Intérieur. À présent, il se retrouve à armes égales avec un autre ministre ex-marchand de champagne. Sauf que le führer prend l'avis de l'un plus au sérieux que celui de l'autre.

Walter attendait sagement la suite, car avec Canaris rien n'était jamais anodin, il ne dut pas patienter longtemps : - Walter, mon ami, ils vous bernent dans les grandes largeurs avec ce Ciano. En premier, votre chef. Himmler veut les journaux pour les offrir à son maître. Celui-ci a déjà reçu une copie de quelques pages, et vous savez qui les a transmises, Ciano en personne. Un échantillon pour négocier sa vie. Le führer les a lues en compagnie de von Ribbentrop au grand dam du « bon Heinrich » qui n'a pas été invité, mais fut obligeamment informé de leur réunion par Bormann ce qui a provoqué chez votre chef d'intenses douleurs abdominales et nécessité l'intervention de Felix. Celui qui se montre le plus virulent c'est Josef Goebbels, pourtant vous n'avez rien à craindre de sa part ou si peu, grâce à sa détestation de von Ribbentrop, ce coup-ci, il sera l'allié du Reichsführer, donc le vôtre. Malheureusement un allié dépourvu de force, mais pas de moyens de nuisance s'il doit aider à porter l'estocade finale au ministre des Affaires étrangères ; votre chef en est conscient. Pour l'instant, il se contente d'aboyer au cas où, pour être en mesure ensuite de dire qu'il avait raison.

Rien que du plus normal dans la fosse aux serpents.

Tout en étudiant sa réaction, le chef de l'Abwehr poursuivit : - Himmler se sert de vous Walter et tient à surveiller de près le moindre de vos mouvements par l'entremise de Karl Wolf. Wilhelm Harster, la nouvelle âme damnée de Wolff, a été personnellement désigné pour cela. Himmler est devenu d'une méfiance maladive, l'affaire est trop importante à ses yeux, du coup, il a chargé Karl Wolff d'avoir à l'œil l'opération. C'est à double tranchant, Wolff déteste le RSHA, mais devra se montrer aussi prudent que circonspect pour faire oublier leur fâcherie tout en ménageant Kaltenbrunner qui a l'oreille d'Hitler. C'est votre chance, le chas de l'aiguille par lequel vous pourrez vous faufiler puisque vous êtes condamné à satisfaire le Reichsführer. Sachez que le moindre cheveu dans la soupe la rendra imbuvable au palais délicat de ces messieurs. Si vous ne voulez pas finir à l'évier, vous avez intérêt à vous montrer prudent et à m'écouter pour une fois.

Le patron de l'Abwehr avait raison sauf que ce n'était pas une raison pour le lui faire remarquer ni de lui demander comment il savait tout ça. D'ailleurs, il n'était pas convaincu que l'amiral aurait apprécié, leur jeu se déroulait suivant des règles établies et bien précises, la flatterie sous sa forme rassasiante en était exclue : - Ce qu'il me plairait d'écouter ce seraient les nouvelles de votre coiffeur de Genève.

Vous apprenez vite l'emploi du gilet de sauvetage. Si une opération foire, vous vous rachèterez par l'autre et si les deux réussissent le cliquet avancera d'un cran vers le grade de général. Désolé, rien de neuf de ce côté-là.

Par contre, vous l'avez appris comme moi, les hommes de la huitième armée britannique ont débarqué en Calabre hier et cet exploit de Montgomery va sérieusement vous aider.

- On dit que c'est une diversion.

Canaris leva le doigt tel un professeur : - Mon cher Walter, toute cette guerre n'est qu'une diversion, un mauvais film auquel nous participons.

Munich, Hofbräuhaus, dimanche 05 septembre 1943

L'endroit convenait on ne peut mieux à leur rencontre sauf que Walter avait plus d'une heure de retard, les pilotes de l'avion affrété en urgence grâce à la pression magique exercée par Canaris avaient eu du mal à trouver des bidons pouvant contenir les quatre cents litres qui manqueraient pour effectuer l'aller-retour sans ravitailler. Décidément, tout venait à faire défaut. Celui qui au fil du temps était devenu malgré lui son ami l'attendait assis droit comme la justice au fond de la salle. Après l'avoir salué d'une chaleureuse poignée de main, il prit place à la table : - absolument désolé général, un simple problème de carburant. L'équipage a du prévoir des réserves pour ne pas devoir compléter ici, trop de paperasse, trop de traces. La discrétion est toujours bonne à prendre si elle se trouve à portée de main.

L'ancien chef d'état-major de la Heer le toisa aussi sévère qu'à son habitude : - C'est un problème très allemand. Je veux dire le carburant. Mais vous avez de la chance de pouvoir en obtenir, pour ma part j'ai dû puiser dans mes stocks pour parvenir à espérer effectuer l'aller-retour. En ma qualité de général d'état-major versé dans la réserve du führer, un bidon de vingt litres m'est scrupuleusement alloué chaque mois, vous en conviendrez, cela ne permet pas de faire beaucoup du tourisme. Aschau im Chiemgau sans être loin, n'est pas la porte à côté et ma vieille Mercedes n'est pas une fille sobre. Notez que cette remarque ne constitue en rien un reproche ; étant donné l'état satisfaisant de mon réservoir, à la suite de votre appel, j'ai pris la route sans tarder. Après avoir porté un regard sur la salle, il conclut : « Je trouve votre choix amusant, vous n'ignorez bien sûr pas que c'est dans cette brasserie que le NSDAP a mis au clair son programme des vingt-cinq points, pour autant que ces points soient clairs ».

Après avoir tourné la tête pour vérifier que personne n'écoutait, Walter mit affectueusement sa main sur la sienne : - Et que fut proclamée la république soviétique de Bavière en dix-neuf. Lénine y est aussi venu tout comme Hitler. Un peu moins probablement. D'ailleurs, il s'avère impossible de dénicher une brasserie à Munich où ils n'ont pas été. Je vous en suis au plus haut point reconnaissant d'être là général.

Franz Halder sembla surpris par cette attitude familière, mais ne fit pas un geste pour la retirer : - Vous m'aviez dit qu'il y a grande urgence. La paix va enfin se signer. Avec l'Ouest, j'ose espérer.

- Vous ne croyez pas si bien dire, c'est de cela même qu'il s'agit. Malheureusement, ce n'est pas nous qui l'avons signé.

L'ancien chef d'état-major sourit : - Notez qu'aucune illusion n'est née dans ma tête. Si ce n'est nous, qui est-ce alors, le Japon ?

- Presque, un autre partenaire de l'axe. L'Italie.

Halder prit le temps d'attirer l'attention de la serveuse qui passait. D'office, il commanda deux bières que l'imposante Bavaroise se fit un devoir de rapporter immédiatement. La maison se faisait une obligation de ne jamais faire attendre personne. Lorsqu'elle s'éloigna, il ajouta moqueur : - Ca semble vous surprendre, vous n'êtes donc plus le chef des renseignements extérieurs. Ces gens n'ont jamais été dans la guerre, comment voulez-vous qu'ils en sortent. Cela dit, vous m'étonnez, jusqu'à ce matin je n'ai rien entendu de tel à la radio.

Ils burent leur verre en silence, puis après un bref moment de réflexion, Walter se décida à lui exposer la situation : - Avant-hier les généraux Giuseppe Castellano et Bedell Smith se sont rencontrés en Sicile. À part s'asseoir dans le but de valider un armistice, que pouvaient-ils faire d'autre ensemble ? Jouer au golf.

Son interlocuteur leva les sourcils : - Par votre façon d'expliquer, j'ai cru comprendre – peut être à tort - que c'était signé. Ensuite vous laissez planer un doute, qu'en est-il exactement, car là, vous éveillé la curiosité d'un vieil officier d'état-major mort d'ennui.

- Si vous tenez absolument à devenir la troisième personne en Allemagne qui le sait, oui, ils l'ont ratifié.

Franz Halder eut un mouvement de recul : - la troisième personne. Vous voulez dire par là que Grofaz l'ignore, que votre chef l'ignore.

Walter compléta la liste : Ainsi que l'OKW, l'OKH, von Ribbentrop et je peux continuer longtemps à tous les citer. D'une certaine façon je vous fais prendre un risque, certes minime, mais pas exclu pour autant.

- Ce ne serait pas la première fois. Vous devez avoir vos motifs, je présume. D'ailleurs, si ma mémoire reste fidèle, vous avez toujours une excellente raison pour vos diverses manœuvres que je n'ose qualifier de manipulations. J'opte de manière provisoire pour des stratagèmes dont vous seul connaissez les limites.

Son interlocuteur avait d'une certaine façon raison, il ne souleva pas : - Effectivement, général. À mon opinion, les Italiens eux aussi doivent avoir une sérieuse motivation pour garder tout cela secret. Probablement, qu'ils tentent de gagner du temps pour organiser la résistance dans le but de nous pousser hors de l'Italie ou au moins très loin au nord. Puisqu'il n'en avait eu aucune confirmation, Walter se garda de répéter ce que Canaris lui avait appris. Le bruit courrait que les alliés préparaient le débarquement surprise d'une douzaine de divisions prêtes à couper les troupes allemandes en deux. Outre qu'une division aéroportée était chargée de prendre Rome et de protéger le roi par la même occasion.

- Si vous voulez entendre mon avis, et sans trop m'avancer, je crois deviner que vous êtes venu ici dans cette optique, ils redoutent notre réaction bien entendu, ils se doutent de quoi nous pourrions être capables. Malgré tout, peut-être ont-ils moins peur de notre future attitude que de celle de leur propre armée. Celle-ci se compose d'une quantité non négligeable de généraux qui accordent leurs idées avec leur parti fasciste. Avec Mussolini dont personne ne sait où il est, ils sont pour l'instant désorientés, mais ça ne va pas durer. De son côté, Badoglio a fait de nombreuses et répétées promesses au führer qu'il savait ne va pas pouvoir tenir. Qu'il ne voulait pas tenir serait une définition plus appropriée. Si ce que vous m'apprenez est exact, il a mis la charrette avant les bœufs.

Impossible de penser le contraire : - En ce qui concerne le Duce, personne sauf le roi et Badoglio, n'a une idée. Malgré ce que vous dites, ce qui m'inquiète, c'est la réaction d'Hitler, la leur est pour l'instant secondaire. Vous connaissez le plan Alaric.

Halder peu habitué à se voir contredit n'appréciait visiblement pas la réflexion sur l'ordre des priorités : - C'est un plan que j'ai moi-même approuvé. C'est peut-être le moment de m'apprendre ce que vous attendez de moi.

- Impossible de savoir si le secret pourra être gardé bien longtemps. J'espère uniquement pouvoir disposer d'une semaine pour organiser certaines choses avant que Hitler ne fasse tout exploser, après ce sera l'apocalypse. Pour m'aider à prendre la bonne décision, faites-moi une analyse de la situation et de ses conséquences. Vous le savez bien, je ne suis pas militaire.

Pendant plus de deux heures, le général Franz Halder lui fournit son point de vue. Avant de se quitter, il ne put s'empêcher de poser la question : - Qui est le troisième ?

- Votre ami Canaris !

LE MAUVAIS FILS

Berlin, Berkaerstrasse , mercredi 08 septembre 1943 21H00

En Calabre, les Italiens s'étaient enfuis, l'armée allemande avait reculé. Sans être spécialiste de la sémantique, Walter éprouvait des difficultés à faire la différence. « A l'est rien de nouveau » ; après la chute de Kharkov fin août, Artemivsk puis Stalino[361] étaient tombés à leur tour pendant que Marioupol vivait ses derniers moments à l'heure allemande. Cette année, de toute évidence, les évènements se passaient d'est en ouest, sinon du sud vers le nord.

Depuis un peu plus d'une heure, avec l'annonce de Badoglio à la radio italienne dévoilant l'armistice, l'eau chaude du thé d'Hitler devait s'être mise à bouillir au point de se transformer en vapeur. Pour ceux qui l'écoutaient, Eisenhower s'en était chargé une heure avant depuis radio Alger. Par cette curieuse façon de procéder, le chef de l'Amt VI déduisait qu'avec cette annonce les alliés forçaient la main du maréchal et lui donnait raison, les militaires italiens étaient assis de manière assez incommode entre deux chaises.

Bien que le roi Victor-Emmanuel III en eût encore affirmé le contraire dans la matinée, ce fut sans surprise, Walter prévenu par Canaris en avait pris connaissance le samedi précédent. Le patron de l'Abwehr avait su se garder de forts utiles contacts en Sicile, probablement via son ami Amé[362] qui malgré son éviction la semaine antérieure surveillait d'un œil attentif sinon craintif le maréchal Badoglio. De commun accord, les deux chefs de renseignements du Reich avaient décidé d'établir pour leur hiérarchie une simple note indiquant une possible rencontre à Cassible entre les généraux Giuseppe Castellano et Bedell Smith. L'une destinée à Keitel, l'autre à Himmler avec copie pour Kaltenbrunner puisqu'il le fallait bien.

Les deux responsables du renseignement s'étaient à nouveau concertés en catimini et s'étaient résolus à occulter que l'encre de la signature d'armistice était déjà sèche. La première raison, mais non la principale, était que l'amiral n'en avait pas obtenu la certitude absolue, la deuxième, la plus importante était le besoin de gagner du temps. L'Abwehr pour mettre à l'abri leurs hommes et les structures qui allaient avec, indicateurs au sein de l'armée italienne inclus et ceux-ci étaient nombreux sans pour forcément appartenir au parti fasciste. L'amiral l'avait convaincu que les deux hommes n'auraient strictement rien à récolter dans la répétition d'évènements semblables à ceux qui avaient vu s'affronter les

---

[361] Donetsk
[362] Général Cesare Amè, responsable du SIM (renseignement militaire italien).

républicains et les nationalistes espagnols en juillet trente-six en. Et puis comme le disait Canaris avec un certain bon sens : après tout, si les Italiens tenaient l'affaire secrète, pourquoi s'en mêler.

Pour l'organisation de Schellenberg, il était important de disposer de quelques jours à défaut de mieux pour mettre Gröbl ainsi que son équipe romaine à l'abri et par extension de veiller à la sécurité du château Lamers. Il fallait aussi tenter de protéger au plus pressé les responsables italiens, civils ou militaires, achetés avec les fausses livres sterling et rapatrier les billets disponibles dans un lieu sûr. Pourtant son problème principal se situait légèrement plus à l'est. Après son entretien de Munich avec le général Halder, il avait dû se résoudre à prendre le risque de diverses initiatives personnelles qui pourraient lui coûter fort cher si elles venaient à être découvertes.

Le plan Alaric remis en route, les îles du Dodécanèse tenues par les Italiens étaient susceptibles de changer de camp en moins de temps qu'il ne faut pour le dire. Une fois aux mains des Alliés, ces îles deviendraient fatales pour le Reich, car elles contrôlent l'accès au détroit des Dardanelles, donc à la mer noire et par extension à la Crimée permettant de prendre à revers les divisions allemandes se dirigeant sur le Dniepr, endroit où précisément les forces allemandes se repliaient. En se joignant à l'armée rouge, le coup serait mortel. Ce qui donnerait à réfléchir au président Inönü et au maréchal Tchakmak[363], suffisamment pour les faire basculer du mauvais côté.

Selon ses informations, depuis deux ans, les Anglais promettaient aux Turcs tout ce qu'ils désiraient ou presque en échange de leur entrée en guerre. Armes, chars, canons, avions, la liste était longue pour équiper une armée forte de cinquante divisions pour l'heure plutôt dotées de fusils du siècle précédent que de matériel lourd. Si les Turcs s'étaient liés au Reich par un traité d'amitié, les rusés ottomans avaient de même un accord d'assistance mutuelle avec les Anglais. Cette année, avec l'Égypte, la Syrie, l'Irak, L'URSS et éventuellement les îles grecques dans les semaines suivantes, ils se retrouvaient entourés par les alliés. De quoi leur ôter définitivement toute peur de leurs encombrants amis allemands si rien n'était entrepris. Et Walter avait besoin d'obtenir certaines assurances auprès des Turcs. Pour y parvenir, il devait tenter de leur instiller une crainte encore plus grande en leur faisant comprendre qu'il existait un deuxième cercle tout aussi dangereux pour eux. Celui-ci incluait la Grèce où stationnaient de nombreuses divisions, dont deux de blindés. Sans oublier la Crète et ses aérodromes ou étaient déployé de multiples escadrilles de bombardiers de la Luftwaffe. À cela

---

[363] Maréchal Fawzi Tchakmak, chef d'état-major de l'armée turque et président du parti de la nation.

on pouvait encore rajouter la Bulgarie, la Roumanie et pourquoi pas la Crimée. Ce genre de discours appartenait au ministère des Affaires étrangères. Intervenir dans l'ombre se rapportait à son domaine.

Pendant les jours suivants, sa liberté d'action était devenue plus que jamais indispensable, le temps de redisposer ses unités zeppelin et son nouveau commandant[364] qui opéraient entre autres dans le plus grand secret à partir du territoire turc. Toutefois, il s'agissait là d'un secret de polichinelle pour le MEH[365]. Outre cela, Himmler était sur le point d'accepter de former une division SS turco-musulmane[366] avec la bénédiction d'Amin al-Husseini[367] que Walter venait de tirer d'un mauvais pas à Rome. La neutralité turque devait rester à tout prix inchangée.

Si le plan Alaric fonctionnait, les Turcs ne bougeraient probablement pas. Mais jusqu'ici, rien ne garantissait qu'il fonctionne. Dans le cas contraire, si les Turcs décidaient de changer de camp, au mieux, ils se verraient jetés hors de Turquie, au pire, l'ensemble de ses unités remises à Staline en guise de preuve de bonne volonté. La deuxième hypothèse étant la plus vraisemblable.

Gehlen était de son avis. Rien ne disait qu'Alaric allait se convertir en succès. Les alliés l'avaient prouvé, leurs divisions se trouvaient en capacité de débarquer en n'importe quel point y compris très loin au nord de Rome. Une autre idée lui trottait en tête depuis deux jours et si tout cela n'était qu'une mascarade pour amener dans le piège italien des dizaines de divisions au détriment du front de l'est ou du sud de la France ou aurait lieu le vrai débarquement. C'était bien connu, les services de renseignements étaient le meilleur moyen pour devenir rapidement fou.

Depuis deux jours, sur son ordre, Moyzisch tentait de recevoir des assurances de la part de Memeth[368] en échange de tous les renseignements en sa possession concernant les vues de Staline sur la Turquie. Proposition assaisonnée de l'engagement de peser de tout son poids auprès d'Hitler pour obtenir la livraison des deux divisions blindées promises à Ankara l'été précédent. Là, il bluffait, il n'avait aucun moyen d'influencer ce genre de décision. C'était excessivement peu pour persuader Memeth à plaider en leur faveur auprès du maréchal Tchakmak. Au fond, seule l'intéressait la conclusion du rusé Moyzisch qui saurait lire entre les lignes. En tout dernier recours, son responsable à Ankara avait

---

[364] Major Walter Georg Julius Kurreck.
[365] Milli Emniyet Hizmeti MEH, ou service de sécurité nationale Riyâseti, Milli Amele Hizmet-MAH.
[366] Ostmuselmanisches SS-Regiment.
[367] Mohammed Amin al-Husseini, grand mufti de Jérusalem.
[368] Mehmet Naci Perkel : directeur du Service de sécurité nationale Riyâseti.

instruction de faire comprendre au chef des renseignements turcs que si son pays basculait, permettant aux Alliés de disposer de bases pour bombarder les champs pétrolifères de Ploesti ; eux avaient encore la possibilité de demander à la Luftwaffe de raser Istamboul. Walter espérait que son homme ne doive pas en arriver à de telles menaces qui pèseraient lourd dans leurs futures relations si toutefois il en existait encore.

Pour mettre les cartes en sa faveur, après en avoir pesé le risque, il s'était mouillé au point d'envoyer un message radio codé pour ordonner à Albert Jenke de solliciter l'aide de von Papen afin qu'il tente de convaincre Menemencioglou,[369] le ministre des affaires étrangères turc avec qui l'allemand avait combattu en dix-huit[370], de conserver son pays dans une stricte neutralité. Sans toutefois recevoir de réponse de son responsable à Istamboul jusqu'à ce soir. Par chance, von Papen n'était pas sous l'autorité de von Ribbentrop, ce qui pouvait le décider à intervenir ou au moins à ne pas le dénoncer. Il y avait peu de danger de ce côté-là, depuis quelques mois leurs intérêts convergeaient sérieusement.

En intervenant ainsi, Walter s'était arrogé des prérogatives qu'il était loin de tenir. Si Kaltenbrunner ou von Ribbentrop l'apprenait, il finirait fusillé. Conscient d'aller au-devant de sa propre perte, il restait néanmoins obsédé par l'idée de négocier en position de force. En cas de réussite, il était fermement décidé à tout avouer à Himmler. À la réflexion, il aurait dû le faire avant, mais son chef était parfois si imprévisible et puis il avait pris l'habitude de le placer devant le fait accompli. Alors, pourquoi changer.

Malheureusement, ce soir les cartes s'étaient vues rabattues jusqu'au sol malgré que certains militaires du pays de Pinocchio tel le chef d'état-major de l'armée, Mario Roatta osait affirmer qu'il s'agissait d'un canular. Huit minutes, montre en main, après l'annonce à la radio italienne, Erwin Rommel[371] et les principaux commandants avaient reçu le nom de code « Alaric ».

Berlin, Matthaïkirchplatz, vendredi 10 septembre 1943

Depuis la date du trois septembre, le côté positif des jours de silence offerts sur un plateau lui avait donné l'occasion de disposer du temps nécessaire pour

---

[369] Numan Menemencioğlu ministre des affaires étrangères turc de 1942 à 1944..
[370] Franz von Papen était officier d'état-major de Liman von Sanders en Palestine ottomane.
[371] Maréchal Erwin Rommel, nommé commandant du nouveau groupe d'armées B en Italie du Nord.

résoudre à peu de détails près ses problèmes immédiats ou du moins parer au plus pressé. Ce qui n'enlevait rien au fait que l'amiral lui avait menti dans les grandes largeurs, et pire que de lui occulter la vérité, le patron de l'Abwehr adoptait sans vergogne un chemin que Walter souhaitait à tout prix voir définitivement condamné, dût-il prendre tous les risques pour y parvenir. Le doigt qu'il avait posé devant l'engrenage avait été retiré à temps sans que le marin s'en aperçoive.

En Italie, Canaris n'avait aucun réseau d'importance à protéger ou à mettre en lieu sûr. En voulant le persuader de retenir l'information de la signature de l'armistice, il tentait par tous les moyens de retarder l'intervention allemande ; probablement avait-il en tête l'espoir fou de donner à réfléchir à ses amis comploteurs et d'ainsi leur permettre d'organiser une insurrection semblable en Allemagne. Les intérêts de son camarade Cesare Amè coïncidaient avec les siens, ce dernier avait deux bonnes raisons de vouloir différer la déclaration de l'armistice ; la peur d'une rébellion communiste et pouvoir bénéficier d'un temps précieux en vue de bloquer les cols donnant accès à la péninsule. L'annonce de Badoglio avait remis tout ce beau monde sur la ligne de départ sauf que sur ordre d'Hitler l'armée allemande était partie avec quelques longueurs d'avance.

Pour le chef de l'Amt IV, c'est clairement Himmler qui devait prendre la tête du Reich en attendant mieux et non un quarteron de généraux dénués d'envergure politique. Quant au plan Alaric, celui-ci bien tourné devenait le stade préalable aux négociations avec les alliés de l'ouest.

Par chance, le major Kappler démontrant depuis quelque temps une certaine loyauté envers l'Amt IV s'était lancé sur les traces d'Amè et avait mis à jour des relations coupables avec son chauffeur. Malchance pour l'italien, cette liaison avec son chauffeur l'avait rendu facile à manipuler. La copie de la conversation que les deux hommes avaient tenue à l'hôtel Danieli se trouvait maintenant dans le coffre de son bureau.

Prudent, Walter avait sans perdre de temps - car il lui fallait faire vite pour ne pas mettre au grand jour sa complaisance - rédigé dans la nuit de mercredi à jeudi un rapport tout en nuances dans lequel il soulignait la nature de la forfaiture au sens militaire du terme. Argumentant l'urgence, il avait obtenu de le remettre le matin même en main propre à Himmler qui, sans le lire, lui avait demandé de lui en expliquer les grandes lignes. Sans surprise, après l'avoir écouté, ce dernier lui avait vaguement promis d'y donner la suite qui conviendrait. Henri l'oiseleur ne se distinguait pas en particulier par la rapidité de ses décisions lorsqu'elle concernait le patron de l'Abwehr. Depuis des mois, Kaltenbrunner le poussait dans le dos pour le contraindre à créer un service de renseignement unique allant jusqu'à tenter d'en convaincre Hitler sans passer par lui ce qui l'avait fortement indisposé. Le maître de l'ordre noir ne supportait pas qu'une planète, quelle que soit sa taille, s'interpose entre lui et son étoile. Outre que Kaltenbrunner voulait intégrer tous les services de renseignements, ce qui forcerait le bon Heinrich à affronter de face à la fois von Ribbentrop et Goering en même temps. Alors qu'il quittait son bureau, son chef lui avait précisé qu'il était inutile pour l'instant d'en faire parvenir une copie au chef du RSHA. Par contre, qu'il serait bien inspiré de démonter autant d'assiduité à trois actions secrètes à mener devenues stagnantes, deux en Suisse, une à Munich.

De son côté, Canaris pouvait souffler, à cause de la situation italienne Keitel avait ordonné l'abandon des poursuites dans l'affaire des devises. Mais de sérieux changements s'opéraient à l'Abwehr. Piekenbrock remplacé par le colonel Georg Alexander, Hansen placé comme chef du département I, Lahousen par von Wessel Freytag Loringhoven et von Bentiveni par le colonel Theodor Heinrich. L'amiral impuissant à éviter ces changements pour faire bonne figure avait tenu à réunir un petit groupe d'officiers pour célébrer leur départ.

Le Bendlerblock sévèrement touché par les bombardements alliés justifiait la dispersion de ses services à Zossen ainsi que dans divers endroits de la capitale. La réception avait donc lieu dans celui de la Matthaïkirchplatz située à quelques centaines de mètres du Tirpitzufer. Walter avait été invité à y participer et de façon plus étrange, probablement par pur cynisme, le chef de l'Abwehr avait tenu à la présence du major Walter Huppenkothen[372], un de ses principaux persécuteurs.

Pendant toute la durée de la réception, Walter était resté assis dans son coin, buvant peu, parlant juste à celui qui lui adressait la parole tout en évitant soigneusement Huppenkothen qu'il méprisait. À présent, la soirée s'achevait en douceur, les conversations étaient moins animées et il avait hâte de rentrer chez lui, Irène pouvait accoucher d'un moment à l'autre et l'apparition de ses parents ne remplaçait pas la sienne, il tenait à la réconforter par sa présence. Voyant que Canaris s'était levé, Walter profitant de l'occasion se dirigea vers lui pour discrètement prendre congé. Le marin, le voyant s'avancer dans sa direction, afficha un sourire mauvais qui ne laissait rien présager de bon. Alors que Walter lui tendait la main, il en profita pour lui remettre une feuille en disant à l'envi d'une voix haute afin que tout le monde puisse l'entendre : - Ceci devrait vous intéresser au

---

[372] Major Walter Huppenkothen, successeur de Walter Schellenberg à l'AMT IV section contre-espionnage.

plus haut point, au moins jusqu'à vous mener à celui qui vous fera changer d'avis à mon sujet.

Comme Walter l'avait craint, l'homme disposait d'une carte secrète. Le pire était bien là sous ses yeux. La feuille que le chef de l'Abwehr brandissait avec délectation contenait la liste de tous les rapports rédigés et soumis à Keitel depuis des années, il en ressortait que les Italiens recherchaient la paix séparée et l'élimination de Mussolini. Dès qu'il en eut pris connaissance, les deux hommes s'affrontèrent un moment du regard. Tout était dit, chaque parole supplémentaire serait dorénavant celle de trop. Walter le salua réglementairement avant de prendre le chemin de la sortie sous le regard amusé des officiers présents.

En procédant de cette manière, le rusé Canaris avait beaucoup de chance de remonter dans l'estime du Reichsführer qui ne manquerait pas d'être impressionné par l'habile démonstration de son talent. Himmler depuis toujours considérait le chef de l'Abwehr, comme un maître à penser du renseignement. Plus ennuyeux, ça démontrait que des fuites provenaient de son bureau de la Wilhelmstrasse pour atterrir dans les oreilles du chef de l'Abwehr et ce en moins de vingt-quatre heures. La Berkaerstrasse était à éliminer puisqu'il avait tapé en personne le rapport sur la machine à écrire de Marliese. Bienvenue à Berlin, important centre mondial d'élevage de vipères.

En définitive, cela s'avérait peu important pour l'instant et à la rigueur bénéfique. Le savoir permettrait de belles manipulations à l'avenir. Après tout, le chef de l'Abwehr n'était pas en train de gagner la partie, juste une petite manche. Depuis un mois, des troupes allemandes franchissaient régulièrement le Brenner dont elles avaient pris le contrôle. Avec Rommel qui vient d'être nommé commandant du nouveau groupe d'armées B en Italie du Nord, les dirigeants allemands ne s'attendaient qu'à une faible résistance des forces armées italiennes qui comble de la trahison avaient aidés les alliés à débarquer à Tarente ce qui avait rendu Hitler fou de rage. À y regarder de près, tout n'était pas aussi parfait que prévu. À Salerne, les Allemands avaient dû reculer sous le déluge de feu de la marine britannique, mais après tout, c'était le problème de Kesserling, pas le sien. En ce qui pouvait le concerner, comble de malchance, le roi leur avait échappé, il s'était enfui de Rome en compagnie de Badoglio, Ambrosio et Roatta. Aux dernières nouvelles, ils étaient arrivés à Brindisi. Là non plus, il n'y était pas pour grand-chose, c'est Hitler qui avait interdit de surveiller le territoire Italien, ça devenait le problème de Wolff.

Dans la nuit berlinoise, tout au long des vingt kilomètres qui le séparaient de sa maison, Walter pensa que cette soirée avait définitivement enterré leurs longues années de complicité. Maintenant, il ne pouvait que briguer sa main mise rapide sur l'Abwehr et mettre tout en œuvre pour y parvenir. Certaines choses allaient lui manquer. Il espérait que de son côté l'amiral comprendrait. Dans les grandes lignes, ils désiraient la même chose de l'avenir dans un état qui n'avait plus la place que pour l'un des deux et ce n'est certainement pas lui qui allait laisser la sienne.

Ce soir, le chef de l'Abwehr avait pu faire la démonstration de sa ruse et triomphait. En attendant la suite, il allait faire le dos rond et décida de s'occuper dans les semaines à venir à pousser les renseignements suisses dans leurs retranchements et à mettre la main dans leur pays sur l'homme que lui avait désigné Horst Böhme. Sans oublier Ciano et son maudit journal.

CINQUIÈME PARTIE

Wilhelmstrasse 103, samedi 11 septembre 1943

La nuit, Irène avait montré de légers signes de contractions qui s'étaient stoppés au petit matin. Il s'apprêtait à passer la journée auprès d'elle tout en accueillant ses parents arrivés le jour précédent quand le téléphone sonna. Irène le regarda avec inquiétude répondre, c'était Joël Brandt. Début août, Himmler avait confié l'opération de sauvetage du Duce à son département, ce qu'il avait supervisé sans grand enthousiasme, si l'affaire foirait, et il y avait toutes les chances que ça se produise, cela lui retomberait sur les épaules. Maintenant que les évènements semblaient s'accélérer, impossible de ne pas y participer activement sans éveiller l'attention.

La Suisse l'attendait avec impatience ou pour être exact, il était impatient de se rendre en Suisse. La situation italienne les rendait extrêmement nerveux, il devait sans perdre de temps s'efforcer à les décider de temporiser et leur ôter l'envie d'actions irréfléchies avant qu'il ne soit trop tard. Envoyer Haggen ne suffisait plus, c'était devenu indispensable de parler en personne au brigadier Masson. Cependant auparavant de s'occuper de cela, il devait régler directement cette affaire, pour l'heure la priorité du moment, et par la même occasion tenter d'en recueillir le maximum de bénéfice. Mercredi, le centre d'écoute radio du SD de Wansee avait intercepté et décodé un message de l'état-major de Badoglio. Sur son ordre, Mussolini s'était vu transféré de l'île de la Magdalena vers un nouveau lieu de détention dans le massif du Gran Sasso au cœur des Abruzzes. L'endroit se nommait sans raison évidente « Campo Imperatore ». D'après les cartes, c'était en réalité une vaste haute plaine située à mille huit cents mètres d'altitude avec dans son centre un hôtel fréquenté en hiver par quelques skieurs. Le seul moyen d'y accéder consistait en un téléphérique.

Vu la tournure des évènements, sa section italienne avait reçu l'autorisation de largomont s'étoffer. Wanneck[373] le nouveau représentant de son departement nommé en Italie l'avait averti qu'un officier américain était parvenu sur l'île de la Maddalena et réclamait qu'on lui remette Mussolini en tant que criminel de guerre comme stipulé dans la convention de reddition. Le jeudi dans la nuit, Badoglio

---

[373] Major Wilhelm Bruno Wanneck.

indécis à choisir entre américains, anglais ou l'au-delà, s'était enfui de Rome. Le flou le plus complet régnait.

Hier après-midi, Rome était tombé. Les troupes allemandes en grande infériorité numérique avaient même dû combattre des unités blindées constituées de chemises noires fidèles au parti fasciste, donc à Mussolini. Westphal[374] leur promit que la ville serait épargnée et autorisa la création d'un commandement italien dirigé par le général Bergolo[375]. La ville éternelle était en passe d'être déclarée « ville ouverte ». Une vraie foire.

Walter restait favorable à la capture du Duce par les alliés ; en partie pour des raisons presque identiques à celles de Canaris, Celui-ci pour ses raisons obscures mais faciles à deviner, l'instigation au complot. Lui dans l'espoir de donner des idées à Himmler bien que la tâche soit comparable aux travaux d'Hercule. Mais ça devenait malgré tout très secondaire. Le problème avec son éventuelle libération c'est qu'elle ôterait la substance d'Alarich. Mussolini reprendrait par la force le pouvoir que Badoglio lui avait enlevé. Il y avait du pour, surtout dans les Balkans où l'armée italienne maintenait les partisans dans des limites acceptables. Du contre en péninsule, les Allemands n'auraient pas les mains libres, en tout cas pas les deux.

Mais ça, il pouvait difficilement le dire à Himmler, du moins avec ces mots-là et en une seule fois : - Reichsführer, le survol de la plaine a confirmé qu'un important dispositif est déployé autour de l'hôtel. Bien trop conséquent pour un malheureux centre de ski perdu sur une montagne pelée quand bien même qu'il abriterait un centre de communication. Il est presque certain qu'à l'heure actuelle Mussolini y est détenu.

Himmler soupira pour signifier son agacement : - Schellenberg, il est indispensable de sauver Mussolini. Un changement de gouvernement, ou si vous voulez le retour vers l'ancien, sera une garantie d'économie de nos troupes.

Walter était loin d'en être convaincu, c'est vrai que sur les conseils d'Halder, il avait pu mettre la main sur la version allemande de l'art de la guerre de Sun Tzu ce qui avait eu pour effet de considérablement augmenté ses maigres connaissances militaires. Ce qui ne l'aidait strictement pas aujourd'hui ni demain non plus : - Reichsführer, un officier de la Luftwaffe[376], commandant d'un bataillon

---

[374] Général Siegfried Westphal.
[375] Général Giorgio Calvi di Bergolo.
[376] Major Harald Mors.

d'élite aéroporté dans les environs de Rome prépare une cinquantaine d'hommes pour une éventuelle intervention.

Cette fois, Himmler tapota ses dents ce qui chez lui était un indice d'une évidente contrariété : - Ma phrase pourrait laisser croire que je n'ai pas développé toute ma pensée, cependant, il n'en est rien. Écoutez attentivement Schellenberg, c'est indispensable que ce soit nos hommes qui le sauvent, affaire de prestige. Pas question un instant d'en abandonner à Goering les lauriers. Une ou deux feuilles à la rigueur, mais pas plus. Il ajouta avec une jouissance manifeste : « Le führer le bat froid depuis le début de l'année, ne le laissons pas se réchauffer à nos dépens ».

Pour le plaisir de l'agacer, Walter objecta : - L'opération va demander des moyens.

- Faites exécuter l'opération sans tarder en ayant à l'esprit que l'ami du führer s'y trouve.

En employant ce terme d'ami, Himmler démontrait toute l'importance que son maître attachait à l'entreprise. Plus vraiment possible de tergiverser : - Le risque Reichsführer consiste à faire connaître notre intention de procéder à sa libération.

Le bon Heinrich s'emporta à sa manière, en regardant par la fenêtre tout en continuant la discussion : - De quel risque me parlez-vous de Schellenberg. Agissez avant qu'ils ne le remettent aux alliés s'il n'est pas déjà en chemin au moment où je vous parle. Veillez que ce capitaine que le führer a sélectionné fasse partie du groupe avec des hommes de Friedenthal. Fidèle à son habitude, Himmler ne prenait aucun risque, si l'affaire foirait, c'était Hitler en personne qui avait porté son choix sur l'officier SS.

- Ils seront prêts dans deux jours, trois au plus. Impossible d'exécuter un parachutage, l'idée est de donner l'assaut à l'aide de planeurs comme ce fut le cas en Belgique au début de la guerre. Ils sont assez fanatiques de la méthode, le mois passé, Student voulait faire atterrir des planeurs dans le jardin du palais Savoy dans le but de capturer le roi.

Radouci, son chef leva les bras en lui adressant un sourire satisfait : - Voilà qui est parfait, si je ne me trompe, c'est une guerre que nous avons gagnée. Des à présent, vous disposerez de tous les moyens disponibles que le Reich peut offrir à condition que ce soit fait demain. Si cela peut vous stimuler, Wolf arrivera à Rome vendredi prochain. Vous avez une semaine pour briller devant moi et surtout auprès de notre führer.

Himmler faisait ce qu'il conduisait le mieux, tenter de le manœuvrer en agitant son ancien chef d'état-major comme un chiffon rouge pour le bousculer. Néanmoins, malgré son immense expertise en la matière, c'était aussi le mauvais choix. Vivant, Mussolini allait créer une guerre civile. Restait à espérer que Badoglio avait donné l'ordre d'abattre Mussolini plutôt que risquer de le laisser s'échapper.

Berlin, aérodrome de Rangsdorf, vendredi 17 septembre 1943

- C'est ma tête ou mon uniforme qui ne vous plaît pas ? Walter qui ne s'était fait aucune illusion sur sa cordialité dont il ferait preuve à son égard, avait pris de court le major Mors[377].
Son mépris restait perceptible : - C'est surtout que vous allez me faire perdre mon temps, je ne vois trop rien à vous dire que je n'ai déjà écrit.

Walter était venu l'attendre par surprise à l'avion qui l'amenait de Rome. La bête de guerre était en colère, presque autant que lui-même ; toutefois, la sienne se situait dans un autre registre. La façon dont cette affaire se présentait était loin de lui plaire, c'était peu dire. Un homme qu'il appréciait modérément prenait une importance particulière qu'il voyait d'un mauvais œil. Avec l'adoubement reçu par Hitler et la complaisance de Kaltenbrunner, son autorité sur une section S du département VI risquait de lui échapper. Autant tenter d'en apprendre un peu plus : - Vous paraissez toujours fâché contre les gens portant le même uniforme que moi pour les ennuis qu'a dû subir votre père. Je peux vous comprendre. Vous savez qui je suis, et vous savez pertinemment bien que je n'ai rien à voir avec la Gestapo contre laquelle vous gardez une dent. Quant à vous, malgré vos déboires, vous devriez être capable de survoler ceci de haut si je peux me permettre cette image sans vous vouloir offusquer ou manquer de respect envers le soldat que vous êtes. Walter faisait allusion à son inaptitude comme pilote de chasse pour le vol en haute altitude : « C'est par déception que vous avez intégré les parachutistes ou pour démontrer votre détermination ?

- Laissez mon père en dehors de ça, moi aussi par la même occasion. Votre département ne peut m'inspirer qu'un certain mépris pour ne pas dire un mépris certain. C'est si facile pour vous de tirer la couverture et d'abandonner les

---

[377] Major Harald Mors.

épluchures aux autres. En premier lieu, pourquoi m'avez-vous fait venir ici ? Mon rapport a été remis et on me l'a rendu pour le réécrire. Ça devrait vous suffire.

Walter changea, en optant pour sa tactique habituelle, répondre sur le côté: - Laissez-moi d'abord vous rétorquer que vous n'êtes pas venu ici pour moi comme vous le dites, mais bien pour recevoir une médaille des mains du général Student. Autrefois, votre père, ancien gendarme, a eu quelques ennuis avec la bande à Müller. Si j'ai bien lu, il a parfois exprimé sa tiédeur envers le parti avec trop de véhémence. Rien de bien méchant cependant. Ce qui lui est arrivé est survenu à bien des gens. Ce qui lui est advenu ensuite reste insignifiant, sauf peut-être un mauvais souvenir doublé d'une blessure non refermée à son ego ; laissez-moi vous préciser que tout le monde n'a pas eu sa chance, beaucoup dans son cas se sont retrouvés en moins de temps qu'il ne faut pour le dire dans un endroit obscur et humide. Il y a des jours ainsi ou la chance se met à pencher du bon côté malgré une marée contraire. Walter venait de lui faire entendre qu'il s'était intéressé de près à son dossier, en général ce simple fait calmait les esprits les plus récalcitrants. Dès lors, ce préliminaire établi, pour en obtenir quelque chose, il devait maintenant veiller à lui passer son plus doux gant de velours, art dans lequel il excellait : « Croyez-moi, je peux parfaitement comprendre votre ressentiment. Comme quelqu'un d'autre que j'ai connu, vous êtes né à Alexandrie[378]. Entre autres, c'était aussi un pilote ; c'est sans doute vos seuls points communs, sauf que si on veut à tout prix en rajouter un, tous deux êtes Allemands. Par contre, vous ne vous êtes pas envolé pour l'Angleterre, enfin, pas pour vous y poser en tout cas. Vous avez également passé quelques années de votre enfance en Suisse. Vous saviez que nous sommes nés la même année, vous au début, moi à la fin. Pour ma part, j'ai étudié quelques années au Luxembourg et suis né allemand à trois kilomètres près. C'est fou ce qu'on peut trouver comme points communs entre les hommes si on se donne la peine de chercher un peu. Autant que des différences. Quelque chose me dit que nous deux ne sommes pas très dissemblables ».

- Ça ne fait pas de nous des amis d'enfance.

La bête saoulée comme prévu par le flot de ses paroles avait légèrement freiné, la voie était grande ouverte : - Pas plus que des ennemis. À la fin de notre conversation, vous comprendrez que malgré les apparences, je penche plutôt de votre côté. Walter lui laissa un instant pour soupeser ses mots : « S'il est à présent difficile de faire marche arrière sur les récents évènements des Abruzzes, je peux malgré tout tenter d'en faire circuler une autre version. Et je crois qu'il en

---

[378] Rudolf Hess.

existe une qui vaut la peine d'être entendue. À vous de voir. Vu vos états de services, la Crête entre autres, vous n'êtes pas hommes à vous laisser voler facilement les honneurs par un opportuniste de première comme le capitaine Skorzeny qui à l'heure où je vous parle coud ses nouveaux galons de major sur son col et donner à admirer sa croix de chevalier. Excepté si notre chef suprême en décide autrement, bien entendu. La raison d'État, toujours elle. Cela dit, vous m'inspirez respect et confiance major, alors je vais vous faire quelques confidences qui pourraient mettre du baume sur votre cœur endurci. Vous allez vite comprendre, vous dépendez le la Luftwaffe, donc du Reichsmarschall Goering. Notre ami dont question, le major frais promu, dépend de mon département qui lui-même après quelques arrêts aux étages relève de notre nouveau ministre de l'intérieur, le Reichsführer. Le grand arbitre de notre Reich s'est lassé des rodomontades du premier cité et se doit de favoriser le deuxième mentionné. De son côté, après divers revers, notre ministre du peuple n'a pas besoin de héros, mais bien d'un héros dont la photo sera diffusée sans retenue autant chez nous que chez nos ennemis. Vous avez compris la complexité à présent, major » ?

- Si la messe est dite, pourquoi tenez-vous à entendre ma version ?

Grande question à laquelle je vais vous répondre : - C'est votre première version qui m'intéresse. Elle ne pourra pas changer grand-chose. Sauf que par elle, j'obtiendrai un dossier. Et qui dit dossier dit moyen de pression. Skorzeny cherchera toujours à aller plus loin, c'est sa nature. Réduire ses ardeurs c'est la mienne. Pour faire bref, un peu comme si un de vos lieutenants formait un groupe dissident qui s'efforcerait à échapper à votre autorité à longueur de temps, une sorte de vice en quelque sorte. Ce genre de pagaille est détestable et détestée. À présent, soit je vous écoute, soit vous êtes libre d'aller embrasser votre famille à Berlin, vous l'avez bien mérité après tout. Moi je rejoindrai la mienne qui m'attend avec impatience. Mon épouse a donné jour à notre troisième enfant mercredi, une petite fille et j'ai plus hâte de me retrouver avec elle que dans cet endroit quand bien même j'apprécie votre compagnie.

Walter était maintenant prêt à l'entendre, il sentait qu'une version plus proche de la réalité allait lui être délivrée dans les minutes qui suivaient : - Comment l'avez-vous appelé.

- Sybille, mais ce n'est pas moi qui ai décidé, j'ai juste été d'accord, car je trouve ce prénom joli, il sonne bien.

Le regard de Mors se porta sur la table : - deux verres et une bouteille de cognac français. Vous avez tout prévu colonel. Vous êtes un grand optimiste.

- J'ai foi dans les hommes raisonnables, major. Laissez-moi vous servir, buvons le verre de l'amitié, ensuite je vous écouterai.

Mors prit son temps pour boire son verre tout en l'observant d'un œil en biais avant de commencer : - Le capitaine Skorzeny a demandé au général Student s'il pouvait l'accompagner. Comme Skorzeny avait aidé à localiser Mussolini, Student sentait qu'il ne pouvait pas dire non.

- Première erreur, Skorzeny n'a pas localisé l'ami d'Hitler. Du moins pas au Gran Sasso. À l'île de la Magdalena, oui et non ; là, ce fut un travail d'équipe, de la mienne. Inutile de lui parler des écoutes radio, autant conserver le mystère là-dessus.

L'officier parachutiste continua : - Ensuite, après avoir obtenu cette première victoire, Skorzeny a convaincu Student de le laisser emmener environ quinze de ses hommes dans les planeurs. Il a su se montrer persuasif. Student en a probablement référé à l'OKL, ceci est une pure spéculation de ma part, mais ça a dû se passer ainsi et dans les hautes sphères la décision est tombée. Von Berlepsch[379], le responsable du groupe des planeurs, était furieux, devant laisser derrière lui quinze parachutistes aguerris pour des hommes qu'il ne connaissait pas. Jusque-là, Skorzeny et les commandos de Friedenthal partaient en tant que passagers, c'est von Berlepsch qui commandait l'équipe d'assaut. De mon côté, j'avais décidé de venir avec deux compagnies et de rester en bas au téléphérique pour y installer mon poste de commandement. Dans le cas où quelque chose tournerait mal avec le groupe de planeurs, je serais en mesure de déterminer de la suite à donner. C'était une opération à très haut risque, nous n'avions disposé d'aucun temps pour nous préparer et encore moins pour étudier la zone. Je ne vous cache pas que j'étais fort pessimiste, nos chances de réussites étaient réduites à leur plus simple expression.

- À ce point ?

Mors soupira : - rien de ce que nous allions entreprendre figurait dans le manuel. Ayez à l'esprit que mon travail consistait à commander l'ensemble de l'opération, pas seulement la prise du téléphérique. Non seulement je risquais ma carrière, ce qui était un moindre mal, mais aussi l'ensemble de mes hommes. Quand je suis monté, Von Berlepsch m'a raconté que cette partie de l'opération s'était déroulée avec moins de pertes que prévu. Les planeurs ont fait des atterrissages rudes. Skorzeny s'est arrangé pour se trouver dans le premier suite à une manœuvre dangereuse qu'il a ordonnée au pilote. En refusant de nous attendre, ce

---

[379] Lieutenant Otto von Berlepsch.

sont donc ses hommes qui ont pris d'assaut l'hôtel. Par chance pour eux, sans rencontrer de résistance, mais ça il l'ignorait. À sa décharge, votre Skorzeny avait eu la bonne idée de faire embarquer avec lui le général italien Ferdinando Soleti. À sa vue, le commandant local a accepté de se rendre sans combattre et Mussolini a été libéré. Entretemps, j'avais gagné le plateau par le téléphérique. Là-haut, j'ai vu Mussolini pour la première fois autrement qu'en photo. Il faut dire qu'il n'y ressemblait pas vraiment. L'homme n'était pas rasé, ce qui lui donnait un air malade. Un peu perdu, il m'a confié d'un air triste qu'il était content que ce soient les Allemands qui l'aient sauvé et qu'il n'ait pas du finir sa vie entre les mains des Anglais. Quelque chose dans son attitude me disait que je ne devais pas le croire et je ne l'ai pas cru. Personne ne me demande non plus mon opinion.

Walter lui resservit un verre bien rempli de cognac : - Moi elle m'intéresse.

L'officier parachutiste poursuivit comme s'il n'avait pas entendu : - Le problème qui se présentait à nous était de comment faire descendre Mussolini de la montagne. Aussi étrange que cela vous paraisse, nous n'y avions pas vraiment pensé. Ou plutôt plusieurs options étaient sur la table sans que nous ayons choisi laquelle adopter. Par la route, c'était dangereux, à tout moment, nous pouvions avoir affaire à des militaires italiens plus résolus que ceux de l'hôtel et surtout en plus grand nombre. À ce moment-là, je ne disposais plus que de quarante-deux hommes en mesure de combattre et nos réserves de munitions n'étaient pas importantes. Outre le risque que nous aurions fait prendre pour la vie de Mussolini. Mors vida son verre avant de poursuivre. J'ai donc décidé de faire atterrir un Fieseler près de la station du téléphérique. Ça s'est mal passé, le pilote a plié une roue à l'atterrissage. Restait la plus dangereuse, celle qui consistait à faire atterrir un Fieseler sur le petit terrain à côté de l'hôtel. Par chance, le pilote personnel du général Student, le capitaine Gerlach[380], volait au-dessus de nous et je l'ai convaincu par radio de se poser. C'est là que l'honneur des armes a basculé du mauvais côté. Au moment où Mussolini embarquait dans l'avion, votre sinistre usurpateur a dit que le führer lui avait ordonné d'accompagner Mussolini. Mors rit comme s'il lui faisait le récit d'une bonne farce : « ce salaud nous mentait dans la figure sans vergogne, mais qui allait téléphoner à Hitler pour vérifier ».

- Vous auriez pu l'abattre et ensuite raconter qu'il était devenu fou !

Mors se fendit d'un rire qui exprimait bien sa pensée : - Les bonnes idées viennent toujours après, parfois pendant, rarement avant. Gerlach était réticent à le laisser embarquer, mais cédant à ses menaces, il l'a au dernier moment laissé se loger dans l'espace à bagages derrière Mussolini assis sur le siège passager.

---

[380] capitaine Heinrich Gerlach

Quant à nous, nous, nous étions convaincus qu'ils allaient se tuer. À l'idée de cette perspective, mes parachutistes sont intervenus avec beaucoup de bon cœur pour nettoyer tant bien que mal une petite piste. Ensuite, ils ont maintenu l'avion tandis que Gerlach lançait le moteur à fond. L'avion a plongé dangereusement vers la vallée, Gerlach a finalement gagné la vitesse pour redresser près du sol. Nous étions contents que Gerlach ait pu s'en sortir, je précise que ce sentiment n'était valable que pour lui.

- Moi également major, c'est à coup sûr un bon pilote, il l'a prouvé, il ne méritait pas de mourir ce jour-là. Sous-entendu, le sort funeste des deux autres m'aurait comblé à moi aussi.

Le major se servit un troisième verre et après un instant d'hésitation remplit lui-même celui de Walter : - Mon récit va t- il changer quelque chose, non bien entendu et ne me faites pas croire le contraire.

Walter lui lança un regard chargé de franchise : - Loin de moi cette idée. Mais tout ceci sera consigné dans un rapport secret que je soumettrai à mon chef.

- Kaltenbrunner se torchera le cul avec.

Walter cogna le verre de Mors avec le sien avec le sien avant d'ajouter avec un large sourire : - Je parlais de Himmler, mon seul chef. Malgré ce qu'on peut penser de lui, c'est un homme souvent très intéressé par la vérité. Il n'en fait pas toujours bon usage, il la collectionne plutôt comme d'autres les timbres. Soyez prudent, major, l'habitude de sauter d'avions en vol reste malgré tout une occupation risquée.

Munich, Maximilianstrasse, hôtel Vier Jahreszeiten, mercredi 22 septembre 1943

La ravissante jeune femme regardait le lit avec une réelle insistance : - Quelque chose me dit que vous avez certaines idées en tête.

Walter qui venait de remplir deux verres de champagne s'approcha par derrière de la femme assise sur le fauteuil, se pencha vers elle et lui empoigna doucement le sein droit : - si vous me connaissiez mieux vous sauriez que ma tête se retrouve rarement vide d'idées.

À peine vingt minutes plus tôt, ils avaient terminé un repas copieusement arrosé pour ensuite regagner la chambre que le chef du renseignement extérieur avait réservé et dont il avait pris soin de la faire garnir d'une bouteille de champagne gardé au frais. Il abandonna la jeune fille pour aller leur chercher les deux coupes : - Pourtant la réalité est ainsi, elle se comporte en général de la même façon que ce précieux liquide, les bulles de joie s'échappent en premier, inutile de vouloir les rattraper, reste après leur départ ce qui doit être bu.

- Généralement, donc il existe des exceptions.

Walter soupira : - Elles existent, mais sont devenues rares au fil du temps.

Elle lui lança une œillade coquine : - Alors, la solution est de boire vite la coupe avant qu'elles ne s'échappent et profiter de l'instant.

Hildegard Burkhardt lui décrocha son plus beau sourire, il n'était pas dupe, mais le jeu lui plaisait. Du moins tant qu'il tiendrait une main gagnante. Les occasions de s'amuser étaient somme toute assez rares cette année. Pour lui donner raison, il vida sa coupe d'un trait. Tout au long du repas, ils avaient parlé de choses et d'autres tels deux amoureux insouciants. La récréation touchait à sa fin, il bénéficierait de deux, peut-être trois secondes pour décider si la réponse qu'il recevrait tenait la route. Selon ses critères, le champagne restait un des meilleurs auxiliaires d'interrogatoires ; pas le seul, mais en bonne place. La question sortit brutale, contrastant avec l'ambiance qu'il avait mis tant d'effort à créer : - Le comte fait-il preuve d'une attitude étrange depuis sa rencontre de vendredi passé avec Mussolini ; se sent-il en danger et par conséquent compte-t-il user de son journal pour se protéger. En deux mots s'est-il confié à vous.

Walter vit dans les yeux de la jeune femme qu'elle était beaucoup moins surprise qu'elle aurait dû l'être. La réponse tarda, puis se fit un peu trop hésitante, c'était mauvais signe. Höttl l'avait déjà prévenu que le charme de Ciano opérait comme un lent poison sur son agent. Contrainte, elle se lança : - Depuis que Galeazzo s'est entretenu au Prinz Karl Palatz avec Mussolini, il est nerveux, tournant en rond, parlant moins, devenant joyeux sans raison apparente. Souvent, il reste de longs moments assis devant la fenêtre à regarder au loin. Je ne parviens pas à le distraire, parfois il m'évite. Restant prudente, elle ajouta : « parfois seulement, rassurez-vous ».

Cette affaire avait assez duré. Personnellement, le journal du comte Ciano était le cadet de ses soucis, il en avait bien d'autres. Par contre, le Reichsführer était d'un tout autre avis et ne se lassait pas de le lui répéter : - Vous m'étonnez, une aussi belle fille que vous, personne ne peut demeurer longtemps indifférent. À plus forte raison, un Italien. N'y aurait-il pas quelque chose que vous auriez oublié. Une conversation avec Edda que vous auriez surprise. Fouillez votre mémoire, je vous en prie, nous avons tout le temps.

Beetz, malgré les vapeurs d'alcool n'était pas idiote au point de se permettre de penser que son chef se contenterait d'une réponse aussi simple : - La comtesse me déteste comme elle doit détester toutes les femmes qui s'approchent un tant soit peu de son mari. À mon avis, elle sait parfaitement de quoi son homme est capable. Galeazzo se cachait d'ailleurs très peu pour me faire une cour assidue avant le retour de son beau-père.

C'était bon signe, elle lâchait du lest. Il ne chercha pas à savoir si la tentative avait rencontré le succès espéré, mais il espérait que non. Un homme qui n'était pas arrivé à ses fins était plus disposé à raconter sa vie qu'une fois satisfait : - lundi, la comtesse a été reçue par le führer à son invitation. J'ai cru comprendre qu'il s'agissait d'une affaire de devises pour leur permettre de s'établir en Amérique du Sud qui n'a pas eu le résultat escompté. De ça, Walter en avait déjà connaissance par la bouche d'Himmler. C'est d'ailleurs pour cette raison qu'il avait demandé à Höttl de l'envoyer le rencontrer à Munich. Malgré tout, c'était un bon signe. Elle devait en savoir plus. En tant qu'interrogateur chevronné, il sentait qu'elle tentait de protéger Ciano. Cette fois encore, il allait devoir faire preuve d'un peu de patience, autant lui donner de l'espoir par la même occasion : - Ils peuvent faire les projets de voyage qu'ils veulent, cependant, qu'ils ne comptent pas quitter l'Allemagne sans avoir exécuté leur partie du contrat. Quelque chose me dit que ce journal est bien caché. Vous devez bien avoir une idée. Si vous voulez continuer votre mission, c'est indispensable, à moins bien sûr que vous désiriez retourner à votre tâche de traductrice. Fouillez bien votre mémoire. Walter ajouta avec un sourire entendu : « Lundi Edda s'est rendue seule à Berlin et vous êtes resté en tête à tête avec le comte. Dans cette intimité il a pu vous faire quelques confidences ».

Walter bluffait, il ne disposait de personne d'autre et devait bien s'accommoder d'elle. Même si Hildegard penchait du mauvais côté, c'était mieux que rien, il en resterait toujours quelque chose. Mais l'agent en elle avait compris le message de son chef, elle ajouta : - Depuis son retour de Berlin, souvent, je les surprends à chuchoter avec des airs de conspirateurs et leur conversation s'arrête lorsqu'ils m'aperçoivent. J'ai cru comprendre que la comtesse a le projet de se rendre seule en Italie. Étant la fille de Mussolini, elle ne risque pas grand-chose. À part pour mettre la main sur le journal, je ne vois aucune raison d'entamer ce voyage.

Il fit mine d'applaudir, elle disait vrai, la comtesse avait fait la demande d'un visa de sortie et ça, Hildegarde alias Felizita Beetz ne pouvait pas le savoir sauf si Ciano lui en avait fait la confidence : - Vous voyez comme la mémoire peut se montrer étrange, elle rend souvent ce qu'elle a enregistré. Un conseil, entretenez-la et tâchez d'en apprendre le plus possible rapidement. Il regarda sa montre : - l'heure de se coucher est largement venue, demain je dois rentrer à Berlin.

Cette nuit, je suis obligé de rester en votre charmante compagnie. Munich reste la ville du chef de la Gestapo, il y a été longtemps inspecteur de police et son réseau y est très bien tissé. Au moins, je dois leur laisser à penser que nous sommes amants.

- Ce n'est pas la perspective la plus désagréable à laquelle je me vois confrontée. Vous êtes un homme extrêmement attirant.

C'est vrai, l'idée lui avait traversé l'esprit avant de continuer sa route : - Si vous le permettez, je prendrai le divan, c'est plus prudent, vous êtes une femme très désirable et vous connaissez votre pouvoir de persuasion. Quant au mien, je ne suis pas sans savoir la faiblesse dont je peux parfois lui demander de faire preuve.

- Le lit est bien assez grand pour deux.

Walter leva les bras avec un air de profond regret : - Si je n'étais marié, et si ma petite fille n'avait pas sept jours, je serais en tout point d'accord avec votre sens de la mesure. Mais pour cette nuit, le fauteuil fera l'affaire, sinon je crains de devoir être obligé de vous tutoyer demain matin.

Berlin, 103 Wilhelmstrasse, lundi 27 septembre 1943

Walter terminait la lecture de la liste des participants sous l'œil attentif d'Himmler. Joël Brandt le regardait interrogatif.

- Vous avez pu remarquer que votre nom n'y figure pas. Le quatre octobre est réservé aux officiers supérieurs, le six aux responsables du parti.

Jamais content, toujours méchant, ce bon Henri l'oiseleur. Walter, averti par son ami Brandt, voulait à tout prix rester dans l'ignorance, mais il comprit que s'il ne changeait pas rapidement de sujet, son chef chercherait à tester son discours sur lui : - Ça tombe bien Reichsführer, Posen ne se place pas parmi mes villes préférées. Par contre, un voyage en suisse me paraît plus approprié aux circonstances. À ce sujet, si vous ne me concédez pas votre accord, Ernst s'y opposera.

- Donnez-moi un bon motif pour lui enjoindre de regarder ailleurs, Schellenberg.

J'en ai plusieurs, Reichsführer, je les ai classés dans un ordre particulier, mais peut être que le vôtre sera différent. Walter avait légèrement appuyé la dernière partie de la phrase, ça fonctionnait souvent. Son chef scruta du coin de l'œil son adjudant avant de lui demander : - je suis curieux de les connaître, ne me faites pas attendre une minute de plus.

Walter se fit complaisant, variante zélée, mais pas trop : - Les Suisses sont devenus nerveux. Ils l'ont toujours été, mais cette fois, ils ont passé plusieurs crans. Pour vous résumer, leurs renseignements s'apprêtent à déclencher une opération de grande envergure à Genève dans le but de réduire au silence les émetteurs clandestins qui informent Moscou. Ils ont leurs raisons, des luttes internes trop longues à développer ici. En ce qui me concerne, je suis d'un avis diamétralement opposé. Pour ma part, il vaut bien mieux les localiser avec précision, les faire suivre, mais surtout les contrôler pour parvenir à percer le mystère des fuites à Berlin. L'idéal serait d'en retourner un à notre avantage. Si les agents de l'ennemi sont arrêtés, ne perdez pas de vue que c'est les Suisses qui les interrogeront. Même s'ils y mettent beaucoup d'ardeur, ce dont je doute, rien ne dit qu'ils partageront avec nous ce qu'ils auront éventuellement obtenu. Non seulement nous ne gagnerons rien ou très peu, mais nous perdrons tout espoir de mettre la main sur ces traîtres. Nous devons à tout prix leur demander poliment de se conformer à nos vues. Le Spab ne l'envisagera pas de gaieté de cœur à moins que nous leurs donnions ou une bonne raison ou une monnaie d'échange de valeur à peu près équivalente.

Himmler le dévisagea comme s'il venait de voler sous ses yeux le crayon qu'il tripatouillait du bout des doigts : - C'est là l'idée de Canaris que reprenez à votre compte.

Il fit la moue : - Possible que l'amiral l'ait eu en premier, tout aussi possible qu'il m'en ait touché un mot à l'occasion ; cela n'empêche que l'Abwehr ne fait nullement mine d'agir et que si rien n'est entrepris à court terme, cette porte se refermera à jamais. En disant cela, Walter mentait sans gêne. Il n'avait aucune idée de ce qu'avait entrepris Canaris. Par contre, il bénéficiait toujours d'un accès direct au Brigadier Masson, le chef des renseignements suisses. D'autre part, il savait parfaitement comment parvenir à augmenter la pression dans la tête d'Himmler.

Pris de court , le bon Heinrich abandonna provisoirement le sujet : - Vous mentionniez divers motifs Schellenberg.

Le chef de son Amt IV le fixa candide : - Exact Reichsführer, je devrais idéalement effectuer un crochet par Berne. C'est l'endroit où j'ai une chance de résoudre une vieille affaire datant de trente-huit. Nous l'avions déjà évoqué ensemble à plusieurs reprises depuis le début de l'année .

Himmler sembla méditer. Après un long silence et un détour du regard en direction de Brandt, il afficha un visage satisfait à l'exception de son œil noir posé durement sur lui à l'abri de ses lorgnons : - Alors, si vous détenez deux motifs pour le prix d'un voyage. Jusque-là, pour autant que vous ne me cachez rien, je ne vois aucune raison de m'y opposer. Il y a autre chose que vous aimeriez me soumettre avant mon déplacement ?

Walter se frotta le menton, fit deux, trois mouvements du corps, puis fit comme si soudain il se souvenait : - Le problème de la comtesse Ciano que le führer vous a donné à connaître et dont vous m'avez communiqué la teneur. Il faut à tout prix lui obtenir le visa de sortie, c'est l'unique moyen connu pour mettre la main sur les journaux du comte.

À cette évocation, Himmler sembla agacé : - Le führer n'y est pas disposé. Si je fais mine d'appuyer sa demande, mon insistance le braquera et il risque de me demander à juste titre mon intérêt pour cette question.

Walter savait que seul son chef avait un avantage certain à détenir en lieu sûr les cahiers de l'ancien ministre italien des Affaires étrangères pour pouvoir les ressortir au bon moment. Hitler n'en avait probablement eu aucune connaissance et si c'était le cas, cela ne lui avait semblé d'aucune importance. Par contre, von Ribbentrop risquait de ruer à fond dans les brancards s'il venait à l'apprendre. Il avait bien une idée susceptible de l'influencer, elle valait ce qu'elle valait, mais elle tenait la route : - Les vues du führer sont de remettre Mussolini en selle. Edda est sa fille. Pourquoi ne pas l'envoyer en ambassadrice. Vous pourriez le présenter ainsi, Reichsführer.

- Effectivement, je le pourrais, Schellenberg. Autre chose, mon temps est hélas minutieusement chronométré.

Walter aurait aimé aborder une fois de plus le sujet de « redistribution ». Pour cela, il aurait dû demander à Joël Brandt de sortir de la pièce. La patience, rien que de la patience et persévérance : - Rien qui ne peut attendre votre retour Reichsführer.

Suisse, Canton Thurgau, Château Wolfsberg,
vendredi 01 octobre 1943

Rien n'allait en se simplifiant, tous les aspects de son travail tournaient à la complication sans que les journées bénéficient d'un supplément de temps pour permettre d'y faire face. À l'occasion de cette expédition, il était fermement déterminé à faire d'une pierre deux coups.

Himmler avait en définitive plus encouragé qu'autorisé son voyage, faisant obstruction aux récriminations devenues habituelles de Kaltenbrunner. À la condition expresse qu'il se montre des plus discret comme si son périple risquait de faire la page de couverture de Signal du mois de novembre. Il lui avait dit oui puisque lui signifier le contraire n'aurait eu aucun sens. Le Reichsführer lui avait en outre facilité la tâche en faisant mettre à sa disposition un Ju52 qui l'avait transporté jusqu'au terrain d'aviation de Fribourg en Brisgau. De là, il avait gagné la gare et pris le train de neuf heures quarante à destination de la gare allemande de Bâle[381] qui l'avait conduit à Weil am Rhein. Avec regret, il en était descendu ; un changement de train et trois heures de plus, il serait descendu à Berne. À la place, il s'installa dans un wagon dégingandé à destination de Schaffhausen. Au poste-frontière de Kletgau, côté allemand, tout en réclamant la plus grande discrétion de leur part, il enseigna aux hommes de la Gestapo un passeport SD de fonction au nom du major Walter Bergh tandis qu'au contrôle suisse, il tendit aux douaniers celui qu'il possédait au nom de Karl Schelkenberg, trente-neuf ans. Quand ils lui demandèrent le motif de son voyage, il répondit qu'en sa qualité de directeur de fabrique de mécanique de précision à Francfort, il venait conclure quelques importants contrats. Par prudence, il avait demandé aux gestapistes de conserver l'autre document jusqu'à son repassage de la frontière. Une fouille restait possible. Mécanique de précision et contrat sonnèrent telle une musique agréable à leurs oreilles ; du coup, ils oublièrent de lui poser la question sur le choix d'un si petit poste-frontière et pour sa part il ne dut pas employer la réponse qu'il avait prévue. À sa descente du train, machinalement, il parcourut du regard les wagons. Pour les dix kilomètres restants en territoire helvétique, on ne se donnait pas la peine de procéder au changement de train, l'attelage repartirait immédiatement dans l'autre sens. Dans le contexte allemand des villes détruites, il n'avait pas fait attention à leur aspect. Ici, dans le décor impeccable de la Suisse, ils ne pouvaient cacher leur piètre allure ; peinture écaillée, vitres fendues ou remplacées par des planches. Le Reich s'éloignait à marche forcée de son étincelante vitrine des Jeux olympiques de trente-six. Depuis belle lurette, la maquette de Germania la démesurée censée se substituer à Berlin avait été remisée dans la cave la plus obscure de la chancellerie du Reich.

À peine, franchissait' il les portes de la gare qu'il vit Pat[382] agiter ses mains pour lui faire de grands signes. Arrivé à sa hauteur, ils se prirent dans ses bras comme de vieux amis : Je suis heureuse de vous voir Karl Schelkenberg ou quel que

---

[381] Basel Deutsche Reichsbahn.
[382] Patricia Verena, épouse du capitaine Meyer-Schwertenbach.

soit devenu votre nom. La dernière fois c'était docteur Bergh si j'ai bonne mémoire.

Il sourit en affichant un air triste: - Lorsque j'ai le choix, je préfère de loin Walter Schellenberg. Je note que Hans[383] vous a prévenu de ce petit stratagème.

Elle l'observa un instant : - Vous avez l'air encore plus mal en point que la fois précédente ou je vous ai vu.

- À la dernière occasion, vous m'aviez remis sur pied en quelques tours de magie.

Elle lui désigna une petite Opel Olympia brune : - Montez toujours là-dedans, ensuite on verra si je suis restée magicienne. Walter posa son sac sur le siège arrière avant de s'installer. Ils se turent jusqu'à la sortie de la ville : « Nous serons à Ermatingen dans environ une heure, parlez-moi d'Allemagne.»

Walter hésita, il n'aimait pas délibérer de ce qui se passait dans son pays. Quelque part bien dissimulé au fond lui, il en ressentait de la honte. Il savait aussi qu'il avait pour sa part participé à ce déplorable résultat : - Parlez-moi de la Suisse, il y a moins de poussière chez vous.

- C'en est à ce point ?

Il se tourna vers Pat qui ne quittait pas la route du regard : - Et plus encore !

Elle voulut rajouter quelque chose, mais après bref coup d'œil, elle préféra changer de sujet : - Notre ami n'arrivera que demain, il a dû probablement privilégier de s'absenter le samedi, c'est plus discret. Par contre, Paul[384] nous attend.

- Comment va-t-il ?

Elle sourit : - Paul reste imperturbable, en apparence du moins. Il écrit beaucoup, ce qui chez lui dénote d'une certaine agitation de l'esprit.

Il ne comprit pas bien ce que son amie voulait dire. A la place de lui poser la question, il préféra conclure: - Ça tombe bien, j'ai justement beaucoup de sujets de roman très proches de la réalité à lui proposer. À la suite de quoi, il se laissa absorber par le paysage. Après avoir quitté le Rhin, la route longeait à ce qui devenait présent le bras sud de l'Untersee. Avec le soleil couchant dans le dos, les couleurs ressortaient fauves et splendides.

---

[383] Major Hans Eggen, adjoint de Walter Schellenberg en Suisse.
[384] Capitaine Paul Eduard Meyer-Schwertenbach, officier des renseignements suisses. Auteur de romans policiers sous le pseudonyme de Wolf Schwertenbach.

LE MAUVAIS FILS

Suisse, Canton Thurgau, Château Wolfsberg, samedi 02 octobre 1943

Si cela n'était arrivé qu'à une occasion dans le passé, on aurait pu parler d'habitude. Pourtant c'est l'impression qu'il ressentit en rejoignant le Brigadier Masson dans le parc. Ce dernier était assis sur un banc, regardant le soleil se lever, une tasse à la main. La déposant à son côté, il se mit debout, lui tendit la main en affichant un sourire de contentement : - Sincèrement, je suis heureux de vous revoir. Puis en lui désignant la tasse du doigt : « Vous en voulez ? »

En arrivant, Walter n'avait pas remarqué la bouteille thermos accompagnée d'un gobelet vide posé sur le gazon : - Je constate que vous attendiez de la visite.

Le suisse remplissait déjà le récipient d'un café fumant qu'il lui présenta : - Etant donné que vous êtes le seul invité à part moi, ça devait à nul doute être vous. Dites-moi, vous ne semblez pas au mieux de votre forme. Je vous ai quitté souffrant et je vous retrouve six mois plus tard à peu de chose près dans le même état.

Walter évita poliment de lui faire remarquer que son aspect n'était pas des meilleurs non plus : - L'époque n'est pas particulièrement propice au repos et encore moins aux cures. Mais elle parvient malgré tout à apporter son lot de joies : - Ma famille compte un membre supplémentaire, la petite Sybille.

- J'ai appris ça.

Il y a des questions qui ne se posent pas dans le renseignement, du moins pas directement en tout cas. Comment l'avait-il appris. Mystère. Au mieux par Eggen, au pire par quelqu'un d'infiltré. Walter évita de dramatiser, il devait à coup sûr s'agir d'Eggen. Après quelques instants de silence cachés derrière une gorgée de café, il aborda la première partie de l'objectif de son voyage, la plus facile : - Himmler m'envoie vous rassurer.

Masson l'interrompit net avec un rire sarcastique de mauvais goût : - À votre avis ai-je la tête de quelqu'un qui n'est pas rassuré ?

- Vous avez l'air de quelqu'un qui a doublé les troupes de son pays sur son flanc italien.

- Le général Guisan vous voulez dire. On n'est jamais trop prévoyant, il se fait que c'est un homme très prudent. Les vaudois le sont juste un peu plus que les autres suisses.

C'était inutile de poursuivre sur une voie qui le braquerait, il valait mieux l'éviter pour la suite de la conversation : - Le général a agi comme le militaire réfléchi qu'il est, pas question un instant de le blâmer même si ça démontre un peu de méfiance à notre égard. Pourtant, si je me souviens, vous avez reçu notre parole.

Le chef des renseignements suisses fit la moue, difficile de dire ce qu'il pensait réellement de la parole allemande, encore que ce n'était pas facile à deviner sans risque de beaucoup se tromper : - Votre chef Kaltenbrunner ne semble pas se diriger dans ce sens.

La vie serait si belle sans Ernst Kaltenbrunner, mais Walter n'avait pas encore trouvé le moyen de le faire envoyer jouer au héros sur le front de l'Est. Dommage, avec Jost, ça avait fonctionné à merveille. Il vieillissait : - Mon chef, le Reichsführer m'a expressément demandé, et avec une forte insistance, de vous transmettre qu'il garantissait en personne l'intégrité du territoire suisse. En ce qui concerne Ernst Kaltenbrunner, il devient malheureusement trop souvent la caisse de raisonnante de von Ribbentrop.

- Vers lequel des deux l'oreille attentionnée de votre führer penche-t-elle ?
- Himmler reste l'homme le plus puissant du Reich après Hitler, non ?
- Si vous le dites. Cela dit, nos troupes sont éventuellement positionnées sur la frontière pour empêcher les alliés d'essuyer leurs bottes sur notre herbe.
- Ce qui n'est pas près d'arriver, croyez-moi.
- Bien sûr, avec Mussolini qui reprend les destinées de son pays en main, tout va évoluer. Je veux parler de la moitié de son pays.
- Les trois quarts !
- Ce serait amusant de le mesurer avec précision, à mon humble avis, ça provoquerait quelques surprises.

Walter voyait que la direction prise par conversation n'aboutirait à rien. Le suisse devait être du même avis. Il décida de changer son fusil d'épaule : - nous devrions considérer cette affaire comme entendue. Rien de fâcheux n'arrivera à la confédération. Il laissa sa phrase chercher son chemin avant d'entamer le parcours qui le mènerait droit vers la deuxième raison de son séjour, la plus compliquée : - l'étau se resserre sur les traîtres, ceux qui considèrent votre pays comme une boite postale. Je ne parle que des nôtres bien entendu. La dernière ligne droite se dessine et je tiens à ce qu'elle modifie son profil, je la voudrais plus sinueuse. Souvenez-vous de nos conversations de l'été passé, êtes-vous toujours disposé à nous aider.

- L'été passé, dites-vous, celui d'avant Stalingrad et Koursk.

Sauter à pied joint dans la flaque ne fait pas en général rire celui qui se trouve à proximité immédiate: - Celui ou les mauvaises habitudes du bureau Ha se sont transformées en hostilité sans que la suisse soit devenue pour autant inamicale envers son voisin du nord. C'est bien de celui-là dont je veux parler.

Le brigadier Masson plia le bras puis retroussa sa manche pour consulter sa montre-bracelet : - Le temps passe à une de ces vitesse en votre compagnie. Nos hôtes doivent nous attendre pour le déjeuner, ne les faisons pas languir plus longtemps.

*   *   *

Après un copieux petit déjeuner pris en commun dans la grande cuisine, la matinée s'était traînée entre discussions futiles au soleil et plus sérieuses à l'ombre. Pour une fois, Meyer avait accepté de dévoiler un pan de son nouveau roman. On avait délicatement évité de questionner Walter sur la situation en Russie. Par contre, Pat lui avait candidement demandé de lui expliquer la conjoncture italienne et vaticane. Impossible de refuse d'aborder le sujet ; il avait dû s'étendre sur ses propres considérations en ce qui concernait la péninsule jusqu'au repas de midi, répondant aux questions en évitant de se laisser piéger. Ensuite, le couple Meyer avait exprimé leur désir de se rendre à Ermatingen pour l'après-midi.

Masson prit l'initiative de lui proposer de marcher en sa compagnie dans le parc. Ça tombait bien, il allait lui justement lui demander la même chose. Après quelques centaines de mètres d'explications à commenter les différentes espèces de fleurs qui bordaient le sentier, le tournoi amical pouvait enfin commencer : - Avant ce succulent repas, vous me parliez de quoi encore. Des divergences d'opinions, de celles qui engendrent un mécontentement qui peut se transformer en trahison.

- Nous pourrions interpréter comme une complaisance de laisser des éléments étrangers transmettre à partir de votre territoire en direction de nos ennemis de l'est. Des esprits chagrins verraient cela comme une entorse a la neutralité.

- Nos stations de radiogoniométrie sont à l'affût des émetteurs, quels qu'ils soient.

- Ça tombe bien, les nôtres aussi. Un centre d'écoute sur le Salève a repéré au moins deux émetteurs opérants au départ de Genève. Mais je ne vous apprends rien, n'est-ce pas. Si vous le souhaitez, je vous fournirai quelques coordonnées assez précises dans le but d'orienter vos recherches. Encore mieux, toujours si vous le désirez, nous vous enverrons avec joie un spécialiste sur place, voyez cela en tant qu'une aide amicale. Autant tâter le terrain avec une longue pique. Walter savait que l'Abwehr avait glissé des informations très utiles dans l'oreille grande ouverte des Suisses. Il voulait autant que possible éviter de froisser l'amour propre du brigadier.

Masson réfléchit un court moment avant de se lancer : - Merci, mais ce sera inutile. Récemment, nous avons obtenu quelques résultats. Le dix-neuf du mois précédent, la zone d'émission d'un émetteur dont nous avons identifié l'indicatif s'est vue réduite à quelques maisons et le vingt, nous avons détecté une antenne tendue entre un arbre et une maison . Trois jours après, la section spécialisée a opté pour sa tactique habituelle. Le courant fut coupé dans trois bâtiments d'une rue, mais sans résultat. Le vingt-cinq, une autre antenne fut à son tour découverte au huit de cette rue. Nous avons identifié un autre émetteur et son l'indicatif . Cela a été accrédité le jour même par une autre coupure d'électricité qui a interrompu ses transmissions.

- Donc vous avez localisé le nid des oiseaux.

- Tout sauf un qui d'après le service doit se trouver en dehors de la ville. Toutefois, ce n'est pas encore confirmé.

Walter eut le bon ton d'éviter de parler du « coiffeur » agent de l'Abwehr, même fâché, l'amiral pouvait difficilement refuser de partager ses informations, celles provenant de leur homme à Genève devenu amant d'une l'ancienne danseuse devenue espionne à la solde de Moscou. Grâce à lui, ils avaient pu découvrir le livre qui leur avait permis de casser en partie le code des émetteurs, mais cela, il allait soigneusement éviter de le partager avec Masson. Ça servirait entre autres à contrôler les dires des Suisses tout en mesurant l'étendue de leur éventuelle implication ; celle que commençait à doucement flairer Walter : - Merveilleux. C'est ici que je dois vous expliquer mon idée. En fait, l'idée était de Canaris, mais elle aurait pu être sienne si ce dernier ne l'avait pas exprimé en premier : « C'est à cette occasion que la collaboration de votre service pourrait devenir indispensable. Nous vous serions au plus haut point reconnaissants d'attendre avant d'intervenir. Il me paraît judicieux, maintenant qu'ils sont physiquement identifiés, de les surveiller étroitement pour remonter à leur source. La Gestapo a un avis contraire, mais vous savez ce que je fais de ce que pense la Gestapo.» Walter avait bien une sale idée en tête, si Müller était comme il le pensait un agent de Moscou, celui-ci avait intérêt à faire effacer toute trace. Il lui fallait des preuves solides à présenter Himmler. Grâce aux codes décryptés, il comptait bien y parvenir.

Le rusé Masson avait trouvé la parade : - Depuis le vingt-trois septembre, mon service s'était désisté en faveur de la Bupo .

La surprise passée, le malaise contenu de part et d'autre ce fut Walter qui se senti obligé de continuer hélas, il n'existait pas de formule élégante pour exprimer ce qu'il pensait : - Vous m'en voyez fort étonné, le Bupo s'occupe uniquement d'affaires politiques, par contre vous, au Spab, vous vous préoccupez d'intelligence militaire. Vous voudriez me faire entendre qu'une émission partant de Genève à Moscou est une affaire politique ?

Le patron des renseignements suisses paraissait soudainement mal à l'aise : - Avez-vous pensé que ça peut répondre à un ordre venu d'en haut. À ce stade de l'enquête, il devient tout à fait envisageable qu'un homme politique communiste soit impliqué. Je préfère que vous le sachiez. C'est une situation qui pourrait devenir embarrassante bien qu'à mon avis elle n'existe pas. Il est fort probable que le Bupo ait monté cette affaire en épingle pour parvenir à me soustraire l'opération. Vous êtes bien placé pour savoir ce que sont les rivalités entre services.

Walter prit le temps de réfléchir, évidemment, il savait, mais puisque l'occasion se présentait, autant sauter dessus pour tenter d'obtenir ce qu'il voulait : - Ce n'est pas la meilleure situation dans laquelle la confédération pourrait se retrouver. Raison supplémentaire pour nous aider à découvrir nos traîtres. Cette bonne volonté sera très appréciée, je m'en chargerai. Je veux dire au point d'oublier l'implication d'un homme politique suisse. Après tout, s'il ne s'agit que d'un communiste, ce personnage n'a rien à voir avec la Suisse réelle.

-   Sauf qu'à ce jour rien ne vient étayer cette probabilité.

-   Quel est encore ce dicton : il vaut mieux guérir la maladie avant qu'elle ne survienne.

Depuis le quinze, pour prouver sa bonne volonté à Himmler, Canaris avait dû lâcher du lest. Walter connaissait à présent l'adresse d'une certaine Margarete Bolli démasquée par le charmant « coiffeur ». Le vingt-neuf, un autre lieu d'émission, cette fois-ci éloigné de Genève, avait été découvert De toute évidence, Masson tenait à lui cachait des éléments, aucun nom n'était fourni, pourtant le suisse devait les connaître. Il avait difficile à en cerner la raison, à part dans le but de minimiser l'opération, il n'en voyait aucune car il n'osait pas croire à son implication, malgré tout un sale doute creusait lentement son chemin : - Pourquoi cet empressement à les arrêter maintenant qu'ils sont localisés ? Il avait posé la question sans trop espérer une réponse.

- A propos d'empressement, nos hôtes doivent nous attendre pour l'apéritif. Avec ce beau temps, j'espère que nous pourrons le prendre dehors.

*   *   *

Effectivement, avant le repas, ils avaient eu l'occasion d'écluser quelques verres de boissons fortes tout en admirant le coucher de soleil tombant sur le parc. Comme il fallait s'y attendre, le dîner fut délicieux et chacun s'y était attendu pour rendre l'atmosphère joyeuse à l'aide de propos insouciants. L'excellent vin remonté de la cave de Meyer y avait beaucoup contribué. Ensuite pour aider à poursuivre la conversation au salon du cognac avait été servi.

Si Masson s'était imaginé que l'alcool lui fournirait un répit en poussant son homologue allemand dans les draps, il s'était trompé. Quand le couple Meyer prit congé, Walter lui proposa de faire quelques pas au clair de lune. Le temps d'exprimer la troisième raison était arrivée, celle qu'il espérait ne pas se voir refuser. Une fois dehors, il dut constater : - désolé, j'avais oublié qu'elle n'en était qu'à son premier croissant. Je suis légèrement en en avance.

- Ou en retard.

Laissez-moi le bénéfice de quelques illusions pour ce soir. Si je n'étais pas quelqu'un d'aussi raisonné, je croirais encore volontiers à Nikolaus. Par exemple, cette nuit je m'imaginerais que vous pourriez m'aider à retrouver un Allemand perdu dans vos alpages.

- Pour un ami qui ne m'a jamais rien demandé, aujourd'hui vous êtes résolu à vous surpasser. Et vous me diriez pourquoi vous voulez trouver cet Allemand.

Walter prit son air le plus candide : - En réalité, il s'agit d'un Autrichien devenu allemand comme tous ses compatriotes. Dans les jours suivant lesquels cet homme a eu l'honneur de se voir transformer en allemand, il a décidé de nous quitter.

- Ils se sont retrouvés nombreux dans le cas.

- Oui, à ceci près que cet ingrat a emporté avec lui des documents nous appartenant. Des documents importants.

Le suisse le regarda incrédule : - Importants et c'est cinq années plus tard que vous vous inquiétez de les récupérer, car je pense que c'est bien ce que vous voulez faire. Vous connaissant, je n'imagine pas que vous envisageriez d'autres extrémités sur notre territoire.

- Non, bien entendu, juste lui demander poliment de nous les restituer.
- « Nous » pourrait faire une demande officielle.

Walter prit un air malicieux : - Qu'à cela ne tienne, je vous fais la demande officielle de bien vouloir aider Walter Schellenberg de la manière la plus discrète qui soit.

- Donnez-moi toujours son nom, Rothmund me doit quelques services, je verrai dans quelle mesure il est disposé à m'en retourner un lundi.
- Markus Feldman. Évitez de lui dire que le renseignement m'est destiné, l'année passée, Rothmund a été reçu par Muller à la Gestapo et en grande pompe. Ca a pu créer certains liens.

Masson se pinça le nez, semblant réfléchir : - Demain, je dois me rendre à Berne. Si j'obtiens votre renseignement, Meyer vous le communiquera. Mais ne soyez pas trop optimiste. Rothmund va se poser des questions, il passe la majeure partie de son temps à faire ça. Même si je lui fournis une bonne raison, et je n'en ai pas encore trouvé, il cherchera à savoir.

Suisse, Canton Thurgau, Château Wolfsberg, dimanche 03 octobre 1943

Depuis fort longtemps, il rêvait d'une grasse matinée au point que cela devienne une obsession. Ce midi, c'était une affaire classée au rang des désirs réalisés et prié de se reproduire dès que possible. Lorsqu'il se leva à l'heure du déjeuner, Pat lui apprit que le Brigadier Masson avait déjà quitté le château en compagnie de son mari peu avant son réveil.

Il avait passé une nuit presque idéale, pourtant elle avait mal débuté, il avait eu des difficultés à trouver le sommeil. Son cerveau se comportait souvent en tableau électrique, au moindre contact, une lumière rouge illuminait son esprit. Il avait fini par comprendre ce qui le tracassait. Masson avait accepté sa dernière requête sans beaucoup se faire prier. Il en avait conclu que soit il voulait se faire pardonner de ne pas encore avoir accédé à sa deuxième demande. Soit, il était dans un bon jour. Ou alors il existait un élément inconnu. Il s'était dit que la vérité finissait toujours par sortir du puits, parfois habillé de mensonge, il suffisait d'être patient.

Sa première intention avait été de demander la permission à Pat de téléphoner à Irène pour prendre des nouvelles de sa fille. Puis s'était ravisé. La bande à Goering était censée surveiller toutes les communications internationales. Dans les faits, c'était une sur dix, voire moins, par manque d'effectifs. Autant ne prendre aucun risque. Sans être secrète, sa venue en Suisse n'intéressait personne, il ne voulait pas donner du grain supplémentaire à moudre à ses trop nombreux ennemis.

L'épouse de Meyer avait déjeuné en sa compagnie en l'accablant de questions auxquelles il répondit volontiers. Une en particulier l'avait fait réagir : - Walter, personne ne peut nous entendre, alors de vous à moi, la guerre est-elle perdue pour l'Allemagne. Je vis dans la crainte des Russes, l'idée de les voir parvenir à notre frontière m'effraie.

S'il existait bien une question essentielle à laquelle il était incapable de répondre, c'était bien celle-là : - Une guerre n'est jamais perdue avant qu'elle ne se termine. La réponse ne lui avait pas coûté grand-chose, c'est le général Halder qui lui avait un jour sorti cette conclusion. Il ne se rappelait plus à quel propos, c'était sans importance.

- À l'Est, il paraît qu'il se passe des choses effrayantes.

Son mari avait dû lui raconter des histoires épouvantables, si elle savait combien il se trompait. L'Est concentrait les pires horreurs de la terre, à quoi bon lui dire : - La guerre en elle-même est horrible, quelle que soit la direction.

- Vous auriez pu l'éviter.

- Oui, ça aurait été intelligent, intelligent comme ne pas traverser la rue évite de se faire renverser par les voitures. Ne pas se baigner empêche aussi de se noyer.

Pat n'était pas une femme à se contenter de ses réponses idiotes : - Walter pourquoi vous me répondez n'importe quoi, ce n'est pas digne de vous. C'est parce que je suis une femme ?

- Je ne vous prendrai jamais pour une personne dénuée d'intelligence et de volonté. Le sexe n'a rien à voir là-dedans. Tout simplement, je ne suis pas capable de fournir une réponse autre qu'idiote. Parce que tout simplement le sujet est devenu privé de sens et ne me concerne plus. Seul m'intéresse le pas suivant, chercher à la terminer au plus vite et au mieux.

- C'est possible ?

- Bien sûr, encore faut-il que ce soit dans de bonnes conditions. Si seulement Roosevelt n'avait pas ajouté « sans » devant condition. Vu la tournure, la conversation avait perdu son intérêt, il répondait n'importe quoi. Comment lui expliquer que la fin de la guerre passait par l'élimination définitive d'un peintre autrichien, par la pose sur le trône devenu vacant d'un éleveur de poulets qui à la différence du premier serait disposé à l'écouter le temps de revenir aux frontières de trente-huit avant de terminer lui-même en pâté pour chien. Et ensuite, il y avait encore les généraux prussiens sans oublier ses « frères » de l'ordre noir dont il se mit à passer les noms en revue.

Patricia lui avait pris le bras : - Vous vous sentez mal, on dirait que vous avez quitté votre corps. Depuis quelques minutes vous regardez la table sans rien dire.

- Pardonnez-moi. Une légère absence. Ça arrive parfois avec le nouveau médicament que mon médecin teste en me prenant pour cobaye. Et si nous allions promener dans le parc. Hier Masson a tenté de me donner un cours de botanique. J'ai bien peur qu'il m'ait raconté n'importe quoi.

Le parc et la revue du nom des plantes les avaient rapidement ennuyés. D'un commun accord, ils avaient pris sa voiture pour se rendre au bord du lac. Avec la guerre, les bateaux de location étaient interdits. Ils s'assirent sur la berge face à l'eau où ils avaient étendu une couverture qui traînait dans l'auto. Pat était revenue à la charge l'air de rien : - Vous savez que je ne vous ai jamais vu en uniforme.

La réponse : « tout nu non plus » avait été retenue juste avant qu'elle ne franchisse ses lèvres. Lui-même était étonné par l'incongruité de ce qu'il avait failli répliquer. Il comprit que son humeur chagrine provenait d'une sorte de ressentiment naissant difficile à expliquer. Ça avait un nom, la Suisse. Ici, malgré de l'appréhension, régnait une forme d'insouciance. Pas de villes détruites, de jolis paysages entouraient le quotidien. Les pénuries existaient tout en restant supportables pour une population qui n'avait dans sa grande majorité jamais entendu parler de la Gestapo. Plusieurs fois, l'idée de venir s'y réfugier avec Irène et les enfants l'avait effleuré. Il aurait pu prendre le temps de vivre avec eux, de se soigner. La tête d'Hitler, d'Himmler, de Kaltenbrunner. Rien que d'y penser, sa bonne humeur était revenue. Les Suisses pour éviter le pire n'auraient eu d'autre choix que de l'expulser illico. Ou pas. Les alliés auraient probablement exprimé un désir différent, ils connaîtraient l'Amérique : - Je ne sais pas s'il vous plairait, il est tout noir et nécessite de porter des bottes. Sinon on a une allure ridicule.

- Laissez-moi vous avouer, je ne dis pas toute la vérité. Paul m'a un jour montré une photo de vous en compagnie de votre épouse. Vos étiez fort élégant avec un air particulièrement déterminé.

- Je crois deviner de laquelle vous parlez. C'était il y a longtemps.
- Deux ans à peine, si mes souvenirs sont exacts.
- C'est bien ce que je disais, une éternité.
- Qu'est ce qui a pu vous mener là ou vous êtes, vous semblez un si gentil garçon.
-

Suisse, Canton Thurgau, Château Wolfsberg, lundi 04 octobre 1943

Un romancier, même officier des renseignements, suisse de surcroît, possède une manière particulière d'approcher un sujet. Il plante d'abord son décor, peut commencer par la fin ou raconter un avant-propos qui n'a pas grand-chose à voir avec le thème. L'introduction qu'avait choisi Meyer ne se soustrayait pas à sa règle : - Vous avez appris que Franco a ordonné à ses troupes de se retirer du front est ?

Non, Walter ne savait pas, et à son avis ce n'était pas ça qui allait changer l'issue de la guerre. Si le Suisse débutait par une charge à bas bruit, il n'allait pas tarder à en découvrir la raison. Par prudence, il adopta de se mettre sur la défensive, mais à peine, juste de quoi donner à penser à son interlocuteur qu'il avait pris un léger avantage : - Je mentirais si je vous donnais une réponse catégorique. En ce qui me concerne, ce n'est pas une surprise, la division bleue[385] combat à nos côtés depuis deux ans. Comme nous avons combattu à leurs côtés trois années durant, c'est un juste retour des choses. La réponse était un rien idiote, se sentant très peu concerné, il n'avait pas pu trouver mieux. Il crut bon d'ajouter : « deux années passées dans le froid de l'hiver russe valent bien trois années au soleil d'Espagne, ce n'est pas votre avis ? »

Visiblement content de lui, Meyer changea brusquement de sujet : - Par contre, cette journée ne vous apportera pas que de mauvaises nouvelles.

Walter ne voyait pas trop de quelle mauvaise nouvelle le Suisse voulait parler. S'il s'agissait des Espagnols, c'était le cadet de ses soucis : - Quel bonheur de vous l'entendre dire. Faites-moi part de la bonne sans tarder, à moins qu'il y en ait plusieurs ce qui n'est jamais superflu à notre époque. Et si par chance, il y en a trop, vous voudrez bien en tenir une partie pour demain. Depuis quelque temps,

---

[385] Spanische Freiwilligendivision où 250 ème division d'infanterie.

j'ai perdu l'habitude, l'excès a tendance à m'effrayer. Le tout dit sur un ton léger pour tenter de décontracter la conversation.

Meyer aimait ménager ses effets : - Notez que je n'ai pas dit qu'elle sera bonne, simplement qu'elle n'est pas nécessairement mauvaise. Le brigadier me charge de vous faire part de ceci. Votre Markus Feldmann est bien rentré sur le territoire de la confédération en mars trente-huit. À l'époque, les citoyens autrichiens n'avaient pas besoin de visa. Notez que ça n'a pas changé. Ce qui a changé c'est qu'il n'y a plus de citoyens autrichiens.

Il pouvait considérer cela comme de l'humour, de l'humour suisse, mais de l'humour quand même. Le sien était allemand, digne d'un berlinois : - Nous avons une ruse pour parvenir à les reconnaître, leur accent. Un des leurs est devenu très célèbre chez nous. Il n'est cependant pas le seul, mais avec celui-là c'est facile, s'il y en a beaucoup dans une réunion, on le reconnaît sans peine à sa moustache. Tant que nous y sommes, dites-moi par quelle astuce vous avez bien pu le repérer.

Le romancier rit, signe qu'il appréciait une plaisanterie qui pouvait coûter très cher une fois passé de l'autre côté de la frontière : - Lorsqu'il est rentré sur le territoire, Markus a fait la demande d'un permis de séjour sous forme d'asile politique.

Pour le plaisir de le titiller, il demanda en affichant un large sourire : - Vous en accordez encore ?

Meyer loin de s'offusquer joua le jeu en levant les bras en signe d'impuissance : - À l'époque, tout cela était fort aléatoire et dépendait d'un poste-frontière à l'autre. Il est passé au bon poste au bon moment, et ce à plusieurs titres. Oui, après quelques mois d'attente, il l'a obtenu. Approuvé par le département fédéral de justice au motif qu'il se présentait comme un dirigeant secret d'un parti de gauche. Il fut même prolongé une fois de deux ans en quarante et un. Ensuite, nous nous sommes rendu compte qu'il nous avait menti.

- Vous avez découvert qu'il n'était pas plus dirigeant de parti de gauche que moi.

Le suisse prit le temps de savourer ce qu'il allait dire. Walter n'aurait pas voulu se retrouver à la place de son éditeur ; - Non, ce n'était pas tant ça. Il devait nous fournir un certificat de naissance qu'il disait devoir se faire envoyer par un membre de sa famille. L'individu trouvait toujours une bonne excuse pour temporiser. Une fois, c'était l'oncle de Vienne, l'autre la cousine de Salzbourg ou la tante d'Innsbruck. Jusqu'au jour où il est tombé sur le mauvais fonctionnaire. À la fois tatillon et doté d'un flair peu commun, il a buté sur son nom. Il se fait que

Markus était rentré chez nous avant que le J sur le passeport soit instauré en octobre trente-huit et rendu obligatoire sauf dans le canton de Vaud ou cette formalité était déjà en vigueur. Souvenez-vous, c'était la seule façon de ne pas imposer de visa aux Allemands. Avec les tentatives d'immigration que votre politique a générée, nous subissions un vrai déferlement de candidats. Vous paraissez surpris, vous ne saviez pas qu'il était israélite ?

- Je ne m'étais jamais posé la question, je suis sur ses traces pour une tout autre raison.

Meyer rit d'une façon qui ne laissait pas de doute. Il se moquait ouvertement : - Elle doit être bonne pour qu'après cinq ans ce soit le patron des renseignements extérieurs en personne qui soit sur ses traces. Car c'est bien pour lui que vous êtes là. Dites-moi si je me trompe, mon cher Schellenberg.

Au point où il en était autant lui donner en pâture une petite partie de la vérité : - Oui et non. Oui, j'avais d'autres raisons. Non, je ne peux pas nier que dénué d'autres raisons, j'aurais malgré tout fait le déplacement. À présent, allez-y de votre secret, après tous ces mensonges, vous auriez dû l'expulser. Ce n'est pas ça qui vous dérange en général. Je veux dire le fait d'être israélite pour recevoir un aller simple vers le Reich. Walter suait intérieurement à grosses gouttes, car il avait peur de ce qu'il allait entendre. Il se dit qu'à la réflexion il aurait dû insister auprès d'Himmler pour aller à Posen, ce qu'il allait entendre ne valait pas beaucoup mieux pour sa santé.

- Markus en homme prévoyant possédait une bouée de sauvetage. Alors qu'il devait s'apprêter à sauter à l'eau, il l'a saisie. Sur son insistance, la police des frontières nous a contactés. Ce n'est pas moi qui l'ai entendu, mais j'ai vu la bouée. En l'occurrence, il nous a remis deux photos prises sur des documents. Documents d'après lui bien cachés qu'il nous remettrait en échange de la citoyenneté suisse. Nous lui avons fait comprendre qu'il mettait la barre trop haute. Nous nous sommes accordés sur un statut diplomatique qui le protégerait.

Le temps dont usait Meyer l'inquiétait : - Vous employez le passé pour parler de lui. Il a disparu.

- Du jour au lendemain, il n'était plus là. Domicile vide, tous ceux que nous avons interrogés à son sujet étaient dans l'ignorance la plus totale. Une situation tout à fait anormale pour quelqu'un qui va enfin pouvoir dormir du sommeil du juste en recevant une accréditation diplomatique en tant que chargé commercial de l'Équateur. C'était en novembre quarante-deux. Peu de jours après votre visite ici même. Au point que nous vous avons eu de lourds soupçons.

Walter n'en revenait pas. Il joua les offusqués tout en lui mentant effrontément :
- Vous m'avez soupçonné ! Je peux vous garantir qu'à cette époque, je n'avais encore jamais entendu parler de Marcus. J'espère que vous me croyez.

- Rassurez-vous, nous avons mené une enquête minutieuse qui vous a lavé de tout soupçon.

Ça l'amusait qu'on ait pu le prendre pour un ravisseur ou encore pire, un assassin : - Vous l'avez retrouvé ?

- On peut dire ça.

Le romancier était toujours aux commandes : - Je suis curieux de savoir où. Si toutefois vous pouvez me le dire...

- Sans aucune peine, en dessous d'un train. Sur la ligne Berne Spiez. Pour être précis à Jaberg, à l'endroit où les voies longent l'Aar. Le pauvre homme se sera suicidé. En dessous du train est une image, en plusieurs morceaux sur la voie serait plus exact. Il a pu être identifié grâce à son portefeuille. Celui-ci contenait son passeport et un papier sur lequel il avait noté le nom de l'officier qui s'occupait de lui. La police nous a donc contactés.

Walter n'était pas content, mais pas pour la raison qu'il allait lui donner : - Masson aurait pu me le dire avant son départ.

Meyer fit la moue : - Il aurait pu en effet. Mais il fallait mettre au point ce que nous allons vous dire ou pas. C'est pour cette raison que je suis revenu au château cette nuit.

- Je vous écoute.

L'ami Paul avait préparé une belle chute, vu son sourire, il paraissait en tous les cas très fier de celle qu'il venait d'écrire dans sa tête : - Les deux photos ne sont pas d'une qualité digne d'un grand photographe. Cependant, elle est suffisante pour lire ce qui est écrit sur le document et ne laisser aucun doute sur la nature de celui-ci.

Berlin, Berlinerstrasse 131, maison de Schellenberg, mercredi 06 octobre 1943

Le train de retour lui avait permis de se questionner, activité mentale qu'il n'avait pas interrompu sauf le temps de récupérer ses papiers à la frontière suisse et pendant le changement de train à la gare de Weil ou il dut batailler deux longues heures pour obtenir d'avoir un avion-retour à sa disposition à Fribourg. Berlin subissait une alerte aérienne et c'était devenu impossible de décoller, le ciel de la capitale était réservé à la chasse, aux obus de la flak et aux éventuelles bombes américaines. Après d'innombrables palabres, le bureau de transport avait pu lui trouver une solution au départ de Frankfort. Les sept heures prévues s'étaient transformées en quinze avant qu'il puisse enfin franchir la porte de sa maison de la Berlinerstrasse à trois heures du matin. Irène était réveillée dans la chambre, elle nourrissait leur fille.

Walter n'avait pas vu le temps passer, tournant et retournant l'affaire dans sa tête au rythme des bogies du wagon puis du ronronnement des trois moteurs du junker qui le ramenait chez lui. Masson avait trouvé une excuse pour ne pas revenir au château, ce dont il s'était douté. Le brigadier ne voulait pas se retrouver en position de lui dire non et encore moins dans celle de lui dire oui. Il avait dû se contenter de quitter Meyer en insistant lourdement pour obtenir la copie des deux photos en leur possession, ce que ce dernier avait promis de transmettre à son chef au plus vite. Évidemment, il n'en avait pas cru le premier mot. Un début de cadeau à Himmler n'était pas envisageable dans les jours suivants.

Douze heures de réflexion, c'en était onze et cinquante-neuf minutes de trop pour comprendre que les Suisses lui mentaient sans vergogne. Cependant, pas de manière assez convaincante pour maquiller le mécanisme mis en place. Toutefois, suffisantes pour lui permettre de commencer à démêler l'écheveau.

Quand ils lui confiaient que c'est seulement en quarante-deux qu'ils avaient découvert qui était Markus, il pouvait les croire, sinon les yeux fermés, au moins avec un à la paupière abaissée. Que Markus ait négocié son destin en les alléchant avec deux photos était plausible chez les Helvètes, contrairement à ce qui se serait passé dans la même situation face à la Gestapo. Tout ce qui venait à la suite n'avait rien à voir avec la réalité, excepté les documents diplomatiques de l'Équateur. Meyer l'avait lui-même précisé, il s'agissait d'une situation anormale. C'est en soulignant ce détail que son hôte suisse tentait de le berner. Évidemment, qui dans la position de Markus refuserait une telle opportunité. Sans doute peu de personnes, sauf quelqu'un de très méfiant envers les Allemands qui réfléchissait bien plus loin que le bout de son nez. Justement, cet homme avait vu son Autriche bien-aimée se faire annexer en moins de temps qu'il ne fallait pour le dire ; pour lui, il était tout à fait plausible qu'une situation identique était susceptible de se répéter avec la Suisse.

Bien entendu, l'homme avait eu quatre années à sa disposition pour arriver à cette conclusion. Mais ces quatre années, il les avait passés dans une prison dorée sans espoir de la quitter. Pour aller où. La Suisse était pareille à une île cernée de tout côté par les requins.

Une fois qu'il avait été démasqué, les cartes se retrouvaient mélangées, un nouveau jeu apparaissait dans sa main, assez pour croire de nouveau à sa chance. C'est peut-être pour cette raison que l'affaire des documents équatoriens était plausible. Elle avait dû lui donner une certaine quantité de grain à moudre, mais assurément pas de ceux qui menaient à la décision de se suicider. Un cadavre passé sous un train devenu méconnaissable, mais identifiable grâce au passeport retrouvé dans l'amas de chair était une ficelle tellement grosse que le seul homme qu'il estimait capable de l'utilise était Müller, et encore, le connaissant, il l'aurait raconté en riant de la bonne blague dans la figure de son interlocuteur.

Ou les Suisses le prenaient pour le dernier des idiots. Ou alors, ils ne pouvaient rien lui confier tout en l'engageant obligeamment sur une piste. Et s'ils le mettaient sur une piste, c'est qu'ils n'étaient pas contents de la tournure qu'avaient prise les évènements. C'était bien dans leurs manières tordues de l'exprimer avec beaucoup de détours. Pour quelle raison seraient-ils frustrés. La seule réponse qu'il entrevoyait provenait de l'attitude de Markus. Au dernier moment, l'homme avait dû trouver mieux où on lui avait proposé mieux. Quant à savoir qui était cet "on" devenu « mieux ». Atteindre ce « mieux », s'il existait, lui était impossible sous l'œil attentif des renseignements suisses. Les services helvètes n'étaient pas réputés pour lâcher un os lorsqu'il le tenait dans leurs crocs.

Disparaître pour toujours était la voie de sortie la plus logique. Berner les Suisses n'était cependant pas à la portée du premier venu. Alors, y était-il parvenu seul ou avec l'aide de « mieux ». Envisageable, tout comme il était concevable que les Suisses de leur côté eussent trouvé un terrain d'entente avec « mieux ». Dans ces conditions pourquoi le couple Masson-Meyer le mettrait-il sur une piste. La réponse évidente devenait : rivalité entre Suisses.

Dernier élément non négligeable du puzzle, vers le milieu de mars trente-huit, Markus avait été envoyé dans l'urgence en Suisse au départ de Vienne. Sans aucun doute, sa condition d'israélite était un motif suffisant à prendre cette décision sans l'aide de personne. N'empêche qu'il avait accompli ce périple muni de documents d'une dimension majeure. Donc, il avait été commandité par un personnage que Walter pouvait qualifier d'important. Un personnage qui avait témoigné d'une grande confiance en Markus des mains duquel il comptait les récupérer ou les faire récupérer un jour. L'expéditeur connaissait-il « mieux » ou était-il lui-même « mieux » ? Dans ce cas, pourquoi attendre quatre années, puisque rien ne s'était passé entretemps. Du moins rien dont Walter avait connaissance ni la compréhension à ce jour.

Lui-même ne pouvait aller mener l'enquête en Suisse, excepté si Himmler le lui ordonnait expressément. Sauf si ce dernier était désespéré, jamais il ne lui imposerait une aventure aussi folle. Le Reichsführer ne reviendrait pas avant dimanche, Walter avait le temps de mettre un mécanisme en place. En fait de mécanisme, il devait employer le mot exact : « mécanisme allemand nommé capitaine Hans Eggen serti dans une montre suisse ». Son meilleur homme au pays du gruyère aspirait à devenir major. De quoi le motiver, sauf que Hans avait une préférence nettement marquée pour entretenir l'obésité de son compte en banque. Ce qui n'était pas insurmontable. Gröbl lui changerait bien volontiers discrètement quelques livres sterling en francs suisses. Une partie pour stimuler Hans, une autre pour encourager ceux à qui il adresserait la parole. Quelques livres sterling n'étaient qu'une façon de penser, pas la seule.

Berlin, Berkaerstrasse , mercredi 06 octobre 1943, 09h10

Trois heures de sommeil avaient suffi à le remettre sur pied. Quand Marliese franchit sa porte, il crut que c'était pour lui porter un deuxième pot de café. Constatant les mains vides de sa secrétaire, il l'interrogea d'un geste de la tête auquel elle répondit embarrassée : - Vous avez un visiteur.

- L'interphone est en panne ?

- C'est Arthur Nebe, il m'a demandé de procéder ainsi. Elle n'eut pas le temps d'ajouter un commentaire que le chef de la Kripo passa la porte restée ouverte derrière elle.

Marliese avait le don pour deviner le moment exact où elle devait s'effacer ; elle n'hésita pas à abandonner la place au général à la tête si singulière, impossible de tenter de tergiverser un tant soit peu : - Bonjour Arthur, quel bon vent vous amène à une heure si matinale. C'est si rare de vous voir ici.

- Bonjour, Walter, je craignais que vous ne repartiez en voyage loin des poussières que les Américains font voler à Berlin, aussi j'ai voulu vous cueillir au nid. L'idée m'a un instant effleuré de passer à votre domicile et puis je me suis dit que comme vous n'aviez pas vu votre famille ces derniers jours, autant vous laisser déjeuner en compagnie des vôtres.

Voilà que Nebe se mettait à imiter Canaris, il lui manquait juste son incomparable côté ambigu : - Je vous en suis reconnaissant, Irène est généralement effrayée lorsqu'on s'annonce tôt à ma porte.

- Vous avez donc tant de choses à cacher, mon jeune ami.

Walter aurait voulu lui répondre que le chef de l'Amt V avait une tête particulièrement effrayante ; si pour sa part Irène s'y était habituée, les enfants auraient eu peur en le voyant débouler au déjeuner : - exacts, de lourds secrets comme tout un chacun. Il avait spécialement insisté sur la dernière partie de sa phrase tout en sachant que c'était plus pour la forme. L'un et l'autre savaient à peu de chose près à quoi s'en tenir sur leur parcours respectif sans que ce fût un problème ou un sujet d'oppositions ni même de conversation entre eux : - « De votre côté, n'étiez-vous pas aussi en voyage, Arthur ? »

Le policier sourit amer : - Un aller-retour rapide, mais qui valait largement le déplacement. Plutôt deux fois qu'une serait plus adaptée.

Nebe avait éveillé son intérêt, il devenait curieux de ce qu'il allait apprendre, car il ne doutait pas que le général venait vider son trop-plein d'amertume, cependant pas au point de penser qu'il serait éminemment surpris par les propos qu'il lui rapporterait. Par contre ce qui était susceptible de provoquer son étonnement, c'était le motif réel de l'entretien, il lui était difficile d'imaginer que la visite surprise du chef de la police criminelle en soit dénué : - Ne me faites pas languir Arthur, j'ai hâte de savoir de quoi il peut bien retourner dans un discours réservé uniquement aux officiers généraux.

- Notre chef a réussi à nous surprendre. Au point de me demander si Hitler ne va pas le dégrader au rang de caporal lorsqu'il l'apprendra.

Walter apprécia particulièrement cette intéressante perspective : - Comme cela, ils auront le même grade à défaut de présenter une moustache identique.

Le patron de la Kripo semblait trop remonté pour goûter l'allusion : - Alors que nous nous attendions à une tout autre allocution, il a mis une grande bassine de merde au milieu de la salle et nous a plongés à tous la tête dedans. Une merde difficile sinon impossible à nettoyer, nous devrons à présent nous résoudre à vivre avec accompagné de son odeur.

- Asseyez-vous Arthur, à condition de prendre soin de ne pas en tapisser mon fauteuil, il n'est pas de première jeunesse, il ne s'en remettrait pas. Le temps de demander du café, ensuite, vous bénéficierez de toute mon attention. Sur quoi il appela Marliese pour la prier de leur en apporter un pot

Pendant quelques minutes, ils prirent patience en parlant de la difficulté d'avoir un enfant en pleine guerre. L'attente ne fut pas longue. Après que sa secrétaire eut déposé le pot et les tasses sur la table, elle tint à les servir en s'excusant de ne plus avoir de sucre à leur proposer. Quand elle les eut laissés, tout en lui tendant une tasse, Walter lui posa la question qui le chatouillait : - Arthur, maintenant expliquez-moi pour quelle raison vous ne vouliez pas que Marliese me prévienne par la téléphonie interne ?

- Vieille habitude de policier, surprendre. On en apprend beaucoup en procédant ainsi, vous devriez essayer à l'occasion.

- Vous avez réussi, et dites-moi, vous avez découvert l'existence d'un fait que vous ignoriez ? Sans lui laisser le temps de répondre, il continua : - si je compte bien, c'est la troisième fois que vous venez me rendre visite ici, d'où mon étonnement.

Nebe avait toujours eu le don de la répartie : - La quatrième en englobant la fois où vous étiez absent.

Walter ne prit pas la peine de soulever : - En en parlant d'absent, si vous vous croyez autorisé de me raconter ce qui s'est dit à Posen, je vous en prie, ne vous gênez pas ?

Le policier qui demeurait en lui le regarda, impassible, jouissant de l'intérêt certain qu'il suscitait à présent chez son interlocuteur : - Notre patron a employé un langage on ne peut direct pour expliquer ce qui se passe à l'Est. Les massacres, l'élimination du peuple juif et la nécessité pour notre sécurité future d'y inclure femme et enfants. Le tout déclamé sur le ton lent et monotone que vous connaissez. Pareil s'il nous avait parlé de ses poulets. À la suite de quoi, il nous a invités à partager un repas en sa compagnie comme si rien d'important ne s'était passé.

- Vous aviez besoin de ses explications Arthur ?

Le chef de la Kripo évita d'adopter une attitude par trop dédaigneuse : - Pas plus que vous Walter.

Le silence s'installa sans lourdeur, le temps de se resservir du café. Après quoi, Walter décida de renchérir, juste la dose nécessaire pour tenter que Nebe perde son calme, en général ça donnait des fruits avec des individus moins avertis, pas certain en ce qui concernait ce vieux renard : - Par votre séjour en Russie blanche[386], vous avez connaissance de détails qui me sont par chance inconnus.

Il en fut pour ses frais, l'homme avait trop de métier pour se laisser prendre aussi facilement : - Vous empruntez un chemin obscur Walter, j'espère que vous ne tenterez pas de vous y aventurer sans une bonne lanterne ; mais laissons cela pour l'instant. Appréciez plutôt ceci. Notre patron insiste sur deux points. Le premier, il a agi sur ordre et il n'a rien volé. Deuxièmement, il nous fait tous

---

[386] Arthur Nebe a été le premier commandant de l'Einsatzgruppe B basé à Minsk.

complices, y compris des évènements de juin trente-quatre[387] tant qu'à faire. Après vingt ans passés à la Kripo, je sais d'expérience que la majorité des criminels agissent ainsi lorsqu'ils se rendent compte du sort qui risque de leur arriver.

Le policier cherchait par une dernière mesure à cerner les limites d'un champ qu'il connaissait bien. Walter prit un chemin de traverse pour éviter de réagir à des paroles aussi compromettantes par d'autres qui ne l'étaient pas moins. Nebe ne s'y serait jamais aventuré s'il avait douté un instant des sentiments de son interlocuteur. L'un et l'autre savaient exactement à quoi s'en tenir : - Canaris était présent ?

- Bien entendu. J'ai cru comprendre que vous étiez quelque peu fâchés.

- On peut dire cela de cette façon. L'amiral a dû se retrouver lui aussi choqué. Arthur, vous qui le connaissez personnellement depuis trente-huit ainsi que ses nombreux « amis », cela n'a pas du vous échapper. Choqué par se l'entendre dire, pas parce qu'il a appris, évidemment.

Nebe se montra assez maître de lui pour ne pas devoir sourciller : - Vous avez tout à fait raison, pas tant pour ce que le Reichsführer a dit que la façon dont il l'a présenté, cela l'a mis en colère et d'une certaine façon a raffermi sa détermination. Vous devriez songer à vous rabibocher. Unis par un même regard critique, depuis des années nous parvenons à former un cercle des plus intéressant qui s'élargit, vous pourriez réfléchir à l'intégrer et pourquoi ne pas y jouer un rôle tout comme moi.

On abordait enfin le but de la visite. Depuis le temps, il aurait été sot de penser qu'en position de responsable d'un Amt parmi les plus puissants, il n'aurait pas eu une vue étendue de la conspiration émergente au sein du Reich. En réalité, il y en existait une multitude se croisant et se décroisant au fil des affinités ; peut-être pas autant, mais beaucoup quand même. Toutes avec le même profil en toile de fond, dilettantisme ou manque de résolution. Le contraire l'aurait bien arrangé. Pas pour aboutir à un scénario à l'italienne. Un bien plus définitif. Peu lui importait la vie d'Hitler, sa disparition soudaine et violente ne ferait que correspondre à l'objet de « redistribution ». Par contre, ce qui lui importait, et il ferait tout pour, était que rien n'arrive à Himmler. Provisoirement s'entend. Il en avait trop besoin. Lui seul, à l'aide de l'ordre noir, pourrait amalgamer derrière sa personne l'ensemble de la nation et mettre les généraux au pas avant qu'ils ne tentent des actions diplomatiques inconsidérées. Sans oublier le danger que représentaient douze millions de travailleurs étrangers dans le Reich. Avec l'aide de

---

[387] La nuit dite « des longs couteaux ».

Brandt, de Gottlob Berger[388], d'Hans Juettner[389] et de Felix Kersten, le Reichsführer écouterait ses conseils le temps de stabiliser à la fois l'appareil d'État et la guerre. Après, arrive ce qui doit arriver. Avant cela, son plus redoutable adversaire serait la Gestapo, mais en ce qui concernait Muller, il se faisait fort de lui régler définitivement son affaire en l'incriminant, preuves à l'appui, d'être un agent à la solde de Moscou. Dans le chaos, ça passerait comme une lettre à la poste. Quant à Kaltenbrunner, il se chargerait avec plaisir de l'envoyer dans un autre monde peuplé d'Autrichiens avec la présence de leur chef pour l'accueillir, en l'accusant de faire partie de la conspiration. Le cas du lapin de la propagande et celui du Reich Marechal d'opérette ne devrait pas rencontrer de difficultés, entre rentrer dans le rang vite fait ou encore plus rapidement dans un cachot de la Prinz Albrechtstrasse à sa dimension, leur choix s'avérerait d'une simplicité enfantine. Quant à la proposition de Nebe le conspirateur, il lui répondit sèchement tout en souriant : - Votre rôle n'est pas le mien. Au cas où vous pensez que nous poursuivons un but identique, vous vous trompez, Arthur. Ne le prenez pas mal, en ce qui vous concerne vous avez franchi une ligne dont je me suis bien gardé d'approcher.

Le responsable de l'Amt V qui s'était attendu à une autre réponse paraissait soudainement quelque peu contrarié : - Selon vous, jusqu'à quel point il est nécessaire de se compromettre pour garder un pied en dedans et un pied en dehors du système afin d'agir dans l'illégalité à l'intérieur tout en étant honni à l'extérieur. Vous croyez détenir la solution pour participer à cette aventure sans vendre votre âme. Si c'est le cas, encore qu'à présent il soit un peu tard, j'aimerais la connaître.

- C'est une réponse qui se retrouve en compagnie de nombreuses autres dans les cartons des Alliés.

- Ce carton va devenir une armoire lorsqu'ils prendront connaissance du discours

Walter soupira tout sourire : - Parce que vous pensez un instant qu'ils ignorent quoi que ce soit de ce qui se passe là où nous posons le pied Arthur ? Devant le silence de Nebe, il continua en le fixant dans les yeux : - Certains mettent leurs espérances dans de folles illusions. Celles que les Alliés accepteront une capitulation à l'ouest préalable à la constitution d'un nouveau gouvernement pour permettre la guerre de continuation à l'Est avec leur bénédiction. C'est un, oublier le discours de Roosevelt, deux négliger ceux qui font partie du gouvernement actuel dont un dont vous venez d'apprécier le discours à Posen, trois ranger Staline au

---

[388] Lieutenant général Gottlob Berger, responsable du bureau principal de la SS (SS-Hauptamt).
[389] Lieutenant général Hans Juettner, chef de l'état-major de la SS (Führungshauptamt).

rang d'un demeuré se satisfaisant de contempler les évènements.

- En ce qui concerne le point deux, de qui en fait partie ou pas, cela ne représente rien de vraiment insurmontable. Pour le point trois, une fois le robinet américain fermé, sa perspective changera.

Walter ne voyait pas l'intérêt de poursuivre une conversation qui ne menait à rien, mais il ne pouvait pas non plus se permettre d'écarter Nebe du paysage d'un revers de main, celui-ci pouvait lui être très utile : - Arthur, vous me montrez du doigt une montagne que certains tentent de gravir sans succès depuis trente-huit. À ceux qui demanderaient mon avis, je répondrais que pour nous épargner la disparition de l'Allemagne, l'unique solution sera de négocier en position de force.

- Vous croyez un seul instant en cette possibilité avec le gouvernement actuel ?

Walter s'était levé pour aller prendre dans le tiroir de son bureau une bouteille de cognac français et deux verres qu'il leur servit à ras bord : - C'est en ce point précis que réside notre problème Arthur, par chance, il existe plus d'une solution. Buvons à l'Allemagne avant de nous quitter. Laissez-moi vous donner un conseil, si vous consentez à l'accepter, méfiez-vous des nouveaux officiers autrichiens qui apparaîtront dans votre département, j'ai entendu dire que Kaltenbrunner a de vilaines idées en tête, comme par exemple celle de vous faire surveiller.

Berlin, Berkaerstrasse, dimanche 10 octobre 1943

Walter n'aimait pas trop de mélanger le travail et le privé, pourtant ce n'était pas la première fois. Il avait d'abord pensé demander à Irène de sortir promener les enfants pour ne pas lui imposer leur présence avant d'y renoncer. Hans était un habitué de la maison, il lui laissait le soin de décider ce qui lui conviendrait le mieux.

En s'assurant par diverses précautions de ne pas être suivi, son adjoint s'était rendu de la gare de la Postdamerplatz au domicile de son chef en empruntant successivement l'U Bahn et deux taxis. Après avoir pris le temps de déguster ensemble une part du gâteau dominical et de se raconter les derniers potins berlinois, son épouse s'en alla habiller leur progéniture pour sortir prendre l'air.

À peine furent-ils dehors, qu'il invita Eggen à prendre place au salon : - Hans, j'ai hâte de connaître ce que vous avez appris.

Le major paraissait fier de lui : - Les Suisses sont des gens méticuleux, en cas de mort violente, ils procèdent à une autopsie. À Berne, dans le restaurant où il a l'habitude de déjeuner, j'ai pu incognito rencontrer l'assistant du légiste qui a procédé à celle de « Markus ». Comme il se doit, l'homme a beaucoup hésité, sauf que ce que je montrais sous son nez l'a emporté sur son devoir de discrétion. Eggen suivant sa tradition ménageait ses effets, Walter patienta le temps nécessaire tout en lui servant un café accompagné d'un cognac : « le légiste a constaté que le corps retrouvé sur la voie présentant toutes les apparences de quelqu'un passé sous un train avait une particularité, l'absence de sang. Normalement, si vous êtes déchiquetés de cette façon, il y en a de tous les côtés. »

- Et ?
- Il y avait bien des morceaux de chair et de tripes partout, mais presque aucune trace de sang.

Walter savait à quoi s'en tenir, ce qui ne l'empêcha pas de poser la question : - Ce qui veut dire.

- Que le corps retrouvé sur la voie n'est pas passé de vie à trépas à cet endroit précis. Peut-être déchiqueté là, mais pas tué ou suicidé sur ce site. L'absence de sang prouve sans grand risque d'erreur une mort consommée depuis plusieurs jours.

- Donc, il ne s'agirait pas de Markus !
- Il est trop tôt pour le dire. Sauf qu'il est certain qu'il n'a pas décédé là. Mais cela n'explique pas cette mise en scène puisque c'est bien de cela qu'il est question en l'occurrence.

Walter termina la phrase pour son subordonné : - Car dans de telles circonstances, le corps n'est pas identifiable sauf par ses empreintes et son historique dentaire s'il en reste.

Hans Eggen vida son cognac tout en hochant la tête avant de confirmer : - Exactement, l'assistant m'a confirmé que l'état de ses dents et ses empreintes avaient été relevés, mais qu'ensuite le dossier leur échappait, ils se bornent à les remettre à la police fédérale, la suite n'est pas de leur ressort. Le dernier élément qu'il a été en mesure de me communiquer c'est le groupe sanguin du cadavre : A positif. Le poids et la taille sont incertains. Ils ont pesé le poids de ce qui a été retrouvé, cela représente soixante-sept kilos. D'après l'assistant, une perte de dix à vingt pour cent est généralement admise. Une part reste collée aux roues du train, une autre qui concerne les liquides est absorbée par la terre, ou le ballast dans ce cas-ci.

Tout en possédant ces informations qu'il pouvait qualifier d'intéressantes, Walter ne se retrouvait pas plus avancé ; encore lui aurait-il fallu posséder le groupe sanguin de Markus et l'adresse de son dentiste. Sauf qu'il était inutile d'investiguer plus avant en pure perte, il connaissait la réponse, la probabilité que Markus soit l'homme de la voie était aussi improbable que Himmler fut enfant de chœur dans sa prime jeunesse. Bien que tout soit envisageable venant du Reichsführer. La vérité était tout autre. Les Suisses, ou plus vraisemblablement certains Suisses « mieux », car ce genre de maquillage n'était pas dans les habitudes des premiers, se donnaient beaucoup de mal pour le faire disparaître en le présentant comme un mort impossible à identifier, sauf par ses papiers. Dans le deuxième cas, Meyer qui avait accès à bien plus d'informations devait se poser les mêmes questions que lui à moins qu'il détînt la réponse. Au moins, ça lui procurait un beau sujet pour un roman. Quant à Masson, il n'avait pas encore décidé dans quel groupe le faire figurer.

Aucune autre solution s'offrait à lui excepté celle d'investiguer plus loin et d'attendre patiemment le résultat. Par chance, il ne doutait pas un instant que son adjoint fut à la hauteur de la tâche. En cas de besoin, il lui enverrait Spitzy, ce dernier avait réalisé un excellent travail d'enquêteur à Huelva : - Repartez en Suisse Hans, ce qui n'est pas la plus désagréable façon de concevoir la vie à notre époque. Tâchez de savoir où Markus vivait, puisqu'on a retrouvé ses papiers, les Suisses possèdent son adresse. Autant que possible, évitez de mêler la police ou les renseignements, votre assistant doit bien avoir une copie de ces informations. Chez nous, tout est scrupuleusement photographié, ils doivent procéder de la même façon, le contraire m'étonnerait. Cet homme doit y avoir accès, mettez-y le prix qu'il faut, je vous ferai parvenir des fonds supplémentaires. Ensuite, interrogez ses voisins, sa logeuse, ses relations s'il en avait. Peut-être une petite amie. Enquêtez, quatre années c'est long, on peut en apprendre beaucoup. Ne lésinez pas sur les moyens, s'il vous en faut encore plus, je vous en ferai porter en urgence.

Après le départ d'Eggen, il réfléchit à ce qu'il allait raconter à Himmler. Il décida pour lui dire la vérité, ou presque, mais en l'habillant de vert. C'est, disait-on, la couleur de l'espoir.

Pour ne pas risquer de perdre entièrement un précieux dimanche en famille, il décida de prendre sa voiture pour aller à la rencontre d'Irène et des enfants et de continuer la promenade en leur compagnie. Il était encore temps d'aller flâner sur le bord du lac de Wanze.

LE MAUVAIS FILS

Berlin, Wilhelmstrasse, mardi 12 octobre 1943

Soucieux de ne pas contrevenir à ses détestables comportements, Himmler eut un imperceptible sourire tout en guettant du coin de l'œil sa réaction : - Evidemment cela demandera de travailler main dans la main avec Canaris.

Aucune surprise, si le « bon Heinrich » ne l'avait pas suggéré, le résultat eut été identique. Le réseau de l'Abwehr en Iran ne pouvait qu'être supérieur pour la bonne raison que le sien y était tout simplement inexistant. Voilà que l'expédition en Perse, comme son chef la nommait, revenait à l'ordre du jour. Depuis que les services d'écoute avaient décrypté les messages de la marine américaine, l'affaire avait été à de multiples reprises abandonnée et remise sur le tapis. Ce n'était qu'une fois de plus. Walter soupçonnait Himmler de la relancer pour lui permettre de faire la roue devant son maître. Depuis l'affaire de « la maison blanche », le message reçu en janvier des renseignements espagnols et mal interprété par l'Abwehr, il le vivait telle une frustration personnelle.

Walter venait de parier avec lui-même mille reichsmarks sur l'argument que son chef allait lui avancer dans les trois minutes suivantes ; en définitive, elles se résumèrent en à peine trente secondes ; il raflait le pot : - Le major Skorzeny a réalisé un exploit remarquable dans les montagnes italiennes, c'est juste mettre la barre un peu plus haut pour lui permettre de réitérer une telle prouesse dans les monts de Téhéran, c'est, m'a-t-on dit, à une altitude similaire à celle où Mussolini était retenu captif.

Si l'opération s'effectuait, Skorzeny allait surtout rééditer l'acte de bravoure de se faire prendre en photo. Précision qu'il eut le bon goût de ne pas soulever. Après tout, pourquoi pas. Sauf que la ville de Téhéran ne se situait pas au milieu de divisions allemandes aguerries, mais de troupes alliées bien trempées, un détail pour Himmler, il décida de garder l'argument en réserve, car s'il le sortait prématurément, il allait s'entendre rétorquer que la communauté allemande du renseignement y restait bien établie, ce qui n'était pas vraiment faux sans être tout à fait vrai, il fallait plutôt parler de beaux restes probablement infiltrés, retournés ou à tout le moins surveillés et quelques autres entrés dans la clandestinité la plus totale : - Par contre leur capitale se trouve à trois mille cinq cents kilomètres de Berlin, ce qui interdit bien entendu l'emploi de planeurs.

- Mais à mille cinq cents de la Crimée. L'utilisation de parachutistes fera aussi bien l'affaire, nous disposons des meilleurs. Le principal consiste à surgir du ciel, ce n'est pas votre avis Schellenberg.

- Il faudra pouvoir ravitailler en cas de problème Reichsführer ! Le Condor, seul appareil envisageable selon moi, sera à son maximum de son rayon d'action. Si un orage se présente, s'il doit voler bas pour échapper aux radars que les anglais ont probablement installés, son autonomie s'en verra réduite d'autant.

Himmler balaya ce détail d'un geste de son crayon dont il se servait comme un éventail pour frapper ses lèvres. D'évidence, il avait étudié l'affaire dans les grandes lignes et s'agaçait de se voir contredit : - Vos nombreuses relations en Turquie vous permettront d'y procéder discrètement en mettant à notre disposition une piste proche de la frontière et quelques fûts de carburant. À partir de chez eux, il ne faut plus qu'être en mesure de franchir sept cents kilomètres de désert.

Inutile de chercher à lui opposer des arguments comme ceux de la neutralité de la Turquie ni de lui parler des défenses antiaériennes, de la chasse alliée qui allait surveiller l'espace aérien comme du lait sur le feu ; ce n'est pas de cette façon que le Reichsführer lâcherait la partie : - la mission reste ambitieuse, il faudrait songer à pouvoir réduire ses objectifs si le besoin s'en fait sentir.

- Si l'on ne peut en attraper trois, laissez tomber Staline, ce sera alors deux, sinon un pour autant que ce soit Roosevelt. C'est un vœu personnel du führer.

À part cela, pas un mot sur son discours de Posen. Soit c'était dans le but de lui signifier qu'il ne faisait pas partie du cercle des généraux, soit pour lui rappeler qu'il devait s'atteler à ses nombreuses missions, dont très peu, obtenaient le résultat qu'il escomptait, soit les deux, ce qui était encore plus probable. Walter jugea inutile de le mettre au courant des progrès faits en Suisse, d'autant que son chef ne lui avait pas posé la question. Les avancées y allaient dans le bon sens, ou plutôt prenaient un sens. C'était préférable de garder celles-ci en réserve pour les mauvais jours ; ceux que le Reichsführer faisait naître tels des orages d'été et qui nécessitaient de déposer rapidement d'un contrepoids à poser dans la balance.

Brandenbourg, château Friedenthal,
mercredi 13 octobre 1943 10H20

Son chauffeur stoppa dans un crissement de freins la lourde Mercedes au milieu de la cour du « château ». Sans attendre que ce dernier lui ouvre la portière, il se retrouvait déjà hors du véhicule. Pas assez vite toutefois pour surprendre le maître des lieux sans doute prévenu de son arrivée par le corps de garde. La bête se dirigeait au pas de charge vers lui, même sa cicatrice semblait sourire, pour la surprise, c'était raté, le contraire l'aurait étonné : - Schellenberg, quel plaisir rare de vous imaginer ici.

Le tout frais major omettait à dessein de mentionner son grade, mais il n'en prit pas ombrage, Skorzeny ne pouvait qu'imiter Skorzeny : - Bonjour Otto, merci pour l'accueil, cependant votre plaisir risque d'être de courte durée, quelque chose me dit que dans les minutes qui vont suivre vous allez regretter de me voir ici. Ce qui ne change strictement rien, si je vous avais fait venir à Berlin, l'affaire conserverait son caractère indigeste. Vous disposez toujours d'un bureau, dans ce cas, je suggère d'aller nous y asseoir, ce sera plus prudent pour entendre ce que je vais vous annoncer.

Leurs relations se réchauffaient depuis peu, bien que de son côté, il tentait de maintenir la laisse de son imprévisible subordonné aussi courte que possible pour lui ôter l'envie de passer au-dessus de sa tête. Le contact direct avec le führer lui avait donné de mauvaises habitudes dont il éprouvait les pires difficultés à se débarrasser. Une fois installés, Skorzeny poussa la camaraderie naissante jusqu'à lui proposer un café, ce qu'il se garda bien de refuser. Mal lui en prit, le breuvage au fort goût de chicorée s'avéra infect, ici aussi le sucre manquait. Walter opta pour aller sans détour au cœur du sujet : - Himmler vient de m'informer que l'opération Téhéran est à nouveau envisagée. Envisagée reste mon interprétation, pour notre chef c'est une affaire entendue ne souffrant aucune discussion. S'il faut lire entre les lignes, il n'a pas l'intention de la laisser complètement dans les mains de l'Abwehr tout en restant prudent. En cas d'insuccès, il doit avoir l'opportunité de pouvoir s'en laver les mains.

Le major fraîchement promu n'afficha pas sa superbe habituelle, il semblait aussi perplexe que perturbé ; visiblement, il cherchait comment dire non tout en formulant oui : - C'est une entreprise complexe qui a toutes les chances de se terminer en aventure en Amérique[390]. Canaris ne s'en est jamais vraiment remis, pas vrai. Ses hommes ont été exécutés si je ne me trompe.

Walter le prit avec humour : - N'exagérez pas Otto, il ne s'agit que de réaliser la moitié du chemin confortablement assis dans un avion ce qui doit se révéler plus agréable que l'ambiance qui règne à l'intérieur d'une coque de sous-marin tout en allant vingt fois plus vite.

- Vingt fois plus vite vers l'au-delà, vous voulez dire. On voit bien que ce n'est

---

[390] Allusion au débarquement d'agents de l'Abwehr sur le sol des Etats Unis. Opération Pastorius de juin 1942.

pas vous qui vous y rendrez.

- Ce n'est pas moi non plus qui a sauvé Mussolini. La gloire a un certain prix ; la croix de chevalier qu'Hitler vous a décerné n'est en somme qu'un apéritif destiné à vous ouvrir l'appétit, le grade de major qu'un hors-d'œuvre pour vous inciter à sauter plus haut, façon de parler. C'est cette action qui a donné du grain à moudre. Prenez-vous en a vous-même, dans le cas contraire c'est possiblement au major Mors que reviendrait l'honneur du voyage.

Vu le silence qui s'ensuivit, l'allusion toucha Skorzeny sans générer de commentaires désagréables de sa part. Walter poursuivit : « préparez-moi un projet que je pourrai soumettre au Reichsführer. L'organisation sera assez compliquée, c'est un faible mot ; et il faudra aussi composer avec Canaris ». Plutôt avec Freytag[391], se dit-il, mais il évita de s'étaler sur ce détail « la zvb[392] dispose d'hommes bien entraînés pour ce genre d'intervention. Par contre, vous me surprendriez en m'annonçant que certains parmi ceux-ci parlent russe ou farsi. Je peux envisager de vous fournir des hommes des opérations Zeppelin, si j'ai bonne mémoire, il y en a quelques-uns qui sont originaires du Nakhitchevan, ils pourront facilement passer pour des Iraniens, j'en avertirai le colonel Gehlen, mais c'est à vous qu'incombe la charge de les entraîner. De votre côté, il faudra faire vite, d'après nos renseignements, vous bénéficierez d'un mois à partir d'aujourd'hui avant de gagner vos positions de départ.

Le patron des « Friedenthal » ne sourcilla pas outre mesure, il paraissait peser le pour du contre. En guise de réponse, il lança : - Ce serait bien que nous ayons une photo ou nous apparaissons côte à côte. Si vous êtes d'accord, un de mes hommes dispose d'un Leica.

Dix minutes plus tard, ils se retrouvaient tous les deux dans la cour du château à regarder l'étendard de la division, Skorzeny avait mis sa croix de chevalier autour du cou et un casque neuf sur la tête. Quelques jours plus tard, quand on lui porta la photo, il se fit la remarque qu'avec l'angle d'où était prise la photo, le major paraissait deux fois plus imposant que lui. Sacré Skorzeny.

---

[391] Wessel Freytag Loringhoven successeur de Lahousen à la section II.
[392] Zvb, « zur besonderen Verwendung » Utilisation particulière ou missions spéciales.

LE MAUVAIS FILS

**Brandenbourg, château Friedenthal,
mercredi 13 octobre 1943 13h30**

Difficile de cerner ce qui motivait Skorzeny, mais il démontrait une volonté évidente de se concilier les bonnes grâces de son chef. Le repas qu'il avait fait servir dans la gigantesque salle à manger devenue cantine était à quelques détails près de la qualité qu'on rencontrait chez Adlon. Gibier, légumes frais et fruits au dessert, des oranges en l'occurrence. Le tout provenant du marché noir. Le chef des Friedenthal ne s'en était pas caché, au contraire, il l'avait claironné comme s'il s'agissait d'un haut fait de guerre. Apparemment, il trouvait commode de s'abriter sous son nouveau parapluie protecteur nommé Hitler. Walter en déduit qu'il se composait de l'ordinaire qu'on l'avait invité à partager. Au début, les autres officiers présents s'étaient tenus dans une prudente réserve, méfiants avant de finir par se détendre. Après tout, en tant que responsable de l'Amt VI, il était leur patron, mais tous connaissaient aussi l'étendue du pré jalousement gardé de Skorzeny.

Une fois les cafés terminés, tous étaient retournés à leurs occupations, les laissant seuls au salon. Walter jugea bon d'entrer sans plus attendre dans le vif du sujet : - Otto, j'ai décidé de vous parler franchement, cette affaire ne m'enthousiasme pas, tant s'en faut. Pour différentes raisons. La première nous ne savons rien de précis, en ce qui concerne la date et le lieu. L'Abwehr établit que tout semble indiquer Téhéran plutôt que Le Caire ou encore un autre endroit. Outre les informations qu'ils possèdent, cela procède d'une bonne déduction. En plus d'une frontière commune, les Soviétiques se partagent le pays avec les Anglais. En instituant cela comme une vérité d'évangile, Canaris veut rester maître de la manœuvre et je le comprends. Il a beaucoup à se faire pardonner, ce vieux renard doit tabler que ça le fera rentrer en grâce. En deux mots, il fait des pieds et des mains pour nous écarter et obtenir la direction des opérations. Je lui souhaiterais bien bonne chance, sauf que notre chef Himmler ne le voit pas ainsi. C'est un ordre qu'Hitler nous a commandé d'exécuter sans toutefois préciser qui devrait le réaliser ; pour le Reichsführer, il en va du prestige de l'ordre noir. Suivant sa tactique, il va grignoter lentement du terrain. Il a d'abord fait accepter qu'un de nos officiers intègre les préparatifs de l'Abwehr, le reste suivra son chemin lorsqu'il le jugera opportun. Entre vous et moi, il ne se risque pas à demander la maîtrise de l'opération à Hitler pour la simple raison que tout ce qui concerne l'Iran est à peu de chose près entre les mains de l'amiral.

Skorzeny avait en sainte horreur la concurrence et ne supportait pas de se voir écarter ou simplement mis sur le banc de touche : - Faux, j'y suis déjà allé.

Sans surprise, le chef de la zvb franchissait la ligne de départ sans attendre le coup de feu : - Otto, bien que vous ayez déjà accompagné un vol de parachutage, vous êtes rentré en Crimée avec l'avion, la réalité du terrain est bien différente et vous ne l'ignorez pas et dans le cas contraire je vais éclairer votre lanterne. Si vous comptez faire du tourisme, vous en serez pour vos frais, on considère généralement Téhéran comme la capitale la plus hideuse du monde. Ce qui nous serait parfaitement indifférent sauf que c'est un ensemble de rues et de venelles étroites peuplées par plus d'un million de personnes, dont la moitié sont soit trafiquants d'opium, voleurs ou proxénètes. Pour faire bonne mesure, cette population s'est vue augmentée d'une forte arrivée polonaise. Quand Staline sous la pression des Anglais a vidé ses camps de Sibérie d'environ cent cinquante mille Polonais, il les a envoyés tels qu'ils étaient en Iran. Comprenez, avec ce qu'ils avaient sur le dos. Démunis de tout beaucoup sont devenus délinquants, certains se sont transformés en gens de maison pour les familles iraniennes plus aisées ou pour les étrangers. A Avant sa destitution, Reza Chah a fait raser les quartiers pauvres, ce qui a encore augmenté le phénomène.

Skorzeny semblait surpris de la description que lui faisait son chef, celui-ci lui tendit une enveloppe : - voici quelques photos des rues et une de l'avenue des ambassades. Vous constaterez que ce n'est pas Unter den Linden. Je parle évidemment de celle du temps des tilleuls, pas de celle rectifiée par les bombes alliées. Voyant que Skorzeny demeurait imperméable à son sens de la dérision, il poursuivit : « Un tiers de Téhéran est devenu un réseau rectiligne de larges avenues pavées de blocs de pierre, le reste n'est comme je vous le disais que venelles de terre. Ensuite, dans « la belle partie » ils se sont contenté de niveler et ériger des constructions de briques les unes plus dissemblable des autres. Le quartier pauvre reste est soumis au désordre et à la confusion. Tout y est à vendre, et donc à acheter. Cette situation nous importe évidemment. S'y dissimuler signifie se faire dénoncer. Mais bon, ce serait encore un moindre mal si nous parvenions à opérer au plus vite. Pour cela, il ne s'agit pas de débarquer comme au Gran Sasso, d'ouvrir la porte et de liquider les cibles. Nos équipes doivent disposer du temps minimum nécessaire pour se regrouper, se préparer et de repérer les lieux, ce que j'estime à deux semaines. Pour ce faire, il faut jouir d'un réseau prêt ot fiable. En ce qui nous concerne, il est anecdotique. L'Abwehr s'en sort un peu mieux, mais à peine. Avec d'énormes difficultés, je suis parvenu à en apprendre vaguement plus. L'homme dont on peut bénéficier de l'appui sur place, un certain Menser, est en fait un agent de l'Abwehr, il n'est même pas allemand. C'est un Suisse. Je tente d'obtenir son dossier complet de Freytag sans beaucoup de succès. Aux dernières nouvelles, il est spécialisé dans le commerce international. Otto, soyez assez aimable, attendez mon départ pour rire.

D'habitude plein d'une énergie débordante, Skorzeny le laissait prudemment venir. Il ne voulait pas l'amener à se décourager, du moins tout de suite, il préférait que « la bête » y arrive de sa propre initiative : - Tout n'est pas aussi noir, La communauté allemande était et reste importante, elle se compose d'environ deux mille personnes. À quelques exceptions près, internés depuis quarante et un, mais une partie a pu s'échapper et vit clandestinement. Il y a un autre homme sur place, toujours de l'Abwehr, le major Bernhard Schulze-Holthus[393], quarante-neuf ans, vétéran de la Première Guerre mondiale. Il était là-bas sous couverture diplomatique. Il a lui aussi été interné par les Anglais en quarante et un, mais a réussi à s'évader. Malheureusement, il est très loin de Téhéran. Il a rejoint la rébellion de Nasr Kahn. Sa mission première était de préparer l'arrivée de l'Afrikakorps. Amusant, pas vrai ?

Skorzeny en général un rien plus fanatique le surprit par sa remarque :- Il peut attendre encore longtemps.

Si le libérateur de Mussolini commençait à réfléchir ainsi, sa tâche ne serait après tout pas si compliquée qu'il se l'était imaginé : - Le soulèvement Kachkaïs représente la résistance contre l'invasion anglo-soviétique de l'Iran et bien entendu reçoit l'aide de l'Allemagne. Elle est menée par Nasir Kahn, principalement au nord du pays. Nasir Kahn dispose d'environ soixante mille hommes, mais cela pourrait être bien plus. Sabotage des lignes de chemin de fer, de ponts, bref tout ce que vous aimez et rêvez de faire. Ses deux frères sont à Berlin, vous pourrez les rencontrer si vous le jugez utile. Ne perdez pas de vue qu'en agissant ainsi, célèbre comme vous l'êtes devenu, vous leur mettrez la puce à l'oreille, mais vous êtes un grand garçon, à vous de décider. Je continue. Sur l'insistance d'Himmler, à l'époque, le commandant Holthus s'est vu adjoindre par Jost mon prédécesseur deux hommes de chez nous, Franz Mayr , vingt-six ans, ancien étudiant en droit et membre du SD, nom du code Max et Roman Gamotha, vingt-trois ans, vétéran des jeunesses hitlériennes, nom de code Moritz. En ce qui concerne le lieutenant Mayr, ça risque de vous plaire, il s'agit d'un officier viennois d'origine ukrainienne très décoré, il parle couramment le russe. Si vous aviez sauté de l'avion, vous auriez eu le plaisir de rencontrer cette charmante personne. Vous l'ignorez sans doute, nos deux garçons sont arrivés dans la ville portuaire iranienne de Pahlavi en novembre quarante et un en possession d'un matériel de télécommunication rudimentaire, mais qui leur a permis d'établit la liaison avec Berlin. Donc, ils se retrouvent là depuis deux ans, livrés à eux-mêmes. Les objectifs de leur mission étaient compliqués par le fait qu'à ce

---

[393] Major de la Luftwaffe Berthold ou Bernhard Schulze-Holthus, vice-consul à Tanriz transféré à Abwehr II.

moment-là ils ne parlaient pas la langue, n'avaient aucune connaissance préalable du Moyen-Orient, sans parler de l'Iran. Leur formation fut des plus sommaire. Par la force des choses, ça a dû changer. Bref, comme vous le savez, en août quarante et un, les Russes alliés aux Anglais ont envahi l'Iran et déposé Reza Chah. Outre faire tomber un gouvernement pro allemand, les trois Alliés convoitaient les vastes réserves de pétrole de l'Iran pour alimenter leurs machines de guerre. Depuis l'entrée en guerre de l'Amérique, c'est le cordon ombilical menant des ports iraniens au Caucase qui devient la priorité. En ce qui concerne nos hommes, tout porte à croire qu'ils ont fait du bon boulot. Malgré leur bonne volonté, les Kachkaïs n'auraient pas ciblé des objectifs aussi précis que des ponts, des voies ferrées, des dépôts de carburants et de munitions alliées. Nasir Kahn se serait plus volontiers concentré sur des objectifs affaiblissant l'armée iranienne. Le matériel que nous leur parachutons doublés par des conseils tactiques a sensiblement changé la donne selon les dires de nos informateurs présents sur place. Les Russes et les Anglais y ont envoyé plus de troupes qui forcément ne se retrouvent pas sur les autres fronts. Hélas, dans le cas des Anglais et des Américains, ça aide les Japonais dont je me fiche complètement puisqu'ils refusent de s'en prendre aux Soviétiques. Pour moi l'ami de mon ennemi est mon ennemi. Mais là, mon cher Otto, mon ressentiment personnel m'égare quelque peu.

Skorzeny captivé par de telles aventures se retrouvait maintenant assis dans une salle de cinéma subjugué par le film d'espionnage qui y était projeté ; la gorge sèche, il allait bientôt devoir changer de bobine, mais avant il fit monter le suspense d'un cran supplémentaire : - Pendant près de deux ans, Berlin n'a obtenu aucun mot, aucun signe de vie, de la part des trois agents. Puis, il y a cinq mois, nos deux hommes ont refait surface. Le centre de Wansee a reçu un message relayé par les Japonais, on a cru au miracle.

Walter s'arrêta le temps de se servir un café tout en vérifiant l'intérêt de son interlocuteur. À voir son air, ce dernier s'imaginait déjà en Iran. Satisfait, il mit l'autre bobine sur le support du projecteur et reprit la séance : - Notre Kriegsmarine parvenant tant bien que mal à étrangler les convois à destination de Mourmansk, par effet de vases communicants, les Américains débarquent le matériel à Ispahan. Apparemment, l'objectif secondaire est devenu de couper par tous les moyens les lignes d'approvisionnement des Russes. Ce qui se résume à faire pareil, détruire des voies de chemin de fer, des trains, à harceler ou ils peuvent et parfois s'en prendre à l'armée iranienne. Ne me demandez pas pourquoi, de mon côté, je n'ai pas bien compris, notez que je n'ai pas non plus réclamé d'explication à Freytag. J'ai déduit sans beaucoup de mérite que l'objectif primaire avait changé sans pour autant comprendre de quelle façon Nasir nous y aidera autrement qu'en réceptionnant dans le nord nos groupes de parachutistes. Les vôtres et ceux des Brandenbourg de l'Abwehr.

- À mon avis, ce Nasr Kahn ne détesterait pas de s'emparer du pouvoir. Il nous aide, nous l'aidons avec le chaos qui va immanquablement suivre.

Le major frais promu intégrait un peu plus le film, du moment qu'il en sort après avoir lu le mot fin, la conversation se déroulait comme il l'avait prévu : - Pour compléter le tableau, je me dois aussi de mentionner le général Zahedi[394], très proche de nous, malheureusement, il est interné par les Britanniques en Palestine, mais il lui reste des hommes fidèles en Iran qui à l'occasion donnent un coup de main aux Kachkaïs. Tous ces hommes sont au plus haut point anti soviétique et anti-anglais. Schulze-Holthus est également responsable dans une large mesure de la révolte des tribus sud-iraniennes de cet été. Depuis qu'ils ont été envahis en quarante et un, la population étrangère a considérablement augmenté. Entre Polonais qui les laissent de marbre ou presque quand il s'agit de Polonaises et Allemands qu'ils prisent mis à part, elle se compose de Russes qu'ils haïssent, d'Anglais qu'ils détestent et d'Américains qui curieusement leur sont indifférents. Ces joyeux envahisseurs violent et volent à qui mieux mieux. Mœurs auxquelles ils sont habitués, c'est vrai. Les Américains s'occupent avant tout d'acheminer par le Caucase le matériel offert par Roosevelt à son ami Staline. Pour le principal, des camions et des avions. Ils ont pour ce faire créé des usines d'assemblages. Mais cela nous écarte du sujet. Ce qui nous intéresse est d'imaginer comment parvenir en disposant de ces faibles moyens à constituer une équipe prête à accueillir en toute sécurité les hommes que nous devons envoyer à Téhéran. Je précise qu'il s'agit de la situation telle que nous la connaissons avec trois semaines de retard. J'oubliais, nous avons parachuté un homme à nous, le capitaine Oberg[395], un mélange de qualité et de défauts.

Le silence s'était installé, profond, chacun observant l'autre. Walter allait devoir se lancer ou demander qu'on prévienne son chauffeur d'avancer sa voiture.

Otto, en toute confidence, considérez ceci, si votre mission réussit, disons cinq chances sur cent en étant large, elle ne changera pas le cours de la guerre, Roosevelt sera remplacé par son vice-président Henry Wallace encore plus fanatique des soviétiques que son patron, Staline sans doute par Beria, celui-ci fera ce qu'il voudra de l'américain et en ce qui concerne Churchill, il y a beaucoup de possibilités que le roi choisisse Anthony Eden. Même en cas de succès, aucun de ceux envoyés là-bas ne reviendra. S'ils vous prennent vivant, vous serez tous

---

[394] Général Mohammad Fazlollah Zahedi)
[395] Commandant Winifred Oberg.

pendus. Le scénario le plus probable qui vous attend est l'échec, mais le résultat sera identique si vous réussissez, vous serez tous tués ou pendus.

Skorzeny ne protesta pas, il calculait. Après tout, c'était un ingénieur.

- Rendez-vous dans une semaine à Berlin, c'est à moi de vous inviter et vous profiterez du voyage pour me faire part de vos vues et le cas échéant me présenter votre plan.

Berlin, Berkaerstrasse, lundi 18 octobre 1943 11h20

Le capitaine Meyer s'était bien sûr abstenu de lui renseigner l'endroit où avait vécu Markus, c'était sans compter sur la sagacité d'Eggen. Ce dernier ne faisait preuve d'aucun effort pour éviter de manifester son plaisir devant son chef : - Bien vu, l'aide du légiste est à présent devenu plus riche de deux mille livres. Grâce à lui, j'ai pu consulter la copie des photos transmises au Spab. Depuis quarante et un, Markus disposait d'une chambre à Frutigen dans une modeste maison de la Kirchgasse. Je me suis rendu sur place, c'est un village endormi des Alpes bernoises. Ce qui est intéressant, c'est qu'il se situe à un peu plus de trente kilomètres de Jaberg, l'endroit où on a retrouvé le corps. Si on veut se rendre de Frutigen à Berne, il faut obligatoirement passer par là sauf à avoir envie de réaliser un détour de plusieurs heures par des chemins de montagne.

- Cela signifie quelque chose ?

- À part une attention particulière dans le détail. Mais comme souvent, le détail tue le détail. Si Markus avait décidé de se suicider, pourquoi aller si loin, le train passe à douze kilomètres du village où il habitait. Pourquoi faire vingt-cinq kilomètres de plus lorsqu'on ne dispose d'aucun moyen de transport. Rien dans les rapports n'indique qu'un vélo a été trouvé à proximité du corps, enfin, de ce qu'il en restait. Ça représente entre cinq et six heures de marche. Personne ne parcourt cette distance avant de se suicider.

- Ni d'ailleurs douze kilomètres qui s'effectuent entre deux et trois heures. Il existe bien d'autres méthodes pour mettre fin à ses jours. Poison, pendaison, entre autres. Pistolet si l'on en dispose.

Eggen fit la moue, Walter le privait d'une partie de son récit. Vous me quittez les mots de la bouche patron. Par contre, ceux qui ont réalisé cette mise en scène ont tablé sur le fait que la police suisse n'y verrait que du feu et irait au plus simple. Après tout pour eux, il s'agit d'un juif paniqué à l'idée de se voir extradé vers l'Allemagne. Ils pensent qu'il sait ce qui va lui arriver s'il tombe dans nos griffes et qu'il a préféré choisir lui-même sa façon de mourir.

Walter se mit à réfléchir à haute voix : - Bien joué de la part de ceux qui veulent le faire disparaître. Le capitaine Meyer ou son patron ont essayé de m'envoyer sur une voie de garage. S'ils avouaient ne rien savoir de Markus, ils courraient le risque que nous poussions plus loin nos investigations. En agissant ainsi, ils pensent nous couper l'herbe sous le pied. Ce que je ne comprends pas, c'est que s'ils ne sont pas à l'origine de cette manœuvre, ce qui les conduit à couvrir ceux qui l'ont exécuté. Le seul raisonnement qui me vient à l'esprit, c'est que ceux qui ont réalisé ce tour de passe-passe sont des membres contestataires de leurs propres services de renseignements avec l'aide ou pas de « mieux ». Ce ne serait pas la première fois que ça se produit, par le passé, Guisan a déjà été obligé d'intervenir auprès d'officiers mutins antiallemands et de les sanctionner, mollement, il faut dire. Si Masson l'avoue, en tant que chef des renseignements, il est inévitablement responsable de ce qui se passe chez lui. Il connaît l'importance des documents de Markus, deux photos lui ont suffi pour additionner deux plus deux. Pour autant qu'il dise la vérité à ce sujet, mais je suis assez enclin à le croire. S'ils avaient obtenu l'entièreté des documents, ni vu ni connu, ils auraient accordé à Markus ce fameux statut diplomatique de seconde zone, ce ne serait pas la première fois ni la dernière les connaissant. Cependant, dans le contexte tendu actuel, il évite le moindre faux pas qui nous donnerait un prétexte à repousser leurs frontières. Par contre, si j'ai raison, ce qui se passe doit lui déplaire au plus haut point. Peut-être que Guisan est également au courant et l'a sommé de faire le ménage dans ce qui pourrait devenir une affaire politique si Pilat venait à l'apprendre. Donc si je pousse mon raisonnement à l'extrême, que je m'abstienne un moment de penser qu'ils nous envoient sur une voie de garage, Meyer me laisse filtrer assez d'éléments pour m'inciter à y regarder à deux fois. Il est rusé, il sait qu'un jeu subtil se déroule entre Himmler et son maître et connaissant de quel côté je me situe, il me laisse le soin de faire, sinon le ménage, au moins les poussières. Cette dernière pensée, Walter s'était bien gardé de la proférer à haute voix.

- Vous avez raison. Pour revenir plus prosaïquement à mes investigations, je compte me rendre à nouveau à Frutigen. J'aimerais interroger sa logeuse. En revanche, je vais rapidement me faire remarquer, vous devriez penser à me fournir une équipe si vous voulez que j'aille plus loin.

Toute la question était là, qui était digne de confiance dans une affaire aussi délicate. Le nom de Spitzy lui venait en tête : - je vais y penser Hans, vous aurez assez vite une équipe pour vous épauler. Par contre, vous ne pouvez plus venir à Berlin à une telle fréquence. Vos allées et venues vont finir par se faire remarquer si ce n'est déjà le cas, sans parler des problèmes de visa qu'elles causent. Il nous faudra trouver un autre moyen de communiquer en toute discrétion, je vais y réfléchir. À présent, profitez de votre journée à Berlin, je vais tenter de vous dénicher un vol de retour pour vous éviter ces pénibles dix-sept heures de train. Je ne vous promets rien. Sinon vous reprendrez le train de mercredi soir.

Hans Eggen lui avait même réservé une surprise de taille pour la fin : - vendredi, j'étais à l'hôtel Bellevue, j'aime y traîner et prendre un verre au bar à l'occasion, c'est fou ce qu'on peut y glaner comme informations et devinez qui j'y ai vu ? Walter loyal à ses pratiques le laissa venir « L'amiral Canaris ». Par chance, il n'a pas remarqué ma présence.

-   Rien de surprenant, il s'y rend parfois lorsqu'il se retrouve en mal d'Espagne et fait au plus rapide pour se changer les idées.

Pour changer d'idée est bien le mot. Il y a rencontré une femme avec qui il a dîné avant de prendre une chambre en sa compagnie, et pas n'importe quelle femme. Halina Czarnowska.

Vous êtes certain de ce que vous avez vu !

-   Absolument, j'ai payé le concierge pour qu'il me tienne informé. Ils ont passé la nuit ensemble.

Walter avait un dossier bien fourni sur Halina Czarnowska, alias Marie Clénat, alias Halina Szymańska. Épouse de l'attaché militaire polonais à Berlin avant-guerre. Il savait qu'à l'époque ils se connaissaient, mais ignorait que des années plus tard ils se fréquentaient toujours. C'était un secret de polichinelle que la Polonaise était une espionne. Le patron de l'Abwehr était trop rusé que pour se faire prendre si facilement, il se défendrait en arguant qu'il jouait un double jeu au bénéfice du Reich et tentait de la retourner. Malgré tout, ce n'était pas une raison suffisante pour abandonner la piste, un dossier est dans la plupart des cas constitué de nombreux rapports qui mènent à une conclusion, celle où la corde ne se relâche plus. Le problème restait le matériel humain nécessaire pour suivre toutes ces pistes, Kaltenbrunner refusait systématiquement ses demandes pour donner la priorité à sa chère Gestapo. De son côté, Himmler avait démontré le profond agacement que lui procurait ses requêtes répétées : - Le moins qu'on puisse dire c'est que l'amiral a très bon gout, d'après sa photo, c'est une très belle femme. On doit saluer que le brigadier Menzies a le chic pour bien choisir ses agents. Aussi ses amis, Canaris avait rencontré en secret l'officier britannique en Espagne à l'été. Et si les deux affaires étaient liées, dans le renseignement, il n'y a pas de place réservée pour les coïncidences. Walter ne pouvait se permettre de ne négliger aucune piste : « Hans, une intuition me souffle que vous allez vraiment avoir besoin d'hommes supplémentaires. » En revanche, il devait faire une croix sur Spitzy, ce dernier avait travaillé pour l'amiral.

Berlin, Berkaerstrasse, lundi 18 octobre 1943, 16h45

Hildegard Burkhardt alias Felicita Beetz venait de lui confirmer ce que Höttl lui avait annoncé au téléphone trente minutes à peine avant elle. Au moins, elle se montrait fiable. Galeazzo Ciano rentrait en Italie. Il lui ordonna de faire partie du voyage en tant qu'interprète. Celui qui s'y opposerait contreviendrait aux désirs du Reichsführer avait ordre de prendre immédiatement contact avec le patron de l'Amt VI.

Le poursuivant de leur haine, les dirigeants de la république de Salo étaient à force d'insister auprès d'Hitler, parvenus à avoir sa peau. La libération récente de Mussolini avait changé la donne, si celui-ci voulait se retrouver en mesure de conduire la nouvelle république, la preuve de sa détermination s'avérait dans ce cas indispensable. En apparence, A ses yeux, il pouvait estimer qu'il s'agissait d'un maigre sacrifice, sauf qu'il pouvait lui coûter l'amour de sa fille chérie. Ciano n'était seulement son beau-fils, c'était aussi le père de ses petits-enfants.

Himmler en était pour ses frais, du moins dans l'immédiat. Le führer poussé dans le dos par un von Ribbentrop a qui les carnets du comte assombrissaient l'avenir avait tranché. Le ministre de l'Intérieur du Reich n'avait pas les mêmes buts que le ministre des Affaires étrangères. Walter savait déjà que la comtesse se trouvait en Italie depuis la fin septembre. Son visa de sortie du Reich avait été autorisé sur l'insistance personnelle de son père. Assurément pas dans le but d'aller s'adonner au tourisme. Selon Felicita, Edda avait été envoyée à Rome par son mari pour mettre la main sur les carnets alors que ce dernier n'osait se risquer à entreprendre le voyage. C'eût été une excellente nouvelle si la Gestapo ne la surveillait pas de près. La bande à Müller pouvait très bien travailler sur un ordre discret d'un Reichsführer n'estimant pas prudent de placer ses œufs dans le même panier, mais Walter n'avait aucune certitude là-dessus. Wolf était capable de plus d'une intrigue. La meilleure solution qui lui restait était de s'ingénier à ne pas perdre de vue les hommes de la Gestapo chargés de surveiller la comtesse. Plus compliqué à mettre tout en œuvre qu'à imaginer.

LE MAUVAIS FILS

Berlin, Hôtel Adlon, jeudi 21 octobre 1943, 12H00

Pour ne pas changer, Walter se perdait une fois de plus en conjectures sans fin concernant les buts poursuivis par Himmler. Sa manière personnelle de souligner son discours de Posen consistait à ordonner la rafle des israélites de Rome. Karl Wolf malgré l'attribution de son nouveau pouvoir n'avait sûrement pas pris sur lui de coordonner la rafle du seize octobre. Surtout sous les fenêtres du Vatican. D'un autre côté, jamais Wolf n'aurait tiré ses ordres ni de Muller ni de Kaltenbrunner. Kappler[396] celui qui avait un temps aidé ses hommes à l'occasion de la fuite des Ciano ainsi qu'à la recherche de Mussolini s'était révélé redevenir la créature de la Gestapo à laquelle il avait échappé pour quelques semaines. Le séide de Wolf avait exigé fin septembre que soit versée une rançon de cinquante kilos d'or. Pas vraiment ce à quoi on s'attendait de la part du général. Malgré leur mésentente, Walter avait difficile à croire que l'idée venait de lui. Ce qui n'avait rien changé au fait que la communauté israélite s'était exécutée en pure perte, rien de cela n'avait empêché qu'une immense majorité se fût fait déporter. L'horrible Dannecker[397] dont personne ne voulait en général s'encombrer, était venu prêter main forte, lui par contre dépendait directement de Müller.

Un de ses meilleurs informateurs n'ayant pas pour habitude d'accuser sans se baser sur des éléments solides lui avait affirmé que l'or avait été envoyé directement à Kaltenbrunner. Il se promit de tout tenter pour connaître le fin mot de l'histoire, si un espoir existait de mettre le clown à la tête du RSHA dans de sales draps, il ne comptait pas le laisser passer. À Posen Himmler n'avait-il pas clamé à son auditoire : « pas un pfennig, pas une cigarette détournée… »

Quel objectif pouvait bien poursuivre le Reichsführer pour autant que celui-ci en ait lui-même une idée précise ; combien d'hommes différents habitaient ce corps. Son chef n'était cependant pas idiot au point de croire que cela l'avantagerait dans d'éventuelles discussions de paix séparée. Sans grand espoir, il tâcherait d'en savoir plus de la part d'un homme qui changeait d'avis aussi vite que le vent modifie sa direction. L'explication la plus logique qui lui venait à l'esprit était son besoin servile d'exécuter la volonté de son maître à provoquer le Pape. Après avoir voulu l'enlever, puis abandonné pour un temps l'idée, Hitler l'avait remise sur le tapis.

Son ami Mussolini avant le vingt-cinq juillet sursoissait habilement à leur sort, à

---

[396] Major Herbert Kappler
[397] Capitaine Theodor Dannecker.

présent, acceptait de prêter main-forte à la rafle du ghetto de Rome. Le Duce nouvelle version devait se préparer à passer des nuits blanches si Pie XII se retrouvait à Berlin. La mort de son prédécesseur Pie XI restait éminemment suspecte, le bruit courrait qu'il avait été empoisonné à la veille d'un discours accusateur. Le cardinal Pacelli[398] était à l'époque Camerlingue.

Dans un des dossiers de la chambre au trésor d'Heydrich, Walter avait pris connaissance de son enquête menée de façon aussi minutieuse que secrète. Le général ne l'avait pas ébruitée, ce redoutable manipulateur avait coutume d'attendre le moment idéal pour frapper. Les éléments en sa possession établissaient que Benito Mussolini avait fait assassiner le pape Pie XI à la veille du jour où celui-ci s'apprêtait à envoyer une encyclique aux évêques du monde entier avant de prononcer le jour anniversaire des accords du Latran, une énergique condamnation du fascisme. Le procédé, digne des Borgia, s'était révélé d'une simplicité enfantine. L'instrument du crime s'avérait être le dernier médecin qui la veille de l'allocution papale avait soigné l'ancien archevêque de Milan en lui administrant une piqûre qui s'était avérée mortelle. Ce médecin n'était autre que le docteur Petacci[399], le père de Clara Petacci, la maîtresse de Mussolini. Walter ignorait d'où son ancien chef pouvait bien tenir ses informations, mais il les jugeait dignes de foi. Les feuillets souvent annotés de sa main qu'Heydrich glissait dans un dossier n'étaient généralement n'avaient pas vocation d'être soumis à caution. Une fois emmené à Berlin, si Pie XII parlait, c'était un désastre pour le dirigeant de la république de Salo devant les fervents catholiques italiens, catastrophe qui ne se limiterait pas à eux, elle pouvait s'étendre aux fidèles Allemands. Selon lui, celui qui devait connaître le fin mot de l'affaire n'était autre que von Papen. Ce conservateur catholique était vice-chancelier en trente-trois lorsqu'il signa avec monseigneur Pacelli, nonce à Munich le concordat avec l'Allemagne. Hitler pour sa part ne portait pas Pie XI dans son cœur après l'affront[400] que ce dernier lui avait fait subir lors de sa visite à Rome en mai trente-huit.

Walter était persuadé que ce dossier le servirait s'il l'employait à bon escient. Il pourrait éventuellement encore l'étoffer. Le levier s'avérait puissant.

*   *   *

---

[398] Cardinal Eugenio Pacelli, futur Pape Pie XII.
[399] Dr Francesco Saverio Petacci
[400] Pie Xi qui le temps de la visite s'était retiré à Castel Gandolfo avait fait éteindre les lumières du Vatican et fermé le musé empêchant ainsi sa visite.

L'hôtel de prédilection de l'ordre noir restait le Kaiserhof, raison suffisante pour qu'il l'évite lorsqu'il en avait la possibilité, c'est-à-dire dans la majorité des cas. À part la protection contre les bombes édifiée devant l'entrée de l'hôtel et un abri antiaérien aménagé sous le bâtiment, les clients circulaient comme si rien d'anormal ne se passait. Il faut dire que Louis Adlon faisait tout pour maintenir dans son établissement une atmosphère légère emprunte de distinction et d'insouciance. Au vu de tous, grâce aux prouesses du chef, la nourriture qu'on y servait ressemblait à s'y méprendre à celle proposée avant-guerre. À présent, elle se payait en tickets, mais l'appoint discret en reichsmarks était fortement recommandé si l'on désirait s'épargner des aigreurs d'estomac.

Le major Skorzeny, sanglé dans son uniforme comme s'il s'apprêtait à effectuer une revue des troupes, l'y rejoint au bar sans marquer la moindre minute de retard, il en avait d'ailleurs deux d'avance. Animée par une étonnante délicatesse, la bête de Friedenthal évita de le saluer la main tendue. Ce n'était pas vraiment le style favori de l'endroit, il se faisait déjà assez remarquer par sa taille et son visage couturé pour en rajouter davantage. Walter s'était gardé de lui suggérer de venir vêtu de civil pour la simple raison qu'il ne l'imaginait pas un instant ainsi habillé. D'ailleurs, il doutait sérieusement que sa garde-robe inclût de tels habits. Par contre, son indomptable subordonné affichait une bonne humeur évidente cependant pas suffisante pour lui tendre la main : - Bonjour « chef ». À ce que l'on dit, la cuisine est meilleure ici que celle servie à la cantine de Berkaerstrasse. Après le repas, je vous dirai si elle est digne de s'aligner avec celle du château bien que j'émets quelques doutes là-dessus. Vous m'avez bien invité à déjeuner sauf erreur ?

-   Vous ne vous trompez pas et je vous suis reconnaissant d'avoir accepté, au moins, vous m'évitez un dîner Prinz Albrechtstrasse, rien que pour cela je vous dois un service. Votre ami Kaltenbrunner me réserve une place à sa table chaque midi avec l'idée fixe de pouvoir me torturer en réunion, vous ne pouvez vous imaginer les ruses qu'il me faut employer pour pouvoir y déroger.

-   Vous ne l'aimez pas, n'est-ce pas !

-   Otto, vous êtes un fin observateur. En toute confidence, je crois pouvoir affirmer que c'est assez réciproque. Mais je ne vous ai pas invité à dîner pour parler de lui, il n'y aurait d'ailleurs pas beaucoup à dire, un simple café d'une bouteille thermos servi dans un gobelet aurait suffi. Je sais, c'est votre ami, vous avez été à l'école ensemble et c'est lui qui a insisté pour vous mettre à la tête de la zvb. Évitons donc ce sujet qui pourrait nous fâcher.

Malgré le comique de la situation, il prit d'autorité le géant qui le dépassait de deux têtes par le bras : - Je m'abstiens autant que possible de parler boutique à table. C'était une des mauvaises habitudes d'Heydrich, hélas il en avait beaucoup dont celle de rouler en décapotable sans escorte. Allons de préférence nous asseoir un moment au salon. Nous pourrons y reprendre notre aimable conversation le temps d'un apéritif. Nous commanderons de là, notre table est de toute façon retenue. C'est l'avantage qu'on réserve aux bons clients.

Après que le serveur leur ait apporté une bouteille de vin blanc hongrois et décrit le menu proposé, ils portèrent un toast. Skorzeny aux autrichiens, Walter aux hommes de Canaris. En ajoutant : « il faut toujours boire à la santé des disparus ou en passe de le devenir. Vous savez Otto, cette affaire ressemble comme deux gouttes d'eau à celle des gladiateurs dans la Rome antique. À la différence que les deux lanistes en compétition vont perdre leurs hommes. L'empereur n'aura pas besoin de bouger son pouce dans un sens ou dans l'autre. »

Le chef du groupe « S » visiblement tiraillé le regarda droit dans les yeux et se convertit en sage de service le temps d'une phrase : - L'histoire n'est jamais écrite d'avance. Voyez pour Mussolini, on le croyait perdu et à présent il va redonner à l'Italie un nouvel éclat dans un État débarrassé du roi et du Pape.

Walter s'abstint de le doucher en lui faisant remarquer que la nouvelle république sociale dont il devenait le maître après Hitler - ce dernier lui refusant même d'installer son gouvernement à Rome - était à peine plus grande que la Bavière. Il enchaîna d'une voix volontairement paisible : : - Je vais tenter de vous expliquer le fin mot de l'histoire, du moins telle que je la connais, et ce que je ne connais pas, je n'éprouve pas de difficulté particulière à le deviner pour l'établir. En mars, lorsqu'il est réapparu, Mayr a réclamé des opérateurs radio, à la place de l'écouter, Ernst dans le but de justifier votre tout frais commandement a eu l'idée brillante de vous demander de lui envoyer un groupe de vos parachutistes formés tant bien que mal et à grand-peine . Je ne veux pas raviver de mauvais souvenirs, Votre tentative de l'été, l'opération Franz II, était somme toute votre première mission. Difficile de dire non dans votre cas. Aucun résultat apparent à la clé, les tribus rebelles du sud ne vous ont pas soutenu à la différence de celles de Nasr Kahn. Chance pour vous d'être resté dans l'avion. Bon, ce que vous ignorez, pour oublier ce fiasco, on a failli rebaptiser votre département. On vous a même cherché un remplaçant. C'est à notre ami Kaltenbrunner que vous devez cette proposition infamante de toute évidence émise pour effacer votre proximité. Le Gran Sasso vous a sauvé la mise. Vous avez échangé la protection d'un Autrichien moyen pour celle d'un autre bien plus grand.

- La déception se lisait dans les yeux d'un Skorzeny planant à l'occasion entre le romantique et le chevaleresque. Ce qu'il venait de lui dire n'était pas le reflet exact de la vérité sauf à remplacer le nom de Kaltenbrunner par celui de Schellenberg. Il lui laissa le temps de digérer l'information avant de continuer : - En mai quarante-deux, à notre grande surprise, nous avons bien reçu au bureau C un message que Mayr a transmis à Moyzisch au bureau d'Ankara. Ce dernier l'a relayé. Rien n'a permis de l'authentifier. Dans la même eau, d'autres messages de Schulze-Holthus à destination de l'Abwehr ont été transmis à Ludwig. Évidemment, nous les avons déchiffrés et lus avant de les faire suivre. À présent, Mayr a disparu depuis, aucune émission depuis la mi-août de cette année. Excepté cette parenthèse, bien qu'il soit de chez nous, habituellement, il ne transmettait pas à destination de notre centre de Wansee, mais avec leur station de Belzig. Il ne leur donne plus signe de vie depuis mi-août, l'Abwehr a simplement « omis » de nous le signaler. En y regardant de plus près, je décrète que l'histoire ne me convient pas, mais alors pas du tout, c'est le moins que je puisse dire. Mi-août, cela fait deux mois, et il y a seulement une semaine que leur agent Merser l'a révélé. C'est du moins ce que Freytag m'a raconté pour justifier leur retard dans la communication. À cette dernière nouvelle, il a ajouté qu'à présent. le commandant Oberg vivrait caché chez lui. Rien de cela ne me convainc. Il faut sérieusement envisager que Mayr a été capturé par les Russes, et à partir de là, on est en droit d'imaginer qu'ils l'ont incité à bavarder sans pouvoir s'arrêter ; bien que rien ne l'indique à l'heure où je vous parle. Nous avons la certitude, c'est un mot que je pèse, que nos parachutistes ont toujours leur liberté de mouvement. Liberté de mouvement ne veut en aucun cas dire liberté d'action. Les armes que nous leur avons parachutées ont été réceptionnées, mais dans les mains de tribus qui doivent les leur remettre.

- À mon avis, ils vont en garder la moitié si pas plus. Il en restera toujours assez.

- Comme vous dites, assez. Mais pour quoi faire. Je devrais dire, comment faire pour mener la mission à bien. Dans le meilleur des cas, nous serons une centaine contre des milliers. Une partie égale des forces sera composée d'hommes à nous, l'autre de Brandenbourg entraînés au lac Quenz. Aux dernières nouvelles, Canaris a pu persuader la Luftwaffe de l'escadro basée à Finsterwalde de mettre à leur disposition un de leurs précieux nouveaux Junker 290 de transport. Donc, plus besoin de faire un stop en Turquie, c'est toujours ça de gagné. Ma crainte était que nos amis turcs en glissent « incidemment » quelques mots dans des oreilles américaines grandes ouvertes.

Pour résumer, la décision a été prise de poursuivre la mise au point d'une nouvelle mission extrêmement audacieuse qui visera l'Iran s'il est confirmé qu'une rencontre entre les dirigeants alliés y aura lieu. Dans le cas du Caire, il est lors et déjà établi qu'aucune option ne sera envisageable, du moins pas du point de vue strictement militaire. À présent, dites-moi comment vous voyez l'affaire ?

- À première vue, en ce qui nous concerne, j'ai désigné un responsable, le capitaine Martin Kurmis. Il est sur place depuis fin juillet avec quatre hommes. Il faisait partie de Franz II. Il sera réaffecté au nouvel objectif. Avantage, à force, il a pu expérimenter le terrain beaucoup mieux qu'un nouveau chef tombé du ciel. Inconvénient, il est inconnu des hommes qui arriveront du ciel. Ça peut créer des frictions. Vous vous doutez qu'aucun n'est ou n'a été enfant de chœur. Et si oui, sa vocation s'est terminée le jour où il a tué le curé.

Un choix quelque peu surprenant pour Walter : - Je crois connaître, c'est un ancien de la Gestapo. Une sorte de fanatique un peu fêlé.

- Il faut bien quelque part l'être pour se charger de ça. Sous la direction d'un ou deux officiers et de sous-officiers expérimentés, les équipes de commandos s'envoleront d'une base aérienne secrète en Crimée à destination de Qom. J'ai choisi cette ville, car c'est un endroit plus discret que Téhéran. De là, ils tenteront de rejoindre Kurmis pour se mettre sous sa direction pour réaliser les opérations à Téhéran.

- Et ensuite ?

- À ce jour, il n'y a pas encore d'ensuite. Je toujours me concerter avec les hommes du lac Quenz.

- Vous rappelez-vous ce que je vous ai dit au début de la semaine passée ?

- Vous m'avez dit beaucoup de choses.

- Particulièrement celle-ci : « cinq chances sur cent de réussir » et j'étais singulièrement optimiste cet après-midi-là, la faute sans doute à votre excellent vin français. Ensuite de quoi, je vous ai expliqué : « ça ne changera strictement rien au cours de la guerre ». Aujourd'hui j'ajoute que cela rendra la condition de l'Allemagne encore plus pénible qu'elle ne l'est. Laissons le russe sur le côté un moment, voulez-vous. Imaginez une minute que nous envisagions une paix séparée avec l'ouest pour nous permettre de retourner toutes nos forces en direction de l'Est. De vous à moi, avec la situation telle qu'elle se présente à l'est du Dniepr ou au sud de Rome, c'est notre meilleure carte à jouer. En tuant un ou plusieurs de leurs dirigeants, croyez-vous un instant que qui que ce soit voudra encore nous parler ensuite ?

- C'est le führer qui exprime cette idée intéressante ?

Flairant de loin l'écueil, Walter envoya le sujet sur une autre voie : - Voyez-vous, en novembre trente-neuf, j'ai contribué à la capture de deux officiers de renseignement britannique sur le territoire hollandais. Sur le moment, j'en ai ressenti une grande fierté, a plus forte raison que j'ai été décoré et promu pour cette action. La conséquence fut que jamais plus les Britanniques n'ont à ma connaissance voulu nous adresser la parole. C'était faux, ils avaient maintenu une fine ligne avec l'amiral Canaris. Lui-même avec la participation de Spitzy et d'une Française mettait au point une manœuvre compliquée qui avec un peu de chance lui permettrait un contact indirect avec Churchill. Évidemment, tout cela Skorzeny n'avait pas besoin de le savoir

Skorzeny n'en démordait pas et revenait à la charge comme si cette pensée tournait en boucle dans sa tête : - « Chef », vous ne répondez pas à ma question : qu'en dit le führer ou en le formulant mieux, si ce n'est le cas, qu'en dirait-il s'il venait à en avoir connaissance.

Fichu salopard, se dit Walter : - si l'idée venait de chez nous, elle lui plairait peut être, allez savoir. Par contre, si l'opération foire, et je vous répète qu'elle a toutes les chances qu'il en soit ainsi, imaginez sa réaction. Walter évita de lui rappeler que l'opération à Téhéran était, sinon son idée, devenue sienne depuis qu'il avait entrevu la moindre possibilité d'éliminer d'un seul coup Roosevelt et Churchill : « Si jamais la conception d'une paix séparée l'a effleuré, il pourra l'oublier à tout jamais. Vous n'ignorez pas qu'en octobre trente-neuf et ensuite à Dunkerque , le führer a tendu la main aux Anglais, il s'en est failli de peu qu'un cessez-le-feu préalable à la paix soit signé. Quant à vous, le mieux qu'il peut vous arriver, c'est d'être capturé. Par les alliés de l'ouest au cas où j'aurais besoin de vous le préciser. Mon petit doigt me dit que vous ferez plutôt un long séjour dans les cachots de la Loubianka avant de rejoindre nos amis de Stalingrad dans les mines de la Kolyma. » Skorzeny réfléchissait, les derniers arguments de son chef n'étaient pas dépourvus de pertinence et lui de bon sens dans ses bons jours.

- Je pourrais penser que vous insistez lourdement. Qu'avez-vous à gagner là-dedans.

- En tant que dirigeant de l'Amt VI, je suis aussi responsable de la zvb. Je ne veux tout simplement pas rentrer dans l'histoire de cette façon. Bismark était un chancelier empreint de bon sens, il disait qu'il existe toujours une solution alternative. Il suffit de saisir celle-ci au bon moment.

- Le Reichsführer voit-il les événements tels que vous les dépeignez ?

- Nous avons souvent des vues qui convergent. En ce qui concerne le führer, à l'instar de beaucoup, nous considérons de notre devoir de ne pas le préoccuper inutilement. Nous ne lui cachons rien des grandes options qui s'offrent, par contre, nous lui évitons de bien superflues tracasseries qui le forceraient à choisir. La réponse était faible, si Skorzeny s'en satisfaisait, c'était un jour de chance.

Il se servit un verre de vin qu'il but lentement avant de continuer à nettoyer un os aussi difficile à avaler : - Je passe Kaltenbrunner, je présume que personne ne lui réclame son avis. Il reste cependant un point que vous ne soulevez pas Walter.

Il savait quelle question Skorzeny allait lui poser, pour ne pas se montrer arrogant, il se contenta de demander : dites toujours Otto !

- Canaris représente le principal pivot de l'opération, jamais il n'en démordra, il sait qu'à tout moment la section II de l'Abwehr peut passer sous votre contrôle. Il a besoin d'un coup d'éclat pour redorer son étoile. Comment comptez-vous l'en dissuader ?

- Ne me sous-estimez pas Otto, j'ai sur le sujet une idée bien précise. Vous pourriez à l'avenir en prendre la direction opérationnelle. Si par un échec supplémentaire elle disparaît sous sa forme actuelle, elle renaîtra entre vos mains, vous deviendriez l'homme incontournable des missions spéciales. À présent, il est grand temps de passer à table. Je meurs de faim et de curiosité. Voyons si la nourriture de l'Adlon souffre-t-elle la comparaison avec celle de la cuisine de votre château ?

- Rien ne souffre la comparaison avec le château. Ni aujourd'hui, ni demain.

Berlin, vendredi 22 octobre 1943, 11h30

En raison d'une alerte aérienne, le train avait presque une heure de retard. Sa voiture personnelle ne disposant pas – à sa demande – de plaque SS, un schupo désœuvré avait tenté de lui faire quitter l'emplacement devant l'entrée de la gare de Friedrichstrasse. À la vue de son insigne, le policier s'était prudemment éloigné sans demander son reste. Il avait perdu de vue que la gare avait été le théâtre d'un attentat fomenté par des résistants polonais, du coup les véhicules particuliers étaient interdits. Mesure anecdotique au vu des voitures de ce genre encore en circulation à l'automne quarante-trois. Par contre jusqu'à ce jour, la gare avait réussi à échapper miraculeusement aux bombardements. La grande tour de flak du Tiergarten situé dans leur axe d'approche à moins de trois kilomètres à l'ouest devait y être pour quelque chose.

Le ministre sans portefeuille fut le premier à passer la porte, impeccable dans son costume trois pièces ; col amidonné au cou et serviette à la main on aurait facilement cru qu'il allait diriger un conseil d'administration. Il aperçut la Mercedes et fit un grand geste, serviette levée au bout du bras pour signaler qu'il l'avait vu, au moment où son conducteur s'apprêtait à klaxonner. Walter sortit de la voiture pour aller à sa rencontre. Hjalmar Schacht semblait heureux de le voir et c'était réciproque. Après avoir pris sommairement de ses nouvelles, ils regagnèrent l'auto sans perdre de temps : - Depuis quand ne nous sommes-nous vus ? Cela fait bien longtemps maintenant. Huit mois au moins !

Le spécialiste des nombres prit le dessus : - Deux cent cinquante-huit jours que nous nous sommes quittés pour être exacts. Également le même nombre de jours que nous ne nous sommes parlé. Mais un charmant garçon de votre service m'a contacté à la mi-mai. Lui au moins avait accès à un téléphone.

Le reproche à peine dissimulé avait jailli sans tarder, il aurait été mieux avisé de ne pas poser la question à un maître des chiffres. S'excuser était la dernière chose à faire, mais il s'entortilla malgré tout : - Cette année est encore plus horrible que la précédente. Mon épouse me tient à peu de chose près les mêmes propos.

Ce ne fut ni le banquier ni le ministre qui répliqua, mais un homme offensé dans son amour propre : - La pauvre, comment elle doit se sentir, délaissée lorsqu'elle ne peut vous servir.

Pas question de répondre, il avait mieux à proposer. À dessin, il décida de passer dans le quartier de Friedenau particulièrement touché par les bombes. La moitié de la rue qu'il emprunta était détruite, l'autre ou les maisons étaient toujours fièrement dressées à part des vitres brisées y faisaient régner une atmosphère irréelle. Comme si l'on avait voulu montrer un avant et un après le passage des Américains : - Vous voyez toutes ces destructions, entre deux cafés, je tente avec toute mon énergie que moins d'immeubles s'écroulent, ici et dans toute l'Allemagne. Bien entendu, je ne me retrouve pas aux commandes d'un avion de chasse. Parfois de son bureau, il est possible de réaliser de grandes choses, vous devez le savoir. Parfois je le quitte pour prendre des contacts, tenter des alliances. Ça prend énormément de temps, d'énergie. Ça ne veut pas dire que je vous ai oublié, au contraire bien souvent j'ai pensé à vous. Et si je vous ai demandé de venir, c'est dans ce but. Cela dit, c'est un immense plaisir de me retrouver en votre compagnie. Pour me faire absoudre, je vous invite à dîner.

Hjalmar le regarda intensément pendant quelques instants puis l'éclat de ses yeux se fit plus doux : - Pardonnez-moi, je me comporte comme un vieil imbécile frustré. Dans la solitude de Gullen, les jours ont parfois un goût amer, moi aussi je voudrais agir pour que tout cela se réapproprie un semblant de normalité.

Walter sourit, inutile d'épiloguer : - Près de mon bureau il y a un restaurant clandestin, on y mange fort bien et sans tickets, ça vous tente, ou je fais demi-tour vers l'Adlon ?

- Un peu de risque ne fera pas de mal pour pimenter cette journée.

*   *   *

Ce n'était pas Horcher, l'endroit ne payait pas vraiment de mine, mais la nourriture était très correcte vu les circonstances. Ils avaient eu droit à deux tranches de veau et quatre pommes de terre chacun suivi d'un petit gâteau aux noix en guise de dessert. Walter avait apporté une bouteille de vin français de sa réserve particulière. Ils avaient commencé le repas en parlant de la guerre, l'ancien ministre en manque d'informations fraîches l'écoutait comme une fidèle catholique qui se serait vu convier à la messe d'un évêque. Ensuite, ils avaient glissé sur des nouvelles personnelles. Walter lui fit brièvement part de ses problèmes de santé avant de tourner la conversation vers la naissance de sa fille. Schacht fut au regret de lui dire qu'en deux cents cinquante-huit jours il s'était morfondu deux cent cinquante-six fois, les deux jours restants, il avait été à la pêche. Après que Walter le resservit de vin pour la troisième fois, il demanda : - Bien entendu, vous avez besoin que je vous éclaire votre lanterne ou je me trompe ?

Walter prit son verre et le cogna sur le sien : - le bien entendu me chagrine. Car c'est la vérité. Si je n'avais quelques renseignements à vous demander, nous ne serions pas ensemble à cette table aujourd'hui.

- J'apprécie votre franchise. C'est du fond du cœur que je vous le dis. Allez-y, je vous écoute.

- L'Iran, j'aimerais en savoir un peu plus sur ce pays.

- Vous comptez l'envahir ? Si vous voulez mon avis, c'est un peu tard.

- Il est possible qu'il s'y passe bientôt quelques évènements. Vous comprendrez que je n'en dise pas plus. Par contre, ne vous gênez pas pour parfaire mes connaissances, j'ai tout mon temps.

L'ancien président de la Reichsbank leva les yeux au ciel : - La question n'est pas assez précise. On peut remonter à Alexandre le Grand si vous voulez. Pardonnez-moi, je ne cherche pas à me moquer.

- Ce qui m'intéresse est l'état de nos relations.
- Vous arrivez bien tard, il n'y en a strictement plus.
- Je me suis mal exprimé. Je parle du maillage social, de la société, de l'appui qu'elle peut nous fournir ou simplement s'il y a une détestation de l'Allemagne.

Il ne lui fallut pas attendre plus de deux secondes pour que la réponse vienne : - J'y ai effectué mon premier voyage de novembre trente-six. Ma présence a été jugée nécessaire pour les convaincre de travailler plus avec l'Allemagne et d'établir un solide partenariat en vue de parfaire le traité germano-iranien existant. Mon itinéraire passait par la Turquie J'ai d'abord rencontré Atatürk, un grand dirigeant que celui-là. Après quoi, j'ai entamé dix épuisantes heures de route pour aller retrouver Reza Chah et son fils à Racht dans le Guilan. Mon souvenir le plus marquant reste qu'il m'a salué à la fasciste bras bien tendu. En dehors de cette anecdote, cette rencontre fut un succès. Nous avons établi de nouveaux plans qui ont eu comme résultat de multiplier le volume des échanges entre nos deux pays par cinq. Il s'agissait surtout du troc. Ce n'est pas ce que je choisirais de mettre sur ma carte de visite, je suis cependant fier de dire que grâce à moi, l'Allemagne n'a jamais manqué de saucisse. Ils nous ont envoyé des millions de boyaux de mouton pour nous permettre de les fabriquer. Plus sérieusement, on a finalisé les accords du chemin de fer transiranien mis en attente par les manigances anglaises. Aussi signé des contrats pour la vente d'usines de sucre, de colorants, de munitions, et de produits pharmaceutiques. J'ai obtenu pour Krupp l'extraction du cuivre, il m'en a été reconnaissant, mais je vous en ai déjà parlé l'année précédente[401]. Jusqu'en quarante, on a fourni les trois quarts de leurs importations. De sept pour cent, nous sommes passés à cinquante pour cent. Hjalmar fit une pause pour s'assurer que Walter avait toute son attention, Schacht restait intraitable sur cette disposition. Satisfait, il poursuivit : « J'y suis d'ailleurs retourné en novembre trente-huit, juste après mon limogeage, avec des projets industriels. Là, j'ai obtenu les peaux des moutons pour nos aviateurs de la Luftwaffe. Tout cela au détriment des Soviétiques et des Anglais, car ce genre d'échange c'est toujours au détriment d'un autre. L'époque était complexe, À l'occasion du pacte Ribbentrop Molotov, les Anglais d'Irak alliés aux Français se Syrio ont du reste voulu bombarder les champs de petrole de Bakou à partir du territoire Iranien. L'empereur s'y est opposé. Ils ne le lui ont pas pardonné à mon avis. Voilà pour lo principal. Comme vous le savez, tout cela a bien changé. Les rois d'Irak et de Jordanie sont morts dans des circonstances plus que suspectes, remplacés séance tenante par des anglophiles. L'Irak a été investi par les Anglais

---

[401] Voir « un été suisse ».

aidés de l'Irgoun. L'Iran a suivi de peu. Les Anglais ont excité les Russes et les ont envahis de concert au motif que nous y préparions des troupes pour attaquer la Caspienne et les Indes. Depuis, le Chah est parti, je ne sais où, les Anglais l'ont interné sur une île d'après ce que l'on m'a raconté.

- Les Iraniens sont donc farouchement germanophiles.

Étaient. À première vue, oui, mais malgré tous les efforts de von Ribbentrop, jamais nous ne sommes parvenus à les faire rejoindre l'axe. Reza Chah, en dépit de ses gesticulations d'amitié, ne nous appréciait pas à la mesure de ses démonstrations. J'ai vite compris qu'il méprisait Hitler. Dès qu'il a pu, il a changé son Premier ministre pour un pro-anglais. Ça ne lui a pas porté chance pour autant.

- Et la population ?

L'occasion de beaucoup parler avec la population ne m'a pas été vraiment donnée. Lors de mon deuxième séjour, le critère le plus absolu de la mode pour les hommes iraniens était de porter une moustache copiant celle du führer.

- Vous voulez dire une brosse à dents !

Hjalmar Schacht le scruta en coin, simulant le courroux : - Si vous continuez à regarder la mienne, je le prends très mal, autant vous avertir. Plus sérieusement, la population reste très défavorisée et très divisée. La rébellion est très active, mais là je ne crois pas que je vous apprendrais grand-chose.

- En un mot ?

Schacht soupira : - Un pays très pauvre, fracturé où l'armée est déchirée face à des révoltes. Un peuple, mais aussi des élites à qui Himmler et Goebbels ont voulu leur faire croire qu'ils étaient Aryens et de fait nos égaux. Ensemble, ils détestent les Russes autant que les Anglais, mais ce sont les seuls qui apportent des biens et des devises. Ce n'est pas tant une question de choix que de survie. Tenez compte qu'ils ne sont pas idiots, ils connaissent déjà le camp des vainqueurs. Au fait, vous avez des idées sur leurs moutons, il y en a vraiment beaucoup là-bas.

Le vilain jeu anglais en vigueur depuis si longtemps. Walter n'avait pas appris des secrets extraordinaires, seulement vu la lumière qui éclairait le paysage.

Sauf si vous comptez rester à Berlin, votre chauffeur est devant vous, je vous reconduis. Peut-être d'autres questions qui me reviendront chemin faisant.

LE MAUVAIS FILS

Berlin, lac de Wannsee, Nordhav, villa Marlier, samedi 23 octobre 1943

Le plus difficile à endurer en dehors du cynisme indifférent qui le caractérisait, était de regarder « le bon Heinrich » assis, doctrinaire, rempli d'autosatisfaction, derrière le bureau qui fut celui d'Heydrich lorsque ce dernier se rendait à la villa. Depuis peu, il était arrivé à la conclusion que depuis Munich et l'époque de la maison brune, Himmler ne voulait secrètement rien d'autre que ressembler à l'effroyable et redouté général tant physiquement qu'intellectuellement. Mais le handicap était trop marqué, enfermé avec une pensée trop étroite dans un corps pas assez grand, pas assez blond, pas assez élégant. L'un se montrait impitoyable alors que l'autre se voulait simplement féroce par procuration. L'un jouait du piano, l'autre avec son crayon. Parfois, il le surprenait à singer dans une sorte de mimétisme des phrases comparables à celles qu'il avait maintes fois entendues dans la bouche de l'ancien patron du RSHA. Sans l'attentat de Prague, il est probable qu'avec la tournure tragique des évènements, le Reich aurait été repeint d'une différente couleur, sans nul doute celle du sang, en premier lieu le sien peu avant celle de son maître : - Ce Mesner un agent des Britanniques ? Oui et alors ?

Walter ne pouvait pas y mettre la main à couper en l'affirmant, son instinct en était persuadé, transformer sa conviction en réalité devenait une formalité qu'il enjambait allègrement Il l'avait annoncée telle une vérité en espérant qu'Himmler ne lui poserait pas trop de questions ; jusqu'ici elles ne fusaient pas sauf cette indifférence de mauvais goût qu'il avait exprimé le regard dirigé ailleurs. Si la réponse de son chef se voulait provocatrice, il n'éprouvait aucun mal à continuer l'échange dans un registre identique tout en avançant à pas de loup : - A tout ce qui précède, j'ai le devoir d'ajouter que la situation en Iran a bien changé depuis deux ans. La population ne nous est plus favorable, de loin s'en faut, nos hommes ne se retrouveront pas en sécurité le temps nécessaire à organiser l'opération. Outre que nous devons considérer nos deux officiers, Mayr et Gamotha, comme tués ou capturés. Reichsführer, cette nouvelle donnée rend cette action déjà délicate tout à fait aléatoire. Outre le major Skorzeny, nous pourrions y perdre une quarantaine d'hommes.

- À la guerre, c'est une affaire courante que je sache. Après un instant de silence, il ajouta : « pour Skorzeny, c'est fâcheux, le führer l'apprécie beaucoup, ce qui est rare » le tout dit sur l'air du « je ne peux pas en dire autant de vous »

Walter savait comment le prendre à ses propres pièges. Bien que ce ne soit pas une vérité coulée dans un bloc de bronze, cela fonctionnait souvent avec succès :
- Pourquoi ne pas transformer cette information défavorable en une action

positive ?

Himmler prisait généralement peu de ne pas avoir pensé le premier à une solution, ce qui augmentait le risque de voir la proposition tuée dans l'œuf : - Qu'entendez-vous par là, Schellenberg ?

Puisque c'était le jour des questions, autant mettre des réponses dans les petites cases que son chef avait prévu à cet effet. : - Etant donné que le département II de l'Abwehr a pris la main sur la direction de l'opération, nous pourrions avantageusement nous retirer. Mesner est leur agent, s'ils ont entretenu une vipère dans leur sein, qu'ils en tirent les conséquences.

Le crayon d'Himmler redevenait baguette de chef d'orchestre en rythmant une symphonie que lui seul entendait : - Vous oubliez que c'est le führer en personne à désigné Skorzeny. Quand vous mentionnez la mainmise de Canaris, dois-je rappeler qu'elle n'existe que par votre faute, vous n'avez créé aucun réseau en Iran.

Walter avala la couleuvre sans sel, après tout ce n'était pas le plus indigeste par les temps qui couraient. Écartant Mays et Gamotha, il choisit de lui répondre avec un langage qu'« Henri l'Oiseleur » comprenait : - Le führer à juste titre porte plus d'intérêts aux ottomans qu'aux Perses. Avec le partage du territoire perse après leur invasion par les Alliés, mon prédécesseur Jost avec l'accord de Reinhard a pour une fois pris les bonnes dispositions. Il leur a fallu décider entre un Shah interné en Palestine et le président İnönü[402] signant un pacte d'amitié avec le Reich. A mon opinion, la volonté du Führer a été correctement interprétée malgré la réticence de von Ribbentrop qui cherchait à se mesurer aux Anglais. Canaris a reçu un os à ronger nommé Perse. Ce n'était pas la première fois, et à chaque fois, l'Abwehr se retrouve bredouille. Depuis quarante et un, ils envoient des hommes qui combattent avec les tribus rebelles. Si le führer vous pose la question, vous pourrez répondre que certains, parmi les meilleurs, sont issus de nos rangs, des officiers d'élite formés à Bad Tölz[403]. C'était loin d'être certain, mais cette musique chantait aux oreilles d'Himmler.

Si à la fois la volonté du führer, contrarier le marchand de champagne et la participation de l'ordre noir s'installait côte à côte dans le même plateau de la balance, le bon Heinrich ne chercherait pas à se poser pas en contrepoids dans l'autre pour tout l'or du monde. Le Reichsführer n'était pas un sabreur de première ligne, il entretenait un amour prononcé pour le combat d'arrière-garde : - Vu sous cet angle et la façon dont vous le présentez, la raison devrait pouvoir

---

[402] İsmet İnönü président de la Turquie du 11 novembre 1938 au 22 mai 1950.
[403] Junkerschule Bad Tölz près de Munich, centre de formation destiné aux officiers de la Waffen-SS.

l'emporter. Reste qu'Hitler a demandé personnellement à Skorzeny de diriger l'opération, vous étiez présent.

Restait une clé à mettre dans la troisième serrure pour permettre à la porte de s'ouvrir : - Ce que le führer lie, le führer peut défaire. Supposons que le major Skorzeny décrète l'action irréalisable. Après un manœuvre tactique aussi difficile que celle du Gran Sasso, Hitler ne mettra pas sa parole en doute et hésitera à sacrifier un homme qu'il considère comme son soldat personnel.

Le crayon trouva un instant de répit : - Si mis devant les circonstances que vous mentionnez, j'estime que vous avez raison, pourquoi désirez-vous laisser l'Abwehr continuer seule l'opération, car c'est bien ce que vous voulez Schellenberg.

- Le colosse vacille, un petit coup de pouce pourrait aider à le mettre à terre. Le führer aura moins d'objection à faire passer leur département II chez nous.

- Chez vous, vous voulez dire. Et si vous vous trompez, que l'opération réussisse ?

Une petite goutte d'huile pour le dernier tour : - Chez moi, mais surtout dans les mains du major Skorzeny. En cas de succès, nous invoquerons la participation déterminante de nos hommes dans l'opération. Je veux d'ailleurs proposer un chef d'équipe pour remplacer Otto. Le major Rudolf von Holten-Pflug. Un spécialiste de ce genre de coup de main. Pas du niveau de Skorzeny sans être plus d'un cran en dessous. J'insisterai pour qu'il puisse choisir quelques hommes de chez nous, disons quatre groupes de six.

- Nous pourrions les perdre.

- À la guerre ça reste une possibilité Reichsführer !.

- Bien, je verrai ce qu'en dit Kaltenbrunner. Vous pensez à autre chose ?

Walter n'avait aucun doute là-dessus, le nouveau patron du RSHA ne ferait pas le poids contre la décision de Skorzeny. Pour le reste de ce qu'il s'apprêtait à dire, ça passait ou ça cassait, mais il était confiant, ça passerait s'il l'enduisait d'un peu plus de miel de châtaignier : Reichsführer, permettez-moi de vous faire remarquer que vous prenez une bonne décision en marquant votre accord. L'élimination des trois chefs alliés ne changera que peu ou pas du tout à la guerre.

- Vous estimez sans doute que le sort de celle-ci est déjà scellé !

Les abeilles avaient intérêt à y mettre un sérieux coup : - Pas du tout Reichsführer. Je souligne simplement qu'ils seront rapidement remplacés. La guerre ne se verra pas stoppée pour autant. Par contre, si vous caressez toujours l'espoir d'une paix séparée, un tel évènement réduira cette perspective à néant. Au contraire, un acte de cette nature consolidera leur détermination. Mon opinion n'a pas changé depuis l'année passée à Berditchev, au contraire. Nous devons arriver à une paix de compromis avec nos adversaires de l'Est. Ce qui a changé c'est l'urgence à la conclure.

sa main droite prolongée par son crayon s'en prenait nerveusement aux ongles de sa main gauche : - Je constate que vous cherchez à devenir expert en politique internationale.

Le pot de miel était à présent vide : - Bismark reste un modèle appréciable, je vous l'avais souligné à cette occasion, la solution en réserve dans le tiroir. Par contre, une question concernant une partie de votre discours de Posen m'obsède. Cette partie n'est-elle pas de nature à contrarier des négociations.

- Schellenberg, je constate que vous persistez à devenir expert en politique intérieure. Avant d'atteindre ce stade, veillez à accomplir les missions que je vous ai assignées, une en particulier. Du moins si vous attachez de l'importance à compter comme l'un de mes officiers favoris. Dans quelques minutes, je me disposais justement à échanger au sujet de votre carrière avec Jüttner[404]. Le lac est superbe sous les couleurs de cette saison. Je n'ai pas pu résister à l'idée de déjeuner dans la véranda ; j'en ai profité pour l'inviter à venir se réjouir du spectacle en ma compagnie de cette façon nous joindrons l'utile à l'agréable. De votre côté, vous gagnerez à partager plus de repas en compagnie de Kaltenbrunner et Nebe Prinz Albrechtstrasse. À force de consentir à fréquenter la salle de repas des responsables du RSHA, Ernst pourrait en arriver à changer d'avis vous concernant. Il vous tient pour un jeune présomptueux. Si je n'avais pas à cœur de vous soutenir, imaginez ce qui adviendrait.

Salle de repas, château de Wewelsburg[405], ses chevaliers présents autour de la table ronde posée sur le soleil noir. C'était reparti pour un tour. Assis face à lui, sourire plissé, yeux noirs, Henri l'oiseleur jouissait visiblement de sa faculté de faire entrer ou sortir quiconque de son cercle suivant son bon plaisir. Aucun souci, Jüttner était un ami et la table d'Himmler n'avait pas la réputation d'être la meilleure du Reich, tant s'en faut : - Avec votre accord, Ernst devra attendre, je dois consacrer toute mon après-midi à tenter de résoudre des problèmes urgents chez

---

[404] Général Hans Jüttner, responsable de la direction organisationnelle et administrative de la Waffen-SS
[405] Château de Wewelsburg, lieu supposé de la bataille de de Teutberg opposant Arminius à Varus en - 9.

nos amis suisses. Au moins avec cette réponse, il le laissait dans l'expectative. Par contre, cette façon de définir la distance suivant son humeur l'indisposait davantage depuis quelque temps. Un jour, elle pourrait se convertir en une menace. Il devenait pressant de penser à mettre en œuvre diverses solutions pour s'en prémunir. Walter avait eu une idée, un peu folle certes, mais c'était souvent les meilleures.

Berlin Dahlem, Kiebitzweg, samedi 23 octobre 1943

- - Bonjour Andreï Andreïevitch.

Il avait choisi le ton de la camaraderie, la répartie ne tarda pas, le désarçonnant quelque peu : - Bonjour Walter Guidovitch.

Walter ne put cacher sa surprise, par quel mystère ce général russe pouvait-il connaître son patronyme. Il se retint de lui faire le plaisir de le lui demander. Si Skorzeny le dépassait de deux têtes, ce Russe lui en gagnait trois. Conscient du ridicule que pouvait démontrer la situation et pour s'éviter de terminer la rencontre avec un solide mal au cou, bien qu'il soit dans la demeure que lui avait procuré les autorités, il l'invita à s'asseoir à la table du salon encombrée de livres et de papiers en tout genre.

Chaque jour, la vie apportait son lot de surprises, dans les minutes qui allaient suivre, il proposerait café et cognac – amené par ses soins dans deux grandes fiasques métalliques – à l'ex commandant de la vingtième armée soviétique, celle qui en quarante et un avait mis en déroute la Wehrmacht devant Moscou. Capturé, errant dans les marais du Volkhov en juillet quarante-deux, l'homme avait été récupéré par un officier[406] de Reinhard Gehlen dans le camp de prisonniers proche de Vinnitsa où il passait son temps à maudire Staline. Malgré quelques réticences, à juste titre, ce capitaine avait flairé la bonne prise.

Le patron du FHO ne s'était pas trompé en avalisant sans réticence la démarche de son subordonné ; aussi difficile que ce fût à imaginer, le russe détestait davantage Staline qu'Hitler. S'il avait pu disposer d'une connaissance plus approfondie du personnage né à Braunau am Inn, il est probable qu'il hésiterait à l'infini sur son choix.

---

[406] Capitaine Wilfried Strik-Strikfeldt.

Dans le nouveau camp qu'il embrassait, on ne lui avait pas dit toute la vérité, loin de là, mais dans ces cas-là, et particulièrement au FHO, on ne la leur dévoilait jamais. Et s'il fallait le préciser, ce que Walter à l'image de son complice le colonel Gehlen se garderait bien de faire : même contraints et forcés par une instance supérieure. D'ailleurs, de mémoire d'officiers de renseignements allemands, cela n'était arrivé dans aucun cas connu de retournement.

Obstiné, c'était sa marque de fabrique, Hitler ne voulait pas entendre parler de divisions russes. Dans un premier temps, à aucun prix, après Stalingrad, il concédait parfois du bout des lèvres quelques enrôlements à condition que ce soit au sein de divisions allemandes. Himmler tout en pesant le pour et le contre suivait docilement le choix de son maître. Dans sa grande majorité, les états-majors allemands, mis à mal dans tous les secteurs du front, prudents, n'objectaient rien. Bien au contraire, en secret, séduits par l'idée de pouvoir disposer d'une centaine de divisions supplémentaires sous un court laps de temps, ils les acceptaient tels de nouveaux Allemands. Malheureusement, si personne n'y prenait garde, tous ces beaux projets étaient en train de se défaire dans l'indifférence. L'époque portait à parer au plus pressé et non à tenter de conquérir à nouveau Moscou.

Quant à Vlassov, son objectif consistait à rétablir l'ancien régime tout en restant maître dans son pays. À long terme, cette situation n'était pas envisageable pour les maîtres du Reich. Par contre, à court terme, pouvoir disposer d'une réserve de plus de deux millions d'hommes représentait un avantage que seul Walter construisait par la force de son imagination ; la possibilité de jouir d'une carte maîtresse dans un jeu qui s'annonçait compliqué. Si un matin le Reichsführer trouvait la volonté d'actionner enfin « redistribution », un contre-pouvoir de cette taille face au million d'hommes placés sous son contrôle direct ne serait pas un élément négligeable. Si Walter combattait le communisme en le considérant tel un danger mortel, il se fichait éperdument de la Russie en tant que territoire. Et si on voulait connaître son opinion, aux mains de Vlassov, elle deviendrait même une alliée de poids nécessaire pour contrer les appétits anglo-américains. La pensée d'un nouveau pacte Ribbentrop Molotov le séduisait à condition de remplacer Ribbentrop par Schellenberg et Molotov par Vlassov.

Hélas, il y a loin de la coupe aux lèvres, avant de songer à la remplir, il devait d'abord tâter le terrain. D'où les deux grandes fiasques métalliques de l'amitié. C'est vrai, cette idée à première vue saugrenue ou à tout le moins tirée par les cheveux avait surgi dans sa tête comme il s'en créait des dizaines chaque semaine ; après tout, ce n'était rien d'autre qu'une part de son travail, sauf que celle-ci lui avait paru assez intéressante pour être retenue.

La grandeur de l'animal suggéra involontairement son entrée en matière : - C'est petit chez vous.

Comme si cette réalité ne lui était jamais venue à l'esprit, pour vérifier, Vlassov bougea lentement la tête à gauche puis à droite tel un périscope : - Ça dépend du point de vue, d'après mes souvenirs, c'était bien plus modeste dans mon logement chinois de Tchoungking qui s'est avéré plus ample que le moscovite.

- Une bonne raison pour ne pas le regretter.

- En règle générale, je ne regrette jamais rien ! Sauf peut-être la montre offerte par la maréchale Tchang Kaï-chek qui me fut confisquée dès mon retour dans le monde de Staline. Mais ce n'est pas un regret, juste une simple déception. Donc affirmer que je ne regrette jamais rien me paraît exact.

- Ça me rassure, malgré les problèmes actuels, votre choix a été le bon.

- De ce côté, on peut dire que je suis un homme qui a toujours eu beaucoup de chance. Lorsque vous vous êtes retrouvés aux portes de Moscou, quelques généraux et moi-même étions désespérés. Pas d'ordres, des troupes hétéroclites, quinze blindés en tout et pour tout. Et puis le cinq décembre, une brigade sibérienne qui s'était perdue dans la neige vint à croiser ma vingtième armée positionnée au nord de la capitale. Ils étaient merveilleusement équipés, et désiraient en découdre. Je les ai incorporés sur le champ et sans demander l'avis du Vodj, j'ai donné l'ordre de la contre-offensive en direction de Chimky. Si elle échouait, j'étais fusillé. Vous connaissez la suite. Ordre de Lénine, ordre du Drapeau rouge. Si ça ne s'appelle pas une sacrée chance…

Walter connaissait et Andreï Vlassov se narguait en douce, il le coupa: - À choisir, j'aurais préféré vous voir amené devant un peloton d'exécution. Mais, laissons le passé où il est. Vous ne semblez pas surpris de me voir.

- Vous m'aviez prévenu de votre visite, alors pourquoi le serais-je ?

Walter côtoyait suffisamment de Slaves dans les groupes Zeppelin pour ne pas chercher à s'arrêter sur leur fatalisme : - Vous avez raison, le chef des renseignements extérieurs de la sécurité de l'état vient vous rendre audience. Quoi de plus normal pour un samedi après-midi d'automne. Je me suis dit comme il ne se passe rien dans le Reich qui peut retenir mon intérêt, allons rendre visite au général Vlassov pour prendre de ses nouvelles. Ne faites pas attention, chez moi, la plaisanterie prend parfois le dessus, mais rassurez-vous, cela ne dure jamais longtemps. Pour me faire pardonner, permettez que je vous serve un café, à votre place, je n'hésiterais pas, il vient en direct du Brésil. J'ai aussi apporté une spécialité française, de quoi le rendre plus agréable pour autant que l'on juge cela possible. Ensuite, vous me direz de quoi nous pourrions bien deviser. En second lieu, je vous développerai le sujet que j'ai moi choisi. Une fois ce plaisant échange de points de vue terminé, nous organiserons notre soirée chacun de notre côté.

Avec ses grandes lunettes rondes en écaille, le russe ressemblait plus à un directeur de collège qu'à un éminent stratège meneur d'hommes. Il donnerait cher pour obtenir sa photo aux côtés d'Himmler. Les deux hommes avaient l'air de travailler dans la même école : - alors Walter Guidovitch, parlons de l'absurdité des décisions que prennent votre gouvernement. A la place de me laisser constituer la RAO[407], il n'est à présent plus question que d'absorber les hommes du camp de Dabendorf pour les disséminer dans des régiments allemands. Si pas comme travailleurs dans vos usines. Et vous pensez que ça va fonctionner ?

- Si je passe une partie de mon samedi en votre compagnie, vous croyez que c'est parce que je pense ainsi et que j'ai envie de venir vous saluer !

Le général russe passablement énervé continuait sur sa lancée comme s'il n'avait rien entendu : - Les milliers d'hommes dont je dispose à l'heure actuelle pourraient au plus vite se transformer en millions. Il suffit de proposer un programme de partage des terres et les déserteurs afflueront par bataillons entiers. En six mois, si vous fournissez l'armement, l'Allemagne disposerait de vingt divisions supplémentaires constituées d'hommes qui parlent les langages, connaissent le terrain et éprouvent la haine des bolcheviques.

Walter le resservit de cognac et attendit qu'il se calme : - En premier lieu, je peux vous assurer qu'aucune décision n'a été prise. Deuxièmement, sauf que je devrais dire premièrement, vous avez votre langue bien trop pendue et votre patience au contraire est bien trop courte. Ce que vous me dites, Gehlen m'en a déjà convaincu. Au début de l'été, l'amiral Canaris m'avait tenu les mêmes propos. Dans l'intervalle, vous avez clamé à qui voulait l'entendre que vous étiez notre invité en escomptant qu'un jour nous soyons les vôtres à Moscou. Quant à votre patience, vous n'êtes pas sans savoir que la situation du front n'est pas en notre avantage. Attendez que le Dniepr soit atteint et vous les verrez changer d'avis. Sauf sur un point.

- Lequel ?
- Ils n'accepteront jamais d'être votre invité.
- Vous croyez que je ferais tout cela pour reconduire le peuple russe au rang de serf.

---

[407] ROA, Rouskaïa Osvoboditielnaïa Armaïïa.

Walter posa sa main sur la sienne au travers de la table : - Bien entendu que non. Comprenez qu'aucune situation n'est immuable ou irrévocable. Regardez, vous ambitionnez de renverser Staline. De l'autre côté du front, vous avez le mode d'emploi, de ce côté-ci, j'ai le mien. Ici je devrais placer le troisièmement, car il y en a un et d'envergure, les hommes vont et viennent. Personne ne se retrouve une bonne fois pour toutes investi sur un trône. Si vous avez confiance en Gehlen, en Strikfeldt et qu'il vous en reste un peu en réserve, réfléchissez à en engager une partie dans celui en face de vous. Laissez-moi ajouter que la Russie n'a aucune importance pour moi. Ne vous méprenez pas, je parle territorialement. J'ambitionne uniquement qu'elle soit un bon voisin débarrassé des bolcheviques avec qui faire du commerce et avec lequel je peux, si nécessaire, me liguer pour contrer les Alliés de Staline à l'ouest.

Walter avait eu accès à des documents secrets du SD dès juillet quarante et un. Les Ukrainiens et les Biélorusses accueillaient l'armée allemande comme des libérateurs. Quelques promesses, un peu de partage de terre, auraient conduit à l'effondrement de l'armée rouge en quatre semaines. Des millions d'hommes auraient soit déposé les armes, soit se seraient retournés contre les dirigeants du Kremlin. Le pire des demeurés ayant accès à ces documents pouvait s'en rendre compte, mais voilà, il y avait toujours pire que le pire des demeurés. La guerre aurait été gagnée sans employer plus de munitions que pour la campagne de Belgique, probablement moins. En lieu et place avait été menée la plus stupide des politiques et l'Allemagne pour un plat de lentilles allait perdre la guerre si rien n'était entrepris et cette action devenait des plus limitées. Dans les groupes Walli et Zeppelin, Gehlen et lui se félicitaient plus souvent qu'à leur tour de l'efficacité des Russes.

Vlassov arborait un air comique bouche grande ouverte sous ses immenses lunettes rondes : - soyez patient, faites le dos rond, courrez l'Allemagne, faites-vous des amis, de ceux qui pensent comme moi. Continuez à faire paraître vos journaux[408] et à laisser miroiter la croix de Saint-André à tous ceux qui hésitent encore à vous rejoindre. Il n'y a rien à ajouter. Si vous désirez me parler, si vous rencontrez des problèmes, dirigez-vous à Gehlen, il sait toujours où me trouver.

- Vous travaillez de concert avec l'Abwehr ?

- Non, pourquoi me demandez-vous cela.

- Un colonel de chez eux, un certain Freytag von quelque chose m'a réclamé des hommes pour une opération loin derrière les lignes, une centaine.

---

[408] Zaria et Dabrovoliets.

- Évitez de les lui fournir, il n'y va pas de votre intérêt. Il n'y a rien à ajouter, je reprends le cours de mon samedi. Gardez les deux fiasques en souvenir. Une dernière chose, vous êtes surveillé de près par la Gestapo. Ils ne manqueront pas de venir vous demander quel a été le sujet de notre entretien. Répondez que moi aussi je suis venu vous solliciter une centaine d'hommes. Ils se contenteront de cette réponse.

- C'est le colonel Gehlen qui me l'a dit !
- Vous a dit quoi ?
- Le prénom de votre père. Je le lui ai demandé, il l'a recherché. Vous avez tiré le premier, alors, j'étais prêt !

Berlin, Babelsberg, 131 Berlinerstrasse, dimanche 24 octobre 1943

La visite au général Vlassov l'avait mis de bonne humeur. Un état comparable à celui qu'éprouve un homme qui va déposer de l'argent sur son compte d'épargne en espérant qu'il fructifie. Pourtant, la situation ne s'annonçait pas brillante.

À son retour de Dalhem, avant de rentrer chez lui, il était passé Berkaerstrasse. Marliese qui comme tout le personnel du RSHA travaillait dorénavant le samedi lui avait remis une enveloppe contenant le dernier rapport du fidèle Hans Eggen.

En le parcourant, Il avait eu dur à refréner sa colère. Dix jours plus tôt, une cinquantaine d'hommes de la sûreté genevoise accompagnés de la gendarmerie avaient investi de force l'adresse d'où émettait le poste répertorié comme « LA ». Ils y ont arrêté un certain Edmond Hamel et sa femme Olga Hamel. La même nuit, ils ont forcé la porte de l'appartement où ils étaient parvenus à localiser l'émetteur LB. Là aussi, Ils ont trouvé un appareil de transmission, mais la locataire Margarete Bolli était absente, toutefois elle rentre chez elle au cours de la perquisition. Elle avait passé la nuit chez son amant, le coiffeur. Ce dernier élément doubla sa rage. L'homme en question étant un espion de l'Abwehr, il avait dû les en informer sans tarder. Les hommes de Canaris s'était bien gardés de communiquer à son département le renseignement d'un évènement majeur qui s'était passé le quatorze, soit dix jours avant qu'il ne l'apprenne ; une éternité dans le renseignement

Le Spab par la voix discrète du capitaine Meyer avait laissé filtrer l'information une semaine après les arrestations en prévenant Eggen. Décidément, il n'y a pas qu'en Iran qu'ils étaient mis sur le côté. Comment persuader les marchands de gruyère de lui donner accès aux interrogatoires des agents soviétiques arrêtés. D'ailleurs, pour qu'ils parlent, il fallait d'abord leur poser les bonnes questions. Les Suisses n'avaient pas la réputation de forcer la main aux prisonniers ensuite de leurs interpellations. Walter connaissait déjà le nom de Margarete Bolli. Les deux autres étaient inconnus de son département, Eggen s'était d'avance occupé des recherches sans obtenir de résultat. De son côté, le département de Freytag affirmait n'avoir rien découvert qui pouvait se montrer utile. Peut-être que la Gestapo aurait quelque chose dans ses fichiers ; demain, il ferait enquêter discrètement par des hommes sûrs qu'il avait infiltrés dans la bande à Müller.

Par contre, Meyer avait fourni une autre information très intéressante, si bien sûr elle se vérifiait. Le bruit courait qu'un homme correspondant à la description de Markus Feldmann avait été aperçu à Berne sortant d'une voiture Herrengasse près du domicile d'Allen Dulles. Cela ne consistait qu'en l'écho du son du premier bruit, le suivant établissait que cet homme se trouvait à présent dans une planque secrète des Américains dans l'attente de son envoi au Portugal. Tant de bruits couraient à Berne, mais ce n'était pas une raison suffisante pour négliger la piste. Malgré leur tolérance, les Suisses surveillaient Dulles qui savait que les Suisses l'espionnaient. Une erreur de l'américain devenu trop confiant restait possible. Il ordonnerait à Eggen de veiller au grain. Que les Suisses l'engagent sur la voie traduisait l'éventuelle l'indignation qu'éprouvait Masson pour s'être fait rouler dans l'affaire. Évidemment, il se demandait pourquoi les renseignements suisses laissaient faire, l'homme était une prise d'importance dans le contexte tendu actuel et de toute évidence, les deux photos qu'il leur avait remises en guise d'apéritif avaient aiguisé leur appétit, sinon pourquoi lui promettre un statut diplomatique. Les Helvètes sont des gens fort économes, ils ne gaspillent pas leurs faveurs sans rien recevoir en échange, en règle générale, ils se retrouvent gagnants. Leurs raisons pouvaient apparaître complexes, mais jamais dénuées d'intérêt. Le mieux qui lui venait à l'esprit, c'était que pour une raison mystérieuse, ils ne pouvaient pas agir et comptaient sur lui pour le faire à leur place. Il avait beau se casser les méninges, il ne voyait pas ce que cela pouvait leur rapporter. Qu'importe, pour l'instant mettre la main sur ce Markus, pour autant que ce soit lui et non un fantôme, restait une priorité. Ils avaient le temps, pour l'heure, aucun chemin ne menait encore de Berne au Portugal.

Par prudence, il comptait se saisir de l'occasion pour demander un surplus d'hommes au Reichsführer que ce dernier aurait difficile de lui refuser. Bien entendu, il ne ferait pas la bêtise de les mettre dans la confidence, ils serviraient à remplacer des hommes sûrs envoyés en Suisse. Markus ne devait en aucun cas atteindre le Portugal ; de là, il serait à peine à vingt-quatre heures de New York avec le service d'hydravion de l'armée américaine mis en place à Lisbonne. Le lendemain, ses révélations feraient la une des journaux américains. Le führer se retrouverait - et pas seulement dans la revue Look - face à un nouveau scandale cette fois plus terrible que celui dont l'avait menacé son neveu . Pardonner à Himmler une telle bévue serait un gros morceau que le Reichsführer s'empresserait de lui attacher avec plaisir aux jambes avant de le jeter dans le lac de Wansee. C'était une image, mais combien proche de la réalité. Au contraire, sans la présence physique de Markus devant les photographes, ces informations ne valaient rien, du moins pas pour les journaux grand public. Donc pas question que celui-ci quitte Berne autrement que ligoté entre des membres de son équipe ou dans une boîte en sapin. Par chance, des hommes radicaux comme Böhme ne manquaient pas dans l'ordre noir. Les Suisses et Masson en particulier risquaient de ne pas apprécier, mais entre la colère d'Himmler et celle du brigadier le choix ne se posait pas. Walter ne se faisait pas trop de soucis pour eux, en lui passant l'information, ils ne devaient pas s'attendre à ce qu'il lui offre des chocolats.

Si seulement ses problèmes se cantonnaient à cela, la vie serait belle. Toujours aucune nouvelle de Felicita Beetz. Le dix-neuf octobre en début d'après-midi, Galeazzo Ciano était monté dans un avion à Munich en compagnie d'une solide escorte. Coup de tête de Ciano après avoir reçu des assurances de Mussolini ou piège mortel tissé par ce dernier. Höttl, impuissant, avait fait partie du vol accompagné de Beetz. Le gendre de Mussolini avait été arrêté par la milice de Salo à son arrivée sur le sol italien et immédiatement enfermé à Vérone à la prison des Scalzi, en fait un ancien couvent. Sale affaire qui portait la marque de von Ribbentrop. Comment parvenir à faire libérer le comte de sa geôle. Seul son beau-père détenait cette autorité, mais l'autorité de ce dernier dépendait de celle d'Hitler. Autant dire que le dirigeant de la nouvelle république sociale ne décidait que du menu de son petit déjeuner, et encore.

Sur trois affaires, deux auraient une propension certaine à fâcher Himmler. Au moins une de trop. Mais mieux valait de penser à réduire le chiffre à zéro s'il ne voulait pas compromettre ses maigres chances à le déterminer à agir contre son maître. Jusqu'ici, le fantôme de Brutus n'était pas parvenu à venir l'habiter malgré ses efforts, le chasser à coup de mauvaises nouvelles n'était pas une bonne idée.

Ensuite, Spitzy lui avait aussi laissé un message urgent concernant la couturière française et Skorzeny ne s'était toujours pas résolu à déclarer forfait pour l'opération en Iran.

Après avoir fait ce tour d'horizon, il constata avec satisfaction que sa bonne humeur ne l'avait pas quitté. Le thermomètre frôlait les dix-huit degrés, un tour du lac en famille s'imposait.

LE MAUVAIS FILS

Berlin, Berkaerstrasse, mercredi 27 octobre 1943, 13h00

Avec les innombrables détours causés par les bombardements, le trajet aller-retour lui avait pris une bonne partie de la matinée. Les trente kilomètres s'étaient transformés en cinquante parsemés de multiples arrêts dus au déminage des bombes non explosées toujours en cours.

La règle de sécurité contraignante datait encore de l'époque Heydrich, depuis personne n'avait pris sur lui le risque de la modifier, l'opérateur de garde au centre de transmission du SD de Wansee avait l'obligation absolue de remettre un message radio « Geheime Reichssache Amtsache VI[409] » à grille de déchiffrement individuelle uniquement en main propre à son destinataire. En aucun cas, le message ne pouvait sortir du local d'une autre manière. Si ce dernier était indisponible ou en déplacement, le message devait attendre sa lecture, car seul son destinataire était en possession des codes qui permettaient de le décrypter. Dans ce cas, l'émetteur devait si possible en être averti. Cette dernière partie de la procédure ne le concernait pas, il avait franchi les portes de son bureau berlinois à l'aube. Dès que sa secrétaire l'avait informé, Walter avait sauté dans sa voiture, préférant conduire lui-même. La démarche était suffisamment rare que pour prendre le risque de la faire attendre.

À son retour, après avoir pris le temps de boire le café de Marliese, sorti la grille de chiffre de son coffre et laborieusement décodé le message, la lecture de la feuille qu'il avait remplie le fit sourire, Moyzisch court-circuitait allègrement le ministère des Affaires étrangères. Après tout, il était aussi à Ankara pour ça.

Reçu offre du valet turc de l'ambassadeur d'Angleterre de nous procurer les photos de documents ultra-confidentiels. Prix demandé vingt mille livres pour première livraison. Quinze mille par rouleau supplémentaire. Offre transmise à 11h30 Ankara par ambassadeur von Papen aux affaires étrangères avec note positive et demande de fonds avant fin du mois.

Onze heures trente à Ankara correspondaient à dix heures trente dans la capitale du Reich. Si von Ribbentrop se trouvait à son bureau, en ce moment, il devait lire à quelques détails près le même message. Être mis au courant donnait à Walter une longueur d'avance qu'il pourrait mettre à profit tout en se demandant comment. Ce fut inutile, à seize heures cinquante, soit une heure de moins que celle

---

[409] Affaire secrète de commandement" (gKDos.Chefs) - Uniquement pour l'officier désigné.

qu'il avait estimée, Marliese lui transférait l'appel de von Steengracht[410]. Ce dernier réclamait aimablement sa présence à son cabinet à la première heure le lendemain.

Berlin, Wilhelmstrasse, mardi 02 novembre 1943

- Ça représente beaucoup d'argent !
- Reichsführer, comme vous vous en doutez, ce n'est pas cet argent-là qui appauvrira les caisses du Reich.
- Ça ne change rien au fait que cela reste beaucoup d'argent.

Walter ne voyait pas bien ce qui menait Himmler vers un si étrange raisonnement. Habitué, mais toujours surpris, il pouvait choisir d'ignorer cette démonstration de mauvaise foi ou bien tenter de recentrer son chef dans l'axe de la réalité. Malgré que ce soit plus difficile à réaliser qu'à envisager ; un rien excédé, il décida de mettre ses bottes doucement dans la flaque de boue : - Beaucoup d'argent pour celui qui en bénéficie, sauf qu'en ce qui nous concerne, sans minimiser la difficulté de l'opération, il ne représente rien d'autre que du papier introduit dans une rotative et un peu d'encre sur les mains. En revanche, c'est un tour de cochon que nous pouvons jouer à notre ami von Ribbentrop, car cela correspond à de l'argent dont il ne dispose pas et qu'il devra aller mendier auprès du führer s'il veut obtenir le droit de jouer à la grande table du casino. Ce qu'il se gardera bien de le faire de peur de se faire reprocher de jeter par la fenêtre de précieuses devises au cas où la baudruche se dégonflerait. Pour faire parvenir vingt mille livres à l'ambassade, Steengracht a dû demander à notre département II de les lui avancer en reichsmark or. Par contre, nous pouvons nous le permettre, nous disposons de quantités de livres sterling suffisantes. Avec l'envoi de ces deux cent mille livres, nous exigerons de diriger l'opération. En résumé, un ministère, le vôtre, se retrouvera en meilleure place sur la ligne de départ.

Ignorant la perspective, il s'entêta : - Beaucoup d'argent dans les mains d'un homme, Schellenberg, en toute confidence, je n'imagine pas gagner une telle somme de toute ma vie.

Le secret avait été mal gardé, plutôt détenu par le mauvais gardien. Walter

---

[410] Gustav Adolf Steengracht von Moyland, secrétaire d'état aux affaires étrangères du Reich de 1943 à 1945.

connaissait que son chef avait contacté un prêt important de quatre-vingt mille reichsmarks auprès de Martin Bormann. Ce dernier laissait fuiter assez de gouttes d'informations sur cette faveur empoisonnée pour tenir un Himmler embarrassé au supplice. Sa remarque laissait penser qu'il devait encore plus haïr ceux qui touchaient à la richesse. Ce qui n'ôtait rien au fait que son rapport à l'argent restait celui d'un faux pingre déguisé en modeste serviteur de l'état. Sa remarque n'était pourtant pas des plus idiote, il choisit de la mettre dans un coin de son cerveau : - Quoi qu'il en soit, nous devons jouer la partie finement. Théoriquement, le dossier est du ressort des affaires étrangères, Moyzisch est l'attaché commercial de von Papen.

- Si j'ai bonne mémoire, n'est-ce pas également votre juif favori. Qui peut vous assurer qu'il ne va pas mettre une part de l'argent dans sa poche ?

Walter n'allait pas se laisser arrêter pour si peu : - Il en faudrait quelques autres comme lui. Grâce à sa loyauté, nous avons pu avoir vent de l'affaire en primeur. Ce petit avantage peut se convertir en avancée décisive. Loin devant les services de renseignement du ministère des Affaires étrangères et de l'Abwehr. Je n'ose imaginer les secrets que nous pourrons glaner. Quant à votre question, impossible d'y répondre autrement que par ceci, Ludwig bénéficie de toute ma confiance. Et dans le cas où je me tromperais, ça ne changerait rien à la valeur de ce que nous pourrions récolter.

- Et dans le cas contraire.
- Nous aurons perdu un peu de papier.
- Et la face.
- Excepté que ce jeu de dupes s'apparente à un labyrinthe dans lequel tous les participants portent un masque. Puisque nous en avons les moyens, nous pouvons très bien décider de continuer à payer. Les renseignements que nous recevrons, vrais ou faux, permettront de nous faire une idée des pièges que l'adversaire nous tend. Ensuite, le cas échéant, ce sera à notre tour de leur faire avaler des couleuvres. C'est une partie que nous ne devons en aucun cas laisser dans les mains des affaires étrangères.
- Vous ne perdez jamais.
- C'est un jeu compliqué, Reichsführer.
- Je veux dire : - vous ne perdez jamais, vous voulez toujours avoir raison.
- Surtout quand j'ai raison.
- Bon, je donne mon autorisation, mais à une condition, vous partagerez toutes

les informations avec Kaltenbrunner.

- Bien entendu.
- Et arrangez-vous pour qu'Ernst ait l'impression de mener le jeu.

Berlin, Berkaerstrasse, vendredi 05 novembre 1943

Son insistance à compenser le manque d'hommes de son département en ponctionnant d'autres Amt avait braqué Himmler dans un passé récent. Probablement dans la perspective de ne rien concéder, il avait d'abord refusé ses demandes. Lorsque Walter lui avait expliqué que dans ces conditions rien ne sortirait de Berne, il avait de mauvaise grâce forcé Müller à lui transférer trois hommes. Ce qui se résumait à insérer des bergers allemands dans un groupe de loups. La perspective ne l'avait pas rempli de joie, mais comme prévu, il avait transformé la situation à son avantage. Les trois gestapistes s'étaient vus dispersés ; le plus chanceux se retrouvait à présent à Paris, un autre à Prague et le plus détestable du groupe avait échoué à Minsk. Des endroits où il n'y avait strictement rien à espionner, Gestapo Müller en serait une fois encore pour ses frais.

En compensation, il avait pu retirer la même quantité d'hommes fiables de ces endroits. Ces trois villes n'avaient pas été choisies au hasard, s'y trouvaient des hommes qui avaient travaillé ensemble par le passé et d'après leurs dossiers avec la plus grande satisfaction. Des officiers ayant l'excellente habitude de faire plus facilement fonctionner leur cerveau que leurs muscles tout en ne répugnant pas à l'emploi de ceux-ci. Walter ne pouvait pas en espérer beaucoup plus dans les circonstances présentes.

Deux, celui de Paris et celui de Prague, se retrouvaient déjà à Berne, le dernier attendait patiemment son visa, un étage en dessous du sien. Endroit douillet où il avait tout loisir d'apprécier à sa juste valeur le café sucré qui lui avait tant manqué. Bientôt, Walter lui donnerait des consignes précises, car c'est lui qui avait été choisi pour envoyer Markus dans un autre monde au cas où l'opération se déroulerait mal.

Hans Eggen s'évertuait depuis une semaine à leur trouver une voiture, sans succès.

Par contre peu avant de quitter la Berkaerstrasse, Hans l'avait appelé pour lui demander s'il ne voyait pas d'objection à ce qu'il rentre à Berlin le vingt-deux décembre pour passer Noël en famille. C'était le code qui signifiait que Markus était localisé.

À peine le cornet reposé, par l'interphone, il demanda à Marliese d'appeler le major Skorzeny à Friedenthal.

Après avoir terminé sa brève conversation avec « la bête », échange qui s'était résumé à requérir sa présence Berkaerstrasse le vendredi suivant en le priant de ne rien projeter d'autre pour cette journée, il posa une feuille blanche sur son sous-main.

Une semaine ne serait pas de trop pour élaborer l'ébauche de son plan.

Berlin, aérodrome de Rangsdorf, mardi 08 novembre 1943

Depuis deux jours, la nouvelle était tombée, l'armée rouge occupait à présent entièrement la ville de Kiev évacuée en urgence par les troupes allemandes. Flairant le danger depuis quelques semaines, Walter avait pu organiser avec succès le déménagement de son antenne dans la ville dans de bonnes conditions.

Ça lui rappelait une discussion avec Ghelen à propos des fleuves et malgré l'aspect tragique de la nouvelle, cela le faisait sourire tout en le laissant amer. La bêtise de s'accrocher à un navire qui sombre tels des rats suivant docilement le joueur de flûte de la fable ne pouvait prêter qu'au mépris le plus total.

En revanche, Henri l'oiseleur risquait de perdre son pied-à-terre en Ukraine, cela le ramena au propos qu'il lui avait tenu à cet endroit en août de l'année précédente. Plus que jamais, il était temps qu'Himmler prenne les affaires en main en déclenchant « Redistribution ». Pour l'aider, il avait pris une décision lourde de conséquences. Les informations reçues grâce à son équipe sur place lui donnaient un regain d'optimisme, ils avaient à présent la certitude concernant l'emplacement de la cachette de Markus. Seule ombre au tableau, mais de taille, sa décision de l'enlever ou si cela se révélait impossible, de l'exécuter aurait des répercussions incroyables. Les conséquences dans les relations avec la fédération s'avéreraient difficilement réparables encore que certains membres de leur service de renseignements devaient se douter qu'il ne resterait pas assis immobile sur sa chaise après avoir obtenu cette information de leur part. C'était néanmoins le prix incroyablement élevé à payer pour avoir une chance de faire bouger son chef, lui donner le moyen de discréditer Hitler à tout jamais.

Son seul espoir se résumait à une logique simple et pleine de bon sens, pourtant évidente ; étant donné que Markus avait déjà été retrouvé mort suicidé sous un train à Jaberg, il était difficile pour les Suisses de le ressusciter pour le refaire mourir une deuxième fois à Berne quelques mois plus tard.

Sauf que c'était suffisant pour éviter la publicité dans le domaine public, trop peu pour empêcher leurs représailles en privé. Des agents allemands risquaient de se retrouver devant un peloton d'exécution, ce ne serait pas une première. Les mangeurs de gruyère maintenaient toujours leurs couteaux bien aiguisés et pas seulement dans le but de couper les fils de la fondue.

Sans perdre de vue que la priorité absolue restait la capture de Markus et son retour discret dans le sein du Reich. Réaliser son expédition à Berlin par avion à partir d'un terrain furtif lui semblait le plus sûr et concevable sans une trop grande difficulté. Skorzeny était l'homme qui pourrait y arriver sans trop de peine. Outre son goût prononcé pour les actions d'éclat, la frustration de ne pas accompagner les commandos en Iran ajouté à l'inquiétude concernant leur éventuelle capture, donnerait au chef des Friedenthal un puissant motif de revanche.

Encore fallait-il de ne pas lui donner à connaître la raison réelle de l'opération. Il croisait les doigts en espérant parvenir à lui faire prendre une vessie pour une lanterne.

La solution à cette partie du plan, la dernière, n'empêchait pas au problème de rester complexe. La seule capture du fugitif autrichien ne suffisait pas à le régler, encore fallait-il qu'il ramène avec lui les documents que l'infortuné von Ketteler lui avait confiés en mars trente-huit pour les remettre dans les mains du Reichsführer qui en ferait bon usage. Ses hommes n'auront probablement pas d'autre solution que d'aller au contact avec des Américains. La mort de Markus ne serait envisagée qu'en tout dernier recours, sauf qu'il faudrait peut-être en passer par là, le laisser en vie n'était pas concevable. Himmler serait incapable de pardonner un tel échec le livrant à la bonne volonté d'Hitler, celle qui n'existait pas, sinon en apparence. Le bruit que pourraient faire les Suisses ne représentait rien en comparaison de sa colère.

Les phares qui s'approchaient dans un vrombissement de moteurs mirent fin à ses supputations, le Junker venait de se poser sur le terrain en herbe sans qu'il ne s'en rende compte. À l'inverse, les lumières de la piste s'éteignirent. Défense aérienne oblige. Par crainte des Mosquitos, elles ne s'allumaient que le temps strictement nécessaire aux mouvements aériens.

Sans tenir compte des moteurs tournant encore au ralenti, un soldat s'était approché de l'appareil pour venir poser un petit escalier devant la porte de la carlingue. Celle-ci à peine ouverte qu'un Moyzisch au visage blafard déjà débarrassé de sa salopette fourrée apparaissait dans un costume passablement chiffonné. Walter qui était venu à sa rencontre en évitant lui aussi soigneusement les hélices ne put s'empêcher de se moquer : - Ludwig, à l'âge que vous affichez en ce moment, il faut rester chez soi bien au chaud et laisser tout cela aux jeunes. Je vous ai déjà connu en meilleure forme.

L'homme d'Ankara regarda autour de lui surpris : - Nous ne sommes pas à Tempelhof ?

- Une petite mesure de sécurité supplémentaire pour garder la discrétion de notre côté.

Il sourit d'un air mauvais : - C'est pour cette raison futile que Kaltenbrunner a tenu à me faire prendre ce vol spécial, soi-disant pour arriver plus vite. Quelle idiotie, le vol régulier est bien plus confortable que cette vieille casserole bruyante et percée.

- Notre ami Ernst n'y est pour rien. C'est moi qui vous ai expédié cet avion en employant le nom de notre illustre chef, Le discret représentant de son département dans la capitale turque sous couvert d'attaché d'ambassade le regarda avec une colère feinte : - Rappelez-moi de vous haïr au moins autant que ma tante Sarah, celle qui m'envoyait me laver dans le pré en plein hiver.

Walter le prit par le bras et l'emmena à la voiture : - Pour me faire pardonner, je vous invite à passer une paire d'heures en ma compagnie. Il est nécessaire que je puisse vous voir en premier afin de vous éviter les balles perdues, car je vous préviens, ça va bientôt se mettre à tirer dans tous les sens.

*   *   *

Sa maison était l'endroit le plus discret de Berlin qu'il pouvait proposer, elle lui faisait effectuer un long détour, mais c'était le lieu idéal pour une conversation discrète. Walter n'aimait pas mêler Irène et les enfants à son travail, mais en l'occurrence il n'avait pas le choix. Après leur avoir servi du café, elle se rendit invisible en emmenant les enfants à l'étage.

- Ludwig, je crois vous l'avoir fait remarquer, vous avez une tête de déterré.

- Vingt heures de train, ensuite deux heures d'un vol Istamboul Sofia compliqué additionné aux sept heures interminables, en comptant le ravitaillement à Vienne, avant d'enfin pouvoir me poser ici. Ajoutez à cela que depuis deux semaines les évènements ne m'ont laissé aucun repos. En soi, ce ne serait encore rien sans la pression imbécile de Berlin, la bande à von Ribbentrop ne me laisse

aucun répit. Les questions idiotes ne font place qu'aux demandes imbéciles quand ce n'est aux directives sans fondement.
- Pour eux, vous ne représentez qu'un simple attaché d'ambassade.
- Venant d'un simple marchand de champagne, ça me porte à rire.

Walter posa un œil sur sa serviette : - Vous avez les documents du turc avec vous.
- Moyzisch la regarda distraitement : - Vous voulez les consulter.
- Non, ce ne sera pas utile. D'ailleurs, je ne suis pas le mieux placé pour parvenir à déchiffrer leur valeur. Les fournitures que les Américains envoient à Staline me semblent exactes, elles correspondent à mes informations. Je me borne à évaluer leur pertinence, à chercher la faille.
- Vous m'avez pourtant fait envoyer plus de deux cent mille livres.

Walter ne pouvait évidemment pas lui avouer que les billets anglais sortaient du camp de Sachsenhausen : - À vrai dire, les vingt mille premiers ne provenaient pas de chez nous, disons pas en l'état. L'argent n'est pas le plus important, nous comptons payer. Si les informations s'avèrent exactes, cela en vaut largement la peine et si elles sont fausses, elles le valent aussi, car ça nous permettra de voir de quelle manière ils veulent nous rouler dans la farine. Parlez-moi plutôt du turc.
- Il a un nom à présent, Cicéron.

Walter qui avait fait des études de droit se demanda pourquoi lui donner le nom du célèbre romain : - Qui a pondu cette idiotie ?
- Notre cher ambassadeur, von Papen l'a estimé adéquat à la situation.
- Parlez-moi de lui, je veux dire du turc ?

Moyzisch fit une moue bizarre comme s'il ne savait pas quoi penser : - Grand et fort...comme un Turc... avec une tête de Turc, vilaine variante comique. Dans les cinquante ans. Il parle un français compréhensible sans richesse et avec un fort accent. Notez que le mien doit être à peine meilleur. Visiblement passionné par l'argent comme une obsession bien qu'il affirme agir par haine des Anglais, d'après lui, ils auraient tué son père.

Walter réfléchit un moment, pour l'instant le moindre détail sur le personnage l'intéressait plus que les secrets qu'il fournissait : - Il travaille réellement pour l'ambassadeur britannique[411].

- En tout cas, il soutient être son valet de pied. Impossible à vérifier, lors de notre troisième rendez-vous, je l'ai reconduit devant l'ambassade britannique.

Il n'aurait pas été le patron des renseignements extérieurs sans avoir un goût marqué pour les questions surprises : - Qu'en dit Jenke[412] ? Il connaissait la réponse, Jenke était son deuxième représentant du SD en Turquie, mais ça Moyzisch l'ignorait et c'était bien ainsi : - rien, il spécule, tourne en rond en se demandant à l'aide de quel appareil l'homme photographie les documents. À ce propos, notre Cicéron m'a commandé un Leica. Il dit que le sien lui a été prêté et qu'il doit le rendre.

Jenke en tant que premier secrétaire marchait sur des œufs, son épouse était la sœur de von Ribbentrop et le turc avait travaillé pour lui des années auparavant. Sans trop se mouiller, il lui avait déjà communiqué son rapport par un autre canal. Son argument principal consistait en ce que le turc ne pouvait œuvrer seul, par conséquent, il y avait beaucoup de chance que ce soit un agent provocateur.

Walter prit la demande avec humour : - Il a bon goût, il réclame le meilleur et nous le lui fournirons avec plaisir. Ludwig, quelque chose me perturbe, je ne sais pas encore quoi, sauf que ça me trouble. Les Turcs sont des gens complexes, ils sont bien capables d'avoir monté cette affaire de toute pièce.

- Qu'est-ce qui vous fait penser cela ?

Walter se rappelait la phrase du Reichsführer qu'il avait enfui dans un coin de son cerveau, il la ressortit telle qu'elle à son représentant : - Beaucoup d'argent dans les mains d'un seul homme. Difficile de croire qu'un valet turc illettré peut penser retirer quinze mille livres par rouleau de pellicule. Et puis pourquoi quinze et pas un chiffre rond, dix ou vingt ?

Son agent prit le temps d'allumer une cigarette avant de répondre : - Je me suis aussi posé cette question, j'ai tenté plusieurs formules dont celle du change sur trois monnaies. En livre sterling sur base de quatre dollars pour une livre sterling, ça donne soixante mille dollars, en francs suisses à une livre pour huit francs suisses c'est cent vingt mille francs suisses, ce qui n'est pas mieux dans un cerveau de valet. Le résultat en livre turque donne une somme compliquée, car le change du Kurus oscille entre cinq cent vingt et sept cent vingt pour une livre anglaise, donc de quatre-vingt mille à cent dix mille livres turques. Suivant votre raisonnement de la somme ronde, si dans sa tête le change correspond à six

---

[411] Sir Huges Knatchbull-Hugessen.
[412] Albert Jenke, beau-frère de Joachim von Ribbentrop.

cents soixante-neuf kurus la livre, ça donne un chiffre rond de cent mille livres turques le rouleau de pellicule.

Walter se taisait et Moyzisch ne semblait pas convaincu par sa propre analyse, il continua comme pour lui-même: - La monnaie turque est terriblement instable, dans la tête d'un paysan, ça pourrait aussi être de l'or. Dix livres l'once donnerait mille cinq cents onces, soit quarante-deux kilos, quarante kilos une fois les commissions d'intermédiaire déduites.

Son chef s'arrêta pour le regarder dans les yeux : - Vous connaissez un endroit en Turquie où on peut acheter quarante-deux kilos d'or sans se faire repérer, et un autre où l'on peut en cacher en toute sécurité cinq ou dix fois plus. Imaginez-vous avec deux à trois cents kilos d'or, comment les transporteriez-vous ?

Moyzisch s'accrochait à sa planche : - Etant donné qu'il y a quinze photos sur un rouleau de pellicule, pourquoi ne pas en déduire qu'il estime chaque photo à mille livres ?

Walter restait sur ses positions : - En prenant le problème par un autre bout, je déduis qu'il a peu de chance d'être un agent anglais. Jamais ils n'auraient avancé un prix aussi exorbitant de peur que nous le refusions.

- Ce sont des documents très secrets d'une grande valeur.

- Je réfléchis à leur place, le prix est une chose, le vendeur, une autre. C'est probablement le tarif que tenterait de négocier un agent double, par contre pas celui que demanderait un simple valet. Donc, si ce n'est le valet de sa propre initiative, si ensuite j'élimine les services anglais, que reste-t-il, à part les Turcs ?

- Les Américains.

Walter soupira : - Les Américains et les Turcs. À nous de découvrir quels pourraient être leurs intérêts respectifs. On peut aussi très bien imaginer qu'ils travaillent ensemble. Walter regarda sa montre : « Ludwig, c'est l'heure de vous emmener Wilhelmstrasse., autant vous prévenir, vous allez vous retrouver dans les barbelés au milieu d'une guerre. Ernst, sans raison objective, croit dur comme fer à l'authenticité des documents, von Ribbentrop y voit un coup des Anglais. Ernst y croit dur comme fer parce qu'à son insu, je l'ai amené sur une voie qui va le conduire à briller devant le führer. De l'autre côté de la rue, le marchand de champagne émet des doutes pour démontrer son expertise auprès du même führer et en secret parce que cela provient de l'ambassade de von Papen, son ennemi juré. Permettez que je n'assiste pas à la représentation qu'Ernst ne va pas manquer de vous offrir, j'ai déjà donné. Rendez-moi service, ne le contredisez pas, laissez-lui croire en son génie.

LE MAUVAIS FILS

Berlin, Berkaerstrasse, vendredi 12 novembre 1943

La situation de Moyzisch ne progressait guère. L'homme d'Ankara se morfondait au bar du Kaiserhof lorsqu'il ne participait pas à une quelconque mondanité ennuyeuse dont Berlin avait gardé le secret. Von Ribbentrop lui interdisait de regagner Ankara et ni Walter ni Kaltenbrunner ne pouvait rien changer à la circonstance sans s'adresser directement à Hitler, ce qui déclencherait automatiquement une guerre ouverte avec le risque que la balance penche du mauvais côté. Le faire venir Berkaerstrasse aurait été estimé comme une provocation brutale. Pour soutenir son moral. À l'occasion, lors de brèves accalmies, Walter volait quelques moments pour lui tenir compagnie. Visites qu'il mettait à profit pour définir avec lui divers scénarios.

Au moins, en ce qui concernait Berne, les choses avançaient. Peu à peu, les rouages du mécanisme se mettaient en place.

Skorzeny d'abord surpris avait, après une courte réflexion, accepté avec enthousiasme l'exécution de la partie transport. En tant qu'autrichien, jouer un bon tour aux suisses était loin de lui déplaire.

Le plan était à ce point tortueux que personne n'y penserait. En quelques heures, ensemble, ils en avaient élaboré les grandes lignes. D'emblée, il apparaissait évident qu'enlever Markus pour ensuite lui faire passer la frontière en voiture était une folie. Par contre, la récente évasion de Mussolini leur avait inspiré un délire encore plus énorme, l'exfiltrer par les airs. La délicate opération se déroulerait en deux volets, terrestre et aérien à l'aide de deux équipes différentes. Walter avait insisté pour envoyer plusieurs Fieseler. Pas question cette fois d'embarquer à trois dans un appareil, à Berne, il n'existait pas de falaise le long de laquelle un avion en surcharge pouvait tomber pour prendre de la vitesse. Markus se retrouverait ligoté et bâillonné dans le premier appareil, le géant prendrait place dans le deuxième pour diriger une fois au sol la seconde partie de l'opération. Un Fieseler de réserve se tiendrait en l'air au cas où une panne surviendrait à l'un des autres. Non moins délicat serait le parachutage d'une demi-douzaine d'hommes dont la mission consistera à assurer la sécurité du terrain des Fieseler. Par discrétion, ceux-ci seraient largués le jour précédent à une cinquantaine de kilomètres de là.

À Berne, l'endroit choisi pour poser les Fieseler un et deux, n'était rien moins que celui où il avait atterri l'année dernière en compagnie d'Hanna Reitsch. Le ju-52 qui réaliserait le parachutage irait les attendre au terrain de Pontarlier de l'autre côté de la frontière, six parachutistes resteraient à bord pour le protéger. Vingt bidons d'essence feraient partie du voyage, ils serviraient à ravitailler les Fieseler avant de ramener tout le monde à Berlin, enfin, presque tous. Faute de solution, les parachutistes de Friedenthal devraient refaire le chemin en sens inverse pour regagner la France par leurs propres moyens ou ils seraient récupérés plus tard, mais ça ne constituait pas un problème, ils avaient l'habitude de ce genre d'opération.

S'ils n'étaient pas encore devenus amis, les angles s'arrondissaient avec « la bête ». Walter lui avait laissé un mois pour régler tous les détails. Impossible de les résoudre plus vite, la précipitation risquait de tout faire capoter. Bien sûr, entre-temps, Markus pouvait disparaître. Les Américains s'ils se montraient prudents, le changerait de cache. C'est ce que lui aurait fait. À bien réfléchir, comme ils ne pouvaient pas le sortir de suisse, ils le garderaient à Berne. C'eût été trop hasardeux de balader dans le pays un prétendu mort à la barbe du Bupo ou du vigilant Spab qui n'ignorait rien de leur magouille. Walter avait déduit que si ces derniers n'agissaient pas, c'est parce que tout simplement, ils avaient la conviction que l'Allemagne allait perdre la guerre ; alors, pourquoi se fâcher inutilement avec les probables vainqueurs, ils avaient tant de choses à se faire pardonner. Autant envoyer un message en laissant effectuer le sale boulot aux futurs vaincus. Conclusion pour laquelle ils allaient un peu vite en besogne, il restait beaucoup de cartes à jouer dont celle de redistribution. Mais de celle-là, les Suisses en seraient les premiers surpris.

Le risque qu'il prenait était calculé, si ses hommes avaient découvert la cachette de Markus une première fois, ils y parviendraient encore. L'important était qu'il ne pose jamais le pied sur le sol américain pour se retrouver devant des journalistes affirmant preuves à l'appui des origines douteuses du führer. L'Autrichien savait qu'attendre patiemment son moment lui permettrait de négocier au mieux de ses intérêts avec des groupes de presse avides de sensationnel, ce qui ne manquerait pas de lui rapporter une petite fortune bien méritée après de si longues années de vaches maigres.

Berlin, 131 Berkaerstrasse, lundi 22 novembre 1943

- Si vous voulez prendre mon avis en considération, il se résumerait ainsi : cette Française est un rien illuminée.

Depuis un an, Walter avait acquis une certaine expérience de l'enthousiasme toujours juvénile de son à présent capitaine, il connaissait aussi la meilleure manière de le tempérer, l'allégorie : - Mon cher Spitzy dans certains cas, l'ombre est parfois plus importante que la lumière qui la provoque.

Un court instant le regard de son subordonné se voila d'incompréhension ; habitué aux formules imagées de son chef, il jugea plus intelligent de passer outre que d'afficher son incapacité à déchiffrer sa vision tout en tentant de choisir une réponse dans la même ligne de pensée : - À cela près que les affaires étrangères à qui Theodor a cru bon de présenter l'entreprise ont déjà éteint leur lumière, Steengracht[413] l'a poliment raccompagné jusqu'à la porte de son bureau en évitant de lui donner un bon coup de pied au cul.

Cela fit rire le patron de l'Amt VI : - Excellent, je n'en attendais pas mieux de leur part. Ils font preuve de la même stupidité pour une affaire que je mène actuellement en Turquie. Après s'être vu conduit diplomatiquement vers la sortie, Momm[414] a probablement été tenté de prendre contact avec Canaris. Malheureusement pour lui, étant donné qu'il a déjà travaillé souvent pour moi, il n'osera pas prendre le risque de me fâcher. Rentrer chez nous est une chose somme toute assez facile, en sortir en est une autre auquel peu de personnes se risquent. À juste raison d'ailleurs.

Spitzy restait un impénitent amateur du détail, ce qui avait le don de parfois irriter ses interlocuteurs : - Vous saviez que Dincklage[415] a travaillé en France pour notre cher ministre Goebbels. Surveillance des Allemands en exil, incorporation d'ingénieurs allemands dans des entreprises françaises. Infiltration des étudiants et des professeurs à la Sorbonne. Les Français l'ont soupçonné d'avoir participé à l'attentat de Marseille qui a conduit à la mort du roi Alexandre Ier[416]. Espionnage de la flotte française de Toulon à l'aide de son épouse Maximiliane. Là, ils s'affairent à suborner des officiers français.

Walter coupa court à ses explications : - Reinhard, rassurez-vous, le lapin à d'autres chats à fouetter si je peux me permettre. Celui qui tenterait de lui parler de contacts avec l'ennemi a toutes les chances de se retrouver le cou posé sur le billot du bourreau à Plötzensee. Et ne croyez pas un instant que j'ai négligé de relire le rapport que vous m'avez remis au printemps, d'ailleurs nous avions déjà fait le tour de la question à cette époque ; ça reste votre opération à plus forte raison qu'elle se déroulera en Espagne, votre terrain de jeu favori. Vous n'avez pas à vous inquiéter, quoi qu'ils fassent, à présent, nous les attendons au bout

---

[413] Gustav Adolf von Moyland, adjoint du ministre des affaires étrangères von Ribbentrop.
[414] Major Theodor Momm.
[415] Hans-Günther von Dincklage.
[416] Alexandre Ier, roi de Yougoslavie assassiné le neuf octobre trente-quatre à Marseille.

de l'entonnoir et vous en récolterez toute la gloire..

- Vous affichez une belle certitude.

Son chef le rassura : - Autre interrupteur qui va s'actionner. Que leur reste-t-il comme option à part se tourner vers nous ? Hormis quelques scrupules, car travailler pour l'élégante Abwehr ne représente à leurs yeux pas la même chose que d'opérer avec des gens rarement fréquentables du redouté ordre noir. En plus, Dincklage dans son désir de garder la main sur la tractation a réalisé une belle boulette en faisant arrêter la femme Lombardi[417] en invoquant ses soupçons qu'elle fût ou demeure une agente britannique. En voulant faire pression sur elle de cette façon, il s'est trompé d'histoire d'amour. Cette Vera n'est pas n'importe qui. Apparentée par mariage aux Windsor et épouse d'un colonel fasciste de Salo ; munie de sa longue expérience, son caractère reste bien trempé. Comme il n'a pour l'instant rien de concret à lui proposer, elle a dû l'envoyer paître. Par contre nous, nous la forcerons à fléchir en l'attirant avec du miel. Au cas où elle compterait sur l'arrivée des Américains à Rome, nous lui ferons rapidement comprendre qu'elle s'en irait sans tarder respirer l'air de Milan avant d'apercevoir à l'horizon la moindre étoile blanche. En revanche, j'imagine que cet idiot a raison, c'est probablement une agente britannique. Elle a abandonné la vie insouciante de Paris pour Rome. Ca a attiré mon attention telle la mouche qui se serait posée dans le verre de lait de mon déjeuner, sauf que je n'en bois pas. L'attraction de la ville éternelle n'explique pas tout. Épouser un colonel de la bande à Mussolini n'est pas anodin, sauf si le SIS[418] le lui a demandé poliment . Comment refuser lorsque du sang royal coule presque dans vos veines. Une fois cette affaire finie, nous ferons courir le bruit que c'est une de nos espionnes. Autant bien exécuter le travail pour lequel nous sommes payés en lui brûlant les ailes.

Spitzy sembla apprécier : - J'espère un jour avoir vos réflexes. Autre détail, mais vous avez du anticiper, j'ai cru comprendre qu'il n'était pas question pour la Française d'entamer la moindre démarche en l'absence de sa vielle complice. On peut la comprendre, elle a peur. Vera est son amie depuis le début des années vingt, c'est elle qui l'a présenté à la haute société britannique, celle du duc de Westminster et de Churchill. Le bruit court qu'elles ont vécu une relation amoureuse. Aussi, elle deviendrait sa caution si les choses tournent mal, il y a du Dincklage la dessous.

Walter le rassura : - Elle l'aura. Par chance, nos hommes l'ont retrouvé et sont

---

[417] Sarah Gertrude Arkwright Bate devenue Vera Lombardi.
[418] Secret Intelligence Service (SIS) MI6.

parvenus à la récupérer dans une sordide prison romaine. En la faisant libérer ce matin pour ensuite l'assigner à résidence, nous avons maintenant à notre disposition un important levier y compris sur cette Vera qui se morfond à présent en Italie sans ressource au gré de notre bon vouloir..

- Bien joué, chef. Le pas suivant sera de les convoquer.

Walter ouvrit grand les bras pour l'inviter à agir : - Alors, ne perdez pas de temps mon cher Spitzy, contactez Momm, qu'il se mette sans tarder en rapport avec Paris s'il n'y est déjà retourné. Pressez-les, empêchez-les de concocter d'autres plans. Le seul choix c'est : « prenez l'avion ou le train ».

Une fois Spitzy parti, il fit encore tourner dans sa tête la phrase « l'ombre est parfois plus importante que la lumière qui la provoque ». De toute évidence la démarche pour faire passer un message de paix à Winston Churchill était une pure aberration de l'esprit. Canaris qui bénéficiait de certains liens forts compréhensifs dans les services de renseignements anglais, malgré ses efforts, avait récolté il y a peu une fin de non-recevoir. Qui pouvait avoir la folie de penser que les Britanniques prendraient langue avec Himmler autrement que pour lui signifier sa condamnation à mort. Nonobstant, désirant jouer à ce jeu compliqué, il n'avait pas été assez fou que pour éviter de demander l'approbation du Reichsführer. Lorsqu'il l'avait présenté au bon Heinrich, ce dernier avait approuvé d'un signe de tête et lui avait ensuite immédiatement demandé s'il avait obtenu d'autres informations du turc. Preuve s'il en était du partage déchirant qui habitait son chef. D'un côté une tentative de paix séparée qui si elle aboutissait enclencherait irrémédiablement « Redistribution ». De l'autre, l'espoir que des renseignements de première importance feraient échouer les opérations alliées et gagner la guerre.

Cette opération sans grande portée qui lui ferait au plus perdre deux ou trois jours pouvait à long terme lui rapporter un substantiel bénéfice. Au cas où la guerre viendrait à être perdue et elle serait en bon chemin pour que cette éventualité se réalise, il ne pourrait probablement pas éviter d'être fait prisonnier. Il ferait tout pour que ce soit entre les mains des Américains ou des Britanniques. Aux deux, il pourrait avancer qu'il avait œuvré pour établir la paix Avec dans le cas des Britanniques qui n'avaient pas dû oublier son implication à Venlo, un petit dossier sur Charles VIII en prime.

LE MAUVAIS FILS

Berlin, Berkaerstrasse, mercredi 24 novembre 1943

Moyzisch avait quitté le Kaiserhof juste à temps, depuis la nuit précédente l'hôtel favori du parti n'était plus qu'un pauvre tas de ruines ou presque. Malgré son aspect dramatique, ça le fit néanmoins sourire, c'eût été un comble que les Britanniques parviennent à avorter l'opération d'Ankara à l'aide de leur aviation.

Le bombardement du dix-neuf novembre, bien qu'impressionnant, avait été sans gros effets. Par contre, ce n'était malheureusement pas le cas de ceux des deux nuits précédentes. Sans aucun doute, les raids les plus efficaces sur la capitale du Reich depuis le début de la guerre. Ils avaient provoqué des dommages importants près du centre. Tiergarten, Charlottenburg, Schöneberg et Spandau avaient été mortellement touchés. Les Berlinois avec plus de deux mille morts et deux cent mille sans-abri étaient toujours sous le choc.

Beaucoup de bâtiments importants avaient été irréversiblement endommagés ou détruits. Cette longue liste incluait leur propre ambassade ainsi que la française, l'italienne et la japonaise. On pouvait y ajouter le château de Charlottenburg, symbole de la Prusse, le Zoo de Berlin, et pour ne pas faire de jaloux, le ministère de l'Armement.

Une autre mauvaise nouvelle s'était chargée de venir lui assombrir un peu plus une journée déjà suffisamment morose. En cours de matinée, Hans Eggen lui avait communiqué que la station « LC », celle qui émettait à partir de Lausanne, avait été finalement investie. Un homme surpris[419] sur les lieux y brûlait des documents. C'était sa nationalité qui l'interpellait. C'était assez choquant d'apprendre qu'un Anglais travaillant pour Moscou opérait en suisse et par la même occasion terriblement frustrant de savoir que sa dernière chance s'était volatilisée ; à présent, sauf miracle, il devenait hautement improbable de remonter la piste des traîtres. Ce qui le révoltait par-dessus tout, c'était l'intention évidente des Suisses de l'empêcher d'y parvenir.

Pour ne rien arranger, toujours pas de nouvelles de Felicitas Beetz. Au moins, Skorzeny lui donnait un regain d'optimisme, il avait mis la main sur une demi-douzaine d'uniformes suisses.

Il était grand temps de songer à présenter l'affaire au Reichsführer. Pas question d'entreprendre une opération de cette envergure sans une certaine protection.

---

[419] Alexander Foote.

LE MAUVAIS FILS

Berlin, Berkaerstrasse, lundi 29 novembre 1943

L'ambiance était plombée, hier, la conférence de Téhéran avait débuté et toujours aucune nouvelle des hommes sur place. En Turquie, Moyzisch avait repris contact avec le valet turc de l'ambassadeur pour une nouvelle transaction. Deux rouleaux de pellicule supplémentaires étaient parvenus à Berlin. Ils avaient permis d'éclairer les relations entre Ankara et Londres sous un nouvel angle. Ce qu'ils voyaient s'y dessiner était loin d'être réjouissant, le président Ismet İnönü s'était vu proposer de se rendre prochainement au Caire pour y rencontrer Churchill. Les messages échangés ne disaient pas si les Turcs avaient accepté. Mais il était clair que les alliés tentaient par tous les moyens de mettre un terme à leurs relations diplomatiques avec le Reich.

Pour ne pas changer, Kaltenbrunner augmentait d'un cran la croisade qui l'opposait à von Ribbentrop. Walter éprouvait toutes les peines du monde à l'empêcher de mettre à exécution l'idée qui avait germé dans son cerveau embrumé : interdire à Moyzisch de partager avec l'ambassadeur von Papen les informations du turc.

Sans réfléchir, sans penser aux conséquences, Kaltenbrunner se piquait à mener un jeu dont il ignorait toutes les règles, ce qui ajoutait une raison supplémentaire d'en vouloir à Himmler.

Berlin, Berkaerstrasse, lundi 06 décembre 1943

L'avion avait été écarté. Le train qui devait effectuer le trajet en un peu moins de vingt-quatre heures en avait mis trente-six. Ca faisait son affaire. Ils étaient arrivés exténués à la gare du Tiergarten. Walter avait dépêché deux hommes et une luxueuse Mercédès pour les prendre en charge et les conduire à la villa Marlier. Il avait donné des instructions précises sur le trajet à emprunter afin que celui-ci ne passe pas devant les résultats des bombardements, ce qui ne s'était pas avéré des plus simples. Par cette opération de séduction, il comptait les mettre en condition favorable.

Le lundi matin, il avait laissé le couple se reposer avant de leur faire servir un déjeuner digne de ceux de l'Adlon avant-guerre avec vue sur le parc enneigé et les cygnes du lac gelé en prime. Autant faire preuve de largesse, vu qu'en ce monde on ne prête qu'aux riches.

Peu avant midi, après de nombreux détours exécutés par le chauffeur dus à la lumière du jour qui ne parvenait pas à dissimuler les cicatrices de la ville aussi bien que la nuit, ils franchissaient les portes de son bureau. Comme il avait déjà pu le remarquer sur les photos, madame Chanel ne faisait pas son âge. À côté d'elle, Dincklage faisait office de géant. En quelque sorte la copie Abwehr d'un Skorzeny d'un âge avancé, à la fois policé, élégant et stylé. Les présentations furent rapides. Pour sa part, Dincklage avait été discrètement prévenu, il apprécierait à sa juste valeur qu'il se mêle le moins possible à la conversation et que dans le cas où il ne pourrait l'éviter, il ne le contredise pas. Par sécurité, Walter avait demandé à Spitzy de prendre place entre lui et Momm.

Marliese vint leur proposer du thé et du café. Tout le monde choisit le café. Par chance, à sa demande, le chauffeur avait apporté le sucre de la villa Marlier.

Walter qui le parlait couramment depuis son enfance passée à quelques jets de pierres de la frontière s'adressa à eux en français : - Si vous m'en aviez donné l'opportunité, je vous aurais conseillé de prendre l'avion. Vous seriez arrivés ici en moins de quatre heures.

Chanel ne sembla pas étonnée qu'on lui mène la conversation dans sa langue à Berlin : - Je préfère de loin le charme des trains-couchettes. Ils sont magiques, inspirant à la fois au voyage et à la découverte. Le train bleu est à toujours en moi, je parcourrais volontiers le monde de cette manière.

- Hélas également à être découverts par l'aviation anglaise. Elle ne paraissait pas avoir pensé à cet aspect des choses ; elle s'entêta : - Malgré le retard, ce fut un trajet fort agréable qui m'a permis d'observer attentivement la campagne allemande.

Walter décida de ne pas perdre de temps : - Reste que c'eut été un mauvais coup du sort que les avions de votre ami Churchill s'en prennent à vous. Il a dû sentir votre présence et voulu épargner son amie. Car vous êtes bien amis si je ne me trompe.

- Le duc de Westminster m'a présenté vers le milieu des années vingt, mais nous sommes réellement devenus amis à l'occasion d'un séjour en France en vingt-huit.

Il se resservit du café gagnant du temps pour chercher l'équilibre des mots qui convenaient : - Madame Chanel, vous me voyez impressionné de me trouver assis en compagnie de l'amie de notre pire ennemi. Sa fiche de renseignement établissait son nom en tant que Chasnel. Après avoir hésité sur l'effet psychologique que cela produirait, il jugea que s'adresser à elle en lui rappelant ses origines plus que modestes la braquerait inutilement.

- Vous ne devriez pas le voir ainsi, vous auriez avantage à le connaître, c'est un homme tout à fait charmant.

Walter se garda bien de lui exprimer tout le mal qu'il pensait du ministre britannique et des cicatrices horribles qu'il infligeait chaque semaine à l'Allemagne à l'aide de ses bombardiers. : - alors, si cela vous convient mieux, je dirais qu'il est mal entouré de gens qui désirent notre perte à tout prix.

- À mon sens, Winston sera toujours un homme raisonnable, je reste profondément persuadée que dans son cœur, il n'a qu'une seule aspiration, la paix.

Content de s'entendre dire que Winston Churchill avait un cœur, il tenterait de transmettre cette information aux sinistrés de Hambourg : - C'est éventuellement sa méthode pour le démontrer qui ne correspond pas à la situation.

Elle le regarda pareil à un mauvais élève qu'il faut à tout prix ramener dans le droit chemin : - La seule façon de le savoir serait de la lui proposer. La paix.

- Vous croyez qu'il écouterait un semblable message.

Son sourire légèrement affecté se transforma pour devenir sibyllin : - Tout cela dépend du messager bien sûr.

- Si je comprends bien, vous pensez être la mieux placée pour lui communiquer une proposition de cette importance.

Gabrielle Chanel eut un moment d'hésitation, elle regarda Dincklage qui donna l'impression d'une grande solitude et ne lui fournit aucune aide : - À vraiment parler, mon amie Vera serait plus indiquée, elle a des liens familiaux avec les Windsor, dans ce monde-là, l'oreille qu'on prête à la noblesse devient plus attentive.

Walter décida d'amener la conversation sur un terrain qu'il connaissait mieux, l'interrogatoire sans avoir l'air : - Avant que nous approfondissions votre offre, dites-moi, quels sont vos motifs. Je me permets de vous le demander, car sauf à me tromper, la proposition vient de vous.

Elle parut surprise, la question semblait la choquer comme si la réponse était évidente et qu'il n'y avait tout simplement pensé : - La paix, monsieur.

Elle était assise sur le divan à sa droite, il se pencha pour tendre la main et lui toucher le bras. C'était prémédité, il procédait souvent ainsi. Cependant, le contact n'était pas désagréable. Il se dit qu'elle lui évoquait Käthe, sa première épouse qui était elle aussi couturière, mais celle-ci aurait être sa mère : - Vous pouvez m'appeler Walter. Il y a des années que personne ne m'a appelé monsieur. La dernière fois doit remonter à plus de dix ans.

- Et comment vous appelle-t-on donc ?

Souvent Colonel, parfois Schellenberg, mais sans rareté aucune aussi Walter. Ça dépend évidemment des personnes et des circonstances. Par exemple s'il s'agissait de monsieur Winston Churchill, je serais incapable de deviner son choix.

Cela la fit rire et c'était le résultat qu'il attendait : - Vous avez de l'humour, ça devrait aider à la bonne réalisation de notre entreprise.

- Si nous l'entreprenons. Vous m'avez dit la paix, c'est la seule raison ?

Elle hésita un instant : - Mon très cher ami, le duc de Westminster est un virulent anticommuniste. Il m'a transmis sa détestation. Les communistes m'effraient, je suis terrorisée au sens propre à l'idée qu'ils puissent envahir l'Europe. Tout ce qui peut être entrepris pour l'éviter doit l'être. La paix avec l'Angleterre en fait partie.

- Difficile de la contredire ou d'insister pour obtenir des motifs plus profonds. Ils échangèrent encore des considérations plus générales et finirent par s'accorder sur des détails.

Pendant une heure, il s'était comporté comme si tout cela avait un sens. Il était temps de siffler la fin de la récréation : - Nous demanderons à votre amie Vera de rédiger une lettre. Ou mieux, vous vous chargerez de l'écrire, je suis assuré que vous trouverez les mots justes. Insistez de telle sorte que l'une de vous parvienne à lui parler en personne. Lorsque ces mots nous conviendront, elle vous rejoindra à Paris. Ensuite, le nécessaire sera fait pour que vous puissiez obtenir un passeport avec les autorisations indispensables qui vous permettront de gagner Madrid où se trouve l'ambassadeur britannique que vous connaissez personnellement. Arrivés à la frontière espagnole, probablement Hendaye, des fonds vous seront remis par un de mes hommes. Ils seront destinés à couvrir vos frais.

Un silence religieux s'établit dans la pièce, Chanel et Dincklage le regardèrent visiblement étonnés que tout cela se résume à si peu de préparations. Surpris lui-même par la rapidité des arrangements, il crut utile de les rassurer : - croyez en mon expérience, il vaut mieux prendre le temps de vous relaxer avant de penser aux détails. Cela leur était certainement étrange d'entendre parler d'expérience par quelqu'un qui affichait la moitié de leur âge, mais il voulait éviter les longues séries de propositions : - Je propose que le capitaine Spitzy vous fasse visiter la ville. J'ai obtenu toutes les autorisations pour que Reinhard vous fasse visiter la nouvelle chancellerie. En tant que créatrice, j'ose croire que la salle de marbre ne vous laissera pas indifférente. Ce soir, nous donnerons une petite réception en votre honneur à la villa. Demain, vous aurez toute la matinée pour revoir les détails de l'opération avec le capitaine. J'oubliais, c'est une habitude allemande. Nous attribuons un nom à toutes les opérations importantes. Je le laisse à votre imagination, ce sera une surprise.

Brandenbourg, château Friedenthal, lundi 13 décembre 1943 10h00

Walter n'était pas venu au château les mains vides, il était parvenu, après avoir fait jouer quelques relations, à obtenir quatorze exemplaires du pistolet mitrailleur MP 43, dont un équipé d'une optique infrarouge Zielgerät. La toute nouvelle arme à peine sortie des ateliers Haenel. À peine le coffre ouvert, Skorzeny s'était emparé d'un exemplaire qu'il tenait à présent amoureusement dans ses grandes mains : - donnez-moi cinq cents jouets de ce type et je fais repasser la bande à Staline de l'autre côté du Dniepr.

- Désolé, Santa Klaus ne pouvait pas en mettre plus dans sa hotte. Les optiques et leurs batteries suivront, elles sont trop lourdes pour les amortisseurs de ma voiture. En ce qui concerne les munitions, je vous laisse vous débrouiller, mais si vous êtes sage, je vous dirai à qui vous adresser.

Le chef des Friedenthal rit : - Comptez là-dessus et buvez un verre d'eau. A propos d'eau, si elle est bouillante et mélangée à du café, ça vous intéresse ?

- Toujours, surtout si vous sortez le sucre de sa cachette.
- Alors, suivez-moi.

Dix minutes plus tard, ils se trouvaient une tasse fumante en main dans le bureau d'état-major devant une table à carte. Skorzeny semblait tracassé : - Comme je vous l'ai dit, votre plan reste très risqué, vous le regardez d'un point de vue d'un profane qui projette une opération en pays neutre.

- Venlo, vous en avez entendu parler ?
- Un point pour vous, sauf qu'en comparaison et bien, il n'y a pas de comparaison
- Les unités Zeppelin ?
- Du sérieux, j'en conviens, mais ce n'est pas vous qui réglez les derniers

détails et comme l'a dit Warburg « Le bon Dieu est dans le détail[420] ».

- Otto, vous m'épatez, jusqu'ici je n'avais pas mesuré toute l'étendue de votre culture. Vous comptez abandonner ?

- Bien entendu que non, je m'y vois déjà, l'action me manque et l'affaire en Iran n'est pas pour me mettre de bonne humeur. Le géant se frappa la tête, ensuite le ventre : « L'appétit de l'ogre est là ». Penchez-vous sur les cartes que j'ai préparées et notons la chronologie. Une succession de séquences doivent s'emboîter. Ce genre d'affaires foire toujours lorsque tous les hommes n'affichent pas la même heure au poignet. Sans rire, nous devons nous montrer dignes de la précision d'un chronomètre suisse.

- À défaut, un coucou devrait faire l'affaire. Cet oiseau rentre toujours à la maison, pas vrai ?

Ca ne le fit pas rire ; le géant passa outre : - Départ de Berlin à J moins trois. On pourrait effectuer le vol d'une seule traite, mais de cette façon ça restera plus discret tout en brouillant les pistes. Départ de Stuttgart à J moins deux vers dix-neuf heures, vol basse altitude en frôlant la frontière. Une heure vingt de vol.

Skorzeny posa un doigt sur la carte : - Parachutage sur le versant est du mont Racine à vingt heures. D'après les renseignements, c'est bien dégagé, peu peuplé et à dix kilomètres de la frontière. Une fois au sol, ils entèrent leurs parachutes et se regroupent ; ensuite revêtus de l'uniforme suisse, quarante-cinq kilomètres à parcourir en deux jours, plutôt deux nuits. Une promenade de santé pour mes hommes. Première halte dans un bois près de Treiten, toutefois c'est au chef de groupe de décider. À J moins un, ils arrivent dans la zone, mais on y reviendra plus tard. J'ai enlevé un avion à votre plan, je vous dirai pourquoi plus loin. Les deux Fieseler décollent à J, heure H moins 3 heures, beaucoup plus lents ils auront besoin de deux heures en suivant plus ou moins le même itinéraire que l'avion-parachuteur. Les deux auront les cocardes suisses sur la queue. Ils en ont quelques exemplaires pour le secours en montagne. Pas de la même couleur, mais ce sera assez pour prêter à confusion. Vous suivez toujours ?

- Comme petit à la messe de ma paroisse !

- Vous étiez enfant de chœur ?

- À peu de chose près.

- Moi j'étais acteur comique à peu de chose près. Il tira une carte de Berne

---

[420] „Der liebe Gott steckt im Detail". Titre d'un séminaire que Aby Warburg a dirigé à l'université de Hambourg au cours de l'hiver 1925-1926.

d'un tube en carton. Trêve de plaisanterie : - De la Postgasse votre équipe devra parcourir cinq cents mètres jusqu'au niveau du pont puis encore cinq cents mètres jusqu'à la poste ou il existe un passage pour aller l'autre côté de la gare qui permet de se retrouver au niveau de l'observatoire au nord de l'université soit dix minutes si je compte une marge en cas de patrouille. De là, ils seront presque dans les champs, mais devront abandonner la voiture pour parcourir le chemin long de deux kilomètres qui les mènent face au terrain, mais du mauvais côté, soit trente minutes pour des hommes qui n'ont pas l'habitude et doivent rester discrets. Sans oublier qu'il leur faudra peut-être porter votre prisonnier, nous en sommes donc à quarante minutes auxquelles j'en ajoute dix pour les imprévus.

Deuxième désaccord, il faudra changer de terrain d'atterrissage, celui que vous aviez choisi et que nous appellerons le terrain un, les oblige de passer un pont enjambant l'Aar. Outre un détour de deux kilomètres, les ponts sont risqués et risquent d'être contrôlés. Par chance, il y en a un à mille mètres à l'ouest du votre et du bon côté que nous appellerons le terrain un, situé un peu avant le premier coude de l'Aar. J'ai fait effectuer des repérages sur photographies aériennes, il semble plat et sans obstacle. Malheureusement, il fait deux cents mètres.

- Deux cents mètres, c'est trois fois trop pour un Fieseler.

Le chef des Friesenthal hocha la tête : - En théorie, oui, avec une bonne visibilité et du vent favorable. Malheureusement, il est trop étroit pour y poser deux avions sans risques. Soit nous opérons avec un avion, soit l'avion deux se pose sur le terrain un, celui que vous aviez choisi. Contre, plus de risque de se faire repérer ; pour, sécurité supplémentaire si quelque chose se mettait à tourner mal avec le premier Fieseler. Ce qui est impossible c'est que je reste en l'air à cause du bruit du moteur. Rappelez-vous que les pilotes couperont le moteur bien avant et atterriront en vol plané. C'est pour cette raison que j'ai décidé d'enlever celui qui devait rester tourner en l'air. Trop de bruit. Si un appareil tombe en panne ou est détruit, je laisserai ma place et je rentrerai avec mes hommes. Il faudra penser à trouver une explication pour l'épave que j'aurai incendié.

- Et vous avez choisi lequel des deux terrains?

Skorzeny afficha un sourire qu'on pouvait qualifier de tout sauf de modeste : - Une variante. Il en existe un de cinq cents mètres, mais situé à deux kilomètres en aval et de l'autre côté de l'Aar.

- Donc, Il faut aussi traverser ce maudit pont pour y parvenir.

- Et deux kilomètres de plus à parcourir pour votre équipe, ce qui les met à cent minutes avec la marge de sécurité. Mais elle a l'avantage de permettre de manœuvrer deux avions qui atterriront en sécurité sur un même terrain. Selon moi, c'est la meilleure option, mon équipe restera unie. D'expérience, séparer ses forces sans moyen de communication n'est généralement pas une bonne idée. Comme le silence radio sera imposé, nous n'aurons que le chronomètre pour estimer nos positions respectives. Je préfère contrôler l'ensemble des hommes dans le plus petit périmètre possible. Si l'on se divise, on divisera notre force. Plus d'hommes, plus de points de surveillance. Les hommes auront marché pendant deux nuits. Ils doivent se reposer, ils devront réaliser le retour avec leurs semelles.

Walter sentait qu'il devait lâcher du lest, pour la forme, il tenta de lui exposer une idée qui venait de lui surgir et lui paraissait intéressante : - Vu ainsi, vous semblez avoir raison. Par contre, vous pourriez envisager que la traversée de l'Aar en canot ferait gagner trente minutes en évitant le détour par le pont. Postgasse les choses risquent d'être bruyantes et d'ameuter du monde, chaque minute gagnée est importante. Vous y avez pensé, ce n'est pas le Don quand même. Vos hommes savent faire ça, j'imagine.

Skorzeny le regarda indigné : - Evidemment qu'ils savent le faire. C'est vous qui ne savez pas. Oubliez vos trente minutes. Vingt de gagnées à tout casser avec le temps nécessaire pour effectuer un passage à la pagaie, mais il y a des risques. En cette saison, il n'y a pas de courant par contre l'eau avoisine les cinq degrés et parfois moins en janvier. Si votre prisonnier tombe à l'eau mains attachées, ils risquent de le perdre. Le risque le plus important, c'est l'autre problème, mes hommes devront porter un canot et ça pèse son poids. Il faudra le larguer de l'avion dans un conteneur, le retrouver et surtout le porter sur quarante-cinq kilomètres. Le jeu n'en vaut pas la chandelle. Pourquoi vos hommes ne passeraient 'ils pas par la ville en voiture ?

- J'y ai pensé, trois ponts, un long détour, le risque d'un contrôle. Par contre, vous venez de me fournir une idée. Opérer avec deux voitures n'est pas idiot. Une passe par les ponts, l'autre va jusqu'à la route des champs après l'observatoire. Ça brouillera les pistes. Il faut voir, c'est déjà difficile de disposer d'une voiture, alors deux. Mais ça n'influencera pas le chronométrage.

- Donc restons sur cent minutes. Vous avez défini une heure.

- Disons, heure H vers vingt-trois heures, peu de monde dans les rues, mais rien d'anormal a encore y circuler.

Otto ne put s'empêcher de le brocarder :- Le métier rentre, on dirait. Vous me permettez une question chef.

Walter savait ce qu'il allait demander et sa réponse était prête : - Allez-y.

Il plissa les yeux d'un air rusé : - Tous ces risques avec la suisse, ce n'est pas rien. Ça peut déclencher un scandale énorme. Cet homme doit en valoir la peine.

- Comment pouvez-vous savoir que c'est un homme ?

Devant l'air surpris de Skorzeny, il se moqua : - oui, c'est un homme. Un ingénieur du RWA[421] qui s'est laissé retourner par les Américains. Ce salopard, un Autrichien sans vous vexer, a rejoint la Suisse par la France à l'occasion d'une tournée d'inspection. Dans sa tête, il détient toutes les coordonnées de nos nouvelles armes secrètes.

- Vous ne pouvez pas vous contenter de l'abattre.

- Malheureusement non, il est indispensable de savoir ce qu'il leur a déjà vendu.

- Le patron ne doit pas rigoler.

- Si l'on part du principe qu'il ne rigole jamais, c'est exact. Je dois vous faire une confidence, il ne sait rien, pour ne pas lui donner de soucis inutiles, il en a déjà suffisamment. Seul notre deuxième patron est au courant et il insiste pour que cela reste ainsi. Quand nous aurons fait parler l'ingénieur, nous serons en situation de mesurer l'étendue de gangrène américaine au sein du RWA.

Son histoire tenait debout, mais uniquement à l'aide de béquilles. Il sentit que Skorzeny soupçonnait qu'il lui cache quelque chose, il était grand temps de regagner Berlin avant de subir d'autres questions : - De votre côté, tâchez d'être prêt dans un maximum de dix jours. La date de l'action n'est pas encore définie, mais elle se déroulera entre le vingt-cinq décembre et le vingt-cinq janvier.

- Dites-moi à qui je dois m'adresser.

- À moi, rien qu'à moi, c'est absolument GeKaDos.

Il lui sourit d'un air entendu : - Je parlais des munitions pour alimenter ces magnifiques pistolets mitrailleurs.

---

[421] Reichwaffenamt (RWA) centre de recherche et de développement de l'armement.

LE MAUVAIS FILS

Berlin, Wilhelmstrasse, mardi 28 décembre 1943

Felicita avait enfin réapparue et pas les mains vides. Son silence s'expliquait autant par un excès de prudence qu'une absence de progrès jusqu'à la veille de Noël. La jeune femme avait pu rencontrer l'épouse de Ciano à Vérone. Cette dernière se voyant refuser les visites, lui avait confié quelques lettres à remettre à son mari. Beetz était revenue la voir porteuse d'un message dans lequel Ciano averti de son procès imminent dont l'issue laissait peu d'espoir demandait à sa femme d'opérer une transaction secrète avec les Allemands. Les carnets contre son évasion.

- Si je comprends bien, la comtesse est en possession des carnets.

- C'est ce qu'il faut en déduire.

- Nous pourrions donc sans trop de peine les récupérer sans nous préoccuper de Ciano.

- La comtesse est une femme de tête, malgré ses innombrables incartades, elle tient à son mari, le père de ses enfants. Si elle entrevoit un espoir de le voir libre, elle prendra ses précautions, si ce n'est déjà fait.

- Nous pourrions lui forcer la main.

- Pour y avoir songé, à la réflexion, cela ne m'a pas semblé une bonne idée. Par cette délicate formule, Walter évitait de faire remarquer à Himmler que son idée n'était pas la bonne.

- Vous vous ramollissez Schellenberg.

- Ses enfants se trouvaient à Munich, gardés par sa mère. Mussolini est intervenu, à sa demande, elle les a récupérés et mis en lieu sûr ce qui nous ôte ce levier, ensuite forcer la main de la fille de Mussolini fera intervenir celui-ci. Walter lui laissa le temps de méditer ces aspects du problème avant de continuer : « et chez qui le Duce va-t-il aller se plaindre, sinon chez son ami le führer ? »

À l'évocation du nom de son maître Himmler se tassa imperceptiblement sur sa chaise : : - bien sûr, c'est mieux d'éviter de mettre le führer dans l'embarras.

- Sans perdre de vue qu'il pourrait en toucher un mot à von Ribbentrop qui a tout intérêt à éviter que les carnets se retrouvent entre nos mains. Dès lors, Il tentera tout pour nous en empêcher. Et comme le führer a parfois la faiblesse de l'écouter, cela nous causera des soucis.

Le simple fait de prononcer le nom de von Ribbentrop inséra un éclat mauvais dans ses yeux : - En premier lieu, demandez à la comtesse de nous fournir une preuve que les carnets sont bien en sa possession. Si c'est le cas, vous savez ce qu'il vous reste à faire, Schellenberg.

Décidément, il allait se spécialiser dans l'enlèvement des personnes : - Afin de mettre toutes les chances de notre côté, vous pourriez ordonner à Kaltenbrunner de coopérer dans le plus grand secret. Il serait également prudent de tenir le général Wolf écarté de l'opération.

Himmler le regarda silencieux avant d'empoigner un dossier posé sur son bureau, ce qui signifiait que l'entretien était terminé.

Berlin, Berkaerstrasse, vendredi 31 décembre 1943, 13h30

Alors que Walter s'apprêtait à rentrer chez lui, l'interphone vibra, Marliese demandait à le voir avant qu'il quitte le bâtiment. Lorsqu'elle franchit la porte contrairement à ses habitudes, elle ne s'approcha pas du bureau pour remettre les dossiers en ordre, elle se maintint à distance, les mains croisées devant elle comme si elle cherchait à formuler sa phrase : - je viens vous souhaiter une bonne année nouvelle.

- Mon intention n'était pas de partir sans vous souhaiter la même chose. Cela dit, je n'avais pas encore trouvé les mots pour emballer un tel mensonge.

- À ce point.

Depuis les années que Walter la connaissait, il avait pu mettre sa loyauté à l'épreuve, pour tout l'or du monde elle ne l'aurait vendu à personne et encore moins à Müller qu'elle détestait au moins autant que Kaltenbrunner. De ce fait, dans la mesure du possible, il n'avait jamais craint d'être franc avec elle : - Vous êtes au courant de tous les secrets qui transitent dans ce bureau, ou presque. Je m'étonne de votre soudain espoir dans l'avenir. Il nous suffit de regarder les rues de Berlin pour deviner de quoi quarante-quatre sera fait. D'ailleurs, nous allons bientôt déménager.

Elle ne demanda ni pourquoi, ce dont elle se doutait, ni quand, comme si cela n'avait plus aucune importance. Il s'aperçut qu'elle retenait ses larmes avec difficulté. Il s'empressa de la réconforter : - Le bon côté des choses, ce sera probablement à la campagne. Le printemps, les oiseaux et les fleurs nous feront oublier la poussière.

- Rien ne sera plus jamais comme avant, n'est-ce pas.

- Non, Marliese, il faut s'y résoudre, désormais rien ne sera plus comme avant, encore que situer cet avant ne consiste pas à réaliser un choix facile, mais nous surmonterons cette épreuve. Vous connaissez l'adage, après l'orage…

Elle lui sourit faiblement, mais il se rendait bien compte que le cœur n'y était pas. Malheureusement, il ne pouvait rien de plus pour elle. Terminer au plus vite la conversation pour mettre fin à ce pénible moment était encore la meilleure solution : - Si je peux vous aider d'une manière quelconque, n'hésitez pas à m'en faire part. Voyant que sa secrétaire ne bougeait pas, il lui demanda : - autre chose Marliese ?

Aussitôt, sa secrétaire leva la main devant sa bouche dans un geste éloquent : - Pardonnez-moi, l'amiral Canaris vous invite à passer à son domicile de Betazeile.

- Aujourd'hui ?
- L'amiral a insisté, j'ai d'abord voulu vous prévenir par l'interphone, ensuite, j'ai eu peur que vous ne partiez en coup de vent, ce qui m'aurait empêché de vous transmettre mes vœux. À la réflexion, c'était idiot de penser ainsi, mais c'est pour cela que je souhaitais vous voir sans tarder. En réalité, j'avais prévu de confectionner un gâteau pour votre famille, hélas, je n'ai pas pu mettre la main sur les ingrédients nécessaires. Avec toutes ces pensées confuses tournant dans ma tête, j'ai oublié l'amiral.
- Dans ce cas, il me reste à espérer qu'Irène aura eu plus de chance que vous. Quant à l'amiral, que lui avez-vous dit ?
- Rien, sa phrase à peine terminée, il a raccroché.

Walter faillit lui demander de rappeler Canaris pour se désister. Plus de trois mois qu'ils ne s'étaient vus, sauf une fois à Zossen à l'occasion d'une réunion des renseignements ou ils s'étaient adressé la parole uniquement pour des raisons de service. Pour le reste, leurs officiers de liaison de camp effectuaient le travail.

Schlachtensee, Betazeile 17, maison de Canaris, vendredi 31 décembre 1943 15h00

Lorsqu'il lui ouvrit la porte, le patron de l'Abwehr le regarda un long moment avant de sourire : - Je devine sans peine à qui les fleurs sont destinées, par contre le contenu de ce paquet m'intrigue. Du doigt, il désigna un petit meuble : - Déposez ça ici en attendant et suivez-moi au salon, j'ai comme l'impression que nous avons beaucoup à nous dire, n'est-ce pas également votre avis Walter ?

LE MAUVAIS FILS

FIN DU MAUVAIS FILS

Concernant l'ascendance d'Hitler, une enquête a été menée par le journaliste Jean-Paul Mulders associé à un passionné de l'histoire hitlérienne, Marc Vermeeren. Ils expliquent en substance avoir pu retrouver 39 membres vivants de la famille du dirigeant nazi - dont l'un de ses cousins, agriculteur autrichien - puis fait procéder à des examens génétiques à partir notamment de prélèvements de salive. Principale – et spectaculaire– conclusion :

les auteurs annoncent que les différents profils génétiques qu'ils ont pu obtenir permettent d'affirmer qu'Adolf Hitler était porteur, sur ses chromosomes Y, d'une structure spécifique – bien connue des généticiens des populations – dénommée Haplopgroupe E1b1b (Y-ADN) que l'on retrouve "le plus souvent chez les Berbères, les Somaliens ou les Juifs ashkénazes, chez qui c'est le deuxième haplogroupe le plus fréquent", explique Jean-Paul Mulders. Cela veut dire que l'Allemand "partageait une empreinte génétique avec les personnes qu'il voulait exterminer".

Cette structure est caractéristique des Berbères de l'Afrique du Nord-ouest chez qui elle serait apparue il y a environ 5.600 ans. Les spécialistes estiment que sa fréquence dans la population masculine se situe généralement autour de 50% au Maghreb et atteint parfois 80% dans certains groupes au Maroc. Il est aussi présent en Somalie et au Moyen-Orient. En Europe, il semble qu'on ne la retrouve - en de plus faibles proportions - pour l'essentiel que dans le sud de l'Espagne et de l'Italie. Cette structure est également statistiquement plus fréquemment retrouvée dans les populations juives séfarades et ashkénazes.

Conclusions des auteurs de cette enquête: le dictateur nazi a une ascendance berbère et/ou juive. Pour Jean-Paul Mulders, « on peut partir du postulat selon lequel Hitler était lié génétiquement à des gens qu'il méprisait ». Un postulat qui incitera à mille et une interprétations. Reste qu'un postulat n'est pas une preuve, et ce même si un «spécialiste de l'Université catholique de Louvain» explique qu'il s'agit là « d'un résultat surprenant, que n'aurait pas apprécié ou accepté Hitler qui ne savait probablement pas qu'il avait des racines plongées en Afrique du Nord ».

LE MAUVAIS FILS

LE MAUVAIS FILS

À suivre

LA CENDRE DES CERISIERS 1944

NUAGES D'ÉTOILE 1945

Précédent

UNE ÉTÉ SUISSE 1942

LE MAUVAIS FILS 1943
TOME I et II

Le mauvais fils est la suite de : Un été suisse (1942)

Le mauvais fils (1943)

La cendre des cerisiers (1944)

Nuages d'étoiles (1945)

LE MAUVAIS FILS